Elizabeth Haran

DER HIMMEL ÜBER DEM OUTBACK

Weitere Titel der Autorin:

Im Land des Eukalyptusbaums
Der Ruf des Abendvogels
Im Glanz der roten Sonne
Ein Hoffnungsstern am Himmel
Am Fluss des Schicksals
Die Insel der roten Erde
Im Tal der flammenden Sonne
Im Schatten des Teebaums
Der Duft der Eukalyptusblüte
Im Hauch des Abendwindes
Leuchtende Sonne, weites Land
Der Glanz des Südsterns
Jenseits des leuchtenden Horizonts
Träume unter roter Sonne
Heller Mond, weite Träume
Im Tal der Eukalyptuswälder
Jenseits der südlichen Sterne
Der Himmel über dem Outback
Eine Liebe in Australien
Ein Traum in Australien

Titel in der Regel auch als E-Book erhältlich

Elizabeth Haran

DER HIMMEL ÜBER DEM OUTBACK

Roman

Übersetzung aus dem
australischen Englisch
von Ulrike Werner-Richter

LÜBBE

MIX
Papier aus verantwortungsvollen Quellen
FSC® C014496
FSC
www.fsc.org

Dieser Titel ist auch als E-Book erschienen

Vollständige Taschenbuchausgabe
der bei Bastei Lübbe erschienenen Hardcoverausgabe

Titel der australischen Originalausgabe: »Beneath a Crimson Moon«
Published by arrangement with Elizabeth Haran-Kowalski

Dieses Werk wurde vermittelt durch
die Literarische Agentur Thomas Schlück GmbH, 30161 Hannover.

Für die deutschsprachige Ausgabe:

Textredaktion: Marion Labonte, Labontext
Landkarte: Reinhard Borner
Titelillustration: © Daniela Constantinescu/shutterstock; © Lee Avison/arcangel
Umschlaggestaltung: Tanja Østlyngen
Satz: Dörlemann Satz, Lemförde
Gesetzt aus der Adobe Caslon
Druck und Verarbeitung: GGP Media GmbH, Pößneck
Printed in Germany
ISBN 978-3-404-18426-2

2 4 5 3

Sie finden uns im Internet unter luebbe.de
Bitte beachten Sie auch: lesejury.de

Ich widme dieses Buch Vivian Smith, einer langjährigen, unglaublich großherzigen Freundin.
Wir kennen uns seit Teenagertagen und haben zusammen alle Erfahrungen durchgemacht, die das Leben zu bieten hat – meist mit Hilfe eines Glases Weißwein und einer großen Portion Humor.

Ein Hoch auf Vivian – dein großartiger Sinn für Humor wird immer die Oberhand behalten. Auf viele weitere Jahre unserer wunderbaren Freundschaft!

I would like to dedicate this book to Vivian Smith, a life-long friend with the biggest heart.
We met as teenagers and have supported each other through whatever life has thrown at us, as good friends do, but nothing a vibrant glass of white wine and a good laugh couldn't fix.

Cheers Vivian, your great sense of humour will always prevail and here's to many more years of beautiful friendship.

I

Victoria – 1886

Am sandigen Ufer von Summerland Beach auf Phillip Island hielt Patrick Shanahan die Hände von Maggie Cassidy nahezu flehentlich umklammert. In seinen haselnussbraunen Augen spiegelten sich sanft die Farben des Sonnenuntergangs, sein Blick war ernst, voller Liebe und Sehnsucht. Doch die Entschiedenheit, die er mit einem Mal an den Tag legte, verwirrte Maggie.

Die beiden hatten einen wunderbaren Tag zusammen verbracht, sie hatten viel gescherzt und gelacht, unberührte Strände erkundet und auf saftigen, grasgrünen Weiden gepicknickt, umgeben von Schafen und Ziegen. Gegen Abend hatte das junge Paar das Gästehaus im Dorf Newhaven zusammen mit anderen Urlaubern auf Phillip Island in einem Pferdewagen verlassen, um auf Summerland Beach das abendliche Ritual der Zwergpinguine zu verfolgen, die nach einem Tag auf hoher See zu ihren Höhlenbauten dort zurückkehrten. Sie hatten einige Minuten lang zugeschaut, wie die kleinen Tiere buchstäblich aus der Brandung emporschossen und über den Sand watschelten, bevor Patrick Maggie ein Stück von den anderen Touristen weggezogen hatte. Hier, so dicht beisammen, fühlte es sich an, als wären sie in einer eigenen Welt eingeschlossen. Den salzigen Duft des Seetangs, den fischigen Geruch der Pinguine und das halbe Dutzend der von den kleinen Kreaturen verzückten Menschen in der Nähe nahmen die beiden kaum noch wahr.

Der Tag war sommerlich warm gewesen, jetzt aber hatte Maggie einen Wollschal um ihre schlanken Schultern gehüllt, um sich vor dem beißenden Wind zu schützen, der von den stürmischen Gewässern der Bass Strait herüberwehte. Die Windstöße hoben den Saum ihres Kleides wie ein Segel und zauberten ein frisches Rot auf ihre Wangen.

»Patrick, was ist los?«, wollte sie wissen.

»Willst du mich heiraten, Maggie?«, gab er statt einer Antwort ernst zurück.

»Dich heiraten? Das ist doch verrückt!« Sie traute ihren Augen nicht, als Patrick direkt darauf vor ihr auf die Knie fiel. »Patrick! Was machst du denn da? Das ist nicht lustig!«, rief sie, fassungslos, dass er hier gerade um ihre Hand anhielt.

Als Patrick jedoch nicht lachte und seine Hände um ihre zu zittern begannen, wusste Maggie, dass es ihm ernst war. Sah er denn nicht die volle Tragweite seines Vorschlags?

»Ich möchte, dass du meine Frau wirst, Maggie. Ich liebe dich von ganzem Herzen. Bitte sag ja. Ich sterbe, wenn du es nicht tust«, flehte er dramatisch.

»Patrick … das ist verrückt«, wiederholte Maggie, während die Gedanken durch ihren Kopf rasten. Natürlich fühlte es sich so an, als hätten sich ihre Herzen ein Leben lang gekannt, aber in Wirklichkeit waren es gerade einmal drei Wochen. Die Idee, einander jetzt schon die Ehe zu versprechen, war nichts als Wahnsinn.

Maggie und Patrick hatten sich im Gästehaus Shangri-La kennengelernt, einem charmanten, weißen Holzhaus mit Blick auf das Meer, wo sie unabhängig voneinander Sommerfrische machten. Sie hatten sich sofort zueinander hingezogen gefühlt. Und Missus Freebairn, die Eigentümerin des Gästehauses, hatte ihren Teil dazu beigetragen, die Flammen ihrer Romanze zu schüren. Tagsüber schickte sie die beiden mit einem Picknickkorb voller Leckereien zu schönen, abgelegenen Plätzen auf der Insel. Abends platzierte sie sie gemeinsam in einer gemütlichen Ecke des Speisesaals zu einem Candle-Light-Dinner und spielte auf ihrem Grammophon romantische Melodien ab. Sie nutzte jede Gelegenheit, ihre Gäste daran zu erinnern, dass schon so manche im Shangri-La begonnene Romanze in einer Ehe gemündet hatte. »Bis jetzt sind es sechzehn«, erklärte sie stolz.

Und so hatten Maggie und Patrick drei Wochen lang kaum einen Moment getrennt verbracht – bis auf die wenigen Stunden, in denen sie schliefen. In Maggies Augen stellte der großgewachsene Patrick mit seinen breiten Schultern und den dunklen Haaren jeden anderen jungen Mann in den Schatten. Der Blick aus seinen zärtlichen braunen Augen und sein schiefes Lächeln hatten ihr Herz zum Schmelzen gebracht.

Obwohl Patrick frei war von jeglichem Dünkel, genoss er bei hübschen jungen Frauen ein hohes Ansehen. Zu diesen zählte Maggie durchaus, mit ihren rötlich blonden Locken, den großen blauen Augen und einer Haut wie Porzellan. Ihre Lebendigkeit und ihr perlendes Lachen bezauberten ihn, aber es waren ihre bodenständigen Qualitäten, ihre Aufrichtigkeit und ihre Unschuld, die sein Herz erobert hatten. Jeder Augenblick ohne sie erschien ihm eine Qual.

»Ich meine es todernst, Maggie. Ich kann mir eine Zukunft ohne dich nicht vorstellen.« Patrick blickte ihr tief in die Augen. »Ich kann mir nicht einmal vorstellen, für längere Zeit von dir getrennt zu sein.«

Maggie wurde von einer Woge der Liebe überwältigt. »Ich empfinde das Gleiche, aber wir dürfen den Kopf nicht verlieren. Wir kennen uns erst seit einundzwanzig Tagen.«

»Was spielt das für eine Rolle? Wenn du den Menschen findest, mit dem du dein Leben teilen willst, ist Zeit doch nicht wichtig. Für mich bist du dieser Mensch, Maggie. Du spürst das doch auch, nicht wahr?«

»Ja, das stimmt. Ich liebe dich von ganzem Herzen.« Schon lange fürchtete sie den Moment, ab dem sie wieder getrennte Wege gehen mussten.

»Dann versprich mir, dass du mich heiratest, Maggie.«

»Ja … ja, ich heirate dich«, stieß Maggie hervor, zutiefst erfüllt von diesem Augenblick.

Auf Patricks Gesicht breitete sich ein glückliches Lächeln aus. Er stand auf, zog Maggie in seine Arme und küsste sie so leidenschaftlich, dass ihr die Knie weich wurden, während um sie herum Jubel aufbrandete. Patricks Antrag hatte durchaus die Aufmerksamkeit der anderen Gäste erregt. Als ihre Lippen voneinander ließen, war Maggie glücklich und aufgeregt.

»Lass uns den Reverend fragen und sofort heiraten«, schlug Patrick vor.

»Dafür ist es heute zu spät«, neckte Maggie ihn, die seinen Vorschlag für einen Scherz hielt.

»Ich meine morgen, meine Süße«, entgegnete Patrick ernst.

Maggie starrte ihn an. Normalerweise war man doch erst einmal eine Weile verlobt, nicht zuletzt damit sich ihre Familien an die Idee gewöhnen konnten. »Wir können doch nicht einfach heiraten ... Ich meine, so heimlich ... Oder?«

»Warum nicht? Wir sind beide einundzwanzig, damit können wir rechtmäßig und ohne eine Erlaubnis einholen zu müssen heiraten. Und wir lieben einander. Warum also sollten wir nicht gleich mit unserem gemeinsamen Leben beginnen? Ich habe die ganze Nacht darüber nachgedacht. Missus Freebairn kennt den Reverend der Insel persönlich. Sie kann sicher in die Wege leiten, dass er uns traut, und auch Trauzeugin sein, das hat sie schon mal gemacht. Nach unserer Rückkehr in die Stadt bleiben wir erst mal in einem Hotel und suchen von dort aus nach unseren eigenen vier Wänden. Wir werden nie wieder getrennt sein.«

Maggie dachte über seine Worte nach. Patrick schilderte ihr Leben in den herrlichsten Farben, sie aber hatte Bedenken. »Was werden unsere Eltern sagen? Sie werden ganz sicher nicht verstehen, dass wir so bald heiraten, und dann auch noch heimlich. Sie würden sicher gern bei der Trauung dabei sein.« Ihr war ein bisschen mulmig bei dem Gedanken an die Reaktion ihrer Eltern, auch wenn sie wusste, dass ihr Vater den Brautschmaus nicht bezahlen konnte. Er musste auch so schon sparen und knausern, um den Lebensunterhalt und die Miete für das Cottage der Familie aufzubringen.

»Sie werden vermutlich enttäuscht sein, nicht bei der Feier dabei zu sein, uns das aber nicht nachtragen.«

»Aber die kleine Kapelle auf der Insel ist kein katholisches Gotteshaus, oder? Meine Mutter würde mir nie verzeihen, wenn ich in der Kirche einer anderen Konfession heirate.«

»Sie muss ja nicht erfahren, dass die Kapelle nicht katholisch ist. Ich bin katholisch. Das wird sie freuen.«

»Nun ... ja ... vermutlich.«

»Wir sorgen dafür, dass unsere Kinder katholisch getauft werden. Versprochen«, fügte Patrick hinzu.

Maggie war überzeugt, dass ihre Eltern Patrick letztendlich lieb gewinnen würden. Ja, sie konnte sich sogar gut vorstellen, dass ihre Mutter ihr nach dem ersten Schock bestätigen würde, die richtige Entscheidung getroffen zu haben.

Trotzdem nagten noch Zweifel an ihr. »Aber möchten deine Eltern die Frau, die ihr Sohn heiraten will, nicht vor der Hochzeit kennenlernen?« Patrick hatte bisher wenig von seiner Familie gesprochen, und wenn, dann recht liebevoll über seine jüngeren Geschwister Rebecca und Anthony, von seinen Eltern aber lediglich erwähnt, dass sie in Toorak lebten. Maggie kannte niemanden dort, wusste jedoch, dass die Gegend wohlhabend war. Sie hoffte, dass Patricks Eltern ihr gegenüber trotzdem aufgeschlossen waren und sie vielleicht sogar mit offenen Armen empfangen würden.

»Ich hatte das große Glück, die Frau meiner Träume zu finden, das muss mir niemand genehmigen, Maggie«, warf Patrick ein, als müsse er sich rechtfertigen. »Wir wissen, dass wir füreinander bestimmt sind. Das allein zählt. Du spürst das doch auch, nicht wahr? Würdest du mich auch dann heiraten, wenn deine Eltern nicht sofort mit mir einverstanden wären?«

»Ja, natürlich«, sagte Maggie ohne den geringsten Zweifel.

»Meine Eltern werden vielleicht finden, dass wir es etwas zu eilig hatten, aber sie werden sich an die Vorstellung gewöhnen. Du bist die Frau meiner Träume, und daran wird die Zeit nichts ändern. Und sobald wir rechtmäßig verheiratet sind, kann niemand mehr etwas dagegen unternehmen.«

Maggie kamen Erzählungen ihrer Mutter in den Sinn: Ihr Vater, Charlie Cassidy, hatte im Alter von fast einundzwanzig Jahren sechs Monate um die achtzehnjährige Doreen geworben, bevor sie endlich heiraten konnten. Während der gesamten Zeit hatten sie sich nur an Sonntagen sehen dürfen, immer nur für ungefähr eine Stunde nach der Kirche und immer in Begleitung. Damit hatten sie sich gerade einmal vierundzwanzig Mal getroffen, bevor sie Mann und Frau wurden.

Patrick strich sanft über die niedlichen kleinen Falten auf Maggies Stirn. »Lass uns nicht um das kümmern, was andere Leute denken, Liebling«, sagte er beruhigend. »Lass uns unserem Herzen folgen. Ich liebe dich, und du liebst mich. Für keinen von uns wird es je einen anderen Menschen geben. Also lass uns einfach heiraten und unser gemeinsames Leben beginnen.«

Maggie schlang die Arme um seinen Hals. »Okay, wir machen es.«

Als heillose Romantikerin war Freda Freebairn hocherfreut, die Hochzeit für das junge Paar auszurichten und in die Rolle der Trauzeugin zu schlüpfen, ebenso wie ihr Ehemann, der allerdings hauptsächlich um des häuslichen Friedens willen mitmachte. Maggie trug ihr schönstes Kleid. Freda Freebairn frisierte sie und band ihr einen kleinen Brautstrauß mit Blumen aus ihrem Garten. Die Zeremonie wurde um vier Uhr nachmittags von Reverend Michaels in der einzigen Kapelle der Insel durchgeführt. In feierlicher Atmosphäre steckten Patrick und Maggie sich gegenseitig die Ringe an, die sie von Missus Freebairn geliehen hatten. Eigene Ringe würden sie sofort nach ihrer Rückkehr in der Stadt besorgen. Im Anschluss öffnete Missus Freebairn eine Flasche preiswerten Sekt und lud zu einem einfachen Abendessen mit Aufschnitt und Salaten zusammen mit den anderen Gästen des Shangri-Las. Alles war perfekt, solange Maggie nicht gerade daran dachte, dass ihre Eltern nicht an ihrer Hochzeit und dem Brautschmaus teilnahmen.

Missus Freebairn verlegte die Jungvermählten in die sogenannte »Honeymoon Suite«, ein Doppelzimmer, das die schönste Aussicht über den Strand bot, und versäumte nicht zu bemerken, dass das Mondlicht über dem Meer geradezu zu Romantik inspiriere. Sie legte herzförmige Pralinen auf die Kissen, zündete im ganzen Zimmer Kerzen an und bot Maggie und Patrick an, am nächsten Morgen spät zu frühstücken, bevor sie nach Hause fuhren, um ihren Familien die Nachricht zu überbringen.

Für Maggie und Patrick fühlte sich alles an ihrer Liebe richtig an. Maggie genoss es, Missus Patrick Shanahan genannt zu werden, und Patrick strahlte vor Freude, wann immer sie ihn als »mein gutaussehender Ehemann« bezeichnete. Ihre Hochzeitsnacht war noch schöner, als Maggie sich erträumt hatte. Patrick war sanft und zärtlich, der perfekte Ehemann. Nachdem sie zum ersten Mal miteinander geschlafen hatten, stellten sie sich eng umschlungen ans offene Fenster, betrachteten den Mond und die Sterne und lauschten dem beruhigenden Rhythmus der heranrollenden Wellen. Sie sprachen über ihr künftiges Leben – über die Kinder, die sie sich beide wünschten, und das Heim, das sie zusammen bauen würden.

Maggie wünschte, für immer in einem Kokon leben und so glücklich sein zu können wie in diesem Moment. Sie blickte in die warmen, braunen Augen ihres Mannes, die so beruhigend waren, dass alle Zweifel und Ängste dahinschmolzen, auch über die Reaktion ihrer Eltern auf die Hochzeit. Kurz vor Mitternacht liebten sie sich erneut, ehe sie eng umschlungen in einen tiefen Schlaf fielen. Der nächste Tag und alles, was er mit sich bringen würde, wurde von süßen Träumen überlagert.

»Mum, Dad, seid ihr zu Hause?«, rief Maggie beim Betreten des winzigen Holzhäuschens in der Belfast Street in Broadmeadows, einem Vorort von Melbourne. Ihre Nervosität spiegelte sich im Zittern ihrer Stimme, aber ihr vor nicht einmal vierundzwanzig

Stunden angetrauter Ehemann drückte beruhigend ihre Hand, als sie den schmalen Flur betraten. Sofort wurden sie von einem muffigen Geruch nach alten Möbeln, gepaart mit dem von Leber mit Zwiebeln, umhüllt. Sie standen auf einem fadenscheinigen Teppich, der die alten Dielen nur teilweise bedeckte. Maggie hätte sich ihres Elternhauses vielleicht geschämt, würde Patrick nicht pure Liebe und bedingungslose Unterstützung ausstrahlen.

»Wir sind hier drinnen, Maggie«, rief Doreen Cassidy aus dem Wohnzimmer, einem von vier kleinen Zimmern, darunter zwei Schlafräume und die Küche, die vom Flur ausgingen.

Maggie atmete tief durch und betrat das Wohnzimmer. Auch Patrick hinter ihr duckte sich durch die Türöffnung und trat ein.

Doreen saß in ihrem abgenutzten Sessel und besserte Kleider aus, die neu zu kaufen sie sich nicht leisten konnten. »Wie war dein Urlaub, Liebes?« Sie hob den Blick und verharrte beim Anblick eines fremden jungen Mannes hinter ihrer Tochter mitten in der Bewegung. »Und wen haben wir hier?«, fragte sie und legte ihre Nähsachen beiseite.

Charlie, der in seinem Sessel gedöst hatte, zuckte zusammen. Beim Anblick des unbekannten Mannes legte sich seine Stirn in Falten. »Hallo, Schätzchen«, begrüßte er seine Tochter, während er Patrick von oben bis unten musterte. Als er dann aufstand, nahm er fast den gesamten Raum in dem winzigen Zimmer ein, das gerade groß genug war für vier Sessel vor dem offenen Kamin, auf dessen Gitter Holzscheite mit zwischengesteckten Kugeln aus zerknüllten Zeitungen lagen. Jetzt, im November, war seit Monaten kein Feuer mehr angezündet worden, stattdessen beherbergten die Scheite einige Spinnen, Silberfischchen und, wie so häufig in alten Häusern, auch dann und wann eine Kakerlake.

Maggie schluckte. Sie erinnerte sich daran, wie sie mit ihren Eltern gestritten hatte, weil sie allein in die Sommerfrische fahren wollte, und wie die beiden sie ermahnt hatten, keine Dummheiten zu machen. Und was hatte sie getan? Sie hatte einen Mann geheiratet, den sie erst seit drei Wochen kannte!

»Mum, Dad, ich möchte euch Patrick Shanahan vorstellen«, brachte sie tapfer hervor. »Patrick, das ist meine Mutter Doreen. Und mein Vater, Charlie.«

Patrick trat an Maggie vorbei und reichte Charlie Cassidy die Hand, der Patrick beim Anblick der vornehmen Kleidung und glänzenden Schuhe insgeheim als feinen Pinkel abstempelte. Dann trat Patrick zu Doreen und nahm ihre Hand in seine. »Bitte, bleiben Sie sitzen, Missus Cassidy. Ich freue mich, Sie beide kennenzulernen«, sagte er höflich.

Maggie bewunderte seine Gelassenheit. Ihre eigenen Beine fühlten sich an wie Gelee.

Doreen musterte das gut geschnittene Gesicht und bemerkte die sauberen, gepflegten Fingernägel von Patricks rechter Hand, die gewiss keine Arbeiterhand war wie die von Charlie. Dann fiel ihr Blick auf den glänzenden Ehering an seiner Linken.

»Sie sind verheiratet«, stellte Doreen in der ihr eigenen direkten Art fest. »Was machen Sie hier mit meiner Maggie?«

Patrick blickte zu Maggie. Sie hatte eilig ihre linke Hand hinter ihrem Rücken versteckt und wirkte zutiefst erschrocken. Er schluckte den Kloß hinunter, der sich plötzlich in seiner Kehle gebildet hatte. »Ja, ich bin verheiratet, Missus Cassidy.« Er räusperte sich. »Maggie und ich haben gestern geheiratet.«

»Was? Sie haben *meine* Maggie geheiratet!« Doreen starrte ihn mit offenem Mund an, ebenso wie ihr Mann. Patrick ließ seinen Blick zwischen ihnen wandern, als er sagte: »Ich liebe Ihre Tochter von ganzem Herzen und werde sie glücklich machen.«

Maggie schaute auf ihre Mutter hinunter, deren Gesichtszüge so grau geworden waren wie der Sessel, in dem sie saß. Sie streckte ihre linke Hand vor, um ihrer Mutter den Ehering zu zeigen.

»Was soll das, einfach hier reinzustiefeln und zu behaupten, Sie hätten Maggie geheiratet?«, polterte Charlie. »Sie haben mich nicht um Erlaubnis gefragt.«

»Ich weiß, Sir«, gab Patrick sichtlich beeindruckt zu. »Ich weiß, es wäre höflicher gewesen …«

»Es wäre das einzig richtige Verhalten für einen anständigen Bewerber gewesen!«, stieß Charlie wütend hervor. Sein irischer Akzent war jetzt deutlich zu hören.

»Wir sind beide einundzwanzig, Sir«, erwiderte Patrick mutig. »Und wir lieben uns. Also haben wir uns entschlossen, auf Phillip Island zu heiraten. Natürlich mit Zeugen.«

»Habt ihr in einer Kirche geheiratet?«, fragte Doreen, verärgert darüber, dass sie die Trauung versäumt hatte.

»Ja, Mum«, antwortete Maggie kleinlaut.

»Hoffentlich sind Sie nicht Protestant!«

»Nein, ich bin katholisch«, versicherte Patrick.

»Warum hast du es denn so eilig?«, wandte Doreen sich an ihre Tochter. »Du bist doch nicht etwa in anderen Umständen, oder?«

»Nein, Mum, natürlich nicht!«, wehrte Maggie heftig ab und errötete bis an die Wurzeln ihrer rötlichen Haare. »Wir haben einfach nur beschlossen, ohne viel Aufhebens zu heiraten.«

»Mister und Missus Cassidy, wir sind sehr verliebt«, mischte Patrick sich ein. »Und ich kann Ihnen versichern, dass ich Ihrer Tochter ein gutes Leben bieten kann.«

»Ach, können Sie das?« Auf Charlies Schläfe pochte jetzt eine Ader.

»Ja. Ich arbeite im äußerst erfolgreichen Geschäft meines Vaters mit, plane aber, mich in naher Zukunft selbstständig zu machen, Mister Cassidy.«

»Was ist das für ein Geschäft?«, fragte Charlie unverblümt.

»Immobilien- und Grundstücksverwaltung, Sir«, antwortete Patrick stolz.

»Ich hatte nicht das Glück, eine Schule zu besuchen, würden Sie mir also bitte freundlicherweise erklären, was das bedeutet?«, forderte Charlie ihn auf.

Seine Frage zerriss Maggie das Herz. Ihr Vater hatte schon immer darunter gelitten, dass er Analphabet war, auch wenn überhaupt nur ein Viertel der in den 1800er-Jahren geborenen Iren lesen oder schreiben konnten.

Charlie hatte 1845, im Jahr der Kartoffelfäule, in der Grafschaft Clare das Licht der Welt erblickt. Er war eines von dreizehn Kindern der Familie, die auf einem gepachteten Grundstück in einer Lehmhütte mit nur einem Raum lebte, den sie mit den Hühnern und dem Schwein teilte. Wie so viele andere Katholiken waren sie angeblich Nachkommen irischer Grundbesitzer, die der englische Eroberer Oliver Cromwell enteignet hatte. Mehr als eine Million Menschen starben während der Kartoffel-Hungersnot, darunter viele Nachbarn der Cassidys und vier von Charlies Geschwistern. Das Leben war extrem hart, und für die Familie war Schulbildung weniger wichtig, als genügend Nahrung zum Überleben aufzutreiben.

Jahre später, nach dem Tod seiner Eltern, zog Charlie auf der Suche nach einem besseren Leben mit seiner Frau und seiner Tochter nach Australien, aber dort war es für einen Iren ohne Schulbildung nicht leicht, einen gut bezahlten Job zu finden.

»Sehr gerne, Sir«, sagte Patrick freundlich. »In der Regel kaufen wir heruntergekommene Immobilien, die dann abgerissen und neu aufgebaut werden. Ein Teil davon sind Wohnhäuser, andere Geschäftshäuser. Wir erwerben die Immobilien zu einem guten Preis, reißen sie ab, bauen ein neues Gebäude und vermieten es. Normalerweise machen wir dabei ordentlich Gewinn.«

»Klingt, als ob Sie vom Leid anderer Leute leben«, brummte Charlie, der an die Zeiten skrupelloser Landbesitzer zurückdachte. Er war versucht, Patrick zu fragen, ob er einen Cromwell im Stammbaum hatte, biss sich aber um Maggies willen auf die Zunge.

Patrick errötete. »Das sehe ich nicht so, Sir«, sagte er. »Unserer Meinung nach befinden sich die Grundstückspreise fast auf ihrem Höhepunkt, also erzielen auch die einen Gewinn, von denen wir die Immobilien kaufen.«

»Nun, dazu werden wir wohl nicht gehören. Wir zahlen ein Pfund Miete die Woche für dieses alte Haus, und das ist viel zu viel für den Zustand, in dem es ist. Ich nehme an, dass unser Vermieter es eines Tages an Leute wie Sie verkauft und wir dann rausgeschmissen werden.« Er funkelte Patrick an. »Wenn Sie mich jetzt entschuldigen würden, junger Mann, ich möchte mit meiner Tochter reden. Allein«, erklärte er streng. Dann wandte er sich an Maggie. »In die Küche mit dir, Maggie.« Er war verwirrt und besorgt, dennoch konnte er nicht umhin zu bemerken, wie glücklich sie war.

»Es gibt keinen Grund, wütend zu sein, Dad«, sagte Maggie in der winzigen, tristen Küche. »Ich bin verliebt und glücklich, und das ist das Wichtigste. Außerdem wollte ich nicht, dass du dein hart verdientes Geld für den Brautschmaus ausgibst.«

»Mal abgesehen von der Tatsache, dass du deiner Mutter die Chance genommen hast, die Hochzeit ihrer einzigen Tochter mitzuerleben, gefällt mir das mit dir und diesem jungen Mann überhaupt nicht.«

»Warum? Patrick kann für mich aufkommen.«

»Darum geht es nicht. Versteh mich bitte nicht falsch, aber was macht ein solcher Mann mit einem Mädchen wie dir? Du bist schön und klug, natürlich, aber dir ist doch sehr wohl bewusst, dass er eine Klasse über uns steht. Kommt hier einfach reinmarschiert in seinen schicken Klamotten und glänzenden Schuhen und versucht, uns bloßzustellen. Seine Hände sind so weich wie deine, also hat er noch keinen einzigen Tag in seinem Leben hart gearbeitet. Einem Mann mit sanften Händen habe ich noch nie vertraut.«

»Er liebt mich, wie ich bin, Dad«, widersprach Maggie empört. »Ihm ist egal, wo ich herkomme. Das siehst du doch.«

»Du bist der Liebe eines jeden Mannes würdig, Maggie, aber so einfach ist das Leben manchmal nicht. Was haben seine Eltern denn dazu gesagt, dass du ihren Sohn geheiratet hast?«

»Wir sind zuerst zu euch gekommen.«

»Vielleicht sollte er zunächst allein hingehen«, schlug Charlie vor, weil er Angst hatte, der Besuch könnte Maggie verletzen.

»Nein, Dad, wir gehen zusammen. Wir sind jetzt Mann und Frau.«

Charlie runzelte die Stirn. »Ich habe mehr Erfahrung als du, mein Mädchen. Die feinen Pinkel heiraten nicht Leute wie uns. Glaub mir, seine Eltern werden sich furchtbar aufregen, wenn sie hören, dass ihr Sohn ein Mädchen aus Broadmeadows geheiratet hat. Sie werden dir keinerlei Beachtung schenken. Ich will nicht, dass sie dir das Herz brechen.«

»Ich bin mit Patrick verheiratet, nicht mit seiner Familie. Er wird mir beistehen«, insistierte Maggie.

»Bist du dir da ganz sicher? Blut ist dicker als Wasser. Deine Ehe kann gegen erbitterten Widerstand nicht bestehen, aber ich fürchte, genau darauf wirst du dort treffen.«

»Ich vertraue Patrick und seiner Liebe, Dad. Ich weiß, dass es Hürden geben wird, aber ich bin zuversichtlich, dass wir sie gemeinsam überwinden können.«

Charlies Blick wurde weicher. »Ach, Maggie, aus dir spricht noch die Unschuld der Jugend. Die harten Schläge des Lebens haben sie noch nicht vernichtet. Aber falls der junge Mann oder seine Familie dich verletzen, dann wird es ihnen leidtun, das verspreche ich dir.«

Die Drohung ihres Vaters erschreckte Maggie. »Gibst du uns deinen Segen, Dad?«

»Das tue ich, Maggie, mein Mädchen«, nickte Charlie tieftraurig.

»Ich weiß, dass mein Beitrag zu den Haushaltskosten hier sehr wichtig ist, Dad, obwohl es nie viel war.«

»Jeder Penny hilft uns, das will ich nicht leugnen, aber wir werden zurechtkommen. Du lebst jetzt dein eigenes Leben.«

Als Maggie die Arme um die Schultern ihres Vaters schlang, bemerkte sie erschrocken, wie dünn er geworden war. »Geht es dir gut, Dad?«

»Ja, es geht mir gut, ich bin nur müde. Und jetzt fort mit euch. Ihr müsst noch zu den Schwiegereltern. Und wehe, sie behandeln dich nicht gut!«

2

»Siehst du das Fenster mit der gestreiften Markise im obersten Stockwerk des Gebäudes, Maggie?« Patrick zeigte auf ein beeindruckendes vierstöckiges Haus in der Flinders Street im Geschäftsviertel Melbournes. Auf dem Bürgersteig tummelten sich Menschenmassen und Kinderwagen. Patrick bezahlte den Fahrer des Taxis, der sie hergebracht hatte, und griff nach Maggies Arm. »Das ist das Büro meines Vaters. Von dort oben hat er einen tollen Blick auf die Stadt und den Yarra River. Mein Büro ist auch da oben, es liegt aber auf der Rückseite.« Er lächelte bei dem Gedanken daran, dass auch er eines Tages sein Büro an der Vorderseite haben würde.

»Es muss herrlich sein, wenn man es sich leisten kann, dort oben Büroräume anzumieten«, sagte Maggie ehrfürchtig. Mit einem Mal beschlich sie angesichts des bevorstehenden Treffens mit Patricks Familie Angst. Sie hatte gedacht, dass er sie in sein Elternhaus führen würde, in einen privateren und zwangloser Rahmen, etwa in Form eines Nachmittagstees im Garten.

»Dad besitzt das ganze Gebäude, Maggie«, erklärte Patrick, gerührt von ihrer Naivität.

»Es gehört ihm!« Maggie traute ihren Ohren nicht. Sie überquerten die Straße, und Maggie hob rasch ihr Kleid an, um einem dampfenden Haufen Pferdeäpfel auszuweichen, während die vor einen Brauereiwagen gespannten Clydesdale-Pferde erleichtert weiterstampften.

»Nicht nur dieses Gebäude, sondern auch viele andere Häuser in Melbourne«, fügte Patrick hinzu.

Maggie blieb stehen und starrte ihn an. Sie hatte zwar gehört, was er ihrem Vater gesagt hatte, das Ausmaß aber nicht wirklich verstanden. Sie betrachtete ihr Kleid, und die Worte ihres Vaters klangen in ihren Ohren nach. Lange hatte sie überlegt, welchen Hut und welches Kleid sie tragen sollte, weil sie die Rolle als Patricks Frau unbedingt gut ausfüllen und ihn stolz machen wollte. Sie hatte sogar Spitzenhandschuhe übergestreift, falls ihre Hände vor Nervosität zu schwitzen beginnen sollten. Nach dem jedoch, was sie gerade erfahren hatte, war das alles reine Zeitverschwendung gewesen. »Du hast mir nicht gesagt, dass deine Familie so reich ist, Patrick.«

»Ich dachte nicht, dass es eine Rolle spielt«, sagte Patrick.

»Für mich bestimmt nicht, aber für deinen Vater könnte es von Bedeutung sein, dass ich …«, sie suchte nach den richtigen Worten, »… einer anderen Klasse entstamme. Sieh dir nur mein Kleid an. Was wird er nur von mir denken?«

Der Blick aus Patricks braunen Augen war weich. »Er wird denken, dass du einfach nur entzückend bist«, sagte er und zwinkerte ihr verschmitzt zu, bevor er sie durch eine Doppeltür in die Lobby des Gebäudes führte. Maggie schaute sich staunend um. Sie konnte schlicht nicht begreifen, dass Patricks Vater das gesamte Gebäude besaß. In ihr nagte das Gefühl, Patricks nicht würdig zu sein, aber das gestand sie ihm nicht.

Er hakte sie unter und führte sie zur Treppe.

»Dieses Gebäude war eines der ersten mit elektrischem Licht, und es wird das erste mit einem Personenaufzug sein«, berichtete Patrick stolz, während sie die Treppe hinaufstiegen. »Möglich wird dies durch eine zentrale Pumpstation in der Nähe des viktorianischen Docks, die gerade gebaut wird. Sobald sie betriebsbereit ist, können wir auch höhere Häuser bauen, vielleicht bis zu zwölf Stockwerke hoch. Stell dir das mal vor!«

Maggie wusste nicht, was sie sagen sollte. Patrick sprach über Dinge aus einer anderen Welt. Er schien ein anderer Mensch zu sein als der, den sie auf Phillip Island kennengelernt hatte.

Als sie den vierten Stock erreichten, drückte Patrick Maggies zitternde Hand. »Du musst nicht nervös sein, Missus Shanahan«, flüsterte er ihr zu. »Unsere Ehe mag meinen Vater überraschen, aber ich bin sicher, dass er begeistert sein wird.«

Maggie entspannte sich ein wenig. Patrick gelang es immer wieder, ihr das Gefühl zu vermitteln, sie wären als Paar unbesiegbar. Vielleicht war Patricks Vater ja ebenso reizend wie Patrick, ein bodenständiger Mann, der einfach nur zufällig reich war. Sie klammerte sich an den Gedanken, während Patrick sie zu einer lackierten Holztür führte, deren oberen Teil eine matte Glasscheibe mit der Aufschrift *Jethro Shanahan* zierte. Seitlich davor stand ein Schreibtisch, hinter dem eine junge Frau saß.

»Guten Tag, Silvia. Ist er da?« Patrick zeigte auf die Tür.

Silvia schenkte ihm ein warmes Lächeln. »Guten Tag, Mister Shanahan. Ja, Ihr Vater ist da, und er ist nach seinem Sieg beim Krocket gestern Nachmittag bester Laune.« Sie musterte Maggie aus dem Augenwinkel, zeigte aber abgesehen von einer leicht hochgezogenen perfekt gestylten Augenbraue keinerlei Reaktion.

»Wunderbar.« Patrick klopfte an die Tür, bevor er sie einen Spaltbreit öffnete und in das Büro spähte. »Hallo, Dad, bist du beschäftigt?«

»Patrick, du bist zurück«, dröhnte eine tiefe, warme Stimme. »Komm rein. Wir haben viel zu besprechen. Wir haben Fortschritte in Bezug auf den Vertrag für das alte Lagerhaus am Martin Place gemacht.«

Sein freundlicher Ton beruhigte Maggie ein wenig, obwohl Jethro Shanahan eigentlich ja nur übers Geschäft sprach.

»Das kann warten, Dad. Ich möchte dir jemanden vorstellen.« Patrick öffnete die Tür und führte Maggie in das Büro. Patricks Vater saß hinter einem großen, mit Papieren übersäten Mahagoni-Schreibtisch. Er war etwa Mitte bis Ende vierzig und makellos in einen braunen Tweedanzug, ein weißes Hemd und eine Seidenweste gekleidet. Maggie war sicher, dass sein Anzug mehr gekostet hatte, als sie in einem Jahr verdiente. Vor ihrem inneren Auge erschien das Bild ihres Vaters in dem abgenutzten, grauen Arbeitsanzug, den er in der Fabrik trug. Die beiden Männer hätten unterschiedlicher nicht sein können.

Der Raum war groß, kam ihr aber trotz der wunderbaren Aussicht über die Stadt und den Yarra River kalt vor, aber vielleicht bildete sie sich das auch nur ein. Die beiden Sessel vor dem Schreibtisch sowie der Stuhl, auf dem Jethro Shanahan saß, waren aus üppigem, braunem Leder. Bücherregale säumten zwei der Wände vom Boden bis zur Decke und verliehen dem Büro eine strenge Note. Maggie konnte den Reichtum schier riechen. Für eine junge Frau aus Broadmeadows fühlte es sich falsch an, in diesem Büro zu stehen, und erst recht, in die Familie eingeheiratet zu haben. Der Weg von der Tür zum Schreibtisch schien nicht enden zu wollen, und die ganze Zeit klebte der Blick von Patricks Vater geradezu an ihr.

Maggie erkannte in seinen Gesichtszügen eine Ähnlichkeit mit seinem Sohn, doch er wirkte härter und sein Blick war kälter.

»Dad, ich möchte dir Maggie vorstellen«, sagte Patrick jetzt. »Maggie, das ist mein Vater, Jethro.«

Jethro Shanahan stand auf und beugte sich über den Schreibtisch vor, um Maggies ausgestreckte Hand zu schütteln. Für einen Moment drückte sein Gesicht Neugier aus, die jedoch rasch wieder verflog. Sein Lächeln wirkte reserviert. »Es ist mir ein Vergnügen … Miss …«

»Missus, bitte …« Maggie blickte beklommen zu Patrick.

»Maggie ist meine Frau, Dad«, sagte dieser selbstbewusst. »Wir haben gestern geheiratet. Es war eine schöne, kleine Feier auf Phillip Island.«

»Deine Frau!« Jethro straffte die Schultern und ließ seinen Blick mehrmals schockiert von Patrick zu Maggie wandern, bis er schließlich an Maggie hängenblieb. Dann lachte er. »Du beliebst natürlich zu scherzen. Und beinahe hättest du mich reingelegt. Sie sind bestimmt Patricks neue Sekretärin, nicht wahr, Maggie?«

»Ich scherze nicht, Dad.« Patrick wirkte verletzt. »Maggie ist wirklich meine Frau.«

Das Lächeln verschwand aus Jethros Gesicht. Er ging um den Schreibtisch herum und sah Maggie an wie eine ungeeignete Zuchtstute. Sie fühlte sich äußerst fehl am Platz in ihrem Hut und dem unansehnlichen Kleid, die er sicher für abgelegte Sachen hielt.

»Wir sind sehr verliebt«, fügte Patrick hinzu. Er legte schützend einen Arm um Maggies schlanke Taille, aber sie fühlte sich immer noch so hilflos wie ein verletzter Vogel, auf den eine Katze zuschlich.

Jethro sah seinen Sohn an. »Wie kann es sein, dass du mit jemandem *verheiratet* bist, von dem ich noch nie gehört habe?«, fragte er schroff.

»Wir haben uns auf Phillip Island kennengelernt, Dad. Wir haben uns ineinander verliebt, und ich habe Maggie gefragt, ob sie meine Frau werden will. Sie sagte ja, und so haben wir in einer malerischen Kapelle auf der Insel geheiratet.«

»Ihr habt euch ... auf Phillip Island kennengelernt! Dann ... kennt ihr euch also seit weniger als einem Monat.« Jethro spie die letzten Worte fast aus.

Patrich blickte lächelnd zu Maggie. »Es fühlt sich wie ein ganzes Leben an, nicht wahr, Liebling?«

»Ja«, sagte Maggie sehr leise. »Ich verspreche, Patrick sehr glücklich zu machen, Mister Shanahan.«

»Woher kommen Sie, Maggie?«, wollte Jethro wissen.

Sein Blick war jetzt tatsächlich noch kälter, wie Maggie bemerkte.

»Was spielt das für eine Rolle, Dad?«, schritt Patrick ein.

»Ich sollte doch sicher mehr als nur den Namen meiner neuen Schwiegertochter wissen, Patrick.«

»Ich bin in Irland geboren, Mister Shanahan«, sagte Maggie. »In einer Grafschaft im Westen, County Clare.«

»Ich meinte hier, in Victoria. Sie sind doch aus Victoria, nicht wahr?«

»Ja ... aus Broadmeadows.« Maggies Herz raste. »Ich kam vor sieben Jahren mit meinen Eltern nach Australien.«

»Broadmeadows«, wiederholte Jethro mit einem bedeutungsvollen Blick in Richtung seines Sohnes. »Und welcher Art von Arbeit gehen Sie nach?«, fügte er dann verächtlich hinzu.

»Ich bin Bäckergehilfin … oder bin es zumindest die längste Zeit gewesen«, sagte Maggie mit einem Blick zu Patrick, der zu ihrer Erleichterung keine Spur von Verlegenheit zeigte. »Ich werde wohl kündigen, um all meine Zeit meinem Mann und unserem Heim widmen zu können.«

»Eine Bäckergehilfin«, wiederholte Jethro, wieder mit einem Seitenblick auf seinen Sohn. Seine Augen waren jetzt fast zusammengekniffen, die Lippen nur noch ein schmaler Strich.

»Sie haben ein schönes Büro«, sagte Maggie in der Hoffnung, ihn damit von seiner nächsten Frage ablenken zu können, die sie fürchtete: die nach dem Beruf ihres Vaters. Dabei schämte sie sich keineswegs für ihren Vater. Er war ein ehrlicher, hart arbeitender Fabrikarbeiter, aber nachdem Jethro Shanahan ihr mit nur zwei Fragen das Gefühl gegeben hatte, nichts wert zu sein, wollte sie nicht, dass er jetzt auch noch über ihren Vater sprach.

Jethro ignorierte sie schlicht und wandte sich stattdessen an Patrick. »Ich möchte mit dir reden … *unter vier Augen*«, stieß er in einem Tonfall hervor, der keinen Widerspruch duldete.

»Eigentlich wollte ich Maggie zu einem späten Mittagessen ausführen, Dad«, sagte Patrick.

»Das kann ein paar Minuten warten«, sagte Jethro. »Wenn Sie uns bitte entschuldigen würden, Maggie.«

»Ich habe keine Geheimnisse vor meiner Frau.« Patrick fühlte sich sichtlich unbehaglich.

Jethro starrte ihn an.

»Schon gut, Patrick«, sagte Maggie. »Ich warte draußen auf dich. Es war nett, Sie kennenzulernen, Mister Shanahan.«

Jethro antwortete nicht.

Patrick sah nicht glücklich aus, als sie ging.

Kaum hatte Maggie die Tür hinter sich geschlossen, da fuhr Jethro seinen Sohn an.

»Wie konntest du nur so einfältig sein, Patrick? Du bist einundzwanzig Jahre alt, hast dein ganzes Leben noch vor dir, und dann wirfst du es für eine Urlaubsliebe weg!«

»Maggie ist keine Urlaubsliebe!«, wandte Patrick ein. »Also mach das, was wir teilen, bitte nicht nieder.«

»Nein, sie ist *Bäckergehilfin*. Meine Güte, Patrick, Urlaubslieben sind nicht von Dauer. Und vor allem heiratet man sie nicht. Ich nehme an, du hast diesem Mädchen erzählt, dass du aus dem Geldadel stammst. Ach, was rede ich denn da? Natürlich hast du das getan.«

Draußen auf dem Flur konnte Maggie, wenn auch gedämpft, jedes seiner Worte hören. Sie zitterte am ganzen Körper, und ihre Augen füllten sich mit Tränen. Sie konnte Silvia nicht anschauen, spürte aber, dass die Sekretärin sich für sie schämte.

»Hör auf, Dad. Ich weiß, dass ich dir einen Schock versetzt habe, aber es gibt keinen Grund, gemein zu werden. Vielleicht ist es besser, wenn ich jetzt gehe, bevor wir beide etwas sagen, das wir nicht zurücknehmen können.« Patrick wandte sich zur Tür.

Jethro atmete tief durch, aber seine Wut ließ nicht nach. »Ich hatte Pläne mit dir, Patrick. *Große Pläne!* Ich kann nicht glauben, dass du etwas so … Überstürztes getan hast. Das passt überhaupt nicht zu dir.«

»Darüber solltest du mal nachdenken.«

»Das tue ich, Patrick. Und dabei ist mir klar geworden, dass du vollkommen blind bist, was die Beweggründe dieses Mädchens betrifft. Die Schlange ist ganz offensichtlich nur auf ein Vermögen aus und hat dich als Opfer ausgesucht.«

»Maggie ist nicht so«, protestierte Patrick entrüstet.

»Woher willst du wissen, wie sie ist? Du kennst sie nicht einmal einen Monat.«

»Ich kenne sie, Dad. Du musst mir vertrauen.«

Jethro trat ans Fenster und beobachtete eine Weile schweigend die Pferdekutschen unten auf der Straße. »Ich hatte gehofft, du würdest Caroline Spencer den Hof machen«, sagte er schließlich leise. »Sie hat Interesse an dir bekundet und wäre äußerst angemessen.«

Caroline war die jüngste Tochter des Bergbau-Magnaten Gerard Spencer. Sie war gerade in Melbournes Oberschicht eingeführt worden und hatte dabei große Aufmerksamkeit erregt. Sie war durchaus attraktiv, nicht zuletzt im Hinblick auf ihren steinreichen Vater im Hintergrund, aber Patrick fühlte sich nicht zu ihr hingezogen.

»Ich liebe Maggie, Dad. Außerdem sollte eine Hochzeit keine geschäftliche Vereinbarung sein«, sagte Patrick.

»Ich wüsste nicht, was dagegen spräche«, erwiderte Jethro. »Deine Mutter hat gut zu mir gepasst, weil unsere Väter geschäftlich miteinander zu tun hatten. Unsere Verbindung war also durchaus einträglich.«

Patrick hätte darauf hinweisen können, dass in der Ehe seiner Eltern keine wirkliche Zuneigung existierte, unterließ es aber. Er hatte es schon immer bedauert, dass seine Eltern einander nur wegen des sozialen Ansehens tolerierten.

»Hattest du vor, Maggie mit zu uns nach Hause zu nehmen?« Jethro hielt seinem Sohn noch immer den Rücken zugewandt.

»Ja, natürlich. Ich möchte, dass Mutter sie kennenlernt.«

»Wo wohnt ihr?«

»Ich habe noch kein Hotel gebucht, aber wir werden in den nächsten Tagen nach einem Haus für uns suchen.«

»Ihr könntet doch eine Weile bei uns wohnen ... bis ihr eine geeignete Unterkunft findet«, sagte Jethro.

Patrick hob überrascht den Kopf.

»Aber du wirst Maggie freundlich behandeln, oder, Dad?«

»Ja, natürlich.« Jethro drehte sich um.

»Du wirst sie bestimmt ebenso lieb gewinnen wie ich, wenn du sie erst einmal kennenlernst.« Patrick klang jetzt glücklich. »Gib ihr einfach eine Chance.«

Jethro enthielt sich eines Kommentars. »Wir sehen uns heute Abend zum Essen«, sagte er lediglich.

Als Patrick aus dem Büro seines Vaters trat, lag ein Lächeln auf seinen Lippen. Maggie war überrascht. Wieso war er, nach all dem, was sie mit angehört hatte, nicht ungehalten?

»Wir wohnen bei meinen Eltern, bis wir unser eigenes Zuhause gefunden haben«, verkündete er, nahm ihren Arm und führte sie zur Treppe.

Maggie traute ihren Ohren nicht. Nie im Leben hätte sie erwartet, dass er den Vorschlag seines Vaters annehmen würde. »Wirklich?«, brachte sie hervor.

»Ich hoffe, das ist okay für dich. So können meine Eltern dich wenigstens kennenlernen, und bei uns ist genug Platz. Wir werden in einem separaten Flügel wohnen.«

Maggie nickte. Und hielt vorsichtshalber den Mund, weil sie befürchtete, dass sie das, was ihr durch den Kopf ging, tatsächlich laut aussprechen könnte.

3

Das aus roten Ziegeln erbaute georgianische Herrenhaus der Shanahans war so groß wie ein Hotel. Es befand sich in bester Lage auf einem halben Hektar Land in Toorak, am Ende einer Sackgasse zurückgesetzt von der Straße. Eine hohe, cremefarbene Backsteinmauer und verzierte Tore wahrten die Privatsphäre zur Straßenseite und schützten die Nutzer des Swimmingpools vor neugierigen Blicken. Zahlreiche andere Häuser in dieser wohlhabenden Vorstadt hatten üppige Gärten, weitläufige Rasenflächen, Pools, Tennisplätze, Remisen für ihre Kutschen und einige sogar Torwächterhäuschen, und doch stellten die Shanahans sie alle in den Schatten.

Nach dem Mittagessen und einem Einkaufsbummel kamen Maggie und Patrick um sechs Uhr abends an. Maggies Stimmung war nach einem schönen Nachmittag mit Patrick etwas besser, der Anblick des Hauses der Shanahans aber schüchterte sie ein.

Jethro, der kurz vor ihnen nach Hause gekommen war, hatte seiner Frau bereits von der nicht standesgemäßen Ehe ihres Sohnes berichtet. Er war noch dabei, seiner tiefen Bestürzung darüber vehement Ausdruck zu verleihen, als Patrick und Maggie die große Eingangshalle betraten. Jethro brach ab und schwieg, während Patrick Maggie seiner Mutter vorstellte.

Rosemary Shanahan hatte kaum Zeit gehabt, die Nachricht zu verdauen. Natürlich war sie zutiefst schockiert, dass Patrick so eilig geheiratet hatte, aber darüber hinaus war sie bitter enttäuscht, der Gelegenheit beraubt worden zu sein, sämtliche Feierlichkeiten zu organisieren, die der Hochzeit eines der reichsten und begehrtesten Junggesellen Melbournes – ihres erstgeborenen Sohnes – würdig gewesen wären. Sie liebte extravagante Anlässe, und als Mutter des Bräutigams hätte ihr das eine herausragende Position eingebracht.

Maggie verfügte normalerweise über eine gute Menschenkenntnis, aber Rosemarys wahre Gefühle in Bezug auf die Hochzeit ihres Sohnes konnte sie nicht ausmachen. Die Gesichtszüge der Frau waren durch jahrelanges Training so leblos wie eine Maske. Selbst Maggies in dieser Hinsicht ungeschultes Auge konnte sehen, dass die Frau bis ins Detail herausgeputzt, verschönert und geglättet und damit bestens geeignet war, die Dame des Hauses zu spielen. Aber Maggies erster Eindruck von ihrer neuen Schwiegermutter war, dass sie die Wärme eines Eisbergs ausstrahlte.

»Ich werde Sie Margaret nennen«, verkündete Rosemary nach der Vorstellung. »Ich besaß einmal eine bösartige Tigerkatze namens Maggie. Sie zerriss meine Vorhänge und kratzte mich jedes Mal, wenn ich versuchte, sie zu streicheln. Ich möchte nicht ständig an sie erinnert werden.«

Maggie war befremdet. »Ich bin keine Katze, und ich werde gerne Maggie genannt. Margaret klingt nicht annähernd so freundlich oder umgänglich, wenn ich das so sagen darf.«

Rosemary starrte sie erstaunt an. Maggie hatte es tatsächlich gewagt, sich ihr entgegenzustellen. »Und das ist nicht gut?«, protestierte sie. »Außerdem hat *Margaret* mehr Stil als *Maggie.*« Sie hielt inne und schürzte die Lippen. »Nun, vielleicht passt *Margaret* wirklich nicht zu Ihnen.«

Maggie war ziemlich sicher, dass sie gerade beleidigt worden war, beschloss aber, dass die Bemerkung nicht so gemeint gewesen war. »Nennt niemand Sie Rosie?«, fragte sie unschuldig, während sie zum Wohnzimmer geführt wurde.

»Ganz bestimmt nicht!«, erwiderte Rosemary entsetzt. »Das würde ich nie tolerieren!«

Und damit war das Thema für sie zweifelsohne beendet. Schon nach wenigen Minuten mit ihren neuen Schwiegereltern entschuldigten sich diese und gingen nach oben, um sich für das Abendessen fertig zu machen.

Das Abendessen an einem pompösen Esstisch mit zwölf Gedecken begann als recht gestelzte Angelegenheit. Patrick hatte am Nachmittag darauf bestanden, neue Kleider für Maggie zu kaufen, aber sie hatte darauf geachtet, dass er nicht zu viel dafür ausgab. Sie fühlte sich wohl, als sie in einem ihrer neuen Kleider den Speisesaal betrat. Es war zweifelsohne das schönste Kleid, das sie je besessen hatte. Doch als ihr Blick auf Rosemarys blaue Kreation aus fließender Seide und Chiffon fiel, erschien ihr hübsches, gelbes Kleid im Vergleich dazu wie ein Sack.

Patrick tat sein Bestes, die Konversation in Gang zu halten. Er erzählte seinen Eltern von den Pinguinen auf Phillip Island, den Pelzrobben am Nobbies Outcrop und von Missus Freebairn und dem Shangri-La-Gästehaus.

Aber Rosemary war mit ihren Gedanken woanders. Sie erinnerte sich an ihre Versuche, Patrick davon abzuhalten, seine Sommerfrische mit einfachen Leuten auf Phillip Island zu verbringen. Und siehe da, schon war es passiert: Er hatte eine von denen geheiratet! Sie war entsetzt.

Maggie hörte Patrick ebenfalls nur mit halbem Ohr zu, allerdings aus einem anderen Grund. Sie war voller Ehrfurcht angesichts des Speisesaals, der größer war als das Cottage ihrer Eltern. Noch nie hatte sie derart glänzendes Besteck und so feines Porzellan zu Gesicht bekommen. Sie fürchtete fast, etwas zu berühren, aus Angst, es könnte zerbrechen.

Mitten auf dem Tisch standen zwei prächtige fünfarmige Kandelaber. Das Licht der Kerzen ließ die Kristallkelche funkeln und verlieh dem Rotwein eine unbeschreiblich schöne rubinrote Farbe. Maggie wusste nichts über Kunst, aber sie bewunderte die Gemälde an den Wänden. Während Rosemary eines der Dienstmädchen wegen eines Fehlers bei der Faltung der Servietten abkanzelte, fragte sie Patrick nach einem der Werke.

»Hat einer deiner Eltern das entzückende Kunstwerk über dem Buffet gemalt?« Das Bild gefiel ihr ausgesprochen gut, und sie hätte ihnen gern ein Kompliment gemacht.

Patricks braune Augen funkelten vor Vergnügen. »Nein, Maggie, das Gemälde stammt von Pierre-Auguste Renoir. Mein Vater ist sicher, dass es eines Tages ein Vermögen wert sein wird.«

»Der Kauf hat mich ein Vermögen gekostet«, rief Jethro, der die Bemerkung gehört hatte.

»Was hat dich ein Vermögen gekostet?«, wollte Rosemary wissen, während das Dienstmädchen mit hochrotem Gesicht davonhuschte.

»Der Renoir. Margaret dachte, du oder ich hätten es gemalt.« Jethro rollte die Augen.

Rosemary blickte Maggie an, als wäre ihr ein zweiter Kopf gewachsen, und ließ sie deutlich spüren, dass sie einen Fehler gemacht hatte.

»Auguste Renoir ist ein bekannter französischer Impressionist, meine Liebe. Dieses Kunstwerk ist bekannt als *Frühstück der Ruderer*. Es ist ein romantisierendes Porträt von Renoirs Freunden, die einen Nachmittag auf einem Balkon über der Seine verbringen. Ein sehr wertvolles Werk.«

»Wenn Sie das sagen«, sagte Maggie, keinen Deut schlauer. Für sie war es einfach nur ein Gemälde, das ihr gefiel, ohne herausragende Eigenschaften.

»Das Gemälde soll den Wandel der französischen Gesellschaft als Folge der industriellen Revolution repräsentieren«, sagte Patrick. »Zum Beispiel öffneten sich plötzlich Restaurants für Leute aller Klassen. Das stimmt doch, Mutter?«, fügte er ausdrücklich hinzu.

»Vermutlich.« Rosemary freute sich, dass das Dienstmädchen in diesem Moment frische Austern servierte.

Maggie hatte noch nie zuvor Austern gegessen. Im Haushalt ihrer Eltern waren sie ein unbezahlbarer Luxus, aber das würde sie hier nicht preisgeben. Also beobachtete sie, wie Patrick das Fleisch mit einer winzigen Gabel aus den Schalen zupfte, und tat es ihm nach. Beim Geschmack des rohen Muschelfleischs in ihrem Mund hätte sie es am liebsten sofort ausgespuckt, aber sie schluckte in dem Versuch, möglichst welterfahren zu erscheinen.

»Wie schmecken Ihnen die Austern?«, fragte Rosemary. »Sie kommen frisch aus der Bucht.«

»Sie sind recht gut«, erklärte Maggie höflich, doch Rosemary bemerkte, dass sie wenig beeindruckt war.

»Bevorzugen Sie Garnelen oder Hummer?«, erkundigte sie sich, ohne sich um den verachtenden Blick ihres Sohnes zu kümmern.

»Das weiß ich nicht. Ich habe beides noch nie gegessen. Mein Vater geht manchmal in der Bucht Muscheln suchen. Wenn er genug mit nach Hause bringt, legt Mum sie ein«, sagte Maggie.

»Muscheln!« Rosemary verzog angewidert den Mund.

»Haben Sie die schon einmal gegessen? Ich bringe Ihnen gern einmal ein Glas von zu Hause mit«, bot Maggie an.

Rosemary schauderte. »Nicht nötig, meine Liebe.«

Patrick wechselte das Thema, indem er seinen Eltern von dem Angelabenteuer auf Phillip Island erzählte, bei dem Maggie mehrere Australische Heringe gefangen hatte, die Missus Freebairn anschließend zubereitet hatte.

»Das war aufregend, nicht wahr?«, wandte er sich an Maggie.

»Ja, das war es. Wir haben die Fische mit anderen Gästen des Shangri-Las geteilt.«

Rosemary und Jethro hatten bis dahin Patricks Urlaub oder die anschließende Hochzeit samt Feier nicht kommentiert, und auch dieses Mal schwiegen sie dazu. Stattdessen begannen sie ein Gespräch über ihre Freunde sowie Leute aus der Geschäftswelt. Maggie fühlte sich ausgeschlossen und konnte sich des Eindrucks nicht erwehren, dass dies vonseiten ihrer Gastgeber beabsichtigt war. Die Shanahans ließen sie spüren, dass sie nicht in ihre Welt gehörte – sie war eine Außenseiterin. Sie hörte nur mit halbem Ohr zu, während sie überlegte, wie sie die Denkweise ihrer Schwiegereltern ändern könnte und ob das überhaupt möglich war.

Und sie hoffte, dass Patricks Geschwister sie herzlicher aufnehmen würden. Doch Maggies Erwartung, dass seine Eltern ein Treffen mit ihnen vorschlagen würden, möglicherweise ein gemeinsames Familienessen oder einen Nachmittagstee, wurde enttäuscht. Rosemary erwähnte zwar ihre Tochter, aber nur um zu sagen, dass Rebecca einen Börsenmakler geheiratet hatte und ihr zweites Kind erwartete. Und zu ihrem jüngsten Sohn Anthony bemerkte sie lediglich, dass es ihm an der Universität, wo er Jura studierte, gut ging. Maggie begann, Patrick zu bemitleiden, denn auch wenn seine Eltern keinerlei materielle Sorgen hatten, zeigten sie nicht die geringste Zuneigung, was ihre Kinder oder Enkelkinder betraf. Maggie bezweifelte nicht, dass sie sie liebten, aber wichtig schien nur zu sein, was sie erreicht hatten, und nicht, welch wunderbare Menschen aus ihnen geworden waren. Ihr Glück wurde nicht in die Rechnung einbezogen. Maggie war zutiefst beunruhigt.

Als das Dessert aufgetragen wurde, konnte Rosemary ihre Neugier in Bezug auf Maggie nicht länger zügeln, ihre Fragen jedoch richtete sie an Patrick.

»Hast du Maggies Eltern kennengelernt, Patrick?«

»Ja, heute früh.« Patrick schenkte Maggie ein beruhigendes Lächeln.

»Und wie haben sie auf deine überstürzte *Heirat* mit ihrer Tochter reagiert?«

Betroffen registrierte Maggie, dass Rosemary schauderte, als sie das Wort Heirat aussprach.

»Sie waren sicher begeistert«, stellte Jethro sarkastisch fest, ohne von seinem Nachtisch aufzublicken.

»Eigentlich waren sie eher schockiert, genau wie du und Mum«, sagte Patrick. »Sie wollen nur das Beste für ihre wundervolle Tochter.«

»Und das Beste haben sie bekommen«, konstatierte Rosemary fast empört. »Du bist ein guter Fang, der beste in Melbourne, aber woher sollten sie das wissen? Zahlreiche Herzen werden gebrochen werden, sobald durchsickert, dass du verheiratet bist.«

»Das stimmt … Ich hatte großes Glück, dass ich Patrick kennenlernen durfte und dass er sich in mich verliebt hat«, warf Maggie ein, um sich an diesem Gespräch zu beteiligen und nicht nur dessen Thema sein. »Aber die Reaktion meiner Eltern ist doch verständlich: Ich reiste als junges Fräulein in die Sommerfrische und kam kaum einen Monat später verheiratet zurück.«

»Ich freue mich, dass Ihnen klar ist, wie impulsiv das war«, sagte Rosemary. »Haben Sie Geschwister? Oder sollte ich fragen, wie viele Geschwister Sie haben? Schließlich stammen Sie aus einer irischen Familie.«

»Shanahan ist ein irischer Name«, betonte Maggie. Sie wollte nicht unverschämt sein, aber sie wollte etwas klarstellen.

»Das ist richtig, meine Liebe, das ist er. Aber ich bin Engländerin. Wir vermehren uns nicht wie die Kaninchen.«

»Und ich habe keine Geschwister.« Maggie war froh, ihr Paroli bieten zu können.

»Oh! Warum nicht?«

»Meine Mutter sagt, ich sei ein Geschenk Gottes, weil sie nach einem Unfall in ihrer Kindheit nicht damit rechnen konnte, überhaupt Kinder zu bekommen.« Maggie errötete. Weiter ins Detail wollte sie nicht gehen, das Thema war zu persönlich.

»Ich verstehe. Und wo wohnen Ihre Eltern?«, fragte Rosemary, entschlossen, Maggie an ihren rechtmäßigen Platz zu verweisen.

»In Broadmeadows.« Maggie blickte zu Jethro, der sie kalt anstarrte.

»Aha«, sagte Rosemary lediglich, als sei sie wenig überrascht. »Hat Ihr Vater Arbeit?«

Maggie war klar, dass sie der Frage zum Beruf ihres Vaters nicht ewig ausweichen konnte, aber es ärgerte sie, dass Rosemary annahm, er wäre arbeitslos. »Ja, natürlich. Er arbeitet bei Samuel und Hastings«, sagte sie so ruhig wie möglich.

»Ist das eine Fabrik?« Rosemarys Stimme troff vor Hochmut.

»Es ist eine Gießerei«, erklärte Maggie. »Dort werden Dinge aus Metall, Kamingarnituren und Fensterverkleidungen hergestellt.

Vermutlich befindet sich auch in diesem Haus etwas von Samuel und Hastings.«

Rosemary blinzelte, sie war sichtlich entsetzt. »Das bezweifele ich, meine Liebe. Ich erwarte nicht, dass Ihnen der Unterschied bewusst ist, aber nahezu alles hier ist importiert.«

»Ihr Haus und die Einrichtung sind wirklich sehr schön, aber überlegen Sie doch mal, wie viel Geld Sie hätten sparen können, wenn Sie bei ortsansässigen Herstellern gekauft hätten«, sagte Maggie überzeugt.

Patrick hätte beinahe laut gelacht. »Maggie hat recht, Mutter«, brachte er schließlich hervor, ohne dem Blick seiner Mutter auszuweichen.

Jethro schüttelte ungläubig den Kopf.

»Ist Ihr Vater in der Leitung der Gießerei?«, fragte Rosemary, nachdem sie sich wieder gefangen hatte, mit der geringen Hoffnung, dass Maggie sie vielleicht doch noch überraschen könnte.

»Nein. Mein Vater gießt das geschmolzene Metall in Formen. Das erfordert großes Geschick«, sagte Maggie stolz.

»Sicher.« Es gelang Rosemary nicht, ihr Missfallen zu verbergen. »Bitte entschuldigen Sie mich. Ich habe Kopfschmerzen und möchte mich zurückziehen.« Sie erhob sich. »Gute Nacht, *Maggie*, Patrick«, fügte sie kalt hinzu. Mit einem abschließenden Blick auf ihren Mann verließ sie den Speisesaal, ihre Seidenröcke fegten im Gehen über den Parkettboden.

Maggie seufzte. Sie war froh, dass die »Inquisition« vorbei war. Dann meldete sich wieder das Gefühl der Herabwürdigung, als ihr aufging, dass ihre Schwiegereltern ihren Sohn nicht zu seiner Hochzeit mit ihr beglückwünscht hatten.

»Im Arbeitszimmer sind einige Papiere, die deiner sofortigen Aufmerksamkeit bedürfen, Patrick.« Jethro stand ebenfalls auf.

»Können die nicht bis morgen warten?«, fragte Patrick. Er drückte Maggies Hand voller Vorfreude darauf, mit ihr allein zu sein.

»Es dauert nur ein paar Minuten«, erwiderte Jethro.

»Geh ruhig, Patrick.« Maggie nickte. »Ich komme zurecht.«

Während Patrick und sein Vater sich auf den Weg ins Arbeitszimmer machten, trat Maggie ans Fenster und ließ ihren Blick über die terrassierten Gärten schweifen. Im Licht der Laternen waren sie wirklich wunderschön, die Baumwipfel und der Pool wirkten wie in Mondlicht getaucht. *Wie schade*, dachte sie, *dass ein so schönes Haus keine netten Besitzer hat.*

»Stellen Sie sich vor, dass das alles eines Tages Ihnen gehören wird?«

Maggie wirbelte herum und erblickte Jethro direkt hinter ihr. »Ganz bestimmt nicht«, stammelte sie überrascht über seine Anwesenheit. »Ihr Zuhause ist schön, aber ein kleines Cottage wäre für mich ausreichend.«

Seine Augen verengten sich. »Erwarten Sie, dass ich das glaube?«

»Es ist die Wahrheit«, verteidigte sich Maggie. »Sie können es glauben oder auch nicht. Ich möchte ein Haus dieser Größe nicht putzen müssen.«

»Können Sie sich ernsthaft vorstellen, dass meine Frau einen Mopp oder Staubwedel in die Hand nimmt?«, konterte Jethro herablassend. Es war eher eine Aussage als eine Frage – der Versuch, sie darauf hinzuweisen, wie lächerlich naiv sie war.

Maggie fragte sich, ob er ernsthaft eine Antwort erwartete. Sie hatte ihrer Mutter beim Saubermachen geholfen, seit sie ein kleines Mädchen war.

Jethro kam der Gedanke, dass er in den fünfundzwanzig Jahren ihrer Ehe noch nie gesehen hatte, dass Rosemary auch nur einen Finger im Haushalt rührte. »Ich muss zum Ausdruck bringen, dass ich verwirrt bin. Patrick hätte jede Frau haben können. Die Crème de la Crème der High Society. Warum hat er ausgerechnet Sie gewählt?«

Maggie zuckte innerlich zusammen. »Die Antwort ist einfach. Er hat sich in mich verliebt«, sagte sie ernst.

»Ich denke eher, er hat Sie begehrt«, sagte Jethro. »Sie haben sicher all Ihre weiblichen Reize benutzt, um ihn zu verführen.«

Schockiert trat Maggie einen Schritt zurück. »Ich kann Ihnen versichern, dass ich so etwas nie getan habe«, widersprach sie. »Wir sind gewandert, haben gepicknickt, abends bei Kerzenschein gespeist und haben uns ineinander verliebt. Verführung war dabei nicht im Spiel.«

Jethro blickte sie skeptisch an. »Das ist schwer zu glauben«, erklärte er unhöflich.

»Glauben Sie doch, was Sie wollen«, antwortete Maggie, die es satthatte, beleidigt zu werden.

»Ich denke, er hat Ihnen erzählt, dass er aus einer reichen Familie stammt, und Sie sahen eine Chance, Ihre Stellung im Leben zu verbessern.«

»An meinem Leben war überhaupt nichts auszusetzen; es brauchte keinerlei Verbesserung«, widersprach Maggie verärgert.

Jethro grinste und rollte die Augen. »Soll ich etwa glauben, dass es der Traum einer jeden jungen Frau ist, in Broadmeadows eine Familie zu gründen?«

Maggie war spätestens jetzt klar, dass sie Jethro Shanahan überhaupt nicht leiden konnte. »Patrick ist ein wunderbarer Mann. Deshalb liebe ich ihn. Ich liebe ihn so sehr, dass ich bereit bin, darüber hinwegzusehen, wie sehr Sie auf mich und meine Familie hinabschauen. Und ich bin sicher, dass wir unseren eigenen Weg finden und glücklich sein werden, all Ihrer Einwände zum Trotz.«

»Das bezweifele ich sehr.« Jethro war ärgerlich, dass sie den Mut hatte, ihm zu widersprechen, das trauten sich nur wenige Menschen. »Patrick arbeitet in meiner Firma, und er wird eines Tages ein Vermögen erben. Die Frau an seiner Seite sollte seiner würdig sein. Es ist völlig klar, dass seine Welt und Ihre Welt viel zu unterschiedlich sind, als dass Sie je in sein Leben passen könnten. Er hat einen großen Fehler gemacht, als er Sie heiratete. Sie sollten das Richtige für ihn tun und Ihre Ehe annullieren lassen.«

Maggie war fassungslos. Ihr Vater hatte tatsächlich recht gehabt mit seiner Einschätzung: Die »feinen Pinkel« wollten nicht, dass sie zu einem Teil ihres Lebens wurde, und das war demütigend. Sie kämpfte gegen die Tränen an, denn sie wollte unter keinen Umständen, dass er bemerkte, wie sehr er sie verletzt hatte. Diese Genugtuung gönnte sie ihm nicht. »Patrick liebt mich, und ich liebe ihn viel zu sehr, um ihm das Herz zu brechen«, sagte sie so ruhig wie möglich.

»Vielleicht ist er im Moment der Meinung, dass er Sie liebt, aber eines gar nicht so fernen Tages wird er merken, dass er einen großen Fehler gemacht hat. Wenn Sie ihn so sehr lieben, wie Sie behaupten, würden Sie ihn freigeben.«

Jethro drehte sich um und verließ den Speisesaal, gerade als ein Dienstmädchen mit einem Tablett hereinkam, um den Tisch abzuräumen. Ihr Gesichtsausdruck verriet, dass sie zumindest einen Teil des Gesprächs mitbekommen hatte.

»Kann ich Ihnen etwas bringen, Missus?«, fragte sie freundlich.

Maggie war so außer sich, dass sie kaum atmen konnte. Niemals zuvor war sie so furchtbar behandelt worden. »Nein, danke. Ich möchte mich zurückziehen.« Sie wollte jetzt unbedingt allein sein.

»Soll ich Ihnen vielleicht einen Kakao bringen, Missus?«

Maggie schüttelte den Kopf. Sie wagte nicht zu sprechen, weil sie dann in Tränen ausbrechen würde. Mit zittrigen Beinen machte sie sich auf den Weg in den Gästeflügel. Sie konnte nur hoffen, dass sie sich unterwegs nicht verirrte.

Das Gästezimmer war geräumig und elegant eingerichtet. Es wurde dominiert von einem Himmelbett mit Samtvorhängen und goldenen Quasten. Auf den polierten Dielen lagen Perserteppiche, und in einer Ecke stand ein mit Tapisserie bezogener Stuhl. In einer Nische gab es sogar eine Badewanne, aber Maggie war nicht in der Stimmung, diesen Luxus zu genießen. Sie fühlte sich zutiefst unglücklich. Sie liebte Patrick von ganzem Herzen, aber Jethro hatte Zweifel in ihr gesät. Würde Patrick auf lange Sicht glücklich mit ihr sein?

Maggie machte sich bereit für die Nacht, und als Patrick ins Bett kam, liebten sie sich. Danach lag Maggie in seinen Armen. Er bemerkte, dass sie sehr still sei, aber sie beruhigte ihn, sie sei nur müde.

»Du kannst morgen ausschlafen, Liebste. Ich muss früh ins Büro, bleibe aber nur kurz dort. Wenn ich nach Hause komme, machen wir eine Kutschfahrt durch die Royal Botanical Gardens. Danach essen wir irgendwo zu Mittag und beginnen dann mit der Suche nach einem eigenen Zuhause.«

»Das klingt wunderbar.« Maggie sehnte sich danach, dieses Haus zu verlassen und ihr eigenes Leben zu beginnen. »Wo wollen wir mit der Suche beginnen?«

»Warum nicht gleich hier in Toorak? Oder vielleicht in einem der benachbarten Vororte, wie Hawthorn oder Kooyong?«

Dass Patrick in der Nähe seiner Eltern leben wollte, bestürzte Maggie. »Wir sind frisch verheiratet, Patrick. Wie könnten wir es uns leisten, in Toorak zu wohnen?«

»Ich verdiene gut, mach dir darüber bitte keine Sorgen«, sagte Patrick.

Maggie runzelte die Stirn. »Finden wir denn hier in der Nähe ein gemütliches Cottage?« Denn das war immer noch ihr Traumhaus. Sie hoffte, dass er auch weiter wegziehen würde.

Patrick lachte. »In einem winzigen Häuschen können wir keine Empfänge veranstalten, Liebes.«

Maggie fühlte, wie ihr Traum ihr entglitt. »Ich würde mich in einem so großen Haus nicht wohlfühlen«, gab sie zu bedenken. Sie wollte sie selbst sein und nicht so tun, als wäre sie ein »feiner Pinkel«.

»So groß wie dieses hier muss es nicht sein, aber wir brauchen Platz für alle unsere Kinder.«

»Alle unsere Kinder? Wir hatten uns auf drei geeinigt.« Maggie stieß ihn spielerisch in die Rippen. »Gerade die richtige Anzahl für ein Häuschen mit vier Schlafzimmern, einem weißen Lattenzaun drum herum, einem Rosengarten und einer hübschen Küche, von der aus man auf einen Rasen blickt, auf dem die Kinder spielen.«

Patrick schüttelte den Kopf, verwundert darüber, wie anspruchslos Maggie war. »Wenn du erst einmal ein paar schöne Häuser gesehen hast, wirst du deine Meinung sicher ändern«, sagte er lächelnd.

Maggie bezweifelte, dass es so kommen würde.

Nachdem Patrick eingeschlafen war, lag Maggie noch lange wach. Sie haderte mit sich, weil sie ihm nicht vom Vorschlag seines Vaters erzählt hatte, aber sie hatte sich nicht dazu durchringen können. Sie wollte nicht auch noch Zwist zwischen ihm und seinen Eltern säen. Sie wusste, dass Patrick optimistisch daran glaubte, dass seine Eltern ihre Ehe akzeptieren würden, aber es lag auf der Hand, dass sein Vater sie immer würde loswerden wollen. Die Frage blieb: Könnten sie und Patrick in der Nähe seiner Eltern wohnen, wenn Jethro solche Gefühle hegte, oder würde es ihrem Schwiegervater eines Tages gelingen, einen Keil zwischen sie und Patrick zu treiben?

Um sechs Uhr morgens lag Maggie noch immer wach. Sie sehnte sich nach einer Tasse Tee und hoffte, dass die Shanahans um diese Uhrzeit noch schliefen. Leise schlüpfte sie aus dem Bett und in einen Morgenmantel, verließ das Zimmer und schlich auf Zehenspitzen über den Flur in Richtung Treppe. Auf halbem Weg die Mahagonitreppe hinunter vernahm sie plötzlich Stimmen. Sie kauerte sich auf die Treppe und erkannte Jethro und Rosemary im Frühstücksbereich der Küche, wo sie bei Tee, Toast und gekochten Eiern saßen. Maggie überlegte, ob sie in die Küche oder doch lieber wieder nach oben gehen sollte, als ihr aufging, dass die Shanahans über sie sprachen.

»Ich werde dieses Mädchen niemals akzeptieren. Niemals!«, fauchte Jethro wütend. »Wenn Patrick ihr nicht den Laufpass gibt, kümmere ich mich darum. Das verspreche ich dir.«

Maggie war entsetzt, doch das war noch lange nicht alles.

»Ich weiß nicht, was er sich dabei gedacht hat, ein Mädchen aus Broadmeadows zu heiraten. Ich dachte, er hätte mehr Verstand«, knurrte er wütend.

»Männer verlieren ihren Verstand, wenn sich eine junge Frau auf dem Präsentierteller anbietet«, sagte Rosemary unfreundlich. »Und ich bin mir sicher, dass dieses Mädchen genau das getan hat. Sie mag hübsch sein, aber eine streunende Katze hat mehr Klasse. Das wird auch Patrick sehen, wenn er sie sich lange genug anschaut.«

»Das sollte er besser bald tun, bevor wir zum Gespött von ganz Melbourne werden«, fügte Jethro hinzu.

Maggie hatte genug gehört. Blind vor Tränen floh sie nach oben, schlüpfte zurück ins Bett neben Patrick und presste ihre Lider zusammen, um den Tränen Einhalt zu gebieten. Noch nie im Leben hatte sie sich so elend gefühlt.

Es war nach neun Uhr, ehe Maggie es schweren Herzens erneut wagte, die Treppe hinabzusteigen. Patrick hatte gegen acht Uhr ihre Wange geküsst und sich ins Büro verabschiedet. Sie hoffte, dass auch Jethro bereits das Haus verlassen und Rosemary vielleicht ausgegangen war.

Eines der Dienstmädchen stand in der Küche und wusch das Geschirr der Shanahans ab. »Guten Morgen, Missus«, sagte sie, als Maggie eintrat. »Soll ich Ihnen Frühstück machen?«

»Nein, arbeiten Sie ruhig weiter. Tee und Toast kann ich mir selbst machen«, erklärte Maggie. »Und bitte nennen Sie mich Maggie.«

»Die Missus würde mich sofort hinauswerfen, wenn Sie sich Ihr Frühstück selbst machen müssten, Maggie«, lehnte das Dienstmädchen fast panisch ab und begann sofort, Brot zu schneiden.

Es war Maggie unangenehm, von jemandem bedient zu werden. Sie trat, angelockt von den Sonnenstrahlen, an die offenen französischen Türen und sah sich um. Die Terrasse bot einen guten Blick auf den Swimmingpool und eine Liegewiese, auf der die Shanahans und ihre Freunde Krocket zu spielen pflegten. Im warmen Schein der Sonne waren die Farben der Blumen, Sträucher, des Poolwassers und der grünen Rasenflächen atemberaubend schön.

»Ich bringe Ihnen Tee und Toast nach draußen, Maggie«, rief das Dienstmädchen.

Maggie trat hinaus und setzte sich im Schatten des Sonnenschirms auf einen Gartenstuhl. Trotz der frühen Stunde stach die Sonne bereits. Sie ließ ihren Blick umhergleiten und fragte sich, was ihre Eltern zum Haus der Shanahans sagen würden. Ihre Mutter wäre sicher neugierig, wie die »andere Hälfte« lebte, aber ihr Vater würde sich ganz sicher weigern, auch nur einen Fuß über die Schwelle zu setzen, weil er nicht zu den »feinen Pinkeln« gehörte. Inzwischen hatte sie verstanden, was er damit meinte. Die Shanahans hatten mehr als deutlich gemacht, dass sie nicht dazugehörte. Eine dunkle Wolke hing über ihrer Zukunft mit Patrick.

Wenige Minuten später servierte das Dienstmädchen ihr Tee und Toast. Doch Maggie fühlte sich keineswegs wie eine Prinzessin, im Gegenteil.

»Gewöhnen Sie sich gar nicht erst an diese Lebensweise«, hörte sie Jethro hinter sich sagen.

Maggie hätte vor Schreck beinahe ihren Tee verschüttet. Sie wandte sich um und erblickte Jethro vor den französischen Türen. Er starrte sie an.

»Guten Morgen, Mister Shanahan«, sagte sie leise. »Ich habe gerade Ihren Garten bewundert. Er ist wirklich wunderschön.«

Jethro setzte sich auf einen Stuhl ihr gegenüber und musterte sie missbilligend. »Patrick trifft sich heute Morgen mit Michael Sinclair, einem sehr wichtigen Kunden.«

»Oh.« Maggie hatte keine Ahnung, in welche Richtung das Gespräch verlaufen würde. Eines jedoch war sicher: Patricks Vater machte nicht nur Smalltalk.

»Patrick wird zukünftig unsere besten Kunden in seinem Hause zu Gast haben. Irgendwie kann ich mir nicht vorstellen, dass Sie die Rolle der Gastgeberin für Leute wie Michael und seine Frau Gloria adäquat ausfüllen könnten, und dann auch noch in einem Cottage. Patrick hat die Chance, in der Geschäftswelt von Melbourne eine äußerst gewichtige Rolle zu spielen. Und Sie werden dabei ein Mühlstein um seinen Hals sein. Das ist Ihnen doch klar, oder?«

Maggie fühlte sich zutiefst verletzt und wusste nicht, was sie sagen sollte. Sie hatte sich darauf gefreut, für Patrick die bestmögliche Ehefrau zu sein, aber Jethros Worte ließen Zweifel in ihr aufkommen.

»Reden wir doch offen miteinander.« Jethros Stimme war jetzt stahlhart. »Sie wollen Geld. Also: Wie viel soll es kosten, dass Sie Patrick verlassen und diese Ehe annullieren lassen?«

Maggie schnappte nach Luft. »Ich kann nicht glauben, dass Sie mir so etwas vorschlagen«, stammelte sie gedemütigt.

»Tun Sie doch nicht so. Ich rede von richtig viel Geld. Fünftausend Pfund.« Er zog ein Bündel Banknoten aus der Innentasche seiner leichten Jacke. »Nehmen Sie es, und verschwinden Sie, solange Patrick noch unterwegs ist.« Er streckte ihr das Bündel entgegen. »Wenn Sie es nicht nehmen und fortgehen, werde ich Patrick aus dem Geschäft drängen und enterben. Auf lange Sicht sehen Sie dann keinen Penny.«

»Patrick ist intelligent genug, um seine eigene Firma zu eröffnen. Er hat meinem Vater gesagt, dass er das vorhat«, entgegnete Maggie mutiger, als sie war.

»Ohne meine Hilfe wäre er dazu nicht in der Lage. Unterschätzen Sie den Einfluss nicht, den ich in dieser Stadt habe. Wenn ich wollte, könnte ich dafür sorgen, dass Patrick sich nicht einmal ein winziges Cottage leisten kann. Sie beide würden am Ende so leben wie Ihre Eltern und eine Hütte in Broadmeadows mieten. Ist es das, was Sie wollen?«

Maggie war sprachlos. Dass Jethro Patrick verletzen würde, nur um ihr eins auszuwischen, war ein Schock.

»Nehmen Sie es.« Jethro hielt ihr die Scheine vor die Nase. »Es ist eine Menge Geld, genug, um ein neues Leben irgendwo weit weg von hier zu beginnen. Machen Sie sich keine Sorgen um Patrick. Es gibt eine Menge hübscher, gut erzogener junger Frauen in dieser Stadt. Er wird bald über Sie hinwegkommen.«

Maggie stand auf. Ihre Beine zitterten. »Ich will Ihr Geld nicht«, sagte sie blass vor Wut.

»Ich will, dass Sie aus dem Leben meines Sohnes verschwinden, und ich werde tun, was ich tun muss, damit das geschieht. Also, nehmen Sie das Geld«, fuhr Jethro sie an.

Aufgebracht schlug Maggie ihm das Geld aus der Hand. Die Scheine verteilten sich über die Terrasse, einige flatterten in den Pool, wo sie auf der Oberfläche dümpelten. »Sie glauben wohl, dass Sie etwas Besonderes und Wichtiges sind, allen anderen überlegen«, presste sie tief betroffen hervor. »Aber Sie sind der lebende Beweis dafür, dass man mit Geld kein wohlerzogenes Benehmen kaufen kann. Mein lieber Vater hat doppelt so viel Stil wie Sie. Er behandelt jeden Menschen mit Anstand und Respekt, egal woher er kommt. Sie könnten die eine oder andere Lektion von ihm lernen.« Damit drehte sie sich um und ging.

Tränenblind stieg sie die Treppe hinauf. Minuten später kam sie mit ihrem kleinen Koffer hinunter. Als sie sich zur Haustür wandte, sah sie gerade noch, wie das Dienstmädchen die letzten Scheine aus dem Pool fischte. Sie empfand Mitleid mit der jungen Frau. Hastig riss sie die Tür auf, verließ das Haus und ließ die Tür lautstark hinter sich ins Schloss fallen.

Mit erhobenem Kopf, den Blick stur nach vorne gerichtet, schritt Maggie die Straße hinunter. Sie zitterte immer noch, als sie schweren Herzens auf die Hauptstraße zusteuerte, um von dort mit der Straßenbahn in die Stadt zu fahren. Sie hatte keine Ahnung, wohin sie gehen oder was sie tun sollte. Sie wusste nur, dass sie nicht Patricks Frau sein konnte, ganz gleich, wie sehr sie ihn liebte. Aber nach Hause gehen wollte sie im Moment auch nicht, sie war zu stolz, ihren Eltern zu gestehen, dass sie recht behalten hatten und dass sie nicht gut genug für die »feinen Pinkel« war.

Jethro Shanahan empfand eine Mischung aus Wut und Freude, als er die Tür ins Schloss fallen hörte. Wütend war er, dass Maggie es gewagt hatte, ihn zu beleidigen, gleichzeitig aber war er unendlich froh, dass sie verschwunden war. Er hatte nicht nur sein Ziel erreicht und sein Versprechen seiner Frau gegenüber gehalten, sondern auch noch fünftausend Pfund gespart.

Es spielte keine Rolle, dass Patrick traurig darüber sein würde – das wäre nur für kurze Zeit. Er würde darüber hinwegkommen.

Dafür würde Jethro sorgen.

4

Maggie war während der Fahrt in die Stadt wie betäubt. Sie floh vor der Hitze in ein Café, wo sie sich in die hinterste Ecke verkroch. Die zahlreichen schreienden Babys mit ihren roten Gesichtern und ihre verwirrten jungen Mütter, die eigentlich nach Hause wollten, um sich schleunigst ihrer Korsetts und Petticoats zu entledigen, nahm sie gar nicht wahr. Sie fühlte sich unendlich verloren, sehnte sich mit jeder Faser ihres Körpers nach Patrick. Aber sie konnte ihn nicht vor die Wahl stellen: ich oder deine Eltern, und sie konnte ihm auch nicht sagen, wie Jethro und Rosemary wirklich über sie dachten. Aber war es wirklich besser, ihn glauben zu lassen, sie hätte ihn aus freien Stücken verlassen? Nicht zu wissen, was sie tun sollte, brachte sie fast um den Verstand.

Maggie überlegte, was Jethro Patrick über sie erzählen würde. Sicherlich nichts Positives. Er würde wahrscheinlich behaupten, dass sie nichts tauge, ihn verlassen hätte und jemanden wie ihn nicht verdiente. Allein der Gedanke daran schmerzte. Und sie konnte noch immer nicht fassen, dass Patricks Vater tatsächlich damit gedroht hatte, das Leben seines Sohnes zu ruinieren, wenn er bei Maggie blieb. Es fiel ihr schwer zu glauben, dass ein Vater derart herzlos sein konnte.

Lange nachdem die weinenden Babys wieder in ihre Kinderwagen gesetzt und nach Hause gebracht worden waren, saß Maggie immer noch da und überlegte, was sie tun sollte. Logisch wäre es, ebenfalls nach Hause zu gehen, aber sie konnte sich nicht dazu durchringen. Ihr Vater würde eine Erklärung verlangen, und die würde ihn wütend auf Patrick machen, der zuließ, dass sein

Vater sie schlecht behandelte. Und Charlie Cassidy war berüchtigt für sein irisches Temperament. Die Vorstellung, wie er Jethro Shanahan k.o. schlug, war verlockend, aber dann würde ihr Vater umgehend im Gefängnis landen. Nein, im Moment war es ihr lieber, dass ihre Eltern sie glücklich verheiratet wähnten, auch um den Preis, dass sie nicht nach Hause gehen konnte.

Als die Kellnerin an ihren Tisch trat, um ihre nächste Bestellung aufzunehmen, bat Maggie zerstreut um eine Kanne Tee und verlor sich dann sofort wieder in Gedanken.

»Entschuldigung«, hörte sie plötzlich die Stimme einer jungen Frau. »Darf ich mich zu Ihnen setzen? Leider ist nichts anderes mehr frei.«

Maggie nickte abwesend, ohne die Frau wirklich anzuschauen. Erst als diese anfing zu schniefen, hob Maggie den Kopf. In dem Moment, in dem die Kellnerin die Kanne Tee an den Tisch brachte, brach die junge Frau in Tränen aus.

»Noch eine Tasse, bitte«, bat Maggie die sichtlich erschrockene Kellnerin. Auch wenn sie kaum genügend Kraft verspürte, sich mit den Sorgen anderer zu beschäftigen, konnte sie nicht so tun, als hätte sie die offensichtliche Verzweiflung dieses Mädchens nicht gesehen. Sie bot ihr ein Taschentuch an, das die Frau dankbar annahm. Als die Kellnerin die zweite Tasse brachte, goss Maggie Tee für sie beide ein.

»Nach einer Tasse Tee wird es Ihnen besser gehen«, sagte sie sanft. »Zumindest hoffe ich, dass es bei mir dieses Mal funktioniert.«

Die junge Frau tupfte sich die Tränen ab und schniefte. Sie war ein wenig jünger als Maggie, vielleicht achtzehn oder neunzehn, und trug keinen Ehe- oder Verlobungsring.

»Danke, das ist sehr freundlich von Ihnen«, sagte sie schließlich. »Und Entschuldigung, ich sollte hier nicht herumheulen wie ein Schulmädchen. Aber mein Freund zieht in eine Bergbaustadt in der Nähe von Perth, um dort zu arbeiten«, wieder füllten sich ihre Augen mit Tränen, »und ich werde ihn so sehr vermissen.« Sie schniefte. »Aber Western Australia ist nicht das Ende der Welt, oder? Wir können uns schließlich schreiben …«

»Nein, das ist nicht das Ende der Welt. Und es ist wahrscheinlich auch nicht für immer.« Maggie seufzte. »Ich würde Ihre Sorgen glatt gegen meine tauschen«, murmelte sie entmutigt.

Die junge Frau sah sie mit großen Augen an. »Wirklich? Darf ich fragen …?«

Maggie atmete tief durch. Sie hatte nicht die Angewohnheit, die intimen Details ihres Lebens mit Fremden zu teilen, aber vielleicht würde es den Schmerz lindern, wenn sie sich jemandem anvertraute. Und vielleicht hatte die junge Dame ja eine Idee, was sie tun könnte. »Ich habe gerade einen Mann geheiratet, dessen reiche Familie mich ablehnt. Mein Schwiegervater hat mir unmissverständlich klargemacht, dass ich um jeden Preis verschwinden muss.«

»Und das haben Sie getan?«, hakte die junge Frau nach.

»Ja, ich wollte ihm die Stirn bieten, aber als er mir heute drohte, seinen Sohn zu enterben, bin ich fortgelaufen. Ohne meinem Mann eine Erklärung zu geben. Und jetzt weiß ich nicht, wohin ich gehen soll.«

»Können Sie nicht zu Ihren Eltern zurückkehren?«

»Doch, aber mein Vater hatte mich gewarnt, dass meine Schwiegereltern meine Ehe mit ihrem Sohn niemals akzeptieren würden, und ich mag nicht zugeben, dass er recht behalten hat. Erst gestern Morgen habe ich ihm noch versichert, dass unsere Liebe stark genug sei, alle Probleme zu überwinden, mit denen wir konfrontiert werden. Gott, war ich naiv! Es ist so demütigend. Aber ich habe auch Angst, dass mein Vater sich an meinem Mann oder seinem Vater rächen würde. Sein Geduldsfaden ist ziemlich kurz.«

Die junge Frau nippte an ihrem Tee. »Wenn Ihr Mann Sie liebt, sollte es ihm egal sein, was seine Familie denkt.«

»Er liebt mich, da bin ich mir sicher. Aber ich will nicht der Grund dafür sein, dass sein Leben zerstört wird. Auf lange Sicht würde er es mir vielleicht übel nehmen und möglicherweise bereuen, mich geheiratet zu haben.«

Die Gesichtszüge des Mädchens wurden weich. »Sie lieben ihn wirklich, nicht wahr?«

»Ja, ich liebe ihn.« Maggie ließ ihren Tränen freien Lauf. Sie suchte in ihrer Handtasche nach einem weiteren Taschentuch und betupfte damit ihre Wangen. »Ich heiße Maggie«, sagte sie schließlich. »Wenn ich Ihnen schon meine Lebensgeschichte erzähle, kann ich Ihnen auch meinen Namen verraten.« Sie rang sich ein kleines Lächeln ab, das die junge Frau erwiderte.

»Ich bin Jenny, Jenny Price.«

Maggie nickte. »Was soll ich jetzt nur tun, Jenny? Ich habe nicht viel Geld, daher sind meine Möglichkeiten begrenzt.«

»Sie könnten sich in der Stadt in einer Pension einmieten und Arbeit suchen.«

»Ich habe einen Job. Aber sowohl mein Mann als auch sein Vater arbeiten in der Stadt. Wenn ich Patrick träfe, würde er nicht verstehen, dass ich ihn um seinetwillen verlassen habe, und ich könnte ihm die Gründe dafür nicht erklären, ohne einen Keil zwischen ihn und seine Familie zu treiben. Ich kann also unter keinen Umständen in Melbourne bleiben. Ich muss fort. So weit es geht.« Sie blickte Jenny nachdenklich an. »Aber wohin? Vielleicht mit einer Postkutsche nach Sydney oder Adelaide.«

»Noch weiter weg kämen Sie mit dem Dampfschiff. Mein Freund fährt damit zu seiner neuen Arbeit. Morgen Nachmittag legt es in Richtung Perth ab. Von dort geht es dann weiter nach Kalgoorlie.«

»Und Sie werden ihn vermissen«, sagte Maggie mitfühlend.

»Ja. Aber für Kenneth ist der Job eine große Chance. Ich wollte mit ihm nach Perth ziehen, aber meine Familie erlaubt es mir nicht. Obwohl dort meine Tante Kate lebt, Mums Schwester. Sie hat mir angeboten, bei ihr zu wohnen, bis ich alt genug bin, Kenneth zu heiraten, aber mein Vater sagt, dass ich nicht ohne Anstandsdame zusammen mit meinem Freund das Dampfschiff nehmen darf.«

»Könnte nicht jemand aus Ihrer Familie mit Ihnen reisen?«

»Mum und Dad können sich Urlaub nicht leisten, und meine Schwester ist zu jung. Ich würde ja eine Freundin bitten, aber Mum sagt, dass die Anstandsdame mindestens einundzwanzig sein muss, dazu am besten noch verheiratet. Aber meine Freundinnen sind alle in meinem Alter und ledig. Ich bin erst achtzehn, es dauert also noch drei Jahre, bis ich alt genug bin, ohne Anstandsdame zu reisen.«

Maggie betrachtete sie nachdenklich. »Sie hätten Kenneth heiraten können. Dann könnten Sie zusammenbleiben.«

»Meine Eltern sind der Meinung, dass ich zu jung dafür bin.«

Maggie war geneigt, Jennys Eltern zuzustimmen, sagte aber nichts.

»Mum meint, dass ich in ein bis zwei Jahren vielleicht anders über Kenneth denke, aber ich bin sicher, dass das nicht so sein wird.«

»Das wird die Zeit zeigen.« Plötzlich kam Maggie ein Gedanke. »Was kostet eine Überfahrt nach Perth?«, wollte sie wissen.

»Mein Freund hat fünf Pfund bezahlt.«

»Das klingt nach einem vernünftigen Preis … und Perth ist weit weg von Melbourne«, meinte Maggie nachdenklich. »Ich will weg von hier, und vielleicht täte mir eine Seereise gut. Sie gäbe mir Zeit zum Nachdenken.«

Jenny richtete sich auf. Dann breitete sich ein Strahlen auf ihrem Gesicht aus. »Vielleicht war es vorbestimmt, dass Sie und ich uns heute getroffen haben, Maggie«, sagte sie mit einem breiten Grinsen. »Wenn Sie eine Kabine mit mir teilen würden, könnte ich nach Perth fahren, und Sie wären weit weg von der Familie Ihres Mannes«, erklärte sie.

Maggie zögerte kurz, dann nickte sie. »Das klingt nach einer ziemlich guten Idee.«

»Wunderbar«, rief Jenny und stand auf. »Kommen Sie doch direkt mit zu mir nach Hause, und lernen Sie meine Mutter kennen. Vielleicht stimmt sie zu, dass Sie meine Anstandsdame sind.«

Maggie atmete einmal tief durch und stand auf. »In Ordnung«, sagte sie entschlossen und griff nach ihrem Koffer.

»Sie können heute Nacht bei uns übernachten, wenn es Ihnen nichts ausmacht, auf dem Sofa zu schlafen«, bot Jenny an, als sie das Café verließen.

Es war das zweite Mal innerhalb weniger Tage, dass Maggie einen impulsiven Entschluss fasste. Sie hoffte, nicht wieder einen Fehler zu machen.

»Wo ist Maggie, Fifi?«, fragte Patrick das Dienstmädchen nach der Rückkehr aus seinem Büro. Er hatte bereits in ihrem Zimmer und dann im Garten nach seiner Frau gesucht.

Das Dienstmädchen fühlte sich sichtlich unwohl. »Sie ist weggegangen, Mister Shanahan«, sagte sie leise.

»Weg? Wohin weg?«

»Ich weiß es nicht, Mister Shanahan. Fragen Sie lieber Mister Shanahan senior.«

»Dad? Ist er hier?«

»Nein, Mister Shanahan senior ist nicht hier.«

Patrick war verwirrt. »Könnte Maggie mit Mutter unterwegs sein?« Die Chance war zwar gering, musste aber in Betracht gezogen werden.

»Nein, Sir. Missus Shanahan hatte heute früh einen Termin im Friseursalon und ist noch nicht zurückgekehrt.«

Patrick kratzte sich den Kopf. »Wo könnte Maggie hingegangen sein?«

»Ich weiß es nicht, Sir«, sagte Fifi.

Etwas an ihrer Stimme ließ ihn aufhorchen. Patrick kannte Fifi gut und musterte sie aufmerksam. Sie wirkte schuldbewusst. Plötzlich kam ihm ein Gedanke. »Ist etwas zwischen meiner Frau und meinem Vater vorgefallen, nachdem ich ins Büro gegangen bin?«

Fifi senkte den Blick auf ihre Schuhe. »Ich weiß es nicht, Sir. Fragen Sie Ihren Vater.«

»Ich frage *dich*, Fifi. Du weißt doch etwas.«

Fifi gelang es nicht, ihm in die Augen zu sehen. »Mister Shanahan senior würde mich feuern, wenn ich etwas verrate, Sir«, sagte sie leise.

Patrick war nun zutiefst beunruhigt. »Ich werde nichts sagen, was dich belasten könnte, Fifi. Du hast mein Wort. Ich muss nur wissen, wo meine Frau ist.«

»Ihre Frau und Mister Shanahan senior haben heute Morgen auf der Terrasse miteinander geredet. Ich habe nicht gehört, worüber, aber danach hat Ihre Frau sehr verärgert das Haus verlassen.« Fifi verschwieg ihm, dass Maggie die Tür zugeknallt und ihren Koffer mitgenommen hatte.

Patrick war ziemlich sicher, dass es Streit gegeben hatte. Aber wo war Maggie hingegangen? »Danke, Fifi. Ich muss Maggie finden.«

Fifi atmete tief durch und hob den Blick. »Viel Glück, Sir.«

Patrick betrat, ohne zu klopfen, das Büro seines Vaters und schloss die Tür hinter sich.

Jethro blickte von seinen Papieren auf. »Wie lief das Treffen mit Michael Sinclair?«

»Vergiss es. Wo ist Maggie?«, fragte Patrick unverblümt.

»Woher sollte ich wissen, wo sie ist?«

»Sie war im Haus, als ich heute Morgen ging, genau wie du. Und du warst spät hier. Also könntest du eine Ahnung haben, wo sie ist.«

»Sie verließ das Haus, ohne zu sagen, wohin sie wollte«, antwortete Jethro ausweichend.

»Warum ist sie gegangen? Ich hatte ihr versprochen, früh zurück zu sein und mit ihr eine Kutschfahrt durch den Botanischen Garten zu machen, und ich weiß, dass sie sich darauf gefreut hat. Außerdem wollten wir mit der Suche nach einem eigenen Heim anfangen.«

»Es sollte nicht überraschen, dass sie weg ist. Sie hatte nur ein Ziel: finanziell so gut wie möglich von eurer Ehe zu profitieren.«

»Falscher könntest du in Bezug auf Maggie gar nicht liegen«, antwortete Patrick so ruhig wie möglich. »Sie ist eine einfache junge Frau mit einfachen Bedürfnissen. Ihr größter Traum ist ein gemütliches Häuschen, dazu ein glückliches Familienleben. Materielle Dinge bedeuten ihr nichts. Das hat sich zum Beispiel gestern gezeigt, als ich ihr eine neue Garderobe kaufen wollte. Ich bot ihr an, das teuerste Kleid zu nehmen, aber das lehnte sie entschieden ab und bevorzugte stattdessen die bescheidene Variante. Würde jemand, der nur auf Geld aus ist, so etwas tun? Sie hatte keine Ahnung, wie wohlhabend unsere Familie ist, bis ich sie hergebracht habe. Doch anstatt sich darüber zu freuen, hat sie sich unwohl gefühlt.«

»Weil sie weiß, dass sie deiner nicht würdig ist. Du bist wirklich naiv, Patrick. Kann sie lesen und schreiben?«

»Natürlich kann sie das!«

»Dann dürfte sie Zeitung gelesen haben, dort wird unsere Familie oft erwähnt. Sie muss gewusst haben, wer du bist, als ihr euch getroffen habt.«

Patrick schüttelte den Kopf. Er hatte keine Ahnung, wie er seinem Vater beweisen sollte, welch wunderbare junge Frau Maggie war.

Jethro hatte ebenfalls Sorge, nicht zu Patrick durchzudringen. Also ging er noch einen Schritt weiter. »Ich weiß, es muss schmerzhaft für dich sein, und das tut mir leid, aber ich habe sie auf die Probe gestellt, und sie hat versagt«, sagte er.

»Was für eine Probe?«, fragte Patrick überrascht.

»Ich habe ihr Geld dafür angeboten, dich zu verlassen. Sie hat es genommen.«

Patrick starrte ihn an. »Das glaube ich dir nicht. Das würde Maggie nie tun.«

»Wenn dem so wäre, würde sie zu Hause auf dich warten, aber das tut sie nicht, oder?«

Patrick war entsetzt. »Ich kann einfach nicht glauben, dass du ihr Geld angeboten hast! Wie konntest du so etwas tun?«

»Ich wollte wissen, ob ich mit meinen Instinkten richtiglag. Du bist ja blind vor Liebe – oder was auch immer es ist, was du für dieses Mädchen empfindest.«

»Es ist definitiv Liebe, Vater«, sagte Patrick nachdrücklich. »Ich hätte Maggie nicht geheiratet, wenn ich sie nicht innig lieben würde.«

»Man kann sich nicht in drei Wochen ineinander verlieben«, betonte Jethro.

»Da bin ich anderer Meinung. Maggie ist die Frau, mit der ich den Rest meines Lebens verbringen will, und das wird sich nie ändern.«

»Nun, sie ist weg, also wird es sich ändern müssen. Sie hat sich das Geld gegrabscht, das ich ihr anbot, und dich verlassen.«

Patricks Miene spiegelte seine tiefe Verzweiflung, als ihm die Unausweichlichkeit der Situation bewusst wurde. Jethro empfand einen Hauch Bedauern, aber es gab kein Zurück. Er hatte Pläne mit Patrick und nur das Beste für seinen Sohn im Sinn.

»Es tut mir leid, Patrick. Vielleicht hast du dich wirklich verliebt oder etwas empfunden, was du für Liebe gehalten hast. Aber vertrau mir, dieses Mädchen wollte nur den Lebensstil, den du ihr hättest bieten können. Sie hat nicht lange gefackelt, das Geld an sich zu reißen. Du musst über sie hinwegkommen, mein Sohn. Ich helfe dir dabei, so gut ich kann.«

Patrick fühlte sich, als hätte ihm jemand das Herz aus dem Leib gerissen. Seine Augen füllten sich mit Tränen. »Ich glaube nicht, dass ich dir jemals verzeihen kann, was du mir angetan hast«, presste er hervor. »Unsere Beziehung wird ganz sicher nie wieder wie vorher sein.«

»Ich bin nicht derjenige, auf den du wütend sein solltest«, sagte Jethro bestimmt, »sondern die Frau, die du so überstürzt geheiratet hast. Sie ist diejenige, die dich verraten hat. Ich habe ihr nur die Möglichkeit gegeben, uns ihr wahres Gesicht zu zeigen. Sie hätte ja auch ablehnen können.«

Patrick verließ mit hängenden Schultern das Büro seines Vaters, ging in sein eigenes und verriegelte die Tür hinter sich. Er sank in seinen Sessel und versuchte sich vorzustellen, dass Maggie ihn verraten hatte. Es fiel ihm schwer zu glauben, dass sie so handelte. Aber sie hatte es getan. Er legte den Kopf in seine Hände und schluchzte.

Die *P. S. Sully* verließ Perth am folgenden Nachmittag mit Maggie, Jenny und einem vollkommen verliebten Kenneth Albright an Bord. Mit ihnen reisten vier weitere Passagiere, außerdem fünf Besatzungsmitglieder und allerlei Ladung, darunter zwei preisgekrönte Widder und eine trächtige Sau. Maggie blieb viel Zeit zum Nachdenken, während sie ein diskretes, aber wachsames Auge auf das junge Paar hatte, so wie sie es Jennys besorgter Mutter versprochen hatte. Maggie vermisste Patrick mit jeder Faser ihres Körpers, aber sie wusste sehr wohl, dass es keinen Weg zurück gab. Sie dachte an Jethros Drohung und wie sehr sie Patrick verletzen würde. Nein, sie konnte nicht zurück. Sie musste nur über Patrick hinwegkommen. Aber selbst das Wissen, dass es ihm ohne sie besser ging, machte das nicht einfacher.

Nach drei Nächten und vier Tagen auf See, mit Zwischenstopps in Esperance, Albany und Bunbury, wo die Widder und die Sau entladen und weitere Fracht und Post geladen wurden, warf die *P. S. Sully* im Hafen von Fremantle Anker, vierzehn Meilen von der Stadt Perth entfernt. Maggie war zutiefst erleichtert, endlich angekommen zu sein. Sie war zwei Tage seekrank gewesen, nachdem das Schiff in der Great Australian Bight von Sturmböen und starken Winden umhergeworfen worden war. Die See war so rau, dass die arme Sau eine Fehlgeburt erlitt und einer der Widder sich aus seiner Kiste befreite und beinahe über Bord gespült worden wäre.

Das Trio machte sich auf den Weg zum Bahnhof und bestieg einen Zug nach Perth. Dort aßen sie zu Mittag und besprachen das weitere Vorgehen. Kenneth blieben noch drei Tage bis zum Arbeitsantritt bei den Minen, und das junge Paar wollte das Beste daraus machen. Jenny lud Maggie noch einmal ein, bei ihr und ihrer Tante Kate zu bleiben, bis sie Arbeit und eine eigene Wohnung gefunden hatte.

»Vielen Dank, aber ich habe mich entschieden, mir eine Stelle als Haushälterin zu suchen, mit Kost und Logis. Dann hätte ich ein Dach über dem Kopf und ein kleines Einkommen.«

»Das klingt gut. Ich gebe Ihnen aber einfach mal die Adresse meiner Tante, für den Fall, dass Sie Ihre Meinung ändern«, sagte Jenny.

Sie verabschiedeten sich herzlich voneinander, dann machte sich das Liebespaar mit der Straßenbahn auf den Weg nach Crawley zu Tante Kate.

Maggie trottete mit ihrem Koffer die Straße hinunter. An einem Stand kaufte sie eine Zeitung und machte sich dann auf die Suche nach einem billigen Hotel. Sie mietete sich ein Zimmer und richtete sich darin ein. Anschließend durchforstete sie die Anzeigen nach Stellen für Haushälterinnen und fand drei Adressen im Innenstadtbereich, bei denen sie sich am nächsten Tag vorstellen wollte. Als sie in dieser Nacht im Bett lag, wurde sie von Einsamkeit und Schmerz überwältigt. Sie befand sich in einer fremden Stadt, wo sie so gut wie niemanden kannte, und ihr Herz sehnte sich mehr denn je nach Patrick. Sie weinte sich in den Schlaf.

Die erste Stelle, die Maggie sich ansah, entpuppte sich als Haushalt einer siebenköpfigen Familie. Maggie klopfte mehrmals vergeblich an die Tür des winzigen Hauses, bis sie schließlich laut rief und an ein Fenster klopfte. Endlich wurde die Tür geöffnet, und Maggie stand vor einer zerzausten, verdrossen wirkenden Frau mit einem weinenden Baby im Arm. Sie bat Maggie hinein.

Das Haus bestand aus zwei Zimmern im Erdgeschoss und drei Zimmern im Obergeschoss und war so vollgestellt und unordentlich, dass Maggie kaum einen freien Platz auf dem Boden fand, auf den sie ihre Füße stellen konnte. Kaum war sie eine Minute im

Haus, wurde ihr das nun aus vollem Halse brüllende Baby in die Arme gelegt, während die Mutter hinter zwei ungebändigten Zwillingsjungen herjagte, die einen Beutel Mehl in der ganzen Küche verstreuten.

Das Zimmer, das sie bewohnen sollte, falls sie die Stelle als Haushälterin in diesem Irrenhaus annahm, war ein Anbau eines Nebengebäudes außerhalb der Hintertür und nicht größer als ein Schuhkarton. Das Bett war unter Kisten und Kram begraben. Maggies Aufgabe sollte es sein, die Kinder zu betreuen, außerdem zu kochen, zu putzen und zu waschen. Die Mutter der Kinder hoffte, wieder als Näherin arbeiten zu können, und wollte sich nicht mit dem Haushalt belasten. Maggie war schnell klar, dass sie in diesem Haushalt schon bald einen Nervenzusammenbruch erleiden würde. Sie lehnte die Stellung ab und machte sich auf zum nächsten Angebot.

In Anbetracht des riesigen Gebäudes inmitten des großen Grundstücks überprüfte Maggie noch einmal die Adresse in der Zeitung. Gillard Street, sie war richtig. Sie überlegte, ob das Haus in Wohnungen aufgeteilt war, aber bald stellte sich heraus, dass es ein von Nonnen geführtes Heim für unverheiratete Mütter war. Schwester Frederica, die das Heim leitete, informierte sie, dass derzeit fünfzehn Mädchen in verschiedenen Stadien der Schwangerschaft dort wohnten. Die wenigen, die Maggie auf ihrem Weg durch das Haus zu Gesicht bekam, waren sehr jung, und Maggie hatte schon nach den ersten Metern das Gefühl, dass die Nonnen kalt und streng waren.

Schwester Frederica gefiel überhaupt nicht, dass die Bewerberin jung und attraktiv war, und sie zögerte nicht, ihr das auch mitzuteilen. Außerdem bestand sie darauf, dass Maggie, sollte sie die Stellung annehmen, nicht mit Männern ausging – auch nicht an ihrem freien Tag. Zudem dürfte sie das Haus abends grundsätzlich nicht verlassen. Zwar hatte Maggie noch nicht darüber nachgedacht, wie ihr künftiges Privatleben aussehen würde, aber die Vorstellung, wie eine Gefangene leben zu müssen, gefiel ihr nicht. Sie lehnte die

Stellung ab, und wenn sie nicht irrte, schien Schwester Frederica erleichtert.

Maggie fühlte sich versucht, es mit der Suche für diesen Tag bewenden zu lassen, in ihr Hotel zurückzukehren und ihrer Enttäuschung freien Lauf zu lassen. Doch der Weg zur dritten von ihr ausgewählten Anzeige, entlang des Swan River, war nicht weit, und so entschied sie, sich das Haus wenigstens anzusehen.

Nummer 5 Riverview Road war ein äußerst ansehnlicher Bungalow. Auf der schattigen Veranda der Vorderseite standen zwei Korbstühle, ein Tisch und einige Topfpflanzen. Von dort aus konnte man sicher einen schönen Blick auf den Fluss genießen. Der Garten war von einer niedrigen Mauer mit eingelassenem, weißem Holzzaun begrenzt. Maggie trat durch das weiße Tor. Direkt hinter der Mauer wuchs ein Meer aus roten Geranien. Der Garten sah auf den ersten Blick sehr schön aus, doch auf ihrem Weg über den vorderen Gartenpfad bemerkte Maggie bei genauerer Betrachtung, dass die weißen Rosen links und rechts geschnitten und die Beete gejätet werden mussten. Auf ihr Klopfen öffnete eine freundliche alte Dame mit weißen Haaren und lebhaften blauen Augen die Haustür. Als Maggie erklärte, sie käme wegen der Stellung als Haushälterin, wirkte die alte Dame zunächst überrascht. Dann stellte sie sich lächelnd als Grace Golding vor und bat sie ins Haus.

Sie schritten einen Flur hinunter, und Maggie fand sich umhüllt vom wohltuenden Duft von Lavendel. Sie passierten ein poliertes, mit Porzellanfiguren verziertes Schränkchen und Vasen mit Rosenmuster, bestückt mit frischen Blumen. Maggie warf einen Blick ins Wohnzimmer und bemerkte dort Spitzendeckchen und Tapisseriekissen auf hübschen Stühlen, eine Glasvitrine voller Tafelsilber und einen Kamin mit einem riesigen, vergoldeten Spiegel über dem Sims.

Dann betraten sie die Küche, in der Grace offenbar gerade frisch gebackene Scones aus dem Ofen geholt hatte. Sie dufteten köstlich und erinnerten Maggie daran, dass sie noch nichts gegessen hatte. Grace setzte den Kessel mit Teewasser auf, und Maggie verspürte mit einem Mal einen geradezu überwältigenden Drang, die Stellung in diesem Haus anzunehmen.

»Bitte setzen Sie sich, meine Liebe«, sagte Grace. »Sie mögen doch Tee und Scones, nicht wahr?«

»Ja, sehr gerne, danke. Die Scones duften köstlich.«

»Ich kann Ihnen gar nicht sagen, wie viele Scones ich über die Jahre gebacken habe. Ich könnte es mit geschlossenen Augen tun«, sagte Grace. Dann blickte sie Maggie nachdenklich an. »Wenn ich das so sagen darf: Sie sind gar nicht der Typ, den ich mir als Haushälterin vorgestellt habe«, gab sie offen zu.

Maggie rutschte das Herz in die Hose. »Darf ich fragen, warum?«

»Nun, Sie sind zu jung und zu hübsch. Ich dachte eigentlich an eine Frau um die fünfzig, vielleicht eine Witwe.«

»Aber ich kann kochen und putzen, und ich arbeite gern im Garten«, stieß Maggie eilig hervor. »Ich habe meiner Mutter geholfen, seit ich laufen kann.«

»Ich bezweifle keineswegs Ihre Fähigkeiten, meine Liebe. Aber warum wollen Sie Haushälterin werden und Ihre Tage mit einer alten Frau verbringen? Sollten Sie nicht mit einem gutaussehenden jungen Mann verheiratet sein und sich um Ihr eigenes Heim samt Familie kümmern?«

Maggie wäre beinahe in Tränen ausgebrochen. »Ich … ich bin auf mich allein gestellt und zudem gerade erst aus Melbourne hierhergezogen. Ich verstehe, dass Sie Vorbehalte haben, aber glauben Sie mir, diese Stellung ist genau das, was ich jetzt brauche. Nach Privatleben steht mir gerade überhaupt nicht der Sinn. Bitte geben Sie mir eine Chance. Ich werde Sie bestimmt nicht enttäuschen. Wenn Sie wollen, können Sie mich auch für einen Monat zur Probe einstellen.«

»Wollen Sie nicht lieber noch einmal eine Nacht darüber schlafen, Maggie?« Grace hatte im Verlauf der Jahre an Weisheit gewonnen und nun den Eindruck, dass Maggie vor irgendetwas oder vielleicht vor jemandem davonlief. Aber sie zügelte ihre Neugierde.

»Nein«, sagte Maggie, ohne zu zögern.

»Nun, in Ordnung. Einigen wir uns auf einen Monat Probezeit, aber der sollte eher Ihnen als mir zugutekommen.«

»Oh, danke, Grace!« Maggie war zutiefst erleichtert. »Und jetzt setzen Sie sich hin. Ich gieße Ihnen den Tee ein.«

»Danke.« Grace ließ sich auf einen Stuhl sinken. »Ich bin müde, denn ich hatte einen anstrengenden Morgen. Ich kann zwar immer noch ein wenig Hausarbeit erledigen, aber es dauert doppelt so lange und erschöpft mich«, sagte sie. »Ich bin ja schließlich schon achtundachtzig Jahre alt. Deshalb habe ich auch die Anzeige für eine Haushälterin aufgegeben. Außerdem bin ich einsam und fände es wunderbar, eine Gefährtin zu haben, obwohl ich nicht erwartet habe, dass es eine so junge Frau wird.« Sie lächelte, und die Falten um ihre blauen Augen wurden tiefer. »Ich suche vermutlich jemanden, der bereit ist, mir bei allem ein wenig zu helfen. Und Sie haben sicher viel Energie.«

Maggie lächelte. »Das stimmt. Und ich werde die gesamte Hausarbeit übernehmen.« Sie war sicher, dass sie bei Grace glücklich sein würde, zumindest so glücklich wie möglich unter den gegebenen Umständen.

Grace wirkte erleichtert. »Sicher wollen Sie Ihr Zimmer sehen.« Sie erhob sich.

»Nein, das kann warten«, sagte Maggie. »Zuerst genießen wir den Tee und die Scones.«

Grace hatte zu den Scones Marmelade und Sahne gedeckt, und Maggie nahm erfreut den ersten Bissen. Das Gebäck war wunderbar leicht und locker, wie sie freudig anmerkte.

»Mein Mann und ich besaßen viele Jahre eine Bäckerei. Alfred hat bis zu seinem Todestag dort gearbeitet.«

»Oh, das tut mir leid.«

»Das muss es nicht. Er hätte es nicht anders gewollt. Die Arbeitszeiten waren ungünstig, Alfred musste morgens um vier Uhr aufstehen und die Öfen anheizen. Ich half ihm, sobald die Kinder in der Schule waren, und arbeitete den ganzen Tag mit ihm.«

»Ich habe in einer Bäckerei in Melbourne gearbeitet«, berichtete Maggie. »Ich fand es wunderbar.«

»Tatsächlich?«

»Ja, ich war Bäckergehilfin in Broadmeadows.« Noch während sie die Worte sprach, ging Maggie auf, dass Grace sich fragen würde, warum sie dort fortgegangen war. »Ich bin als Anstandsdame für eine junge Frau nach Perth gekommen«, fuhr sie eilig fort. »Auch für mich ist es ein Neuanfang.«

Grace nickte ermunternd. »Es wird Ihnen hier gefallen, da bin ich mir sicher.« Sie hatte das Gefühl, dass Maggie ihr noch längst nicht alles erzählt hatte, aber mit der Zeit würde sie ihre Geschichte sicher preisgeben.

5

Perth – 1887

»In den sechs Wochen bei mir haben Sie im Garten wahre Wunder vollbracht«, lobte Grace von ihrem Sitzplatz auf der schattigen Veranda aus. Sie hatte jeden Tag mit Maggie als große Freude empfunden. Sie kamen gut miteinander aus und teilten die Liebe zum Backen. Dennoch wusste Grace immer noch nicht viel über ihre neue Gesellschaftsdame, weil diese es vermied, über sich selbst zu reden.

»Die Rosen sehen wirklich viel besser aus.« Maggie bewunderte die neuen, gesunden Knospen, als sie wie aus dem Nichts eine Welle der Übelkeit überkam. Sie ließ den Kopf sinken und legte eine Hand auf ihren Leib. So war es ihr in den letzten drei Tagen häufig und zu jeder erdenklichen Tageszeit ergangen, und sie fing an, sich Sorgen zu machen. Normalerweise half es ihr, nach draußen zu gehen und frische Luft zu schnappen, heute jedoch offenbar nicht.

»Was ist los, Maggie?«, fragte Grace besorgt. »Sie sind so weiß wie die Rosen.«

»Ich weiß nicht. Ich fühle mich unwohl.«

»Sie haben seit dem Frühstück hart gearbeitet. Vielleicht haben Sie Hunger. Wir sollten hineingehen und einen der Chicken Pies essen, die wir heute Morgen gebacken haben.«

Allein beim Gedanken an eine Hühnerpastete wurde Maggie noch schlechter. »Ich denke, ich sollte einen Arzt aufsuchen. Gibt es einen in der Nähe?«

»Doktor Norris' Praxis liegt in dieser Straße, an den Geschäften vorbei noch ein kleines Stück weiter. Ich brauche für den Weg etwa zwanzig Minuten, Sie schaffen es sicher in zehn. Sie sollten gleich heute Nachmittag hingehen. Er ist sehr gut.«

»Vielleicht vergeht es in ein paar Tagen von selbst«, meinte Maggie optimistisch.

»Aber vielleicht auch nicht«, sagte Grace. »Es schadet jedenfalls nicht, zum Arzt zu gehen.«

»Gut, überredet«, sagte Maggie und räumte ihre Gartengeräte zusammen. »Aber der Gedanke an Chicken Pie ist mir unangenehm. Essen Sie also ohne mich zu Mittag.«

Grace saß im Wohnzimmer und las, als die Uhr viermal schlug. Wo blieb Maggie nur? Sie war schon vor über zwei Stunden zum Arzt aufgebrochen und hätte längst zurück sein müssen.

Grace zog ihre Schuhe an, setzte einen Sonnenhut auf und machte sich auf die Suche. In der Arztpraxis erfuhr sie, dass Maggie zwar dort gewesen, aber bereits anderthalb Stunden zuvor wieder gegangen war.

Grace beugte sich zur Sprechstundenhilfe vor, die sie recht gut kannte. »Wie war sie, als sie ging, Iris?«, flüsterte sie. »War sie gut gelaunt, meine ich?«

»Nun«, sagte Iris Finnis. »Nein, das war sie eher nicht. Sie wirkte ziemlich erschüttert.«

»Erschüttert!« Grace war zutiefst beunruhigt.

»Sie weinte nicht, aber sie war sehr durcheinander. Vielleicht hat sie eine schlimme Diagnose erhalten, aber das kann ich nicht mit Sicherheit sagen.«

Grace runzelte die Stirn. Maggie hatte sicher schlechte Nachrichten bekommen. Warum sonst sollte sie so durcheinander sein? Warum sonst war sie nicht nach Hause gekommen? Aber wohin war sie verschwunden? Grace dachte kurz darüber nach, Maggie bei der örtlichen Polizeiwache als vermisst zu melden, befand es dafür aber noch zu früh.

Auf dem Heimweg bemerkte Grace auf einer Bank am Fluss

eine einsame Gestalt. Beim Näherkommen erkannte sie Maggies blaues Kleid und ihr rotblondes Haar.

»Da sind Sie ja«, rief sie erleichtert, als sie zu der jungen Frau trat und sich außer Atem neben ihr auf die Bank sinken ließ.

»Grace, was machen Sie hier draußen?«, fragte Maggie überrascht.

»Ich habe … nach Ihnen gesucht«, stieß Grace atemlos hervor. »Als Sie nicht nach Hause kamen, habe ich mir Sorgen gemacht.«

»Es tut mir leid. Ich schätze, ich habe die Zeit vergessen.«

»Schon gut. Ich bin einfach froh, dass es Ihnen gut geht.« Grace blickte Maggie an. Nein, es ging ihr nicht gut. Irgendetwas stimmte zweifelsohne nicht. »Was hat der Arzt gesagt?«, fragte sie behutsam.

Maggie bedeckte ihr Gesicht mit beiden Händen, was Grace zusätzlich beunruhigte.

»Sind Sie ernsthaft krank, meine Liebe? Sie können mir ruhig alles sagen. Wenn ich helfen kann …«

»Nein.« Maggie wandte sich der alten Dame zu und blickte in ihre vertrauensvollen, blauen Augen. »Ich bin nicht krank …« Sie seufzte. »Ich wünschte, ich wäre es.«

»Sagen Sie doch so etwas nicht.«

»Es wäre einfacher, mit einer Krankheit umzugehen, als …«

»Als was?«

»Es tut mir leid, Grace, aber ich muss Sie verlassen.«

Grace betrachtete sie verwirrt. Der Gedanke, Maggie könnte gehen, schmerzte. »Warum? Wir verstehen uns doch gut, oder etwa nicht?«

»Doch, doch, und Sie waren immer nett zu mir. Ich will nicht gehen … aber …«

»Was, Maggie? Sagen Sie mir, was los ist, dann kümmern wir uns gemeinsam darum.«

Maggie holte tief Luft. »Der Arzt sagt … ich bekomme ein Baby.«

»Oh.« Grace war überrascht von dieser Neuigkeit, wenn auch erleichtert, dass Maggie nicht krank war. »Wie … fühlen Sie sich?«

»Fürchterlich! Ich fühle mich ganz fürchterlich. Ich sitze hier seit einer Weile und frage mich, was ich jetzt tun soll. Das kommt so plötzlich. Noch vor wenigen Monaten war ich vollkommen sorglos, ich arbeitete in der Bäckerei, wohnte bei meinen Eltern. Finanziell gesehen war es nicht immer leicht, aber wir kamen zurecht. Und jetzt …«

Grace blickte auf den Fluss hinaus, nahm sich einen Moment Zeit, um die Nachricht zu verarbeiten.

»Sie sind verwirrt, Grace, und ich kann es Ihnen nicht verdenken«, sagte Maggie schließlich. »Ich wollte Sie nicht hintergehen, indem ich Ihnen verschwieg, warum ich Melbourne verlassen habe. Ich wollte nur nicht über den Grund reden, weil es mir einfach noch zu weh tut.«

»Sie schulden mir keine Erklärungen, Maggie.«

»Ich denke doch, und ich würde Ihnen jetzt gerne erzählen, was passiert ist, wenn es Ihnen nichts ausmacht.« Maggie brauchte Graces weisen Rat.

»Ich höre Ihnen zu, aber fangen Sie am Anfang an«, sagte Grace geduldig.

Maggie atmete tief durch und erzählte von ihrer Sommerfrische auf Phillip Island und den ersten Begegnungen mit Patrick.

Grace kam der Gedanke, dass Maggie den Verführungsversuchen dieses jungen Mannes vielleicht in einem Moment der Schwäche erlegen war, doch Maggie belehrte sie eines Besseren.

»Wir verliebten uns ineinander und heirateten spontan auf der Insel.«

»Sie sind verheiratet!« Grace war erleichtert, dass es irgendwo einen Ehemann gab, um des Babys willen, aber auch wegen Maggie. Sie hatte sich schon die ganze Zeit gefragt, warum eine so schöne junge Frau und so liebenswerte Person wie ihre Gesellschaftsdame weder verlobt noch verheiratet war.

»Und warum sind Sie dann hier? Was ist passiert?«, fragte Grace.

»Ich war naiv. Als Menschen kannte ich Patrick gut, aber ich wusste nicht, dass er einer sehr reichen Familie entstammt. Es gab natürlich Hinweise darauf, aber seine Herkunft war für mich nicht von Bedeutung. Und Patrick schien es nicht zu kümmern, dass ich nur ein Mädchen aus der Arbeiterklasse bin. Wir waren einfach unendlich verliebt.«

Maggie berichtete Grace ausführlich von den Reaktionen ihrer Eltern und den Geschehnissen im Hause Shanahan.

Grace war empört. »Aber im Grunde überrascht es mich nicht, dass seine Eltern sich so benahmen. Leute mit viel Geld neigen dazu, auf die Arbeiterklasse hinunterzusehen«, sagte sie schließlich.

»Um ehrlich zu sein: Ich hatte solche Leute noch nie zuvor getroffen. Ich hatte keine Ahnung, was mich erwartete, auch wenn mein Vater mich gewarnt hatte.«

»Maggie, eines ist sicher: Mit Ihnen ist alles in Ordnung. Jede andere Familie wäre stolz darauf, Sie als Schwiegertochter zu haben. Es sind die ›feinen Pinkel‹, die sich irren.« Sie schenkte ihr einen warmen Blick. »Aber Ihr Mann hat sich doch sicher für Sie eingesetzt«, fügte sie dann hinzu, auch wenn sie ahnte, dass er es vielleicht nicht getan und Maggie ihn deshalb verlassen hatte. »Sonst wäre er Ihre Tränen nicht wert.«

»Ich bin sicher, das hätte er, wenn er davon gewusst hätte.«

»Er weiß es nicht?« Grace war zutiefst erstaunt.

»Nein, er hat keine Ahnung. Und deshalb musste ich fortgehen. Ich konnte nicht zulassen, dass Patricks Leben meinetwegen ruiniert wird. Dazu liebe ich ihn zu sehr.« Ihre Augen füllten sich mit Tränen. »Ich habe ihm nicht einmal eine Nachricht hinterlassen, weil ich ihm die Wahrheit nicht zumuten konnte«, fügte sie beschämt hinzu. »Gott allein weiß, was sein Vater ihm erzählt hat. Er hat wahrscheinlich behauptet, dass er mich gekauft hat. Und das bricht mir das Herz, denn Patrick ist ein guter Mann. Ich bin sicher, er hätte mir beigestanden – aber um welchen Preis? Er hätte seine Stellung im Geschäft seines Vaters verloren. Er hätte sein

Erbe verloren. Er hätte den Respekt seiner Altersgenossen und seiner Eltern verloren. Er hätte einfach zu viel für mich opfern müssen. Ich war sicher, das Richtige getan zu haben, indem ich ging. Aber jetzt bin ich schwanger mit Patricks Kind. Nach nur zwei Tagen zusammen als Mann und Frau. Ein Baby war das Letzte, was ich erwartet hätte.«

»Ich wurde in den Flitterwochen schwanger, Maggie, so etwas passiert.«

»Es tut mir so leid, Grace«, stieß Maggie hervor.

»Leid? Was tut Ihnen leid?«

»Dass ich Sie enttäuscht habe. Wir haben uns so gut verstanden, aber jetzt …« Sie holte tief Luft. Bei dem Gedanken an ein Leben mit einem Baby ohne jegliche Unterstützung wurde ihr schlecht.

»Ich kann Ihr Leben nicht stören, indem ich Ihnen ein Baby ins Haus bringe. Das wäre nicht fair. Ich verspreche, zu gehen, sobald ich einen Platz finde, an dem ich bleiben kann.«

Grace blickte sie ernst an. »Maggie Cassidy, Sie werden nichts dergleichen tun«, sagte sie streng.

Maggie starrte sie überrascht an. »Nun, eigentlich lautet mein Name jetzt Maggie Shanahan«, sagte sie. »Und Sie wollten keine junge Frau als Haushälterin, geschweige denn eine, die ein Baby erwartet.«

Grace' Blick ruhte ruhig auf ihr. »Sie sind vielleicht nicht das, was ich ursprünglich wollte, aber Sie sind mir eine wunderbare Hilfe und die beste Gesellschaft, die ich mir wünschen kann. Wir hatten doch wunderbare Weihnachten, oder etwa nicht?«

»Ja, ohne Sie wäre das ein wirklich bedrückendes Fest gewesen, Grace.« Sie erinnerte sich daran, wie sie Pfefferkuchen gebacken, Eierpunsch getrunken und vor allem viel gelacht hatten.

»Sie bleiben. Und jetzt will ich kein Wort mehr darüber hören.« Sie lächelte. »Wissen Sie, ich stelle es mir schön vor, wieder ein Baby im Haus zu haben. Mit einem Baby fühlt man sich im Herzen jung. Meine Enkelkinder sind so weit weg und längst erwachsen.« Sie schwieg einen Moment. »Aber was ist mit Patrick und seiner Familie? Sollte er nicht erfahren, dass er Vater wird, und würde ein Enkelkind die Dinge für seine Eltern nicht ändern?«

Maggie seufzte. »Nein, ich bin sicher, dass ein Kind nichts an der Situation ändern würde. Und ich würde mein Kind niemals solchen Leuten aussetzen. Ich möchte nicht riskieren, dass mein Baby ebenso abgelehnt wird wie ich, das würde mir wirklich das Herz brechen. Auch wenn das bedeutet, dass das Baby seinen Vater nicht kennenlernen wird. Und Patrick wäre ganz gewiss ein wunderbarer Vater gewesen.« Sie atmete tief durch. »Aber so soll es sein. Ich werde alleine damit fertigwerden müssen.«

Grace legte einen Arm um Maggies Schultern. »Sie sind nicht auf sich allein gestellt. Sie haben mich«, sagte sie.

Maggie lehnte sich an sie und weinte Tränen der Erleichterung. Lange saßen sie da und schauten zu, wie der Fluss friedlich vorbeifloss, ehe sie nach Hause gingen.

6

Perth – 1890

»Möchtest du noch ein Stück Toast, Lori?« Maggie schnitt eine Scheibe Brot ab und legte sie auf ein Drahtgestell über dem Feuer, um sie zu rösten. Lächelnd betrachtete sie die Erdbeermarmelade rings um den süßen Mund ihrer gerade dreijährigen Tochter.

Lori schüttelte den Kopf, und ihre Kupferlocken wippten. Für Maggie war sie das schönste kleine Mädchen der Welt. Grace hatte ihr versichert, dass die Kleine für ihr Alter sehr aufgeweckt war. Und sie war eine richtige kleine Plaudertasche.

Während Loris erstem Lebensjahr hatte Maggie immer wieder einen Hauch von Trauer verspürt bei dem Gedanken daran, was Patrick versäumte und dass er nie von der Existenz dieser bezaubernden Tochter erfahren würde. Aber das war nun vorbei. Lori war ihr Kind, und sie liebte sie von ganzem Herzen, so sehr, dass Lori außer Maggies eigenem Überfluss an Liebe nichts anderes brauchte. Und Lori war ein so glückliches Kind, dass Maggie sicher war, mit dieser Einschätzung richtigzuliegen.

Noch während Loris erstem Lebensjahr hatte Maggie ihren Eltern endlich einen Brief geschrieben. Sie war sicher, dass eine der Freundinnen ihrer Mutter ihnen den Brief vorlesen würde. Sie hatte sich entschuldigt, auch dafür, dass sie sich so lange nicht gemeldet hatte, und für die Sorgen, die sie ihnen damit bereitet hatte. Sie gestand ihnen, dass sie sich einfach zu sehr geschämt hatte, ihnen zu gestehen, dass die Ehe nicht funktioniert hatte. Und sie berichtete von ihrem neuen Leben als Haushälterin bei Grace, selbst die Schwangerschaft und Geburt ihrer Tochter verheimlichte sie ihnen nicht, auch wenn sie zutiefst bedauerte, dass ihre Eltern ihr Enkelkind niemals treffen würden. Sie schloss mit der Vergewisserung, dass sie sich für sich und ihre Tochter ein wunderbares Leben aufgebaut hatte, in dem sie glücklich war, und dass sie sich keine Sorgen um sie machen sollten. Es fiel ihr nicht leicht, diesen Brief zu schreiben, aber mit dem Versenden fiel ihre eine große Last von den Schultern.

Einige Monate später, Lori war damals achtzehn Monate alt gewesen, kam ein Umschlag von Maggies Mutter an. Darin lag ein Brief, niedergeschrieben von einer Freundin der Mutter, in der Doreen ihrer Tochter für ihre Nachricht dankte. Sie hatten sich große Sorgen gemacht, machten ihr aber keinerlei Vorwürfe und freuten sich, dass es ihr gut ging. Auch bei ihnen sei alles gut. Beigelegt hatte die Mutter einen Zeitungsausschnitt mit einem Bild von Patrick und seiner neuen Frau, Caroline Spencer, der Tochter eines reichen Geschäftsmannes. Maggie traute ihren Augen nicht. Dass Patrick so schnell wieder geheiratet hatte, brach ihr fast das Herz. Seine Eltern waren nun sicher zufrieden, dass er eine passende Partie gefunden und eine Frau aus der höheren Gesellschaft geheiratet hatte, aber es traf sie trotzdem zutiefst.

»Sollen wir Omi ihren Tee bringen?«, fragte Maggie jetzt. Es war ein Morgenritual, Grace eine Tasse Tee ans Bett zu bringen, wobei Lori sie weckte, indem sie auf das Bett kletterte und ihre Wangen küsste. Darauf folgte allmorgendlich ein großes Kuscheln zwischen Grace und Lori, mit viel Kichern, was laut Grace die angenehmste Weise war, den Tag zu beginnen. Sie hatte darauf bestanden, dass Lori sie Omi nannte, und Maggie war sehr glücklich, dass ihre Tochter eine Großmutterfigur in ihrem Leben hatte. »Omi feiert in ein paar Tagen ihren zweiundneunzigsten Geburtstag, Schatz. Wir müssen uns allmählich mal daranmachen, ihr einen Kuchen zu backen.«

»Und Tuttifruttis«, sagte Lori bestimmt.

Maggie lachte. Das war Loris Lieblingsgebäck. »Natürlich.«

Das kleine Mädchen nickte eifrig. Maggie liebte es, mit Lori als

Helferin und Grace als Aufsicht zu backen. Genauso gerne arbeitete sie im Garten, allerdings bei wärmeren Temperaturen. Grace saß dann auf einem Stuhl auf der vorderen Veranda, gab Ratschläge zur Behandlung der Pflanzen und lachte, wenn sie und Lori auf dem Rasen spielten. Grace hatte mehrfach behauptet, noch nie so glücklich gewesen zu sein, und es war offensichtlich, dass sie Lori abgöttisch liebte.

Sie hatte beschlossen, hundert Jahre alt zu werden, doch Maggie hatte bemerkt, dass die alte Dame zunehmend gebrechlich wurde. Sie bewegte sich nur noch langsam und schlief viel. Oft nickte sie in einem Stuhl mit einer Decke über den Knien und ihrem Strickzeug auf dem Schoß einfach ein. Auch ihr Appetit hatte nachgelassen, aber Maggie kochte ihr viele nahrhafte Suppen. Dabei war Grace' Verstand so klar wie eh und je.

Maggie stellte den Teller beiseite und legte noch ein Scheit auf das Feuer. Die Zeit seit Loris Geburt war wie im Flug vergangen. Schon war wieder August, und seit Wochen herrschte kaltes Wetter. Aber Maggie sorgte dafür, dass ein fröhliches Feuer prasselte und es in Wohnzimmer und Küche warm war, wenn Grace aufstand.

Dann brühte sie den Tee auf und folgte Lori zu Grace' Schlafzimmer. Nach einem leisen Klopfen schob sie vorsichtig die Tür auf. Die alte Dame lag noch schlafend im Bett und sah sehr friedvoll aus. Maggie fühlte sich zutiefst gesegnet, diese wunderbare Seele in ihrem Leben haben zu dürfen. Mehr als einmal hatte sie sich gefragt, was ohne Grace aus ihr geworden wäre.

Als sie sich dem Bett näherten, hüpfte Lori voller Vorfreude auf und ab. Maggie stellte die Tasse Tee auf den Nachttisch, hob die Kleine hoch und setzte sie neben Grace auf das Bett.

»Omi.« Lori lächelte erwartungsvoll und streichelte zärtlich das Gesicht der alten Dame. Doch Grace rührte sich nicht. Ihr tiefer Schlaf verwunderte Maggie, und sie fragte sich, ob Grace eine schlechte Nacht gehabt hatte. Ihre Haut war fast durchsichtig, und sie sah erschreckend zerbrechlich aus.

»Omi«, sagte Lori noch einmal, und als die alte Dame sich immer noch nicht rührte, griff Maggie unter der Decke nach ihrer Hand. Sie schrak sofort zurück. Die Hand war eiskalt. »Grace«, sagte sie drängend. »Grace, wach auf.«

Aber Grace wachte nicht auf. Maggie richtete sich auf. Ihr Herz raste. Sie betrachtete Grace, die so friedlich dalag. Lori suchte sichtlich verwirrt ihren Blick. »Sie kann doch nicht einfach …«, flüsterte Maggie, während sie wieder nach der Hand der alten Dame griff und nach ihrem Puls fühlte. Doch da war nichts. Ihre Augen füllten sich mit Tränen. »Nein«, flüsterte sie gequält. »Verlass uns nicht, Grace. Wir lieben dich … wir brauchen dich.«

»Omi«, sagte Lori ein weiteres Mal. Sie blickte zu ihrer Mutter, der Tränen über die Wangen liefen. »Omi wacht nicht auf, Mum.«

Maggie hob Lori hoch und umarmte sie fest. »Nein, Liebling«, flüsterte sie mit einem Kloß im Hals. »Omi wacht nicht mehr auf. Sie ist zu den Engeln in den Himmel gegangen.« Sie schluchzte auf.

Grace war friedlich im Schlaf gestorben, genauso wie sie es sich gewünscht hatte. Sie hatte oft mit Maggie darüber gesprochen, aber Maggie hatte nicht darüber nachdenken wollen. Sie liebte Grace, genau wie Lori. Ein Leben ohne sie konnte sie sich nicht mehr vorstellen.

»Wir verkaufen das Haus«, sagte Wilfred Golding zehn Tage später bei Grace' Beisetzung zu Maggie. Maggie hatte ihn und seine Schwester Nanette per Telegramm über das Ableben ihrer Mutter informiert, und sie waren mit dem Dampfer aus New South Wales nach Perth gekommen. Es war das erste Mal, dass sie sich persönlich trafen, aber Wilfred kannte Maggie durch die Briefe, die seine Mutter ihm geschrieben hatte.

Maggie wusste nicht, was sie sagen sollte. Sie war immer noch wie betäubt vor Kummer. Das Haus war ohne Grace so leer, und Lori suchte und fragte immer wieder nach ihr. Immer noch ging sie morgens in das Schlafzimmer, um die Omi zu wecken.

»In den nächsten Tagen räumen wir die Möbel aus. Sie müssen sich umgehend eine neue Unterkunft suchen«, fuhr Wilfred fort.

»Schon so bald«, murmelte Maggie schockiert. Grace hatte die Briefe von Wilfred und Nanette immer laut vorgelesen, und Maggie hatte dabei so manches Mal den Eindruck gewonnen, dass die beiden ihr das Zusammenleben mit Grace übel nahmen. Sie spürte, dass sie sie nicht als Haushälterin und Gesellschaftsdame ihrer Mutter sahen, sondern als jemanden, der ihre Großzügigkeit ausnutzte. Nie äußerten sie Dank oder Wertschätzung dafür, dass Maggie sich um ihre Mutter kümmerte. Nicht dass Maggie eine solche Anerkennung erwartete. Sie hätte kaum in Worte fassen können, wie froh sie war, dass Grace sie willkommen geheißen hatte, selbst nach dem Bekanntwerden ihrer Schwangerschaft. Grace war wie ein Engel, der genau zu der Zeit in Maggies Leben getreten war, als sie ihn am nötigsten brauchte. Maggie vermutete, dass Nanette und Wilfred eifersüchtig auf die enge Beziehung zu ihrer Mutter waren. Vielleicht waren sie auch neidisch auf den Raum, den Lori im Herzen ihrer Mutter eingenommen hatte, und fürchteten, ihre eigenen Kinder hätten dort weniger Platz. Aber dem war nicht so. Grace hatte genug Liebe für alle gehabt.

»Richtig. Packen Sie Ihre Sachen bitte zügig zusammen. Wir müssen so bald als möglich nach Sydney zurückkehren, und bis dahin wollen wir Mums Angelegenheiten geregelt haben.«

»Ich könnte mich hier um alles kümmern, wenn Sie so dringend zurückmüssen«, bot Maggie an. Sie hatte nichts dagegen, zu helfen, und sie brauchte Zeit, um eine Unterkunft für sich und Lori zu finden.

Nanette, die hinter Maggie aufgetaucht war, hörte ihre Bemerkung.

»Das ist nicht nötig«, meinte sie kalt. »Wir haben bereits einen Immobilienmakler konsultiert. Er hätte gern, dass das Haus so schnell wie möglich leer geräumt wird, die potenziellen Käufer stehen bereits Schlange. Eine Immobilie in bester Lage mit Blick auf den Fluss ist sehr begehrt.«

»Für Sie muss es traurig sein, das Haus zu verkaufen. Ihre Mutter hat so gern hier gewohnt«, sagte Maggie.

»Eigentlich nicht«, gab Nanette emotionslos zurück. »Wir wollen diese Dinge lediglich regeln. Ich habe bereits mit einem Auktionator über die Möbel und die anderen Vermögenswerte gesprochen. In den nächsten Tagen wird alles abgeholt. Wie Sie sehen, haben wir uns um alles gekümmert. Sie müssen nichts tun, als die Räumlichkeiten so schnell wie möglich zu verlassen.«

Maggie war sprachlos.

»Wahrscheinlich muss ich es nicht betonen, aber ich tue es trotzdem, um Missverständnisse zu vermeiden«, fügte Nanette hinzu. »Bitte nehmen Sie nichts mit, was Ihnen nicht gehört. Keine kleinen Andenken. Verstanden?«

Maggie schnappte nach Luft. »Das würde ich nie tun«, stieß sie hervor. »Was immer Sie denken – ich habe Ihre Mutter geliebt, und sie liebte mich und Lori.«

Nanettes Miene wurde hart. »Sie sollten zu Ihrer eigenen Familie nach Melbourne zurückkehren.« Mit diesen Worten ging sie, gefolgt von Wilfred.

Zusätzlich zu ihrer Trauer empfand Maggie nun große Sorge in Bezug auf ihre und Loris Zukunft, aber das interessierte Wilfred und Nanette offenbar nicht. Der einzige Mensch, der ihr ein wenig Freundlichkeit entgegenbrachte, war Nanettes Ehemann Donald.

»Aus Grace' Briefen geht hervor, dass Sie und Lori nach Alfreds Tod Licht und Lachen in ihr Leben zurückgebracht haben. Haben Sie vielen Dank dafür«, sagte er auf dem Weg aus dem Gemeindesaal, wo die Trauernden nach der Trauerfeier mit Tee und Kuchen versorgt worden waren. Dann senkte er seine Stimme. »Nehmen Sie es Nanette nicht übel. Sie fühlt sich vermutlich schuldig, weil sie ihrer Mutter in den letzten Jahren nicht nahe war, und sie neidet Ihnen die Zeit, die Sie mit ihr verbracht haben. Aber es ging nicht anders, ich habe mein Geschäft in Sydney, damit muss sie zurechtkommen. Ich wünsche Ihnen viel Glück für die Zukunft.«

»Danke.«

»Komm endlich, Donald«, rief Nanette ungeduldig von draußen.

Donald stöhnte und rollte die Augen. »Auf dem Dampfer zurück nach Sydney wird es rau zugehen, und damit meine ich nicht das Wetter.«

Maggie packte einen Koffer mit Kleidung für sich und ließ alles zurück, was nicht hineinpasste. Anschließend packte sie einen weiteren Koffer mit Kleidung für Lori, musste aber auf die meisten ihrer Spielsachen verzichten, darunter viele, die Grace für sie gekauft hatte und die ihr am Herzen lagen. Es war schmerzlich, aber sie musste praktisch denken. Es würde anstrengend genug sein, zwei Koffer zu tragen und gleichzeitig ein lebhaftes Kleinkind zu bändigen. Vor dem Tor stoppte sie ein Taxi und bat den Fahrer, sie zu dem Hotel zu bringen, in dem sie bei ihrer Ankunft in Perth übernachtet hatte. Es war nicht gerade das erste Haus am Platze, aber mehr konnte sie sich für ein paar Tage nicht leisten. Im Nachhinein war es nicht besonders klug gewesen, in den Jahren hier kaum etwas gespart zu haben, aber sie hatte Grace nicht gestattet, ihr viel Lohn zu zahlen, und das meiste von dem, was sie bekam, hatte sie für Lori ausgegeben.

Vier Tage später lebte Maggie zwar so sparsam wie möglich, hatte aber fast kein Geld mehr und war immer noch ohne Arbeit. Sie hatte sich auf mehrere Anzeigen als Haushälterin beworben, war aber von den jeweiligen Arbeitgebern abgelehnt worden, weil sie ein Kind hatte. Eine Bäckerei bot ihr eine Stelle für vier Tage in der Woche mit Arbeitsbeginn um vier Uhr morgens an, aber sie fand niemanden, der einigermaßen zuverlässig oder überhaupt bereit war, Lori mitten in der Nacht zu beaufsichtigen. Die Kosten für eine Babysitterin wären ohnehin so hoch gewesen, dass das restliche Geld nicht für das Hotelzimmer gereicht hätte, obwohl es so billig war. Auch ein Besuch bei Jenny Price' Tante Kate erwies sich als Sackgasse, da der neue Eigentümer ihres Hauses Maggie nur mitteilen konnte, sie sei verzogen, er wusste aber bedauerlicherweise nicht, wohin. Kontakt zu Jenny hatte Maggie seit deren Hochzeit mit Kenneth auch nicht mehr. Die Lage verschärfte sich rapide. Maggie kaufte nur noch Essen für Lori, sie selbst gönnte sich nichts, und es war bitterkalt geworden.

Dem Hoteldirektor entging Maggies Verzweiflung nicht, und er sorgte sich, dass sie das Zimmer weiterbezahlen konnte.

»Missus Cassidy«, sprach er sie an, als sie am Morgen das Hotel verließ. Maggie hatte niemandem außer Grace erzählt, dass ihr Mann mit Nachnamen Shanahan hieß.

»Ja.« Ihr Herz klopfte, denn ihr war nur zu deutlich bewusst, worüber er mit ihr reden wollte.

»Bleiben Sie noch lange? Ich frage, weil ich auf zahlende Gäste angewiesen bin.«

Maggie hatte Angst, dass er sie auffordern würde, zu gehen. »Ich … ich hatte einige Mühe, Arbeit zu finden, aber ich bin sicher, dass sich das bald ändern wird. Sie haben hier im Hotel nicht zufällig Arbeit für mich, oder? Ich würde alles tun, einschließlich kochen, putzen, Wäsche waschen und Geschirr spülen.«

»Nein, ich fürchte nicht. Außerdem können Sie nicht arbeiten und gleichzeitig auf Ihr Kind aufpassen.«

Maggie nickte. »Ich weiß. Es ist schwierig, eine vertrauenswürdige Betreuung für Lori zu finden, aber ich bin zuversichtlich, dass mir das bald gelingt.«

Der Hotelier, ein Mann um die fünfzig, musterte sie, als wolle er sie mit seinem Blick ausziehen. »Ich will auf keinen Fall, dass Sie Männer mit auf Ihr Zimmer nehmen«, sagte er.

Überrascht starrte sie ihn an. »Männer?«

»Ja, richtig. Männer! Sollte ich in der Nähe Ihres Zimmers einen Mann entdecken, werfe ich Sie sofort hinaus.«

»Ich verstehe nicht, worauf Sie hinauswollen.«

»Wirklich nicht?«

In diesem Moment ging Maggie auf, was er meinte. Sie starrte ihn entsetzt an. »Ich kann Ihnen versichern, dass ich *das* bestimmt nicht tun werde«, fauchte sie wütend und zog das Tuch über ihren Busen enger zusammen, um sich vor seinem prüfenden Blick zu schützen.

»Sie wären nicht die erste Frau, die dringend Geld braucht und zu diesem Mittel greift«, sagte der Hotelier. »Aber ich will nicht, dass es in meinem Hotel passiert.«

Sie schleuderte ihm einen hasserfüllten Blick entgegen und trat mit Lori zur Haustür hinaus. Bei einer Arbeitsvermittlung erkundigte sie sich nach einem Job, jedoch ohne Erfolg. Es gab keine Stelle als Haushälterin, bei der ein kleines Kind willkommen war. Die Rezeptionistin der Agentur erzählte ihr, dass manchmal Stellen als Kindermädchen ausgeschrieben waren, bei denen es den Arbeitgebern nichts ausmachte, wenn die Bewerberin ihr eigenes Kind mitbrachte. Aber das war selten. Maggie war entmutigt.

Mehr als das. Allmählich geriet sie in Panik. Ihre finanzielle Lage war desolat, und Lori fragte immer wieder nach ihrer Omi. Die Kleine war verwirrt und verstand nicht, warum sie mit ihrer Mutter durch die Straßen wandern musste. Sie verstand nicht, warum sie nicht nach Hause gehen konnten. Und zum ersten Mal ließ Maggie den Gedanken zu, den sie bis dahin beiseitegeschoben hatte. Sie hatte nur eine Wahl. Es war das Letzte, was sie tun wollte, aber es ging in erster Linie um Lori. Sie musste Patrick um Hilfe für die Heimfahrt bitten.

7

Jethro trat gerade aus seinem Büro, als der Telegrammbote den Empfang verließ.

»Ist das für mich, Silvia?« Er deutete auf das Telegramm in ihrer Hand.

»Ich dachte, das wäre es, Sir, also habe ich es in Empfang genommen, aber jetzt sehe ich, dass es für den jungen Mister Shanahan ist.«

»Patrick!« Jethros Misstrauen war sofort geweckt.

»Ich schicke es mit einem Boten in sein Büro, Sir«, sagte Silvia.

»Geben Sie es mir. Ich sorge dafür, dass Patrick es erhält.«

»Ich könnte es mitnehmen, wenn ich gehe, Sir. Ich muss an seinem Büro vorbei«, bot Silvia an.

»Nein, ich kümmere mich darum.« Jethro nahm das Telegramm, ging zurück in sein Büro, schloss die Tür und öffnete das Schreiben.

BRAUCHE DRINGEND HILFE – STOP
BITTE GELD FÜR HEIMREISE ÜBERWEISEN – STOP
ERKLÄRUNG FOLGT – STOP
MAGGIE
Darunter war eine postlagernde Anschrift in Perth notiert.

»Da ist sie also«, murmelte Jethro. Er zerriss das Telegramm und warf die Fetzen in den Papierkorb. Seine Beziehung zu Patrick hatte sich nie erholt, aber sein Sohn war jetzt mit Caroline verheiratet und lebte sein Leben. Auf keinen Fall würde Jethro zulassen, dass Maggie sich einmischte. Sie sollte bleiben, wo sie war.

Maggie versteckte sich drei Tage lang in ihrem Zimmer und ging nur zur Post, um nachzusehen, ob Patrick ihr über Western Union Geld überwiesen hatte. Sie betete, dass er ihr ihre Flucht verzeihen und ihr helfen würde, schließlich war er ein Mann voller Mitgefühl. Sie hatte das Telegramm kurz gehalten, mehr konnte sie sich nicht leisten.

»Missus Cassidy«, sagte der Hotelier am dritten Tag, als sie versuchte, sich nach einem erneuten Besuch der Post ins Hotel zurückzuschleichen.

»Ja.« Maggie täuschte Fröhlichkeit vor, so gut es eben ging, obwohl ihre Stimmung am Boden war.

»Sie schulden mir zwei Tage Miete für Ihr Zimmer.«

»Ich weiß. Aber ich erwarte Geld … von meinem Ehemann.« Maggie wusste, dass sie nach Patricks neuerlicher Heirat kein Recht mehr hatte, ihn ihren Ehemann zu nennen, aber sie war verzweifelt.

»Ehemann?«

»Ja, seine Familie ist wohlhabend, also brauchen Sie sich keine Sorgen zu machen.«

Der Hotelier wirkte skeptisch.

»Ich habe ihm ein Telegramm nach Melbourne geschickt. Die Überweisung kann täglich hier eingehen«, sagte Maggie eilig.

»Missus Cassidy, ich habe schon jede nur erdenkliche Geschichte darüber gehört, woher die ausstehende Miete kommen könnte, darunter auch die reicher Ehemänner, reicher Onkel …«

»Ich sage die Wahrheit. Sie haben doch sicherlich schon mal von den Shanahans gehört«, unterbrach Maggie ihn empört. »Ihnen gehört halb Melbourne.«

»Nicht dass ich wüsste, aber Ihr Name ist Cassidy und nicht Shanahan.«

Maggie ging auf, dass sie einen Fehler gemacht hatte. Sie spürte, wie sie errötete. »Cassidy ist mein Mädchenname«, murmelte sie. »Ich wollte in Perth anonym bleiben … aus Gründen, die ich nicht näher erläutern möchte.«

Der Hotelier kam zu dem Schluss, dass sie sich aus Scham über ihre Lebensumstände vor Familie und Freunden versteckte, vielleicht schuldete sie ihnen auch Geld. Diese Diskussion jedenfalls war sinnlos, das Gespräch würde sich nur im Kreis drehen.

»Ach was, Sie sind einfach eine junge Frau, die ein uneheliches Kind hat. Das ist heutzutage nicht ungewöhnlich, trotzdem will ich mein Geld. Haben Sie es oder nicht?«

»Nein, aber es kommt …«

Der Hotelier schüttelte den Kopf, und in diesem Augenblick musste Maggie sich eingestehen, dass er wahrscheinlich recht hatte. Patrick hatte nicht geantwortet. Er würde sie nicht retten. Sie war auf sich allein gestellt.

»Ich werde morgen früh auschecken«, stieß sie mit schwerem Herzen hervor. Nun würde sie also mit Lori auf der Straße stehen.

»Haben Sie irgendeine Anlaufstelle?«

»Nein, aber das geht Sie nichts an, oder?«

Der Hotelier blickte sie zerknirscht an, bemerkte die dunklen Ringe um Maggies Augen und dass sie abgenommen hatte. »Es tut mir leid, aber ein Hotel zu führen kostet Geld«, sagte er. »Wir können keine Barmherzigkeitsfälle durchfüttern.«

»Ich bin niemandes Barmherzigkeitsfall, und ich habe zu viele eigene Probleme, um Sie zu bemitleiden.« Maggie wandte sich abrupt um und ging in ihr Zimmer, wo sie in Tränen ausbrach.

Die ganze Nacht lag sie wach und zerbrach sich den Kopf. Lori hatte vor dem Einschlafen ihre letzten Vorräte gegessen, es gab nichts, was sie ihrer Tochter zum Frühstück anbieten konnte. Schon am Vortag hatte Maggie selbst nichts gegessen, ihr Magen knurrte. Schließlich hatte sie nicht einmal mehr Tränen.

Am frühen Morgen packte Maggie ihre Habseligkeiten zusammen und verließ das Hotel, wobei sie dem Hotelier aus dem Weg ging. Sie und Lori waren nun offiziell auf der Straße und vollkommen mittellos.

Maggie versteckte sich an der Hintertür der Bäckerei in den frühabendlichen Schatten der Gasse und wartete, dass der Bäcker das Brot wegwerfen würde, das er tagsüber nicht verkauft hatte. Sie hatte die letzten beiden Tage damit verbracht, Fremde um Geld und Essen für Lori anzubetteln. Einige hochmütige Männer und Frauen hatten ihr verächtliche Blicke zugeworfen, aber von den meisten Passanten wurde sie bemitleidet, was noch viel schlimmer war. Sie bekam nur wenige Pennys zusammen, auch weil es so viele andere obdachlose Frauen und Kinder gab.

Als der Bäcker mit einer Tüte Brotlaibe und Schnitten ins Freie trat, blieb Maggie in ihrem Versteck. Sie erinnerte sich an die Bettler an der Hintertür der Bäckerei in Melbourne, wo sie gearbeitet hatte. Nie hätte sie gedacht, dass sie sich einmal in der gleichen Situation wiederfinden würde, vor allem nicht mit einem Kind im Arm. Es war ein Alptraum, und sie betete, dass sie bald daraus erwachen möge.

Maggie wiegte Lori in ihren Armen in der Hoffnung, dass das Kind keinen Laut von sich gab, doch dann wimmerte die Kleine vor Hunger.

Der Bäcker blickte auf und ging auf die Schatten zu. »Ist da jemand?«, fragte er.

Maggie wusste, dass das Spiel aus war. Gedemütigt trat sie vor ins Licht der offenen Hintertür und hob den Blick. Der Bäcker war ein großer Mann mit einem runden, rosigen Gesicht. Er trug eine weiße Schürze und Mütze. Maggie schämte sich ihrer eigenen schmutzigen und ungepflegten Erscheinung. Sie hatten die letzte Nacht in einem Stall mit Pferden und einem Hund verbracht, dem einzigen Ort, an dem sie Unterschlupf finden konnten, und sie rochen nicht sonderlich gut. Sie blickte auf die Tüte in seiner Hand und schaute ihm dann in die Augen. Sein Blick glitt zu Lori. Wortlos reichte er Maggie die Tüte mit dem Brot, die sie dankbar entgegennahm. Ihre Augen füllten sich mit Tränen. Es war ein erniedrigender Moment, aber um Loris willen schob Maggie ihren Stolz beiseite und reichte der Kleinen ein Stück Brot aus der Tüte. Lori begann, das trockene Brot zu kauen. »Ich will Marmelade, Mum«, weinte sie.

»Ich weiß, Liebling«, flüsterte sie.

»Es gibt ein Frauenhaus drüben bei Thomas Lane«, sagte der Bäcker. »Es wird von Nonnen geleitet. Suchen Sie dort für sich und das Kind Unterschlupf für eine Nacht. Es wird regnen.«

Maggie nickte.

Sie verbrachten die Nacht in diesem Frauenhaus, einem kalten Backsteingebäude, einer ehemaligen Fabrik. Maggie und Lori kuschelten sich auf einer durchgelegenen Matratze unter einer rauen, grauen Decke in einem eisernen Einzelbett zusammen. Sie befanden sich in einem Schlafsaal mit zwanzig Frauen und weinenden Kindern. Lori war erschöpft und schlief sofort ein, doch die weinenden Kinder hielten Maggie wach. Am Morgen bekamen sie Haferbrei, dann standen sie wieder auf der Straße.

Maggie war verzweifelt und sorgte sich um Lori. Außerdem fühlte sie sich nicht wohl. Bei Einbruch der Dunkelheit ging es ihr richtig schlecht, sie war schwach und wackelig auf den Beinen. Glühend vor Fieber kauerte sie sich auf die kalten Stufen eines öffentlichen Gebäudes und versuchte, Lori warm zu halten. Lori fragte immer wieder nach Omi. Sie sehnte sich zurück nach ihrem Haus an der Riverview Road und dem schönen Leben, das sie seit ihrer Geburt geführt hatte. Maggie konnte es ihr nicht verdenken. Ihr erging es ebenso. Aber das war vorbei. Grace war tot und das Haus verkauft.

Maggie wusste selbst nicht, wie ihr geschah, aber als die unheimlichen Schatten der Dunkelheit in die Stadt krochen, fand sie die Kraft, Lori zurück in das Frauenhaus in der Thomas Lane zu tragen. Doch die Tür war verschlossen. Maggie fiel ein, dass das Haus um sieben Uhr abends schloss und erst morgens wieder geöffnet wurde. Schluchzend hämmerte sie mit der Faust gegen die Tür, doch sie war zu schwach, als dass ihre kraftlosen Schläge gehört wurden. Es nieselte, sie wusste nicht, wohin, und sie hatte sich noch nie im Leben so krank gefühlt. Ein Schmerz in ihrer

Lunge bohrte sich wie ein Messer durch ihre Brust. Sie schwitzte und hustete schwarzen, schaumigen Schleim. Sie steckte in ernsten Schwierigkeiten, das war ihr klar. Als sie einen Passanten nach dem Weg zum Krankenhaus fragen wollte, wurde sie ohnmächtig.

Maggie öffnete mit viel Anstrengung die Augen, erkannte aber nicht, wo sie war. Ihr Kopf hämmerte, und sie schwitzte. Sie versuchte, ihre Arme zu heben, doch ihr fehlte die Kraft. Mühsam tastete sie im Bett nach Lori und geriet in Panik, als sie das Kind nicht finden konnte. Sie nahm ihre gesamte Willenskraft zusammen und richtete ihren Oberkörper leicht auf, um sich im Bett nach Lori umzusehen. Die Bewegung raubte ihr die letzten Reste ihrer Kraft. Sie sank zurück und verlor erneut das Bewusstsein.

Vierundzwanzig Stunden später öffnete Maggie erneut ihre Augen. Sie erblickte eine junge Frau in weißer Uniform mit blauer Schürze ein paar Meter von ihr entfernt. »Wo bin ich?«, krächzte Maggie. »Wo ist meine Lori? Ich muss sie finden.«

Die Frau trat näher, hob Maggies Kopf an und bot ihr einen Schluck Wasser. Maggie nippte, verschluckte sich und hustete. »Wo ist … Lori?«

»Das weiß ich nicht, aber Sie müssen sich entspannen«, sagte die junge Frau. »Sie befinden sich im Colonial Hospital in der Murray Street, aber Ihr Zustand wird nicht besser, wenn Sie sich die ganze Zeit aufregen. Können Sie mir Ihren Namen sagen?«

Maggie verlor das Bewusstsein.

Einige Zeit später hörte sie Leute sprechen, konnte aber ihre Augen nicht öffnen. Die Stimmen kamen wie aus weiter Ferne.

»Die Infektion hat sich auf beide Lungenflügel ausgebreitet«, sagte eine Männerstimme. »Ihre Prognose ist nicht gut. Sie war ziemlich ausgemergelt, als sie sich diese Lungenentzündung zugezogen hat, ihr Körper kann nicht dagegen ankämpfen.« Maggie hörte das Rascheln von Papier. »Wissen wir schon, wer sie ist?«

»Nein, Herr Doktor. Sie erwähnte eine Lori, aber wir wissen nicht, wer das ist. Bisher hat niemand hier im Krankenhaus nach der Frau gesucht.«

»Sie sah bei ihrer Einlieferung aus wie eine Obdachlose, also wird vermutlich auch niemand nach ihr suchen. Vielleicht ist das auch gut so.«

Viel später, Maggie hatte jegliches Zeitgefühl verloren, hörte sie eine andere Stimme – eine Frauenstimme. Sie bildete sich ein, dass es Grace war.

»Wird sie überleben, Herr Doktor? Ich muss es wegen des Kindes wissen.«

»Meiner Meinung nach ist das äußerst unwahrscheinlich. Die Infektion ist sehr schlimm.«

»Höre ich da schon das Röcheln des Todes?«, fragte die Frau.

»Ich gebe ihr höchstens noch ein paar Tage«, sagte die Männerstimme.

Schritte entfernten sich.

Maggie versuchte, ihre Augen zu öffnen und nach Lori zu rufen, aber sie hatte nicht die Kraft dazu.

»Da sind Sie ja wieder, Mister Brenan«, sagte Schwester Jayne Dunley.

»Ich hatte Ihnen doch angekündigt, dass ich heute wiederkomme. Meine Frau möchte unbedingt das kleine Mädchen adoptieren, das wir vor zwei Tagen gesehen haben. Sie sagten, Sie wollten sich noch einmal nach der Mutter erkundigen. Haben Sie das getan?«

»Ja, Mister Brenan. Wir wissen immer noch nicht, wer sie ist oder ob dieses kleine Mädchen überhaupt zu ihr gehört, obwohl das ziemlich wahrscheinlich ist. Sie waren zusammen, als die Frau zusammenbrach. Wie ich Ihnen bereits bei Ihrem ersten Besuch hier im Waisenhaus mitgeteilt habe, steht das kleine Mädchen nicht zur Adoption zur Verfügung. Es sei denn, ihre Mutter unterschreibt die Adoptionspapiere, oder sie stirbt, und das Kind wird als Waise in die Obhut des Staates genommen.«

»Und wie geht es der Mutter? Wird sie sich wieder erholen?«

»Leider sieht es nicht danach aus. Sie müssen einfach abwarten und sehen, was passiert.«

»Ich habe einige Nachforschungen über dieses Waisenhaus hier in der Riley Street angestellt, Schwester Dunley. Sie haben nicht mehr viele Rücklagen, um das Haus noch lange zu führen. Was wird aus den Kindern hier, wenn Ihnen das Geld ausgeht und Sie gezwungen sind, das Waisenhaus zu schließen?«

Schwester Dunley starrte auf die vor ihr liegenden Papiere. »Ich weiß es wirklich nicht, Mister Brenan. Ich könnte mir vorstellen, dass sie in andere Waisenhäuser verlegt werden.« Dabei waren alle Waisenhäuser der Stadt überfüllt, und mehr als jeden Penny dreimal umdrehen konnte sie auch nicht.

»Ich könnte durch eine ansehnliche Spende dafür sorgen, dass Ihre Türen noch eine ganze Weile geöffnet bleiben«, schlug Frederick Brenan vor.

Schwester Dunley hatte ihre Hausaufgaben gemacht und herausgefunden, dass Frederick Brenan ein wohlhabender, in seiner Gemeinde äußerst respektierter Mann war. »Eine Spende wäre uns natürlich sehr willkommen«, sagte sie. »Könnte es sein, dass an Ihr Angebot eine Bedingung geknüpft ist?«

»So ist es. Ich wäre bereit, eine großzügige Summe für das Waisenhaus zu spenden, aber nur wenn wir das kleine Mädchen adoptieren dürfen, das meine Frau so gern hätte.«

»Wir haben vierundsiebzig Kinder hier, darunter auch wenige Wochen alte Babys, Mister Brenan. Die meisten sind zur Adoption freigegeben und suchen dringend ein Zuhause.«

»Meine Frau will aber genau dieses kleine Mädchen, Schwester Dunley. Wenn die Ärzte nicht davon ausgehen, dass ihre Mutter überlebt, verstoßen wir auch nicht gegen Regeln.«

»Oh doch. Ich kann Ihnen nicht erlauben, das kleine Mädchen zu adoptieren, solange seine Mutter noch lebt. Auf so etwas steht eine Gefängnisstrafe, Mister Brenan.« Jayne Dunley trat hinter ihrem Schreibtisch hervor und schloss die Bürotür. Sie blickte Frederick Brenan ernst an. »Wir brauchen dringend Geld, um hier weiterarbeiten zu können, Mister Brenan. Aber auf ein paar Tage kommt es nicht an. Sobald die Mutter des Kindes stirbt, werde ich den Papierkram erledigen, und das kleine Mädchen gehört Ihnen.«

»Wenn ich nicht schon heute mit diesem kleinen Mädchen nach Hause gehen kann, ziehe ich mein Angebot zurück und suche mit meiner Frau in einem anderen Waisenhaus weiter«, drohte Frederick. Er war kein herzloser Mann, im Gegenteil. Der Ausdruck in den Augen seiner Frau, als sie ihn an diesem Morgen verabschiedet hatte, würde ihn sein Leben lang verfolgen, wenn er nicht mit dem Kind nach Hause kam, das sie so innig ins Herz geschlossen hatte. Sie hatte der Kleinen bereits den Namen Laura gegeben. Seit zehn Jahren versuchten sie, ein Kind zu zeugen, jedoch ohne Erfolg. Helen gab sich die Schuld dafür. In dem Moment, als sie das kleine Mädchen mit den Kupferlocken gesehen hatte, hatte sie sich in es verliebt. Sie war sicher, dass die Kleine für sie bestimmt war. Frederick musste sie unbedingt nach Hause bringen, und wenn das beinhaltete, ein wenig nachhelfen zu müssen, dann sollte es wohl so sein.

Jayne Dunley ging zurück hinter ihren Schreibtisch. Sie dachte an die vierundsiebzig Kinder, die von ihr abhängig waren. Sie hatte in vielen schlaflosen Nächten darüber nachgedacht, was aus ihnen werden würde, wenn das Waisenhaus schließen musste. Sie dachte an die sterbende Frau im Krankenhaus. Der Arzt war ziemlich sicher gewesen, dass sie nicht überleben würde. »Gut …«, sagte sie. »Dann bereite ich die Papiere vor. Aber das hier darf dieses Büro niemals verlassen.«

»Sie haben mein Wort. Ich schreibe Ihnen einen Scheck über zehntausend Pfund aus.« Frederick freute sich beim Gedanken an das Licht, das nun wieder in Helens Augen leuchten würde.

Jayne Dunley war sehr glücklich über die großzügige Spende zum Wohle der Kinder, aber ihre Freude war durchdrungen von

Zweifeln. Wenn man ihr den Verstoß nachweisen würde, verlöre sie nicht nur ihre Stellung, sondern käme mit Sicherheit ins Gefängnis. Immer wieder hielt sie sich vor Augen, dass die Frau im Krankenhaus nicht überleben würde und dass ihrem Kind ein privilegiertes Leben bevorstand, was mehr war, als die anderen vierundsiebzig Kinder im Waisenhaus von der Zukunft zu erwarten hätten. Es war eine traurige Tatsache, dass die meisten von ihnen ihre gesamte Kindheit im Waisenhaus verbringen würden.

In dieser Nacht schlief Jayne Dunley nicht. Sie würde nicht die geringste Spur hinterlassen, dass das Kind 4576 je von den Brenans adoptiert worden war. Das war ihre Versicherung. Sie wusste, was sie zu tun hatte.

8

»Schwester!«, rief Maggie drängend.

Sarah Walsh, die ihr erstes Lehrjahr als Krankenschwester absolvierte, behandelte gerade eine andere Patientin in Maggies Zimmer. »Oh, Sie sind wach«, stellte sie überrascht fest und eilte zu Maggie. »Möchten Sie einen Schluck Wasser?«

Maggie nickte, hustete, verzog das Gesicht vor Schmerz und fasste sich an die Seite, während Sarah ihr ein Glas Wasser aus einem Krug neben dem Bett eingoss. Sie hob Maggies Kopf und hielt das Glas an ihre Lippen.

»Schön langsam … und immer nur kleine Schlucke«, sagte sie.

Nach wenigen Schlucken sank Maggie schwer atmend zurück. »Wo … ist meine Tochter?«

»Ihre Tochter? Ich habe keine Ahnung. Soweit ich weiß, wurden Sie allein eingeliefert.«

Eine Welle der Panik durchfuhr Maggie. »Heißt das, dass Lori da draußen ganz allein durch die Straßen läuft?« Sie hustete und rang nach Luft. »Sie … ist … erst … drei!«

»Das glaube ich nicht«, meinte Sarah. »Vermutlich kümmert sich ein Familienmitglied um sie oder auch ein Freund.«

Maggie war zutiefst beunruhigt. »Das ist … unmöglich. Ich habe niemanden«, stieß sie atemlos hervor. »Wo … könnte sie sein?«

»Wenn es keine Angehörigen gibt, wurde sie vermutlich in die Obhut einer sozialen Einrichtung gegeben. Ich bin sicher, es geht ihr gut. Sie müssen sich jetzt darauf konzentrieren, gesund zu werden.«

»Wie soll ich das machen … solange ich nicht weiß, wo Lori ist? Sie … sehnt sich bestimmt nach mir.« Maggie wurde von einem Hustenanfall geschüttelt. Ihre Lungen schmerzten, aber sie hatte noch nicht alles gesagt. »Sie müssen herausfinden … wo sie ist. Jemand soll sie zu mir bringen … sie soll wissen … dass ich sie nicht im Stich gelassen habe. Ich will sie sehen …« Maggie begann verzweifelt zu weinen. »Ich will mein kleines Mädchen …«

»Gut, gut«, sagte Sarah beschwichtigend. »Ich schaue mal, ob ich etwas herausfinden kann, aber in der Zwischenzeit müssen Sie sich entspannen. Wie heißen Sie?«

Maggie schniefte. »Maggie Cassidy. Lori hat kupferfarbenes, lockiges Haar und blaue Augen. Bitte … finden Sie sie«, stieß sie mit letzter Kraft hervor.

»Ich werde sehen, was ich herausfinden kann, wenn Sie mir versprechen, sich zu beruhigen. Um ehrlich zu sein, haben wir bisweilen gezweifelt, ob Sie sich überhaupt erholen. Doktor Bishop wird sehr überrascht sein.«

»Lori … braucht mich«, hauchte Maggie erschöpft. »Bitte finden Sie meine Kleine.«

Die Krankenschwester nickte und beobachtete voller Sorge, wie Maggie nach Luft rang. »Sie haben eine doppelseitige Lungenentzündung. Sie sind sehr krank. Sie müssen sich ausruhen. Ich werde alles tun, um Ihre Tochter zu finden.«

Eine Weile später kam eine andere Krankenschwester mit einer Schüssel und einem Waschlappen zu Maggie. »Hallo«, grüßte sie lächelnd. »Es ist eine Weile her, dass Sie sich ordentlich waschen konnten. Das wollen wir jetzt ändern.«

»Wo ist die junge Krankenschwester, die nach meiner Tochter suchen wollte?«, fragte Maggie besorgt.

»Meinen Sie Sarah?«

»Ich weiß nicht, wie sie heißt, sie hat blonde Haare und ein hübsches Gesicht.«

»Ja, das ist Sarah. Ihre Schicht ist vorbei, sie ist nach Hause.«

»Nach Hause! Sie sollte mir doch berichten, was sie über meine Tochter herausgefunden hat.«

»Dann macht sie das sicher morgen.«

»Morgen! Und bis dahin weiß ich nicht, wo meine Tochter ist.« Wieder begann Maggie zu weinen.

Nach Mitternacht setzte Maggie sich mühevoll im Bett auf. Sie hatte vor Sorge um Lori kein Auge zugetan. Wo war sie? Wer kümmerte sich um sie? Der Gedanke, sie könne bei Fremden sein, war quälend. Sie musste ihre Tochter finden! Maggie ließ die Beine aus dem Bett gleiten, stellte die Füße auf den Boden und stand auf. Sofort wurde sie von einem heftigen Schwindel befallen, aber sie hielt sich fest, entschlossen, nicht in Ohnmacht zu fallen. Leise öffnete sie das Nachtschränkchen, in dem sich ihre eigene Kleidung befand, um sie gegen das Krankenhaushemd einzutauschen. Als sie sich bückte, um danach zu greifen, verspürte sie einen stechenden Schmerz in ihrer linken Lunge. So unmenschlich stark, dass sie das Bewusstsein verlor.

Am nächsten Morgen trat Sarah an Maggies Bett. »Was ist mit Ihnen geschehen? Ihr Gesicht ist ja vollkommen verschrammt und auch geschwollen!«

»Ich bin aus dem Bett gefallen.« Maggie erinnerte sich undeutlich, dass eine Krankenschwester und ein Pfleger ihr ins Bett geholfen hatten. Sie waren davon ausgegangen, dass Maggie während eines Hustenanfalls hinausgefallen war.

»Was haben Sie über Lori herausgefunden?« Maggie hatte ihre Frage kaum hervorgebracht, da begann sie schon wieder zu husten. Sie fasste sich an die Seite.

Sarah reichte ihr Wasser. »Ich habe Neuigkeiten, Missus Cassidy. Als Sie auf der Straße in Ohnmacht fielen, kamen offenbar gerade zwei Nonnen vorbei. Sie gehören dem Orden der Barmherzigen Schwestern an und sorgten dafür, dass Sie hierhergebracht wurden. So steht es jedenfalls in Ihrem Einweisungsbericht.«

»Haben Sie sie besucht?«, fragte Maggie eifrig. »Sie wissen bestimmt, wo Lori ist.«

»Ja, sie haben mir gesagt, dass sie Ihre Tochter in ihre Obhut genommen haben.«

Maggie verspürte Erleichterung. Das war erheblich besser, als sich vorzustellen, dass Lori durch die Straßen streifte oder in die Arme eines wenig vertrauenerweckenden Menschen gelaufen war. »Dann ist Lori also bei den Nonnen im Kloster?«

»Nein, sie durften sie nicht im Kloster behalten«, sagte Sarah.

Maggies Herz begann heftig zu pochen. »Wo ist sie dann?«

»Nun, niemand kannte Ihren Namen, und damit war es unmöglich, Verwandte zu finden, die sich um Ihre Tochter kümmern konnten. Also hat man die Kleine in die Obhut der Jugendfürsorge gegeben, die sie in eine Einrichtung gebracht hat, laut Schwester Paula mit ziemlicher Sicherheit in ein Waisenhaus. Sie gab mir die Adresse der Jugendfürsorge und eine Liste mit Waisenhäusern in der Stadt.«

Maggie geriet in Panik. »Lori ist im Waisenhaus! Ich muss hier raus und nach ihr suchen.« Sie versuchte, sich aufzurichten, doch sofort drehte sich alles um sie, und sie sank zurück in die Kissen.

»Immer mit der Ruhe«, sagte Sarah. »Sie können hier noch nicht weg.«

»Aber was, wenn sie Lori weggeben – zum Beispiel an eine Familie, die sie adoptieren will? Ich werde sie nie wieder zurückbekommen«, keuchte Maggie verzweifelt.

In diesem Moment betrat Oberschwester McIntyre auf ihrer Visite den Raum. Sofort bemerkte sie Maggies Erregung.

»Was ist los?«, fragte sie mit ihrer befehlsgewohnten Stimme. Sie war ziemlich groß und von kräftiger Statur. Mit straffen Schultern und verschränkten Armen blickte sie auf Maggie herab.

»Sie macht sich Sorgen um ihre Tochter, Oberschwester«, erklärte Sarah schüchtern, weil Maggie vor Husten nicht sprechen konnte. »Vermutlich hat man die Kleine in ein Waisenhaus gebracht, während der Zeit, in der Missus Cassidy im Krankenhaus liegt.«

»Ich bin mir sicher, dass man sich dort gut um sie kümmert, Missus Cassidy. Es gibt keinen Grund zur Beunruhigung. Wenn Sie sich die ganze Zeit Sorgen machen, wird es umso länger dauern, bis Sie sich wieder selbst um sie kümmern können. Sie müssen sich darauf konzentrieren, gesund zu werden.«

»Wie soll ich aufhören, mir Sorgen zu machen, wenn ich nicht weiß, wo sie ist?«, keuchte Maggie.

»Wo ist der Vater des Kindes? Vielleicht kann er sie holen.«

Maggie runzelte die Stirn. »Er ist in Melbourne. Ich habe bereits versucht, Kontakt zu ihm aufzunehmen …« Sie hatte das Gefühl, gleich wieder ohnmächtig zu werden.

»Missus Cassidy hat Angst, ihre Tochter könne an jemanden vermittelt werden, Oberschwester«, fügte Sarah hinzu.

»Das Waisenhaus darf so etwas nicht ohne Ihre Unterschrift unter die Adoptionspapiere machen. Das wäre illegal«, sagte Oberschwester McIntyre. »Missus Cassidy, Sie wissen offensichtlich nicht, wie nahe Sie dem Tod waren. Es grenzt an ein Wunder, dass Sie diese doppelseitige Lungenentzündung überhaupt überlebt haben.« Sie verschwieg, dass Maggie noch längst nicht über den Berg war und leicht einen Rückfall erleiden konnte. »Sie müssen sich darauf konzentrieren, wieder gesund zu werden, damit Sie für sich und Ihre Tochter sorgen können. Je eher es Ihnen wieder gut geht, desto eher werden Sie beide wieder vereint sein.« Die Oberschwester hoffte, Maggie damit Mut zu machen. Im Laufe der Jahre hatte sie gelernt, dass nichts stärker war als der menschliche Wille und die Liebe einer Mutter zu ihrem Kind. Sie blätterte in Maggies Krankenakte. »Sie machen Fortschritte, aber Sie sind noch nicht so weit, dass wir Sie entlassen können. Wie lange das dauert, hängt von Ihnen ab.«

Frederick führte Lori durch die Eingangstür des größten Hauses am Westminster Drive in Cottesloe. Lori hatte die Kutschfahrt genossen, erwartete aber, bei ihrer Ankunft ihre Mutter wiederzusehen. Als dem nicht so war, war sie verwirrt und weinte. Frederick nahm sie auf den Arm.

»Hallo«, rief er die Treppe zum Obergeschoss hinauf, wo seine Frau sich vermutlich aufhielt. Sie zog sich in depressiven Phasen oft in ihr Schlafzimmer zurück. »Helen«, rief er fröhlich. Er blickte Lori an, die ihre Augen weit aufgerissen hatte, aber gleichzeitig süß und unschuldig aussah. Sein Herz schmolz dahin. Die Kleine war wirklich bezaubernd. »Willkommen in deinem neuen Zuhause, mein Liebling«, sagte er. »Deine neue Mum wird sich freuen, dich zu sehen.«

Helen erschien oben auf dem Treppenabsatz. Sie hatte auf dem Bett gelegen und versucht, ihre Hoffnung, dass Frederick mit ihrer neuen Tochter nach Hause kommen würde, zu bremsen, zugleich aber gebetet, dass genau das geschehen würde. Beim Klang seiner fröhlichen Stimme wusste sie, dass Laura bei ihm war.

»Frederick!« So schnell sie konnte, eilte sie mit einer Hand am Geländer die Treppe hinab, blind vor Freudentränen.

»Sieh mal, wen ich hier habe«, sagte Frederick fröhlich.

Helen eilte mit weit ausgestreckten Armen auf ihn zu. »Gib sie mir«, sagte sie sehnsüchtig.

Frederick lächelte. »Liebling, geh behutsam mit ihr um, sie ist verständlicherweise ziemlich durcheinander.«

»Natürlich ist sie das.« Helen strich sanft über Loris Locken.

»Mum«, sagte Lori verwirrt.

»Oh, Liebling, ich bin deine neue Mum.« Helen nahm sie in die Arme. »Und das hier ist dein neues Zuhause.«

Lori begann verzweifelt zu weinen.

»Arme kleine Motte«, sagte Frederick. »Sie muss vollkommen durcheinander sein.« Er suchte den Blick des Dienstmädchens, das im Hintergrund wartete. »Betty, bring uns ein Schälchen Eiscreme ins Wohnzimmer«, rief er. »Eis wird sie sicher aufheitern.«

Helen ließ sich auf dem Plüschsofa nieder, setzte Lori auf ihren Schoß und begann sie zu wiegen. »Sie ist so schön«, sagte sie zutiefst dankbar. »Ich kann nicht glauben, dass sie hier ist und uns gehört. Noch nie in meinem Leben habe ich mir etwas so sehr gewünscht.« Sie blickte Frederick liebevoll an, und ihre Augen strahlten vor Glück. »Danke, mein Liebling. Ich habe so lange auf diesen Tag gewartet. Ich weiß nicht, ob du es verstehst, aber jetzt fühle ich mich vollständig.«

Frederick hatte dieses Leuchten in ihren Augen schon lange nicht mehr gesehen. »Ich lebe, um dich glücklich zu machen, das weißt du doch.«

»Ich weiß, Liebling.« Helen wusste, dass Frederick immer sein Bestes gegeben hatte. Er hatte ihr alles geschenkt, von dem er glaubte, dass ihr Herz es begehrte, am meisten aber hatte sie sich ein Kind gewünscht. Es war das Geschenk, das sie ihm hatte geben wollen, aber sie hatte versagt. Er ahnte nicht, wie sehr ihr das auch in Bezug auf ihre Weiblichkeit zu schaffen machte. »Endlich sind wir eine Familie«, sagte sie mit tränenerstickter Stimme. »Alle meine Träume sind in Erfüllung gegangen.«

»Ich weiß, mein Liebling. Und Laura ist hinreißend. Ich bin jetzt schon ganz vernarrt in sie.«

Helen strahlte vor Glück. »Ich auch«, sagte sie. »Ist ihre … Wie hast du das geschafft?« Sie senkte ihre Stimme. »Ist ihre Mutter gestorben?«

Frederick hatte mit der Frage gerechnet und entschieden, jegliche Sorge von Helen fernzuhalten. »Ja, sie war sehr krank«, sagte er leise. »Ich habe den Papierkram mit Schwester Dunley erledigt. Ich war sehr froh, dass sie sich so schnell um alle Details gekümmert hat, deshalb habe ich dem Waisenhaus eine Spende zukommen lassen.«

»Das war sehr großzügig von dir, Liebling.«

»Das ist das Mindeste, was ich tun konnte. Es gibt so viele bedürftige Kinder im Waisenhaus, die wahrscheinlich nicht so viel Glück haben werden wie unsere Laura.«

»*Unsere Laura!* Wie wunderbar das klingt«, sagte Helen bewegt. »Was weißt du über Laura, Liebling? Wann hat sie Geburtstag?

Wie wurde sie von ihrer Mutter genannt? Gibt es irgendwo in Perth einen Vater, der Anspruch auf sie erheben könnte? Darüber mache ich mir Sorgen.«

»Es gibt keinen Grund zur Sorge, Helen. Schwester Dunley konnte die Identität von Lauras leiblicher Mutter nicht herausfinden. Sie vermutet, dass Laura ungefähr drei Jahre alt ist, und da niemand ihre Mutter als vermisst gemeldet hat, geht man davon aus, dass sie obdachlos war.«

»Dann brauchen wir uns vermutlich wirklich keine Sorgen zu machen«, seufzte Helen erleichtert.

»Sie gehört jetzt offiziell uns, Liebling«, sagte Frederick.

Betty erschien mit einer Schale Erdbeereis.

Helen nahm sie ihr ab. »Schau mal, Schatz. Du magst doch Eis, nicht wahr, Laura?«

Die Kleine betrachtete das Eis. Helen wischte ihr die Tränen ab und begann, sie zu füttern.

»Du sollst alles bekommen, was dein Herz begehrt, meine süße Laura«, flüsterte sie.

Betty blickte Lori lächelnd an.

»Betty, das ist unsere Tochter«, sagte Helen stolz. »Ist sie nicht wunderschön?«

»Ja, Missus Brenan«, sagte Betty. »Sie ist sehr schön. Aber wenn ich das sagen darf: Sie braucht ein Bad.«

»Ich weiß, Betty. Wir werden sie baden, nachdem sie ihr Eis gegessen hat. Ich kann es kaum erwarten, ihr schöne neue Kleider zu kaufen.« Sie blickte Frederick an, der beifällig nickte.

»Ich bin sicher, dass sie innerhalb eines Monats das bestgekleidete Mädchen von Perth sein wird«, sagte er.

»Maggie, Sie sind ja auf«, sagte Sarah, als sie eine Woche später morgens die Station betrat.

»Ja, ich werde jeden Tag kräftiger«, sagte Maggie, auch wenn das ein wenig übertrieben war. Eigentlich war sie immer noch sehr schwach, aber sie musste schnell gesund werden und Lori finden.

Sie war aus dem Bett gestiegen und ging jetzt ein paar Schritte zu einem Stuhl und setzte sich. Weiter kam sie noch nicht, aber sie war entschlossen, täglich zu üben.

»Sarah, könnten Sie mir bitte Papier und einen Stift bringen? Ich möchte die Waisenhäuser anschreiben, um herauszufinden, wo Lori ist. Sie sollen erfahren, dass ich sie bald abholen komme.«

»Natürlich«, sagte Sarah. »Ich bringe Ihnen in meiner Pause alles, was Sie brauchen. Aber jetzt macht die Oberschwester gerade ihre Runde, und ich muss mich um die Bettpfannen kümmern.«

9

»Missus Cassidy, Doktor Bishop hat Ihre Entlassungspapiere unterschrieben. Sie können also gehen«, sagte Oberschwester McIntyre.

Maggie war bereits angezogen und wartete darauf, endlich das Krankenhaus verlassen zu können. Sie wirkte zutiefst erleichtert.

Die Oberschwester reichte ihr einen versiegelten Umschlag. »Für eine Tasse Tee, wenn Sie eine brauchen«, flüsterte sie. »Stecken Sie es in Ihre Handtasche.«

»Danke.« Gerührt verstaute Maggie den Umschlag in ihrer Handtasche. Vermutlich verteilte Oberschwester McIntyre sonst keine Almosen.

»Ich bin ja der Meinung, dass Sie sich noch ein wenig erholen müssten, aber ich verstehe, dass Sie unbedingt Ihre Tochter finden wollen«, sagte die Oberschwester sanft. Sie war immer stolz darauf gewesen, sich gegenüber den Patienten neutral und professionell zu verhalten, aber Maggies Entschlossenheit, gesund zu werden und ihre Tochter zu finden, hatte ihr Herz und das vieler Mitarbeiter berührt.

Maggie hatte drei Antworten auf die Briefe erhalten, die sie an die Waisenhäuser geschickt hatte. In jedem stand, dass unter ihren Zöglingen kein kleines Mädchen war, auf das Loris Beschreibung passte. Sie empfand jeden Brief als unerträglichen Schlag. Fünf Waisenhäuser hatte sie angeschrieben, also blieben noch zwei, die sie besuchen wollte. Sie betete, dass Lori sich in einem davon aufhielt und sie am Abend endlich wieder vereint wären. Sie konnte es kaum erwarten. Sie träumte jeden Tag von der Wiedervereinigung mit ihrer Tochter. Das war es, was sie am Leben erhielt.

»Ich werde nicht ruhen, bis ich sie gefunden habe«, schwor Maggie. Wie es dann weitergehen würde, wusste sie noch nicht, aber sie würde irgendwie nach Melbourne und nach Hause zu ihren Eltern zurückkehren müssen. Sie wären bestimmt schockiert, wenn sie plötzlich vor ihnen stand, aber Maggie würde ihren Stolz herunterschlucken müssen. Sie wollte keinen weiteren Tag mit Lori auf der Straße verbringen. Die Oberschwester hatte ihr von einer Vermittlungsstelle erzählt, die ihr bezüglich der Mittel für die Schiffspassage nach Hause vielleicht aushelfen konnte, und an diese Hoffnung klammerte sie sich.

»Was immer Sie auch tun, Sie müssen unbedingt auf sich selbst achten, Missus Cassidy«, betonte Oberschwester McIntyre. »Wenn Sie das nicht tun, erleiden Sie einen Rückfall. Eine weitere Entzündung würden Sie jedoch wahrscheinlich nicht überleben, weil Ihre Lungen geschwächt sind.« In ihr nagte eine weitere Sorge, die sie aber für sich behielt. Sie zweifelte, dass das Waisenhaus Lori einer Mutter zurückgeben würde, die keinen festen Wohnsitz hatte.

Maggie bedankte sich bei Sarah für ihre gute Fürsorge und die Hinweise auf Lori.

»Es tut mir leid, dass ich Ihnen nicht weiterhelfen konnte, aber bitte bringen Sie Lori doch einmal zu uns, wenn Sie sie gefunden haben«, sagte Sarah. »Ich würde sie gerne einmal kennenlernen.«

»Das mache ich bestimmt«, versprach Maggie bewegt.

Maggie trat nach draußen, wo die kühle, feuchte Luft sie sofort umschlang. Über Nacht war Regen gefallen, und der Himmel war immer noch bewölkt und grau. Zum ersten Mal seit Wochen hielt sie sich, außer im Hof des Krankenhauses, im Freien auf, und die kalte Luft erinnerte sie sofort an die Nächte, die sie mit Lori auf der Straße verbracht hatte. Auch ihr Husten meldete sich wieder. Sie stellte ihren Koffer und den etwas kleineren von Lori ab, schlug den Mantelkragen hoch und machte sich auf den Weg.

Maggie fragte einen Polizisten nach dem Weg zum Waisenhaus Saint Mark. Er riet ihr, die Straßenbahn von der Wiley Street nach Northbridge zu nehmen.

Maggie wollte das einzige Geld, das sie besaß – in dem Umschlag von Oberschwester McIntyre –, nicht für eine Straßenbahnfahrkarte ausgeben. »Ist es sehr weit? Oder schaffe ich die Strecke auch zu Fuß?«, fragte sie.

Der Polizist konnte trotz ihres langen Kleides und des schweren Schals erkennen, wie dünn sie war. Sie wirkte äußerst zerbrechlich. »Dazu ist es ein bisschen zu weit, Miss.«

Maggie fragte ihn enttäuscht nach der Entfernung zu der Adresse des anderen verbliebenen Waisenhauses, in der Riley Street. Als er ihr beschied, dass es fußläufig erreichbar war, beschloss sie, es zuerst dort zu versuchen.

Schwester Dunley saß an ihrem Schreibtisch und überprüfte die Rechnungen über die neuen Betten, die sie für die Babys und Kinder gekauft hatte, als es an der Tür klopfte. Sie freute sich, einen so guten Preis ausgehandelt zu haben. Die Spende von Frederick Brenan hatte die Versorgungslage für die Waisen im Heim wesentlich verbessert. Es war eine enorme Erleichterung zu wissen, dass das kommende Jahr endlich mal ein gutes werden würde.

»Herein«, rief sie abwesend, während sie die Rechnungen auf einen Stapel legte.

Maggie öffnete die Tür und betrat das Büro. »Ich hoffe, ich störe Sie nicht«, sagte sie. Hätte man sie nicht direkt zu Schwester Dunleys Büro gebracht, hätte sie die Schlafsäle nach Lori durchsucht.

»Nein, treten Sie ein.« Jayne Dunley erkannte Maggie sofort. Auch wenn sie nun wesentlich gesünder aussah, gab es keinen Zweifel, dass es sich um die Frau handelte, die sie Wochen zuvor im Colonial Hospital gesehen hatte, wo sie mutmaßlich an den Folgen ihrer Lungenentzündung sterben würde. Jayne war erschrocken und beunruhigt gewesen, als sie einen Brief von ihr erhielt, hatte dadurch aber Zeit gewonnen, eine Geschichte vorzubereiten für den Fall, dass Maggie im Waisenhaus auftauchen sollte. Dieser Moment war nun gekommen, und sie war mit einem Mal sehr nervös.

»Guten Morgen. Mein Name ist Maggie Cassidy. Ich habe Ihnen vor einigen Wochen einen Brief geschickt …«, begann Maggie.

»Guten Morgen, Missus Cassidy. Ich bin Schwester Jayne Dunley. Bitte setzen Sie sich.«

Maggie setzte sich auf eine Stuhlkante und kam direkt zum Punkt. »Ich suche nach meiner Tochter Lori. Sie war bei mir, als ich vor einigen Wochen mit doppelseitiger Lungenentzündung auf der Straße zusammengebrochen bin. Ich wurde ins Colonial Hospital gebracht. Lori wurde zunächst von den Barmherzigen Schwestern betreut und kam dann vermutlich in ein Waisenhaus. Vielleicht in dieses hier. Sie ist am 13. August drei Jahre alt geworden und hat kupferfarbenes Haar. Sie ist sehr hübsch …«

Jaynes Herz hämmerte. »Sie war hier, Missus Cassidy«, sagte sie sanft und bemerkte voller Bestürzung, dass Maggies Augen aufleuchteten. Sie hatte überlegt, zu lügen und zu behaupten, das kleine Mädchen sei nie in ihrem Waisenhaus gewesen, aber dann würde Maggie die Suche nach ihr verständlicherweise niemals aufgeben.

Maggie sprang auf die Füße. »Sie ist hier«, rief sie aufgeregt. »Oh, Gott sei Dank. Wo ist sie? Ich kann es kaum erwarten, mein kleines Mädchen in die Arme zu schließen …«

»Bitte setzen Sie sich, Missus Cassidy«, sagte Jayne mit düsterer Miene.

»Warum?« Der Gesichtsausdruck der Schwester beunruhigte Maggie. »Sie haben sie doch nicht weggegeben, oder? Ich habe keine Adoptionspapiere unterschrieben. Ich will meine Tochter … jetzt sofort.«

»Sie wurde sehr krank, Missus Cassidy.«

»Lori ist krank! Warum hat mir das niemand gesagt?«

»Wir hatten keine Zeit …«

Maggie starrte sie an. »Was soll das heißen?«

»Es tut mir leid. Alles ging sehr schnell.«

Maggie war, als hätte man ihr einen Schlag in die Magengrube versetzt. »Was sagen Sie da?«

»Es tut mir leid, Ihnen das mitteilen zu müssen, aber Ihre Tochter ist an einer Lungenentzündung gestorben.«

Einen Augenblick lang stand die Welt für Maggie still. Ihr Herz klopfte so wild, dass sie kaum atmen konnte. »Nein … das war nicht meine Lori. Sie war nicht krank«, rief sie.

Jayne kämpfte mit sich, als sie das Leben in Maggies Augen verlöschen sah. Sie wusste, dass sie ihr buchstäblich das Herz aus dem Leib riss, es war schrecklich grausam. Jede Faser ihres Wesens wollte eine Kehrtwende vollziehen und eingestehen, dass sie einen Fehler gemacht hatte und dass Lori lebte und gesund war, aber sie konnte es nicht. Sie würde ins Gefängnis gesperrt und das Waisenhaus geschlossen werden. Zu viele andere Kinder waren auf sie angewiesen. Sie musste sich an den Plan halten, den sie sich ausgedacht hatte. Ihr einziger Trost war, dass Lori bei den Brenans eine sehr privilegierte Erziehung genießen würde.

»Doch, Missus Cassidy, es war Lori. Ich war im Krankenhaus, um Sie über ihren Tod zu informieren, aber Sie waren nicht bei Bewusstsein, und mir wurde gesagt, dass Sie nur eine geringe Überlebenschance hätten. Tatsächlich war Ihr Arzt fast sicher, dass Sie höchstens noch ein paar Tage durchhalten würden«, sagte Jayne. »Ich sah keinen Sinn darin, der Belegschaft mitzuteilen, dass Ihr kleines Mädchen gestorben war.«

Maggies Beine drohten, ihren Dienst zu versagen, und sie ließ sich auf den Stuhl neben dem Schreibtisch fallen. »Nein«, schrie sie verzweifelt. »Nein, nein, nein …« Sie schlug mit der Faust auf den Schreibtisch, dass Papiere, Tinte und Stifte nur so stoben. »Warum haben Sie Lori nicht ins Krankenhaus gebracht?«, rief sie hysterisch.

»Dazu blieb keine Zeit. Direkt nach ihrer Ankunft hier zeigte sie Anzeichen der Krankheit, sie starb, weniger als eine Stunde nachdem ich den Arzt angerufen hatte. Es tut mir wirklich sehr leid.«

Maggie versuchte sich das Leiden ihrer armen Tochter vorzustellen. Bestimmt hatte sie nach ihr geweint und nicht verstanden, warum sie nicht kam. Maggie hatte das Gefühl, ihre Tochter verraten zu haben. Sie legte ihren Kopf auf ihre Arme auf dem Schreibtisch und begann zu schluchzen. Ihr Körper bebte heftig, und sie hustete, bis sie sich erbrach. »Wäre ich doch nur gestorben«, hörte Jayne sie atemlos sagen. »Warum bin ich nicht gestorben?«

Die Schatten des späten Nachmittags krochen über den Kings Park und machten die Luft bitterkalt. Der Park, größer als der Central Park in New York City, war oberhalb des Swan River gelegen und umfasste mehr als eintausend Hektar Grünflächen und botanische Gärten, von denen Maggie jedoch nichts wusste.

Sie saß in ihren grauen Mantel gehüllt auf einer grauen Bank, grau wie der Tag, nahezu unsichtbar. Sie spürte die kalte Luft nicht, sie war wie betäubt vor Schmerz und wünschte, ihr Herz würde aufhören zu schlagen, damit ihre Qualen beendet und sie wieder mit Lori vereint wäre.

Vivian Sutherland machte ihren Nachmittagsspaziergang durch den Kings Park, als ihr ein bellender Husten auffiel. In der zunehmenden Kälte waren nur wenige Leute unterwegs, aber auf der gegenüberliegenden Seite einer Rasenfläche saß eine Frau auf einer Bank, daneben standen zwei Koffer. Die Frau wirkte verzweifelt und verloren. Vivian blieb stehen, ergriffen von einem Déjà-vu-Erlebnis: Vor zwanzig Jahren hatte sie selbst mit einem Koffer neben sich auf genau dieser Bank gesessen, mit großen Schmerzen, am Tiefpunkt ihres Lebens. Vivian machte sich, geleitet von Erinnerungen und Mitgefühl, auf den Weg zu der Bank.

Maggie bemerkte nicht, dass die Frau sich neben sie setzte. Ihr Gesicht war nass vor Tränen und ihr Blick auf einen Punkt in weiter Ferne gerichtet, ohne jedoch etwas zu sehen. Sie war auf dem Friedhof gewesen, wo Lori angeblich in einem anonymen Grab beerdigt worden war. Nicht einmal den Ort ihrer letzten Ruhestätte zu kennen war mehr, als sie ertragen konnte.

»Es wird kalt, nicht wahr?«, sagte Vivian sanft.

Maggie antwortete nicht. Zwar hörte sie die Worte, aber sie drangen nicht durch den unerträglichen Schmerz in ihrem Herzen und in ihrer Seele.

Einige Minuten lang saßen sie schweigend nebeneinander, während Vivian hoffte, dass Maggie etwas sagen würde. Als sie es nicht tat, kam Vivian zu dem Schluss, dass sie sich offenbar an einem sehr dunklen Ort befand. Vivian war auch schon dort gewesen und fühlte sich verpflichtet, zu helfen.

»Vor zwanzig Jahren saß ich genau da, wo Sie jetzt sitzen, gefangen in einer Welt voller Schmerzen«, begann sie. Maggie reagierte nicht, dennoch fuhr sie fort. »Damals hatte man mir gerade meinen elf Wochen alten Sohn aus den Armen gerissen, weil man mich für untauglich hielt, ihn zu erziehen.«

Ihre Worte erregten Maggies Aufmerksamkeit. Sie wandte sich der Frau neben sich zu, die auf den Fluss starrte. Die Dame trug einen teuren Mantel und einen ebensolchen Hut. Ihre Haut war hell gepudert und ihr Lippenstift von einem hübschen Rosa. Sie war nicht mehr jung, aber offensichtlich hatte sie gut auf sich geachtet.

»Warum?«, fragte Maggie.

»Ich hatte keine Arbeit, keine Bleibe und keinen Ehemann, der sich um uns kümmerte«, sagte Vivian.

»Sicher haben Sie Ihren Sohn zurückbekommen, als sich Ihre Verhältnisse verbesserten?«

Vivian wandte sich Maggie zu. Der Schmerz in ihrem Herzen ließ alle Ängste wieder hochkommen, die sie damals empfunden hatte. »Nein, es war das letzte Mal, dass ich ihn gesehen habe.«

Maggie bemerkte Trauer und Tränen in den Augen der Frau und ahnte, dass ihr Schmerz nie nachgelassen hatte, doch das schürte nur ihre eigene Verzweiflung. Sie wandte sich wieder ab.

»Ich könnte wirklich eine Tasse heißen Tee gebrauchen.« Vivian straffte ihren Rücken. »Und Sie?«

Maggie antwortete nicht. Sie war innerlich wie betäubt.

»Haben Sie eine Bleibe?«, fragte Vivian.

Maggie begann wieder zu husten.

»Kommen Sie«, sagte Vivian. »Der Park ist kein Ort, an dem man sich nach Einbruch der Dunkelheit aufhalten sollte.« Sie stand auf und griff nach einem von Maggies Koffern. Als Maggie sich nicht rührte, nahm sie ihren Arm und zog sie hoch.

»Nehmen Sie den anderen Koffer«, ermunterte Vivian sie. »Sie kommen mit zu mir nach Hause.«

In der Stimme der Frau lag etwas Beruhigendes, sie klang freundlich und stark. Maggie nahm den Koffer und ließ sich von Vivian aus dem Park führen. Sie hatte keine Ahnung, wohin sie gingen, und es war ihr auch egal. Alles war ihr egal.

»Mein Name ist Vivian Sutherland«, sagte Vivian nach einer Weile. »Wie heißen Sie?«

»Maggie.« Es war kaum mehr als ein raues Flüstern. Sie starrte auf den Boden vor sich, setzte einen Fuß vor den anderen.

»Mein Zuhause ist nicht weit entfernt«, sagte Vivian. Maggie musste etwas Tragisches widerfahren sein, und Vivian war gespannt zu erfahren, was das wohl war, aber erst einmal würde sie die junge Frau an einen sicheren und warmen Ort bringen.

»Was wollen *Sie* denn hier?« Frederick Brenan starrte Schwester Jayne Dunley an, nachdem er ihr die Tür geöffnet hatte.

»Es tut mir leid, aber ich musste kommen«, flüsterte Jayne. Frederick ließ sie ein und führte sie in sein Büro gleich neben dem Eingang. Sorgfältig schloss er die Tür hinter ihnen.

»Ich will nicht, dass meine Frau sich Sorgen macht«, sagte er leise. Helen war noch nie glücklicher, und Laura fühlte sich zunehmend heimisch. Er wollte keine von ihnen beunruhigen.

»Ich muss es Ihnen sagen … Sie warnen …« Jayne suchte nach den passenden Worten.

Frederick blickte sie besorgt an. »Mich warnen? Warum?«

»Die Mutter des Kindes ist nicht gestorben. Ihr Name ist

Maggie Cassidy, und sie kam zu uns ins Waisenhaus, um nach ihrer Tochter Lori zu suchen«, flüsterte Jayne.

Frederick riss vor Entsetzen die Augen auf. *Lori.* Was für ein unglaublicher Zufall, dass Helen für das kleine Mädchen einen so ähnlichen Namen gewählt hatte. »Sie haben ihr doch nicht gesagt, wo sie ist, oder?«

»Nein, natürlich nicht. Ich habe sie angelogen und ihr erzählt, dass Kind sei gestorben und anonym beigesetzt. Ich dachte nur, Sie sollten es wissen … nur für alle Fälle.«

Frederick entspannte sich ein wenig. »Das war genau richtig, vielen Dank. Wenn Sie sich an die Geschichte halten, wird sie die Wahrheit nie erfahren.«

»Ich glaube nicht, dass sie noch einmal zu uns kommen wird, und ich habe alle Aufzeichnungen, die darauf hindeuten, dass das kleine Mädchen jemals in unserem Waisenhaus war, sorgfältig vernichtet.«

»Das war sehr schlau«, lobte Frederick. »Hat sie einen Ehemann erwähnt?«

»Nein. Sie war sehr aufgewühlt … verständlicherweise.«

Frederick schob den Gedanken beiseite. »Nichts für ungut, aber es wäre mir lieber, wenn Helen Sie hier nicht sähe«, sagte er. »Sie könnte Fragen stellen.«

Jayne nickte. Frederick begleitete sie hastig zur Tür und ließ sie hinaus.

»Lori wurde übrigens am 13. August 1887 geboren«, sagte Jayne. »Ich dachte, Sie wollen vielleicht ihr richtiges Geburtsdatum wissen.«

»Danke.« Frederick schloss die Tür und schritt durch das Haus in die Küche. Von dort aus konnte er Helen und Laura beobachten, die auf dem Rasen mit dem Welpen spielten, den sie gekauft hatten, um dem kleinen Mädchen die Eingewöhnung zu erleichtern. Die beiden gaben ein so zufriedenes Bild ab. Frederick wurde von einer Welle der Liebe erfüllt.

Für einen Moment gestattete er sich einen Gedanken an Lauras leibliche Mutter. Er stellte sich den Moment vor, in dem sie erfuhr, dass ihr Kind gestorben war. Ihr Schmerz musste unvorstellbar gewesen sein, und er empfand Schuld. Dann dachte er an die Umstände, derentwegen die arme Laura in ein Waisenhaus gebracht worden war. Bis zu diesem Zeitpunkt musste Laura sehr gelitten haben. Vielleicht war sie hungrig gewesen, hatte gefroren. Vielleicht war ihr Leben schrecklich gewesen.

Es gibt für alles einen bestimmten Grund, redete Frederick sich ein. Er und Helen waren nicht in der Lage gewesen, ein Kind zu bekommen. Laura war ins Waisenhaus gekommen. Jetzt waren sie zusammen, es passte perfekt. Dem kleinen Mädchen würde ein wunderbares Leben zuteilwerden – das Leben, das es verdiente.

10

Maggie bekam kaum mit, dass sie durch ein Tor und über den Seitenweg eines sehr großen Hauses über drei Stufen hinauf zu einer Veranda geführt wurde. Vivian öffnete eine Tür und schob sie hindurch. Sie gingen durch einen kleinen Vorraum, in dem Mäntel hingen, vorbei an einem Schirmständer und mehreren Paar Schuhen bis in eine große, gemütlich warme Küche.

»Setzen Sie sich, und ziehen Sie Ihren Mantel aus, Maggie«, sagte Vivian. Sie entledigte sich ihres Hutes und des Mantels und hängte beides im Vorraum auf. Auf dem Herd stand ein Kessel mit heißem Wasser. Vivian machte sich daran, eine Kanne frischen Tee aufzubrühen.

In der Küche roch es nach einer köstlichen Rindfleisch- und Gemüsesuppe, aber Maggie mochte nicht an Essen denken; ihr Magen rebellierte.

Vivian stellte eine Tasse dampfenden Tee vor sie, dem sie einen Schuss Rum hinzugefügt hatte. »Trinken Sie das, solange es heiß ist«, sagte sie. »Es wird Sie wärmen.«

Maggie, die den Mantel noch nicht ausgezogen hatte, sagte kein Wort. Vivian goss sich ebenfalls eine Tasse Tee ein und fügte einen großzügigen Schuss Rum hinzu. Aus einem gusseisernen Topf auf dem Herd schöpfte sie dampfende Suppe in zwei Schüsseln und stellte eine vor Maggie.

»Essen und trinken Sie, danach können Sie zu Bett gehen«, sagte sie fast mütterlich mit fester Stimme, ehe sie den Raum verließ. Maggie hörte Frauenstimmen im Flur, dann kehrte Vivian alleine zurück. Sie war sehr freundlich, und Maggie wollte nicht unhöflich sein, also aß sie drei Löffel Suppe. Doch sie verschluckte sich, weil ihr Hals wie eingeschnürt war. Sie nippte am Tee, fürchtete aber, sich zu übergeben, und schob ihn beiseite. »Es tut mir leid, ich kann nicht«, sagte sie entschuldigend.

Vivian bat sie, aufzustehen, und führte sie den Flur entlang, vorbei an der Treppe, die zum zweiten Stock führte, und öffnete die Tür zu einem hübschen Zimmer auf der Rückseite des Hauses. Drinnen war es kühl, aber im Kaminofen knisterte ein fröhliches Feuer.

»Wir haben das Feuer gerade entzündet. Bald ist das Zimmer warm«, sagte Vivian. »Ziehen Sie Mantel und Schuhe aus. Haben Sie ein Nachthemd im Koffer?«

Maggie nickte.

»Ziehen Sie es an.« Vivian schloss die Vorhänge und verließ den Raum.

Maggie hatte kaum genug Energie, sich auszuziehen, und ihre Finger waren so kalt, dass alles sehr lange dauerte, aber sie tat, wie Vivian ihr befohlen hatte. Sie saß auf der Bettkante und starrte in die Flammen, als Vivian mit einem Krug dampfenden Wassers zurückkehrte, den sie mit einem Handtuch neben die Waschschüssel stellte.

»Sie werden sich besser fühlen, wenn Sie sich gewaschen haben. Und dann ins Bett gehen«, sagte sie und ging.

Als Vivian eine halbe Stunde später zurückkam, schlief Maggie. Vivian betrachtete sie und fragte sich, durch welche tragischen Umstände Maggie wohl so verzweifelt war. Ihr Blick fiel auf den kleineren, noch geschlossenen Koffer neben dem Bett. Ob sich darin wohl Hinweise auf Maggies Geschichte fanden?

Vivian zögerte kurz, dann öffnete sie den kleinen Koffer und schnappte sofort erschrocken nach Luft, als sie darin Kleidung entdeckte, die offenbar einem kleinen Mädchen gehörte. Die Kleidungsstücke waren von guter Qualität und ordentlich gepflegt. Vivian ging auf, dass Maggie wahrscheinlich ihr Kind verloren hatte – möglicherweise durch Krankheit oder einen Unfall. Falls dem so war, war es herzzerreißend. Die junge Frau würde nie darüber hinwegkommen, mit der Zeit aber würde sie sich damit abfinden. Sie hatte schlicht keine andere Wahl. Bis dahin aber brauchte Maggie jemanden, der sich geduldig um sie kümmerte – was Vivian nur allzu vertraut war.

Am nächsten Tag weigerte Maggie sich, aufzustehen. Vivian brachte Eimer mit Kohle und schürte das Feuer. Sie versuchte Maggie zu ermutigen, etwas Suppe zu sich zu nehmen, aber Maggie war in einem Nebel aus Schmerz gefangen.

»Ich vermute, dass Sie einen schrecklichen Verlust erlitten haben, Maggie«, sagte Vivian liebevoll. »Aber damit sind Sie nicht die Einzige. Das Leben geht weiter, ob wir wollen oder nicht.«

Maggie schwieg. Alles, woran sie denken konnte, war Lori, die einsam gestorben war und sich sicher gefragt hatte, warum ihre Mami sie verlassen hatte. Es brach ihr buchstäblich das Herz.

Maggie wachte auf, weil sie sich erleichtern musste. Sie wusste nicht, wie spät es war, aber sie erkannte durch den Vorhangspalt, dass es draußen dunkel war. Vivian hatte einen Nachttopf unter das Bett gestellt, aber Maggie zog es vor, zur Toilette hinter dem Haus zu gehen, auch wenn Vivian ihr wegen der Kälte davon abgeraten hatte, das Örtchen nachts zu benutzen.

Als Maggie den Flur entlangging, sah sie, wie eine aufgeputzte Vivian an der Haustür einen Herrn hinauskomplimentierte. Sie schloss die Tür hinter ihm und ging wieder in den nach vorn liegenden Raum, aus dem weibliche Stimmen und Klaviermusik zu hören waren. Vermutlich empfing Vivian Freunde.

Nach ihrer Rückkehr von der Toilette beobachtete Maggie einen Mann, der einer Frau ins Obergeschoss folgte. *Vermutlich ein Untermieter*, dachte Maggie und legte sich wieder ins Bett.

Drei Tage später wurde Vivians Geduld auf die Probe gestellt. Zwar verstand sie, dass Maggie trauerte, aber die junge Frau musste sich selbst helfen, wenn sie ihr Leben fortsetzen wollte, das stand außer Frage. Allerdings bedeutete das, dass sie endlich aufstehen und der Welt die Stirn bieten musste.

»So können Sie nicht weitermachen.« Vivian öffnete die Vorhänge, um Licht hereinzulassen, doch Maggie bat sie, sie wieder zu schließen. Bisher hatte Vivian ihren Wünschen stets nachgegeben, dieses Mal aber würde sie standhaft bleiben.

»Ich habe keinen Grund, aufzustehen«, beklagte sich Maggie.

»Nun, dann sollten Sie einen finden«, sagte Vivian. »Wir alle haben schlimme Zeiten durchgemacht, vielleicht jemanden verloren, trotzdem muss man weitermachen.«

»Ihr Sohn lebt wenigstens noch«, gab Maggie zurück. »Mein kleines Mädchen musste ohne mich sterben, während ich im Krankenhaus war.«

Vivian hatte eine solch traurige Geschichte erwartet und fühlte mit Maggie. »Das tut mir wirklich leid, Maggie, ehrlich, aber jeder von uns hat sein Päckchen zu tragen, und viele Menschen haben ein ebenso schweres Päckchen wie Ihres.«

»Lieber hätte ich ein Bein oder einen Arm oder sogar mein eigenes Leben verloren, als mein Kind herzugeben«, weinte Maggie. »Lori war mein schönes, kostbares kleines Mädchen. Warum musste ich auf der Straße zusammenbrechen? Warum? Ich hätte besser auf sie aufpassen müssen.« Sie zog die Bettdecke über ihren Kopf.

Vivians Herz barst fast, und sie war zu Tränen gerührt, aber sie nahm sich zusammen. Es war höchste Zeit, dass Maggie über ihre Situation sprach. Sie hatte ihr viel Zeit gelassen, in Ruhe zu trauern, aber ihrer Erfahrung nach half Reden so gut wie immer. »Ich entnehme den Koffern und der Tatsache, dass Sie auf der Straße zusammengebrochen sind, dass Sie kein Zuhause hatten, als Sie krank wurden, Maggie. Wie kam es dazu?«

Maggie schwieg mehrere Minuten, bevor sie zur Antwort ansetzte. Vivian wartete geduldig in ihrem Sessel.

»Ich war Haushälterin und Gesellschaftsdame bei Grace, einer wunderbaren Frau. Sie liebte Lori«, begann Maggie und kämpfte mit den Tränen. »Aber Grace ist gestorben …«, schluchzte sie.

Vivian war bestürzt zu hören, dass Maggie offenbar nicht nur um ihr Kind, sondern auch um die alte Dame trauerte. Das Schicksal hatte also gleich zweimal zugeschlagen. Sie reichte ihr ein Taschentuch und wartete, bis Maggie sich beruhigt hatte. Diese erzählte ihr dann, wie sie auf der Straße gelandet war.

Vivian lauschte schweigend. Grace' Familie war offenbar wie die Geier hinabgestoßen, um ihren Kadaver zu rupfen, aber das sagte sie nicht laut. Der Teil der Geschichte, in dem Maggie das Geld ausging, weil sie keine Arbeit fand, da sie niemanden hatte, der sich um Lori kümmern konnte, kam Vivian sehr vertraut vor. Als sie geendet hatte, nahm Maggie ihren Ehering ab und warf ihn quer durch den Raum. Er prallte von der Wand ab und rollte unter das Bett.

Sie blickte Vivian an. »Ich habe übrigens kein Geld, um Ihnen Miete zu zahlen«, sagte sie verlegen.

»Ich habe nicht um Miete gebeten, oder?«

»Nein, aber Sie können es sich doch bestimmt nicht leisten, mich auszuhalten.« Maggie war erneut kurz davor, in Tränen auszubrechen.

»Es gibt Vögel, die mehr zu sich nehmen als Sie«, antwortete Vivian. »Alles, was ich will, ist, dass es Ihnen besser geht, aber Sie müssen sich selbst helfen, ganz gleich, wie Sie sich fühlen.«

»Ich wünschte, ich wäre im Krankenhaus gestorben!«

»So etwas will ich überhaupt nicht hören«, erwiderte Vivian verärgert. »Nicht solange Sie in meinem Haus sind.«

Maggie schwieg einen Moment. »Haben Sie versucht, Ihren Sohn zurückzubekommen, als Sie wieder auf eigenen Beinen standen?«, fragte sie. »Ich hätte alles getan, um Lori zurückzuholen.«

Vivian setzte sich auf den Bettrand. »Ich habe nicht versucht, ihn zurückzuholen. Ich dachte, er wäre in einer angesehenen Familie, die sich um ihn kümmert, besser aufgehoben.«

Maggie war verwirrt. »Wer könnte angesehener sein als Sie, Vivian? Ihre Kleidung muss ein Vermögen kosten. Sie haben ein schönes großes Haus …«

»Danke für Ihre Worte«, unterbrach Vivian, die sich offenbar nicht ganz wohl fühlte in ihrer Haut. »Wollen Sie jetzt aufstehen?«

Maggie schüttelte den Kopf. »Nicht jetzt sofort«, sagte sie, um Vivian nicht noch mehr zu verärgern. Diese wandte sich zur Tür. »Sie geben häufig Gesellschaften«, fügte Maggie hinzu.

Vivian sah überrascht aus. »Haben wir Sie nachts wach gehalten?«

»Nein, aber ich habe gesehen, wie Sie einen Herrn zur Tür begleitet haben.«

»Oh!« Vivian runzelte die Stirn. »Wann haben Sie das denn gesehen?«

»Ich war auf dem Weg zur Toilette, und als ich zurückkam, sah ich zunächst Sie und den Herrn und dann ein Paar, das nach oben ging. Ich nehme an, die Leute wohnen hier.«

Als Vivian nicht antwortete, überlegte Maggie, ob es ihr peinlich war, dass sie Untermieter hatte.

»Das Vermieten von Zimmern ist vermutlich eine Möglichkeit, ein großes Haus wie dieses zu halten«, fuhr Maggie fort. »Es muss ein Vermögen kosten.«

Vivian ging zur Tür. »Ich bin in der Küche, falls Sie Ihre Meinung in Bezug auf das Aufstehen ändern.«

Schluchzend erwachte Maggie aus einem Alptraum. Lori hatte geweint und nach ihr gerufen, aber Maggie konnte nicht zu ihr gelangen, obwohl sie es immer wieder versuchte. Es war schrecklich gewesen.

Maggie setzte sich keuchend im Bett auf. Sie wusste nicht, wie spät es war, doch draußen war es offenbar stockdunkel, vermutlich war es mitten in der Nacht.

Maggie war viel zu aufgewühlt, um wieder einschlafen zu können. Sie wälzte sich noch eine Weile im Bett herum, doch die Unruhe ließ nicht nach, also stand sie schließlich auf und zog sich an. Sie musste dem Zimmer und dem Alptraum entkommen. Als sie über den Flur schlich, war es vollkommen ruhig im Haus. Plötzlich begann die Standuhr neben der Haustür zu schlagen. Maggie blieb stehen und zählte vier Schläge. Genau die Zeit, zu der sie ihre Arbeit als Bäckergehilfin begonnen hatte! Auf Zehenspitzen schlich sie in die Küche und zündete eine Lampe an. Noch immer hatte sie den quälenden Alptraum nicht abgeschüttelt. Eine Tasse Tee würde nicht helfen, sie musste etwas *tun*. Sie öffnete den Herd und hielt ihre Hand hinein. Das Backrohr war noch lauwarm, denn es dauerte Stunden, bis die Glut im Feuerraum verglühte. Die Temperatur war perfekt geeignet, einen Brotteig aufgehen zu lassen.

Sie durchsuchte den Inhalt der Schränke nach Mehl, Salz, Zucker, Butter, Milch und Hefe und machte sich daran, einen Brotteig zu fertigen. Sie vermengte die Zutaten und begann, den Teig auf einem Brett zu kneten. Die Anstrengung und die Konzentration auf eine Aufgabe wirkten beruhigend. Maggie legte den Teig in eine gefettete Schüssel, bedeckte ihn mit einem feuchten Tuch und stellte ihn für eine Stunde in den Ofen. Weil sie immer noch unruhig war und keine Zeit zum Nachdenken haben wollte, begann sie, den Küchenboden zu putzen.

Eine Stunde später holte Maggie den Teig aus dem Ofen und teilte ihn in zwei Hälften. Sie knetete beide Hälften erneut, legte sie für eine weitere Stunde beiseite und fuhr mit ihrer Reinigungsaktion fort. Sie holte alles aus den Schränken, säuberte die Regale und räumte sie wieder ein. Dann sortierte sie die Speisekammer. Als sie fertig war, sah die Küche glänzend sauber aus, und der Teig war backfertig. Sie füllte den Feuerraum mit Holz und zündete es an. Als der Ofen heiß war, legte sie die Brotlaibe zum Backen hinein. In vierzig Minuten würden sie fertig sein.

11

Als die Uhr neunmal schlug, schritt Vivian gähnend die Treppe hinunter. Sie war spät zu Bett gegangen, aber das geschah drei bis vier Mal in der Woche. Auf halbem Weg in die Küche schlug ihr der Duft frisch gebackenen Brotes entgegen. Vivian war verwundert, denn selbst wenn Fannie nach einer kurzen Nacht früh aufgestanden war, hätte sie den Herd nicht angezündet.

Vivian betrat die Küche, wo sie zu ihrer Überraschung auf Maggie traf, die geradezu wütend einen Kuchenteig rührte. Ihr Blick wanderte zur Arbeitsfläche. Dort lagen zwei Brote und mindestens zwei Dutzend Muffins zum Auskühlen. Sie blickte sich verwundert um. Noch nie hatte sie die Küche derart sauber und ordentlich gesehen.

Vivian versuchte, Maggies Stimmung einzuschätzen. Die junge Frau trug eine Schürze mit Latz über ihrem Kleid und hatte ihr Haar unter einer weißen Haube verborgen. Im Vergleich zu Fannie, die oft im Morgenmantel backte, sah sie geradezu professionell aus.

»Guten Morgen«, sagte Vivian.

»Morgen«, murmelte Maggie, ohne ihr Tun zu unterbrechen.

»Was duftet denn hier so köstlich?«

»Ich habe Brot und Muffins gebacken. Und eine Kanne frischen Tee aufgebrüht.« Maggie nickte in Richtung des Tisches, wo die Teekanne unter einer Wärmehaube auf einem Untersetzer stand. Sie hielt die Schüssel mit dem Kuchenteig im linken Arm, einen Holzlöffel in der rechten Hand und rührte wie besessen.

»Wunderbar«, sagte Vivian langsam, setzte sich an den Küchentisch und schenkte sich eine Tasse Tee ein. »Haben Sie schon Tee getrunken?«

»Habe ich. Möchten Sie eine Scheibe Brot mit Sirup?«, fragte Maggie.

»Ja, bitte«, sagte Vivian freudig. »Aber ich kann das selbst machen. Sie wirken ziemlich beschäftigt.« Sie machte Anstalten, sich zu erheben.

Doch Maggie stellte Schüssel samt Löffel ab, griff nach dem Brotmesser und säbelte wie wild.

Vivian setzte sich wieder hin, unsicher, was sie davon halten sollte. »Wann sind Sie aufgestanden?«, fragte sie vorsichtig. Sie hatte diese Art von Verhalten schon mehrfach gesehen und vermutete, dass Maggie kurz vor einem Zusammenbruch stand.

»Um vier«, sagte Maggie und fügte hinzu: »Der Ofen war noch nicht kalt.«

»Ich schüre ihn, bis ich zu Bett gehe, damit das Haus in den kalten Nächten nicht auskühlt. Konnten Sie nicht schlafen?«

Maggie wollte nicht an ihren Alptraum denken, geschweige denn darüber reden, also zuckte sie die Schultern und begann, das geschnittene Brot mit Sirup aus einem Glas zu bestreichen, das sie in der Speisekammer gefunden hatte.

Vivian beließ es dabei. Maggie legte die fertige Schnitte auf einen Teller und brachte sie ihr. Als die Blicke der beiden Frauen sich trafen, brach Maggie wie erwartet in Tränen aus.

»Oh, Maggie.« Vivian stand auf. Sie nahm die junge Frau in die Arme und hielt sie fest, während sich ein Strom ungefilterter Emotionen Bahn brach. Es bedurfte keiner Worte, Vivian wusste genau, wie Maggie sich fühlte.

»Jetzt geht es wieder«, schniefte Maggie nach einer langen Weile. Sie war Vivian dankbar für die Umarmung, von der sie nicht gewusst hatte, dass sie sie brauchte, versuchte nun aber, sich zusammenzunehmen. Sie schnäuzte sich die Nase und atmete tief durch.

»Noch nicht richtig gut, meine Liebe, aber dem wird bald so

sein«, sagte Vivian. »Ich weiß, dass Sie das jetzt noch nicht glauben können, aber das wird sich eines Tages ändern.«

Maggie nickte und ging zurück zu ihrem Kuchenteig. »Ich muss mich beschäftigen«, sagte sie. »Das hilft.«

Vivian setzte sich, biss von ihrem Brot ab und nickte anerkennend. »Das ist sehr lecker«, sagte sie, als ihr Mund wieder leer war. »Normalerweise backt Fannie hier, aber ihr Brot ist nicht annähernd so locker wie Ihres.«

»Habe ich da meinen Namen gehört?« Eine Frau mit braunem lockigem Haar, das den Kampf gegen die Haarnadeln verloren hatte, platzte in die Küche. Ihre füllige Figur setzte alles daran, den engen Grenzen ihres Bademantels zu entkommen.

»Guten Morgen, Fannie. Das ist Maggie«, sagte Vivian. »Sie hat bereits Brot gebacken, und es schmeckt wunderbar.«

»Was! Besser als meins?« Fannie starrte Vivian und Maggie an.

Maggie hielt ihrem Blick stand, wusste aber nicht, was sie sagen sollte. Auf der Suche nach Hilfe blickte sie zu Vivian.

»Ja, das ist es«, sagte Vivian. »Es ist locker und wirklich köstlich.«

Fannies rundes Gesicht verzog sich zu einem breiten Grinsen. »Ich hoffe, es schmeckt so gut, wie es riecht.« Sie musterte Maggie von Kopf bis Fuß und inspizierte dann das Brot. Vivian hatte ihr von Maggie erzählt, also war sie nicht allzu überrascht, sie zu sehen. Maggie hingegen war unruhig und widmete sich wieder dem Rühren ihres Kuchenteigs.

»Maggie, das ist Fannie Batson. Wie ich schon sagte: Meistens ist sie diejenige, die hier backt und kocht.«

Fannie hatte bereits ein Auge auf die Muffins geworfen. »Entweder ich koche, oder wir verhungern«, sagte sie. »Vivian kann nicht einmal ein Ei kochen.«

Vivian tat, als wäre sie beleidigt. »Das mag zwar stimmen, aber man muss es ja nicht unbedingt überall herumposaunen«, meinte sie augenzwinkernd.

Fannie schnitt sich eine dicke Scheibe Brot vom Laib ab und

bestrich sie mit Bratfett aus dem Eisschrank. Sie stopfte es sich buchstäblich in den Mund, ehe sie sich eine Tasse Tee eingoss.

»Mmmm«, brachte sie hervor. »Das ist lecker.«

»Manieren, Fannie«, mahnte Vivian kopfschüttelnd.

Fannie wandte sich an Maggie. »Sie müssen mitten in der Nacht aufgestanden sein«, sagte sie, nachdem sie den letzten Bissen hinuntergeschluckt hatte.

»Stimmt«, gab Maggie zu. »Ich konnte nicht schlafen.«

»Diese Muffins sehen köstlich aus. Darf ich?« Als Maggie nickte, stopfte Fannie sich einen Muffin in den Mund.

»Damenhaft zu essen ist nicht Fannies Stärke«, sagte Vivian leicht verärgert.

Fannie blickte Vivian an. »Wenn ich heute schon kein Brot backen muss, könnte ich doch gleich ein langes, entspannendes Bad in der Wanne nehmen.«

»Ich heize den Kessel an.« Vivian stand auf. »Entschuldigen Sie mich ein paar Minuten, Maggie.«

Fannie trank währenddessen ihren Tee, und Maggie gab den Kuchenteig in Formen. Sie wunderte sich, warum Fannie das Feuer unter dem Kessel nicht selbst entzündete, wollte aber nicht fragen.

Als Vivian in die Küche zurückkehrte, sagte sie: »Verbrauch nicht das ganze heiße Wasser, Fannie. Die anderen Mädchen wollen auch baden, und wir müssen noch Laken waschen.«

Vivian errötete, als hätte sie eine unpassende Bemerkung gemacht, und warf gleich darauf Maggie einen prüfenden Blick zu.

»Die anderen Mädchen?«, fragte Maggie verwirrt. »Wie viele Menschen leben denn in diesem Haus?«

Fannie blickte Vivian ausdruckslos an und verschwand dann in Richtung Bad auf der Rückseite des Hauses.

»Außer mir leben hier noch fünf Frauen«, sagte Vivian.

»Oh.« Maggie überlegte, ob es sich dabei wohl um Verwandte handelte. »Und was ist mit dem Gentleman, den ich neulich mit einer Frau die Treppe habe hochgehen sehen? Wenn er nicht hier wohnt … dann war das sicher unangemessen.«

»Nicht so unangemessen, wie Sie vielleicht denken«, murmelte Vivian. »Setzen Sie sich bitte kurz zu mir, Maggie«, bat sie.

»Aber …«

»Was immer Sie gerade machen, kann ein paar Minuten warten. Es wird Zeit, dass ich Ihnen ein paar Dinge erkläre. Setzen Sie sich.«

Maggie stellte die Rührschüssel ab, ging zum Tisch und setzte sich Vivian gegenüber.

Vivian blickte sie mit düsterer Miene an. »Der Mann, den Sie gesehen haben, war ein Kunde, Maggie.«

»Ein Kunde! Ich verstehe nicht …«

»Dieses Haus ist ein Bordell, und ich bin die, die es betreibt, die *Madame*. Fannie und die anderen Frauen, die hier leben, arbeiten für mich.«

Maggie schnappte nach Luft. »Das ist … ein *Bordell!*« Plötzlich kam ihr ein schockierender Gedanke. »Sie haben mich doch nicht etwa hergebracht, um … Das mache ich nicht. Nie und nimmer!« Sie sprang auf.

»Nein, nein. Aus diesem Grund habe ich Sie nicht hergebracht. So etwas würde ich nie tun.«

»Sie hätten mir sofort sagen sollen, dass dies hier ein Bordell ist. Dann wäre ich nicht geblieben. Mein Ruf ist ruiniert«, schrie Maggie.

In diesem Moment erschien Fannie mit finsterer Miene im Türrahmen. Maggie war sofort klar, dass sie ihren Ausbruch belauscht hatte.

Sie stemmte die pummeligen Hände auf ihre üppigen Hüften und starrte Maggie an, die sich plötzlich eingeschüchtert fühlte. »Wagen Sie es nicht, Vivian zu kritisieren«, sagte sie streng. »Sie ist gut zu uns, und sie war gut zu Ihnen. Wo wären Sie jetzt, wenn sie Sie nicht im Park angesprochen und hierhergebracht hätte? Vermutlich wären Sie längst mausetot.«

»Das halte ich für übertrieben«, protestierte Maggie.

»Ach ja?«

»Schon gut, Fannie.« Vivian gebot ihr per Handzeichen zu schweigen.

»Das ist überhaupt nicht gut. Ich werde nicht dulden, dass dich jemand kritisiert, dem du selbstlos geholfen hast«, erwiderte Fannie wütend.

Maggie blickte von Fannie zu Vivian. »Ich wollte nicht undankbar klingen«, sagte sie. »Sie haben mir vermutlich wirklich das Leben gerettet, Vivian. Aber was erwarten Sie als Gegenleistung?«

»Das *vermutlich* können Sie getrost weglassen.« Fannie hob ihren Zeigefinger. »Wissen Sie, wie viele Frauen nachts in der Stadt ermordet werden?« Sie öffnete ihren Morgenmantel leicht und entblößte eine Narbe am Halsansatz. »Das ist mir auf der Straße passiert«, erklärte sie.

Maggie war entsetzt. »Aber ich könnte nie … für Geld mit einem Mann zusammen sein«, sagte sie, auch wenn das Fannie vermutlich noch wütender machen würde. Sie war erstaunt zu sehen, dass diese jedoch verletzt wirkte. »Ich verurteile Sie ganz sicher nicht, aber ich könnte es einfach nicht …«

Ein verzweifelter Ausdruck legte sich auf Fannies Gesicht. »Ich sehe mal nach, ob das Wasser heiß ist«, sagte sie und wandte sich abrupt zum Flur.

»Setzen Sie sich, Maggie«, sagte Vivian streng.

Maggie dachte an das Lachen, das sie im Flur gehört hatte, an die Musik und die männlichen und weiblichen Stimmen. Jetzt ergab alles einen Sinn. Vivian hatte tatsächlich Gäste gehabt, allerdings gegen Bezahlung. Maggie konnte nicht fassen, dass sie Nächte in einem Bordell verbracht hat.

»Bevor wir weitermachen: Ich erwarte keine Gegenleistung dafür, dass wir Ihnen helfen«, sagte Vivian nachdrücklich.

Maggie glaubte ihr. »Ich hätte nie gedacht, dass das ein …« Plötzlich kam ihr ein beunruhigender Gedanke. »Sind wir hier im Rotlichtviertel?«, stieß sie hervor.

»Nein, dies ist eines der besseren Viertel der Stadt, und meine Kunden sind in der Regel gut situierte Herren. Ich weiß, dass Sie das alles nicht verstehen können, und ich kann Ihnen versichern, dass dieses Metier nicht erstrebenswert für eine angesehene junge Frau ist, aber manchmal diktieren eben die Umstände das Leben«, sagte Vivian.

In Maggies Kopf wirbelten so viele Fragen, sie wusste nicht, mit welcher sie anfangen sollte. »Wie kamen Sie …?«

»Wie wir dazu kamen, das zu tun, was wir hier tun?«, fragte Vivian, und Maggie nickte.

»Dafür gibt es viele Gründe, Maggie, und sie sind alle verschieden. Sie haben ein wenig von meiner Geschichte gehört, aber auch die anderen Frauen, die hier arbeiten, hatten wegen des einen oder anderen unglücklichen Umstands keinen Ort, an dem sie bleiben konnten. Wir sind alle schwer gezeichnet, aber wir leben weiter, weil wir keine andere Wahl haben.«

»Aber, wenn ich das fragen darf: Wie sind Sie an diesen Punkt in Ihrem Leben gekommen?« Maggie wollte verstehen, wie jemand wie Vivian als Bordell-Madame enden konnte, und dabei versuchen, nicht über sie zu urteilen. Doch das war nicht so einfach.

»An meiner Herkunft liegt das schon mal nicht, denn ich stamme aus gutem Hause. Mein Vater, Edmund Henderson, war der Oberste Generalaufseher über die Gefangenen, die aus England in die Strafkolonie Western Australia transportiert wurden. Er war sogar der erste *Comptroller General of Convicts* in Western Australia überhaupt. Er kam im Juni 1850 an Bord der *Scindian* zusammen mit den ersten Verurteilten nach Australien. Monate später folgte meine Mutter mit mir und meinem Bruder. Ich war damals zehn Jahre alt. Ich habe alles von meinen Eltern bekommen, einschließlich einer guten Ausbildung. Meine Zukunft sah vielversprechend aus. Mit siebzehn trat ich eine Stelle in einem Büro in der Stadt an. Mit gerade einmal achtzehn Jahren verliebte ich mich in einen Mann Mitte dreißig, der ebenfalls in der Stadt arbeitete. Er war verheiratet oder lebte besser gesagt getrennt, denn das behauptete er mir gegenüber, und ich habe ihm dummerweise geglaubt. In meinen Augen war Ralph Sinclair einfach nur wunderbar, und er behandelte mich wie eine Königin. Ich erzählte meinen Eltern, dass ich mit zwei Freundinnen in die Stadt ziehen würde, um näher an meiner Arbeitsstelle zu sein, aber in Wirklichkeit brachte Ralph mich in einer schönen Wohnung unter und kam fast jede Nacht zu Besuch. Dies sei die Wohnung, in der wir leben würden, sobald wir verheiratet wären, erzählte er mir, aber Monate strichen ins Land, ohne dass über die angeblich eingereichte Scheidung beschieden wurde. Jeden Tag fand er eine andere Ausrede, warum es nicht voranging. Mal wollte seine Frau irgendwelche Papiere nicht unterschreiben, mal drohte sie, sich im Falle einer Scheidung umzubringen. Die Liste der Ausreden wurde länger und länger, aber ich gab nicht auf. Als ich ihm mitteilte, dass ich schwanger war, dachte ich, er würde sich freuen, schließlich hatten wir über die Gründung einer eigenen Familie gesprochen. Ich war so naiv zu glauben, dass er endlich einen Weg finden würde, die Dinge zu beschleunigen und mich zu heiraten, bevor die Schwangerschaft zu sehen war. Stattdessen wurde er kalt wie ein Eisschrank.«

»Das tut mir so leid, Vivian«, sagte Maggie ergriffen.

Vivian zuckte die Schultern, sie hatte sich längst damit abgefunden. »Er sagte mir, er hätte sich um ihrer Kinder willen mit seiner Frau versöhnt. *Ihre Kinder!* Davon hatte er offenbar drei, aber dies war das erste Mal, dass er mir gegenüber erwähnte, dass er bereits Vater war. Sie können sich meine Überraschung sicher vorstellen. Erst da wurde mir klar, dass alles Lüge gewesen war. Im Grunde war ich ihm egal, außerdem war er längst nicht so wohlhabend, wie er vorgab. Ich hatte mich von vorne bis hinten zum Narren halten lassen. Wenn ich jetzt zurückblicke, älter und weiser als damals, ist mir natürlich klar, dass er auch nie getrennt war. Ich war nur eine Affäre, ein Seitensprung, wie man so schön sagt.«

»Was für ein Schurke«, ereiferte sich Maggie wütend.

»Es geht sogar noch weiter: Ralph war derjenige, der die Miete für die Wohnung bezahlte, und so war ich nicht unbedingt überrascht, als der Vermieter klopfte und mir mitteilte, die Miete sei im Rückstand und ich müsse innerhalb von zwei Tagen bezahlen oder ausziehen. Ralph war plötzlich nicht mehr erreichbar, und ich stand ohne Geld und in der Frühphase der Schwangerschaft auf der Straße.«

Maggie schüttelte den Kopf. Sie wusste nur zu gut, in welch schrecklicher Lage Vivian sich befunden hatte. »Wie ging es dann weiter?«

»Zuerst wollte ich ein Riesentheater veranstalten und Ralphs Arbeitskollegen und Ehefrau wissen lassen, was er getan hatte – aber was hätte mir das gebracht? Also zog ich in ein spärlich möbliertes, dunkles Zimmer in einem scheußlichen Gebäude und begann, in einem Café zu arbeiten. Monatelang konnte ich meine Schwangerschaft verbergen, aber irgendwann war das nicht mehr möglich, und ich wurde entlassen.«

»Konnten Sie sich nicht an Ihre Familie wenden?«, fragte Maggie.

»Ich vertraute mich meiner Mutter an. Sie war sehr enttäuscht, dass ich sie angelogen hatte, und konnte nicht verstehen, wie ich so dumm hatte sein können. Leider konnte ich nicht nach Hause kommen, weil sonst mein Vater in Ungnade gefallen wäre. Meine Mutter riet mir, in ein Heim für unverheiratete Mütter zu ziehen und das Baby zur Adoption freizugeben. Anschließend könnte ich vielleicht nach Hause kommen, sagte sie, solange mein Vater es nicht herausfände. Ich folgte ihrem Rat und versteckte mich in einem von strengen Nonnen geleiteten Heim für unverheiratete Mütter.«

»Das in der Gillard Street?«

»Ja, kennen Sie es?«

»Ich habe mich dort um eine Stelle als Haushälterin beworben, ehe ich zu Grace ging, lehnte die Stellung aber ab, als die Oberschwester mir klarmachte, dass ich abends nicht ausgehen dürfte. Auch wenn ich das vermutlich ohnehin nicht getan hätte, widerstrebte mir das Gefühl, wie eine Gefangene zu leben.«

»Die Nonnen, die dieses Haus führen, sind tyrannisch, aber das war nicht der Grund, weshalb ich weggelaufen bin.«

»Sie sind weggelaufen!«

»Ja. Ich wollte mein Baby nicht weggeben, aber die Nonnen hatten mehr als deutlich gemacht, dass daran kein Weg vorbeiführte, wenn ich in diesem Heim entband. Ich habe so viele Mädchen hysterisch weinen sehen, nachdem man ihnen ihre Babys weggenommen hatte, sie durften ihr Baby nicht einmal sehen oder in den Arm nehmen! Es war herzzerreißend.«

»Wohin sind Sie gegangen?«, fragte Maggie.

»Ich bin tagelang durch die Straßen geirrt, aber das war sehr gefährlich, nicht zuletzt wegen der Strafgefangenen auf Freigang. Denen war es egal, dass ich hochschwanger war. Schließlich bat ich noch einmal meine Mutter um Hilfe. Sie hatte Mitleid mit mir und war bereit, mich aufzunehmen, aber als mein Vater von meinem Zustand erfuhr, bekam er einen Wutanfall und hieß mich zu gehen. Wieder irrte ich durch die Stadt, bis mich schließlich eine Frau mit in die Pension nahm, in der sie wohnte. Das Haus wurde von einem skrupellosen Mann geleitet, der sexuelle Gefälligkeiten als Gegenleistung für ein Zimmer verlangte. Zu meinem Glück fand mein dicker Bauch bei ihm wenig Anklang, aber ich musste wie eine Sklavin arbeiten, putzen und kochen, ganz gleich, wie erschöpft ich war. In dieser Pension kam dann auch Michael zur Welt, mitten in der Nacht. Die einzige Hilfe, die ich bei der Geburt hatte, war die der Frau aus dem Nachbarzimmer. Die ersten sechs Wochen vergingen wie in einem Nebel. Ich kümmerte mich um Michael und versuchte, ihn nachts ruhig zu halten, während ich mir die ganze Zeit Gedanken darüber machte, wohin ich mit ihm gehen und wie ich ihn unterstützen könnte. Als Michael elf Wochen alt war, versuchte der Besitzer der Pension eines Nachts, mich zu vergewaltigen. Er war betrunken.«

Maggie war schockiert.

»Ich konnte ihn abwehren, aber er hat Michael und mich vor die Tür gesetzt«, sagte Vivian. »Mit einem winzigen Baby obdachlos zu sein ist das Härteste auf der Welt, vor allem mit all den Männern auf der Straße. Als einer von ihnen mich in einer Gasse angriff, kam mir ein Polizist zu Hilfe. Er informierte die Behörden, und man nahm mir Michael weg, mit der Begründung, sein Wohl sei gefährdet. Ich war am Boden zerstört, Maggie. Ich hatte so viel durchgemacht, um ihn behalten zu können, aber niemand gab mir eine Chance oder half mir. Sie nahmen ihn einfach mit und sagten mir, ich sei ungeeignet für seine Erziehung. Ich konnte mich nicht dagegen wehren, weil ich kein Geld hatte, um mein Anliegen vor Gericht zu bringen. Schließlich, nach Strömen von Tränen, gelang es mir, mir einzureden, dass es Michael so besser ging. Ich zwang mich zu glauben, dass er eine gute Erziehung genoss und dass er jetzt ein schönes Leben führt, zweifellos mit einer eigenen Familie.«

Vivians Geschichte zerriss Maggie das Herz. Und sie bewunderte Vivian für ihre Charakterstärke.

»Ich erinnere mich noch an den Moment, als Michael mir aus den Armen gerissen wurde«, sagte Vivian mit Tränen in den Augen. »Das werde ich nie vergessen. Mein Baby war fort, mich jedoch ließ man zurück, auf der Straße, auf mich allein gestellt. Nach Tagen, in denen ich verzweifelt durch die Stadt lief, immer den Avancen von Männern ausgesetzt, landete ich auf der gleichen Parkbank, auf der ich Sie gefunden habe, und in fast demselben Zustand. Eine freundliche Frau setzte sich zu mir. Wir unterhielten uns, und sie brachte mich in ihr Haus. Es war ein Bordell. Sie öffnete mir die Augen für eine neue Art zu leben, neu und eigenständig. Damals herrschte in den neuen Kolonien Frauenmangel, an manchen Orten betrug das Verhältnis von Männern zu Frauen zehn zu eins. Die Regierung ließ sogar sogenannte Brautschiffe aus England fahren. Außerdem versuchte man, weibliche Strafgefangene ins Land zu holen, aber es gab nicht genug, um die Begierde aller jungen Männer in Perth zu befriedigen. Prostitution war zwar immer noch illegal, aber der Regierung und der Polizei war klar, dass leichte Mädchen ein notwendiges Gegenmittel gegen sexuelle Ausschweifungen und Vergewaltigungen von sogenannten anständigen Frauen sind. Und so bin ich jetzt hier«, sagte Vivian.

»Und ich auch.« Im Grunde ging es Maggie ähnlich wie Vivian: Auch ihr glückliches Leben hatte sich schnell ins Gegenteil gewandelt. Sie seufzte. »Ich kann einfach nicht begreifen, dass dieses schöne Heim ein Bordell ist, Vivian. Verstehen Sie mich nicht falsch, aber in meinen Augen sind Sie absolut ehrbar und haben Stil. Ich hätte nie gedacht …«

»Viele der Männer, die herkommen, sind ebenfalls ehrbar, Maggie. Sie besitzen Unternehmen oder haben gute Positionen in der Regierung. Sie sind nur auf der Suche nach etwas Gesellschaft. Meine Mädchen sind nette Menschen, genau wie Sie und ich.«

»Aber sie sind nicht wie ich«, sagte Maggie, unfähig, sich mit einem von Vivians Mädchen zu vergleichen. »Ich würde nie …«

»Sie wissen, wie schwere Zeiten sich anfühlen, Maggie, und ich weiß es auch. Urteilen Sie nicht über meine Mädchen, bevor Sie sie kennengelernt und ihre Geschichten gehört haben.«

In diesem Moment ging Fannie vorbei, ohne Vivian und Maggie eines Blickes zu würdigen. Als sie außer Hörweite war, beugte Vivian sich zu Maggie vor.

»Sie fragen sich wahrscheinlich, warum ich das Feuer unter dem Kessel für Fannie anzünden musste«, flüsterte sie.

»Ja, das fand ich verwunderlich«, gab Maggie zurück.

»Vor acht Jahren hat Fannie aus Versehen ihr Haus in Brand gesteckt. Dabei sind ihre beiden kleinen Mädchen verbrannt. Sie hat sich das nie verziehen.«

Maggie schlug entsetzt ihre Hand vor den Mund. »Oh, wie schrecklich«, flüsterte sie.

»Seither kann sie kein Streichholz mehr anzünden oder ein Feuer auch nur anschauen«, fuhr Vivian fort. »Sie schürt nie Feuer im Haus, nicht einmal in ihrem eigenen Zimmer an einem kalten Wintertag. Ich muss das für sie machen, und sie löscht es jedes Mal. Ich gehe auch jeden Morgen nach unten, um das Feuer im Herd zu entfachen, damit sie Brot backen kann. Und ich zünde das Feuer unter dem Kessel an, damit die Mädchen ein Bad nehmen können.«

»Arme Fannie.« Maggies Herz schmerzte, als sie sich deren Verzweiflung vorstellte. »Aber … wenn sie sich selbst gerettet hat, warum konnte sie dann nicht auch ihre Mädchen rechtzeitig aus dem Haus holen?«

»Offenbar hatte sie drei Nächte lang nicht geschlafen, weil die Kinder an Scharlachfieber erkrankt waren. Sie selbst hatte gerade eine Lungenentzündung überwunden. Sie muss unvorstellbar müde gewesen sein. Die Müdigkeit übermannte sie, als sie den Mädchen etwas zu essen kochte, und so setzte sie sich an den Küchentisch, um für einen kurzen Moment die Augen zu schließen, während das Essen kochte. Aber sie schlief ein, tief und fest. Eine Pfanne mit Fett ging in Flammen auf, und die Küche fing Feuer. Sie bekam nichts mit, bis die Nachbarn sie aus dem brennenden Haus zogen. Sie rannte zwar noch einmal hinein, um ihre Mädchen zu retten, aber es war zu spät, die beiden lagen in ihren Betten auf der Rückseite des Hauses, ohne jede Chance, sie herauszuholen. Fannies Ehemann arbeitete zufälligerweise bei der Feuerwehr und war am selben Abend wie die meisten seiner Kollegen bei einem Großbrand auf der anderen Seite der Stadt im Einsatz. Er gab Fannie die Schuld für das Geschehene und fragte sogar, warum sie bei ihrem Versuch, die Kinder zu retten, nicht verbrannt war … Sie gab sich selbst auch die Schuld und hätte ihr eigenes Leben für das ihrer Kinder gegeben, wenn sie gekonnt hätte, und wurde fast wahnsinnig vor Kummer und Schuld. Ihre Ehe zerbrach …«

Maggies Augen füllten sich mit Tränen.

»Sie hatte schon monatelang auf der Straße gelebt, als ich sie mit einer Schnittwunde am Hals fand. Sie sehen also, Sie sind nicht die Einzige, die einen schrecklichen Verlust erlitten hat. Ich weiß, das macht es nicht leichter, den Schmerz zu ertragen, aber rappeln Sie sich zu Ehren Ihrer kleinen Tochter auf, und leben sie weiter, so wie wir es getan haben. Sie hätte es sicher so gewollt.«

Maggie dachte eine Weile über Vivians Worte nach. Am Ende war sie sicher, dass Vivian recht hatte. Irgendwie musste sie weitermachen, auch wenn sie noch nicht wusste, wie. Eines jedoch war sicher. »Ich muss Sie verlassen, Vivian. Ich weiß sehr zu schätzen, was Sie für mich getan haben, aber ich könnte nie eines Ihrer Mädchen werden.«

»Ich habe keine der Frauen hier zur Arbeit gezwungen, Maggie, und ich werde bei Ihnen nicht damit anfangen. Ich kann Ihnen versichern, dass ich Sie nicht aus diesem Grund hergebracht habe. An diesem Tag im Park habe ich mich selbst in Ihnen erkannt und wollte Ihnen helfen. Sie dürfen gehen, wann immer Sie wollen, aber bitte gehen Sie nicht wieder auf die Straße. Dort ist es viel zu gefährlich, und außerdem geht es Ihnen noch längst nicht gut genug.«

Der Gedanke, wieder auf der Straße zu leben, erschreckte Maggie, außerdem fühlte sie sich wirklich noch nicht gesund, sie konnte sich gut noch eine Weile in diesem Hause erholen. Ihr kam eine Idee. »Ich kann und werde nicht von Ihrer Großzügigkeit leben, Vivian. Wenn Sie mich noch eine Weile hierbleiben lassen, arbeite ich. Ich koche und putze für meinen Lebensunterhalt.«

Vivian blickte sie überrascht an. »Sie meinen, Sie wollen meine Haushälterin sein?«

»Ja«, sagte Maggie. »Zumindest für die Zeit, in der ich hier wohne … Ich weiß noch nicht, wie lange das sein wird.«

»Das ist eine wunderbare Idee! Die Mädchen sind meistens zu müde zum Putzen und Waschen, keine von ihnen kocht gut – wie Fannie bereits hat durchblicken lassen –, ich eingeschlossen.«

Maggie wollte nicht darüber nachdenken, warum die Mädchen müde waren. »Dann ist es also abgemacht.«

»Ich will aber nicht, dass Sie sich zu sehr anstrengen. Sie sind noch nicht vollständig über Ihre Krankheit hinweg. Also lassen Sie es langsam angehen.«

»Das werde ich«, versprach Maggie. »Wenn ich diesen Kuchen gebacken habe, lege ich mich eine Weile hin, ehe ich das Mittagessen vorbereite.«

»Nicht bevor Sie einen Muffin gegessen haben. Außerdem können wir unser Mittagessen selbst machen. Ruhen Sie sich bis zum

Nachmittag aus, dann können Sie die anderen Mädchen kennenlernen.«

»Danke, Vivian. Ich weiß wirklich zu schätzen, was Sie für mich tun.«

»Ich weiß«, sagte Vivian. »Aber ich muss Sie warnen: Wenn Sie weiter so backen, lassen wir Sie nie mehr gehen.«

12

Später am Nachmittag lockte der Duft der Hühnerpasteten, die Maggie zubereitet hatte, die anderen Frauen in die Küche. Maggie war sehr nervös, als Vivian sie vorstellte, schließlich hatte sie noch nie Kontakt zu Freudenmädchen gehabt und wusste nicht, was sie erwartete. Sie hatte vermutet, dass die Mädchen ebenfalls verlegen oder unsicher sein würden, doch da irrte sie gewaltig.

Während sie die Pasteten servierte, saßen die Frauen lachend und scherzend am Tisch. Maggie war überrascht, dass sie so vertraut miteinander umgingen, so nah wie Schwestern. Sie fühlte sich als Außenseiterin, allerdings nicht lange. Als alle eine Pastete auf dem Teller hatten, baten sie Maggie Platz zu nehmen und bezogen sie in ihre Gespräche ein, so entspannt und natürlich, dass Maggie sich innerhalb kürzester Zeit wohl fühlte.

Sie unterhielten sich über alles Mögliche und gaben Maggie einen Einblick in ihre Persönlichkeiten und ihr früheres Leben. Sie neckten sich, machten freche Bemerkungen über ihre Kunden und japsten vor Lachen. Vivian versuchte zunächst, sie ein wenig zu bremsen, gab aber schließlich auf und lachte mit.

Bunny, die jüngste der Frauen, war zweiundzwanzig. »Mein richtiger Name ist Barbara Myers«, wandte sich Bunny an Maggie.

Diese hatte bereits bemerkt, dass Bunny manchmal mit einer Klein-Mädchen-Stimme sprach, die sie leicht dümmlich und äußerst naiv erscheinen ließ, aber dabei handelte es sich offenbar um eine Rolle, die sie vielleicht für ihre Kunden spielte. Hinter dieser Rolle jedoch verbarg sich eine lebenserfahrene junge Frau, deren Weisheit weit über ihr Alter hinausging.

Bunnys Akzent ließ darauf schließen, dass sie aus England kam, und Maggie fragte sie danach.

»Gut möglich. Ich weiß nicht, wo ich geboren wurde. Man hat mir gesagt, dass meine Eltern und mein Bruder bei einem Bootsunfall ums Leben gekommen sind, das ist dann aber auch schon alles, was ich über sie weiß. Ich weiß nicht einmal, warum ich nicht mit ihnen in dem Boot war oder ob ich es doch war und jemand mich gerettet hat.«

»Es ist sicher schwer, keine Erinnerungen an die eigene Familie zu haben«, sagte Maggie.

Bunny zuckte die Schultern. »Ich habe, bis ich acht Jahre alt war, im Waisenhaus gelebt, daran habe ich viele schreckliche Erinnerungen. Schließlich kam ich als Pflegekind zu einer Familie, die eine Wäscherei betrieb. Ich musste zwölf Stunden am Tag arbeiten, und zur Schule durfte ich auch nicht gehen.«

»Bunny hat sich das Lesen und Schreiben damals einfach selbst beigebracht«, erklärte Vivian stolz. »Sie hat jedes Buch in diesem Haus mehr als einmal gelesen, und ich schenke ihr zum Geburtstag und zu Weihnachten jedes Mal neue Bücher.«

»Na ja … Ich habe während des Bügelns gelesen und dabei die Wäscherei abgefackelt«, gestand Bunny.

Maggie schnappte nach Luft.

»Meine Pflegefamilie hatte danach keine Verwendung mehr für mich und hat versucht, mich zurück ins Waisenhaus zu geben, aber dort wollte man mich nicht mehr, weil ich schon vierzehneinhalb Jahre alt war.«

»Und wie ging es dann weiter?«

»Ich bin auf der Straße gelandet. Dort wurde ich von vielen Männern benutzt und missbraucht, bevor Vivian mir zu Hilfe kam.« Sie blickte Vivian dankbar an.

»Du bist jetzt in Sicherheit.« Vivian streichelte liebevoll ihre Hand. Dann wandte sie sich an Maggie. »Bunny war sechzehn Jahre alt, als sie herkam. Aber erst mit neunzehn gestattete ich ihr Kontakte mit unseren Kunden.«

»Gab es für Sie keine andere Art von Arbeit, Bunny?«, wollte Maggie wissen.

»Doch, vielleicht, aber ich hätte nicht genug verdient, um meinen Lebensunterhalt zu bestreiten, und wäre wieder auf der Straße gelandet. Hier bin ich sicher und verdiene gutes Geld, das ich spare. Vivian lässt uns regelmäßig von einem Arzt untersuchen, wir sind alle sehr gut versorgt.«

Lulu nickte bestätigend, sodass ihre roten Haare wippten. Sie war zierlich und hatte eine tolle Figur und sprach Maggie gegenüber sehr offen darüber, wie sie zum Freudenmädchen in einem Bordell geworden war. Lulu konnte sich an keine Zeit ihres Lebens erinnern, in der die Männer nicht darauf aus gewesen waren, mit ihr Sex zu haben. Ihr Vater starb, als sie noch sehr jung war, woraufhin sich ihre Großmutter väterlicherseits um sie kümmerte, während ihre Mutter ihre Sorgen im Alkohol ertränkte. Lulus Mutter wohnte gegenüber dem Haus ihrer Großmutter, und so konnte sie die vielen Männer sehen, die bei ihr ein und aus gingen. Als sie dreizehn Jahre alt war, hörte sie, wie ihre Großmutter mit einer Nachbarin darüber sprach, was im Haus ihrer Mutter vor sich ging. Es war ein Schock.

Als die Männer anfingen, sich für sie zu interessieren, lehnte sie die Annäherungsversuche zunächst ab, weil ihre strenge Großmutter ihr mitteilte, dass gute Mädchen sich so verhielten. Im Alter von siebzehn Jahren, sie war in die Nähe ihres Arbeitsplatzes in einem Textilgeschäft gezogen, hatte man ihr schon häufig Geld angeboten für sogenannte »Gefälligkeiten«. Zunächst fand sie das anstößig, aber eines Tages brauchte sie Geld, um ihren Anteil an der Miete des Hauses zu bezahlen, das sie mit drei anderen jungen Frauen bewohnte, und nahm ein Angebot an. Zu Beginn fühlte sie sich schuldig, aber darüber kam sie schnell hinweg, als sie wieder Geld brauchte. Beim zehnten Angebot Geld gegen Sex wurde der fragliche Mann sehr grob zu ihr und verletzte sie schwer.

»Ich hatte eine gebrochene Nase, einen gebrochenen Arm und

mehrere angeknackste Rippen«, sagte Lulu. »Ich dachte, er bringt mich um.«

Danach hatte sie Angst vor Männern, Angst, eine solche Situation noch einmal zu erleben. Folgerichtig konnte sie ihre Miete nicht mehr bezahlen und wurde hinausgeworfen. Sie hatte keine seriöse Arbeit, also landete sie auf der Straße, wo sie Vivian kennenlernte.

Neben ihr saß Nell Rathborne. Sie war mit mindestens Ende vierzig die Älteste der Frauen und hatte die Ausstrahlung einer ehemaligen Dame der höheren Gesellschaft, mit viel Anmut und Charme, in wunderschöner Kleidung. Sie war ruhig und beteiligte sich nicht an den frechen Witzen der anderen, obwohl Maggie sie mehrmals dabei ertappte, wie sie hinter ihrem Spitzentaschentuch schmunzelte. Sie faszinierte Maggie am meisten, doch es gelang ihr nicht herauszufinden, wie Nell an diesen Punkt ihres Lebens gekommen war. Nell ließ sich nicht aus der Reserve locken. Vermutlich musste sie jemanden erst lange Zeit kennen, um ihm zu vertrauen und sich zu öffnen.

Pearl hingegen sprach leise, aber sehr offen über sich selbst. Ihre Mutter stammte aus Ceylon, ihr Vater kam aus Leeds in England. Ihr Vater verlor seinen Job, als sie zwölf Jahre alt war, und zwang ihre Mutter, für Geld mit Männern zu schlafen. Es sei nur vorübergehend, erklärte er, bis er eine neue Arbeit gefunden hätte. Doch ihm gefiel dieses für ihn leichtverdiente Geld, und da kein Mangel an Männern herrschte, die mit seiner attraktiven Frau ins Bett gehen wollten, machte er sich keine Mühe mehr, Arbeit zu suchen. Als er bemerkte, dass Pearl Brüste entwickelte, bot er sie einem Mann an, der eigentlich seine Frau hatte besuchen wollen. Pearl belauschte, wie ihr Vater eine exorbitant hohe Summe für den Verlust ihrer Jungfräulichkeit verlangte. Sie wehrte sich nach Kräften, ihre Mutter versuchte, sie zu beschützen, wurde aber von ihrem Vater geschlagen. Das war das erste Mal, dass Pearl vergewaltigt wurde, danach geschah es dann regelmäßig. Schließlich entschied sie, dass bezahlter Sex, wenn sie ihn ohnehin gezwungenermaßen haben musste, zu ihren Bedingungen geschehen und das Geld in ihre eigene Tasche wandern sollte. Sie lief von zu Hause weg. Doch allein zu arbeiten war gefährlich, und auf der Straße gab es viele Typen, die Mädchen verkuppeln wollten, also schloss sie sich Vivians Haushalt an.

Pearl war mit ihrer olivfarbenen Haut und den glänzenden, schwarzen Haaren exotisch schön. Sie errötete nicht einmal, als Vivian sagte, dass sie bei Männern sehr beliebt war und viele Stammkunden hatte. Sogar Heiratsanträge hatte sie schon bekommen.

»Ich suche mir aus, mit wem ich Sex haben will, und lehne diejenigen ab, die mir nicht gefallen«, sagte sie mit einem Hauch von Stolz und zum Beweis, dass sie alles unter Kontrolle hatte.

»Fühlen Sie sich nicht versucht, einen der Heiratsanträge anzunehmen?«, fragte Maggie. Die Ehe wäre doch sicher ein besseres Leben.

Pearl schüttelte, ohne zu zögern, den Kopf. »Warum sollte ich einen Mann wollen, der mir sagt, was ich zu tun habe, wenn ich unabhängig sein und mich meines Lebens erfreuen kann?«

»Das ist ein gutes Argument«, sagte Maggie. »Es sei denn, Sie wollen eine Familie. Dann brauchen Sie einen Mann.« Als Maggie aufging, was sie da gerade gesagt hatte, errötete sie zunächst, lachte aber dann. Doch sofort bildete sich ein Kloß in ihrem Hals, und dann drang auch schon ein Schluchzen aus ihrer Kehle. Eine Familie. Lori. Wie konnte sie so schnell wieder lachen, nachdem sie Lori verloren hatte? Sie brach in Tränen aus.

Die Frauen starrten sie schockiert an, insbesondere Pearl, die sich sorgte, etwas Unpassendes gesagt zu haben. Sie blickte zu Vivian, die ihnen Maggies Situation bereits erklärt hatte. Vivian legte ihre Arme um Maggie, und auch die Frauen drängten sich um sie, nahmen sie in die Arme und streichelten ihren Rücken und ihre Arme.

»Lassen Sie es raus, Liebes«, sagte Nell. »Weinen Sie, so viel Sie wollen. Es wird Ihnen guttun.«

Maggie atmete tief durch, zwang sich zur Ruhe und schniefte

in ein Taschentuch. »Ich kann nicht glauben, dass ich gelacht habe, als …«

»Fühlen Sie sich niemals schuldig, wenn Sie sich amüsieren«, sagte Vivian. »Ihr Töchterchen würde das nicht wollen. Wenn schon, dann amüsieren Sie sich ihr zu Ehren.«

Maggie schüttelte den Kopf. »Es wird eine Weile dauern, bis ich das kann, aber ich weiß Ihr Mitgefühl zu schätzen. Wirklich.«

»Ihre Hühnerpasteten waren übrigens absolut köstlich. Wo haben Sie so gut kochen gelernt?«, fragte Lulu, um Maggie abzulenken.

»Ich habe früher in einer Bäckerei gearbeitet. Und ich war Haushälterin bei einer Frau, die einmal eine Bäckerei besaß. Sie hat mir viel beigebracht.« Maggie schniefte erneut.

»In der Küche tauge ich überhaupt nichts, aber meine Großmutter hat mir das Klavierspielen beigebracht. Es ist das einzige Talent, das ich habe«, behauptete Lulu.

»Du hast noch ein anderes«, wandte Bunny mit frechem Lächeln ein.

Lulu tat, als wäre sie schockiert, musste aber lachen. »Tja, vielleicht stimmt das«, gab sie zu. »Ich habe es von meiner Mutter geerbt.« Sie lachte grimmig. Als sie Maggies verwirrten Gesichtsausdruck sah, fügte sie hinzu: »Sie konnte auch nicht kochen.«

Maggie brauchte einen Moment, bis sie verstand, was Lulu meinte, und errötete, was die Frauen noch mehr zum Lachen brachte.

»Sie werden sich an die Mädchen gewöhnen«, sagte Vivian zu Maggie. »Ob Sie es glauben oder nicht, sie halten sich heute noch zurück. Ihretwegen. Normalerweise reden sie noch viel schlüpfriger.«

Der erste Monat verging wie im Fluge, und Maggie fand schnell in ihren Arbeitsalltag hinein. Sie aß zunehmend mehr, wurde kräftiger, und auch ihr gesundheitlicher Zustand verbesserte sich merklich. Sie kochte und putzte und backte manchmal auch in den frühen Abendstunden, ehe die Herren ins Haus kamen. Dann schlüpfte sie diskret in ihr Zimmer und weinte still um Lori.

Tagsüber gab sie vor, mit ihrem Verlust zurechtzukommen und einfach weiterzuleben. Maggie war überzeugt davon, dass sie ihre wahren Gefühle gut verbarg, aber die Frauen ließen sich nicht täuschen, nicht einmal, wenn sie mit ihnen lachte. Sie kannten ihr Leid aus eigener Erfahrung, kannten die Verzweiflung und die Trauer und wussten, dass Maggie diesen Prozess durchleben musste. Es gab keinen anderen Weg, und sie waren jederzeit für sie da, wenn sie reden wollte. Mittlerweile vertrauten sie einander, sodass sie wie selbstverständlich zum Du übergegangen waren.

Vivian war sehr zufrieden mit Maggies Arbeit und bestand darauf, ihr Lohn zu zahlen. Das Haus sei nie sauberer gewesen und alles, was Maggie koche, sei ausnahmslos köstlich, sagte sie. Maggie wollte das Geld zunächst nicht annehmen, besaß aber keinen Penny und gab schließlich nach. Sie schwor sich, ihren Lohn zu sparen, um nicht wieder mittellos dazustehen, wenn es Zeit war, weiterzuziehen und sich eines Tages vielleicht sogar den Traum von einem eigenen Heim zu erfüllen, in dem sie von niemandem abhängig war.

»Ich glaube, meine Kleider und Mieder sind eingelaufen«, beschwerte sich Fannie eines Abends, während Lulu sich abmühte, ihr Kleid mit Gewalt zuzuknöpfen. »Sogar meine Schlüpfer sind zu eng.« Zahlreiche Kleider, Petticoats, Mieder, Unterkleider und Schlüpfer, die Fannies üppigen Hüften und den Busen nicht mehr ausreichend einschlossen, lagen auf dem Bett verstreut.

»Deine Kleider laufen nicht ein, du dehnst dich aus«, stellte Vivian verstimmt fest. »Aber wundert dich das? Seit Maggie kocht, nimmst du zwei- oder gar dreimal Nachschlag.«

»Ich nehme nur Rücksicht auf ihre Gefühle. Es wäre doch beleidigend, nur in ihrem Essen herumzupicken, nachdem sie sich die viele Mühe gemacht hat, diese köstlichen Mahlzeiten zuzubereiten«, antwortete Fannie empört.

»Du bist so rücksichtsvoll, Fannie Batson«, stieß Vivian sarkastisch hervor.

Als Lulu lachte, warf Vivian ihr einen finsteren Blick zu.

»Du solltest dieses Kleid besser ausziehen, ehe es explodiert«, sagte Vivian. »Morgen gehen wir einkaufen und besorgen Mieder und Kleider in größeren Größen. Aber du machst eine Diät!«

Fannie schmollte. »Eine Diät!«

»Ja, eine Diät! Oder wir holen die Korsetts heraus und schnüren dich ein.«

»Ich habe seit fünf Jahren kein Korsett mehr getragen!«

»Du brauchst aber etwas, das deine Taille schmaler aussehen lässt.«

Fannie seufzte ergeben. »Gut, dann mache ich eben eine Diät.«

Vivian ging mit der Neuigkeit sofort zu Maggie. »Es fehlt Fannie an Willenskraft für eine Diät«, fügte sie hinzu. »Deine Kuchen sind so köstlich, dass Fannie ihnen einfach nicht widerstehen kann. Kannst du sie bitte alle vor ihr verstecken?«

»Ich kann es versuchen«, sagte Maggie. »Ich bin mir allerdings sicher, dass sie sie in der Speisekammer findet.«

»Versteck sie in deinem Zimmer, wenn es sein muss«, schlug Vivian vor. »Und gib ihr bitte kleinere Portionen und keinen Nachschlag mehr.«

Maggie verließ das Haus zum Einkaufen grundsätzlich nur durch den Seiteneingang. Sie trug dann immer einen großen Hut und ging außerdem mit gesenktem Kopf bis zum Ende der Straße, da sie befürchtete, jemand könnte sie sehen und denken, sie sei eine Prostituierte. Manchmal beobachtete Vivian sie vom Fenster aus mit einer Mischung aus Belustigung und Traurigkeit.

»Könnte man uns nicht alle verhaften?«, fragte Maggie Vivian eines Abends. Sie hatte eine Weile über die Frage nachgedacht, und jedes Mal, wenn sie einen Polizisten sah, erwartete sie, dass er sich auf sie stürzen und zur Wache schleppen würde.

»Warum fragst du das?«

»Nun …« Maggie errötete. »Bordelle sind doch illegal, oder?«

Vivian lächelte. »Wir haben eine *Abmachung* mit der örtlichen Polizei. Sie lässt uns in Ruhe, solange wir diskret sind.«

Maggie schien das keineswegs zu beruhigen.

»In Ordnung«, sagte Vivian. »Wenn du es unbedingt wissen willst: Der örtliche Polizeichef ist Kunde bei uns.«

Maggie schnappte nach Luft. »Das darf doch nicht wahr sein!«

»Ich kann dir versichern, dass es wahr ist«, sagte Vivian. »Seine Frau sitzt seit einem Unfall im Rollstuhl. Sie ist von der Hüfte abwärts gelähmt.«

Maggie starrte sie erstaunt an.

»Sie weiß vermutlich, dass er herkommt, um seine Bedürfnisse zu befriedigen«, sagte Vivian. »Vielleicht hat sie Angst, dass er sie verlässt, und macht deshalb kein Theater.«

Maggie schüttelte ungläubig den Kopf. »Ich muss dir unglaublich naiv vorkommen, stimmts?«, sagte sie dann.

»Eins ist sicher: Du wirst noch viel lernen, während du hier bei uns bist«, antwortete Vivian lachend.

Vivian sollte recht behalten. In den folgenden Wochen ließen die Mädchen ihre Zurückhaltung fallen und sprachen zunehmend offen vor Maggie über ihre Freier, insbesondere über bestimmte Stammkunden.

»Knubbel-Knie ist diese Woche dreimal gekommen«, berichtete Fannie. »Und das in einer Nacht.« Sie lachte. »Ich glaube, das ist sein Rekord.«

Maggie lauschte ihnen, während sie in einem Topf mit Suppe rührte. Sie musste sich eingestehen, dass sie neugierig war.

»Kleiner Finger war diese Woche dreimal bei mir, allerdings hat er den Akt immer noch nicht vollzogen. Er kommt, bevor er seine Hosen runtergelassen hat«, fügte Lulu lachend hinzu. »Es scheint mir fast kriminell, ihm dafür Geld abzunehmen.«

»Sobald er die Schwelle überschreitet, zahlt er«, erklärte Vivian bestimmt. »So lautet die Regel. Was er dann oben macht oder nicht macht – das hängt von ihm ab.«

Maggie konnte eine Frage nicht zurückhalten. »Ich nehme an, eure Besucher stellen sich nicht unter diesen Namen vor, oder?«

»Nein, wir geben ihnen diese Spitznamen … die sind quasi selbsterklärend«, antwortete Lulu.

Maggie verstand nicht.

»Knubbel-Knie liegt doch auf der Hand, oder?«, wandte sich Fannie an Maggie.

»Ja«, sagte Maggie. »Aber was ist mit Kleiner Finger? Fehlt ihm dieser Finger?«

Die Mädchen lachten schallend.

Nell streckte ihren kleinen Finger aus und wackelte damit. »Sein Du-weißt-schon-was hat die Größe eines kleinen Fingers«, flüsterte sie.

Maggie blickte sie mit offenem Mund an. Sie spürte, wie sie errötete, konnte dann aber nicht anders, als mit den Mädchen zu lachen.

»Jetzt, wo du weißt, wie Kleiner Finger zu seinem Namen kam, brauchen wir über Long John nicht mehr zu reden, oder?«, fragte Bunny.

Maggie schüttelte den Kopf. »Aber was ist mit Titten-Bobby? Mag er Frauen mit großen Brüsten?«

»Nein, er hat selbst Brüste.« Lulu rümpfte die Nase. »Das kommt vor, wenn Männer älter werden. Leider schwabbeln seine Brüste herum, wenn er auf mir liegt. Das ist ekelhaft!«

Maggie schrie auf und wandte sich ab, während die anderen lachten, bis ihnen Tränen über die Wangen liefen.

»Ich will dir nicht vorenthalten, dass Jammerlappen ein Mann ist, der nach dem Orgasmus immer weint«, sagte Lulu zu Maggie.

Maggie hielt sich die Ohren zu. »Ich will nichts mehr davon hören«, rief sie, lachte dann aber doch.

»Und Mister Penibel zieht weiße Handschuhe an, bevor er eine von uns berührt«, sagte Fannie. »Das ist ziemlich gruselig.«

»Pfui«, stieß Maggie hervor und stürmte aus der Küche. »Es reicht«, rief sie vom Flur aus über ihre Schulter.

»Ich glaube, du hast sie für immer von Männern geheilt«, sagte Vivian grinsend.

Eines Tages trat Maggie auf dem Weg zum Einkaufen zufällig zur gleichen Zeit wie ihre Nachbarin Hermione Eldridge aus dem Tor. Die beiden Grundstücke lagen nebeneinander und waren durch einen niedrigen Zaun getrennt. Vivian, die gerade an einem geöffneten Fenster im oberen Stockwerk vorbeiging, erhaschte einen Blick auf die beiden. Sie blieb stehen und beobachtete sie neugierig.

»Das könnte interessant werden«, sagte Vivian zu Nell, die ebenfalls an das geöffnete Fenster getreten war. Hermione war ausgesprochen prüde und pedantisch und missbilligte die vielen Herrenbesucher im Nachbarhaus. Sie hatte ihrer Verachtung ihnen gegenüber deutlich Ausdruck verliehen, ohne sie jedoch ausdrücklich als *Freudenmädchen* zu bezeichnen.

»Oje«, flüsterte Nell.

Als Maggie das Tor öffnete, starrte Hermione sie misstrauisch an.

»Guten Morgen«, sagte Maggie höflich und fröhlich.

Hermione antwortete nicht. Sie starrte Maggie nur weiter an, ohne ein Wort zu sagen. »Haben Sie noch nie zuvor eine Haushälterin gesehen?«, fragte Maggie hochmütig.

»So nennen Sie sich also heutzutage?«, fragte Hermione anzüglich.

»Was soll das heißen?«, verlangte Maggie zu wissen.

Hermione presste die Lippen zusammen.

»Ich preise mich nicht gerne selbst, noch bezeichne ich mich selbst als Göttin des Haushalts, aber wenn der Schuh schon mal passt ...« Maggie schritt mit hocherhobenem Kopf die Straße hinunter.

Vivian schloss eilig das Fenster, dann brachen sie und Nell in lautes Gelächter aus. Während der nächsten Tage neckten sie Maggie immer wieder und bezeichneten sie mit großem Vergnügen als Göttin des Haushalts.

Eine Woche später trat Maggie aus dem Seiteneingang, als ein Polizist das Haupttor passierte. Auch wenn Vivian ihr versichert hatte, dass sie sicher nicht verhaftet würde, wurde sie beim Anblick eines Polizisten sehr nervös.

Der Polizist bemerkte sie und verlangsamte sein Tempo, sodass Maggie keine andere Wahl hatte, als an ihm vorbeizugehen.

»Guten Morgen«, grüßte sie, als sie auf seiner Höhe war.

»Guten Morgen«, antwortete der Polizist mit einem anzüglichen Grinsen.

Maggie beschleunigte ihr Tempo, um ihn zu überholen.

»Sie sind wohl neu in Nummer 52?«, erkundigte sich der Polizist.

Maggie blieb stehen und blickte ihn an. »Sprechen Sie mit mir?« Sie spürte, wie sein Blick über sie glitt und sie förmlich auszog. Sie trug ein dunkles Kleid, Schnürstiefel und einen großen Hut. Ihrer Meinung nach sah sie sehr anständig aus.

»Ja, ich habe Sie noch nie zuvor gesehen.«

»Ich bin die *Haushälterin*«, erklärte Maggie spitz, »und ich gehe gerade einkaufen.«

»Ach ja?« Der Tonfall des Polizisten ließ keinen Zweifel daran, dass er ihr nicht glaubte.

»O ja.« Maggie wurde jetzt ärgerlich. »Ich bin gerade auf dem Weg zum Metzger, um Steak und Nierchen für eine Pastete für heute Abend zu kaufen«, fügte sie hinzu. Als sie sich abwandte und ihren Weg fortsetzte, war sie sicher, ihn lachen zu hören.

Später erzählte sie Vivian von der Begegnung.

»Du hättest sehen sollen, wie er mich angesehen hat«, sagte sie empört. »Ich fühlte mich geradezu nackt!«

Vivian musste grinsen.

»Das ist nicht lustig«, grummelte Maggie entrüstet.

»Es tut mir leid. Aber ich kann mir nur zu gut vorstellen, was er dabei gedacht hat.«

»Das kann ich leider auch«, sagte Maggie.

Vivian wurde ernst. »Wünschst du dir, du wärst nicht hier, Maggie?«

»Nein«, sagte Maggie bestimmt. »Ich bin hier glücklich. Ihr habt mich alle willkommen geheißen und mir das Gefühl gegeben, zu Hause zu sein. Wenn ich ehrlich bin … du und die Mädchen, ihr seid wie eine Familie für mich.«

Vivian war froh, das zu hören, denn sie hatte Maggie sehr lieb gewonnen. »Wir alle lieben dich, Maggie, und zwar nicht nur wegen deiner wunderbaren Küche. Aber was ist mit deiner eigenen Familie?«

Maggie senkte den Blick. »Was soll mit ihr sein?«

»Ich nehme an, du hast ihr nicht gesagt, dass du Haushälterin in einem Bordell bist. Aber hast du ihr von Lori erzählt?«

Maggie blickte auf. »Meine Eltern denken noch immer, dass ich mir ein glückliches Leben mit meiner Tochter aufgebaut habe. Ich kann ihnen einfach nicht sagen, was passiert ist. Vielleicht finde ich eines Tages den Mut dazu.«

»Oh, war Mister Smith wieder da?«, erkundigte sich Maggie bei Vivian, als diese einen Blumenstrauß und eine große Schachtel Pralinen in die Küche brachte. Im Laufe der Zeit hatte sie viel über die Angewohnheiten der Besucher erfahren, auch wenn sie vom Betrieb selber nichts mitbekam. Sie versteckte sich abends in ihrem Zimmer, sie wollte nicht mit dem konfrontiert werden, was im Haus vor sich ging.

»Genau. Ich sage ihm zwar immer wieder, dass er die Mädchen nicht umwerben muss, sie sind auch so für ihn da, aber er bringt immer Blumen und Schokolade mit.«

»Ich finde das nett«, sagte Maggie. »Er ist ein Gentleman durch und durch.«

»Ja, noch gibt es einige davon«, sagte Vivian. »Unsere Kunden sind wirklich alle sehr unterschiedlich.«

»Habt ihr auch manchmal Kunden, mit denen der Umgang schwierig ist?«

»Nun … vor Jahren musste ich mal ein paar Männer mit dem Schuhabsatz die Treppe hinunterstoßen, aber das war mir eine

Lehre«, gab Vivian zu. »Ich habe gelernt, zu erkennen, wenn einer Ärger machen könnte. Wenn ich an der Tür schon eine Schnapsfahne rieche, kommt der Mann nicht über die Schwelle. Wenn ich auch nur den Hauch einer Ahnung bekomme, dass jemand seltsame Vorlieben haben könnte, von der unangenehmen Art, schicke ich ihn weg.« Sie senkte die Stimme. »Die Mädchen wissen das nicht, aber in meinem Zimmer liegt eine geladene Pistole ... Für den Notfall«, fuhr sie fort.

Maggie traute ihren Ohren nicht.

»Bisher musste ich sie noch nicht benutzen, aber sollte ein Mann das Leben eines meiner Mädchen bedrohen, würde ich keine Sekunde zögern.«

Maggie fand es beruhigend, zu wissen, dass Vivian sie alle beschützen konnte, denn so manches Mal war sie nachts schon nervös gewesen, wenn sie an die vielen fremden Männer dachte, die im Haus ein und aus gingen.

Maggie griff nach ihren Einkaufstaschen. »Ich gehe einkaufen. Bis gleich.«

Vivian blickte ihr nachdenklich nach. Sie wusste, dass Maggie auf dem Weg zum Laden oft über den Friedhof ging. Dies sei der einzige Ort, hatte sie Vivian einmal gesagt, wo sie angemessen um Lori trauern konnte, auch wenn sie nicht wusste, wo genau das Grab ihrer Tochter lag.

Auf dem Rückweg von ihrem Spaziergang durch den Park an der Glenbrook Road blieb Nell überrascht stehen, als sie auf einer Bank neben einem Spielplatz Maggie bemerkte. Sie sah den kleinen Kindern beim Schaukeln zu und wirkte tief in Gedanken versunken.

Nell setzte sich neben sie. »Was machst du hier?«, fragte sie behutsam.

Maggie zuckte zusammen. »Ich ... genieße nur die Sonne«, antwortete sie ausweichend.

Nell sah sich um. Die Bank stand am Rande einer Rasenfläche unter einem Jacaranda-Baum. Im Sommer spendete der Baum

Schatten, aber jetzt im Winter waren die Zweige kahl, sodass das Sonnenlicht hindurchdrang. Die Schaukeln und die Rutsche befanden sich etwa 20 Fuß entfernt direkt gegenüber. Während die Kinder spielten, plauderten ihre Mütter oder Kindermädchen auf Bänken auf der anderen Seite.

»Du hast an deine Tochter gedacht«, sagte Nell schließlich ruhig.

»Ja«, gab Maggie zu. »Das letzte Jahr ist so schnell vergangen, aber der Schmerz in meinem Herzen hat nicht nachgelassen.«

Nell legte ihren Arm um Maggies Schulter.

»Da drüben ist ein kleines Mädchen, das mich an Lori erinnert«, fuhr Maggie fort. »Meine Kleine wäre ungefähr im selben Alter, wenn sie noch lebte.« Sie seufzte. »Sie würde jetzt langsam wirklich groß.«

Nell erinnerte sich an den Tag von Loris viertem Geburtstag im Monat zuvor. Maggie hatte den ganzen Tag in ihrem Zimmer geweint, ohne dass die anderen gewusst hatten, warum. Erst Vivian hatte am Tag darauf den Grund dafür herausgefunden.

Maggie sah Nell an. »Hast du Kinder?«

Nell zögerte, schüttelte aber schließlich den Kopf.

»Tut mir leid, ich hätte nicht fragen sollen«, sagte Maggie. Nell war nach wie vor sehr zurückhaltend und sprach nicht viel über sich.

Doch Nell überraschte Maggie schließlich doch mit einer Antwort. »Mein Name ist eigentlich Cornelia«, verriet sie.

»Der Name gefällt mir.« Maggie fand, dass ein so herrschaftlicher Name gut zu ihr passte. Sie konnte sich Nell gut in einem schönen Haus in einem wohlhabenden Viertel vorstellen.

»Mein Mann hieß Reggie. Reggie, *die Ratte.*«

Maggie stutzte überrascht. »Ist er … tot?«

»Ich wünschte, dem wäre so, aber nein. Wie sagt man so schön: Nur die Guten sterben jung. Reggie die Ratte ist sehr lebendig. Diesen Spitznamen hat er übrigens nicht von mir, den hat er sich während unserer Ehe erarbeitet und auf jeden Fall danach gelebt.«

Nell blickte über den Rasen zum Spielplatz. »Ich weiß nicht, warum er mich geheiratet hat, denn er war mir von Anfang an nicht treu. Ich bin mir sicher, dass er schon in der Hochzeitsnacht aus dem Ehebett gestiegen ist, um zu einer anderen Frau zu gehen.«

Maggie fiel es schwer, das zu glauben, sie konnte sich Nell nicht mit jemandem vorstellen, der den Beinamen Ratte trug.

»Vermutlich brauchte er nur eine unentgeltliche Haushälterin«, fügte Nell entmutigt hinzu.

»Das tut mir leid, Nell.« Maggie legte tröstend eine Hand auf ihr Bein.

»Ich habe ihn nach sechs Monaten Ehe verlassen, aber schon lange vorher das Bett nicht mehr mit ihm geteilt«, fuhr Nell fort. »Trotzdem bin ich sicher, dass meine Seite des Bettes nie kalt wurde. Leider hatte Reggie noch eine weitere schlechte Angewohnheit, die mir bei der Hochzeit nicht bewusst war.«

»Und was war das?«, fragte Maggie, obwohl sie die Antwort beinahe fürchtete.

»Glücksspiel!«

»Oh nein! Hat er sein ganzes Geld verspielt?«

»Oh ja, und meines dazu. Mein Vater hinterließ mir bei seinem Tod ziemlich viel Geld, ein kleines Vermögen, das ich mit in die Ehe eingebracht hatte. Dad würde sich im Grab umdrehen, wenn er wüsste, dass Reggie alles, was er sein ganzes Leben lang hart erarbeitet hatte, während unserer kurzen Ehe am Pokertisch verspielt hat. Ich fühle mich deswegen zutiefst schuldig.«

»Aber das war nicht deine Schuld, Nell«, sagte Maggie. »Eine Frau hat nun einmal keinen Einfluss auf das, was der Mann in der Ehe ausgibt.« Das hatte ihre Mutter ihr immer gesagt.

»Ich weiß, aber ich fühle mich immer noch schuldig, dass ich Reggie als Ehemann gewählt habe. Er hatte mir auch erzählt, das Haus, in dem wir lebten, gehöre ihm, aber das war ebenfalls eine Lüge. Es war gemietet, und wir waren mit der Miete im Rückstand.« Nell deutete die Straße hinunter. Die Gegend war schön, teure Häuser säumten die Straßen. »Es liegt zufällig gleich hier um die Ecke, aber Reggie wohnt nicht mehr dort. Ich muss gestehen, dass ich manchmal dort entlanggehe, nur um mich selbst zu quälen.«

»Es scheint, als täten wir das beide«, sagte Maggie.

Nell nickte. »Du fragst dich wahrscheinlich, wieso ich angefangen habe, für Vivian zu arbeiten«, fuhr sie fort.

»Es geht mich nichts an, Nell.« Maggie fühlte sich unbehaglich.

»Ich weiß, aber ich möchte es dir erzählen.« Sie schwieg einen Moment. »Als ich Reggie verließ«, sagte sie schließlich, »war ich mittellos. Ich habe zunächst in einer Fabrik und dann in einem Geschäft gearbeitet, aber nie genug verdient, um ein Zimmer zu mieten, von einem Haus ganz zu schweigen. Weißt du, ohne die Unterstützung durch einen Mann kann eine Frau nicht alleine überleben, denn die Löhne für Frauen sind zu niedrig. Frauen müssen entweder heiraten oder sich prostituieren. Und ich wollte ganz sicher nicht noch einmal heiraten. Nachdem ich vier Nächte in einem Frauenhaus geschlafen hatte, war ich kurz davor, mich von einer Klippe zu stürzen. Da lernte ich Vivian kennen. Sie behandelte mich mit Würde und Respekt und gab mir ein Dach über dem Kopf, ohne etwas dafür zu verlangen.«

Maggie fehlten die Worte. Sie konnte mittlerweile nachvollziehen, wie die Frauen an diesen Punkt in ihrem Leben gekommen waren.

»Wie du siehst, haben wir alle eine traurige Geschichte zu erzählen«, sagte Nell. »Ich allerdings habe nur Geld und meine Würde verloren. Du hast mit deiner kleinen Tochter etwas viel Wertvolleres verloren.«

Maggie seufzte. »Der Schmerz wird niemals verschwinden, Nell.«

Nell legte noch einmal ihren Arm um ihre Schulter und drückte sie. »Komm, lass uns nach Hause gehen.«

13

Melbourne, Perth – 1898

Als Patrick nach Hause kam, lag das Haus in völliger Dunkelheit da. Sofort wurde ihm schwer ums Herz. Er wusste nie, was ihn erwartete, wenn er von der Arbeit kam, aber dies hier war angesichts des Gemütszustandes seiner Frau das schlimmste aller möglichen Szenarien.

Das Geräusch seiner vorsichtigen Schritte auf dem Parkettboden schien die deprimierende Stille des Hauses geradezu zu durchdringen. Auf der Suche nach Caroline wanderte er von Zimmer zu Zimmer, bis er an der Schwelle zum Wohnzimmer schließlich stehen blieb. Im Kamin knisterte ein Feuer, und in einem Sessel davor konnte er die Umrisse seiner Frau ausmachen. Er trat in den Raum und zündete eine Lampe an.

»Was machst du hier im Dunkeln, Caroline?«, fragte er, ohne auf eine Antwort zu hoffen.

Sie starrte einige Augenblicke weiter in die Flammen, begann dann aber plötzlich zu sprechen. »Weißt du nicht, welcher Tag heute ist?«, fragte sie kalt.

Patrick war überrumpelt. »Doch … es ist Dienstag«, sagte er, während er fieberhaft nach der Bedeutung dieses Tages suchte. Es war weder ein Jahrestag noch ein Geburtstag.

Caroline wandte sich mit finsterer Miene zu ihm um. Ihre Gesichtszüge wirkten im Schein des Feuers noch härter, ihre blonden Haare heller. »Ich weiß, dass heute Dienstag ist«, stieß sie knapp hervor. »Heute vor zwei Jahren wurde unser Sohn ins Krankenhaus eingeliefert«, fügte sie vorwurfsvoll hinzu.

»Oh.« Patrick war durchaus klar, dass der zweite Jahrestag von Tristans Tod bevorstand, aber bis dahin waren es noch zehn Tage.

»Wie kannst du so etwas nur vergessen?« Carolines Ton war anklagend.

»Caroline, ich habe den Todestag unseres Sohnes natürlich nicht vergessen, den werde ich nie vergessen. Aber die zehn Tage, die er im Krankenhaus war, sind wie verschwommen. Ich dachte, es ginge dir ebenso.«

Carolines Blick wurde noch kälter, falls das überhaupt möglich war, dann wandte sie sich ab. »Natürlich ist das so«, murmelte sie. »Aber ich erinnere mich noch an das Datum, an dem er eingeliefert wurde.«

Patrick trat zu ihr und kniete sich neben ihren Sessel. Seit ihr Sohn an Diphtherie gestorben war, gab sie sich Patrick gegenüber verbittert und distanziert, aber Patrick hatte schon lange vor Tristans Geburt nicht das Gefühl gehabt, dass Caroline ihn wirklich liebte. Um ehrlich zu sein, hatte auch er Caroline nie so geliebt, wie er Maggie Cassidy geliebt hatte, aber Maggie hatte sein Herz gebrochen, und er war nicht bereit gewesen, sich je wieder in eine derart verletzliche Lage zu bringen. Seiner Meinung nach entbehrte es nicht einer gewissen Ironie, dass seine Ehe der seiner Eltern nicht unähnlich war, etwas, womit er nie gerechnet hätte.

»Du kannst so nicht weitermachen, Caroline«, sagte er sanft. »Du darfst dich nicht weiter quälen. Tristan hätte das nicht gewollt.«

»Ich kann eben nicht vergessen, dass ich einen Sohn hatte. Der Schmerz verschwindet nicht einfach so.« Sie schluchzte auf.

»Das weiß ich doch. Mein Schmerz verschwindet auch nicht. Aber in einem dunklen Haus zu sitzen und sich vom Schmerz überwältigen zu lassen … das ist nicht gut für deine Seele.«

Caroline richtete sich auf. »Ich werde nicht verrückt, Patrick!«

»Das habe ich auch nicht behauptet. Du trauerst. Wir trauern beide, aber wir müssen den Schmerz überwinden.«

»Du hast gut reden. Du hast Tristan nicht neun Monate lang in dir getragen. Du hast ihn nicht gefüttert oder die ganze Nacht bei ihm gesessen, wenn er eine Kolik hatte. Er war meine Welt.«

»Ich weiß.« Patrick wollte nicht darüber streiten, wer ihren Sohn mehr geliebt hatte. Eine solche Diskussion konnte er nicht gewinnen. Er legte seine Hand auf ihre. »Du bist nicht allein, Caroline.«

Caroline entzog ihm unwirsch ihre Hand. Ihre Reaktion war nicht unerwartet, aber für Patrick war sie immer wie ein Schlag ins Gesicht. Seit nunmehr zwei Jahren hatte sie ihm nicht mehr gestattet, sie zu berühren, und allmählich begann er zu glauben, dass es auch nie wieder anders würde.

»Es spielt doch keine Rolle, ob ich allein bin. Du bist ohnehin nie zu Hause«, beschwerte sie sich.

»Ich kann tagsüber nicht hier sein. Dein Vater braucht mich auf der Arbeit«, erklärte Patrick geduldig. Dabei war ihm nur zu bewusst, dass er schon lange nicht mehr gern nach Hause kam, weil es kein wirkliches Zuhause mehr gab, ganz zu schweigen von einer freudigen Umarmung. »Du solltest dich mit deinen Freundinnen treffen. Oder vielleicht einer Stick-Gruppe beitreten und deinen Tag so gut wie möglich ausfüllen.«

»Meine Freundinnen verstehen nicht, wie ich mich fühle. Sie haben kein Kind verloren.«

»Vielleicht würde es dir helfen, dich einem Spezialisten anzuvertrauen. Ich stehe der Idee offen gegenüber.«

»Dann mach du es doch«, schnappte Caroline. »Wenn ich einem Fremden berichte, wie ich mich fühle, wird es davon auch nicht besser. Es wird mich nicht davon abhalten, meinen Sohn zu vermissen.«

Unseren Sohn, dachte Patrick. Ihm fiel auf, dass Caroline Tristan nie als ihren *gemeinsamen* Sohn bezeichnete. »Vielleicht sollten wir noch ein Kind bekommen«, schlug er vor, auch wenn er sich nicht vorstellen konnte, dass es ihre Ehe verbessern würde. Aber es könnte sich positiv auf Carolines Gemütszustand auswirken.

Sie wandte sich wieder zu ihm und starrte ihn mit ihren eisblauen Augen an. Manchmal fragte er sich, wie er sie hatte heiraten können. Ja, sie konnte sehr hübsch aussehen, wenn sie sich bemühte, aber ihr Charakter war nie angenehm gewesen. Im Grunde wusste er natürlich, wie es dazu gekommen war. Er war so desillusioniert gewesen, als Maggie ihn verlassen hatte, hatte sich so verraten gefühlt, dass sie das Geld seines Vaters angenommen hatte. Caroline war da gewesen, hatte signalisiert, dass sie verfügbar war, und so waren sie in eine Beziehung geschlittert.

»Es hat fast drei Jahre gedauert, bis ich mit Tristan schwanger wurde«, fauchte sie. »Er war ein Wunder, und Wunder geschehen nicht zweimal im Leben.«

Patrick stand auf und trat den Rückzug an, weggedrängt durch Carolines Worte und ihre Feindseligkeit. Sie hatten 1889 geheiratet. Das Warten auf ein Baby hatte ihrer Ehe einen schweren Tribut abverlangt. Sie hatten Ärzte konsultiert, die jedoch keine Ursache feststellen konnten, und waren im Lauf der Jahre zu der Überzeugung gelangt, dass sie nie ein Kind haben würden. Als Tristan dann 1892 geboren wurde, brachte er Licht und Wärme in ihr Haus und ihre Beziehung. Sie waren beide in ihn vernarrt, und er ersetzte die Zuneigung, die zwischen ihnen fehlte. Im Alter von vier Jahren erkrankte er plötzlich, und nach seinem Tod war ihr Zuhause so kalt geworden wie ein Mausoleum.

Wie so oft zuvor war Patrick auch jetzt kurz davor, Caroline zu sagen, dass es keinen Sinn mehr machte, ein Haus zu teilen, und er Angst davor hatte, abends nach Hause zu kommen, aber er biss sich auf die Zunge. Caroline zu verlassen schien grausam. Ihm blieb nichts, als in dieser lieblosen Ehe zu verharren, bis sie sich entschied, ihn zu verlassen. In der Zwischenzeit musste er sich mit seiner Arbeit ablenken, was nicht schwer war, denn Gerard Spencer war ein umtriebiger Mann. Sein Unternehmen expandierte stetig, und Patrick bekam zunehmend mehr Verantwortung.

»Helen, wir müssen etwas Wichtiges besprechen«, sagte Frederick, als er das Wohnzimmer betrat.

»Was ist denn, Liebling?«, fragte Helen beiläufig. Sie saß im Wohnzimmer auf dem Boden neben dem Couchtisch und half ihrem Sohn Edmund bei den Hausaufgaben. Zwei Jahre nachdem sie Laura adoptiert hatten, war der Junge völlig unerwartet wie ein Geschenk geboren worden. Der Arzt, der seinerzeit Helens Wunderschwangerschaft bestätigt hatte, sagte, dass so etwas manchmal möglich war: Sobald sich die Mutter entspannte, wurde sie schwanger, häufig nach jahrelangen vergeblichen Versuchen und der Adoption eines Kindes. Heute kämpfte Edmund wie jeden Tag mit dem Erlernen von Lesen, Schreiben und Rechnen. Er ähnelte Frederick in Aussehen und Temperament, aber er war schon seit dem Säuglingsalter häufig krank. Er benötigte viel mehr Aufmerksamkeit als Laura. Sie war schon immer ein robustes Kind gewesen, aber die Aufmerksamkeit ihrer Eltern an den »Neuling« zu verlieren hatte von Anfang an zu Eifersuchtsanfällen geführt.

»Es geht um Laura«, sagte Frederick.

Helen blickte ihn erschrocken an. »Was hat sie jetzt wieder angestellt?«

Laura war ein sehr intelligentes Kind und erschreckend reif für ihre elf Jahre, neigte aber leider dazu, ihre Ansichten ohne jegliches Taktgefühl zu äußern. »Hat sie wieder einen unserer Nachbarn beleidigt? Gerade neulich hat sie Missus Jones gefragt, warum sie denn eine Tournüre trüge, obwohl diese doch längst nicht mehr in Mode wären. Anscheinend hatten sie in der Schule im Unterricht über Mode und insbesondere über diese Reifröcke gesprochen. Missus Jones war sehr gekränkt. Sie beschwerte sich bei mir und sagte, dass sie schon seit zehn Jahren keine Tournüre mehr trägt.«

»Oje.« Frederick schüttelte den Kopf.

Edmund kicherte. »Laura sagt, Missus Jones hat einen dicken Hintern, Mum.«

Helen konnte sich ein Lachen nur mit Mühe verkneifen. »So etwas sagt man nicht, das ist unhöflich, Schatz«, erklärte sie mit starrer Miene.

»Dieses Mal geht es nicht um die Nachbarn«, sagte Frederick.

»Edmund, gehst du bitte oben ein wenig spielen? Ich muss mit deiner Mutter unter vier Augen sprechen.«

»Okay, Dad«, sagte Edmund. »Danke für deine Hilfe, Mum.«

Helen lächelte, stolz über die guten Manieren ihres Sohnes. »Gern geschehen, mein Schatz. Ich helfe dir später weiter, wenn du magst.« Sie erhob sich und setzte sich auf das Sofa.

»Eigentlich brauchen wir für Edmund einen Nachhilfelehrer«, sagte Frederick, nachdem ihr Sohn das Zimmer verlassen hatte. »Ich weiß, du hilfst ihm gerne beim Rechnen und Schreiben, aber du hast genug zu tun.«

»Ich genieße es, Frederick, aber für die Zukunft sollten wir tatsächlich darüber nachdenken«, meinte Helen. »Was ist mit Laura?«

Frederick setzte sich auf das Sofa und schmiegte sich an sie. »Gestern Abend kam sie in mein Arbeitszimmer und fragte mich, warum sie weder wie wir noch wie ihr Bruder aussieht und warum niemand in der Familie, einschließlich aller Vettern und Tanten, die gleiche Haarfarbe hat wie sie.«

Helen war sofort nervös. »Was hast du gesagt?«

»Ich sagte ihr, sie sei eben einzigartig, aber damit war sie nicht zufrieden, das habe ich deutlich gesehen. Wir waren uns doch einig, ihr irgendwann einmal die Wahrheit über ihre Adoption zu sagen, Helen. Ich glaube, dieser Zeitpunkt ist jetzt gekommen.«

»Ich wusste zwar, dass dieser Tag kommen würde, aber das ist jetzt doch früher als erwartet«, sagte sie nachdenklich. »Was meinst du, wie sie auf die Wahrheit reagiert? Sie ist ja ziemlich wissbegierig.«

»Ich bin sicher, sie wird eine Menge Fragen stellen«, sagte Frederick. »Wir sagen ihr einfach nur das, was wir wissen, und das ist nicht viel. Sie wird wahrscheinlich erfahren wollen, warum sie in einem Waisenhaus war. Also müssen wir ihr sagen, dass ihre Mutter gestorben ist. Wenn wir ihr erklären, dass wir von all den anderen Kindern im Waisenhaus nur sie haben wollten, fühlt sie sich hoffentlich als etwas Besonderes.«

»Sie wird vermutlich auch nach ihrem Vater fragen«, merkte Helen besorgt an.

»Wir wissen nichts über ihn, also können wir ihr dazu auch nichts sagen. Ich vermute, sie war ein uneheliches Kind, aber ich möchte nicht, dass sie das erfährt. Also sagen wir ihr einfach, dass wir nichts über ihren Vater oder eine eventuell vorhandene Familie wissen. Das Waisenhaus in der Riley Street ist seit Langem geschlossen; sie kann also nicht hingehen und Fragen stellen, wenn sie älter ist. Wenn wir ihr die Wahrheit sagen, weiß sie wenigstens, warum sie anders ist als der Rest der Familie.«

Helen musste zustimmen. »Wann wollen wir es tun?«

»Morgen Nachmittag. Wenn sie von der Schule nach Hause kommt, haben wir Zeit, denn dann spielt Edmund mit seinem Freund Roy Tennis. Im Anschluss können wir dann als Familie beim Abendessen darüber reden. Dann hatte Laura schon Zeit, die Nachricht zu verdauen. Und Edmund sollte die Wahrheit ebenfalls kennen.«

Frederick blickte auf die Uhr an der Wand seines Arbeitszimmers. Es war nach neun Uhr, und Betty würde ihm bald sein Glas Sherry und ein spätes Abendbrot servieren, meist genoss er vor dem Zubettgehen noch etwas Toast und Käse. Ein Klopfen an der Tür kündigte ihre Ankunft an.

»Kommen Sie rein, Betty«, rief er.

»Ich bin's, Dad«, sagte Laura und steckte ihren Kopf durch die Tür.

Frederick legte seinen Stift beiseite. »Laura, mein Liebling«, sagte er. »Ich dachte, du wärst längst im Bett. Es ist schon spät.«

»Es tut mir leid, Dad. Ich war auf dem Dachboden und habe die Zeit vergessen«, gab Laura zu. Sie setzte sich ihm gegenüber. Sie trug bereits ihr Nachthemd, und ihre kupferfarbenen Haare fielen auf ihre Schultern. Nicht zum ersten Mal dachte er, dass sie mit jedem Tag schöner wurde. Schon bald würde sie als Debütantin in die Gesellschaft eingeführt, und er ging davon aus, dass er jede

Menge potenzielle Verehrer von seiner Haustür würde verjagen müssen.

»Was hast du um diese Zeit da oben gemacht?«

»Ich habe in einer Truhe nach Babyspielzeug und -kleidung von mir gesucht.«

Frederick horchte auf. »Warum hast du das getan?«, erkundigte er sich vorsichtig.

»Ich war einfach neugierig. Mum hat eine Menge von Edmunds Sachen aufbewahrt, aber von mir gibt es nur sehr wenig.«

»Ich verstehe.« Frederick fragte sich, wie sie auf einmal auf dieses Thema kam.

»Darf ich dich was fragen, Dad?«

»Ja, natürlich. Was ist denn, Liebling?« Frederick war Fragen seiner neugierigen Tochter gewöhnt, sie hatte einen höchst aktiven Verstand.

»Warum hat Mum Edmunds Taufkleid behalten, meins aber nicht?«

Fredericks Herz klopfte mit einem Mal sehr schnell. »Ich … weiß nicht, Liebling«, sagte er zögerlich, »aber ich bin sicher, dass deine Mutter auch Erinnerungsstücke von deinen ersten Jahren hat. Vielleicht werden sie woanders aufbewahrt.«

»Ich kann nichts finden.« Sie sah ihren Vater auf eine seltsame Weise an, und er empfand eine für ihn untypische Nervosität, zumal ihre Worte klangen, als hätte sie sehr gründlich gesucht.

Einen Tag noch, dann würde für sie alles einen Sinn ergeben. Zumindest hoffte er das.

»Bin ich adoptiert, Dad?«, fragte Laura plötzlich.

Frederick spürte förmlich, wie das Blut aus seinem Kopf wich. Er starrte auf die Papiere auf seinem Schreibtisch. Seine Gedanken rasten. Sollte er ihr jetzt schon die Wahrheit sagen oder damit bis morgen warten, wie er und Helen geplant hatten? »Wie kommst du darauf?«

»Ich habe mit Isobel gesprochen. Ihre Cousine ist adoptiert.«

»Ach, wirklich?« Frederick kannte Isobel. Sie kam regelmäßig zu Besuch und war das einzige Mädchen, das Laura in der Schule wirklich mochte. Die beiden waren sich sehr ähnlich – beide waren außergewöhnlich intelligent und bisweilen intolerant gegenüber Normalsterblichen. Frederick und Helen hatten immer amüsiert gelauscht, wenn die beiden über andere Schüler redeten, die weniger begabt waren. »Das wusste ich nicht«, fügte er hinzu.

»Isobels Onkel und Tante haben Meredith adoptiert, als sie noch ein kleines Baby war. Sie haben ihr letzte Woche erzählt, dass sie sie aus einem Waisenhaus geholt haben. Sie sieht anders aus als der Rest der Familie, also sollte man doch annehmen, dass sie nicht überrascht war, aber sie ist ziemlich erschüttert.«

Frederick wusste nicht, was er sagen sollte. »Es muss ein ziemlicher Schock gewesen sein.«

»Das war es. Aber für Isobel auch. Sie ist sich nicht sicher, ob sie noch dasselbe für Meredith empfindet.«

Frederick erschrak. »Warum sollte sie anders fühlen? Meredith ist immer noch dieselbe Person. Und sie ist nach wie vor ihre Cousine.«

»Nein, das ist sie nicht. Sie ist wahrscheinlich die Cousine von jemand ganz anderem.«

»Nein, das stimmt nicht, Laura. Mit der Adoption wurde sie ein Mitglied ihrer Familie.«

»Aber sie könnte irgendwo eine richtige Familie haben, richtige Eltern, vielleicht sogar Brüder und Schwestern«, sagte Laura.

Frederick wurde bewusst, dass Laura viel über Adoption nachgedacht hatte. »Hätte sie Geschwister im Waisenhaus gehabt, hätte man es Isobels Onkel und Tante vermutlich erzählt. Wenn ein Kind aus einem Waisenhaus ausgewählt wird, ist das etwas ganz Besonderes, Laura.«

»Ist es?«

»Ja, das ist es«, erklärte Frederick mit Nachdruck.

Laura sah plötzlich aus wie das verletzliche Kind, das sie war. »Eine Mama wird ein Baby aber doch mehr lieben, wenn es aus ihrem Bauch kommt, Dad.«

»Oh, nein, das stimmt nicht«, versicherte Frederick. Ihre Worte erschütterten ihn und gaben ihm zugleich eine Ahnung davon, was sie denken könnte, wenn sie die Wahrheit erfuhr. »Adoptierte Kinder werden genauso geliebt. Das musst du mir glauben, Laura. Die Bindung entsteht dadurch, dass man Elternteil eines Kindes ist, es füttert, es badet, ihm Geschichten vorliest und ihm etwas über das Leben beibringt.«

Laura wirkte keineswegs überzeugt. »Ich wäre nicht gern ein adoptiertes Kind«, sagte sie.

Frederick schluckte schwer. »Darüber brauchst du dir keine Sorgen zu machen«, brachte er schließlich hervor. »Ich finde, du solltest ins Bett gehen und aufhören, über Isobels Cousine Meredith nachzudenken«, fügte er hinzu. »Ab mit dir.«

»Gute Nacht, Dad«, sagte Laura.

Frederick trat hinter seinem Schreibtisch hervor und gab ihr einen Kuss, dann verließ sie das Arbeitszimmer. Sein Herz raste. Er dachte daran, welch gravierender Fehler ihm und Helen beinahe unterlaufen wäre, wenn sie Laura am nächsten Tag wie geplant mit der Wahrheit konfrontiert hätten. Laura war noch nicht bereit für die Wahrheit.

Frederick rief Helen in sein Arbeitszimmer und schloss die Tür. »Wir können Laura nicht die Wahrheit über ihre Adoption sagen. Noch lange nicht – wenn überhaupt jemals«, erklärte er mit leiser Stimme.

»Warum nicht? Was ist passiert?«

Er erzählte ihr ausführlich von ihrem Gespräch und Lauras Gedanken. »Gott sei Dank haben wir ihr noch nicht die Wahrheit gesagt, Helen. Es wäre eine Katastrophe gewesen«, schloss er.

Helen fühlte sich tatsächlich erleichtert. Ihre Nervosität war mit jeder Sekunde gestiegen, seit sie die Entscheidung getroffen hatten, Laura über ihre Herkunft zu informieren.

»Wir müssen warten, bis sie reif genug ist, damit umzugehen. Vielleicht wird das auch erst sein, wenn sie erwachsen ist und eigene Kinder hat«, sagte Frederick. »Diese Fakten werden ihr Leben in jedem Alter erschüttern, aber noch ist sie nicht in der Lage, sie zu verarbeiten.«

»Ich fürchte nur, sie könnte es von jemand anderem hören. Was, wenn jemand aus unserer Großfamilie sich verplappert?«, überlegte Helen.

»Es ist bisher noch nicht passiert, also müssen wir einfach darauf vertrauen, dass das auch so bleibt«, sagte Frederick.

14

Melbourne – 1903

»Du wolltest mich sprechen, Dad?« Laura betrat das Arbeitszimmer ihres Vaters.

»Ja, Liebling, ich habe wunderbare Neuigkeiten. Zumindest hoffe ich, dass du sie auch wunderbar findest«, sagte Frederick. Laura war mit ihren sechzehn Jahren in einem schwierigen Alter und anfällig für Stimmungsschwankungen, sodass Frederick ihre Reaktion nie genau vorhersagen konnte.

Laura bemerkte seine unruhigen Hände und seinen flackernden Blick und fürchtete, dass die angekündigten Neuigkeiten etwas mit der neuen Liebe in seinem Leben zu tun hatten – Lucinda McPherson. Ihre Mutter war zwei Jahre zuvor plötzlich an etwas gestorben, das die Ärzte als akutes Nierenversagen bezeichnet hatten. Es war ein schrecklicher Schock für alle gewesen, und niemand hatte ihnen eine Erklärung für die Ursache geben können.

Laura war damals vierzehn Jahre alt gewesen und schnell gereift. Mit Bettys Hilfe hatte sie sich in die Rolle der Ersatzmutter eingearbeitet. Sie hatte sich um ihren Vater gekümmert, der so erschüttert gewesen war, dass er nicht mehr klar hatte denken können, und um Edmund, der sich vollkommen zurückgezogen hatte. Sich um andere zu kümmern entsprach ihrem Charakter und half ihr, den Verlust zu verarbeiten.

Achtzehn Monate vergingen, in denen sie alle Helen sehr vermissten, sich aber dennoch in einen neuen Alltag einlebten und relativ glücklich waren. Zumindest hatte Laura das gedacht. Dann trat Lucinda McPherson in ihr Leben, und alles veränderte sich –

und zwar nicht zum Besseren, zumindest was Laura betraf. Lucinda war die Tochter eines älteren Freundes von Frederick, und oberflächlich betrachtet hatten sie und Frederick trotz des Altersunterschiedes von sechzehn Jahren vieles gemeinsam. Beide spielten gern Backgammon, ritten liebend gerne aus und interessierten sich für Kunst.

Lucinda kam zunehmend häufiger zu Besuch, und Laura nahm ihr sofort übel, dass sie sich in die Familie drängte. Zwar gab sich Lucinda zuckersüß und behauptete, ihr sei bewusst, dass sie in das Familienleben eindringe, aber nach und nach bootete sie Laura aus und kümmerte sich schließlich selbst um Frederick und Edmund.

Lucinda war nach eigener Aussage vierundzwanzig Jahre alt, wirkte nach Lauras Meinung aber intellektuell und emotional weniger reif. Laura fand sie nicht einmal besonders attraktiv und verstand nicht, was ihr Vater an der jungen Frau fand. Noch schmerzlicher aber war, dass Edmund sie in seinem verzweifelten Bedürfnis nach einer Mutterfigur sofort akzeptierte.

»Ich wollte die Neuigkeit als Erstes mit dir teilen, Laura. Du bist diejenige, die diese Familie seit dem Tod deiner Mutter zusammengehalten hat. Du warst immer sehr stark und ein Trost für mich. Ganz ehrlich: Ich weiß nicht, was ich ohne dich getan hätte.«

Laura freute sich über seine Worte. »Ich habe mich gerne um dich und Edmund gekümmert, Dad. Und so wird es auch bleiben.«

»Du hast dein eigenes Leben, und ich will dich nicht aufhalten, Laura.«

»Das könntest du nie tun«, erklärte Laura.

»Du weißt, dass deine Mutter die Liebe meines Lebens war, Laura. Und ich war der Meinung, dass einem diese Art von Liebe nur einmal widerfährt.«

»Ich bin sicher, dass es auch so ist, Dad. Was du und Mum geteilt habt, war etwas ganz Besonderes.« *Lucinda kann Mum nicht das Wasser reichen*, hätte Laura am liebsten geschrien.

»Ich weiß, du wirst sie immer vermissen. Mir geht es genauso, und Edmund auch. Aber wir müssen unser Leben weiterleben. Sie hätte das so gewollt.«

»Wir tun unser Bestes, Dad.« Laura hätte ihn am liebsten angebrüllt, dass ihre Mutter sicher nicht gewollt hätte, dass er mit Leuten wie Lucinda McPherson weiterlebte, aber sie biss sich auf die Zunge und hielt die schwache Hoffnung aufrecht, dass seine gute Nachricht nichts mit ihrer Peinigerin zu tun hatte.

Frederick atmete tief durch. Seine Augen strahlten vor Aufregung, als er schließlich zu sprechen begann. »Ich habe Lucinda gefragt, ob sie meine Frau werden möchte, und sie hat ja gesagt. Ich hoffe, du kannst dich für uns freuen.«

»Oh nein!« Laura wandte sich ab. »Dad, dazu ist es noch zu früh! Mum ist erst seit zwei Jahren nicht mehr bei uns. Du kannst nicht erwarten, dass ich jetzt schon darüber hinweg bin.«

»Aber es ist gerade jetzt wichtig für dich, eine Frau in deinem Leben zu haben. Und Edmund hat eine Mutter so sehr vermisst. Lucinda freut sich schon darauf, die Rolle der Stiefmutter zu übernehmen.«

»Ich will keine Stiefmutter«, zischte Laura. Es gelang ihr nicht, ihre Gefühle zu verbergen. *Vor allem keine so selbstsüchtige wie Lucinda.* »Warum kann es nicht so bleiben wie bisher? Nur wir drei?«

»Ich bin einsam, Laura.«

»Aber du hast mich und Edmund und Großvater.« Sie verkniff sich die Bemerkung, dass ihr Großvater nach dem Tod seiner Frau nicht noch einmal geheiratet hatte, schon gar keine jüngere Frau.

»Ich weiß, und ich liebe euch beide und Großvater sehr, aber ich vermisse es, eine Frau an meiner Seite zu haben. Bitte versteh mich doch. Eines Tages, wahrscheinlich in nicht allzu ferner Zukunft, wirst du heiraten und wegziehen. Genau wie Edmund.«

»Das passiert erst in vielen Jahren, Dad«, protestierte Laura.

»Laura, du bist sechzehn Jahre alt und wunderschön. Vielleicht bist du in zwei Jahren schon verheiratet.«

»Bitte, Dad. Heirate nicht wieder«, bat Laura flehentlich. Sie konnte schon jetzt erkennen, dass ihr Vater sich verändert hatte. Lucinda entzog ihn ihr und Edmund.

Frederick legte seine Arme um Laura und hielt sie fest. »Alles wird gut, Laura«, flüsterte er in ihr kupferfarbenes Haar. »Du wirst schon sehen.«

15

1906

Maggie hörte von der Küche aus, wie die Haustür heftig zugeschlagen wurde. Sekunden später marschierte Vivian herein, schäumend vor Wut. »Ich fasse es nicht! Vor dem Haus steht ein Polizist. Das ist Belästigung!«

»Was ist los? Ich habe dich noch nie zornig erlebt«, sagte Maggie, ohne ihren Topf aus den Augen zu lassen. Sie schmolz gerade Zucker zu Karamell, den sie für ihre Torten brauchte.

»Ich habe dir doch erzählt, dass der Polizeichef letzte Woche an einem Herzinfarkt gestorben ist, oder?«

»Ja, ich erinnere mich.« Maggie musste daran denken, wie erleichtert Vivian gewesen war, dass er nicht auf einem ihrer Mädchen sein Leben ausgehaucht hatte, weil dann der Skandal in sämtlichen Zeitungen breitgetreten worden wäre.

»Er war ein verdammt guter Kunde, deshalb hatten wir keine Probleme mit der örtlichen Polizei«, betonte Vivian. »Leider wurde er durch einen Punktesammler ersetzt!«

»Einen was?«

»Nun, der neue Polizeichef hat geschworen, die Gegend hier für die sogenannten *anständigen* Bewohner von Shenton Park zu säubern. So ein Quatsch! Er versucht nur, Punkte für seine Karriere zu sammeln. Ich frage mich, wie anständig er wirklich ist!«

»Also … ist vor dem Tor ein Constable postiert worden?«

»Genau. Ein ganz beflissener. Er marschiert auf und ab und hält meine Kunden fern. Gestern Abend muss auch einer draußen gestanden haben, denn wir hatten keinen einzigen Kunden.

Ich konnte mir das eben nicht erklären, immerhin war Freitag, also normalerweise der geschäftigste Abend der Woche, an dem Ehemänner ihren Frauen erzählen, sie gingen mit ihren Freunden in die Kneipe, ein Bier trinken.«

Nell betrat die Küche. Sie hatte das Gespräch auf dem Weg die Treppe hinunter mitgehört. »Dagegen können wir nichts unternehmen, außer es auszusitzen.« Sie hatte den Constable von einem Fenster im oberen Stockwerk aus im Gespräch mit Hermione Eldridge beobachtet und konnte sich nur zu gut vorstellen, was ihre neugierige Nachbarin ihm zu berichten hatte.

»Ich könnte ihm eine Torte anbieten, dafür dass er weitergeht«, schlug Maggie mit einem frechen Grinsen vor.

Vivian lachte. »Also wirklich! Allmählich färben wir auf dich ab.«

Maggie errötete.

»Er könnte dich wegen Bestechung verhaften«, sagte Nell lächelnd.

»Ich meinte die Torte, die ich gerade mache«, sagte Maggie grinsend. »Aber so bekommt er nichts davon.«

Nach einer Woche Kartenspielen, abendlichem Singen zu Klaviermusik und immer noch ohne Kunden war Vivian außer sich.

»Ein Ende ist nicht abzusehen«, schimpfte sie wütend, während sie die gerade gekaufte Zeitung auf dem Küchentisch ausbreitete. Als Erstes sprang ihr ein Artikel über den neuen Polizeichef, der sich selbst für die Reduzierung der Kriminalität in der Stadt lobte, ins Auge. »Seht ihn euch bloß an. Schadenfreude pur!«, zischte sie. »Aber die Anzahl frustrierter Männer in der Stadt wird rasant ansteigen, bis irgendetwas passiert. Wartet nur, bis es wieder mehr Vergewaltigungen gibt. Dann überdenkt er seinen Plan vielleicht.«

Maggie schwieg.

»Jede Wette, dass er am Sonntagmorgen in der Kirche des heiligen Johannes vor Gott auf den Knien liegt und nachts den Bordsteinschwalben nachsteigt«, fügte Vivian hinzu.

Als Maggie immer noch nichts sagte, bemerkte Vivian, dass sie mit ihren Gedanken offenbar weit weg war. »Wo bist du, Maggie?«, fragte sie, bekam aber keine Antwort. »Maggie!«, sagte sie schärfer.

Maggie blickte sie an. »Entschuldige, Vivian, hast du mit mir gesprochen?«

»Ich habe offenbar gegen eine Wand geredet. Wo warst du?«, fragte sie. »Jedenfalls sicher nicht in dieser Küche.« Sie wusste, dass Maggie oft an Lori dachte, spürte jedoch, dass es dieses Mal um etwas anderes ging.

»Ich habe einem Tagtraum nachgehangen.«

»Und worum ging es darin?«, fragte Vivian sanfter. Sie hatte Maggie schon oft vorgeschlagen, noch einmal zu heiraten und weitere Kinder zu bekommen, aber die wollte nichts davon hören.

»Um meine eigene Bäckerei«, gab Maggie zu.

»Ich habe dir immer gesagt, dass du das tun sollst«, meinte Vivian. »Und du könntest mich als Spülhilfe einstellen, denn hier verdiene ich ganz offensichtlich kein Geld mehr. Vielleicht sollte ich in den Ruhestand gehen«, fügte sie entmutigt hinzu.

Maggie lächelte. Sie wusste nur zu gut, dass Vivian nicht wirklich daran dachte, sich zur Ruhe zu setzen. »Ich habe nie ernsthaft daran geglaubt, dass ich einen eigenen Laden eröffnen könnte, Vivian. Jedenfalls nicht vor gestern Abend.«

»Was ist denn gestern Abend passiert?«

»Da habe ich meine Ersparnisse gezählt. Seit über fünfzehn Jahren spare ich den größten Teil meines Lohnes in einem Schuhkarton unter dem Bett. Ich kann gar nicht glauben, wie viel dabei zusammengekommen ist, es ist ein kleines Vermögen! Damit könnte ich tatsächlich einen Laden eröffnen, wenn ich wollte. Ich könnte die Öfen kaufen, die ich brauche, und alles, was sonst noch nötig ist. Ich könnte es wirklich tun … wenn ich den Mut dazu hätte.«

»Ich würde dich in jeglicher Hinsicht unterstützen«, erklärte Vivian. »Du solltest nur darauf achten, dass dein Laden in der Nähe ist, damit wir nicht verhungern.«

Maggie betrachtete sie dankbar. »So viel Geld habe ich nur deiner Großzügigkeit zu verdanken, Vivian.«

»Du hast dir jeden Penny redlich verdient«, warf Vivian ein.

Aber Maggie war durchaus klar, dass sie nur hatte sparen können, weil sie weder Miete noch für Verpflegung hatte zahlen müssen. »Hast du auch einen Traum, den du noch nicht verwirklicht hast, Vivian?«, wechselte sie das Thema.

Vivians Augen begannen sofort zu funkeln.

»Du hast einen, nicht wahr? Was ist es?«, hakte Maggie nach. Vermutlich etwas Aufregendes, denn Vivian war alles andere als langweilig.

»Themenzimmer«, sagte Vivian lebhaft.

Maggie blickte sie verwirrt an.

»Ich wollte schon immer ein Bordell, in dem jedes Zimmer in einem anderen Thema gestaltet ist«, erklärte Vivian.

»Meinst du so etwas wie ... ein blaues oder ein rotes Zimmer?«, fragte Maggie.

Vivian runzelte die Stirn. »Nein. Ich dachte an etwas Exotischeres. Zum Beispiel an ein Zimmer mit dem Thema ›Arabische Nächte‹ oder ein Dschungelzimmer, komplett mit Pflanzen, Bettwäsche mit Tiermotiven und Fellteppichen. Und die Mädchen verkleiden sich entsprechend.«

»Das klingt aufregend«, sagte Maggie beeindruckt.

»Ja, das tut es. Es wäre etwas ganz Besonderes. Aber im Moment ist es nur ein Traum. Ich kann ja nicht einmal dieses Haus hier am Laufen halten«, erklärte Vivian entmutigt.

Maggie bereitete schweigend eine Vanillesoße zu den Torten zu und brühte eine weitere Kanne Tee auf, während Vivian in der Zeitung las.

»Oh, du meine Güte«, platzte sie plötzlich aufgeregt heraus.

»Was ist? Hat man den neuen Polizeichef mit heruntergelassenen Hosen erwischt?«

Vivian lachte. »Das ist nur eine Frage der Zeit, da bin ich mir sicher. Nein, ich lese gerade einen Artikel über Kalgoorlie. Das wäre ein Ort, an dem ich ordentlich Geld verdienen könnte«, sagte sie.

»Die Bergbaustadt.« Maggie setzte sich interessiert mit einer Tasse Tee an den Tisch.

»Ja, die Bergbaustadt.«

Fannie kam herein. »Was ist mit einer Bergbaustadt?«, fragte sie und ignorierte den missbilligenden Blick von Vivian, weil sie immer noch im Morgenmantel war. Vivian legte Wert darauf, dass ihre Mädchen bereit waren, Kunden zu empfangen, auch wenn es mit einem Polizisten vor der Tür an diesem Tag unwahrscheinlich erschien.

»Ich sagte gerade, dass wir in Kalgoorlie richtig viel Geld verdienen könnten.« Vivian las weiter in dem Artikel.

»Hört euch das mal an«, rief sie plötzlich aufgeregt. »Hier steht, dass Prostitution in Kalgoorlie toleriert wird, weil es in der Stadt weitaus mehr Bergleute als Frauen gibt. Stellt euch mal vor, wie viele von ihnen ein Bordell besuchen würden.«

Fannies Augen leuchteten auf. »Viele, da bin ich mir sicher.«

»Ich wette, die jeweiligen *Mesdames* verlangen gesalzene Preise, was bedeutet, dass die Mädchen ein kleines Vermögen verdienen können.«

»Aber es gibt dort doch sicher schon viele Bordelle«, wandte Fannie ein.

»Bestimmt nicht von der Art, die ich im Sinn habe«, sagte Vivian nachdenklich.

»Sollten wir dann vielleicht zumindest mal darüber nachdenken, nach Kalgoorlie zu ziehen?«

»Das werde ich auf jeden Fall tun«, schwor Vivian.

»Hört mal alle her, meine Damen.« Vivian betrat die Küche, wo die Frauen zusammen am Tisch saßen und Sandwiches und Teekuchen mit Zimtaroma aßen. Sie legte einen Stapel Papiere auf den Tisch. »Ich habe Neuigkeiten.«

»Was gibt es denn?«, fragte Nell. »Ist der Bulle endlich weg?

Am Freitag ist es ein Monat, dass er da draußen herumsteht.« Normalerweise war sie die Optimistin des Hauses, aber selbst ihre Zuversicht wurde inzwischen auf eine harte Probe gestellt.

»Nein, und er kann ruhig dort bleiben, weil wir nämlich weggehen«, erklärte Vivian.

»Wir dürfen nicht nachgeben«, sagte Pearl empört. »Er kann nicht ewig dort Wache schieben.«

»Wir geben nicht nach.«

»Werden wir rausgeschmissen?«, fragte Bunny besorgt.

»Nein, für uns geht es in dieser Welt aufwärts, im wahrsten Sinne des Wortes. Wir ziehen nach Norden, nach Kalgoorlie.«

»Puh! Das ist eine heiße, staubige, alte Bergbaustadt. Ich würde das nicht als aufwärts bezeichnen. Eher als Rückschritt«, wandte Lulu ein.

Vivian lachte. »Wir ziehen nach Kalgoorlie. Dort bin ich stolze neue Eigentümerin des Palace Hotels«, verkündete sie.

Ihrer Neuigkeit folgte fassungsloses Schweigen.

»Warum kaufst du ein Hotel in einer Bergbaustadt?«, fragte Bunny schließlich.

»Lulu hat recht«, erklärte Pearl verwirrt. »Warum sollten wir dorthin ziehen?«

Vivian blickte mit hochgezogenen Brauen in die Runde. »Nun, meine Damen: Wer arbeitet im Bergbau?«, fragte sie.

»Bergleute natürlich«, antwortete Pearl, während sie noch überlegte, ob es eine Fangfrage war.

»Ganz genau. Bergleute! *Einsame* Bergleute. Ich habe mich informiert und herausgefunden, dass die Region um Kalgoorlie und Boulder ungefähr 26 000 Einwohner hat, und weit weniger als die Hälfte der Bürger sind Frauen. Was bedeutet das?«

»Geld!«, sagte Pearl mit einem breiten Lächeln. »Viel Geld.«

»Richtig.« Vivian grinste. »Das Palace hat vierundvierzig Zimmer, also werdet ihr Mädchen sehr beschäftigt sein. Vielleicht muss ich sogar noch mehr Frauen einstellen!«

Vivians Aufregung war deutlich spürbar. Maggie hatte sie lange nicht mehr so glücklich gesehen, jedenfalls nicht, seit der neue Polizeichef beschlossen hatte, die Umgebung zu säubern.

Vivian blickte zu Maggie. »Du kommst mit«, sagte sie entschlossen. »Du wirst deine Bäckerei in Kalgoorlie eröffnen.«

Maggie verspürte einen Rausch der Erregung, doch sofort meldete ihr Verstand zahlreiche Bedenken. »Das ist zwar eine nette Idee, aber ich bin mir nicht sicher, ob ich ein solches Geschäft alleine führen kann«, sagte sie.

»Dann stellst du eben eine Hilfe ein, wenn es sein muss«, sagte Vivian. »Du kriegst das schon hin. Fang klein an, und sieh dann, wie es sich entwickelt.«

Maggie war immer noch verunsichert, aber die Idee faszinierte sie.

»Viele der Bergleute leben offenbar in Zelten«, berichtete Vivian. »Aber anstatt über offenem Feuer zu kochen, nehmen sie ihre Mahlzeiten meist in Pensionen ein. Überleg doch mal, wie sehr sie eine Bäckerei schätzen würden!«

Maggie gefiel der Gedanke.

»Wir gehen nicht ohne dich, Maggie«, fügte Nell hinzu, und die anderen stimmten zu.

Maggie blickte dankbar in die Runde. »Natürlich komme ich mit«, sagte Maggie. »Ihr seid wie eine Familie für mich. Aber in Bezug auf die Bäckerei muss ich noch ein wenig nachdenken.«

Als die Mädchen nach oben gingen, setzte sich Vivian mit Maggie in die Küche.

»Du bist eine wunderbare Köchin, also sag mir die Wahrheit. Was lässt dich zögern?«

Maggie zuckte die Schultern.

»Findest du nicht, dass auch du verdienst, glücklich zu sein?«, fragte Vivian sanft.

Maggie wusste darauf keine Antwort.

»Ich weiß, dass es so ist«, sagte Vivian. »Aber du musst auch daran glauben, dass du es verdienst.« Sie war sicher, dass Maggie noch Schuldgefühle wegen des Todes ihrer Tochter empfand.

»Ich bin sehr glücklich, dass du bei uns bist, Maggie. Als du zu uns kamst, warst du ein Geschenk Gottes für mich und die Mädchen. Du hast uns ein bequemes Leben beschert, aber jetzt ist es an der Zeit, dass du auch einmal an dich denkst.«

Maggie seufzte. »Immer wenn ich versuche, an mich selbst zu denken, denke ich an Lori und daran, wie sehr ich sie enttäuscht habe«, gab sie zu.

Vivian schüttelte den Kopf. »Das ist Unsinn, Maggie Cassidy. Du hattest eine Lungenentzündung, daran war nichts zu ändern.«

»Aber wenn wir nicht durch die Straßen gewandert wären, wäre ich nicht krank geworden. Und Lori auch nicht. Es ist meine Schuld, dass sie gestorben ist. Wie sollte ich mir das je verzeihen können und glauben, dass ich Glück verdiene?«

»Ist es deine Schuld, dass Grace Golding gestorben ist?«, fragte Vivian. »Ist es das?«, hakte sie nach, als Maggie nicht antwortete.

Maggie schüttelte den Kopf.

»Ist es deine Schuld, dass ihre Familie dir keine Zeit gelassen hat, eine andere Unterkunft zu finden, weil sie es nicht erwarten konnte, das Anwesen in ihre gierigen Finger zu bekommen?«

Maggie schüttelte wieder den Kopf.

»Dann hör auf, dir selbst die Schuld zu geben! Nichts von dem, was passiert ist, war deine Schuld. Es war eine schreckliche Tragödie, aber du bist nicht schuld am Tod deiner Tochter.«

»Sie musste ohne mich sterben.« Maggie begann zu weinen. »Sie war bei Fremden. Sie muss gedacht haben, dass ich sie nicht liebe.«

»Ich will nicht so tun, als wüsste ich, was sie dachte, aber eines weiß ich gewiss: Nichts hätte dich von ihr ferngehalten, wenn du nicht so krank gewesen wärst. Nichts und niemand!«

Maggie nickte und schniefte.

»Mehr als fünfzehn Jahre sind vergangen, Maggie. Du hast viel für uns getan, aber jetzt bist du an der Reihe, etwas für dich selbst zu tun. Und genau das wirst du. Du wirst jeden Tag Loris Lieblingsleckereien zu ihren Ehren backen, und du wirst voller Liebe an sie denken. Sie hatte ein kurzes Leben, aber es war ein wunderbares Leben mit der besten Mutter.« Vivian drückte Maggies Hand.

Maggie wusste, dass sie recht hatte. Vivian hatte immer recht. »Du wärst eine wunderbare Mutter gewesen, Vivian«, sagte sie und beobachtete, wie ein Schimmer Traurigkeit in Vivians Augen trat.

16

»Haben Sie Caroline gebeten, mit Ihnen nach Glenborough zu fahren, Patrick?«, erkundigte sich Gerard Spencer. Sie saßen beim Mittagessen und einem kalten Bier im Grand Hotel in der Spring Street. »Ein Wochenende auf dem Landgut der Dunkirks wäre genau das Richtige für sie, und Sally Dunkirks Geburtstagsparty ist das gesellschaftliche Ereignis des Jahres. Außerdem mag Sally Caroline sehr. Sie wäre sehr enttäuscht, wenn Sie beide nicht zu ihrer Geburtstagsfeier kommen würden.«

»Ich habe sie natürlich gebeten, Sir, aber sie hat wie erwartet abgelehnt. Es ist schon sehr lange her, dass sie eine Einladung zu einem gesellschaftlichen Ereignis angenommen hat. Mehr als neun Jahre, um genau zu sein. Ich bin ebenfalls der Meinung, dass ihr ein Tapetenwechsel und der Kontakt mit anderen Menschen guttun würde, aber ich kann sie nicht gegen ihren Willen aufs Land hinausschleppen.«

Gerard konnte Patricks Enttäuschung nur allzu gut nachvollziehen. Er hatte sich zusammen mit seiner Frau lange bemüht, seine Tochter aus ihrer Depression herauszuholen, weitere Versuche nun aber ebenfalls aufgegeben. »Eigentlich bin ich überrascht, dass Sie Caroline nicht schon vor Jahren verlassen haben«, sagte er offen. »Und ich würde es Ihnen nicht einmal verübeln. Sie wissen, dass ich meine Tochter liebe, und Loyalität ist ein wunderbarer Charakterzug, aber jeder Mensch stößt irgendwann an seine Grenzen.«

Seine Offenheit überraschte Patrick keineswegs. Sein Schwiegervater sagte grundsätzlich sehr deutlich seine Meinung, war aber in allen Bereichen seines Lebens, auch im Geschäftsleben, ein fairer Mann. Patrick bewunderte ihn dafür, dass er sich nicht etwa als Halsabschneider, sondern durch harte, ehrliche Arbeit und die Fähigkeit, potenzielle Geldquellen zu erkennen, an die Spitze von Melbournes erfolgreichsten Geschäftsleuten hochgearbeitet hatte. Patrick hatte Gerard nie auch nur ansatzweise hinterhältig erlebt, was seinem Schwiegervater nicht nur den Respekt seiner Familie, sondern auch der gesamten Geschäftswelt und vor allem von Patrick eingebracht hatte.

Patrick war durchaus bewusst, dass sein Vater diesen Respekt nicht genoss, weder von seinen Geschäftspartnern noch von seiner Familie, und nach den Ereignissen um Maggie Cassidy war das Verhältnis zwischen ihnen beiden auch nie wieder so geworden wie zuvor. Bald nachdem Patrick begonnen hatte, mit Caroline auszugehen, begann er für Gerard zu arbeiten. Er hatte schon häufig mit seinem Schwiegervater über Caroline gesprochen, aber es schien einfach keine Lösung zu geben.

»Ehrlich gesagt habe ich in den letzten Jahren oft darüber nachgedacht. Eigentlich vermute ich schon lange, dass sie sich von mir scheiden lassen will, und ich weiß nicht, warum sie es bisher nicht getan hat. Denn seit wir unseren Sohn verloren haben, führen wir keine Ehe mehr.« Patrick verschwieg, dass es auch zuvor schon keine richtige Ehe gewesen war und dass es im Nachhinein vielleicht besser gewesen wäre, wenn sie ihre Beziehung auf der freundschaftlichen Ebene belassen hätten. »Ich wage auch schon längst nicht mehr, das Thema professionelle Hilfe anzuschneiden, weil sie mir dann vorwirft, ich sei der Meinung, sie hätte den Verstand verloren. Aber auch Trauer hat Grenzen. Carolines Zustand verbessert sich aber nicht, und offen gesagt ist unsere Ehe seit vielen Jahren nur noch eine Hülle.«

Gerard gefiel das ganz und gar nicht. Er war der Meinung, eine realistische Vorstellung vom Zustand ihrer Ehe gehabt zu haben, nun aber ging ihm auf, dass es schlimmer war, als er vermutet hatte.

»Es tut mir leid, das sagen zu müssen«, fuhr Patrick fort, »aber ich komme nicht mehr gern nach Hause, weil Carolines Stimmung immer furchtbar düster ist. Und was die Zuneigung betrifft – die existiert gar nicht.« Er legte seine Gabel beiseite. »Normalerweise gebe ich so etwas Persönliches nicht preis, aber wir haben seit Jahren getrennte Schlafzimmer.«

Diese Nachricht schockierte Gerard. Er legte in allen Aspekten des Lebens, die Ehe eingeschlossen, Wert auf Traditionen. »Das würde ich dann nicht mehr als Ehe bezeichnen, Patrick.«

»Ich weiß, Sir. Wenn ich nur ihre Hand anfasse, zieht sie sie sofort zurück. Ich hatte gehofft, dass es mit der Zeit besser würde. Und ich hätte mir ein weiteres Kind gewünscht. Um ehrlich zu sein, ich bin kurz davor, die Sache zu beenden.«

Gerard musterte ihn nachdenklich. »Eigentlich hatte ich vor, Peter Schubert zu diesem Einsatz zu schicken, aber … Möchten Sie vielleicht für ein paar Monate weg?«, fragte er.

»Ich dachte, Sie brauchen mich hier …«

»Sie sind ein guter Mitarbeiter, und ich arbeite gern mit Ihnen zusammen, aber ich brauche jemanden in Kalgoorlie, der die Zustände in unserer Mine überprüft. Ich denke, Sie sollten das übernehmen.«

Die Idee faszinierte Patrick. »Es täte mir gut, für eine Weile rauszukommen«, sagte er nachdenklich.

»Die Trennung könnte auch für Caroline gut sein. Vielleicht versetzt ihr das einen heilsamen Schock, und sie sucht endlich einen Fachmann auf. Dafür müssten Sie allerdings mindestens drei Monate in Kalgoorlie bleiben. Die Kosten für Ihr Hotel übernimmt natürlich die Firma.«

»Danke, Sir.«

»Danken Sie mir nicht zu früh. Wir haben nämlich ein Problem in der Mine.«

»Was für ein Problem?«

»Nun, im kommenden Jahr wird im Bergbau auf neue, mechanische Bohrer umgestellt. Ich fürchte allerdings, dass diese Geräte noch mehr Staub aufwirbeln, als es beim Abbau von Hand ohnehin schon passiert, was auch mehr Lungenprobleme für die Bergleute nach sich ziehen würde.«

»Sie haben Lungenprobleme wegen des Staubs?«

»Ja, leider. In den vergangenen zwölf Monaten sind mehr als vierzig Männer verstorben, deren Tod in direktem Zusammenhang mit dem Staubaufkommen in der Mine steht. Das ist vollkommen inakzeptabel. Sie wissen ja, dass ich mit fünfzig Prozent an dieser Mine beteiligt bin. Mein Partner, Bob Sangster, scheint diese Gesundheitsprobleme zu ignorieren. Er besitzt große Anteile an Minen in Afrika, und ich vermute, sie bringen ihm mehr Gewinn ein. Ich möchte, dass Sie herausfinden, ob es in der Golden Nugget Mine eine Möglichkeit gibt, die Belüftung für die Bergleute unter Tage zu verbessern und auch insgesamt für mehr Sicherheit zu sorgen.«

»Ich werde mein Bestes tun, Sir«, sagte Patrick.

»Sie sind ein guter Kerl. Nun müssen wir überlegen, was wir während Ihrer Abwesenheit im Hinblick auf Caroline unternehmen können.«

»Laura, du sollst in das Büro der Oberschwester kommen«, flüsterte Mary besorgt. »Und sie scheint nicht gerade gut gelaunt zu sein.«

Laura zog die Laken eines Bettes glatt, das sie gerade auf Station 8 frisch bezogen hatte. Sie rückte ihre Haube zurecht und prüfte den Sitz ihrer Schürze. »Woher willst du das wissen? Hast du sie jemals lachen oder zumindest lächeln sehen?« Sie eilte zum Bett von Missus Jessop, trug die Blumenvase zum Waschbecken und füllte Wasser nach.

»Nein«, sagte Mary, die ihr folgte. »Aber sie blickt ziemlich finster drein.«

»Dieses Stirnrunzeln ist bei ihr Dauerzustand«, antwortete Laura. »Ist dir das etwa noch nie aufgefallen?«

Laura stellte die Vase wieder neben Missus Jessops Bett.

»Danke, meine Liebe«, sagte die alte Dame lächelnd. »Bitte denken Sie daran, dass ich eine Tasse Tee möchte.«

»Ganz bestimmt«, sagte Laura lächelnd. »Ich bringe Ihnen auch einen Keks.«

Auch Missus Jessop lächelte. »Sie sind eine gute Seele«, sagte sie.

»Die Oberschwester findet das nicht«, flüsterte Mary, während sie Laura von der Station folgte. »Wenn du in ihrer Nähe bist, blickt sie immer ganz besonders finster. Und jetzt geh zu ihr, ehe sie kommt und nach dir sucht. Ich bringe Missus Jessop ihren Tee und den Keks.«

Es war das dritte Mal in drei Wochen, dass die Oberschwester Laura in ihr Büro bat, um sie wegen etwas auszuschimpfen, was Laura allerhöchstens für eine geringfügige Verletzung der Regeln hielt. Ganz im Gegensatz zur Oberschwester. Laura hatte allmählich den Verdacht, dass sie es auf sie abgesehen hatte.

»Schwester Brenan«, sagte die Oberschwester scharf, sobald Laura ihr Büro betrat. Sie saß hinter ihrem Schreibtisch und betrachtete Laura über ihre Brille hinweg. »Es sieht ganz so aus, als hätten Sie es schon wieder getan«, stieß sie verächtlich hervor.

»Ich weiß nicht recht, was Sie meinen, Oberschwester?«

»Sie haben die Vorlesung eines Mediziners unterbrochen. Dabei habe ich Ihnen schon einmal gesagt, dass Sie einem Dozenten nicht widersprechen dürfen.«

»Ich habe nur einen interessanten Punkt hinzugefügt, Oberschwester. Außerdem hat sowieso niemand zugehört.«

Die Oberschwester starrte sie entsetzt an. »Was meinen Sie mit … niemand hat zugehört?«

»Die Schwesternschülerinnen müssen vor einer Vorlesung viele Stunden hart arbeiten, Oberschwester, sodass sie im Hörsaal häufig einschlafen. Vor allem, wenn die Vorlesung eher langweilig ist.« Sie senkte ihre Stimme. »Leider sind das die meisten.«

Die Oberschwester starrte Laura an. »Ich werde die nächste Vorlesung besuchen, Schwester Brenan, und glauben Sie mir, keine von Ihnen wird schlafen, ob langweilig oder nicht. Wie wollen Sie lernen, wenn Sie schlafen?«

»Ich habe nicht geschlafen, Oberschwester«, erinnerte Laura sie.

»Nein, das haben Sie nicht. Mir wurde zugetragen, dass Sie auf unhöfliche Weise unterbrochen haben. Und das werden Sie in Zukunft nicht mehr tun, Schwester Brenan.«

»In Ordnung, Oberschwester«, sagte Laura. »War das alles?«

»Nein, das war nicht alles. Ich habe noch eine weitere Beschwerde erhalten, und zwar von Doktor Mitchell. Es scheint, als hätten Sie medizinische Ratschläge erteilt. *Schon wieder.*«

Laura war nicht klar, worauf die Oberschwester hinauswollte. »Könnten Sie etwas genauer werden, Oberschwester?«

»Das werde ich, seien Sie unbesorgt. Laut Doktor Mitchell waren Sie zugegen, als er Mister Humphries wegen seiner Nierensteine beriet.«

»Oh, ja.« Laura strahlte. »Das war gestern Nachmittag, vor den Vorlesungen.«

Wieder war die Oberschwester erstaunt darüber, dass Laura offenbar nicht die Spur eines Bewusstseins dafür hatte, etwas Falsches zu tun. »Doktor Mitchell berichtet, er habe Mister Humphries geraten, nach seiner Entlassung zwölf Gläser Wasser pro Tag zu trinken, vermengt mit Zitronensaft.«

»Das ist richtig, Oberschwester.« Laura erinnerte sich gut an das Gespräch.

»Daraufhin haben Sie sich eingemischt und Mister Humphries geraten, auch frisches Basilikum ins Wasser zu geben, weil dies schmerzlindernd wirke.«

»Das stimmt, Oberschwester«, sagte Laura.

»Und Sie wissen das, weil Sie Medizin studiert haben«, stieß die Oberschwester mit einem Anflug von Sarkasmus hinzu.

»Ich lese viel, Oberschwester«, brachte Laura zu ihrer Verteidigung vor. »Ich würde eines Tages gerne mit Menschen arbeiten, die von der Gesellschaft benachteiligt sind, vielleicht in einer Kleinstadt auf dem Land. Ich möchte Hebamme werden, und dabei ist es sicher hilfreich, die verschiedensten Heilmittel und -methoden zu kennen, auf die man auf dem Land zurückgreifen kann, weil dort medizinische Hilfsmittel manchmal nicht verfügbar sind.«

»Möge der Himmel den armen Landbewohnern beistehen«, murmelte die Oberschwester. »Auf ihre Anmerkung hin musste Doktor Mitchell Mister Humphries darauf hinweisen, dass die Einnahme von Basilikum über mehr als sechs Wochen ihm niedrigen Blutdruck, niedrigen Blutzucker und erhöhte Blutungsneigung bescheren würde.«

»Das hat er getan, Oberschwester. Ich war erfreut, wieder etwas gelernt zu haben.«

»Sie verstehen offenbar nicht ganz, Schwester Brenan. Es geht nicht nur darum, dass Sie Ärzten im Patientengespräch nicht widersprechen oder sie unterbrechen dürfen, Sie dürfen auch keine medizinischen Ratschläge geben. Nicht auszudenken, was geschehen wäre, wenn Mister Humphries auf Sie und nicht auf den Arzt gehört hätte. Was, wenn sich sein Zustand verschlechtert hätte?«

»Ich verstehe, was Sie meinen, Oberschwester«, sagte Laura.

»Ich bin erfreut, das zu hören, Schwester Brenan. Mister Humphries hätte das Krankenhaus verklagen können, wenn er schwer erkrankt wäre. In Zukunft werden Sie keinen medizinischen Rat mehr erteilen, es sei denn, Sie haben ihn mit einem Arzt abgesprochen. Haben Sie mich verstanden?«

»Ja, Oberschwester.«

»Und jetzt zurück an die Arbeit. Ich werde Sie später noch einmal aufsuchen.«

»Dies ist die Liste der Schwesternschülerinnen, die ihr letztes sechsmonatiges Praktikum in unserem Krankenhaus absolvieren wollen.« Die Oberschwester legte Doktor Mitchell die Liste vor. »Sie müssen bitte hier unterschreiben. Zwei Schülerinnen wollen in ihre Heimatstädte zurückkehren und ihre Ausbildung dort beenden.«

»Bitte sagen Sie mir, dass eine davon Laura Brenan ist«, sagte Doktor Mitchell müde.

»Leider nicht, fürchte ich.«

Dennis Mitchell stöhnte. »Soll das etwa heißen, dass wir sie noch sechs Monate hier ertragen müssen? Das stehe ich nicht durch.«

»Hat es wieder Probleme mit ihr gegeben, Herr Doktor? Ich habe neulich mit ihr gesprochen.«

»Das kann man wohl sagen. Ich hatte gestern in Bezug auf den Ausschlag von Mister Blackwell eine allergische Reaktion auf sein neues Medikament diagnostiziert und beriet mich gerade an seinem Krankenbett mit Doktor Saunders, als Schwester Brenan, die für ihn zuständig ist, sich berufen fühlte, uns ihre Meinung mitzuteilen. Sie übernahm praktisch das Gespräch.«

Die Oberschwester stöhnte.

»Schwester Brenan erklärte uns, Mister Blackwell habe sich um die Katze seines Nachbarn gekümmert und dass sein Ausschlag auf eine allergische Reaktion auf Katzenhaare zurückzuführen sei. Mister Blackwell, der die Katze uns gegenüber nicht erwähnt hatte, stimmte ihr – einer Krankenschwester in der Ausbildung! – sofort zu und behauptete, meine Diagnose sei falsch. Können Sie sich vorstellen, wie erniedrigend das vor Doktor Saunders war, einem Mann, dessen Meinung und Werdegang ich zutiefst schätze und bewundere?«

»Das tut mir wirklich leid, Herr Doktor.« Die Oberschwester war sichtlich verlegen. Da Laura ihr unterstellt war, warf der Vorfall auch ein schlechtes Licht auf sie. »Wir könnten sie woanders hinschicken«, sagte sie nachdenklich. »Sie hat den Wunsch geäußert, in einem ländlichen Gebiet arbeiten zu wollen. Vielleicht fällt Ihnen ja etwas ein …«

Dennis Mitchell dachte nach. »Eine Siedlung von Aborigines am Ende der Welt wäre perfekt«, sagte er. »Aber die armen Kerle würden nicht verstehen, was ihnen widerfährt.« Er ließ sich auf seinen Stuhl fallen und nahm den Kopf in die Hände.

»Wie wäre es mit einer Bergbaustadt?«, schlug die Oberschwester vor. »Boulder, Coolgardie oder Kalgoorlie? Dort herrscht immer Personalmangel, weil niemand lange bleiben will.«

Der Arzt richtete sich auf. »Das ist eine großartige Idee, Oberschwester. Aber in den Bergbaustädten grassiert der Typhus. Können wir sie guten Gewissens dorthin schicken?«

Die Oberschwester dachte eine Weile nach. »Ich könnte sie vor die Wahl stellen. Sie ist engagiert genug, die Herausforderung anzunehmen. Dafür bewundere ich sie übrigens.«

17

»Und, wie findet ihr das, Mädels?«, fragte Vivian, als sie mit ihren Koffern vor dem Palace Hotel in Kalgoorlie anhielten. Sie waren von Perth mit dem Zug gefahren und vom Bahnhof aus zunächst die Wilson Street hinaufgelaufen. Dabei wirbelte ein heißer Nordwind ununterbrochen Wolken aus rotem Staub aus den Minenhalden auf. Die Frauen waren bald schlecht gelaunt und durstig gewesen, ohne einen Blick für ihre Umgebung. Maggie zweifelte ernsthaft, ob sie in einer so heißen, staubigen Stadt ein Geschäft eröffnen wollte.

Auf der Hannan Street, der Hauptstraße von Kalgoorlie, passierten sie das York Hotel mit seinen Türmchen und Türmen im indischen Stil und einem Namen, der britischer nicht hätte sein können. Erstaunt nahmen sie die Breite der Straße zur Kenntnis, die so großzügig gebaut war, dass ein Ochsengespann und ein Pferdewagen problemlos wenden konnten.

Nun, an der Ecke Hannan Street und Maritana Street, war lediglich Vivian bester Laune. Aufgeregt bewunderte sie das Palace Hotel, das gemäß einer Tafel über der Tür 1897 eröffnet worden war – ein großartiges Gebäude aus Quadersteinen im Stile der vorherrschenden Federation-Architektur. Als sie keine Antwort erhielt, wandte sie sich um. Die Frauen betrachteten die Umgebung mit einer Mischung aus Neugierde und Abneigung, und Vivian war durchaus bewusst, dass die vorbeikommenden *anständigen* Frauen von Kalgoorlie sie mit ebendieser Mischung von Gefühlen beäugten.

Gerade schlenderten zwei Frauen unter Sonnenschirmen vorbei, mit denen sie sich vor der frühen Nachmittagssonne schützten. Ihre Kleider fegten über den staubigen Bürgersteig. »Das hat uns gerade noch gefehlt«, murmelte die eine der anderen zu. »Noch mehr Prostituierte!«

»Ich werde Ihren Mann noch in dieser Woche befriedigen«, rief Fannie ihr nach, was ihnen noch mehr unerwünschte Aufmerksamkeit einbrachte.

Hastig öffnete Vivian die Eingangstür und führte die Mädchen in einen zwölf Fuß breiten Flur. Sofort waren sie von der Kühle der hohen Räume umgeben. Erleichtert stellten sie ihr Handgepäck ab. Das Gepäck hatten sie bei der Bahn aufgegeben, die Koffer würden zusammen mit einigen anderen mitgebrachten Gegenständen mit einem Wagen gebracht werden.

»Die feinen, anständigen Bürger von Kalgoorlie sind nicht gerade freundlich«, beschwerte sich Lulu bei Vivian, während sie ihren Koffer abstellte und sich aufmerksam umsah.

»Als wären wir der Dreck unter ihren Schuhen«, fügte Fannie hinzu. »Dabei sind wir rechtmäßige Arbeitnehmerinnen, die eine Dienstleistung erbringen wie jede andere.«

Vivian bemerkte, dass Maggie ihren Kopf gesenkt hielt, und ahnte, dass ihre geröteten Wangen nicht der Hitze geschuldet waren. Maggie störte es immer noch, für eines von Vivians leichten Mädchen gehalten zu werden, auch nach so vielen Jahren und obwohl sie sich immer züchtig kleidete und große Hüte trug.

»Keine Frau in ganz Australien würde uns mit offenen Armen empfangen«, erklärte Vivian scharf. »Wenn du gesellschaftliche Akzeptanz willst, musst du Lehrerin oder Krankenschwester werden. Aber dann verdienst du deutlich weniger Geld als jetzt. Also hör auf, dich zu beschweren. Außerdem solltest du die Bürger von Kalgoorlie besser nicht gegen dich aufbringen. Du weißt nie, wer Einfluss auf die örtliche Polizei oder den Rat hat.«

»Wo sind denn überhaupt die ganzen Männer?«, fragte Bunny. »Ich habe auf dem Weg vom Bahnhof nicht viele gesehen.«

»Um diese Tageszeit sind sie vermutlich in den Minen«, meinte

Vivian. »Heute Abend sieht das sicher anders aus. Die Hannan Street ist die Hauptstraße von Kalgoorlie, ich bin sicher, dass es hier Männer geben wird wie Sand am Meer. Und sobald sich herumgesprochen hat, dass neue Mädchen in der Stadt sind, werden sie an der Tür Schlange stehen. Wir werden aber frühestens in einer Woche öffnen. Vorher ist noch viel zu erledigen.« Sie klatschte in die Hände. »Also, Mädels, was sagt ihr zu unserem neuen Zuhause? Als dieses Haus gebaut wurde, war es das luxuriöseste Hotel in Western Australia – abgesehen von den Häusern in Perth«, erklärte Vivian stolz.

»In dieser Stadt würde man selbst ein baufälliges Gebäude als luxuriös bezeichnen, Vivian.« Pearl dachte an die Zeltstadt am Stadtrand und die Häuser aus Wellblech, die sie gesehen hatten. »Obwohl ich zugeben muss, dass dieses Gebäude hier ziemlich beeindruckend ist. Aber brauchen wir wirklich so viel Platz?«

»Den brauchen wir, wenn wir expandieren wollen, und das ist der Plan«, sagte Vivian entschlossen.

»Es ist wunderbar, endlich aus dem heißen Wind herauszukommen. Hier drin ist es hübsch und kühl«, fügte Bunny hinzu.

Vivian führte die Frauen in eine große Lounge, wo sie die Schutztücher von den kostbaren Ledersofas zog. »Die modernen Möbel und Einrichtungsgegenstände stammen aus Melbourne«, berichtete sie. »Außerdem war es das erste Hotel mit elektrischer Beleuchtung in Kalgoorlie.« Sie betätigte einen Schalter, woraufhin Deckenbeleuchtung und Stehlampen angingen.

Die Frauen waren beeindruckt. Lulu und Bunny strichen mit den Händen über die Ledersofas, ehe sie sich daraufsetzten und ihre Blicke bewundernd durch den Raum wandern ließen.

»Es gibt warmes und kaltes Wasser, und im Obergeschoss befinden sich mehrere Bäder«, informierte Vivian sie.

Lulu quietschte vor Freude auf. »Du meinst, wir müssen uns nicht mehr nur eines teilen? Wunderbar!«

»Schon allein dafür hat es sich gelohnt, herzukommen«, freute sich Fannie.

»Dieses Haus muss ein Vermögen gekostet haben«, merkte Nell in der ihr eigenen praktischen Art an.

Vivian hatte ihnen bisher nicht erzählt, wie es zum Erwerb des Hotels gekommen war. Sie hatte sogar sehr geheimnisvoll getan.

»Hier hat es 1904 gebrannt, daraufhin musste der Besitzer, Henry James, renovieren. Dabei hat er sich so übernommen, dass er anschließend gezwungen war, das Gebäude zu verkaufen.«

»Aber er war doch bestimmt versichert«, meinte Nell.

»Oh, ja, das war er. Aber leider war der liebe Henry ein wenig ungezogen.«

»Aha, dann hatte er also eine Geliebte«, vermutete Nell.

»Natürlich«, fügte Pearl hinzu. Die Frauen wussten nur allzu gut, dass viele verheiratete Männer, vor allem wohlhabende, Mätressen hatten.

»Henrys Glück wendete sich, als seine italienische Frau Carmelita Kenntnis von der Geliebten erlangte. In dem Glauben, dass diese sich, nachdem sie mit Henry geschlafen hatte, irgendwo im Hotel versteckt hielt, legte sie eines Nachts aufgebracht Feuer in der Küche. Die Versicherungsgesellschaft weigerte sich zu zahlen: Sie ging davon aus, dass Henrys Frau das Hotel angezündet hatte, um das Geld von der Versicherung zu kassieren und damit die Schulden zu bezahlen. Ohne das Geld von der Versicherung war Henry schließlich arm wie eine Kirchenmaus und musste das Hotel veräußern. Als Carmelita von dem geplanten Verkauf erfuhr, verlangte sie einen riesigen Anteil am Erlös. Henry konsultierte einen Anwalt, der ihm beschied, dass er sie vermutlich würde auszahlen müssen. Henry war natürlich fuchsteufelswild und beschloss, dass die hinterhältige Carmelita so wenig wie möglich bekommen sollte. Er brachte das Hotel zu einem Schnäppchenpreis auf den Markt, obwohl ihn der Bau und die Einrichtung des Hotels ursprünglich fünfundzwanzigtausend Pfund gekostet hatten.«

Die Mädchen starrten sie ungläubig an.

»Man kann vermutlich mit Fug und Recht behaupten, dass ich es für einen echten Schnäppchenpreis bekommen habe: fünftausend Pfund.« Vivian lachte verschmitzt.

»Sehr gut.« Nell war zutiefst beeindruckt. Nach ihrer eigenen schlechten Erfahrung gefiel ihr der Gedanke, dass eine Frau als Gewinnerin über einen Mann bei einer Transaktion hervorgegangen war.

»Wie hast du von Henrys Geschichte erfahren?«, fragte Maggie.

»Die Sekretärin beim Immobilienmakler in Perth tratscht gern.«

»Sind das nicht vertrauliche Informationen?«, wollte Bunny wissen.

»Ich verfüge offenbar über die Art von Gesicht, die Klatsch und Tratsch geradezu anzieht«, vermutete Vivian lächelnd.

»Wer soll denn dieses Riesending putzen?« Wieder war es Nell, die die praktischen Aspekte bedachte. »Wenn es oben schon vierzig Schlafzimmer gibt, müssen es ja insgesamt fast fünfzig Räume sein.« Auf dem Weg durch den Flur hatten sie einen Blick in einige Zimmer werfen können. Dort gab es unter anderem ein Raucherzimmer und ein Direktionsbüro, von dem es zu den dahinterliegenden Privatquartieren ging. Vom Salon aus war ein riesiger Speisesaal zu sehen, in dem sicher hundert Personen Platz fanden.

Die Blicke der Mädchen wanderten voller Mitgefühl zu Maggie.

»Ich werde Küchen- und Reinigungspersonal einstellen«, antwortete Vivian eilig. »Maggie eröffnet ihren eigenen Laden.«

»Vielleicht«, gab Maggie verunsichert zu bedenken.

»Ganz bestimmt«, entgegnete Vivian zuversichtlich. »Und jetzt erkundet mal das Obergeschoss, Mädels. Ich warte hier unten auf die Ankunft unserer Koffer.«

Eine halbe Stunde später kamen die Frauen aufgeregt durcheinanderplappernd die Treppe hinunter. Dort schleppten gerade kräftige Männer zwei riesige Kisten in den Flur. In einer halben Stunde würden sie mit einer weiteren Lieferung zurückkommen, beschieden sie Vivian, nachdem sie die Kisten abgestellt hatten. Sie bedankte sich, bevor sie aufgeregt eine der Kisten öffnete und nach und nach Sachen herausnahm.

Die Frauen berichteten, dass die Zimmer im Obergeschoss groß und luftig waren und einen breiten Balkon besaßen. In jedem Zimmer standen ein großes Bett und eine Kommode, und es gab mehrere geräumige Bäder.

Vivian hielt nacheinander Seidennachthemden, Stoffe mit Dschungelmuster, Bettüberwürfe aus Kunstfell und Gemälde von Elefanten, Löwen und Affen hoch. »Ich schaue mich nachher oben um.«

»Wo willst du die denn hinhängen?«, fragte Fannie verblüfft.

»Ins Dschungelzimmer«, erklärte Vivian begeistert.

»Ich habe oben kein Dschungelzimmer gesehen«, sagte Lulu. »Ist es hier unten?«

»Wir werden eines der Schlafzimmer in einen Dschungel verwandeln«, sagte Vivian. »Ich habe ein paar große Topfpflanzen gekauft, die für das nötige Grün sorgen. Sie werden demnächst geliefert werden.«

Die Mädchen blickten einander unschlüssig an, während Vivian Gardinen in zartem Rosa und Mauve aus der Kiste zog.

»Die Farben sind schön, aber sie passen nicht zu einem Dschungelzimmer.« Pearl strich über den Stoff.

»Aber zu einem Zimmer mit dem Thema ›Arabische Nacht‹.« Vivian reichte ihr den Stoff, während sie die Kiste durchsuchte. »Ah, da ist es ja.« Sie zog einen roten, perlenbesetzten Büstenhalter und einen silbernen Münzgürtel hervor. Als Nächstes kam ein mehrlagiger Rock mit Ausschnitt zum Vorschein. Die Mädchen waren begeistert.

»Beherrscht eine von euch den Bauchtanz?«, fragte Vivian lachend.

»Ich könnte es mal versuchen.« Lulu schwenkte lachend ihre Hüften.

Vivian nahm ein Samtetui zur Hand, das sie vorsichtig öffnete.

Darin lag ein Kopfputz aus Metall, der mit Münzen und Juwelen verziert war.

»Wie schön«, sagte Pearl voller Bewunderung. »Woher hast du das?«

»Maggie und ich haben in Perth in jedem Laden gestöbert. Es ist kaum zu glauben, aber einige dieser Teile haben wir in einem Kostümgeschäft gefunden, sogar die meisten.« Dann enthüllte sie einige große Gemälde, welche die Männer hereingebracht hatten. Eines zeigte Pyramiden und Kamelreiter in der Wüste. »Das kommt ins ägyptische Zimmer«, erklärte Vivian. »Das Bett wird mit Vorhängen verhängt, und ich habe hier drin irgendwo ein paar Kissen mit ägyptischen Dingen und Abbildungen von Pharaonen. Und eine Stehleuchte in Form von Tutanchamun habe ich auch besorgt, sie liegt in zwei Teile zerlegt in der anderen Kiste. Sie ist einfach wunderbar.« Auch eine Wandskulptur in Form einer Kobra-Göttin bewunderten die Frauen begeistert.

»Das alles ist wirklich wunderschön, Vivian«, sagte Nell ehrfürchtig. »Du hast dir richtig viele Gedanken um diese Themenzimmer gemacht.«

Vivian blickte Pearl an. »Ich habe auch ein paar Sachen für ein indisches Zimmer gekauft, in das du vermutlich perfekt passt. Außerdem wird es einen japanischen Raum geben, mit Seidendrucken und einem Geisha-Kostüm, für das ich eine Japanerin einstellen möchte. Für das französische Zimmer habe ich einige Eiffelturm-Klebebilder für die Wände und eine Lampe in Form des Eiffelturms gekauft. Zur Besetzung muss ich ein Mädchen finden, das Französisch spricht.«

»*Parlez-vous français?*«, sprudelte Fannie lebhaft hervor.

Vivian blickte sie erstaunt an. »Ich wusste nicht, dass du Französisch kannst«, sagte sie.

»Darf ich das französische Dienstmädchen spielen?«, fragte Fannie begeistert.

Vivian blickte sie skeptisch an. »Was kannst du sonst noch auf Französisch sagen?«

»*Oui, oui, Monsieur. Non, Monsieur.*« Fannie drohte spielerisch mit dem Finger.

»Ist das alles?«

»*Oui.* Aber mehr brauche ich nicht«, meinte Fannie. »Wenn mein Kunde mich in einer französischen Dienstmädchenuniform sieht, ist jedes Gespräch überflüssig.«

Vivian lachte. »Das stimmt wohl. Lass uns mal ausprobieren, wie du als Französin aussiehst«, sagte sie, und Fannie klatschte entzückt in die Hände.

»Das Palace wird das beliebteste Freudenhaus der Stadt werden, Vivian«, erklärte Nell.

»Und das teuerste«, fügte Vivian hinzu. Ihre Augen funkelten aufgeregt.

Die anderen hatten Vivian noch nie zuvor so voller Energie erlebt. Das war ansteckend, und so begannen sie, in den Kisten zu wühlen, um zu sehen, was sonst noch darin war.

Die folgenden Tage vergingen wie im Flug. Alle hatten viel Spaß beim Gestalten der Räume. Vivian stellte drei chinesische Frauen als Reinigungskräfte ein. Ming, Lei und Tai waren ihr sehr dankbar, dass sie ihnen Zimmer zur Verfügung stellte, hatten sie doch zuvor in einer schrecklichen Pension zu einem geradezu horrenden Mietpreis gewohnt. Sie sprachen kaum Englisch, aber sie waren sehr interessiert und ausgesprochen gut erzogen. Vivian fühlte sich sofort als Beschützerin der verletzlichen jungen Frauen in dieser Wildweststadt, doch der schwierigste Teil des Vorstellungsgesprächs bestand darin, herauszufinden, ob sie alt genug waren, in einem Bordell zu arbeiten, in dem Alkohol serviert wurde. Vivian machte sich auf die Suche nach einem Chinesen mit Englischkenntnissen, der dolmetschen konnte. Schließlich bestätigte ihr ein chinesischer Bergmann nach einem Blick auf die Pässe der drei, dass zwei der Bewerberinnen bereits einundzwanzig Jahre alt waren, die dritte aber erst in etwas mehr als zwei Monaten ihren einundzwanzigsten Geburtstag feiern würde.

»Dann muss ich sie eben so lange verstecken, falls ein Polizist herkommt und die Örtlichkeiten inspiziert«, sagte Vivian später zu Maggie. »Das sollte in einem so großen Haus nicht allzu schwer sein.«

Schließlich machten sich die Chinesinnen an die Arbeit. Sie bewunderten die Themenzimmer, aber Vivian war noch immer nicht sicher, ob sie verstanden hatten, dass die Betten nicht für Übernachtungsgäste gedacht waren. Sie versuchte ihnen zu vermitteln, dass sie außer Sichtweite bleiben müssten, wenn Kunden nach oben kamen, aber die drei nickten grundsätzlich zustimmend bei allem, was sie sagte, ohne irgendeinen Hinweis darauf, dass sie wirklich verstanden hatten. Vivian konnte nur hoffen, dass sie es selbst herausfanden. Sie hatte ihnen Zimmer am Ende des Flurs im Obergeschoss zugeteilt, so weit wie möglich von den Räumen entfernt, die sie für ihre Mädchen vorgesehen hatte. Vor allem abends, so legte sie ihnen nahe, sollten sie ausschließlich die Hintertreppe benutzen, aber sie hätten ohnehin um zehn Uhr im Bett zu sein. Wieder stimmten die drei bereitwillig zu und versuchten ihr mit lebhaften Gesten zu vermitteln, dass der Besitzer der Pension, in der sie bisher gewohnt hatten, sie schon nach sechs Uhr nicht mehr hinausgelassen hatte. Zumindest verstand Vivian es so.

Vor der Eröffnung musste Vivian eine Alkohollizenz beantragen, da sie die Bar nutzen und die Kunden für Getränke bezahlen lassen wollte, davon versprach sie sich einen guten Gewinn. Zwei Tage nach der Beantragung kam Besuch. Man hatte ihr zwar mitgeteilt, dass die Räumlichkeiten vor der Lizenzerteilung inspiziert werden würden, dies sei das übliche Vorgehen, aber sie erschrak dann doch, als ein Wachtmeister vor ihrer Tür stand, der sich als Constable McKenzie vorstellte. Nach vielen Jahren Bordellerfahrung stand sie der Polizei grundsätzlich misstrauisch gegenüber. Sie führte den Beamten in den Lounge-Bereich, wo er erklärte, er wolle das Personal sehen.

»Warum wollen Sie meine Mädchen kennenlernen?«, fragte

Vivian so herzlich wie möglich. Eigentlich wollte sie die Mädchen schützen. »Ich kann Ihnen alles sagen, was Sie wissen müssen. Dies hier ist nämlich mein Reich.«

»Wir akzeptieren Bordelle in Kalgoorlie, weil sie bei so vielen alleinstehenden Männern in der Stadt ein notwendiges Übel sind, aber es gibt einige Regeln, die Ihre Mädchen einhalten müssen, Miss Sutherland«, teilte Constable McKenzie ihr mit.

»Was sind das für Regeln?«

»Ich erkläre sie, sobald alle da sind«, insistierte er.

Vivian spürte, dass er nicht nachgeben würde, und wollte es sich nicht mit ihm verderben. »Ich werde die Damen holen«, erklärte sie nicht allzu erfreut. »Bitte machen Sie es sich bequem.«

Seit Ming, Lei und Tai ihren Dienst angetreten hatten, war alles blitzblank, allerdings wusste Vivian nicht, wo sich die drei Chinesinnen in diesem Moment aufhielten. Das Haus war groß, und sie hatte keine Zeit, nach ihnen zu suchen. Besonders besorgt war sie, dass der Constable Tai zu Gesicht bekommen könnte, die ja noch minderjährig war. Maggie war zum Glück auf der Suche nach einem potenziellen Ladenlokal, was ihr die Peinlichkeit ersparte, für eine Prostituierte gehalten zu werden.

Vivian brachte die Frauen in die Lounge. »So, das sind meine Mädchen«, sagte sie. Nell, Pearl und Fannie blickten den jungen Polizisten misstrauisch an, während Lulu und Bunny ihm ein kokettes Lächeln schenkten, dafür aber nur einen kalten Blick erhielten.

Constable McKenzie betrachtete sie aufmerksam und prägte sich ihre Gesichter ein. »Ich dachte, Sie hätten mehr Angestellte«, sagte er schließlich.

»Ich habe vor, nach der Eröffnung noch mehr Mädchen einzustellen«, informierte Vivian ihn.

Der Constable wandte sich an die Frauen. »Hier in Kalgoorlie gibt es gewisse Regeln für Prostituierte«, erklärte er streng. »Regeln, die Sie befolgen müssen. Tun Sie das nicht, werden Sie verhaftet.«

Die Frauen blickten zu Vivian, schwiegen aber, wie sie ihnen befohlen hatte.

Constable McKenzie musterte Vivian. »Ihre Aufgabe ist es, dafür zu sorgen, dass sie die Regeln befolgen«, sagte er.

»Erklären Sie die Regeln«, antwortete Vivian kühl.

Der Constable wandte sich erneut an die Frauen. »Sie dürfen nicht an der Tür dieses oder eines anderen Etablissements herumstehen in dem Versuch, Kunden anzulocken. Außerdem keine Lockrufe von Fenstern, Türen oder vom Balkon aus. Auch das Radschlagen auf dem Bürgersteig ohne Höschen ist verboten.«

Die Mädchen starrten ihn verblüfft an, ehe sie laut loslachten. Der Constable wirkte beleidigt.

»Das ist doch sicher nicht Ihr Ernst.« Nell versuchte sich vorzustellen, wie eine von ihnen Rad schlug – zudem noch ohne Unterwäsche.

»Alles schon passiert«, verteidigte sich der Constable. »Das und Schlimmeres.«

»Dürfen wir denn Radschlagen, wenn wir Schlüpfer tragen?« Fannie gelang es nicht, die Frage zurückzuhalten.

»Nein«, knurrte der Constable. »Das hier ist eine ernste Angelegenheit. Sie dürfen auch nicht zu den Pferderennen gehen und zudem kein Hotel aufsuchen.«

»Was? Auch nicht an unseren freien Tagen?«, fragte Fannie ungläubig.

»Ganz recht. Außerdem dürfen Sie nicht auf der Straße herumflanieren. Und weder ins Kino noch ins Schwimmbad gehen. Sollten Sie an einem dieser Orte gesehen werden, müssen wir davon ausgehen, dass Sie um Kunden werben.«

»Da können wir doch ebenso gut im Gefängnis sitzen«, beschwerte sich Lulu.

»Wenn Sie sich nicht an diese Regeln halten, finden Sie sich schnell in einer meiner Zellen wieder«, sagte der Constable.

»Diese Regeln sind lächerlich und nicht einzuhalten«, ereiferte sich Vivian. »Was ist, wenn eines der Mädchen einen Arzt aufsuchen muss?« In Perth hatte sie immer einen Arzt ins Haus kommen lassen, aber das konnte der Polizist ja nicht wissen.

»Die Damen dürfen in Ihrer Begleitung zum Arzt oder einkaufen gehen, wenn Sie die öffentliche Sicherheit gewährleisten«, sagte der Constable. Er wusste, dass die Betreiberin eines Bordells üblicherweise keine sexuellen Kontakte mit der Kundschaft pflegte. Ihre Aufgabe war es, die Freier zu überprüfen, das Geld entgegenzunehmen und ihre Mädchen im Zaum zu halten. »Ist das so weit klar?«, fragte er.

Die Mädchen nickten verdrossen.

»Ich vertraue darauf, dass Ihre Mädchen nicht mit Gonorrhö infiziert sind«, sagte der Constable zu Vivian.

»Ganz gewiss nicht«, fauchte Vivian empört.

»Gut, dann sorgen Sie dafür, dass sie frei von Krankheiten bleiben. Sauber ist es hier ja, daher dürfte es in Ordnung sein, dass Sie hier Alkohol servieren. Aber verwässern Sie ihn nicht, um mehr Profit zu machen. Und lassen Sie niemanden unter einundzwanzig Jahren ins Haus, sonst wird Ihnen die Lizenz entzogen.«

Vivian folgte ihm hinaus in den Flur, wo er sich umsah.

»Ich habe niemanden unter einundzwanzig in meinem Haus«, versicherte sie ihm und betete, dass Tai nicht auftauchte, die höchstens wie sechzehn aussah.

»Schade, dass das hier kein Hotel mehr ist«, sagte der Constable.

»Sie dürfen uns jederzeit gern besuchen«, sagte Vivian. Sie gab sich herzlich, obwohl sie ihn in Wirklichkeit nicht leiden konnte. Als er sie böse anstarrte, fügte sie hinzu: »Ich meinte natürlich auf einen Drink.«

Kommentarlos trat der Constable zur Haustür, doch in dem Moment, in dem er sie öffnen wollte, rief Maggie etwas vom hinteren Teil des Hotels, wo sie das Gebäude durch die Hintertür betreten hatte.

Der Constable wandte sich um. Maggie betrat die Halle, blieb aber beim Anblick der Uniform sofort stehen. Das Lächeln wich von ihren Lippen.

Der Constable starrte Vivian an. »Ich dachte, ich hätte alle Ihre Mitarbeiterinnen getroffen«, sagte er anklagend, aber ehe sie antworten konnte, richtete er bereits eine Frage an Maggie.

»Wo waren Sie, Miss?«

Maggie blickte Vivian verwirrt an. »Ich habe mich nach Ladenlokalen umgesehen«, murmelte sie und fragte sich, warum er sich dafür interessierte. »Was geht Sie das an?«

»Nun, sehen Sie, Miss …«

»Sie ist nicht …«, wollte Vivian erklären, aber er unterbrach sie.

»Wenn ich Sie in Zukunft alleine herumlaufen sehe, verhafte ich Sie wegen Kontaktanbahnung.« Der Polizist zeigte mit dem Finger auf Maggie.

Maggie errötete bis zu den Haarwurzeln. »Wie bitte?« Sie blickte fragend zu Vivian.

»Miss Cassidy ist … *war* … meine Haushälterin«, eilte Vivian zu erklären.

Der Constable wirkte nicht überzeugt.

»Ich kann Ihnen versichern, dass ich keine …« Maggie verschluckte den Rest ihres Satzes, als sie sah, dass die anderen Frauen im Flur hinter ihr aufgetaucht waren. »Ich war die Haushälterin, aber ich eröffne demnächst ein eigenes Geschäft«, fuhr sie trotzig fort. »Eine Bäckerei.« Eigentlich hatte sie sich noch nicht endgültig entschlossen, aber die Drohung des Constables, sie wegen Kontaktanbahnung zu verhaften, gab den entscheidenden Anstoß. Es war an der Zeit, weiterzugehen.

»Was machen Sie dann hier?«, fragte der Constable.

»Was geht Sie das an?«, fragte Maggie trotzig.

Die Augen des Constables blitzten auf, und Vivian entschied sich, einzugreifen. »Wir sind Freundinnen«, sagte sie. »Es verstößt doch nicht gegen eine Regel, wenn eine Freundin zu Besuch kommt, oder?«

Constable McKenzie wandte sich an Maggie. »Ich wäre etwas wählerischer mit meinen Freunden, Miss«, sagte er, bevor er sich umdrehte und das Palace ohne ein Wort der Entschuldigung verließ.

Vivian schloss die Tür sorgfältig hinter ihm und wandte sich dann an Maggie. »Es tut mir leid, Maggie. Er ist einfach ein übereifriger fieser Kerl, was kann man da schon erwarten?«

»Du brauchst dich nicht zu entschuldigen, Vivian. Er war furchtbar unhöflich«, sagte Maggie.

»Mir gefällt die Vorstellung nicht, dass wir nicht ausgehen und nicht tun und lassen dürfen, was wir wollen«, beschwerte sich Fannie.

»Mir auch nicht«, stimmte Lulu zu. »Wir werden hier drin wie Gefangene sein.«

Vivian führte die Frauen in die Lounge. »Mir ist durchaus klar, dass diese Regeln schwer zu ertragen sind«, sagte sie.

»Welche Regeln?«, wollte Maggie wissen.

Nell fasste sie kurz für sie zusammen. »Du hast nichts von diesen Regeln gewusst, also trifft dich keine Schuld, Vivian, aber vielleicht war es ein Fehler, nach Kalgoorlie zu kommen«, schloss sie.

»Oh, glaub mir, es war kein Fehler, und es wird sich lohnen«, widersprach Vivian zuversichtlich. »Eigentlich wollte ich das Doppelte des Preises aus Perth verlangen, aber ihr werdet dreimal so viel verdienen.«

»Was nützt uns das, wenn wir es nicht ausgeben können«, schmollte Lulu.

»Du gibst es einfach in Perth aus.«

»Wie bitte? Irgendwann in ein paar Jahren?«, fragte Fannie.

»Nein, viel früher«, sagte Vivian. »Mein Vorschlag wäre, dass jede von euch einige Wochen lang arbeitet und dann mit dem Zug nach Perth fährt und eine oder zwei Wochen Urlaub macht, bevor sie wieder zur Arbeit kommt. Was haltet ihr von dieser Idee?«

»Klingt gut«, sagte Pearl.

»Wir müssen uns natürlich abstimmen«, sagte Vivian. »Ihr könnt natürlich nicht alle gleichzeitig fahren, wir müssen ja auch noch Geld verdienen. Die Bergleute machen es angeblich genauso.

Sie nehmen Urlaub, fahren nach Hause zu ihren Familien und kehren anschließend in die Minen zurück.«

»Es wäre wirklich schön, ab und zu mal rauszukommen.« Nells Miene hatte sich aufgehellt. Alle Mädchen wirkten zufrieden mit diesem Arrangement.

Plötzlich fiel Vivian ein, dass Maggie bei ihrer Ankunft etwas gerufen hatte, sie hatte sehr aufgeregt geklungen. »Hast du Neuigkeiten für uns, Maggie?«, fragte sie.

»Ja.« Maggie klang jetzt aufgeregt … »Ich habe ein geeignetes Lokal gefunden. Darin war früher schon mal eine Bäckerei, es gibt dort sogar noch ein paar Dinge, die ich nutzen kann.«

»Wunderbar!« Vivian freute sich für sie.

»Das Beste daran ist, dass ein Cottage dazugehört. In beides muss noch einiges an Arbeit gesteckt werden, aber ich kann es sofort kaufen, und das Renovieren macht sicher Spaß.«

Vivian freute sich für Maggie, verspürte aber zugleich Traurigkeit, dass sie das Palace verlassen würde. »Dann ziehst du also aus«, stellte sie fest.

»Ja. Es ist einfacher, direkt neben dem Laden zu wohnen, schließlich muss ich morgens sehr früh mit dem Backen anfangen. Als Bäckergehilfin begann ich morgens um vier mit der Arbeit.«

»Ja, das klingt sinnvoll«, sagte Vivian. »Ist es weit von hier entfernt?«

»Das Geschäft und das Cottage liegen in der Hay Street, die verläuft parallel zur Hannan Street, also nicht sehr weit entfernt. Ihr werdet es nicht glauben, aber auf der anderen Straßenseite ist ein Bordell, das Pink House. Ein in Knallrosa gestrichenes Gebäude.«

»Oh, dann kannst du die Konkurrenz ausspionieren.« Vivian lachte.

»Wenn du Männer siehst, die hineinwollen, schickst du sie einfach zu uns«, schlug Fannie vor.

»Wird erledigt«, versprach Maggie. Sie blickte von einer zu anderen, und mit einem Mal überkam sie eine Welle der Traurigkeit.

Sie waren sich im Laufe der Jahre so nahgekommen, dass sie alle sehr vermissen würde.

Den anderen ging es ähnlich. Sie drängten sich um sie und umarmten sie.

»Wir werden dich auch vermissen«, sagte Vivian berührt.

»Ich würde ja sagen, dass wir Stammkunden in deiner Bäckerei werden, aber dann werden wir verhaftet«, erklärte Fannie. »Und es wäre bestimmt nicht gut fürs Geschäft, wenn deine Kunden vom örtlichen Bullen ins Gefängnis gezerrt würden.«

»Dann werde ich Maggie besuchen und Brot und Kuchen kaufen«, meinte Vivian. »Schließlich wollen wir nicht auf ihre wunderbaren Backwaren verzichten.«

»Und wer kocht für uns?«, fragte Nell.

»Ich stelle jemanden ein«, versprach Vivian.

»Ich werde euch alle sehr vermissen«, sagte Maggie. »Aber ich verspreche, euch so oft wie möglich zu besuchen.«

18

»Hier ist es, Vivian.« Ein Hauch Besorgnis mischte sich in Maggies Stolz, als sie vor einem Geschäft in der Hay Street stehen blieb. Man hätte das Gebäude als malerisch bezeichnen können, wenn es nicht so verwahrlost ausgesehen hätte.

Vivian betrachtete das triste Ladenlokal und bemühte sich nach Kräften, ihre wahren Gefühle zu verbergen. Das fiel ihr wahrlich nicht leicht. Die Veranda hing über dem Eingangsbereich durch, und die Farbe an der Tür und am Fensterrahmen war abgesplittert. Es war unmöglich, einen Blick durch das schmutzige Fenster zu werfen, aber Vivian nahm an, dass es im Inneren nicht viel besser aussah als außen. Trotzdem wollte sie, Maggie zuliebe, keinesfalls mutlos erscheinen. Sie zwang sich zu einem Lächeln. »Lass uns mal reingehen«, schlug sie vor.

Maggie war vor dem Kauf mit dem Makler im Gebäude gewesen und wusste, was sie erwartete. »Es muss noch so einiges getan werden, aber ich werde das alles mit der Zeit in Ordnung bringen«, erklärte sie begeistert. Als sie die Haustür öffnete, protestierte diese mit lautem Knarren. Über der gesamten Einrichtung lag eine dicke Staubschicht, die alles mit dem gleichen hässlichen Rotton versehen hatte, der den Bewohnern von Kalgoorlie nur allzu vertraut war. Staub lag auf dem Boden, der Ladentheke, den Wänden und weiter hinten im Bereich der Backstube auch auf Öfen und Bänken.

Maggie stellte sich zum wiederholten Male vor, in diesem Laden voller Kunden zu bedienen, und hatte Schmetterlinge im Bauch, Vivian aber sah in erster Linie nur den Staub und die Verwahrlosung.

Auf dem Weg in die Backstube knirschte es unter Maggies und Vivians Füßen, und sie hinterließen Fußspuren im Staub. Der Raum war recht geräumig, mit einem großen Arbeitstisch in der Mitte. Entlang der Wand unter einem Fenster befanden sich eine Spüle und eine lange Arbeitsfläche mit offenen Regalen darunter und darüber. In den Regalen standen große Schüsseln, Siebe, Gestelle, Tabletts und andere Backutensilien gestapelt.

»Die Öfen haben eine schöne Größe.« Maggie öffnete eines der Geräte. »Aber sie müssen erst einmal gründlich gereinigt werden.«

»Funktionieren sie?«, fragte Vivian.

»Ich weiß es nicht. Der Makler sagte, dass es einen Stromanschluss gibt, den werde ich natürlich nutzen. Das wird mir die Arbeit sehr erleichtern.«

»Das wird es sicher.« Vivian dachte an den Aufwand, der nötig war, um Laden und Backstube so zu säubern, dass man darin arbeiten konnte.

»Jetzt zeige ich dir noch das Cottage.« Maggie ging zur Hintertür. Sie musste kräftig mit der Schulter nachhelfen, um sie zu öffnen, aber sie lächelte optimistisch. Sie gingen über einen ausgetretenen Pfad, auf dem Unkraut sprießte.

Vivian ließ ihren Blick über den großzügig dimensionierten Garten schweifen. Sie sah eine Wäscheleine, ein paar winterharte Sträucher am Zaun, ein Plumpsklo und etwas, das wie ein Stall aussah.

»Ich möchte auch Gemüse und Kräuter anpflanzen«, fuhr Maggie fort.

Vivian starrte auf den Boden, der hart wie Stein war und vermutlich keinerlei Nährstoffe besaß, und schwieg.

Maggie öffnete die Hintertür des Cottage, und die beiden Frauen betraten eine kleine Küche. Auch hier war alles mit Staub bedeckt, und es roch muffig.

»Hier muss natürlich zunächst einmal gelüftet und ordentlich sauber gemacht werden«, sagte Maggie entschuldigend, »aber ich sehe durchaus Potenzial.«

Vivian nickte und blickte in das Wohnzimmer, in dem sich ein Kamin befand. »Wie viele Schlafzimmer gibt es?«, stieß sie hervor.

»Der Immobilienmakler sagt, es wären drei.« Maggie hatte das Cottage selbst noch nicht gründlich inspiziert. »Aber ich brauche nur eines.« Sie blickte zur Decke. »Wände und Decken müssen gestrichen werden, aber ich kann mir das hier als hübsches kleines Zuhause vorstellen, wenn alles fertig ist.«

»Du hast eine gute Vorstellungskraft.« Vivian blickte Maggie an, die verletzt wirkte. »Es tut mir leid. Es sieht einfach so aus, als müsstest du eine Menge Arbeit hier hineinstecken. Aber ich bin sicher, dass du das hier zu einem netten Ort machen wirst.«

»Ich weiß, dass es im Moment noch nicht gerade viel hermacht, aber es gehört mir«, sagte Maggie. »Es wird mein erstes eigenes Zuhause werden! Du hast keine Ahnung, wie viel mir das bedeutet.«

Vivians Züge wurden weicher. »Doch, Maggie, das weiß ich«, sagte sie. »Es war schon seit langer Zeit dein Traum.«

»Du warst so gut zu mir, Vivian. Du hast mich vor fünfzehn Jahren aufgenommen, als ich vollkommen am Boden war. Aber … meinen eigenen Laden zu führen, mich selbst versorgen zu können, ein Cottage zu besitzen … Findest du das lächerlich? War es verrückt, diesen Laden zu kaufen?«

»Nein, Maggie.« Vivian legte einen Arm um Maggies Schultern. »Das war mutig«, sagte sie lächelnd. »Ich habe dich schon immer für deinen Mut bewundert. Und du hast das hier verdient.« Sie blickte sich um. »Weißt du was?«, sagte sie mit einem Mal enthusiastisch. »Als Erstes machen wir diesen Laden hier einmal von Grund auf sauber.«

»Wir?« Maggie war überrascht. Sie hatte Vivian noch nie mit einem Staubwedel, geschweige denn einem Besen gesehen.

»Wenn ich sage *wir*, dann meine ich meine Putzfrauen«, stellte Vivian lachend richtig. »Ein Tag, vielleicht zwei, und dann ist hier alles wieder blitzblank.«

»Tai, Lei und Ming haben im Palace genug zu tun«, protestierte Maggie.

»Ich würde die Mädchen ja bitten, dir ebenfalls zu helfen, aber jetzt, wo sie wieder arbeiten, kann ich ihnen nicht zumuten, früh aufzustehen, um zu putzen«, sagte Vivian. Das Palace hatte vor zehn Tagen eröffnet, und jeden Abend bildete sich vor der Tür eine Schlange von Männern, die eine exotische Erfahrung in einem der Themenzimmer machen wollten. Vivian und die Mädchen konnten von Glück reden, wenn sie um vier Uhr morgens ins Bett kamen. »Ming, Lei und Tai huschen wie Miniaturwirbelstürme durch das Haus, und sie kommen dabei kaum jemals ins Schwitzen. Ich schicke sie so bald wie möglich zu dir. Und wenn alles geputzt ist, bekommst du ein paar Möbel, wir haben im Palace jede Menge entbehrliches Zeug. Dann hast du es hier zumindest sauber und bequem, bis du Zeit zum Anstreichen findest.«

Maggie starrte sie an. »Das kann ich nicht annehmen, Vivian.«

»Unsinn, wir werden nie sämtliche vierzig Zimmer im Obergeschoss benutzen, und auf ein paar Möbelstücke mehr oder weniger kommt es wirklich nicht an.«

Maggie fiel Vivian um den Hals. »Danke!«

Die chinesischen Frauen rückten bereits am nächsten Mittag mit Eimern, Mopps, Besen und Putzlappen bewaffnet an, stöhnten aber beim Betreten des Ladens erschrocken auf und schüttelten die Köpfe. Maggie verstand ihre Bestürzung nur zu gut und entschuldigte sich ausgiebig. Sie hatte bereits eine Menge Staub zusammengefegt und nicht die Absicht, die Chinesinnen die Arbeit alleine machen zu lassen, aber als diese zu putzen anfingen und Maggie beim Abwischen der Theken Staubwolken aufwirbelte, schimpften die Frauen auf Chinesisch mit ihr und scheuchten sie hinaus auf die Straße. Ganz offensichtlich waren sie der Meinung, Maggie stünde im Weg.

Maggie nutzte die Zeit, um die benötigten Backzutaten einzukaufen, und hinterließ bei einem Lebensmittelgeschäft in der Nähe eine große Bestellung, die ihr später geliefert werden sollte. Als sie nach zwei Stunden zurückkam, konnte sie nicht glauben, wie viel die drei Frauen geschafft hatten. Sie erkannte ihren Laden kaum wieder.

»Wir jetzt essen, bald zurück«, sagte Ming zu Maggie und wischte sich ein wenig überraschend den Schweiß von ihrer Stirn, der sich dort nach der Reinigung der Öfen gebildet hatte.

»Natürlich. Lassen Sie sich Zeit. Sie haben sich auf jeden Fall eine Pause verdient. Vielen Dank für das, was Sie bereits getan haben.«

Die drei Chinesinnen verbeugten sich wie üblich mit gefalteten Händen und gingen. Maggie ließ ihren Blick durch den Laden wandern und konnte die Veränderung kaum glauben. Durch die blitzsaubere Frontscheibe konnte sie nun auch auf die Straße hinaussehen, bis zum Pink House direkt gegenüber. Jetzt, am frühen Nachmittag, waren dort keine Männer, aber sie fragte sich, wie es später zugehen würde.

Staunend lief sie durch den Laden und die Backstube, wo bereits alle Oberflächen glänzten. Der Küchentisch war aus einem schönen Holz gefertigt, und sie konnte sich gut vorstellen, dass schon viele, viele Teigballen darauf geknetet worden waren. Befreit von Staub, schimmerte der Boden, und die Öfen glänzten wie neu.

Maggie ging ins Cottage und nahm die staubigen Vorhänge ab. Sie benötigten dringend eine Wäsche, aber der Waschtrog auf der Rückseite des Hauses war nicht groß genug, um darin Vorhänge zu waschen. Maggie beschloss, sie in die Wäscherei nebenan zu bringen.

Sie hievte die beiden Bündel auf den Tresen und stellte sich der jungen Chinesin dahinter, die etwa sechzehn Jahre alt sein mochte, als ihre neue Nachbarin vor.

»Mein Name Ling Zhang«, sagte die junge Frau. »Geschäft gehört meinem Vater.«

Noch während sie sprach, trat ein älterer Mann durch den Fliegenvorhang der Hintertür. Er sagte etwas in unfreundlichem Ton auf Chinesisch zu dem Mädchen.

Ling antwortete ihm ebenfalls auf Chinesisch. Maggie verstand nicht viel mehr als ihren eigenen Namen und vermutete, dass sie ihm von der neuen Nachbarin erzählte.

Der Vater verneigte sich und sagte: »Hallo, Missus Cassidy. Ich Bojing Zhang.«

»Ich freue mich, Sie kennenzulernen, Mister Zhang. Bitte nennen Sie mich Maggie«, sagte sie.

Ling lächelte sie schüchtern an und erklärte ihm, was sie gesagt hatte.

Der Vater blickte Maggie an und verbeugte sich kurz. Dann schimpfte er wieder mit Ling, die mit dem ersten Bündel Vorhänge nach hinten verschwand.

Maggie sah Mister Zhang an. »Ich eröffne die Bäckerei nebenan und ziehe in das Cottage ein«, sagte sie lächelnd, auch wenn sie vermutete, dass er kein Wort verstanden hatte.

Er nickte und folgte seiner Tochter in den hinteren Teil des Ladens.

Maggie wandte sich zur Tür, als Ling wieder auftauchte, um das zweite Bündel Vorhänge zu holen. »Morgen früh sie fertig sind, Maggie«, sagte sie.

»Danke, Ling«, sagte Maggie. »Bis dahin.«

»Sie uns gern alles bringen, was muss gewaschen werden«, bot Ling hilfsbereit an.

»Danke. Das werde ich tun.« Dann kam Maggie ein Gedanke. »Es gibt noch eine Sache, bei der Sie vielleicht helfen können: Kennen Sie jemanden, der für mich im Laden und im Cottage den Strom anschließen kann?«

»Ja, ich jemanden kennen. Ich zu Ihnen schicken. Er sich sofort darum kümmern.«

»Oh, danke! Das ist wunderbar«, sagte Maggie.

Am späten Nachmittag wurde ihre Ware auf einem Fuhrwerk geliefert. Maggie ließ die beiden Mitarbeiter alles in die Backstube im hinteren Teil des Ladens bringen, wo sie es sortieren und einräumen wollte. Die Männer freuten sich, dass eine neue Bäckerei eröffnen würde, und versprachen, Werbung für den Laden zu machen, was wiederum Maggie Auftrieb gab. Während sie ihre Einkäufe in den Regalen in der Backstube stapelte, reinigten die chinesischen Frauen das Cottage.

Am Ende des Tages war auch das Cottage wie verwandelt. Maggie war Tai, Lei und Ming so dankbar, dass sie in Tränen ausbrach, was die Frauen zutiefst verunsicherte.

»Nicht glücklich, Missus?«, fragte Lei ängstlich.

»Doch, Lei, ich bin sehr glücklich! Sie haben ganz wunderbare Arbeit geleistet. Ich kann Ihnen gar nicht genug danken«, sagte Maggie müde.

Die Chinesinnen gingen zum Palace zurück, zu einem dringend benötigten Bad und einer guten Mahlzeit.

Am nächsten Tag ließ Vivian die versprochenen Möbel ins Cottage bringen und überließ Maggie auch Bettwäsche für ihre Betten.

Maggie hängte gerade die sauberen Vorhänge auf, als Vivian kam, um die Verwandlung in Augenschein zu nehmen.

»Du meine Güte, das ist ein vollkommen anderes Haus«, rief sie, als sie durch die Tür trat. »Es sieht aus wie ein richtiges Zuhause, Maggie.«

»Es muss immer noch dringend gestrichen werden, aber irgendwann werde ich schon auch dazu kommen. Zuerst muss ich mal etwas Geld verdienen.«

Sie begutachteten gerade den Laden, als Ling in Begleitung eines Chinesen erschien.

»Jian jetzt Strom machen«, sagte sie zu Maggie.

»Oh, ja, bitte.« Maggie blickte den Mann mittleren Alters an, der eine Tasche mit Werkzeug trug.

Jian verbeugte sich und verließ den Laden durch die Hintertür.

»Woher bekommt er den Strom?«, wollte Vivian wissen.

»Von Rückseite an Wäscherei«, antwortete Ling. »Jian Leitung verlängern.«

»Oh.« Vivian war überrascht.

Ling eilte zurück in die Wäscherei, weil ihr Vater schon wieder nach ihr rief.

»Ich hoffe, der Herr weiß, was er tut«, sagte Vivian.

»Das hoffe ich auch«, sagte Maggie. »Die arme Ling tut mir leid. Ihr Vater schreit sie ständig an.«

Vivian zuckte die Schultern. »Misch dich da lieber nicht ein, Maggie.«

19

Laura saß am Fenster des Zuges *The Westland* von Perth nach Kalgoorlie und beobachtete, wie sich die Landschaft über einen Zeitraum von mehr als sieben Stunden langsam veränderte. Die Reise führte über eine Strecke von dreihundertachtundsechzig Meilen durch das Avon-Tal und über den Fluss Avon. Laura wusste nicht, dass die Hügel dieser Gegend die letzten bis zur anderen Seite des Kontinents waren – falls man so weit reiste.

Der Zug passierte Northam und Meckering und fuhr dann durch eine Landschaft voll von wogenden Weizenfeldern, mit zahlreichen Silos entlang der Gleise. Fast auf halber Strecke zwischen Perth und Kalgoorlie passierten sie die Stadt Merredin. Der nächste Halt war Southern Cross, wo es im Jahr 1887, dem Jahr ihrer Geburt, einen Goldrausch gegeben hatte. Aber das Goldvorkommen in der Gegend war schnell versiegt, und diejenigen, die dennoch geblieben waren, widmeten sich zum Lebensunterhalt dem Anbau von goldenem Weizen. Doch ziemlich bald hinter Southern Cross bemerkte Laura, dass die Weizenfelder weniger wurden. In Australiens unwirtlichem Inneren gab es viel zu wenig Regen für den Anbau von Getreide.

Laura blickte nachdenklich aus dem Fenster. Sie konnte immer noch nicht fassen, dass die Oberschwester ihr ein Praktikum in einer Kleinstadt angeboten hatte – also genau das, was sie wollte.

»Das Krankenhaus in Kalgoorlie wird von Nonnen aus dem Orden der Schwestern des Heiligen Johannes geleitet«, hatte die Oberschwester gesagt. »Dort ist ausreichend Personal vorhanden. Darüber hinaus gibt es in der Stadt aber noch ein Gesundheitszentrum, in dem dringend eine Krankenschwester benötigt wird. Also, wenn Sie Interesse hätten …«

»Ich habe großes Interesse, Oberschwester«, hatte Laura aufgeregt geantwortet.

»Es ist nur ein kleines Gesundheitszentrum, aber es gibt sicher viel zu tun. Die Krankenschwester, die dort gearbeitet hat, musste wegen ihres gesundheitlichen Zustands den Dienst quittieren.«

»Dann könnte ich dort sicher von Nutzen sein, Oberschwester«, sagte Laura begeistert.

»Bevor Sie jetzt in Euphorie ausbrechen, muss ich Sie noch vor dem Ausbruch von Typhus auf den Goldfeldern warnen, Schwester Brenan«, fügte die Oberschwester düster hinzu. »Die Krankenschwestern dort draußen sind für das Überleben der Patienten von zentraler Bedeutung, aber Typhus bringt lange Stunden Delirium mit sich, die große Wachsamkeit erfordern. Das bedeutet, dass die Krankenschwestern oft bis zur Erschöpfung arbeiten und einige sich sogar mit Typhus infizieren und … sterben.«

»Ich verstehe, Oberschwester«, sagte Laura. »Aber als ich meine Ausbildung begann, wusste ich sehr wohl um die Risiken dieses Berufs.«

»Trotzdem muss man nicht um jeden Preis an einen Ort gehen, an dem es auch Probleme mit Tuberkulose und Silikose gibt, verursacht durch den Staub, den die Bergleute einatmen. Sie haben also die Wahl.« Die Oberschwester wollte das ganz deutlich klarstellen. Unter keinen Umständen wollte sie Lauras Tod auf dem Gewissen haben, nur weil sie die junge Krankenschwester gerne loswerden wollten.

»Ich verstehe Sie ja, Oberschwester, aber ich möchte gern dort hingehen«, sagte Laura. »Nach Beendigung meiner Ausbildung möchte ich mich zur Hebamme weiterbilden. Ich bin mir sicher, dass die Arbeit in einer Provinzstadt wie Kalgoorlie mir viel geben wird.«

»Gut, dann empfehle ich Sie für die Stelle, Schwester Brenan.« Die Oberschwester konnte kaum glauben, dass sie die Worte sprach, aber sie meinte sie ernst. Sie bewunderte Lauras Hingabe, auch wenn sie die Nerven der Ärzte bisweilen strapazierte.

Und zum ersten Mal, seit sie die Oberschwester kannte, sah Laura ein Lächeln auf deren Gesicht.

Nach einem kurzen Stopp in der kleinen Bergbaustadt Coolgardie fuhr der Zug weiter ins dreiundzwanzig Meilen nordöstlich gelegene Kalgoorlie. Da die Vegetation mit niedrigen Akazienwäldern und einigen zählebigen Mulga-Buschwäldern eher spärlich war, wehte der Wind den Staub zu spiralförmigen Wirbeln auf, die über die steinigen, roten Ebenen strudelten, welche die Aborigines als *gibber* bezeichneten.

Lauras Gedanken wanderten zu den Männern, die die Schienen quer durch die Wüste verlegt hatten. Das war sicher eine schwere Aufgabe gewesen. Das Outback von Western Australia unterschied sich deutlich von den Goldfeldern in Victoria, wo es weniger heiß war und ausreichend Nahrung und Wasser gab. Vor dem Bau der Bahnstrecke nach Coolgardie und weiter nach Kalgoorlie hatte der Transport von Nahrungsmitteln und Wasser ins Landesinnere ein Vermögen gekostet. Jetzt war es immer noch nicht billig.

Die Sonne spiegelte sich glühend auf dem Abraum neben den privaten Minen und den größeren Halden neben den von Firmen betriebenen Minen. Der Widerschein blendete Laura, konnte ihre Aufregung aber nicht dämpfen. Sie würde Menschen in einer isolierten Gemeinschaft helfen, und das war etwas, was sie für äußerst sinnvoll hielt.

Im Gegensatz zu ihrem Vater. Beim Gedanken an seine Reaktion auf ihre bevorstehende Reise nach Kalgoorlie war sie immer noch enttäuscht. Dabei wusste sie nur zu genau, dass er mit Edmunds Ausbildung beschäftigt war, der in der Schule immer noch um gute Noten kämpfte. Ihr Vater hatte seine Hoffnungen und Träume schon immer an seinen Stammhalter Edmund geknüpft und wollte unbedingt, dass er studierte. Hinzu kam, dass Lucinda gerade ihre Schwangerschaft verkündet hatte. Laura ging davon aus, dass sie selbst vollkommen in Vergessenheit geraten würde, sobald ihr neues Halbgeschwisterchen auf der Welt war.

Lucindas Reaktion auf Lauras Neuigkeit hatte Laura keineswegs überrascht: Sie hatte ihre Freude über Lauras bevorstehenden Auszug kaum verbergen können.

»Kalgoorlie! Diese raue Bergbaustadt im Norden«, hatte sie gerufen. »Ich kann mir gut vorstellen, dass man dort verzweifelt nach Krankenschwestern sucht, aber hättest du dein Praktikum nicht in einem anderen Krankenhaus machen können? Vielleicht in South Australia oder Victoria?«

»Ich bin sehr froh, in einer Provinzstadt wie Kalgoorlie eingesetzt zu werden, das ist eine Erfahrung von unschätzbarem Wert«, protestierte Laura. »Ich hoffe, eines Tages dauerhaft in einer Gemeinde auf dem Land Arbeit zu finden. Das ist nichts Neues, aber du hast ja nie nach meinen Plänen gefragt.«

Doch Lauras Kritik perlte an Lucinda ab. »Ich verstehe nicht, warum du irgendwohin gehen willst, wo es an sämtlichen Annehmlichkeiten mangelt. Also, ich würde mich dazu nicht hergeben«, bemerkte sie hochmütig.

»Lucinda hat recht, Schatz«, mischte ihr Vater sich ein. »Hast du überhaupt schon darüber nachgedacht, wo du wohnen wirst? Ich bezweifele, dass es in einer Bergbaustadt einigermaßen vernünftige Unterkünfte gibt.«

»Wenn man sich für die Arbeit in ländlichem Gebiet entscheidet, kann man doch wohl kaum erwarten, dass die Unterkünfte großartig sind, oder?«, konterte Laura verärgert.

»Und wenn sie vorschlagen, dass du in einem Zelt wohnst?«, fragte Lucinda. »Freust du dich dann immer noch, dort zu arbeiten?«

Laura wusste, dass es Lucinda völlig egal war, ob sie in einem Zelt wohnte oder nicht. Ihre Bemerkung diente allein dem Zweck, Laura vor ihrem Vater lächerlich zu machen – so als hätte sie die Idee nicht richtig durchdacht.

»Die Koordinatorin für die Praktika im Krankenhaus hat mir

mitgeteilt, dass ich in einer Pension wohnen kann, und zwar zusammen mit anderen Krankenschwestern, die in der Gegend arbeiten«, erwiderte sie.

»Würdest du nicht lieber in einem Hotel übernachten, Schatz?«, fragte Frederick.

Laura hatte insgeheim gehofft, dass ihr Vater ihr vorschlagen würde, sie in einem Hotel unterzubringen. Sie wollte gerade antworten, dass sie dieses Angebot gern annähme, als sich Lucinda wieder einmischte.

»Ich bin sicher, der Aufenthalt in einer Pension mit anderen Krankenschwestern trägt zur Charakterbildung bei, Frederick«, erklärte sie, als ob Laura nicht im Zimmer wäre.

»Vielleicht hast du recht«, stimmte Frederick zu.

Laura war verärgert. Sie konnte Lucindas Gedankengänge gut nachvollziehen: Dieser Frau war egal, wohin Laura ging, solange sie nur aus dem Weg war. Und wenn sie sich dabei unwohl fühlte, umso besser. Laura hatte ihrem Vater gegenüber weder die Typhuserkrankten noch die Tuberkulose erwähnt. Zum einen war auch sie daran interessiert, so weit wie möglich von Lucinda fortzukommen, außerdem wollte sie ihm keine Möglichkeit geben, Einwände gegen ihren Aufenthalt in Kalgoorlie vorzubringen.

»Du wirst es da draußen nicht lange aushalten, Laura«, wandte ihr Vater ein. »Es ist eine heiße, staubige Stadt, zudem vermutlich voller Rüpel.«

Laura fühlte sich durch seine Einwände verletzt. »Willst du nicht, dass ich als Krankenschwester erfolgreich bin und da arbeite, wo man mich am meisten braucht?«, fragte Laura unverblümt.

»Ich bin ehrlich gesagt überrascht, dass du unbedingt hinter fremden Leuten herputzen willst, das ist doch wohl das, was Krankenschwestern tun, oder?« Frederick hatte ihr nahegelegt, Lehrerin zu werden und Erfahrungen im Umgang mit Kindern zu sammeln, doch für sie hatte es immer nur eine Berufung gegeben.

»Aber nicht nur«, widersprach Laura.

»Eigentlich ist es ja auch egal, Schatz«, fügte er herablassend hinzu. »Du bist jetzt im heiratsfähigen Alter und hast sicher bald deine eigene Familie, um die du dich kümmern musst.«

Diese Aussage verärgerte Laura noch mehr als seine Gleichgültigkeit. Das Letzte, woran sie dachte, waren eigene Kinder. Ihr Ziel war es, anderen Frauen dabei zu helfen, ihre Kinder auf die Welt zu bringen.

In Kalgoorlie kam der Zug in einer dichten Dampfwolke zum Stehen. Sofort wurde die Hitze drückend. Laura nahm ihren Koffer und stieg aus. Sie folgte den anderen Fahrgästen, die in eine mit Werbung beklebte Straßenbahn kletterten. Eine Anzeige für Bourneville-Kakao zierte die eine Seite, und auf der Vorderseite wurden Doktor Sheldons Gin Pills gegen Nierenleiden beworben. Während die Straßenbahn die Hannan Street entlangfuhr, geriet Laura mehr und mehr ins Staunen. Die Stadt schien zu florieren, was sie nicht erwartet hatte.

Laura hatte sich über das Gebiet von Kalgoorlie und Boulder informiert. Dort lebten etwa 26000 Menschen. Der Name Kalgoorlie stammte aus der Sprache der *Wangai*-Aborigines und bedeutete *Karlkurla*, »Ort der glänzenden Birnen«. Paddy Hannan, Tom Flannagan und Dan Shea hatten hier am 14. Juni 1893 Gold gefunden. Das Trio war auf dem Weg zum Mount Youle gewesen, als Paddys Pferd ein Hufeisen verlor. Paddy fand ein Goldnugget, als er anhielt und sich um das Pferd kümmerte. Sie erforschten das Gebiet und konnten mit über hundert Unzen Gold nach Coolgardie zurückkehren, wo sie einen Claim registrierten. In der Folge schwärmten fast sofort Hunderte von Männern in das Gebiet aus. Ursprünglich war die Region als *Hannan's Find* bekannt, später wurde sie als *The Golden Mile* bezeichnet.

In den Wochen nach Paddys Fund machten sich Tausende von Bergleuten auf den Weg in die Gegend, nicht nur aus Western Australia, sondern auch von der Ostküste. Einige der Männer folgten sogar zu Fuß der Telegrafenleitung und legten unter widrigsten Bedingungen Entfernungen von bis zu dreizehnhundert Meilen zurück. Auch aus Übersee kamen Bergleute, vor allem aus China.

1893 strömten innerhalb einer Woche vierzehnhundert Neuankömmlinge in die Gegend. Die einzigen Wohnmöglichkeiten waren Zelte und Behelfsunterkünfte. Krankheiten breiteten sich aus, am schlimmsten aber war der Wassermangel. Das lebensnotwendige Nass wurde mit Ochsengespannen und Fuhrwerken unter großem Aufwand herangeschafft und für zwei bis sechs Pence pro Gallone verkauft, was sich die meisten jedoch nicht leisten konnten. Infolgedessen verdursteten viele Goldsucher, oder sie starben nach dem Verzehr von verunreinigtem Wasser.

Mit dem Bau der Eisenbahnstrecke verbesserten sich die Bedingungen, die größte Rettung aus der Not jedoch brachte die Wasserleitung. Dabei schien dieser Plan ebenso grandios wie unmöglich zu sein. Der Ingenieur, der die Arbeiten leitete, war der brillante C.Y. O'Connor, derselbe, der den Hafen von Fremantle mit großem Erfolg wieder aufgebaut hatte. Für den Bau der Pipeline wurde er beständig verspottet, und nur wenige Monate bevor das Wasser endlich floss, setzte O'Connor seinem Leben am 10. März 1902 ein Ende, unfähig, die ständige Kritik zu verkraften. Er war zu diesem Zeitpunkt erst 59 Jahre alt.

Laura blickte aufmerksam durch das Fenster. Die Frauen auf den Gehsteigen waren aufwendig gekleidet. Laura bemerkte viele Geschäfte, darunter Friseure, Barbiere und Schneider, außerdem Teestuben, Büros und soziale Dienststellen. Sie sah Hinweise auf zwei Schulen und ein Schwimmbad, von dem sie annahm, dass es bei dieser Hitze sicher sehr gut besucht war.

Auf den Straßen waren viele Fuhrwerke und Pferdekutschen unterwegs, aber der Straßenbahnbetrieb war für Laura die größte Überraschung in einer Minenstadt im Outback. Anstatt in der Hannan Street auszusteigen, beschloss sie, in der Bahn sitzen zu bleiben und eine Rundtour zu machen, um mehr von der Stadt zu sehen. Auf Nachfrage informierte der Fahrer sie, dass die Bahn in einer Schleife vierzehn Meilen weit über die Salisbury Road, Federal Road und Boulder Road fuhr, mit Haltestellen an der Rennbahn auf der Meldrum Avenue, am Bahnhof und in der

Nachbarstadt Boulder. Vom Straßenbahnfenster aus sah sie Hotels, Kirchen und Häuser im Shanty-Stil. Auch viele grob wirkende Männer trieben sich auf den Straßen herum, besonders in Boulder. Vermutlich Bergleute, schließlich war Sonntagnachmittag. Vom Straßenbahnfahrer erfuhr sie, dass die Bergleute meist in Boulder wohnten, die wohlhabenderen Unternehmer hingegen meist in Kalgoorlie. Er erzählte ihr auch, dass es in Kalgoorlie mehr als fünfzig Freudenhäuser gab, vor allem im Rotlichtviertel an der Hay Street. Dies war Laura neu, aber der Mann prophezeite ihr, dass sie in dem Gesundheitszentrum, in dem sie arbeiten würde, vermutlich viele Prostituierte zu versorgen hätte.

Zurück in Kalgoorlie, stieg Laura in der Nähe ihrer Pension aus und folgte der Wegbeschreibung des Straßenbahnfahrers. Sie passierte Holzhäuschen, von denen einige richtig hübsche Gärten hatten, und machte sich dadurch optimistische Vorstellungen von ihrer Unterkunft. Doch schließlich stand sie vor einem äußerst tristen Cottage, das als hässlich zu bezeichnen geradezu wohlwollend gewesen wäre. Es war aus Holz und Eisen erbaut, und die Farbe blätterte überall ab. Die vordere Veranda war klein, die Holzkonstruktion wirkte instabil. Laura überprüfte die Adresse in der Hoffnung, dass sie sich geirrt hatte, aber das war nicht der Fall. Sie atmete tief durch und klopfte dann an die Tür.

Patrick hielt sich seit einer Woche in Kalgoorlie auf. Er hatte die Golden Nugget Mine gründlich inspiziert und arbeitete an Vorschlägen zur Verbesserung der Sicherheit. Zu Beginn hatten ihn die Bergleute kühl behandelt und ihm das Gefühl vermittelt, nicht willkommen zu sein, schließlich vertrat er die Firma, die fünfzig Prozent der Mine besaß. Er aber war entschlossen, beim schlimmsten Problem dieser Bergleute, dem allgegenwärtigen Staub, Abhilfe zu schaffen. Seit seiner Ankunft wohnte er in einem Zimmer im Exchange Hotel. Zuallererst war er allerdings versehentlich ins Palace marschiert, wo er auf eine Frau getroffen war, die ihn faszinierte.

Als Patrick an jenem frühen Abend im Palace erschien, stellte Vivian Sutherland sich ihm vor. Er fand sie beredt, gut gekleidet und ausgesprochen charmant. Patrick faszinierte Vivian gleichermaßen. Als Bordellbetreiberin traf sie viele Männer, aber nur wenige sahen wirklich gut aus und hatten dazu noch tadellose Manieren, insbesondere in Kalgoorlie. Patrick hatte einen Koffer bei sich, und Vivian war sofort ziemlich sicher, dass er fälschlicherweise annahm, dass Palace sei ein Hotel zur Beherbergung von Gästen. Dennoch wies sie ihn nicht sofort darauf hin, sondern bot ihm stattdessen an der Bar einen Drink an, um ihn besser kennenzulernen.

»Haben Sie geschäftlich in Kalgoorlie zu tun?«, fragte Vivian, während sie ihm einen Whisky einschenkte.

»Ja, ich bin im Auftrag von Spencer Industries hier, um herauszufinden, wie man den Abbau unter Tage sicherer machen kann«, erzählte er.

»Das ist offenbar ein ziemlich gefährlicher Job.« Vivian dachte an die erschreckenden Geschichten, die sie von den Bergleuten gehört hatte, die das Palace besuchten.

»Es ist vollkommen inakzeptabel, dass junge Männer sterben müssen, die eine Familie zu ernähren haben. Ich habe fest vor, hier für Veränderungen zu sorgen.«

Vivian war begeistert von seiner Entschlossenheit.

Patrick blickte sich bewundernd um. »Hier ist es wirklich schön. Gehört das Hotel Ihnen und Ihrem Mann?«

»Ich bin nicht verheiratet. Aber die stolze Besitzerin des Palace bin in der Tat ich«, antwortete Vivian.

Patrick bewunderte Frauen, die im Geschäftsleben standen, aber dass Vivian ein so großes Unternehmen wie das Palace besaß und es zudem noch alleine betrieb, faszinierte ihn.

»Verstehen Sie mich bitte nicht falsch, aber ich halte Sie für sehr mutig, wenn Sie in einer Stadt wie Kalgoorlie allein einen solchen Laden leiten«, sagte er, während ihm der Gedanke kam, dass sie darüberhinaus noch Wärme und Charme ausstrahlte und sehr attraktiv für ihr Alter war.

»Ich würde Ihnen gerne zustimmen, aber bisher hat uns unsere Kundschaft noch keine Probleme bereitet«, sagte Vivian.

»Das klingt, als wären Sie noch nicht lange hier«, sagte Patrick.

»Ich bin erst vor Kurzem von Perth hierhergezogen.«

»Wieso haben Sie ausgerechnet Kalgoorlie als Ort für die Gründung eines Unternehmens gewählt?«

Vivian lächelte verschmitzt. »Die Bergleute brauchen eine Möglichkeit, ihr sauer verdientes Geld auszugeben«, antwortete sie.

»Ja, vermutlich«, räumte Patrick ein.

»Bleiben Sie lange in Kalgoorlie?«, wollte Vivian wissen.

Patrick vermutete, dass sie das wegen der Zimmerbuchung wissen wollte. »Mindestens drei Monate«, antwortete er. »Wäre das ein Problem?«

»Nicht für mich.« Vivian lächelte kokett. Sie wusste, dass sie ihn an der Nase herumführte, was sonst wirklich nicht ihr Stil war, aber sie genoss die Gesellschaft dieses Mannes, und das geschah nicht oft. Dass er mindestens zwanzig Jahre jünger war als sie, bedeutete vermutlich, dass er sie ohnehin nicht ernst nahm, also war ihrer Meinung nach nichts dabei, ein bisschen Spaß mit ihm zu haben.

Patrick konnte nicht anders, als ihr Lächeln zu erwidern. Ihm war längst klar, dass er Vivian mochte, und es war schon lange her, dass eine Frau ihm das Gefühl gegeben hatte, etwas Besonderes zu sein. Dennoch war er überzeugt, dass ihre Koketterie nur scherzhaft gemeint war.

»Woher kommen Sie?«, wollte Vivian wissen.

»Aus Melbourne.«

Im Laufe der Jahre hatte Vivian gelernt, die Körpersprache ihres Gegenübers zu lesen, und so bemerkte sie sofort den Schatten, der ihm bei der Erwähnung seiner Heimatstadt über das Gesicht huschte. In ihrem Beruf jedoch stellte man keine persönlichen Fragen. Wenn der Kunde über sein Privatleben sprechen wollte, musste er das von selbst tun. Aber Patrick war kein Kunde. *Noch nicht.* »War Kalgoorlie ein Schock für Sie?«

»Weniger schlimm, als ich es erwartet hatte. Die Stadt ist tatsächlich größer, als ich sie mir vorgestellt habe, und hat offenbar alle notwendigen Annehmlichkeiten zu bieten.« Patrick leerte sein Glas und stand auf. »Sosehr ich unser Gespräch auch genieße, bin ich jetzt doch begierig darauf, mich zurückzuziehen, um Morgen in aller Frische die Mine zu inspizieren.«

»Danke, dass Sie hereingeschaut haben«, sagte Vivian. »Ich hoffe, dass wir uns wiedersehen.«

Patrick runzelte die Stirn. »Ich hätte gern ein Zimmer, wenn Sie eines zur Verfügung haben«, sagte er.

»Es tut mir leid, aber wir bieten hier keine Zimmer für Übernachtungsgäste an«, antwortete sie.

»Nicht? Warum nicht?« Patrick blickte sich verwirrt um und sah eine Frau, die, gefolgt von einem Mann, die Treppe hinaufging. Sie trug hohe Absätze, schwarze Strümpfe, Strapse und ein mit schwarzen Federn besetztes Korsettmieder – sonst nichts! Patrick beobachtete, wie der Mann ihr einen Klaps auf ihr Hinterteil versetzte, und hörte sie lachen.

»Das hier war früher einmal ein Hotel«, verriet Vivian. »Heutzutage aber sind die Besucher des Palace nur für ein, zwei Stunden hier.« Sie beobachtete Patrick aufmerksam, um zu sehen, ob er verstanden hatte. Sie wusste, dass es ihn wahrscheinlich in Verlegenheit bringen würde, wenn sie aussprechen musste, dass er sich in einem Bordell befand.

Patrick fügte ihre Worte mit dem zusammen, was er gesehen hatte, und errötete. »Oh. Das ist ein …«, stammelte er.

»Bordell«, half Vivian nach.

»Ach du liebe Güte.« Patrick versuchte, nicht über seinen Fauxpas zu lachen, aber es gelang ihm nicht. »Es tut mir leid … Ich konnte ja nicht wissen … Ich nahm einfach an …« Er konnte kaum glauben, einem derart dämlichen Irrtum erlegen zu sein.

»Alles in Ordnung«, sagte Vivian gutmütig und geleitete ihn am Arm zur Tür. »Es war schlicht ein Irrtum, und Sie sind nicht der Erste, dem das passiert. Trotzdem hoffe ich, dass Sie eines Abends wiederkommen«, schlug sie augenzwinkernd vor.

Patrick blieb stehen und sah sie an. »Ich bin verheiratet«, sagte er.

Wieder bemerkte sie sofort den Schatten auf seinen Gesichtszügen.

»Ich könnte nicht …«, fügte er hinzu.

»Ein Großteil unserer Kunden ist verheiratet«, gab Vivian offen zu. »Aber mein Vorschlag zielt nicht darauf ab, dass Sie mit einem der Mädchen nach oben gehen. Ich habe unser Gespräch sehr genossen und würde mich freuen, wenn Sie demnächst noch einmal als Gast auf einen Drink vorbeischauen würden.«

Patrick gefiel die Idee. »Das ist durchaus möglich«, sagte er, als er schließlich durch die Tür nach draußen trat. In diesem Moment wurde ihm bewusst, dass er die Aufmerksamkeit der Passanten auf sich zog, und die Blicke, die ihn streiften, taten kund, dass sie wussten, dass das Palace ein Bordell war.

»Dies hier ist kein Hotel, Sir. Zimmer bekommen Sie im Exchange Hotel auf der anderen Straßenseite. Versuchen Sie es dort«, sagte Vivian so laut, dass es ziemlich weit zu hören war.

»Vielen Dank, gnädige Frau. Das werde ich tun«, erwiderte Patrick und zog den Hut zum Gruß.

Das Gesundheitszentrum von Kalgoorlie war ein langes Gebäude aus Ziegelsteinen, die ebenso rot waren wie die Erde in der Umgebung der Stadt. Die gesamte Vorderfront bestand aus einem hohen Fenster ohne Vorhänge. Einst hatte es auch eine Markise gegeben, aber davon war nicht mehr viel übrig, die Elemente hatten ihren Tribut gefordert. Das Fenster war so schmutzig, dass Laura bezweifelte, dass es im Innern sehr hell war.

Als Laura das Gebäude betrat, traf sie fast der Schlag: Der Warteraum war voller Menschen, die Hilfe brauchten, die meisten von ihnen Bergleute. Sie hatten die unterschiedlichsten arbeitsbedingten Verletzungen wie Verbrennungen, Schürfwunden und Knochenbrüche erlitten und beschwerten sich zum Teil lautstark über die Wartezeit. Die Luft war heiß und stickig, was den Geruch nach schwitzenden Körpern verstärkte und die Streitsucht anheizte. Der Schreibtisch am Empfang war leer.

Als die wartenden Patienten Laura in ihrer Schwesternuniform sahen, fingen sie an, ihre Beschwerden zu schildern und sie um Rat zu bitten, was Laura in eine missliche Lage brachte. Instinktiv hätte sie sich gerne um die Nöte der Leute gekümmert, aber dies war ihr erster Tag, und sie hatte den Arzt, dem sie unterstellt sein würde, noch nicht einmal kennengelernt und hielt sich deshalb lieber zurück. Ihr Zögern machte die Wartenden noch ungehaltener.

»Ich glaube, mein Handgelenk ist gebrochen«, beklagte sich ein Mann mit schmerzverzerrten, aschgrauen Gesichtszügen. »Können Sie vielleicht einmal einen Blick daraufwerfen?«

Laura betrachtete die Schwellung unter dem Ellenbogen und die Blutergüsse um sein Handgelenk. »Ich denke, Sie haben recht«, sagte sie. »Der Arzt muss das richten. Was ist passiert?«

»Ich war im Förderkorb, als die Bremse an der Seilwinde nachgab.«

»Förderkorb?«

»Der Korb, der uns Bergleute auf den Grund des Minenschachtes bringt. Ich kam zu spät zu meiner Schicht, alle meine Kollegen waren bereits unten im Schacht. Ein Glück, dass die Bremse nicht schon bei ihnen versagt hat«, sagte der Bergmann. »Sonst hätte es sicher viele Tote gegeben.«

Laura war entsetzt. »Wie tief ist der Korb denn abgestürzt?«

»Die Mine ist fünfzehnhundert Fuß tief, aber ich hatte Glück, nur noch fünfundzwanzig Fuß über dem Schachtboden zu sein, als die Bremse nachgab. Sonst hätte ich mir mehr gebrochen als nur das Handgelenk.«

Laura blickte sich suchend nach dem diensthabenden Arzt um, der in diesem Moment aus einem der Sprechzimmer kam.

»Machen Sie einen Termin in einer Woche für Mister Stokes«, schrie der Arzt der jungen Frau neben ihm unwirsch zu. Hinter ihnen trat ein Mann mit dem Arm in einer Schlinge aus dem Zimmer.

Laura starrte den lauten Arzt ungläubig an.

»Der Doc ist ein bisschen taub. Deshalb schreit er, und deshalb gibt es hier auch keine Geheimnisse«, teilte ihr der Bergmann mit dem gebrochenen Handgelenk mit.

Die junge Frau trat hinter die Rezeption und konsultierte den Terminkalender. Laura wurde klar, dass es sich um die Sprechstundenhilfe für den Empfang handelte, die dem Arzt in Ermangelung einer Krankenschwester außerdem assistierte. Sie sprach geduldig mit Mister Stokes und diskutierte die Optionen für einen neuen Termin, während er argumentierte, dass er arbeiten müsse und es sich nicht leisten könne, eine Woche frei zu nehmen.

»Wenn Sie meinen Rat nicht befolgen, brauchen Sie gar nicht erst wiederzukommen«, schrie der Arzt ihn an. Der Bergmann stürmte aus dem Gebäude.

»Das gilt auch für alle anderen«, rief der Arzt den wartenden Patienten zu. »Wenn Sie meine Anweisungen nicht befolgen, verschwenden Sie besser gar nicht erst meine Zeit.«

Laura blickte ihn mit offenem Mund an. Sie fand das Benehmen ihres neuen Arbeitgebers gegenüber seinen Patienten äußerst ruppig und unhöflich. Sie hätte sich gern vorgestellt, aber weder der Arzt noch die Sprechstundenhilfe hatten sie in der Menge bemerkt, in der auch einige Frauen und Kinder waren. Als die beiden erneut in Richtung des Sprechzimmers gingen, folgte sie ihnen.

Von der Tür aus sah Laura, wie der Arzt in einem Stapel Papiere auf seinem Schreibtisch wühlte und leise fluchte, als er nicht fand, wonach er suchte.

»Wo ist die Akte von Jed McDonald? Beatrice wusste immer, wo alles war, aber seit sie fort ist, finde ich gar nichts mehr«, murrte der Arzt gereizt.

In diesem Moment bemerkte die Sprechstundenhilfe Laura. »Sie können hier nicht ohne Termin reinkommen, Miss«, sagte sie verärgert.

Der Arzt blickte auf. Zunächst musterte er Laura finster, doch offenbar hielt ihn der Anblick ihrer Uniform von einer ungehaltenen Antwort ab.

»Ich bin Laura Brenan«, erklärte Laura. Doch weder die Sprechstundenhilfe noch der Arzt zeigten eine Reaktion, sie starrten sie vielmehr verständnislos an. »Sie erwarten mich vermutlich. Das Colonial Hospital in Perth hat mich hergeschickt, um hier das letzte Praktikum für die Ausbildung zur Krankenschwester zu absolvieren.«

»Was hat sie gesagt, Nancy?«, fragte der Arzt. Offenbar hatte Laura zu leise gesprochen.

»Sie ist Ihre neue Lernschwester«, rief Nancy, »aus dem Krankenhaus in Perth.« Die Sprechstundenhilfe wandte sich an Laura. »Das ist Doktor Tom Piper. Sie müssen laut sprechen, wenn Sie mit ihm reden. Ich bin Nancy Swinney.«

»Ich freue mich, Sie beide kennenzulernen«, sagte Laura mit einem Lächeln, das keiner der beiden erwiderte.

Sie wurden von lautem Klagen aus dem Wartezimmer unterbrochen.

»Ich fürchte, Sie müssen sofort mit anpacken. Wir haben einen harten Tag vor uns«, sagte Nancy und eilte davon.

Laura blickte zu Doktor Piper. Er wühlte wieder in den Akten und wirkte vollkommen durcheinander. Seine Handlung war ganz offensichtlich zwanghaft, mehr als das aber überraschte Laura sein hohes Alter von deutlich über siebzig und damit weit jenseits des Rentenalters. Der Arzt war also nicht nur schwerhörig, sondern offenbar auch ziemlich unorganisiert. Außerdem trug er zwar eine Brille, blinzelte aber heftig bei dem Versuch, in den Akten zu lesen. Laura beschlich der Gedanke, dass die Arbeit in dieser Praxis zu einer echten Herausforderung werden würde.

Der Mann mit dem schmerzenden Arm betrat das Sprechzimmer. Laura half ihm schnell auf einen Stuhl, während Nancy Doktor Piper seine Akte überreichte.

»Das ist Mister Dan Prisoni, Herr Doktor«, sagte sie in das rechte Ohr des Arztes.

Tom Piper warf einen Blick auf den Patienten. »Was führt sie zu uns?«, rief er.

Laura war überrascht, dass er fragte, da Dan Prisoni seinen Arm deutlich sichtbar stützte.

»Mein Handgelenk, Doc. Ich glaube, es ist gebrochen«, sagte er.

Der Arzt begann mit der Untersuchung des Handgelenks, drehte es und drückte darauf, alles sehr unsanft, wovon auch die Schmerzensschreie und das Fluchen des Patienten zeugten.

»Das Handgelenk ist nicht gebrochen«, erklärte Doktor Piper laut. »Es ist nur stark verstaucht.«

»*Sie* denkt, es ist gebrochen.« Dan zeigte auf Laura. »Und ich auch.«

Tom richtete sich auf und betrachtete Laura, die fieberhaft nach einer Erklärung suchte, die sie zu ihrer Verteidigung vorbringen konnte. »Wie war noch mal Ihr Name?«

»Laura Brenan, Doktor«, antwortete Laura. »Ich …«

»Wo haben Sie Ihr Medizinstudium absolviert?«

Laura überlegte, ob das sarkastisch gemeint war. »Ich bin examinierte Krankenschwester. Zumindest werde ich das in einem halben Jahr sein«, sagte sie unsicher.

Tom sah Dan Prisoni an. »Haben Sie das gehört? Sie ist eine noch nicht examinierte Krankenschwester. Das Zertifikat da drüben an der Wand besagt, dass ich examinierter Arzt bin. Wer von uns beiden, glauben Sie, hat die Qualifikation festzustellen, ob Ihr Handgelenk gebrochen ist oder nicht?«

Laura errötete verlegen angesichts der Rüge.

»Ich bin sicher, dass sie recht hat, Doc. Es ist gebrochen. Ich habe es brechen hören«, argumentierte Dan.

»Und ich sage Ihnen, dass Ihr Handgelenk nicht gebrochen ist. Haben Sie irgendwo anders Schmerzen?«

»Ja, hier oben im Arm.« Dan zeigte auf eine Stelle oberhalb des Ellenbogens. »Aber das liegt wahrscheinlich an meinem gebrochenen Handgelenk.«

Der Oberarm wies weder Schwellungen noch Blutergüsse auf. Doch als Tom bei der Untersuchung fest daraufdrückte, wäre Dan beinahe ohnmächtig geworden.

»Der Oberarmknochen ist gebrochen«, sagte der Arzt. »Sie werden sechs Wochen lang nicht arbeiten können, Mister Price.«

»Er heißt Prisoni, Doktor«, korrigierte Laura.

»Wie bitte?«, bellte Tom Piper, und Laura bereute ihren Einwurf sofort.

»Sein Name ist Mister Prisoni«, wiederholte sie etwas lauter.

Doktor Piper konsultierte blinzelnd die Akte auf seinem Schreibtisch. »Richtig.« Wieder sah er zu Laura. »Wollen Sie alles korrigieren, was ich sage, Schwester Bramble?«

»Ich bin Schwester Brenan, Doktor«, sagte sie. »Und …«

»Ich nehme an, das beantwortet meine Frage«, unterbrach Doktor Piper. »Das wird ein interessantes halbes Jahr.« Er wandte sich an den Patienten. »Was halten Sie von einer Amputation? Ich habe zwar schon lange keine mehr durchgeführt, aber ich bin mir sicher, ich weiß noch, wie es geht.«

»Was?« Dan Prisoni keuchte auf und wurde weiß wie ein Leintuch. »Nein«, rief er. »Ich will meinen Arm nicht verlieren.«

Laura konnte nicht glauben, was sie hörte. »Das wird ganz sicher nicht nötig sein, Doktor«, intervenierte sie. »Der Knochen hat die Haut nicht durchstoßen. Die Chancen, dass ein Gangrän entsteht, sind also gering.«

»Sind Sie sicher?«, fragte Tom Piper sie augenzwinkernd.

Laura ging auf, dass er sie zum Besten hielt, aber sie war eher verlegen als amüsiert.

»Ich richte den Bruch, Mister Prescott, wenn Schwester Bramble nichts dagegen hat.«

»Er heißt *Prisoni*, Herr Doktor«, wiederholte Laura laut. »Und ich bin Schwester *Brenan*.«

»Was?«, bellte der Arzt.

Laura war nicht sicher, ob er sie immer noch neckte, und beschloss, nicht zu antworten, er hörte sowieso nicht zu. Er suchte in einem unordentlichen Schrank nach Schienen und beschwerte sich bitterlich, als er keine finden konnte.

»Ich kann keine der Akten finden, die Doktor Piper haben will«, beschwerte sich Laura am Ende eines sehr anstrengenden Tages bei Nancy. Es war nicht einmal Zeit für das Mittagessen geblieben, und sie war sehr hungrig. »Nichts an seinem Ablagesystem ergibt für mich einen Sinn.«

»Das liegt daran, dass Beatrice Hopkins, die vorige Krankenschwester, ihr eigenes Ablagesystem hatte. Sie wusste, wo alles war, und Doktor Piper hat sich vollkommen auf sie verlassen. Aber jetzt ist sie krank, und wir müssen uns, so gut es geht, behelfen.«

Laura seufzte. »Wie alt ist Doktor Piper, wenn ich fragen darf? Die Arbeit scheint für ihn doch sehr belastend zu sein.«

»Er ist zweiundsiebzig Jahre alt und würde nur allzu gern in den Ruhestand gehen, aber das wird er nicht tun, bevor er nicht einen Ersatz gefunden hat.«

»Er nimmt auf jeden Fall kein Blatt vor den Mund«, sagte Laura. »Und ich habe noch nicht einmal gesehen, dass er Mitgefühl für seine Patienten zeigt«, fügte sie hinzu.

»Er ist ein ausgezeichneter Arzt, aber in meiner ganzen Zeit hier habe ich ihn noch kein einziges Mal freundlich erlebt. Ich schätze, er ist so, weil er hauptsächlich mit Bergleuten zu tun hat. Das sind harte Kerle, aber man gewöhnt sich daran. Und dann sind da noch die Prostituierten. Auch die sind manchmal etwas gewöhnungsbedürftig.« Sie legte einen Stapel Patientenakten in einen Schrank. »Wann sind Sie in Kalgoorlie angekommen?«, wollte sie wissen.

»Gestern«, sagte Laura. »Die Stadt ist viel größer, als ich dachte.«

»Wohnen Sie im Gästehaus in der Ely Street?«

»Ich habe die letzte Nacht dort verbracht. Zu Hause wurde mir gesagt, Sie hätten es empfohlen.«

»Das stimmt. Ich habe es noch nie gesehen, aber die Krankenschwestern, die neu ins Krankenhaus kommen, steigen bei ihrer Ankunft immer dort ab.«

Aber nicht lange, dachte Laura.

»Ihrem Gesichtsausdruck nach ist es nicht gerade das Taj Mahal«, sagte Nancy. Sie vermutete, dass Laura aus einer privilegierten Familie stammte. Sie sprach elaboriert, war sehr gepflegt und zeigte ein sicheres Auftreten.

»Das wäre eine Untertreibung. Die letzte Nacht war einfach nur schrecklich. Der Raum war nicht größer als ein Besenschrank, und es war drückend heiß. Ich möchte mir gar nicht vorstellen, was alles unter dem Bett herumgekrabbelt ist, aber allein das Geräusch hat mich wach gehalten. Heute Abend werde ich mir ein Zimmer in einem Hotel nehmen und mich dann nach einer anderen Unterkunft umsehen.«

»Ich will Ihnen nicht verschweigen, dass angenehmere Pensionen hier viel teurer sind als in Perth. In dieser Stadt ist alles teuer, und der Lohn einer Krankenschwester ist nicht gerade üppig.«

Laura gefiel diese Nachricht überhaupt nicht.

20

»Das Frühstück wird im Speisesaal serviert, Miss Brenan«, sagte die Empfangsdame des Hotels, als Laura um halb sieben nach unten kam.

»Danke.« Laura blickte auf die Uhr. Sie musste erst um acht Uhr im Gesundheitszentrum sein, sodass sie vor dem zu erwartenden Durcheinander ihres Arbeitstages Zeit für ein gemütliches Frühstück hatte. Sie hatte im Exchange Hotel ein Zimmer für drei Nächte gebucht, mehr konnte sie sich nicht leisten. In dieser Zeit würde sie nach einer erschwinglichen Pension suchen, die besser als das Gästehaus in der Ely Street war. Nancy fand das wenig realistisch, aber Laura war überzeugt, dass irgendjemand in Kalgoorlie ein schönes Zimmer zu einem vernünftigen Preis zu vermieten hatte.

Als Laura den Speisesaal betrat, saß dort nur ein weiterer Gast an einem Tisch am Fenster. Er war in seine Zeitung vertieft, die im Kalgoorlie-Miner-Zeitungsbüro verlegt wurde, das zufällig gleich nebenan lag. Sie ließ ihren Blick durch den Raum gleiten und überlegte, wo sie sich hinsetzen sollte. Der Mann faltete die Zeitung zusammen und hob den Blick.

»Guten Morgen«, sagte Laura.

»Guten Morgen«, antwortete er.

Laura entschied sich kurzerhand für den nächstgelegenen Tisch.

Kurz darauf brachte ihr eine Kellnerin eine Kanne frisch aufgebrühten Tee. »Die Küche schlägt heute Morgen Speck, Würstchen und Rührei vor, Miss«, sagte sie.

»Vielen Dank, aber das könnte ich bei dieser Hitze nicht essen. Etwas Obst, Toast und Marmelade würden mir reichen.« Sie blickte sich noch einmal um. »Erwarten Sie heute Morgen noch mehr Gäste zum Frühstück?«

»Vielleicht noch einige nach acht Uhr, Miss«, sagte die Kellnerin und eilte davon.

Laura wandte sich an den Herrn am Fenster. »Es scheint, als wären wir vorerst nur zu zweit«, sagte sie.

Er blickte auf und nickte lächelnd.

Laura fand sein Lächeln nett und sein Gesicht ehrlich. »Ich weiß nicht, wie es Ihnen geht, aber ich habe letzte Nacht ganz wunderbar geschlafen«, fügte sie hinzu.

»Wie schön für Sie«, sagte der Mann. »Bequemes Bett?«

»Ja, sehr. Und vor allem krabbelte darunter nichts herum.«

Der Mann starrte sie an. »Das wollen wir doch hoffen«, sagte er.

Laura lachte. »Meine Bemerkung verlangt vermutlich nach einer Erklärung. Ich habe die Nacht davor in einer zweifelhaften Pension verbracht und die ganze Nacht kein Auge zugetan. Der Raum war winzig klein und drückend heiß. Und von unter dem Bett kamen viele verschiedene Geräusche, aber ich war zu ängstlich, nach deren Quelle zu suchen. Ich konnte mich einfach nicht dazu durchringen, eine zweite Nacht dort zu verbringen, und bin sehr froh, dass ich es nicht getan habe.«

Er nickte wieder mit diesem Lächeln im Gesicht.

»Es ist schon ein bisschen albern, an verschiedenen Tischen zu sitzen und sich durch den Raum hinweg anzuschreien«, sagte Laura. »Würde es Ihnen etwas ausmachen, wenn ich mich zu Ihnen setze?« Normalerweise war sie nicht so forsch, aber die Situation fühlte sich irgendwie seltsam an. Dabei konnte sie selbst kaum glauben, dass sie einen Fremden gefragt hatte, ob sie sich zu ihm setzen könne.

»Nein, natürlich nicht.« Der Mann stand auf und bedeutete ihr mit einer Geste, Platz zu nehmen. »Bitte, setzen Sie sich zu mir.«

Patrick nahm hinter seinem Geschirr Platz, nachdem er seiner neuen Frühstücksbekanntschaft den Stuhl zurechtgeschoben hatte. Er freute sich über die Gesellschaft.

»Sie halten mich wahrscheinlich für ziemlich anmaßend«, sagte Laura, als beide endlich Platz genommen hatten.

»Um ehrlich zu sein, finde ich es erfrischend, jemanden zu treffen, der direkt auf den Punkt kommt.« Patrick dachte an Caroline. Bei ihr wusste er nie, was in ihr vorging.

Laura lächelte. »Wenn wir zusammen sitzen, ist es auch für das Personal einfacher«, sagte sie. »So müssen sie nicht zwei Tische bedienen und reinigen.«

»Sie denken sehr praktisch«, kommentierte Patrick. »Ich bin Patrick Shanahan«, sagte er und reichte ihr die Hand.

Laura ergriff sie. »Laura Brenan«, sagte sie. Sie schätzte ihn auf etwa vierzig Jahre. Er sah gut aus, vor allem wegen seiner sehr freundlichen Augen, die einen wunderbar warmen haselnussbraunen Ton hatten.

Die Kellnerin betrat mit Lauras Frühstück den Raum. Einen Moment lang schien sie verwirrt über die neue Sitzordnung zu sein, aber Laura signalisierte ihr, ihr Frühstück an den Tisch zu bringen, den sie jetzt mit Patrick teilte.

»Ich nehme noch ein Stück Toast und etwas Obst«, sagte dieser zur Kellnerin.

»Aber gern, Sir. Auch noch Tee?«, fragte sie.

»Ja, warum nicht? Danke sehr.«

Als die Kellnerin ging, lächelte Patrick.

»Was amüsiert Sie so?«, fragte Laura.

»Die Kellnerin denkt wahrscheinlich, dass ich nichts anbrennen lasse«, sagte Patrick.

Laura war nicht sicher, ob sie seine Bemerkung richtig verstanden hatte. »Sie glauben doch nicht etwa, dass sie denkt …«

Patrick nickte. »Ich weiß, ich bin alt genug, um Ihr Vater zu sein«, sagte er lachend.

»Ja, das sind Sie wohl«, bestätigte Laura.

»Oweia.« Patrick lachte immer noch. Dann deutete er auf Lauras Schwesternuniform. »Arbeiten Sie im Krankenhaus von Kalgoorlie, Laura? Ich darf Sie doch Laura nennen?«

»Ja, natürlich. Und nein, ich mache ein sechsmonatiges Praktikum in einem kleinen Gesundheitszentrum, danach schließe ich meine Ausbildung ab.« Sie schenkte sich eine Tasse Tee ein und fügte Milch und Zucker hinzu. »Und Sie? Was machen Sie in Kalgoorlie?«, wollte sie wissen.

»Ich überwache für Spencer Industries die Arbeiten in der Golden Nugget Mine.«

»Das klingt interessant«, sagte Laura, während sie Marmelade auf ihren Toast strich.

»Das ist es wirklich, aber es gibt ein paar Sicherheitsmängel, die ich beheben möchte.«

»Die Arbeit unter Tage muss sehr gefährlich sein«, kommentierte Laura. »Gestern war mein erster Tag in der Praxis, und ich habe dort einige schreckliche Verletzungen gesehen, verursacht durch eine defekte Ausstattung.«

»Dann verstehen Sie, wie schwierig meine Aufgabe ist, die Sicherheit der Bergleute zu verbessern.«

»In der Tat«, stimmte Laura zu.

»Und welchen Eindruck haben Sie bisher von Kalgoorlie?«, wechselte Patrick das Thema.

»Die Stadt hat mich überrascht«, gab Laura zu. »Erstens ist sie viel größer, als ich erwartet hatte, und mit einem Straßenbahnbetrieb hatte ich schon gar nicht gerechnet. Zweitens war ich erstaunt, dass es so viele Geschäfte gibt. Den Einwohnern scheint es an nichts zu fehlen.«

»Das stimmt. Vermutlich sollen diese Annehmlichkeiten den Staub und die Hitze kompensieren«, sagte Patrick. »Das Schwimmbad erfreut sich sicher größter Beliebtheit«, fügte er hinzu. »Ich bin sicher, dass es häufig genutzt wird.«

»Ich werde es auf jeden Fall nutzen, sobald ich kann«, gab Laura zu.

Die Kellnerin brachte Patricks Bestellung, und er goss sich eine weitere Tasse Tee ein. »Wo haben Sie Ihre Ausbildung gemacht, ehe Sie herkamen?«, fragte er dann.

»Im Colonial Hospital in Perth.«

»Und was wollen Sie machen, wenn Sie examiniert sind?«

»Ich möchte gerne als Hebamme arbeiten, und zwar auf dem Land. Vielleicht hier in Kalgoorlie, aber jede andere Provinzstadt wäre auch in Ordnung. In ländlichen Gebieten ist es ziemlich schwierig, Personal zu bekommen, aber ich persönlich halte eine solche Stelle für befriedigender, außerdem würde ich das Gefühl der Gemeinschaft sicher genießen.«

»Diese Einstellung ist bewundernswert«, lobte Patrick. »Aber was halten denn Ihre Eltern davon, dass Sie nach Kalgoorlie gezogen sind? Ich frage, weil ich mir vorstellen kann, dass sie sich Sorgen machen, denn die Stadt hat den Ruf, ein bisschen rau zu sein.«

»Meine Mutter ist vor einigen Jahren gestorben«, sagte Laura.

»Oh, das tut mir leid.«

»Mein Vater hat wieder geheiratet, und er und seine neue Frau *Lucinda*«, sie verzog das Gesicht, »erwarten ihr erstes gemeinsames Kind, sodass sie nicht allzu verstimmt waren, mich gehen zu sehen. Zumindest Lucinda nicht.«

Patrick lächelte mitfühlend. »Irre ich mich, wenn ich annehme, dass auch Sie nicht allzu viel dagegen haben, hier zu sein?«

Laura erwiderte sein Lächeln. »Nicht im Geringsten. Ich habe Lucinda nie gemocht. Sie ist … so falsch.«

»Und nach dem Tod Ihrer Mutter waren da vermutlich nur Sie und Ihr Vater …«

»Nein, ich habe noch einen jüngeren Bruder. Aber das Problem war nicht, meinen Vater teilen zu müssen. Lucinda hat immer so getan, als interessiere sie sich für meine Gefühle, aber sie hatte ganz offensichtlich Gefallen daran, mich zu plagen.«

»Mag Ihr Bruder sie?«

»Ja. Zu der Zeit, als Lucinda in unser Leben kam, war er verzweifelt auf der Suche nach einer Mutterfigur, weil unsere Mutter ihn immer sehr verhätschelt hat. Edmund ist der Stammhalter der Familie. Mein Vater möchte, dass er studiert und eine fantastische Karriere macht. Meine Arbeit in der Krankenpflege ist für ihn reine Zeitverschwendung, weil ich seiner Ansicht nach ohnehin bald heirate und eine Familie gründe.«

»Aber Sie selbst haben es damit nicht eilig, nehme ich an.«

»Bestimmt nicht. Ich will Hebamme werden und nicht jemandes Haushälterin.«

»Sie könnten verheiratet und Hebamme zugleich sein«, sagte Patrick. »In manchen Gemeinden genießen Hebammen als medizinisches Fachpersonal hohes Ansehen.«

Laura betrachtete ihn nachdenklich. »Ich schätze, das könnte ich«, sagte sie, als ob sie diese Idee zum ersten Mal in Betracht zöge. »Aber mein Mann müsste Verständnis dafür haben.«

»Dann setzen Sie das Verständnis ganz oben auf die Wunschliste der Talente Ihres zukünftigen Ehemannes«, riet Patrick.

Laura lachte. »Mir gefällt die Idee einer Wunschliste. Ganz oben stünde allerdings gutaussehend, dicht gefolgt von Verständnis.«

Patrick gefiel der Klang ihres Lachens. »Und wo siedeln Sie ein gutes Einkommen an?«, fragte er grinsend.

»Nach einem knappen Drittel«, sagte Laura lächelnd. »Dicht gefolgt von hochgewachsen, dunklem Haar und warmen braunen Augen.« Sie lachte wieder.

»Ich muss jetzt aufbrechen«, sagte Patrick, der Lauras Gesellschaft genossen hatte. »Morgen früh arbeiten wir weiter an dieser Liste. Sie werden doch morgen früh wieder hier sein, oder?«

»Ja, ich habe für drei Nächte gebucht und werde mir in der Zwischenzeit eine Unterkunft suchen, die ich mir leisten kann. Drücken Sie mir die Daumen!«

Maggie zog ein Blech aus dem Ofen. Der Anblick der frisch gebackenen Brote ließ sie lächeln. Sie waren perfekt – auf die richtige Höhe aufgegangen und in einem hellen, goldenen Braun. Nie würde sie des köstlichen Duftes frisch gebackenen Brotes müde werden. Maggie stellte die Brote zum Abkühlen auf Gestelle, öffnete den zweiten Ofen in ihrer Backstube, zog einige Apfelkuchen heraus und stellte sie auf Gestelle neben die Zimtkuchen und Schokoladenbrötchen, die sie zuvor gebacken hatte.

Sie war mit den Ergebnissen sehr zufrieden.

Vierzig Minuten später machte sich Maggie mit zwei Broten sowie einem Stück von jedem Gebäck auf den Weg zum Palace, das sie durch die Hintertür betrat.

Vivian saß in der Küche und las die Morgenzeitung, als Maggie hereinkam. Die anderen Frauen schliefen noch.

»Das duftet wunderbar!« Vivian legte die Zeitung beiseite und stöberte in dem Korb, den Maggie auf dem Küchentisch abgestellt hatte.

»Ich habe gerade einen Testlauf mit meinen Öfen gemacht und bin sehr zufrieden mit deren Funktion. Das hier sind die ersten Brote und Kuchen, die ich darin gebacken habe. Bald kann ich das Geschäft eröffnen«, sagte Maggie fröhlich. »Vielleicht sogar schon morgen. Ich muss allmählich ein bisschen Geld verdienen.«

»Bist du nervös?«, fragte Vivian. »Ich meine, wegen der Eröffnung? Auch wenn du es weißt, dass du es nicht sein müsstest.«

»Nicht wirklich. Ich bin wohl eher aufgeregt als nervös«, gab Maggie zu. »Aber heute Morgen habe ich das Allerwunderbarste an der ganzen Sache getan, Vivian.« Ihre blauen Augen funkelten vor Aufregung.

»Ich traue mich kaum zu fragen, aber: Was war es?«

»Ich habe ein Schild über dem Laden aufhängen lassen.«

»Ein Schild?«

»Ja. *Maggies Bäckerei*«, bestätigte Maggie. »Ganz ehrlich, ich bin vor Stolz fast geplatzt, als es hing.«

»Das ist wirklich wunderbar! Zur Feier des Tages öffnen wir später eine Flasche Wein und stoßen auf dich an.« Vivian bedauerte zutiefst, dass Maggie keine Familie hatte, mit der sie solche besonderen Momente teilen konnte – weder ihre Tochter noch ihren Mann. Sie wusste, dass Maggie ähnlich empfand.

»Und du hast dich im Cottage eingerichtet?«

»Ja, es fühlt sich allmählich wirklich wie ein Zuhause an. Auch wegen der Möbel, die du mir geschenkt hast.«

»Das freut mich«, sagte Vivian aufrichtig. »Hier läuft es auch sehr gut. Ich habe ein neues Mädchen eingestellt, eine Japanerin, Chiyoko. Sie ist sehr höflich und ruhig, aber die Männer lieben sie.«

»Zu viele Informationen, Vivian«, sagte Maggie mit einem Grinsen.

»Wir müssen unbedingt einen netten Gentleman für dich finden, Maggie«, warf Vivian plötzlich ein.

Maggie sah sie überrascht an. »Nein, danke.«

»Es wäre eine Sünde, den Rest deines Lebens ohne einen Mann zu verbringen. Du warst jetzt lange genug allein. Du bist eine so wunderbare Frau. Jeder Mann kann sich glücklich schätzen, dich an seiner Seite zu haben. Ich wette, die Männer in dieser Stadt haben dich längst bemerkt.«

»Das mag sein.« Maggie dachte an die vielen interessierten Blicke in ihre Richtung. »Aber in dieser Stadt bleibt keine lebendige Frau unbemerkt.« Sie atmete tief durch. »Ehrlicherweise muss ich zugeben, dass ich mich in letzter Zeit manchmal einsam fühle«, sagte sie.

Ein solches Eingeständnis war untypisch für Maggie und zeigte Vivian, dass sie wirklich sehr einsam sein musste. »Dann komm zurück und wohn wieder bei uns«, schlug sie vor.

Maggie schüttelte den Kopf. »Danke für das freundliche Angebot, Vivian, aber ich muss lernen, alleine zu leben.«

»Ich verstehe«, sagte Vivian. »Manchmal denke ich selbst, es wäre schön, diesen einen ganz besonderen Menschen kennenzulernen«, fügte sie wehmütig hinzu.

Maggie war überrascht. »Das ist das erste Mal, dass ich dich so etwas sagen höre, Vivian.«

Vivian zuckte die Schultern. »Vor einer Weile war hier ein wirklich netter Herr, der hat mich zum Nachdenken gebracht. Er sah gut aus und hatte gute Manieren, aber es war vor allem seine Persönlichkeit, die ihn für mich attraktiv machte. Er hatte einfach etwas ganz Besonderes an sich.«

»War er verheiratet?«

»Ja, das war er, aber ich habe deutlich gemerkt, dass er nicht glücklich war.«

»Ich bin sicher, dass alle Männer, die ins Palace kommen, behaupten, unglücklich verheiratet zu sein oder nicht verstanden zu werden.«

»Ja, das tun wirklich viele, aber bei ihm war das anders. Dieser Herr war gar nicht wegen eines der Mädchen hier. Er dachte, wie schon so mancher zuvor, das Palace wäre ein Hotel, das Gästezimmer anbietet.«

»Und was passierte, als er herausfand, dass dem nicht so ist?«

»Es war ihm ziemlich peinlich. Ich habe einen Drink mit ihm genommen, dabei weißt du ja, wie selten es vorkommt, dass ich mich in der Gesellschaft eines Mannes wirklich wohlfühle. Aber es war ganz leicht, mit ihm zu reden, ich habe sogar ein bisschen mit ihm geflirtet.«

Maggie war überrascht.

»Ich bin mir ziemlich sicher, dass er sich mit keiner Frau einlassen wird«, fügte Vivian hinzu. »Ich habe gelernt, die Männer zu lesen, das kann ich wirklich gut, und er gehört zu den treuen Typen. Schade!« Sie stieß einen Seufzer aus. »Aber zurück zu dir. Es wäre doch schön, wenn du jemand wirklich Nettes kennenlernen würdest.«

Maggie zuckte die Schultern. »Ja. Aber zunächst einmal muss ich mich darauf konzentrieren, mein Geschäft aufzubauen.«

»Wie ist es denn nachts in der Hay Street, mit all den Bordellen in der Nähe?«

»Bisher gab es keine Raufereien, aber ich muss zugeben, dass ich abends immer todmüde bin und wie ein Murmeltier schlafe.«

In diesem Moment ertönte ein langes Donnergrollen.

»Klingt nach einem Gewitter«, sagte Vivian. »Hoffentlich kühlt es dann ein bisschen ab.«

Maggie nickte. »Auf dem Weg hierher war der Himmel drohend und düster. Ich mache mich lieber auf den Heimweg, ehe der Regen einsetzt.«

»Danke für die Leckereien, Maggie. Die Mädchen werden sie genießen, wenn ich nicht schon alles aufgegessen habe, bevor sie aufstehen.«

»Das würde dir sicher eine Menge Schwierigkeiten einbringen«, sagte Maggie lächelnd und machte sich auf den Weg. Sie schaffte es gerade noch zurück in ihr Cottage, bevor die Tropfen auf Kalgoorlie niederzuprasseln begannen. Der Regen war höchst willkommen, er kühlte die Luft ab und band den Staub, aber das Trommeln auf dem Blechdach klang beunruhigend für Maggie, die nicht daran gewöhnt war. Sie ging in den Laden und sah nach dem Rechten. Glücklicherweise hatten die Dächer des Ladens und Cottages keine Löcher. Als Maggie durch das Schaufenster blickte, war die Hay Street zu einem roten Schlammfluss geworden. In diesem Moment war sie froh, den Laden noch nicht eröffnet zu haben, denn die Kunden hätten sicher den Schlamm der Straße auf den sauberen Böden verteilt.

Später am Abend stand Maggie noch immer in ihrer Küche. Sie war mit den Vorbereitungen für die Eröffnung am folgenden Morgen beschäftigt, als es wieder zu regnen begann. Sie spülte ein paar Teller und dachte bei einem Blick aus dem Fenster daran, dass der Guss den wenigen Sträuchern im Garten hinter dem Haus sicher gutgetan hatte, als sie ein flackerndes Licht zwischen den Bretterlücken des Holzstalls bemerkte. Zunächst glaubte sie, sich geirrt zu haben, und beobachtete den Garten in der zunehmenden Dunkelheit weiter. Nach wenigen Minuten war sie sicher, dass im Stall etwas flackerte. Maggie bekam es mit der Angst zu tun. Bestimmt brannte der Verschlag!

Eilig zog sie ihren Mantel über, griff nach einer Laterne und ging zum Stall hinunter. Je näher sie kam, desto sicherer war sie, Rauch zu riechen. Beunruhigt kämpfte sie mit der Stalltür. Sie war von außen durch Unkraut blockiert und ließ sich nur schwer öffnen. Schließlich sprang sie mit einem lauten Knarren auf, und Maggie spähte hinein.

Es dauerte ein paar Augenblicke, bis sie verstand, was sie sah. An einem Feuer, über dem ein Topf hing, aus dem Kocharomen drangen, saßen die Zhangs. Maggie bemerkte einen Eingang an der Rückseite des Stalls, der zum Garten an der Rückseite der Wäscherei führte. Das Stalldach war undicht. Der Regen triefte auf etwas, das wie Bettzeug auf dem Boden aussah und neben einem Gewirr aus Kleidung, Teller, Tassen und Kochutensilien lag. Maggie konnte daraus nur eine Schlussfolgerung ziehen, die zu glauben ihr schwerfiel: Aus irgendeinem Grund wohnten die Zhangs in ihrem Stall.

»Was machen Sie denn hier?«, stammelte sie.

Ling sah ihren Vater an und ließ den Kopf sinken. »Wir nirgends Unterkunft finden, Maggie«, sagte sie.

»Dann wohnen Sie also hier … in meinem Stall?«, sprach Maggie schockiert die Worte aus, die sie beschäftigten.

Ling nickte verzweifelt.

»Wie lange schon?«

»Neun Monate«, gab Ling zu. »Seit wir Wäscherei eröffnet haben. Cottage war leer«, sagte Ling. »Also wir niemanden belästigt.«

Maggie war entsetzt. Der Anblick der beiden erinnerte sie an die Nacht, die sie mit Lori in einem Stall verbracht hatte, daran, wie krank sie geworden war, und vor allem an die Folgen. Ihr kam der Gedanke, dass die Zhangs auch in das Cottage hätten einbrechen können, aber das hatten sie nicht getan, was viel über ihren Charakter aussagte. »Sie können nicht hier draußen schlafen«, beschied Maggie kurzerhand.

»Es uns leidtun. Wir gehen.« Ling begann, ihre Habseligkeiten zusammenzupacken. Dabei sprach sie mit ihrem Vater, der Maggie zunehmend grimmig ansah.

»Nein, so habe ich das nicht gemeint. Es stört mich nicht, dass Sie hier sind, aber dieser Stall ist kein geeigneter Ort zum Schlafen. Ihre Bettwäsche ist ja völlig durchnässt«, sagte Maggie. »Bitte kommen Sie mit in mein Cottage. Ich habe zwei zusätzliche Schlafzimmer, die Sie benutzen können.«

Ling starrte sie mit großen Augen an. Ihr Vater sprach sie unwirsch an, vermutlich wollte er wissen, was Maggie gesagt hatte. Sofort entspann sich eine hitzige Diskussion zwischen den beiden, die der alte Mann offenbar gewann. Maggie brauchte Ling nicht für die Übersetzung, weil ihr Vater aussagekräftig den Kopf schüttelte.

»Mein Vater sagen, wir nicht mit Ihnen gehen, Maggie«, sagte Ling. »Heute Nacht wir bleiben hier, wenn für Sie in Ordnung.«

»In nasser Bettwäsche kann man nicht schlafen«, argumentierte Maggie. Es war sinnlos, ihnen trockene Bettwäsche anzubieten, solange das Dach leckte. »Kommen Sie ins Haus. Ich bestehe darauf.«

»Mein Vater seine Meinung nicht ändern, Maggie«, sagte Ling mit gesenktem Kopf.

Maggie war sicher, dass Ling ihr Angebot dankend angenommen hätte. Es war ihr Vater, der aus purem Stolz ablehnte, und er hatte das letzte Wort.

»Ich lasse die Hintertür offen, für den Fall, dass Ihr Vater seine Meinung ändert, Ling«, sagte Maggie und ging zurück ins Haus.

Im Cottage wanderte Maggie ruhelos auf und ab. Sie verstand nicht, warum die Zhangs keine Unterkunft finden konnten, und sie konnte sich nicht dazu durchringen, in ihr eigenes trockenes und bequemes Bett zu steigen, solange sie wusste, dass die Zhangs draußen in feuchter Bettwäsche schliefen.

Plötzlich ertönte ein bedrohliches Donnergrollen, das Maggie zutiefst erschrak. Sie blickte aus dem Fenster. Blitze zuckten im Zickzack über den schwarzen Himmel. Nur Augenblicke später trommelte erneut heftiger Regen auf das Dach. Dieses Mal war es ein wahrhaft ohrenbetäubender Lärm.

»Jetzt reicht's«, sagte Maggie laut zu sich und schlüpfte in ihren Mantel. »Dieses Mal werde ich ein Nein als Antwort nicht akzeptieren.« Eilig marschierte sie zum Stall hinunter, wo sich die Zhangs in einer Ecke zusammenkauerten in dem Versuch, sich von dem Wasser fernzuhalten, das durch das Dach eindrang. Der Anblick war erbärmlich.

Maggie wollte ihnen gerade befehlen, mit ihr ins Haus zu kommen, als der hintere Teil des Stalldachs plötzlich unter dem Gewicht des Wassers einbrach. Er verfehlte die Zhangs um Haaresbreite. Ling schrie vor Schreck auf, und Bojing wurde kalkweiß.

»Kommen Sie sofort ins Haus«, rief Maggie nachdrücklich.

Dieses Mal zögerten sie nicht, ihr zu folgen.

In ihrer Küche reichte Maggie ihnen Handtücher, um ihre Gesichter und Haare zu trocknen. Dann forderte sie ihre Gäste auf, sich zu setzen.

»Irgendwann streiche ich auch noch die Wände«, sagte Maggie, als sie sah, wie die beiden sich umblickten. »Im Moment hat die Eröffnung der Bäckerei für mich oberste Priorität. Wie schon gesagt, ich habe zwei möblierte Schlafzimmer, die Sie nutzen können«, fügte sie hinzu. »Sie können sie gerne so lange benutzen, wie Sie wollen.« Als sie bemerkte, wie unangenehm es ihren Gästen schien, ihre Gastfreundschaft anzunehmen, fügte sie hinzu: »Ich hätte gern ein wenig Gesellschaft.«

»Danke, Maggie«, sagte Ling zaghaft und übersetzte für ihren Vater.

Maggie schenkte ihnen heißen Tee ein und schnitt Scheiben von Brot, Käse und Kuchen auf. Währenddessen sprach Bojing eindringlich mit seiner Tochter. Er wirkte sehr unzufrieden, und Maggie fiel auf, dass sie ihn noch nie hatte lächeln sehen.

»Mein Vater vorschlagen, wir Ihre Wäsche kostenlos waschen«, übersetzte Ling mit besorgter Miene. »Morgen wir versuchen noch einmal, irgendwo Zimmer zu mieten.«

Maggie wollte Einspruch erheben, aber ein Blick von Bojing hielt sie davon ab. »Sagen Sie ihm, ich nehme sein freundliches Angebot an, eine Ladung Wäsche für mich zu waschen.«

Ling übersetzte, aber Bojing blickte immer noch derart griesgrämig drein, dass sie ihren Vorschlag, die beiden für mehr als eine Nacht zu beherbergen, noch einmal überdachte. Sie beschloss, das Thema zu wechseln.

»Können Sie mir sagen, warum Sie keine Unterkunft in Kalgoorlie finden können«, erkundigte sie sich und bemerkte überrascht, wie Ling den Kopf senkte. »Es tut mir leid. Ist die Frage zu persönlich?«

»Nein, nein … Chinesen in Kalgoorlie nicht beliebt«, sagte Ling. »Wir dürfen Kleider waschen, aber niemand uns Zimmer vermieten.«

»Oh!« Maggie war entsetzt. »Dann hatten Sie also hier überhaupt noch keinen Platz zum Schlafen.«

Ling schüttelte den Kopf.

»Jetzt schon«, sagte Maggie. »Sie werden hierbleiben.«

Wieder senkte Ling den Kopf. »Sie eine sehr freundliche Lady«, sagte sie leise.

»Wir sind Nachbarn, und Nachbarn helfen einander«, widersprach Maggie.

»Nicht viele so denken, Maggie«, warf Ling ein.

»Vielleicht. Aber ich war selbst auch schon einmal in dieser Situation, Ling. Ich habe in einem Stall geschlafen, weil ich keine andere Wahl hatte, und wurde sehr krank.« Maggie hielt inne. Sie konnte sich nicht dazu durchringen, den Zhangs zu erzählen, was mit Lori geschehen war. »Ich will nicht, dass Ihnen oder Ihrem Vater Letzteres auch passiert.«

Ling übersetzte das Gespräch für ihren Vater. Er blickte Maggie an, aber sie konnte nicht erkennen, was er dachte.

»Morgen öffne ich meinen Laden zum ersten Mal. Ich muss also sehr früh aufstehen und mit dem Backen beginnen, wahrscheinlich mitten in der Nacht. Sie aber bereiten sich und Ihrem Vater etwas zu essen, bevor Sie zur Arbeit gehen. Sie dürfen jederzeit den Herd benutzen. Ich möchte, dass Sie sich hier wohlfühlen.«

»Sie so freundlich, Maggie«, sagte Ling. »Großes Glück für uns, dass Sie sind hergekommen.«

»Als ich kein Dach über dem Kopf hatte, war jemand sehr nett zu mir, und jetzt ist es mir ein Vergnügen, jemand anderem aus der Not helfen zu können.«

Ling sagte etwas zu ihrem Vater, und er nickte.

21

»Guten Morgen«, sagte Patrick zu Laura. »Wie war Ihr zweiter Tag im Gesundheitszentrum?«

»Ein einziges Durcheinander.« Laura ließ sich auf den Stuhl fallen, den er im Speisesaal des Hotels für sie zurückgezogen hatte.

»Es tut mir leid, das zu hören«, sagte Patrick und setzte sich ihr gegenüber an den Tisch.

Die Kellnerin nahm Lauras Bestellung entgegen, da Patrick seine bereits aufgegeben hatte.

»Dann erzählen Sie mal, was alles schiefgelaufen ist«, forderte er Laura mit aufrichtigem Interesse auf.

Laura war gerührt, dass er offenbar bereit war, sich ihre Klagen anzuhören. »Sind Sie sicher, dass Sie meine traurigen Geschichten hören wollen?«

»Ich bin ganz Ohr«, bestätigte Patrick.

»Na dann …« Laura kam der Gedanke, dass ihr Vater sich nie dafür interessiert hätte. »Also, Doktor Piper ist vollkommen unorganisiert, das ist das Erste. Nichts befindet sich da, wo es sein sollte. Das gilt für Wundkompressen, chirurgische Instrumente und Salben. Aber auch für Akten. Wenn ein Patient kommt, soll ich dem Doc die entsprechende Krankenakte vorlegen, aber das Ablagesystem ergibt überhaupt keinen Sinn. Und weil es ewig dauert, das zu finden, was Doktor Piper braucht, wird er ungeduldig und gereizt. Und dann muss der arme Patient unter seiner auffahrenden Art leiden. Ich glaube keineswegs, dass die vorige Krankenschwester das Ablagesystem in dem Zustand zurückgelassen hat, in dem es heute ist. Ich vermute vielmehr, dass Doktor Piper alles durcheinandergebracht hat, aber das darf ich natürlich unter keinen Umständen laut sagen, obwohl ich des Öfteren versucht war. Die vorherige Krankenschwester hat ihm das Leben offenbar sehr leicht gemacht. Sie wusste, wo alles war, und konnte praktisch seine Gedanken lesen und damit seiner nächsten Bitte immer zuvorkommen. Von mir erwartet er das auch, aber das ist unmöglich. Und so, wie es jetzt läuft, stehe ich da, als wäre ich vollkommen inkompetent, obwohl ich weiß, dass ich das nun wahrlich nicht bin.«

»Man wird sicherlich nicht von Ihnen erwarten, dass Sie schon nach zwei Tagen auf geheimnisvolle Weise wissen, wo alles ist«, stellte Patrick fest.

»Ich hatte bisher einfach keine Zeit, mich mit dem Ablagesystem oder den Instrumenten des Arztes vertraut zu machen, dazu geht es in der Praxis zu lebhaft zu. Ich musste sozusagen ins kalte Wasser springen.«

»Ich würde Ihnen raten, alles zu tun, was in Ihrer Macht steht, um *Ihre* Arbeit zu erleichtern.«

Laura wusste, dass dies ein guter Ratschlag war. »Sie haben recht. Das sollte ich wirklich tun. Ich bin mir nur nicht sicher, wie Doktor Piper es aufnimmt, wenn ich anfange, das Ablagesystem zu ändern. Im Idealfall ist er einfach nur mürrisch.«

»Aber er ist nicht derjenige, der die Akten finden muss, sondern Sie, deshalb hat er bestimmt nichts dagegen«, sagte Patrick.

»Es ist zwar überhaupt nicht meine Art, aber ich bin da auf der Hut«, gab Laura zu. »Dabei bin ich sicher, dass Nancy einverstanden wäre, wenn ich einiges anders organisiere.«

»Nancy?«

»Die Sprechstundenhilfe. Sie ist richtig froh, dass sie Doktor Piper seit meiner Ankunft nicht mehr assistieren muss. Sie ist eingesprungen, nachdem meine Vorgängerin gegangen war, aber sie war mit ihrem Latein am Ende und hatte mit Kündigung gedroht. Ich kann es ihr nachfühlen, denn es ist wirklich nicht leicht, mit ihm zu arbeiten. Und was die Sache noch schlimmer macht: Sein Sehvermögen ist miserabel, und er hört kaum noch etwas.«

Patrick starrte sie mit großen Augen an, dann lachte er, was Laura überraschte. »Es tut mir leid«, sagte er. »Aber das klingt, als sei der Arzt kränker als die Patienten, die er behandelt.«

»In manchen Fällen ist das durchaus möglich. Er ist ja auch schon über siebzig.«

»Über siebzig? Warum ist er dann nicht im Ruhestand?«

»Er wartet auf einen Nachfolger, aber es scheint, als wollten nicht viele Ärzte in einer Bergbaustadt in der Provinz arbeiten.«

»Machen Sie sich nichts daraus, es wird sich bestimmt bald alles zum Besseren wenden. Sie kommen mir eigentlich nicht vor wie jemand, der sich leicht entmutigen lässt. Habe ich recht?«

Laura war gerührt. »Ja, das stimmt schon. Danke für die aufmunternde Bemerkung, jetzt fühle ich mich besser.«

»Gut. Wie weit sind Sie mit der Suche nach einer neuen Unterkunft?«

»Ich hatte noch keine Gelegenheit, mich umzusehen. Vielleicht mache ich das heute Abend, wenn nicht wieder so viele Patienten kommen.« Sie bemerkte, dass Patrick plötzlich sehr ernst wirkte. »Stimmt etwas nicht?«

»Hatten Sie in der Praxis irgendwelche Tuberkulosefälle?«, fragte er düster. Bei seinen Gesprächen mit den Bergleuten hatte er herausgefunden, dass viele Männer an Tuberkulose und durch das Siliciumdioxid im Staub auch an Silikose erkrankt waren.

»Nicht in den zwei Tagen, seit ich dort bin. Wir hatten einige Fälle von Influenza, Kinder mit Scharlach und mehrere Spinnen- und Schlangenbisse.«

»Ich weiß, dass die Bergleute große Angst vor Tuberkulose und Silikose haben. Wenn sie nicht arbeiten können, leiden ihre Familien, weil dem Haushalt das Einkommen fehlt.«

»Tuberkulose ist eine furchtbare Krankheit. Der Patient baut langsam und fortschreitend ab und wird zum Invaliden, bevor er schließlich stirbt. Hinzu kommt, dass die Person, die ihn pflegt, also entweder seine Frau oder eine Krankenschwester, einem hohen Ansteckungsrisiko ausgesetzt ist.«

»Haben Sie selbst eigentlich keine Angst, sich bei Ihren Patienten mit einer lebensbedrohenden Krankheit anzustecken?«, fragte Patrick besorgt.

»Ich kannte die Risiken, als ich mich für diesen Beruf entschied. Um die Wahrheit zu sagen: Die drohende Gefahr einer Ansteckung ist nicht das Schlimmste, viel schwieriger ist es, einen Patienten zu verlieren, das ist der härteste Teil des Jobs.«

»Sie sind sehr mutig«, sagte Patrick voller Bewunderung. Er konnte nicht verstehen, dass jemand in Lauras jugendlichem Alter bereit war, für die Pflege eines Patienten sein Leben aufs Spiel zu setzen.

»Die Bergleute, die mit schweren Verletzungen zu uns kommen, sind immer sehr verärgert, wenn Doktor Piper ihnen sagt, dass sie wochenlang nicht arbeiten dürfen. Wegen des Lohnausfalls«, sagte sie.

»Man müsste eine Art Ausgleichsfonds für sie einrichten«, meinte Patrick nachdenklich. »Darüber sollte ich mal genauer nachdenken, aber zuallererst muss ich jetzt erst einmal Lösungen für die Sicherheit finden, das ist wichtig.«

Laura nickte und erzählte ihm von Dan Prisonis Unfall in der Mine, verursacht durch defekte Bremsen am Förderkorb.

Patrick schüttelte den Kopf und runzelte die Stirn. »Ich bin nicht überrascht, das zu hören. Die Geräte werden nicht regelmäßig gewartet und auf ihre Sicherheit überprüft, das muss sich unbedingt ändern. Ich werde dafür sorgen, dass das passiert.«

Maggie zog ein Blech mit Tortenböden aus dem Ofen und stieß dabei mit der Hand an den sehr heißen Grillrost.

»Autsch«, schrie sie und ließ das Blech auf den Tisch fallen. Sie hasste es, sich zu verbrennen, aber es gehörte nun einmal zu den Risiken beim Backen und widerfuhr ihr zumeist dann, wenn sie nach einem langen Arbeitstag müde war. Sie untersuchte die Verbrennung und stellte fest, dass sie ziemlich schlimm war. Sie ärgerte sich über ihre Ungeschicklichkeit. »Verdammt!« Sie hatte keine

Salbe, also ließ sie kaltes Wasser über die Wunde laufen, und sofort bildete sich eine Blase, und der Schmerz wurde schier unerträglich.

Der Laden war seit sechs Uhr morgens geöffnet, und sie hatte den ganzen Tag über Kunden gehabt. Vor allem Frauen, die vermutlich auf der Straße arbeiteten. Sie hatte das meiste verkauft, darunter Brot, Biskuitkuchen, Marmeladendonuts, Kuchen und Teegebäck. Alle Kunden hatten ihr Komplimente bezüglich der Qualität ihrer Backwaren gemacht und ihr versprochen, Werbung für sie zu machen und wiederzukommen. Sie wusste, dass es einige Zeit dauern würde, das Geschäft aufzubauen, und währenddessen würde sie ihre Arbeitsweise optimieren. Sollte ihr die Arbeit eines Tages über den Kopf wachsen, würde sie eine Hilfe einstellen.

Die Schmerzen an ihrer Hand verschlimmerten sich. Maggie war froh, dass sie nun, am späten Nachmittag, gerade keine Kunden mehr zu bedienen hatte, und beschloss, den Laden zu schließen und Vivian zu fragen, ob sie die Brandsalbe, die in Perth immer griffbereit in der Küche gelegen hatte, mit nach Kalgoorlie genommen hatte.

»Was hast du denn gemacht, Maggie?«, fragte Vivian, als Maggie mit verbundener Hand durch die Hintertür trat.

Maggie legte eine Tüte mit Backwaren auf den Küchentisch. »Ich habe mir ziemlich schlimm die Hand verbrannt«, sagte sie. »Ich hatte gehofft, dass die Brandsalbe bei den Küchenartikeln ist, die wir mitgenommen haben.«

»Ich habe sie zwar noch nicht gesehen, aber ich schaue mal nach.« Vivian entging nicht, dass Maggie sehr blass war.

Vivian hatte in der Lokalzeitung eine Anzeige für einen Koch geschaltet. Bislang hatten sich nur zwei äußerst ungeeignete Kandidaten vorgestellt, und zwar ein Chinese mit einer feindseligen Einstellung gegenüber Frauen sowie ein koketter Schafscherer-Koch mit Schnapsatem, der sich mehr für die Bar als für die Küche interessierte. Folglich war noch nicht alles ausgepackt.

Vivian stöberte in den Utensilien und Kisten herum. »Tut mir leid, ich kann sie nicht finden«, sagte sie. »Lass mich mal einen Blick auf deine Hand werfen.«

Maggie löste den Verband. Beim Anblick der großen, dunklen Verbrennung mit einer riesigen, mit Flüssigkeit gefüllten Blase schrak Vivian zurück. »Du liebe Zeit! Du solltest einen Arzt aufsuchen, Maggie. Das sieht ziemlich schlimm aus«, sagte sie. »Du willst doch nicht, dass die Wunde sich entzündet, das passiert bei dieser Hitze schnell.«

»Du hast vermutlich recht«, sagte Maggie. »Es tut auch höllisch weh.« Die Schmerzen waren kaum auszuhalten, und auch sie hatte sich bereits Sorgen wegen einer Infektion gemacht. So kurz nach der Eröffnung ihres Geschäftes konnte sie solche Probleme nicht gebrauchen. »Aber ich kenne in dieser Stadt keinen Arzt.«

»Gleich um die Ecke liegt ein kleines Gesundheitszentrum. Wenn du willst, komme ich mit.«

»Danke, aber ich komme schon zurecht«, erklärte Maggie. »Du musst dich bald um die ersten Kunden des Abends kümmern.«

Maggie hatte Glück: Das Wartezimmer der Praxis war leer. Nach einem weiteren, sehr geschäftigen Tag hatte man gerade schließen wollen. Nancy begrüßte sie und erkannte sofort das Problem, weil Maggie die Wunde wegen der Schmerzen nicht noch einmal verbunden hatte. Außerdem war die Patientin sehr blass.

»Der Doktor ist gleich für Sie da, Miss Cassidy«, sagte sie, nachdem Maggie ihre Personalien angegeben hatte. »Nehmen Sie doch bitte Platz.« Nancy ging und kam eine Minute später mit Laura zurück.

»Miss Cassidy, das ist Laura«, sagte Nancy. »Sie wird Sie zum Arzt geleiten.«

Maggies Aufmerksamkeit wurde sofort von der Farbe der Haare angezogen, die unter Lauras weißer Haube hervorschauten.

»Kommen Sie bitte mit ins Sprechzimmer, Miss Cassidy«, sagte Laura mit einem freundlichen Lächeln.

»Danke.« Maggie stand auf, ohne den Blick von diesen Haaren

zu nehmen. Sie starrte Laura förmlich an. Erinnerungen schossen ihr durch den Kopf, und wie so oft wurde sie überwältigt von einer Trauer über etwas, das hätte sein können.

»Stimmt etwas nicht?« Laura entging nicht, dass Maggie mit den Gedanken plötzlich ganz woanders war.

»Doch, doch.« Maggie nahm sich zusammen. Sie sprach gerne über ihre Lori, weil sie dadurch ihre Erinnerung wachhielt, aber in diesem Moment war sie viel zu aufgewühlt. »Ich habe nur Ihr Haar bewundert.« Auch Lauras blaue Augen faszinierten sie. »Es hat eine wunderschöne Farbe ... so ungewöhnlich.«

»Dankc«, sagte Laura. »Ich habe auch noch nie jemanden mit genau dieser Farbe gesehen.«

Ich schon, dachte Maggie. »Was ist mit anderen aus Ihrer Familie?«, fragte Maggie, als Laura sie ins Sprechzimmer begleitete.

»Nein, niemand in meiner Familie hat diese Haarfarbe.«

»Was kann ich für Sie tun?«, unterbrach Doktor Piper sie schroff. Er war sehr müde und daher noch weniger zu Höflichkeiten geneigt.

»Ich habe mich verbrannt.« Maggie zeigte ihm ihre Hand.

»Das sieht schlimm aus. Sie sollten vorsichtiger sein«, merkte Doktor Piper kritisch an und untersuchte die Verbrennung.

»Ach ja, sollte ich das?«, konterte Maggie und verdrehte die Augen.

Laura konnte sich nur mit Mühe ein Lächeln verkneifen.

Doktor Piper untersuchte Maggie sehr gründlich und sah sehr genau hin. »Ich finde schon«, sagte er schließlich. »Die Narben an Ihren Händen zeigen, dass Sie sich nicht zum ersten Mal verbrannt haben.«

»Es wird auch nicht das letzte Mal sein«, gab Maggie zu bedenken.

»Vielleicht sind Sie zu ungeschickt, um einen Ofen zu benutzen.«

»Und wie sollte jemand, der als Bäckerin arbeitet, seine Waren herstellen, ohne einen Ofen zu benutzen?«

»Bäckerin! Dann werde ich Sie hier wohl noch öfter sehen«, kommentierte der Arzt resigniert.

»Nicht allzu oft, hoffe ich. Aber diese Verbrennung tut verdammt weh«, klagte Maggie. Sie hatte nicht derart ordinär klingen wollen, aber Vivians Mädchen hatten über die Jahre hinweg auf sie abgefärbt.

»Holen Sie die Salbe gegen Verbrennungen, Schwester. Die mit dem Antiseptikum«, sagte der Arzt zu Laura.

Maggie fand ihn sehr unhöflich, doch Laura machte sich in einem Schrank auf die Suche nach der Salbe.

»Ich dachte, eine Bäckerin hätte immer eine Salbe in Reichweite«, stellte der Arzt fest, während er die Dose öffnete, die Laura ihm gereicht hatte.

»Autsch«, quietschte Maggie, als er die Salbe ziemlich unsanft auftrug. »Ich habe normalerweise welche im Haus, aber ich bin gerade erst von Perth hergezogen und habe keine Ahnung, wo sie hingekommen ist.«

Schweigend legte der Arzt ihr einen Verband an.

»Wo ist die Bäckerei, in der Sie arbeiten, Miss Cassidy?«, fragte Laura.

»In der Hay Street, gleich neben der Wäscherei«, antwortete Maggie. »Der Laden gehört mir. Ich habe ihn gerade erst eröffnet.«

Der Arzt hob seine buschigen Augenbrauen. Maggie wusste genau, was er dachte. »Ich bin nicht ungeschickt«, insistierte sie. »Verbrennungen sind unvermeidlich, wenn man ständig Bleche in einen heißen Ofen schiebt oder sie herausholt.«

»Die Wäscherei liegt gegenüber vom Pink House, nicht wahr?« Laura war aus Neugier einmal die Hay Street hinuntergegangen und hatte dabei am Ende der Straße das Pink House und einige andere Bordelle gesehen. Das Pink House war wegen seiner leuchtend rosa Farbe kaum zu übersehen. Sie hatte sich auch gemerkt, wo die Wäscherei war, falls sie einmal eine brauchte.

»Ja, das stimmt«, sagte Maggie, »aber tagsüber ist es dort ziemlich ruhig.«

»Vielleicht hätten Sie statt einer Bäckerei lieber ein Geschäft für Damenbekleidung eröffnen sollen«, meinte der Arzt, während er die Hand weiterverband. »Dann wären zumindest keine heißen Öfen im Spiel.«

»Ich liebe es, zu backen, und kann das wirklich gut«, sagte Maggie. »Und ich beabsichtige, es noch viele Jahre lang zu tun.«

»Ich nehme an, ich sollte mich freuen, dass Sie nicht mit Messern arbeiten«, sagte Doktor Piper mit einem Hauch Sarkasmus.

Maggie war erstaunt über seinen Mangel an Einfühlungsvermögen und Diplomatie. »Und ich sollte dankbar sein, dass ich nicht auf der Suche nach Mitgefühl und höflichem Umgang mit Patienten zu Ihnen gekommen bin«, konterte sie.

Diesmal konnte Laura ihr Lachen nicht zurückhalten. Eilig bedeckte sie ihren Mund mit der Hand.

Doktor Piper richtete sich auf. »Ich werde nicht gut genug bezahlt, um meine Dienste auch noch mit höflichem Small Talk zu versehen«, sagte er, musste sich aber selbst ein Grinsen verbeißen. »Kommen Sie morgen wieder, um den Verband zu wechseln«, fügte er hinzu.

Laura begleitete Maggie zurück in den Warteraum. »Ich werde Ihre Bäckerei sehr bald einmal besuchen, falls Doktor Piper mir einmal eine Mittagspause zugesteht.«

»Tun Sie das«, sagte Maggie. »Ich öffne sehr früh und schließe gegen vier Uhr nachmittags. Ich wohne im Cottage gleich dahinter.«

»Machen Sie auch Tuttifruttis? Das liebe ich nämlich.«

Maggie zuckte zusammen und starrte sie mit offenem Mund an. Genau dieses Gebäck hatte Lori am liebsten gemocht. »Die mache ich auch … allerdings schon seit geraumer Zeit nicht mehr«, murmelte sie.

»Geht es Ihnen gut, Miss Cassidy?«, fragte Laura.

»Ja«, stieß Maggie hervor und nahm sich mit aller Kraft zusammen. »Auf Wiedersehen.«

»Guten Morgen«, sagte Patrick, als Laura ihn zum Frühstück im Speisesaal traf.

Laura setzte sich ihm gegenüber. »Leider ist das unser letztes gemeinsames Frühstück«, seufzte sie. Sie hatte Patricks Gesellschaft wirklich genossen.

»Dann haben Sie also eine nette Pension gefunden.« Patrick freute sich für sie, obwohl er ihre fröhliche Gesellschaft am Morgen sicher vermissen würde.

»Nein, ich habe gestern Abend gesucht, aber es gab nichts Erschwingliches, das besser war als die Pension in der Ely Street. Manche Unterkünfte waren sogar noch schlimmer, was ich nie für möglich gehalten hätte.«

»Und warum ist das dann unser letztes gemeinsames Frühstück?«

»Ich kann es mir nicht leisten, länger hier zu wohnen. Ich muss in die Ely Street zurückkehren.« Laura gefiel das ganz und gar nicht, aber sie hatte keine andere Wahl.

Patrick betrachtete sie nachdenklich. »Darf ich Ihnen einen Vorschlag machen?«, fragte er schließlich.

Neugierig blickte Laura ihn an. »Gerne.«

»Bleiben Sie hier. Ich sorge dafür, dass Ihre Rechnung bezahlt wird.«

Das war das Letzte, was Laura erwartet hatte. »Das kann ich nicht annehmen. Das wäre nicht angemessen«, stammelte sie.

Patrick verstand nicht. »Warum nicht?«

»Ich … nun … was würden die Leute denken?«, fragte Laura.

»Oh … ach so«, sagte Patrick verlegen. »Jetzt weiß ich, was Sie meinen. Ich habe gar nicht an die Klatschbasen und Wichtigtuer gedacht, aber ich verstehe, worauf Sie hinauswollen. Schade! Es gefällt mir nämlich, eine fröhliche Frühstücksbegleiterin zu haben. Die Bergleute stehen der Firmenleitung nicht gerade freundlich gesinnt gegenüber, deshalb finde ich es schön, den Tag mit einem lächelnden Gesicht am Tisch zu beginnen.«

»Das geht mir genauso. Ich habe hier auch noch keine Freunde gefunden«, sagte Laura. »Danke für das nette Angebot, aber es wäre nicht richtig, wenn Sie für mein Zimmer bezahlen würden.«

»Oh, nein, das meinte ich nicht. Ich hätte mich vielleicht deutlicher ausdrücken sollen. Nicht ich persönlich würde bezahlen, sondern Spencer Industries.«

Laura blickte ihn verwirrt an.

»Das ist die Firma, für die ich arbeite, erinnern Sie sich? Sie würde für das Zimmer zahlen«, sagte Patrick.

»Und Ihrem Chef würde das nichts ausmachen?«, fragte Laura.

»Er wird es nicht erfahren, aber wenn er es wüsste, würde es ihm nichts ausmachen.« Patrick senkte die Stimme. »Er ist sehr wohlhabend«, flüsterte er.

Laura schwieg einen Moment und dachte nach. »Wäre es nicht unehrlich, ihn zu bestehlen?«, fragte sie schließlich.

»Sicher nicht! Mir wurden großzügige Spesen für mein Zimmer gewährt – genug, um eine schöne Suite zu mieten, aber ich habe sie nicht in Anspruch genommen. Ich mag es nicht, in einer großen Suite herumzuirren. Die Spesen decken problemlos zwei Standardzimmer ab.«

Laura war versucht, dem Vorschlag zuzustimmen. »Wenn Sie also nicht selbst für das Zimmer bezahlen, wäre es vermutlich nicht vollkommen unangebracht, den Vorschlag anzunehmen, oder?«, sagte sie.

»Vermutlich nicht«, sagte Patrick. »Und wenn Sie noch etwas länger hier im Hotel bleiben, haben Sie mehr Zeit, eine Pension zu finden, die sowohl erschwinglich als auch komfortabel ist.«

»Sie haben recht. Wenn das Angebot noch steht, nehme ich es gerne an.« Laura strahlte.

»Dann wäre das also geklärt.« Auch Patrick war glücklich.

»Vielen Dank!« Laura fühlte sich, als wäre ihr eine Last von den Schultern genommen worden. Allein der Gedanke, in die Ely Street zurückkehren zu müssen, war abscheulich gewesen.

»Gern geschehen. Wie wäre es mit einem schönen Frühstück zur Feier des Tages? Wir könnten etwas von meinen sehr großzügigen Verpflegungsspesen dafür opfern. Normalerweise verfallen sie nämlich.«

Laura lächelte entzückt. »Ich habe Pfannkuchen auf der Speisekarte gesehen.«

»Ich liebe Pfannkuchen, besonders mit Ahornsirup.« Patrick nickte begeistert.

»Ich liebe Ahornsirup ebenfalls«, fügte Laura hinzu.

»Dann werden wir also Pfannkuchen mit Ahornsirup speisen«, beschloss Patrick und winkte der Kellnerin.

22

Maggie war in der Backstube, als jemand an die Frontscheibe des Ladens klopfte. Sie erschrak. Es war fast halb sieben, und draußen wurde es bereits dunkel. Ein Kunde konnte es also kaum sein.

»Hoffentlich ist das kein Betrunkener, der sich auf dem Weg zum Pink House verirrt hat«, murmelte sie auf dem Weg zur Vorderseite des Ladens. In der Hay Street gab es viele Bordelle der günstigeren Art, grell erleuchtete Räume hinter verrosteten Eisenzäunen mit offenen Toren, in denen die »Ware« ausgestellt war.

Draußen stand die Krankenschwester aus dem Gesundheitszentrum, die Maggie jetzt zuwinkte.

Maggie öffnete die Tür. »Was wollen Sie denn um diese Zeit hier?« Sie zog die junge Frau aus dem Blickfeld der Männer auf der Straße ins Ladeninnere.

»Sie sagten, dass Sie um vier Uhr schließen, ich weiß«, sagte Laura. »Aber als ich Licht im hinteren Teil des Ladens sah, dachte ich, ich klopfe mal.«

»Ich freue mich, Sie wiederzusehen, aber die Hay Street ist nach Einbruch der Dunkelheit nicht gerade der richtige Ort für eine anständige junge Dame.«

»Sie sollten heute noch einmal in die Praxis kommen, um sich den Verband wechseln zu lassen. Ich habe mir Sorgen gemacht, weil Sie nicht da waren.«

»Oh, stimmt, das habe ich völlig vergessen. Der Tag heute war sehr hektisch, und meine Hand hat mich behindert.« Maggie verschloss die Tür. »Kommen Sie nach hinten durch. Ich versuche gerade, Tapioka-Pudding für morgen zu machen.«

»Ich würde gerne einen Blick auf Ihre Hand werfen und den Verband wechseln, wenn es Ihnen nichts ausmacht«, sagte Laura. »Dann bin ich sofort wieder weg. Ich will Sie nicht aufhalten, wenn Sie beschäftigt sind.«

»Ist es üblich, dass Sie Hausbesuche machen?« Maggie führte Laura in die Backstube, wo die Backzutaten für den Pudding auf dem Tisch verteilt standen: Milch, Eier, Zucker, Salz, Butter und Tapioka, die sie drei Stunden lang in Milch eingeweicht hatte.

»Nein, das ist eine Ausnahme«, gab Laura lächelnd zu. Sie hatte Maggie sofort in ihr Herz geschlossen, was sie selbst überraschte, weil sie normalerweise zurückhaltend war, bis sie die betreffende Person besser kannte.

»Das ist nett von Ihnen. Und es gibt keinen Grund, gleich wieder davonzulaufen«, sagte Maggie. Der Schmerz in ihrer Hand hatte sie die halbe Nacht hindurch wach gehalten. Tagsüber hatte sie viel zu tun gehabt, aber sie war immer wieder schmerzhaft mit der Hand irgendwo angestoßen.

»Ich wollte eigentlich in der Mittagspause herkommen, aber es war wieder einmal so viel los, dass ich das Mittagessen ausfallen lassen musste.«

»Das ist nicht gut«, sagte Maggie. »Wie war noch mal Ihr Name?« Die Sprechstundenhilfe hatte sich zwar vorgestellt, aber den Namen laut auszusprechen war für Maggie wegen der Ähnlichkeit äußerst schmerzhaft.

»Laura … Laura Brenan.«

Maggie betrachtete wieder Lauras Haar. Nachdem die Krankenschwester ihre Mütze abgenommen hatte, war es jetzt in voller Pracht zu sehen. Die glänzende Kupferfarbe war der ihrer Lori so unglaublich ähnlich! Maggie fragte sich, wie Lori wohl als Erwachsene ausgesehen hätte, und war sich sicher, dass sie ebenso hübsch wäre wie Laura Brenan.

Der Gedanke quälte sie, und sie schob ihn hastig beiseite. »Sie haben sicher Hunger. Ich habe hier noch ein paar Backwaren übrig. Hätten Sie Lust auf eine leckere Hühner- und Gemüsepastete?«

»Mir läuft schon bei dem Gedanken das Wasser im Mund zusammen«, sagte Laura. »Ich könnte ein Stuhlbein essen. Aber ich bestehe darauf, sie zu bezahlen.«

»Sie werden nichts dergleichen tun«, erklärte Maggie streng, schaffte Platz auf dem Tisch und legte Messer und Gabel zurecht.

»Essen Sie nicht mit?«, fragte Laura.

»Ich habe erst vor einer Stunde zusammen mit meinen Hausgästen gegessen«, gab Maggie zurück.

»Oh, haben Sie Besuch von Ihrer Familie?« Laura war sofort besorgt, dass sie störte, weil sie unangekündigt aufgetaucht war.

»Nein, es sind zwei Chinesen, Vater und Tochter. Sie bestehen darauf, dass ich mit Ihnen zu Abend esse. Vor ihrem Einzug hatte ich noch nie chinesisches Essen probiert, aber ich muss sagen, dass es mir schmeckt. Und es ist angenehm, etwas ganz anderes zu essen als das, was ich den ganzen Tag selbst gebacken und gerochen habe. Die beiden scheinen meine Kuchen und Pasteten aber auch zu mögen.«

Laura wickelte den Verband von Maggies Hand. »Darf ich fragen, warum Sie chinesische Hausgäste haben? Das ist ziemlich ungewöhnlich.«

»Ja, ungewöhnlich ist es schon.« Maggie erzählte ihr, wie es dazu gekommen war.

Laura lächelte. Maggie hatte offenbar ein Herz aus Gold. »Ihre Verbrennung hat sich nicht entzündet. Sehr gut«, sagte sie. »Aber der Verband muss häufig gewechselt werden, bis die Wunde verheilt ist.«

»Das klingt gut. Ich kann es mir nämlich nicht leisten, krank zu werden.« Maggie beobachtete, wie Laura ihr einen sauberen Verband anlegte. Sie hätte Laura ins Cottage eingeladen, aber sie wusste, dass sich die Zhangs im Haus aufhielten, und war sich nicht sicher, wie sie mit Gesellschaft zurechtkamen. Ling würde es vermutlich nichts ausmachen, aber Bojing war noch nicht bereit, aus der Deckung zu kommen. Also zog sie zwei Stühle an den Tisch, schlug ein gefaltetes Musselintuch auseinander und entnahm ihm eine Pastete, die sie auf einen Teller legte. »Ich hoffe, sie ist noch warm«, sagte sie.

»Bestimmt.«

»Ich habe noch ein paar Donuts, falls Sie nach der Pastete einen Nachtisch möchten.« Maggie zog einen unter einer Abdeckung hervor.

»Mmmm, der sieht wirklich köstlich aus«, sagte Laura. »Aber ich bin nicht hergekommen, um mich zu einem Abendessen einladen zu lassen.«

»Ich weiß, aber Ihnen eine Pastete und ein Teilchen zu offerieren ist das Mindeste, was ich tun kann, nachdem Sie eigens gekommen sind, um meinen Verband zu wechseln. Ich mache mir übrigens Sorgen, weil Sie im Dunkeln nach Hause gehen müssen. Wo übernachten Sie?«

»Im Exchange Hotel.«

Maggie war überrascht, sie hätte eher gedacht, dass Laura in einer Pension wohnte. »Das ist nicht weit«, sagte sie, »gleich an der Ecke zur Hannan Street, nicht wahr?«

»Richtig. Es sind zu Fuß höchstens fünf Minuten«, bestätigte Laura.

Maggie setzte Teewasser auf.

»Haben Sie Familie, Miss Cassidy?«, fragte Laura, bevor sie sich über die Pastete hermachte.

»Nicht hier in Western Australia«, beschied Maggie knapp. »Ich bin allein. Sie können mich übrigens Maggie nennen, wenn Sie wollen.«

»Gerne. Aber nicht vor Doktor Piper«, sagte Laura. »Er ist sehr altmodisch. Wir müssen vor den Patienten die Form wahren.«

Maggie war froh, das Thema wechseln zu können. »Er ist ziemlich ruppig, nicht wahr?«

»Das ist noch höflich ausgedrückt. Ich finde, dass er manchmal geradezu grob ist. Er geht furchtbar mit den Patienten um. Glücklicherweise sind die meisten seiner Kunden raubeinige Bergleute, die das kaum bemerken.«

»Ich kann mir vorstellen, dass es nicht leicht ist, für ihn zu arbeiten.«

»Das ist es nicht, aber ich habe es genossen, wie Sie ihn haben auflaufen lassen.«

Maggie zuckte die Schultern.

»Im Ernst, ich habe gesehen, wie sich riesige Bergleute in seiner Praxis in schüchterne Schuljungen verwandeln.«

Maggie wusste, dass Vivian und ihre Mädchen sie über die Jahre hinweg geprägt hatten, sodass sie für sich selbst geradestand, aber das konnte sie Laura nicht sagen.

»Ich wünschte, ich könnte Doktor Piper gegenüber ehrlich sein«, fügte Laura hinzu.

»Als Krankenschwester in seiner Praxis haben Sie keine andere Wahl, als ihm Respekt entgegenzubringen, egal wie schwer es Ihnen fällt«, riet Maggie.

»Ich weiß ja, dass es nur noch sechs Monate bis zum Ende meiner Ausbildung sind, aber Sie haben keine Ahnung, wie schwierig es für mich ist, mir ständig auf die Zunge zu beißen«, gab Laura zu. »Ich habe schon immer die Tendenz gehabt, meine Meinung offen auszusprechen, und das hat mich oft in Schwierigkeiten gebracht. Ich kann gar nicht sagen, wie oft ich in dem Krankenhaus in Perth, in dem ich meine Ausbildung angefangen habe, in das Büro der Oberschwester gerufen wurde.«

»Weshalb?«

»Vor allem, weil ich die Ärzte verärgert habe«, sagte Laura augenzwinkernd.

»Erzählen Sie es mir«, forderte Maggie sie neugierig auf.

»Ich hatte nie den Eindruck, etwas falsch gemacht zu haben, aber die Oberschwester fand mich immer *übereifrig*. Mein Problem ist, dass ich gerne medizinische Bücher lese. Und wenn ich dann die Ärzte sehe, die medizinische Eingriffe anders durchführen als das, was ich gelesen habe, dann neige ich dazu, ihre Methoden zu hinterfragen. Können Sie sich vorstellen, wie das ankommt?« Sie lächelte keck.

»Ist das nicht der einzige Weg, etwas zu lernen? Indem man Fragen stellt?«

»Ganz sicher«, meinte Laura. »Aber die meisten Ärzte denken, dass sie über uns gewöhnlichen Sterblichen stehen.«

»Ich kann mir vorstellen, dass Doktor Piper nicht gerade begeistert ist, wenn Sie seine Behandlungsmethoden infrage stellen.«

»Ich habe das gleich am ersten Tag herausgefunden, also beiße ich mir meistens auf die Zunge. Es ist ohnehin schwierig, mir Gehör zu verschaffen.« Laura lachte.

Maggie konnte nicht anders, als ebenfalls zu lachen. »Ich bewundere Ihre Einstellung«, sagte sie. »Sie erinnern mich an mich selbst in Ihrem Alter.« *Bevor alles in meinem Leben schieflief.* »Vermissen Sie Ihre Familie?«

»Es klingt vielleicht schrecklich, aber die Antwort ist: nein. Allerdings bin ich erst seit ein paar Tagen hier.«

»Genießen Sie die Freiheit?«

»Das schon, aber wenn ich ehrlich bin, war ich froh, wegzukommen. Besonders von meiner Stiefmutter.«

»Verstehen Sie sich nicht?«

Laura erzählte ihr ausführlich von ihren Familienverhältnissen und den Schwierigkeiten, welche die Hochzeit ihres Vaters mit Lucinda mit sich gebracht hatte.

Maggie fühlte mit ihr. »Es steht mir zwar nicht zu, Ihnen einen Ratschlag zu erteilen, Laura, aber ich finde es wunderbar, dass Sie Ihr Leben in die Hand nehmen und unabhängig werden. Kranke zu pflegen ist eine ehrenvolle Berufung.«

»Danke sehr. Mein Vater ist da ganz anderer Meinung, aber Lucinda ist froh, dass ich weg bin. Er kann nicht verstehen, warum ich Krankenschwester werden will, weil Krankenschwestern seiner Ansicht nach nur hinter anderen Leuten herräumen.«

»Das hat er doch sicher nicht so gesagt?«

»Doch. Er sagte, ich solle lieber heiraten und mich um meine eigene Familie kümmern.«

»Alles zu seiner Zeit«, wiegelte Maggie ab. Ihrer Einschätzung nach war Laura ungefähr achtzehn. »Sollte Ihr Vater jemals ins Krankenhaus müssen – ich hoffe natürlich, dass ihm das nie passiert –, wird er schnell verstehen, was eine Krankenschwester alles tut.« Maggie wusste das nur allzu gut. Sie hatte größten Respekt vor diesem Beruf und den Menschen, die ihn ausübten.

»Ich bin sicher, dass ich mich eines Tages verlieben und heiraten werde, aber ich möchte mich zur Hebamme ausbilden lassen. Das ist mein sehnlichster Wunsch.«

»Das ist eine wunderbare Idee«, schwärmte Maggie begeistert. »Jeden Tag neues Leben auf die Welt kommen zu sehen ... ein solches Wunder zu erleben ...«

Laura war sicher, dass Maggie sie wirklich verstand. Plötzlich kam ihr der Gedanke, dass sie eine wunderbare Mutter gewesen wäre. »Ich will nicht neugierig scheinen, aber waren Sie je verheiratet, Maggie?«

»Einmal, ganz kurz«, sagte Maggie, und ihr Lächeln verwelkte wie Herbstlaub.

Laura sah den Schmerz in ihren Augen und bedauerte ihre Frage. Sie überlegte, ob ein Mann ihr Herz so sehr gebrochen hatte, dass sie nun Angst hatte, noch einmal jemandem zu vertrauen. »Entschuldigen Sie. Es geht mich nichts an«, murmelte sie.

»Es ist lange her, und es hat nicht geklappt«, beschied Maggie knapp.

Laura war klar, dass sie nicht weiter darüber reden wollte, und wechselte das Thema. »Es war doch sicher eine gewaltige Herausforderung, dieses Geschäft eigenständig zu eröffnen«, sagte sie. »Ich bewundere Ihren Mut und wünsche Ihnen viel Erfolg.«

»Danke schön. Als junge Frau war ich Bäckergehilfin, ich hege diesen Traum seit damals.«

»Was haben Sie in der Zwischenzeit gemacht?«

»Ich habe als Haushälterin gearbeitet, aber der Wunsch, eines Tages einen eigenen Laden zu eröffnen, war immer in meinem Hinterkopf. Ich habe meinen Lohn gespart, und als meine Arbeitgeberin ihre Firma hierher verlegte, beschloss ich, dass es Zeit war, den Sprung zu wagen.«

»Das war gut.« Laura legte Messer und Gabel ab. »Das war köstlich. Die beste Pastete, die ich je gegessen habe! Sie können mit mir als Stammkundin rechnen, aber ich werde mich wahrscheinlich am Ende einer langen Schlange von Kunden einreihen müssen, wenn sich herumgesprochen hat, wie delikat Ihre Leckereien sind.« Sie biss in den glasierten Donut und schnalzte anerkennend.

»Ich hoffe, Sie behalten recht«, sagte Maggie.

»Daran gibt es absolut keinen Zweifel.« Laura bemerkte, dass Maggie offenbar Schmerzen hatte, den Holzlöffel zu halten, mit dem sie die Tapioka rührte. »Kann ich Ihnen vielleicht helfen?«, fragte sie.

»Das brauchen Sie nicht«, meinte Maggie.

»Aber ich möchte es gern. Das sieht aus, als könnte es mir Spaß machen.« Laura stand auf, um sich die Hände zu waschen.

»In Ordnung«, sagte Maggie und legte den Löffel aus ihrer schmerzenden Hand.

»Wer hätte gedacht, dass Backen so viel Spaß machen kann?«, stellte Laura aufrichtig fest, nachdem die Masse für die Puddings fertig war und für eine halbe Stunde in den Backofen geschoben wurde.

»Ich kann Ihnen gar nicht genug danken für Ihre Hilfe«, erklärte Maggie anerkennend. »Backen macht in Gesellschaft immer noch viel mehr Spaß. Nach meiner Ankunft in Western Australia war ich Haushälterin bei einer reizenden alten Dame. Wir haben gern zusammen gebacken, sie hat mir sehr viel beigebracht.« Maggie wurde von ihren Gefühlen übermannt. Die Bilder in ihrem Kopf waren plötzlich wieder sehr lebendig, sie konnte förmlich vor sich sehen, wie Lori am Tisch saß, sie beobachtete und mit einem Stück Teig spielte.

Laura bemerkte, dass die Erinnerung Maggie sehr nahegging,

und legte den Arm um ihre Schultern. »Es ist schön, Erinnerungen wachzuhalten«, sagte sie leise.

»Doch eines Morgens wachte Grace nicht mehr auf. Natürlich wusste ich, dass dieser Tag kommen würde …«

»Aber es ist trotzdem immer ein Schock«, sagte Laura sanft.

Maggie nickte und dachte wieder an Lori. »Haben Sie nie mit Ihrer Mutter gebacken, Laura?«

»Mit meiner Mutter! Backen! Sie hätte überhaupt nicht gewusst, wie das geht. Wann immer sie mich mit unserer Haushälterin Betty in der Küche fand, scheuchte sie mich hinaus und gab mir eine andere Beschäftigung wie Lesen oder Schach spielen. Häusliche Pflichten oblagen grundsätzlich den Bediensteten.«

»Dann stammen Sie also aus einer wohlhabenden Familie«, überlegte Maggie laut.

»Vermutlich schon. Ich habe nie Entbehrung gelitten, aber ich habe auch nicht immer alles bekommen, was ich wollte.«

Vermutlich war das der Grund dafür, dass Laura eine so besonnene, liebe junge Frau war.

In diesem Moment war von der Straße das laute Grölen betrunkener Bergleute zu hören, die herumflegelten.

»Ich sollte mich auf den Weg machen und Sie zu Bett gehen lassen«, meinte Laura.

»Sind Sie sicher, dass Sie das hinbekommen?«, fragte Maggie besorgt. »Vielleicht sollte ich Sie zumindest einen Teil der Strecke begleiten. In dieser Stadt gibt es deutlich mehr Männer als Frauen, und sie können zu einem ziemlich gewalttätigen Haufen werden, vor allem, wenn sie viel Bier getrunken haben.«

»Oh, das geht schon. Ich kann recht schnell laufen, wenn es drauf ankommt«, erklärte Laura mit beruhigendem Lächeln.

»Trotzdem gehe ich mit Ihnen bis an die Ecke«, beschloss Maggie und band ihre Schürze ab. »Vielleicht sollte ich die ›dicke Bertha‹ mitnehmen.«

Laura sah sie verwirrt an. »Haben Sie einen Hund?«

Maggie grinste. »Nein, Bertha ist mein größtes Nudelholz.«

23

»Ich habe gestern einen wundervollen Abend verbracht«, erzählte Laura am nächsten Morgen beim Frühstück.

»Wirklich? Was haben Sie gemacht?«, fragte Patrick neugierig in der Erwartung, dass es um einen jungen Mann ging.

»Würden Sie mir glauben, wenn ich Ihnen sagte, dass ich geholfen habe, in einer hiesigen Bäckerei Tapioka-Puddings zu machen?«

Patrick war überrascht, vermutete jedoch, dass der junge Mann Bäcker war. »Wie kam es denn dazu?«

»Die Dame, der die Bäckerei gehört, kam vorgestern mit einer schweren Verbrennung an der Hand in die Klinik. Als sie gestern nicht auftauchte, um den Verband wechseln zu lassen, ging ich nach der Arbeit zur Bäckerei, um nach ihr zu sehen.«

»Oh, ich dachte … egal. Das war sehr nett von Ihnen und geht sicherlich über Ihre Pflichten hinaus.«

»Sie ist sehr nett, und ich hatte Sorge, dass sich die Wunde entzünden könnte. Sie war mir sehr dankbar und bot mir eine ihrer selbst gebackenen Pasteten und einen Donut an. Ich kann Ihnen gar nicht sagen, wie köstlich das war! Die Füllung der Pastete war wunderbar cremig, die Kruste leicht und knusprig, und der Donut zerging geradezu auf der Zunge. Ich kann ihre Produkte nur empfehlen.«

»Das klingt in der Tat köstlich. Wo liegt diese Bäckerei?«

»In der Hay Street, gar nicht weit von hier. Genau genommen gleich um die Ecke.«

»Hay Street! Das ist für einen nächtlichen Aufenthalt doch eine recht zwielichtige Gegend, oder?« Patrick war eines Abends spazieren gegangen und hatte sich plötzlich in der Hay Street vor dem Pink House wiedergefunden. Auf der Rückseite eines Gebäudes, das aussah wie ein Pferdestall, hatte ihn eine spärlich bekleidete Frau in eindeutiger Weise angesprochen. Auch auf der Vorderseite des Gebäudes gab es eine ganze Reihe solcher Verschläge, und in jedem saß ein anderes Mädchen hinter einem Tor. Schockiert hatte er sich eilig zurückgezogen, war aber Zeuge geworden, wie andere Männer die Verschläge betraten und mit den Frauen sprachen. Sobald eine Vereinbarung getroffen war, traten die Männer durch die Eisentore, um das Geschäft abzuschließen.

»Die Bäckerei liegt neben der Wäscherei, recht nah an der Ecke.«

»Selbst wenn – auf dieser Straße laufen nachts einige abstoßende Typen herum«, erklärte Patrick stirnrunzelnd.

»Maggie hatte auch Bedenken wegen meines Heimwegs und bestand darauf, mich bis zur Ecke zu begleiten.«

»Maggie?« In Patricks Kopf erschien das Bild eines warmen Abends auf Summerland Beach vor vielen Jahren, doch er schob die Erinnerung beiseite.

»Maggie ist die Frau, der die Bäckerei gehört«, erklärte Laura.

»Es war nett von ihr, Sie zu begleiten, aber gefährlich für Sie beide«, sagte Patrick in dem Bewusstsein, dass viele Bergleute mit Gewehren herumliefen und Mord keine Seltenheit war. Die Männer arbeiteten hart und tranken heftig in den etwa siebzig Pubs in Kalgoorlie und Boulder.

»Maggie hatte die ›dicke Bertha‹ dabei«, erzählte Laura. Sie schmunzelte bei dem Gedanken, dass Maggie das Nudelholz zwischen den Falten ihres Rockes versteckt hatte. Die Vorstellung, es zu benutzen, hatte sie beide bei jedem Mann, an dem sie vorbeikamen, wie Schulmädchen kichern lassen.

»Ist diese Bertha ein Mensch?«

»Ein Nudelholz!«, antwortete Laura lächelnd.

»Was wollte sie denn damit?«

»Nun, sie hätte keine Sekunde gezögert, es im Notfall zu unserem Schutz einzusetzen«, erklärte Laura selbstbewusst.

Patrick schmunzelte angesichts ihrer Naivität.

»Es würde selbst den größten Rabauken umhauen, wenn sie ihm damit eins über den Schädel zieht«, meinte Laura.

Patricks Lächeln wurde breiter. »Ich bin froh, dass Sie eine schöne Zeit hatten. Und mir scheint, dass Sie eine Freundin gefunden haben«, sagte er.

»Maggie könnte meine Mutter sein. Ich mag sie wirklich. Das Zusammensein mit ihr ist herrlich ungezwungen. Ich habe das Gefühl, mit ihr über alles reden zu können, und das ist sehr seltsam, zumal ich sie ja noch kaum kenne.« Laura fiel auf, dass sie dasselbe für Patrick empfand, aber sie war zu schüchtern, es ihm zu sagen.

»Haben Sie sich am Ablagesystem zu schaffen gemacht, Schwester Brenan? Ich kann Sherman McDougals Akte nicht finden«, knurrte Tom Piper an der Tür eines Behandlungsraums, in dem Laura den tiefen Schnitt im Arm eines Patienten mit Karbolsäure desinfizierte. Wäre sie nicht beschäftigt gewesen, hätte sie selbst nach der Akte gesucht.

»Sie steht unter Mc«, erklärte Laura so ruhig sie vermochte. Es war später Nachmittag an einem Tag, an dem sich offenbar jeder Bergmann in Kalgoorlie verletzt hatte und alle müde und gereizt waren. Am Morgen hatten sie mehrere Verletzungen durch eine Kneipenschlägerei zwischen Betrunkenen in der Nacht zuvor behandeln müssen. Die Patienten waren meist noch benebelt und wenig kooperativ. Ab dem Vormittag hatten sie die üblichen arbeitsbedingten Verletzungen hereinbekommen sowie einige komplizierte Lungeninfektionen und zwei Verdachtsfälle auf Tuberkulose, die der Arzt an das Krankenhaus weiterverwies.

»Ich habe unter M und D gesucht«, jammerte Doktor Piper nun. »Irgendwo dort hätte sie sein müssen.«

»Sie ist unter Mc und dann unter D, Herr Doktor«, sagte Laura. »Das ist die alphabetische Reihenfolge, und dort sollte sie stehen.«

Tom murmelte etwas von nervigen Lernschwestern, die sich ständig einmischten, und verschwand. Laura hörte, wie er auf der Suche nach Hilfe Nancys Namen rief.

»Er soll sich hüten, das Ablagesystem noch einmal durcheinanderzubringen«, grummelte Laura, während sie die Wunde des Patienten trocken tupfte, damit der Arzt sie nähen konnte. Sie hatte den ganzen Montagabend damit verbracht, die Akten neu zu ordnen, nachdem Nancy und der Arzt Feierabend gemacht hatten. »Jedes Mal, wenn ich etwas suche, hat er es verlegt«, beschwerte sie sich. Sie legte die Gaze fort und ging in das Sprechzimmer, in dem Doktor Piper arbeitete.

»Die McPhersons, die McDougals, die McDonalds und die McIntyres stehen alle unter Mc und in alphabetischer Reihenfolge«, instruierte sie Nancy und den Arzt. »Damit müssten sie leicht zu finden sein.«

»Ich hole die Akte«, bot Nancy an und zog sogleich die von Sherman McDougal hervor.

»Also, ich konnte sie nicht finden«, knurrte Doktor Piper.

»Darf ich darauf hinweisen, Herr Doktor, dass es normalerweise Nancy oder ich sind, die die Akten finden müssen. Sie erschweren uns das, wenn Sie sie verlegen.« Ihr war klar, dass er die Buchstaben des Alphabets auf den Akten wegen seiner fehlenden Sehkraft wahrscheinlich nicht sehen konnte, aber das würde er nie zugeben.

Doktor Piper starrte Laura einen Moment an, und Maggie fürchtete, zu weit gegangen zu sein. Sogar Nancy hielt den Atem an. Doch der Arzt schwieg.

»Ich habe Mister Browns Wunde gereinigt, Herr Doktor. Sie kann jetzt genäht werden«, rief Laura schließlich laut.

Aus dem Wartezimmer drang ein lauter Schmerzensschrei, der Nancy und Laura nervös machte. Doktor Piper schien ihn wegen seines schlechten Gehörs nicht wahrzunehmen.

»Da draußen schreit Mister Shultz, Herr Doktor. Sein Finger scheint ausgerenkt zu sein«, sagte Laura. »Er macht ziemlich viel Theater.« Sie zeigte auf das Wartezimmer.

Der alte Arzt bedachte sie mit einem Blick, den sie schon oft gesehen hatte, wenn er der Meinung war, dass sie eine unqualifizierte Diagnose stellte.

»Der Finger steht im rechten Winkel ab«, erklärte sie.

»Ich kümmere mich um ihn, sobald ich hier fertig bin«, sagte Doktor Piper.

»Mister Brown wartet im Behandlungszimmer darauf, genäht zu werden«, erinnerte Laura. Sie empfand Mitleid mit dem alten Arzt, der Unterstützung gebrauchen konnte. Auch wenn sie der Meinung war, selbst durchaus eine Wunde nähen zu können, durfte sie mit ihrer Qualifikation nur Fäden ziehen.

»Er verblutet nicht, oder?«

»Nein«, antwortete Laura.

»Dann kann er auch noch etwas länger warten.«

Laura seufzte resigniert.

Nancy nutzte die Gelegenheit, an die Rezeption zu fliehen, während Laura sich bereit machte, dem Arzt zu assistieren.

Um sechs Uhr waren alle erschöpft, vor allem der alte Doktor Piper. Laura und Nancy fühlten sich abgekämpft, denn sie hatten doppelt so viele Patienten wie üblich abgefertigt, und die meisten von ihnen waren schwierig gewesen. Sie waren gerade dabei, für den Tag zu schließen, als ein junger Mann eintrat.

Laura musterte ihn von oben bis unten. Es war nicht zu übersehen, dass er gut aussah, aber er schien ihrem Eindruck nach auch gesund genug, den Arztbesuch auf den nächsten Morgen aufschieben zu können.

»Ich fürchte, wir haben unsere Grenzen für heute erreicht. Wir hätten vor über einer Stunde schließen sollen. Sie werden also morgen wiederkommen müssen«, sagte sie.

»Ich möchte aber heute zum Arzt«, insistierte der junge Mann.

Er war nicht für den Bergbau unter Tage gekleidet und tief gebräunt, also nahm Laura an, dass er für ein ansässiges Unternehmen arbeitete und viel Zeit draußen verbrachte.

»Was auch immer Ihre Beschwerden sein mögen – ich bin ziemlich sicher, dass Sie bis morgen warten können«, sagte sie strenger, als sie beabsichtigt hatte.

»Oh, ein einziger Blick auf mich genügt Ihnen also, um die Schwere meiner Erkrankung einzuschätzen«, konterte der junge Mann spitz. »Das klingt äußerst schlau.«

»Ich kann mit bloßem Auge keine offenen Wunden erkennen, und Sie hinterlassen keine Blutspuren auf dem Boden.«

»Ich könnte innere Blutungen haben«, schlug er vor.

Laura blickte ihn aufmerksam an und stützte eine Hand auf die Hüfte. Sie war mit ihrer Geduld am Ende. »Ihre Haut hat eine gesunde Farbe, Ihre Augen sind klar, und Ihre Atmung ist normal. Ich möchte behaupten, die Chancen stehen gut, dass Sie keine inneren Verletzungen haben.«

»Sie haben eine gute Beobachtungsgabe«, sagte der junge Mann.

»Das ist mein Job, zumindest ein Teil davon, und ich nehme ihn ernst.«

»Ich könnte Herzbeschwerden haben«, fuhr er fort.

»In meinen Augen wirken Sie jung und fit, aber dafür leiden Sie an der akuten Fähigkeit, zu nerven«, sagte Laura. »Morgen wird meine Gemütslage sicher wieder gut genug sein, um mich damit zu befassen.« Sie wies auf die Tür.

»Aber … ich …«

»Der arme Doc ist nach der vielen Arbeit heute erschöpft«, sagte Laura. »Noch ein Patient mehr, und er muss vielleicht selbst ins Krankenhaus. Damit wollen Sie Ihr Gewissen doch nicht belasten, oder?«

»Bestimmt nicht«, sagte der junge Mann.

»Gut. Dann verstehen Sie sicher auch, dass Doktor Piper um diese Tageszeit nicht mehr von Patienten mit trivialen Problemen belästigt werden sollte.«

Der junge Mannes starrte sie mit großen Augen an. »Vielleicht kann ich helfen«, schlug er vor.

»Ich wüsste nicht, wie, es sei denn, Sie haben eine Approbation als Arzt.« Laura öffnete die Tür, damit er endlich ging, aber er rührte sich nicht vom Fleck, sondern verzog den Mund zu einem schiefen Grinsen.

»Bis morgen«, sagte Laura streng.

»Wollen Sie nicht einen Blick auf meine Approbation werfen?«

»Ich bin nicht in der Stimmung für Scherze«, sagte Laura. »Wie schon gesagt, es war ein langer und anstrengender Tag, und Sie machen es nur noch schlimmer, wenn Sie mich nerven.«

»Morgen wird es bestimmt besser«, beruhigte der junge Mann sie.

Laura fand ihn reichlich eingebildet. »Das wollen wir hoffen«, sagte sie müde.

»Darf ich mich vorstellen?«

»Im Moment sehne ich mich nur nach einem schönen, entspannenden Bad und einem weichen Bett.«

Die Mundwinkel des jungen Mannes hoben sich, und seine Augen funkelten, aber er schritt gehorsam durch die Tür.

»Wir sehen uns morgen«, sagte er, doch Laura ließ die Tür vernehmlich ins Schloss fallen und verdrehte die Augen.

Am nächsten Morgen war die Praxis noch geschlossen, als jemand sehr laut an die Tür klopfte.

Nancy seufzte und ging zur Tür in der Erwartung, dort einen Bergmann vorzufinden, der nach einer Schlägerei im Vollrausch auf der Straße aufgewacht war. Diese Patienten waren morgens die schlimmsten, weil sie meist nach abgestandenem Bier und Schweiß stanken. »Wir haben noch geschlossen«, rief sie dem Mann durch die verdreckte Glasscheibe im oberen Teil der Tür zu.

Der Mann klopfte erneut.

Laura war Nancy gefolgt, um ihr im Zweifelsfall Rückendeckung geben zu können, und erkannte das Gesicht hinter der Scheibe sofort.

»Nicht der schon wieder«, seufzte sie.

»Kennst du ihn?«, raunte Nancy.

»Er war schon gestern Abend hier. Ich habe ihm gesagt, er soll heute Morgen wiederkommen«, flüsterte Laura.

»Oh.« Nancy wandte sich wieder der Tür zu. »Wir öffnen erst in zwanzig Minuten«, rief sie.

»Ich muss aber sofort zum Arzt«, rief der junge Mann eindringlich zurück.

»Was sollen wir jetzt machen?«, raunte Nancy Laura zu. »Es könnte ein Notfall sein.«

»Gestern fand ich, dass er ganz gesund aussah«, sagte Laura. »Aber lass ihn rein. Er soll warten, bis der Doc bereit ist«, schlug sie vor.

Nancy schloss die Tür auf. »Wir lassen normalerweise niemanden vorzeitig ein, es sei denn, es handelt sich um einen Notfall. Aber dieses Mal machen wir eine Ausnahme«, sagte sie und schloss hinter ihm schnell wieder ab.

»Setzen Sie sich bitte ins Wartezimmer. Doktor Piper braucht morgens eine Tasse Tee, bevor er sich um die Patienten kümmert«, sagte sie. »Selbst nach dem Tee ist er noch mürrisch, Sie werden also nicht wollen, dass er Sie vorher behandelt.«

»Ich hätte nichts gegen eine Tasse Tee«, sagte der junge Mann lächelnd.

»Das hier ist kein Teehaus. Es ist ein Gesundheitszentrum«, fuhr Laura ihn an.

»Ich habe etwas für Sie«, sagte er.

»Ich bin unbestechlich«, sagte sie und wandte sich in Richtung des Behandlungsraums, um dort die Vorbereitungen für den Tag zu treffen.

Der junge Mann lachte. »Es ist keine Bestechung«, rief er ihr nach.

Laura drehte sich um. »Sondern? Ich habe keine Zeit für Spielchen.«

»Erinnern Sie sich an gestern, als ich Sie fragte, ob Sie meine Approbation sehen wollten?«, fragte er. »Heute habe ich sie mitgebracht.« Er hielt ein Dokument hoch.

Laura trat zu ihm und sah sich die Bescheinigung an. »Soll das ein Witz sein?«

»Nein! Ich habe jahrelang studiert, um meine Zulassung zur Ausübung dieses Heilberufs zu bekommen«, sagte er.

Laura blickte zu Nancy, unschlüssig, was sie von der Sache halten sollte.

»Gestatten Sie mir, mich vorzustellen«, sagte er. »Ich bin Doktor Ryan Magee.«

Laura starrte ihn mit offenem Mund an. »Wenn Sie Arzt sind, warum wollten Sie dann zu Doktor Piper?«

»Er wartet doch auf einen Assistenten, nicht wahr?«

»Ja«, sagte Laura zögerlich und mit einem mulmigen Gefühl im Magen.

»Sind Sie etwa der neue Assistent?« Nancys Stimme klang hoffnungsvoll. Mit seinem sandblonden Haar, seinen grünen Augen und seinem sonnigen Lächeln war Ryan Magee ein wahrer Augenschmaus. Die Aussicht, ihn jeden Tag zu sehen, war in der Tat sehr verlockend.

»So ist es.« Er wandte sich an Laura. »Ich hätte mich ja gestern Abend schon vorgestellt, aber Sie haben mir etwas voreilig die Tür gewiesen.« Ganz offensichtlich genoss er ihr plötzliches Unbehagen.

»Es tut mir so leid, Herr Doktor«, entschuldigte Nancy sich mit einem vorwurfsvollen Blick zu Laura. »Warum warst du so unhöflich zu Doktor Magee? Doktor Piper wartet doch schon so lange auf einen Assistenten.«

»Ich wusste doch nicht, dass er Arzt ist«, verteidigte sich Laura.

»Ich habe Sie gefragt, ob Sie meine Approbation sehen wollen, und ich habe versucht, mich vorzustellen«, sagte Ryan.

Laura errötete. Sie schämte sich und ärgerte sich über sich selbst – aber auch über ihn, weil er nicht sofort gesagt hatte, dass er der neue Assistenzarzt war. »Sie haben sich den wirklich schlechtesten Zeitpunkt ausgesucht. Gestern hatten wir unglaublich viel zu tun«, sagte sie. Ihr war klar, dass sie sich für ihr Verhalten entschuldigen musste, doch das behagte ihr gar nicht.

»Gut, dann kann ich Ihnen von nun an zur Seite stehen«, sagte er lächelnd, und Laura hoffte, dass er ihr vergeben hatte.

»Die Arbeit hier in Kalgoorlie ist nicht so einfach, Doktor Magee«, sagte Tom Piper. »Die Bergleute sind ein raues Pack. Sind Sie sicher, dass Sie dazu bereit sind?«

»Ich bin wegen der Herausforderung hier, Sir«, antwortete Ryan voller Selbstvertrauen.

Tom Piper bewunderte seinen Mut, wusste aber, dass es einer Feuertaufe gleichkam, als Arzt in einer Bergbaustadt zu arbeiten. »Haben Sie schon an anderen Bergwerksstandorten gearbeitet?«

»Nein Sir, mein letzter Eisatzort war in der Perlenstadt Broome.« Er wollte nicht erwähnen, dass es sein erster Posten nach dem Medizinstudium gewesen war, auch wenn Doktor Piper das wahrscheinlich sowieso vermutete.

»Dann wird Ihnen dieser Ort die Augen öffnen, Doktor Magee.«

»Wie das, Sir?«

»Erstens ist Ihnen vielleicht aufgefallen, dass es rund um Kalgoorlie keine Bäume gibt.«

»Ja, das ist mir aufgefallen.«

»Das Gebiet wurde bis 1900 komplett abgeholzt. Das Holz wurde zum Abstützen der Minenschächte und Antrieb der Dampfwinden gebraucht, die goldhaltiges Erz an die Oberfläche befördern. Vielleicht haben Sie auch bemerkt, dass inzwischen das gesamte Holz mit der Eisenbahn geliefert wird – fünfzehnhundert Tonnen pro Tag. Nirgendwo auf der Welt wird mehr Industrieholz verwendet. Dass wir von Ödland umgeben sind, bedeutet, dass hier bei windigem Wetter alles voller Staub ist, der absolut überall eindringt, einschließlich in Mund, Nase und Augen. Das wiederum zieht nach sich, dass wir häufig mit Augeninfektionen zu tun haben. Außerdem gibt es in dieser Stadt fast fünfzig Bordelle, die wegen des Frauenmangels auf Hochtouren arbeiten. Für uns heißt das, häufig Fälle von Syphilis und Gonorrhö zu behandeln. Und vielleicht haben Sie auch die vielen Chinesen bemerkt. Keiner von denen hat seine Frau mit nach Australien gebracht. Sie tragen noch immer ihre traditionelle Kleidung – lockere blaue Hemden und Hosen und kegelförmige Strohhüte – und halten sich von anderen Neuankömmlingen fern. Außerdem trinken sie keinen Alkohol, rauchen Opium und spielen Mahjongg. In der Summe führt all das zu einer Ablehnung durch die europäischen und einheimischen australischen Goldgräber, die ihnen feindselig gegenüberstehen.«

»Australische Goldgräber? Meinen Sie Aborigines?«, wollte Ryan wissen.

»Nein, ich meine die hier geborenen Weißen. Die europäischen Bergleute trinken zu viel und lassen dann Dampf ab, es gibt also Schlägereien im Rausch. Und wir müssen dann die Schäden behandeln, die sie sich selbst und anderen zufügen. Nicht selten sterben Menschen in den Minen, und Krankheiten wie Typhus, Diphtherie und Influenza treten zeitweise gehäuft auf. Durch Mangel an sanitären Einrichtungen ist auch die Ruhr ein häufiges Problem. Die Bergleute ernähren sich sehr einseitig von Hammelfleisch und Buschbrot, sodass es ihnen an Vitaminen fehlt, was wiederum ihr Immunsystem schwächt. Eine Erkältung kann tödlich sein. Psychische Erkrankungen sind ein verbreitetes Problem. Weil es hier draußen keine psychiatrischen Anstalten gibt, müssen wir uns darum kümmern. An den Abenden besuche ich häufig die Lager der Arbeiter und schaue nach Bergleuten, die vielleicht zu krank sind, um die Praxis oder ein Krankenhaus aufzusuchen. Ich gehe selten vor Mitternacht ins Bett. Wenn Sie also eine Herausforderung suchen, sind Sie hier genau richtig, Doktor Magee.«

»Ich werde mein Bestes geben, Sir«, sagte Ryan.

»Im Übrigen sind auch falsche Apotheker ein Problem. Sie verdienen eine Menge Geld mit ihren Sarsaparilla-Pillen und Salben gegen Augenkrankheiten, Kröpfe, Würmer, Tumore und Hämorrhoiden. Wenn die Tinkturen nicht funktionieren, müssen wir uns mit den Folgen herumschlagen. Die Quacksalber haben sogar

Blutegel, Opium, Morphium und Schierling im Sortiment. Und wenn Ihr Pferd sich ein Bein bricht, dann haben sie auch dafür eine Salbe.«

»Klingt, als ob mir interessante Zeiten bevorstehen«, sagte Ryan.

»Ich garantiere Ihnen, dass Sie am Ende eines jeden Tages völlig ausgelaugt sein werden. Und noch etwas, Doktor Magee: Ich dulde in dieser Praxis keine Flirts und Romanzen. Ich nehme an, Sie haben Schwester Brenan und Nancy Swinney kennengelernt«, sagte Tom.

»In der Tat …«

»Ich mag schwerhörig sein und schlecht sehen, aber eine hübsche junge Frau kann ich immer noch erkennen. Meine Helferinnen sind strengstens verboten, egal wie schön sie mit ihren Wimpern klimpern. Ich erwarte von Ihnen, dass Sie professionell arbeiten und Abstand halten. Haben Sie mich verstanden?«

»Ja, Sir«, sagte Ryan.

»Wie ist es Ihnen gestern ergangen?«, wollte Patrick von Laura wissen, nachdem sie Pfannkuchen und eine Kanne Tee zum Frühstück bestellt hatten. »Ich hoffe, alles war ein bisschen einfacher.«

»Oh, es war ganz anders, dank unseres neuen Arztes«, sagte Laura.

»Sie haben einen neuen Arzt?«

»Erinnern Sie sich, als ich Ihnen von dem selbstgefälligen jungen Mann erzählte, der am Dienstag erschien, als wir schon geschlossen hatten?«

»Aber natürlich …«

Laura nickte. »Gestern Morgen kam er mit dem Nachweis seiner Approbation wieder. Sie können sich sicher vorstellen, wie peinlich das für mich war. Nancy war nicht gerade erfreut darüber, wie ich ihn behandelt hatte.«

»War er Ihnen böse?«, fragte Patrick mitfühlend.

»Glücklicherweise überhaupt nicht. Er ist eigentlich sehr nett und, was noch wichtiger ist, sehr pragmatisch. Es ist unglaublich, wie gut er mit dem schrulligen Doktor Piper zurechtkommt, der manchmal selbst einen Heiligen zum Fluchen bringen könnte. Aber Ryan sieht einfach über seine Unhöflichkeit und schlechte Laune hinweg. Er tut so, als bemerke er das nicht, und respektiert Toms Wissen und seine Erfahrung, die ich zugegebenermaßen manchmal infrage stelle. Nichts scheint ihn zu verunsichern, noch nicht einmal pöbelnde Bergleute, was in der Folge bedeutet, dass der ganze Tag reibungslos verlaufen ist. Die Patienten lieben ihn, und ich bin sicher, dass auch Nancy vollkommen vernarrt in ihn ist, obwohl sie hofft, dass ihr Freund ihr bald einen Heiratsantrag macht.«

»Hoffentlich verläuft auch der Rest der Woche so reibungslos«, sagte Patrick.

»Wenn dem so sein sollte, dann werde ich meine Ausbildung hier in Kalgoorlie genießen.«

»Das klingt hervorragend.« Patrick freute sich wirklich für sie.

»Vielleicht klappt es heute sogar mit einer Mittagspause. Dann besuche ich Maggie in der Bäckerei und wechsele ihren Verband. Die Wunde heilt zwar gut, aber es ist nicht leicht für sie, den Laden zu verlassen, wenn niemand sie ablöst, deshalb war sie immer nur kurz im Zentrum. Gestern war sie wieder nicht da, und ich war am Abend zu müde, noch einmal rauszugehen. Aber ich freue mich auf noch eine ihrer Hühner- und Gemüsepasteten. Sie hat übrigens alle Tapioka-Puddings verkauft, die wir neulich abends gemacht haben, und niemand hat sich beschwert, im Gegenteil, es gab nur Komplimente.«

»Diese Backwaren müssen ja wirklich köstlich sein«, sagte Patrick.

»Sie sollten Maggies Bäckerei wirklich einmal einen Besuch abstatten. Ihre Pasteten und Kuchen sind einfach wunderbar.«

Patrick seufzte. »Dafür werde ich vermutlich keine Zeit finden. Ich verbringe den größten Teil des Tages in der Mine in dem Versuch, mir Klarheit über alle Vorgänge und Gerätschaften dort zu verschaffen. Es ist nicht gerade leicht, die Männer dort dazu zu bringen, auf ihre Sicherheit zu achten. Sie sind es gewohnt, alles auf eine bestimmte Art und Weise zu erledigen, und nehmen es mir übel, wenn ich versuche, etwas zu ändern. Und als ich dachte, dass eine Gruppe endlich Fortschritte gemacht hat, verlassen ausgerechnet diese Männer die Stadt, weil sie Gerüchte über einen großen Goldfund irgendwo anders gehört haben. Man hat mir erzählt, dass es eigentlich immer Gerüchte über größere Funde gibt und dass einige davon falsch sind, aber das hält die Bergleute nicht davon ab, sich auf den Weg zu machen, um einen Claim zu beantragen. Jeden Tag kommen Männer verschiedenster Nationalitäten hierher, und viele andere verlassen die Stadt, um woanders Gold zu finden. Man geht davon aus, dass der Goldabbau hier bereits vor drei Jahren seinen Höhepunkt erreicht hat und die Bevölkerungszahl allmählich sinkt.«

»Glauben Sie, Kalgoorlie entwickelt sich zur Geisterstadt?«, fragte Laura.

»Nein, ich kann mir nicht vorstellen, dass die Goldvorräte mit den hier jährlich produzierten fünfzig Tonnen schon vollkommen erschöpft sind, auch wenn die Hochzeit möglicherweise vorbei ist.«

»Hallo«, grüßte Laura. Maggie hatte in ihrem Laden gerade eine Dame und deren Kinder bedient, die mehrere Pasteten und Kuchen gekauft hatten. »Hier drin riecht es göttlich.«

»Danke«, sagte Maggie. »Was hätten Sie heute gern?«

»Eine Hühner- und Gemüsepastete, wenn Sie eine dahaben, und …«, Laura ließ ihren Blick über die Glasvitrine schweifen, »einen Shrewsbury-Cake. Außerdem möchte ich gern Ihren Verband wechseln«, sagte Laura.

»Oh!« Wieder läutete die Türglocke als Zeichen, dass weitere Kunden kamen. »Ich weiß nicht, ob ich dafür gerade Zeit habe.« Maggie packte Lauras Bestellung in zwei Papiertüten. »Heute war mein bisher arbeitsreichster Tag, und ich möchte die Kunden nicht warten lassen.«

»Soll ich vielleicht später wiederkommen? Ihr Verband müsste wirklich gewechselt werden.« Laura reichte Maggie Geld, die sich jedoch weigerte, es anzunehmen.

»Tun Sie das. Wenn ich nicht hier bin, bin ich im Cottage nebenan.«

24

Laura machte sich gegen sechs Uhr noch einmal auf den Weg zu Maggie. Die Dunkelheit brach langsam herein, und sie kämpfte gegen einen heißen Nordwind und erstickenden Staub. Der Laden war geschlossen, also ging Laura zum Cottage und klopfte an die Tür. Als Maggie öffnete, schlug Laura ein wunderbarer Duft entgegen.

»Kommen Sie rein. Der Staub da draußen ist schrecklich, nicht wahr?« Maggie lächelte herzlich und zog sie in den Flur, wo es viel kühler war.

»Bin ich wieder zu einem schlechten Zeitpunkt gekommen?«, erkundigte sich Laura, ehe sie ihre Haube abnahm.

»Nein.« Maggie hatte Lauras bevorstehenden Besuch angekündigt, war aber nicht sicher, wie Bojing einer fremden Besucherin gegenüber reagieren würde. Er hatte nichts dazu gesagt, also würden sie es herausfinden müssen.

»Laura, das sind Mister Zhang und seine Tochter Ling«, sagte sie, als sie die Küche betraten.

Bojing saß am Tisch, wo Ling gerade die Abendmahlzeit servieren wollte. Er stand auf und neigte den Kopf zum Gruß.

»Hallo.« Laura errötete, als sie erkannte, dass ihre Gastgeberin im Begriff war, zu essen. »Es tut mir wirklich leid, der Zeitpunkt ist offenbar schlecht gewählt. Ich komme später noch einmal«, sagte sie und wandte sich zur Tür.

»Nein, bitte setzen Sie sich«, bat Maggie.

Bojing zog einen Stuhl für Laura heran, allerdings mit so strenger Miene, dass sie das Gefühl hatte, nicht willkommen zu sein.

Ling lächelte anmutig und legte sofort ein weiteres Gedeck für sie auf, aber Laura fühlte sich trotzdem unwohl.

»Was mögen Sie von mir denken, Maggie? Es wird allmählich fast schon zur Gewohnheit, dass ich mich zum Essen einlade«, sagte sie.

»Unsinn«, sagte Maggie. »Ich habe den Zhangs gesagt, dass Sie heute Abend kommen würden und auch warum. Ich bin so dankbar, dass Sie extra noch mal kommen, um sich um meine Wunde zu kümmern.«

»Ach, das macht mir nichts aus«, sagte Laura. »Ich weiß ja, wie schwer es für Sie ist, aus dem Laden wegzukommen.«

»Ich war fast den ganzen Tag ununterbrochen beschäftigt. Allmählich spricht sich die Eröffnung herum, und es kommen immer mehr Kunden, um das Angebot zu testen.«

»Das freut mich, aber es muss doch auch ziemlich anstrengend sein, oder?«

»Das ist es.« Maggie konnte nicht leugnen, dass sie erschöpft war. »Aber ich will mich nicht beschweren, mein Traum ist in Erfüllung gegangen. Und es ist einfach wunderbar, abends nicht selbst kochen zu müssen, vor allem heute, wo ich den staubigen Ladenboden wischen musste.« Sie lächelte Ling zu, die eine große, dampfende Schüssel mit dem Hauptgericht und eine kleinere Schüssel mit gekochtem Reis auf den Tisch stellte.

Laura hatte noch nie chinesisches Essen gesehen, geschweige denn probiert und war fasziniert. »Das sieht fantastisch aus und riecht köstlich«, sagte sie. »Was ist das?«

»Kochen Huhn mit Gemüse, mit chinesischen Gewürzen«, erklärte Ling.

»Warten Sie, bis Sie es probiert haben. Ich habe chinesisches Essen sehr zu schätzen gelernt«, sagte Maggie begeistert. »Es schmeckt so intensiv.«

Ling bediente mithilfe eines großen Löffels zuerst ihren Vater, wie es sich gehörte, danach Laura und Maggie und schließlich sich selbst.

Während des Essens sprachen Maggie, Ling und Laura über die chinesische Küche, Bojing hingegen aß schweigend und blickte nicht einmal von seinem Teller auf. Als er fertig war, entschuldigte er sich.

Laura fühlte sich unbehaglich, weil sie glaubte, ihn vertrieben zu haben.

Als auch Ling sich mit der Entschuldigung entfernte, noch bügeln zu müssen, bemerkte Maggie, dass Laura offenbar peinlich berührt war.

»Mister Zhang fällt es schwer, sich an das Leben hier zu gewöhnen«, erklärte sie. »Er ist ein stolzer Mann, und es fällt ihm nicht leicht, die Gastfreundschaft einer Frau anzunehmen.«

»Das wäre sicherlich auch so, wenn er in einem anderen Haus zur Miete wohnen würde«, sagte Laura.

»Ich verlange keine Miete von den Zhangs«, verriet Maggie.

»Nun, vielleicht sollten Sie das. Es könnte seinen verletzten Stolz lindern.«

Lauras Worte brachten Maggie ins Grübeln. »Nein. Es würde sich nicht richtig anfühlen«, sagte sie schließlich. »Die Zhangs machen meine Wäsche und kochen für mich.«

»Nun, vielleicht reicht das nicht, vielleicht sollten Sie ihn um etwas anderes bitten.«

Maggie fand diesen Vorschlag interessant und nahm sich vor, später darüber nachzudenken.

Nach dem anschließenden Tee und Biskuits und einem Gespräch über Maggies Vorhaben, das Haus zu streichen, sah Laura sich die Brandwunde an.

»Sie heilt weiter gut, Maggie«, sagte sie und wickelte einen sauberen Verband darum. »In ein, zwei Tagen können Sie den Verband weglassen.«

»Es ist mir peinlich, dass der Verband immer so schmutzig wird«, meinte Maggie zerknirscht. »Dabei versuche ich, ihn sauber zu halten.«

»Das ist sicher schwer, wenn man den ganzen Tag am Backofen steht. Sie sehen übrigens sehr müde aus, wenn ich das sagen darf.«

»Ich bin seit heute Morgen um halb vier auf den Beinen. Wenn mein Geschäft weiterexpandiert, muss ich eine Hilfe einstellen«, sagte Maggie müde. »Wie läuft es in der Praxis?«

»Es geht aufwärts«, sagte Laura mit einem Augenzwinkern.

»Warum, was hat sich geändert?«, fragte Maggie neugierig.

»Wir haben einen neuen Arzt, der unserem alten Doktor Piper zur Hand geht.«

»Ein neuer Arzt! Ich hoffe, er ist nicht so alt und so griesgrämig wie Doktor Piper«, sagte Maggie.

»Stellen Sie sich das genaue Gegenteil von Doktor Piper vor, dann haben Sie Doktor Ryan Magee vor Augen. Er ist nicht älter als dreißig, sieht alles locker und bekommt das Durcheinander in der Praxis wunderbar in den Griff«, antwortete Laura.

Maggie spürte eine gewisse Erregung in Lauras Stimme. »Sieht er gut aus?«, fragte sie mit funkelnden Augen.

»Er ist nicht unattraktiv.« Laura versuchte, ihr Grinsen einzudämmen.

Maggie strahlte. »Nicht unattraktiv? Heißt das, er ist ein gut aussehender Gentleman?«

»Das könnte man durchaus so sagen, aber er bildet sich nichts darauf ein«, erklärte Laura. »Er ist bescheiden und arbeitet hart. Nichts kann ihn aus der Ruhe bringen, und alle Patienten mögen ihn. Er versteht sich sogar mit Doktor Piper, und das ist wirklich nicht einfach.«

»Das klingt, als hätte er die perfekte Einstellung für eine geschäftige Praxis.«

»Die hat er. Unsere Sprechstundenhilfe Nancy ist vollkommen vernarrt in ihn. Und ausnahmslos alle Patientinnen wollen von ihm behandelt werden. Er erleichtert Doktor Piper die Arbeit sehr. Er hätte es vermutlich nicht noch viel länger alleine geschafft.«

»Was ist mit Ihnen? Finden Sie sich inzwischen zurecht und kommen mit der Arbeit klar?«

»Ja, danke der Nachfrage.« Laura schätzte Maggies aufrichtiges Interesse. Sie verschwieg ihr, dass sie sich auch wegen Ryan Magee auf die Arbeit am nächsten Tag freute.

»Ich muss zurück in die Bäckerei, noch ein paar Kuchen für morgen backen«, erklärte Maggie und stand auf.

»Gut, dann gehe ich jetzt«, sagte Laura.

»Ich wollte Sie eigentlich fragen, ob Sie noch einmal Lust haben, mir zu helfen. Aber vielleicht sind Sie ja müde«, meinte Maggie.

»Ich bin überhaupt nicht müde«, sagte Laura eifrig. »Ich würde sehr gerne helfen. Was steht denn heute Abend an?«

»Zimtbrötchen und Jelly Cake«, sagte Maggie.

»Dann nichts wie los«, sagte Laura fröhlich.

In der Bäckerei nahm Maggie die Abdeckung von einem Brotteig, den sie vor dem Abendessen zusammengerührt hatte, und legte den Teig in eine Metallschüssel.

»Wir fügen eine Tasse Zucker und zwei Esslöffel Butter hinzu und rollen den Teig dann einen halben Zoll dick aus.«

»Sie kümmern sich um die Zutaten, und ich rolle«, schlug Laura vor, nachdem sie sich die Hände gewaschen hatte.

Als das erledigt war, stach Maggie mit einem Glas Kreise aus dem ausgerollten Teig, die Laura mit Zucker und Zimt bestreute.

»Die kommen jetzt in den Ofen.« Maggie schob zwei Bleche in den Herd. Sie spürte, dass Laura es genoss, ihr zu helfen, und das machte sie sehr glücklich. »Und wir widmen uns in der Zwischenzeit den Jelly Cakes. Wir backen drei Stück, die ich in einzelnen Schnitten verkaufe.«

Maggie gab sechs Tassen Zucker und anderthalb Tassen Butter in eine große Schüssel. Dann fügte sie drei Tassen süße Milch, sechs Eier und neun Tassen gesiebtes Mehl hinzu. Als Letztes kamen sechseinhalb Teelöffel Backpulver in die Mischung. Laura rührte alle Zutaten zusammen, während Maggie drei Kuchenformen einfettete. Nachdem Laura den Teig in die Kuchenformen gegossen hatte, schob Maggie diese in den zweiten vorgeheizten Ofen.

»Ich kann Ihnen gar nicht genug für Ihre Hilfe danken, Laura.« Maggies Hand hätte es sicher nicht gutgetan, wenn sie alles selbst hätte mischen und ausrollen müssen; außerdem hätte es doppelt so lange gedauert.

»Nicht nötig, ich genieße es«, sagte Laura. »Es ist fast therapeutisch, nach einem ganzen Tag mit Kranken und Verletzten.«

Laura spülte, während Maggie eine Kanne Tee zubereitete, und dann setzten sie sich. Von der Straße war das Gegröle der betrunkenen Bergleute zu hören, aber sie hatten keine Angst.

»Wenn es meiner Hand wieder besser geht, will ich einen Gemüse- und Kräutergarten anlegen. Dazu muss ich ein Stück umgraben«, sagte Maggie. »Ich möchte gerne Kürbisse, Karotten und Salat anbauen. Gemüse ist in dieser Stadt extrem teuer und nicht wirklich frisch, weil alles von Perth hierhertransportiert werden muss, da ist es besser, das Grünzeug selbst anzubauen.«

»Warum lassen Sie nicht Mister Zhang das Stück umgraben und Gemüse für Sie pflanzen?«, schlug Laura vor. »Dann fühlt er sich vielleicht weniger abhängig von Ihnen, und Ling könnte beim Kochen auch etwas von dem Gemüse benutzen.«

Maggie dachte über den Vorschlag nach. »Glauben Sie nicht, es wäre anmaßend, ihn darum zu bitten?«

»Nein. Vor allem nicht, wenn Sie die Produkte miteinander teilen. Ich bin mir wie gesagt sicher, dass er so eher das Gefühl hätte, Ihnen etwas zurückzuzahlen.«

»Vielleicht haben Sie recht.« Maggie gefiel der Gedanke.

»Sie werden an seiner Reaktion sehen, ob ich recht habe oder nicht.«

Maggie fand die Idee sinnvoll für beide Seiten. Es würde ihr vermutlich sehr schwerfallen, den Boden umzugraben, vor allem mit einer nicht intakten Hand. »Sie sind eine sehr kluge Frau, Laura«, sagte sie.

Laura war überrascht von dem Kompliment, freute sich aber

darüber. »Danke.« Sie nippte an ihrem Tee. »Schade, dass Sie keine Familie haben. Sie wären eine wunderbare Mutter«, sprach sie ihre Gedanken laut aus.

Maggie spürte, wie ihr sofort die Tränen in die Augen traten. Sie versuchte, sie zurückzudrängen, aber sie war einfach zu müde, um ihre Gefühle kontrollieren zu können.

Laura war bestürzt. »Oh, Maggie, es tut mir leid. Habe ich etwas Falsches gesagt?«

Maggie schüttelte den Kopf und konnte nicht sprechen, weil sie einen dicken Kloß in der Kehle hatte.

Laura legte ihre Hand auf die von Maggie und wartete geduldig.

Maggies Blick wanderte über Lauras Haar, ihre blauen Augen und ihre helle Haut. Wehmut und Trauer über das, was hätte sein können, überwältigten sie. Schließlich putzte sie sich die Nase und versuchte, das unendliche Verlustgefühl abzuschütteln, das sie bisweilen immer noch vollkommen unerwartet heimsuchte.

»Es ist lange her … aber ich trauere immer noch um mein kleines Mädchen«, flüsterte sie heiser.

»Sie hatten eine Tochter!«

»Ja. Sie war drei, als sie starb«, sagte Maggie.

»Das tut mir so leid, Maggie.« Laurie war schockiert über den schrecklichen Verlust, den Maggie erlitten hatte.

»Es ist weit mehr als fünfzehn Jahre her, aber manchmal kommt es mir vor, als wäre es erst gestern gewesen.«

»War sie krank?« Laura hoffte, dass es kein schrecklicher Unfall gewesen war.

»Lungenentzündung.« Maggie fühlte sich immer noch schuldig, dass sie nicht bei ihr ausgeharrt hatte. »Ich lag damals selbst mit einer doppelseitigen Lungenentzündung im Krankenhaus. Die Ärzte rechneten nicht damit, dass ich überlebe. Ich kam nur durch, weil ich unbedingt wieder mit meiner kleinen Tochter zusammen sein wollte, aber dann fand ich heraus, dass sie … Ich wünschte, ich wäre auch gestorben. Es war unerträglich, sie zu verlieren.«

»Es tut mir so leid.« Laura erinnerte sich, dass Maggie ihr erzählt hatte, sie sei kurz verheiratet gewesen, und fragte sich, ob der Tod ihrer kleinen Tochter die Beziehung zu stark belastet hatte. Aber sie wollte nicht zu neugierig sein.

Maggie studierte Lauras Gesicht. »Sie hatte die gleiche Haarfarbe wie Sie«, sagte sie. »Und blaue Augen. Ich habe mich oft gefragt, wie sie als Erwachsene ausgesehen hätte. Vielleicht wäre sie Ihnen sehr ähnlich gewesen.« Sie drückte Lauras Hand.

»Ich erinnere Sie an Ihre Tochter«, stellte Laura fest. Sie war durcheinander, weil die Ähnlichkeit Maggie offenbar traurig machte.

Maggie nickte, erkannte aber, dass diese Neuigkeit Laura innerlich fast zerriss. »Das ist gut so«, versicherte sie der jungen Frau. »So fühle ich mich meiner Tochter ein wenig näher.« Sie überlegte, ob es vielleicht vorbestimmt war, dass sie einander kennengelernt hatten. »Ihr Name war Lori«, sagte sie. Wieder traten ihr Tränen in die Augen.

»Oh«, sagte Laura, überrascht darüber, dass ihre Namen so ähnlich klangen.

»Sie half mir gern beim Backen, und ihre Lieblingsleckerei war Tuttifrutti.«

»Ich liebe Tuttifrutti«, rief Laura. Dieser Zufall war doch unglaublich!

»Ich weiß. Das haben Sie mir gesagt«, nickte Maggie. »Ich habe es seit Jahren nicht mehr gemacht. Aber sobald ich ein paar schöne Äpfel und Rosinen auftreiben kann, bereite ich es für Sie zu.«

»Darf ich Ihnen dabei helfen? Ich würde gern lernen, wie man es herstellt.«

»Das würde mich freuen«, sagte Maggie. Sie umarmte Laura spontan und trauerte dabei auch um all die Umarmungen, die sie nie mit ihrer Tochter teilen würde.

Laura fühlte sich Maggie sehr nahe. Es war einfach unverständlich, dass jemand, der so herzensgut war, so viel Leid hatte ertragen müssen, aber auch das hatte sie während ihrer Ausbildung oft erlebt.

»Guten Morgen, Patrick«, sagte Laura, als sie ihm gegenüber Platz nahm. Er hatte sie nicht kommen sehen, weil er in einen Zeitungsartikel über einen Bergmann vertieft gewesen war, der bei einem vermeidbaren Unfall ums Leben gekommen war. Auch wenn der Unfall sich nicht in der Golden Nugget Mine ereignet hatte, ärgerte es ihn immer wieder, dass die Verantwortlichen in den Minen nicht auf mehr Sicherheit drängten.

»Guten Morgen, Laura.« Er freute sich, ihr lächelndes Gesicht zu sehen, das ihn von seinen Sorgen ablenkte. Allerdings fiel ihm auf, dass sie müde aussah. »Stimmt etwas nicht?«

»Nein, warum?«

»Sie sehen aus … als ob Sie nicht sehr gut geschlafen hätten.«

»Habe ich tatsächlich nicht«, gab sie zu. »Ich musste über etwas nachdenken.«

»Wenn Sie darüber reden möchten – ich bin ein guter Zuhörer.«

Wieder einmal wusste Laura zu schätzen, dass Patrick sich für sie interessierte. Sie atmete tief durch. »Ich habe gestern erfahren, dass jemand, den ich kürzlich kennengelernt habe, vor vielen Jahren ein Kind verloren hat. Das war wie ein Schock für mich, und ich konnte nicht aufhören, darüber nachzudenken.« Sie wollte nicht verraten, dass die fragliche Person Maggie war, das hielt sie für Tratscherei.

»Das ist sehr traurig. Dann hatten Sie also gestern einen anstrengenden Tag«, sagte Patrick.

»Insgesamt war es ein guter Tag. Doktor Magee war eine große Hilfe in der Praxis, und ich habe mit Maggie gebacken. Das hat großen Spaß gemacht. Außerdem gab es ein chinesisches Gericht zum Abendessen, und das war köstlich.«

»Wo haben Sie gegessen?«

»Bei Maggie. Sie hat chinesische Hausgäste. Bojing Zhang und seine Tochter Ling betreiben die Wäscherei neben Maggies Laden. Ling kocht abends für ihren Vater und Maggie.«

»Sie verbringen ziemlich viel Zeit mit Maggie«, bemerkte Patrick.

»Ich mag sie wirklich. Es ist so einfach, mit ihr zu reden, und wir haben Spaß beim gemeinsamen Backen. Und ihre Kuchen und Pasteten sind einfach fantastisch, die sollten Sie wirklich einmal probieren.«

»Eines Tages werde ich es auch einmal in diese Bäckerei schaffen.«

»Ja, das kann ich nur empfehlen. Wie läuft es in der Mine?«

»Ich habe den Bau von Lüftungsschächten angeregt. Diese können die Situation sicher verbessern, aber ich bezweifele, dass sie das Problem, dass die Männer zu viel Staub einatmen, vollständig lösen werden.«

»In einem geschlossenen Raum ist das auch sicher nicht möglich«, meinte Laura.

»Das ist richtig. Ich habe auch vorgeschlagen, dass sie Masken und Schutzhelme tragen sollen.«

»Das ist eine gute Idee.«

»Danke. Wie läuft es in der Praxis?«

»Gut. Doktor Magee ist wunderbar. Er ist so tolerant und geduldig, vor allem in Bezug auf Doktor Pipers Unzulänglichkeiten.«

»Das klingt, als würden Sie ihn wirklich mögen«, stellte Patrick fest. Er schloss dies sogar noch mehr aus ihrem Tonfall als aus dem, was sie sagte.

Zu ihrem Schrecken spürte Laura, dass sie errötete. »Ja, ich mag ihn, aber das hat wirklich nichts mit Romantik zu tun«, protestierte sie.

»Wenn Sie das sagen«, meinte Patrick lächelnd.

»Sie bringen mich in Verlegenheit, Patrick«, schimpfte Laura. »Ich kenne ihn seit zwei Tagen. Er ist sehr professionell und kompetent, und das sind Charakterzüge, die ich schätze.« Sie verriet nicht, dass es schwierig war, seine persönliche Meinung zu einer Sache herauszufinden, weil er absolut nichts preisgab. Das war ziemlich frustrierend.

»In Ordnung«, sagte er lachend. »Nehmen wir heute Morgen Pfannkuchen?«

»Ich hätte heute lieber ein Ei auf Toast«, sagte Laura.

Patrick blickte sie überrascht an.

»Ryan sagt, ein gutes Frühstück mit Proteinen ist die beste Art, einen Tag zu beginnen.«

Patrick hob die Augenbrauen. »Dann sind wir also schon bei *Ryan?*«

»Stopp!«, rief Laura und errötete wieder.

Patrick lachte. »Gut, dann nehmen wir heute die Eier.«

25

»Bojing, ich möchte Sie etwas fragen«, sagte Maggie, als sie zum Abendessen durch die Hintertür trat. Sie hatte über Lauras Vorschlag nachgedacht, sich aber erst in diesem Moment entschieden.

Bojing saß am Küchentisch und wartete auf das Essen. Ling stand am Herd und rührte im Inhalt eines großen, dampfenden Woks. Sie sah Maggie argwöhnisch an und übersetzte dann für ihren Vater.

Bojing nickte bedächtig, aber wie üblich zeigte seine Miene keinerlei Gefühlsregung. Maggie wusste noch immer nicht, ob er sie nicht mochte oder ihr grollte oder vielleicht auch beides.

»Können Sie bitte übersetzen, Ling?« Maggie wollte Missverständnisse vermeiden.

Ling nickte.

»Ich hätte gerne einen Gemüse- und Kräutergarten, aber ich kann die Erde mit meiner verletzten Hand nicht umgraben. Würden Sie Ihren Vater bitte fragen, ob er für mich ein Gartenbeet umgraben und Gemüse pflanzen könnte? Natürlich in seiner Freizeit. Wir würden uns das Gemüse dann teilen, sobald es erntereif ist.«

Maggie konnte Lings Beklemmung förmlich spüren. Ling war es gewohnt, von ihrem Vater schikaniert zu werden, aber Maggie hatte nicht die Absicht, sich damit abzufinden, auch wenn Bojing eine einschüchternde Art hatte.

Nach einigem Zögern übersetzte Ling.

Maggie beobachtete Bojings Reaktion mit klopfendem Herzen, bemüht, sich ihre Aufregung nicht anmerken zu lassen. Ihr gefiel nicht, dass der Chinese sie in ihrem eigenen Haus nervös machte, aber das war mehr ihre Schuld als seine. Sie musste lernen, sich durchzusetzen. Bojing hörte seiner Tochter zu und sah Maggie dann lange schweigend an. Und dann, wie durch Zauberei, huschte ein winziges Lächeln über sein Gesicht, und er nickte zustimmend.

Ling, die die Luft angehalten hatte, atmete hörbar aus. »Mein Vater legt den Gemüsegarten an, Maggie.«

»Das ist wunderbar«, sagte Maggie glücklich. Sie spürte, dass sie gerade einen Durchbruch erlebt hatten. »Sagen Sie ihm, dass ich morgen die Setzlinge kaufe.«

Ling übersetzte, und wieder nickte Bojing.

Maggie fühlte sich ihm gegenüber plötzlich selbstbewusst und beschloss, seine gute Laune zu nutzen. Sie bedeutete ihm per Handzeichen, ihr nach draußen zu folgen, und zeigte dort auf einen Bereich nicht weit vom Stall entfernt, den sie für Gartenbeete geeignet hielt. Bojing stand mit den Händen auf den Hüften da, blickte sich im Garten um und starrte dann in den Himmel, als sei er völlig desinteressiert. Dann schüttelte er vehement den Kopf.

Maggie konnte nicht glauben, dass er seine Meinung so schnell geändert hatte, und ihre Euphorie wandelte sich in Ärger. Sie wandte sich an Ling, die an der Hintertür stand.

»Was ist mit Ihrem Vater? Zuerst willigt er ein, beim Gemüsegarten zu helfen, und jetzt will er es doch nicht tun.« Sie war wirklich enttäuscht.

Dann sprach Bojing wild gestikulierend mit seiner Tochter. Maggie kam kurz der Gedanke, dass er vielleicht verrückt war, und schalt sich, diesem Mann erlaubt zu haben, in ihrem Haus zu leben.

»Mein Vater sagen, Morgensonne und Nachmittagsschatten besser für Pflanzen. An Stelle, die Sie aussuchen, nachmittags zu viel Sonne.«

»Oh.« Maggie blickte zu Bojing, der nickte und auf die andere Seite des Gartens zeigte. »Also ist er immer noch bereit, sich um den Garten zu kümmern.«

»Ja.«

Maggie nickte Bojing zu und lächelte. »Sehr gut.«

Am nächsten Morgen stand Maggie um halb vier in der Bäckerei, um den Teig für das Brot anzusetzen und die Öfen vorzuheizen, was eine ganze Weile dauerte. Anschließend machte sie sich auf den Weg ins Cottage, um zu frühstücken. Die ersten Sonnenstrahlen stahlen sich über den Himmel und tauchten den Garten in ein rosig-goldenes Licht. Plötzlich erregte ein dumpfes Geräusch ihre Aufmerksamkeit. Sie blieb stehen und schaute sich im Garten um. Bojing stand mit dem Rücken zu ihr und schwang eine Hacke, vollkommen vertieft in sein Tun.

Maggie bemerkte an seiner körperlichen Anstrengung, dass der Boden noch härter war, als sie angenommen hatte. Die sengende Sommersonne hatte den vom Regen aufgeweichten Boden längst getrocknet. Bojings Tunika war mit Schweiß getränkt und von Staub bedeckt, aber sie wagte es nicht, ihn zu stören und Mitgefühl zu äußern. Dazu war er zu stolz.

Ling bereitete in der Küche Tee und kleine Dampfknödel, die sie zum Frühstück aßen. Maggie bemerkte sofort, dass sie weniger fröhlich war als sonst. Sie wirkte erschöpft und auch besorgt.

»Stimmt etwas nicht, Ling? Sind Sie krank?«

»Alles in Ordnung, Maggie«, antwortete Ling, ohne sie anzuschauen.

Maggie glaubte ihr nicht, ließ sie aber in Ruhe. Sie wollte den Zhangs gegenüber nicht zu aufdringlich sein.

Bereits fünf Tage später hatte Bojing die Setzlinge gepflanzt und war vollkommen begeistert von dem Garten. Die Pflanzen standen in ordentlichen Reihen schön gleichmäßig, und die Beete waren mit sorgfältig gesetzten Steinen eingefasst. Maggie hatte so etwas noch nie gesehen. Fortan jätete, hackte und düngte Bojing die Beete mit Hühnermist, den er von einem Stammkunden seiner Wäscherei erhalten hatte. Jeden Morgen vor Beginn seiner Arbeit in der Wäscherei goss er die Pflanzen. Abends vor dem Abendessen ging er nachschauen, prüfte akribisch, ob alles wuchs und die Pflanzen nicht von Insekten oder Vögeln angefressen worden waren. Wenn der Tag besonders heiß gewesen war, wässerte er die Pflanzen erneut.

Auch Maggie inspizierte den Garten jeden Tag. Sie lächelte und nickte beifällig, während der Chinese stolz dreinblickte. Bei den Mahlzeiten jedoch bemerkte Maggie eine wachsende Spannung zwischen Bojing und Ling. Sie verstand die gesprochenen Worte nicht, war aber beunruhigt.

Eines Abends hörte Maggie, wie Bojing vor Lings Schlafzimmer stand und sie anschrie. Das war zwar nichts Ungewöhnliches, aber dieses Mal weinte Ling. Maggie hätte das Mädchen gern verteidigt, wagte es aber nicht, sich einzumischen.

Am folgenden Abend war Ling beim Abendessen sehr ruhig, und später hörte Maggie sie in ihrem Schlafzimmer weinen. Als Bojing ein Bad nahm, klopfte Maggie an Lings Tür.

»Ling, geht es Ihnen gut?«, fragte sie leise.

»Ja«, rief Ling, dann schnäuzte sie sich die Nase. Maggie hörte sie wimmern und war besorgt, wollte sich der Chinesin aber nicht aufdrängen.

Der nächste Tag war ein Sonntag, also blieben die Wäscherei und die Bäckerei geschlossen. Maggie backte zwar manchmal auch sonntags, um sich auf den Ansturm am Montag vorzubereiten, aber insgesamt war es ein ruhigerer Tag für sie und Zeit, um tief durchzuatmen.

Während Bojing im Garten arbeitete und Rankhilfen für Tomaten und Bohnen aufstellte, trank Maggie mit Ling eine Tasse Tee.

»Ich weiß, dass Sie etwas bedrückt, Ling«, sagte sie. »Ich will nicht in Ihre Privatsphäre eindringen, aber vielleicht kann ich helfen.«

Ling schaute aus dem Fenster, um sicherzustellen, dass ihr Vater noch im Garten war. Einen Moment später brach der Damm, und Ling gab sich einer Flut von Tränen hin. Maggie legte einen Arm um ihre Schultern und reichte ihr ein Taschentuch.

»Oje, was ist los? Sie können es mir ruhig sagen, Ling.«

»Mein Vater mich zurück nach China schicken«, schluchzte Ling. »Aber ich nicht wollen.«

Maggie war bestürzt. »Warum sollte er das tun? Braucht er Sie nicht hier?« Maggie verstand die Entscheidung nicht, zumal in der Wäscherei immer viel zu tun war.

»Meine kleine Schwester kommen und hier arbeiten«, sagte Ling und schnäuzte sich in Maggies Taschentuch.

»Aber warum?« Maggie war verwirrt. »Sie sind ein fleißiges Mädchen und kennen das Geschäft und die Kunden. Die lieben Sie. Und Sie sprechen gut Englisch. Sie sind ganz sicher ein echter Gewinn für ihn.«

»Mein Vater mich zwingen, in China zu heiraten«, erklärte Ling tränenreich.

»Oh.« Maggie wusste, dass das in vielen Kulturen vorkam. Aber Ling war noch so jung! »Ist der Mann … nett?«

»Ich nicht kennen«, sagte Ling mutlos.

Die junge Frau tat Maggie wirklich leid, denn natürlich machte die Aussicht, einen völlig Fremden zu heiraten, ihr Angst. »Vielleicht stellt er sich als sehr nett heraus, Ling«, sagte sie in der Hoffnung, ihr damit Mut zu machen.

Ling schüttelte den Kopf. »Er alter, sehr reicher Mann«, sagte sie. Sie schwieg einen Moment und betrachtete Maggie, als überlege sie, ob sie sich ihr anvertrauen konnte. »Ich jungen Mann hier lieben, Maggie. Sein Name Huang Fu. Er mich heiraten wollen.«

Maggie starrte sie überrascht an. Soweit sie wusste, verließ Ling die Wäscherei oder ihr Haus nie. Wo hätte sie einen jungen Chinesen treffen sollen?

»Woher kennen Sie diesen jungen Mann?«, wollte sie wissen.

»Er jeden Tag Wäsche vom Krankenhaus in Wäscherei bringen.«

»Dann kennt Ihr Vater ihn also auch«, warf Maggie ein.

Ling nickte. »Aber er nicht wissen, wir uns lieben.«

Maggie kam der Gedanke, dass er vielleicht Verdacht geschöpft hatte und Ling deshalb zurück nach China schickte. »Wenn Sie ihm verraten, dass Sie diesen jungen Mann lieben, lässt er sie beide vielleicht heiraten«, schlug Maggie hoffnungsvoll vor.

Ling winkte ab. »Er mich Huang Fu niemals heiraten lassen. Er sagen, ich diesen Mann in China heiraten müssen. Ehe arrangieren, als ich ein Baby. Mein Vater ehrenwerter Mann. Er sein Wort nicht brechen.«

»Es tut mir so leid, Ling«, sagte Maggie. Für die junge Frau war die Situation hoffnungslos. Der Gedanke, dass ein so reizendes Mädchen eine Ehe ohne Liebe eingehen musste, war Maggie unerträglich, aber sie wusste, dass sie nichts dagegen tun konnte.

»Oh, guten Abend«, sagte Vivian entzückt, als Patrick das Palace betrat. »Schön, Sie wiederzusehen.« Sie hatte sehr gehofft, dass er eines Abends zurückkehren würde.

»Danke«, sagte Patrick. »Ich bin auf der Suche nach einem Rückzugsort, möglichst weit weg von einem Hotel voller betrunkener Bergleute.«

»Ich verstehe, mein Bester«, sagte Vivian. »Wie wäre es mit einem Drink und etwas weiblicher Gesellschaft«, fügte sie augenzwinkernd hinzu.

»Oh, Sie meinen … Nun, mit dem Drink und Ihrer Gesellschaft bin ich einverstanden – alles andere: nein, danke«, erklärte Patrick.

Vivian überlegte, ob er vielleicht nur schüchtern war. Nicht selten waren verheiratete Männer beim ersten Besuch eines Bordells ein wenig verlegen. »Sind Sie sicher, dass ich Sie nicht in Versuchung führen kann? Eines der Mädchen könnte Ihnen helfen, sich besser zu fühlen.«

»Nein, danke«, sagte Patrick unbehaglich. »Ich habe unser Gespräch bei unserem ersten Treffen genossen und dachte, wir könnten etwas zusammen trinken, aber wenn Sie zu beschäftigt sind, komme ich ein anderes Mal wieder.«

»Für Sie nehme ich mir doch immer Zeit, Schätzchen«, sagte Vivian kokett. Sie war wirklich glücklich, ihn zu sehen, und hakte ihn unter. »Kommen Sie mit in die Bar, mein Lieber.«

»Gibt es keinen Raum, in dem wir uns privat unterhalten können?«, fragte Patrick, als sie an einem Salon vorbeikamen, in dem knapp bekleidete Frauen auf den Knien einiger eifriger Herren saßen. »Es wäre mir peinlich, einem Bergmann aus der Golden Nugget Mine zu begegnen.«

»Natürlich.« Vivian bereitete zwei Drinks zu und lud Patrick dann in ihren privaten Salon ein. »Ist es Ihnen hier angenehmer?«

»Ja, perfekt.« Patrick schaute sich in dem großzügig möblierten Raum um. »Ein schönes Zimmer.«

»Es ist mein privater Zufluchtsort abseits des Geschäfts«, erklärte Vivian und zeigte auf ein bequemes Samtsofa von tiefer Burgunderfarbe. Patrick setzte sich, und Vivian ließ sich neben ihm nieder. »Und jetzt erzählen Sie! Abgesehen von nervigen, betrunkenen Bergleuten – wie gefällt Ihnen Kalgoorlie?«

»Um ehrlich zu sein, habe ich bisher noch keine Kontakte geknüpft. Und außerhalb der Stadt gibt es nicht viel zu sehen«, gab Patrick zu. »Bisher ging es immer nur um die Arbeit.«

»Das können Sie ändern, indem Sie mich häufiger besuchen«, sagte Vivian mit einem Augenzwinkern, das Patrick zum Lächeln brachte. »Erzählen Sie mir mal von sich.«

Patrick blickte sie nachdenklich an. »Was möchten Sie wissen?«

»Alles, was Sie mir sagen wollen«, antwortete Vivian leichthin und strich über die Volants ihres königsblauen Kleides.

Patrick dachte nach. »Sie wissen, dass ich verheiratet bin«, sagte er.

»Das hatten Sie erwähnt, ja. Sind Sie Vater einer hübschen Kinderschar?«

Patrick starrte in seinen Drink. »Wir haben unseren einzigen Sohn durch Diphtherie verloren, als er vier war. Sein Name war Tristan, und er war die Sonne unseres Lebens.«

»Oh, das tut mir leid.« Das hatte Vivian nicht erwartet. »Hatten Sie dann noch weitere Kinder?«

»Nein, meine Frau hat Tristans Tod sehr mitgenommen.«

»Sie doch sicher auch.« Vivian spürte, dass Patrick seinen Kummer für sich behalten hatte, um seine Frau zu unterstützen, was nicht gesund war.

Patrick nickte. Eine Zeit lang starrte er in sein Getränk und verlor sich in der Vergangenheit. »Seit dem Tod unseres Sohnes führen wir keine richtige Ehe mehr«, gab er zu. »Caroline hat sich vollkommen zurückgezogen und will keine Hilfe annehmen.«

Sein Eingeständnis überraschte Vivian nicht. Sie erkannte immer, wenn ein Mann keine körperlichen Freuden genoss. »Aber Sie sind noch zusammen, also lieben Sie sich noch«, versuchte sie, das Positive zu betonen.

»Menschen bleiben aus vielerlei Gründen verheiratet, Vivian.«

»Das ist nur allzu wahr«, sagte Vivian. »Und in diesem Geschäft lerne ich sie alle kennen.«

»Dann wissen Sie bestimmt, dass es nicht immer um Liebe geht.«

Vivian nickte. »Leider zu häufig. Aber es tut mir weh, einen reizenden Mann zu treffen, der nicht glücklich ist, Patrick.« Sie legte ihre Hand auf seinen Arm.

»Bemitleiden Sie mich nicht, Vivian. Ich habe mich selbst in diese Situation manövriert. Ich habe Caroline aus den falschen Gründen geheiratet und hätte daher nicht erwarten dürfen, dass sich mein Leben anders entwickelt.«

Maggie schlüpfte durch das Tor in der kleinen Gasse hinter dem Palace und betrat das Haus durch die Hintertür. Normalerweise mied sie das Bordell am Abend, wenn Vivian und die Mädchen ihre Gäste *unterhielten*, aber an diesem Abend fühlte sie sich besonders einsam und brauchte eine vertraute Person um sich herum. Sie war auf der Hannon Street spazieren gegangen, um der wachsenden Spannung zwischen Ling und Bojing zu entkommen, aber der Schaufensterbummel hatte sie schnell gelangweilt, und zweimal musste sie die Straßenseite wechseln, um Schlägereien zwischen Betrunkenen auszuweichen. Aus den Bars drang Musik auf die Straße. Sie hörte Mundharmonikas, Tin Whistles, Tamburine,

Akkordeons und lauten Gesang. In der Ferne glaubte sie sogar Dudelsäcke zu vernehmen, und in der Luft lag der würzige Duft von Tonpfeifen. Zwischen zwei Gebäuden hatten sich Männer zum Two-up-Glücksspiel auf der Fahrbahn versammelt, die lautstark auf das Ergebnis wetteten. Nicht zum ersten Mal fiel Maggie auf, wie lebhaft es in der Stadt Kalgoorlie zuging.

Sie warf einen kurzen Blick in den Barbereich des Palace, fand ihn aber leer. Dann schaute sie diskret in die Empfangshalle, wo die Kunden für gewöhnlich mit Vivian und den Mädchen sprachen, ehe sie nach oben gingen. Sie sah Nell und Fannie, die mit zwei Männern etwas tranken, aber Vivian war nicht bei ihnen.

Maggie verwarf die Idee, wieder zu gehen, und beschloss, in Vivians privatem Salon auf die Freundin zu warten. Sie mochte das schöne und sehr ruhige Zimmer, in dem sie sich sammeln konnte, ehe sie wieder nach Hause ging.

Als sie sich dem Vorhang näherte, der den Barbereich vom Salon trennte, hörte Maggie die gedämpften Stimmen von Vivian und einem Herrn. Ihr erster Instinkt war, sich zurückzuziehen, um die beiden nicht zu stören, aber irgendwie klang das Gespräch anders als üblich. Vivians Ton war warm und aufrichtig, als spräche sie mit einem Freund und nicht mit einem Kunden. Maggie fiel ein, dass Vivian ein Treffen mit einem Herrn erwähnt hatte, der ihr sympathisch war.

Neugierig zog Maggie den Vorhang ein Stück zur Seite und spähte diskret in den Salon. Der Mann saß mit dem Rücken zu Maggie auf dem Sofa neben Vivian. Vivian blickte ihn aufmerksam von der Seite an, sodass Maggie ihr Profil deutlich sehen konnte.

»Wie lange werden Sie sich voraussichtlich noch in Kalgoorlie aufhalten?«, fragte sie gerade mit echtem Interesse.

»Ich bin für mindestens drei Monate hier. Hoffentlich kann ich in dieser Zeit all das erreichen, weshalb ich hergekommen bin.«

Maggie erkannte die Stimme sofort. Ihre Beine drohten unter ihr nachzugeben, und ihr Herz raste so schnell, dass ihr fast die Sinne schwanden. Jahre schmolzen dahin, und schmerzhafte und auch schöne Erinnerungen überfluteten sie. *Das kann nicht sein*, dachte sie.

Vivian, die in den Abendstunden immer besonders wachsam war, falls sich ein betrunkener Mann dahin verirrte, wo er nicht hingehörte, vernahm ein leises Geräusch und drehte ihren Kopf gerade noch rechtzeitig, um einen Blick auf Maggies erschrockenes Gesicht zu erhaschen, ehe der Vorhang fiel.

»Entschuldigen Sie mich einen Moment, Patrick«, sagte sie besorgt. »Es scheint ein Problem zu geben, um das ich mich kümmern muss.« Sie lief Maggie durch das gesamte Palace nach, holte sie aber erst an der Hintertür ein.

»Maggie«, sagte sie eindringlich und hielt ihren Arm fest, um sie am Weglaufen zu hindern. »Was ist los? Warum rennst du weg?«

Maggie drehte sich zu ihr um. Ihre Augen waren schreckgeweitet, und alle Farbe war aus ihrem Gesicht gewichen.

»Was ist los? Du siehst aus, als hättest du ein Gespenst gesehen.«

»Wer … ist dieser Mann?« Maggie klammerte sich an die winzige Hoffnung, dass sie sich geirrt hatte.

»Mann! Welcher Mann?«

»Der, mit dem du … geredet hast. Wie heißt er?«

»Meinst du Patrick?« Vivian wunderte sich sehr über Maggies Verhalten.

Maggie keuchte und taumelte rückwärts. »Es kann nicht sein … er kann nicht hier sein.«

»Was ist los, Maggie? Sag es mir doch.«

Aber Maggie konnte nur noch den Kopf schütteln, ehe sie durch das hintere Tor verschwand.

26

Vivian ging am nächsten Morgen um sieben Uhr sofort zur Bäckerei, fand sie aber geschlossen vor. Sie hatte vor Sorge um Maggie kaum ein Auge zugetan, und dass die Bäckerei noch nicht geöffnet war, verstärkte ihre Unruhe noch.

Nachdem Maggie am Abend zuvor weggelaufen war, hatte Vivian zunächst überlegt, Patrick zu fragen, ob er sie kannte, sich aber dagegen entschieden, weil sie erst Maggies Version der Geschichte hören wollte. Sie hatte Patrick nach seiner Arbeit in der Mine gefragt, war aber zu abgelenkt, um wirklich zuzuhören.

Vivian klopfte an die Tür des Ladens, erhielt aber keine Antwort. Auch der Duft nach frisch gebackenem Brot fehlte. Besorgt ging sie zum Cottage hinüber.

Ling öffnete die Tür, und Vivian stellte sich vor. Ling war sehr froh, denn Maggies Zustand beunruhigte sie zutiefst. Sie hatte versucht, herauszufinden, was los war, aber Maggie hatte geschwiegen.

»Ich nehme an, dass Maggie hier ist und dass es ihr nicht gut geht. Habe ich recht?«, sagte Vivian ohne Umschweife.

Ling nickte und bat Vivian hinein. Maggie saß am Küchentisch. Sie hatte augenscheinlich nicht geschlafen und, was noch schlimmer war, sich auch weder gewaschen noch angekleidet. Ihr Haar war zerzaust, und unter ihren Augen waren dunkle Ringe. Die Anwesenheit ihrer Freundin schien sie kaum zu bemerken.

»Was ist los, Maggie?«, wollte Vivian wissen. »Kennst du Patrick?«

Ling entschuldigte sich diskret und ging in die Wäscherei zu ihrem Vater.

Maggie blickte auf ihre Hände, die auf ihrem Schoß zitterten, antwortete aber nicht. Sie war zutiefst erschöpft und befand sich in einer Art Schockzustand. Kalgoorlie war der letzte Ort, an dem sie erwartet hätte, von ihrer Vergangenheit eingeholt zu werden.

»Verrat mir, woher du Patrick kennst«, sagte Vivian streng. »Ich will mich nicht in dein Leben einmischen, aber ich mache mir Sorgen um dich.«

Maggie stieß einen tiefen Seufzer aus. Ihre Stimme war kaum mehr als ein Flüstern, als sie schließlich sagte: »Ich war vor langer Zeit mit Patrick Shanahan verheiratet.«

Vivian sank fassungslos auf einen Stuhl. Dass Maggie kurz verheiratet gewesen war, wusste sie, aber Maggie sprach nie über ihren Ehemann. Es hatte nicht den geringsten Grund gegeben, ihn mit dem Mann in Verbindung zu bringen, den sie im Palace getroffen hatte.

»Patrick … ist dein Exmann?« Es fiel ihr schwer, das zu glauben.

In Maggies Blick lag Panik, als sie Vivian jetzt ansah. »Ich will nicht, dass er weiß, dass ich hier bin. Du darfst es ihm nicht sagen.«

»Das werde ich nicht«, versprach Vivian. »Aber ich habe eine gute Menschenkenntnis, Maggie. Er ist ein wirklich reizender Mann. Deshalb verstehe ich es nicht.«

»Du musst schwören, dass du es ihm nicht sagst, Vivian!«, insistierte Maggie.

»Ich schwöre. Aber warum willst du dich vor ihm verstecken?«

»Er wird nie verstehen, warum ich ihn auf diese Art und Weise verlassen habe.«

»Das wird er ganz sicher nicht, wenn du ihm nicht die Chance dazu gibst«, argumentierte Vivian.

»Ich habe ihm eine Chance gegeben. Ich habe ihm ein Telegramm geschickt und ihn um Hilfe für unsere Rückkehr nach Melbourne gebeten. Dort hätte ich ihm von Lori erzählt und alles erklärt, aber er hat meine Bitte einfach ignoriert. Und was ist passiert? Ich habe meine kleine Tochter verloren … *unsere* kleine Tochter. Ich will ihn nicht treffen.«

»Der Fairness halber sollten wir sagen, dass er damals nichts von Lori wusste, oder? Wäre es so gewesen, wäre vielleicht alles anders gekommen.«

»Das ist nicht die Art Nachricht, die man in einem Telegramm verkündet, zumal er wieder geheiratet hatte. Außerdem hatte ich meine letzten Pennys dafür ausgegeben, ihn um Hilfe zu bitten mit dem Angebot, ihm alles später zu erklären. Er hat mich einfach nicht genug geliebt, um mir zu helfen.«

Vivian wusste nicht, was sie sagen sollte.

»Ich hörte ihn sagen, dass er für mindestens drei Monate hier ist«, sagte Maggie. »Ist das richtig?«

Vivian nickte.

»Wo wohnt er?«

»Im Exchange Hotel«, sagte Vivian.

»Warum ist er hier?«

»Er arbeitet für einen der Eigentümer der Golden Nugget Mine. Er versucht, die Arbeitsbedingungen der Bergleute zu verbessern.«

»Ich werde mich so weit wie möglich zurückziehen, bis er weg ist.« Maggie war froh, dass er nicht allzu lange in Kalgoorlie sein würde. »Ich verlasse den Laden ohnehin nur selten, also wird das nicht allzu schwierig sein. Vielleicht schließe ich das Geschäft auch während dieser Zeit.«

»Du musst deinen Lebensunterhalt verdienen«, betonte Vivian. »Wenn du den Laden eine Weile nicht öffnest, bleiben deine neuen Kunden vielleicht anschließend fern.«

Maggie wusste, dass Vivian recht hatte. Sie legte ihren Kopf auf den Tisch und stöhnte verzweifelt auf.

»Hast du Brot für die Kunden für heute Morgen gebacken?«, fragte Vivian.

Maggie schüttelte den Kopf. Sie hatte nicht einmal den Teig angesetzt.

»Geh dich waschen. Ich helfe dir mit dem Teig. Hier herumzusitzen und der Vergangenheit nachzutrauern nützt niemandem.«

»Du kannst mir nicht helfen, Vivian.« Maggie erhob sich schwerfällig.

»Ich kann es versuchen«, meinte Vivian. »Jetzt geh schon.«

Maggie machte sich auf den Weg ins Bad. Sie war zu müde zum Streiten.

Vivian hatte fest vor, ihr Versprechen zu halten, aber sie wollte auch herausfinden, warum Patrick Maggie damals nicht geholfen hatte, als sie ihn darum bat – und das ging natürlich nur auf Umwegen. Sie war sicher, dass er nicht der Typ Mann war, der die Frau, die er einmal geliebt hatte, in der Stunde der Not im Stich ließ. Es musste eine Erklärung geben.

Als Vivian endlich die Türen der Bäckerei öffnete, standen die Kunden bereits Schlange. Sie hatte getan, was sie konnte, um Maggie zur Hand zu gehen, was leider nicht sehr viel war, aber sie trieb sie fortwährend an und unterhielt die Kunden, bis das Brot gebacken war. Während Maggie Pasteten bereitete, bediente sie die Kundschaft.

Um die Mittagszeit kam Laura, die überrascht war, eine Fremde hinter der Theke zu sehen. Während sie darauf wartete, bedient zu werden, kam Maggie mit einem Blech Donuts aus der Backstube.

»Hallo, Maggie«, rief sie. »Wie ich sehe, haben Sie heute Hilfe.«

Maggie wurde unruhig. »Ja. Das ist Vivian. Vivian, das ist Laura, die freundliche Krankenschwester aus dem Gesundheitszentrum, von der ich dir erzählt habe. Sie wohnt im Exchange Hotel.«

»Oh, hallo«, wandte Vivian sich an Laura. Sie war sich sehr wohl bewusst, warum Maggie Lauras Aufenthaltsort erwähnt hatte. »Schön, Sie kennenzulernen, Laura. Maggie hat mir erzählt, dass Sie zweimal so freundlich waren, sie zu Hause aufzusuchen, um ihren Verband zu wechseln.«

»Das hat mir nichts ausgemacht, nicht zuletzt weil ich zum

Dank jedes Mal leckeres Essen genießen durfte. Ich habe *Maggies Bäckerei* jedem empfohlen, der es hören wollte«, fügte sie mit einem herzlichen Lächeln hinzu.

Maggie fühlte Panik in sich aufsteigen. Das Letzte, was sie wollte, war, dass Patrick in die Bäckerei kam. »Das ist gar nicht nötig. Ich habe fast mehr Kunden, als ich bedienen kann. Trotzdem danke«, stieß sie hervor. »Aber jetzt entschuldigen Sie mich, ich muss die Pasteten aus dem Ofen holen.«

»Ich warte auf eine davon«, rief Laura ihr nach.

»Wohnen Sie nur vorübergehend im Exchange Hotel? Bis Sie etwas Dauerhaftes gefunden haben?«, erkundigte sich Vivian bei Laura, als Maggie den Laden verlassen hatte.

»Ich weiß es noch nicht«, antwortete Laura. »Ich mache ein sechsmonatiges Praktikum im Gesundheitszentrum, aber bisher konnte ich kein Gästehaus finden, das zumindest einigermaßen bezahlbar ist.«

Vivian kam der Gedanke, dass es ziemlich teuer sein musste, über so lange Zeit in einem Hotel zu wohnen, aber vielleicht zahlte das ja ihr Vater. »Das ist eine lange Zeit. Gibt es noch andere Gäste, die so lange dort wohnen?«, fragte sie betont beiläufig.

»Ich frühstücke jeden Morgen mit einem sehr netten Herrn«, berichtete Laura.

»Oh, wirklich?« Vivians Interesse war geweckt. »Blüht da etwa eine Romanze?«, erkundigte sie sich mit einem Augenzwinkern. Laura würde sicher Nein sagen, wenn es sich um Patrick handelte, denn er war alt genug, ihr Vater zu sein.

»Nein«, erklärte Laura energisch. »Er ist doppelt so alt wie ich und erteilt mir sehr väterliche Ratschläge, die mir immer helfen.«

Maggie erschien mit der Pastete für Laura.

»Danke, Maggie. Ich muss los«, sagte Laura. »Wir sehen uns morgen.«

Kaum dass sie aus der Tür war, blickte Maggie Vivian besorgt an. »Hat sie Patrick erwähnt?«

»Nein.« Vivian war entschlossen, sie nicht mehr als nötig zu beunruhigen. »Ich bin sicher, dass es viele Gäste im Exchange Hotel gibt. Die Chance, dass die beiden sich kennen, ist eher gering.«

»Ich hoffe es«, sagte Maggie. Dann wurden ihre Züge weicher. »Du musst müde sein. Geh nach Hause. Ich komme jetzt zurecht. Vielen Dank für deine Hilfe. Ich weiß nicht, was ich heute Morgen ohne dich getan hätte.«

»Gerne.« Vivian schlief fast im Stehen ein. »Ich muss mich jetzt wirklich ausruhen. Du doch sicher auch.«

»Ich mache heute früher zu«, versprach Maggie. »Vergiss nicht, was du mir versprochen hast.«

»Ich halte mein Wort«, sagte Vivian. »Ich werde Patrick nicht sagen, dass du in Kalgoorlie bist, wenn er das nächste Mal vorbeikommt.«

Während der folgenden Woche begann Maggies Herz jedes Mal zu rasen, wenn die Glocke über der Ladentür bimmelte. Wenn sie dann hinausging, um den Kunden zu bedienen, empfand sie immer große Erleichterung, dass es nicht Patrick war.

Vivian schaute einige Male vorbei, um Brot und Kuchen für die Mädchen zu besorgen. Da immer auch andere Kunden da waren, fanden sie kaum Gelegenheit, ein paar Worte zu wechseln, aber Vivian konnte sie immerhin informieren, dass Patrick nicht noch einmal ins Palace gekommen war, was beide erleichterte. Doch Maggie hatte so viele Fragen, dass sie sich ärgerte, keine Zeit mit Vivian verbringen zu können, aber sie wollte nicht riskieren, sie im Palace aufzusuchen, falls sie Patrick dort begegnete. Es war eine Qual.

Eines Nachmittags bereitete Maggie gerade die Schließung des Ladens vor, als Vivian eintrat.

»Ich habe es leider nicht früher geschafft«, sagte Vivian. »Heute kam mit der Eisenbahn eine Lieferung alkoholischer Getränke aus Perth. Die Männer haben einfach alles im Flur abgestellt, und ich musste erst die Bar auffüllen und den Rest aus dem Weg räumen, ehe die Kunden kommen.«

»Ich bin froh, dass du da bist. Wir hatten seit einer gefühlten

Ewigkeit keine Gelegenheit zu reden.« Maggie zog sie in die Backstube, wo sie Teewasser aufsetzte.

Vivian hoffte, dass Maggie sie von ihrem Versprechen entbinden würde, Patrick nichts von ihrer Anwesenheit hier zu sagen, schließlich hatte sie mittlerweile genügend Zeit gehabt, die Nachricht seiner Anwesenheit hier zu verdauen. Aber Maggie wiederholte vehement, dass sie Patrick nicht sehen wolle.

»Hat Patrick mal seine Frau erwähnt?«, wollte Maggie wissen.

»Ja.« Vivian war froh, dass Maggies Neugierde die Oberhand gewann. »Er sagte mir, dass sie keine richtige Ehe führen«, fügte sie hinzu.

»Ist das seine Entschuldigung für einen Bordellbesuch? Nicht gerade originell, oder?«

»Er kam nicht ins Palace, um eines der Mädchen zu besuchen, Maggie. Das hat er mir sehr deutlich zu verstehen gegeben.«

»Wart's ab.« Maggie hörte selbst, wie zynisch sie klang, konnte aber nichts dagegen tun.

Vivian schwieg normalerweise über das, was sie auf der Arbeit erfuhr, machte aber dieses Mal eine Ausnahme, weil ihre Freundin sich in einem solch desolaten Gefühlszustand befand. »Patrick und seine Frau haben vor ein paar Jahren ihren einzigen Sohn verloren. Er war gerade vier Jahre alt, als er an Diphtherie starb.«

Maggie war schockiert. Sie schwieg, hin und her gerissen zwischen Zynismus und herzzerreißendem Mitgefühl.

»Anscheinend hat sich seine Frau nach dem Tod ihres Sohnes emotional zurückgezogen. Für mich klingt das, als führten sie überhaupt keine richtige Ehe und als ob er nur aus Pflichtgefühl bei ihr bleibt, obwohl es ihm nichts als Schmerzen bereitet.«

»Das hat er dir gesagt?«

»Ich bin seit vielen Jahren im Geschäft und kann die Männer lesen, Maggie. Aus den wenigen Informationen, die ein Mann mir zukommen lässt, kann ich ein lebendiges Bild von ihm zeichnen.«

»Haben sie keine weiteren Kinder bekommen?«, fragte Maggie.

»Nein, sie sind vermutlich beide nicht über den Verlust ihres

Sohnes hinweggekommen. Vielleicht ist es gut, dass er nicht weiß, dass er zwei Kinder verloren hat«, betonte Vivian.

Maggie nickte. Sie konnte sich nicht einmal vorstellen, wie es war, zwei Kinder zu verlieren.

Das Wissen darum, dass Patrick den Schmerz, ein Kind zu verlieren, am eigenen Leib erfahren hatte, minderte ihre Wut darüber, dass er ihr nicht geholfen hatte, als sie ihn am dringendsten gebraucht hätte. Obwohl es ihr unmöglich war, ihm zu verzeihen, musste sie zugeben, dass er ihnen, hätte er von Lori gewusst, nie den Rücken gekehrt hätte. Trotzdem konnte sie sich ihm nicht stellen. Sie war sicher, dass er nicht verstehen würde, warum sie ihn verlassen oder beim Bemerken ihrer Schwangerschaft nicht Kontakt zu ihm aufgenommen hatte. Würde er ihr das je verzeihen?

»Patrick! Wie schön, Sie wiederzusehen«, sagte Vivian. Der Abend im Palace war sehr geschäftig, und er hätte keinen schlechteren Zeitpunkt für einen Besuch wählen können, aber sie schickte ihn nicht weg, denn sie wollte sehr gern mit ihm reden.

Patrick warf einen verstohlenen Blick in den Lounge-Bereich, wo sich ungefähr zehn Männer und mehrere Frauen in aufreizender Kleidung aufhielten. Gerade schritt ein attraktives indisches Mädchen mit einem Herrn im Schlepptau die Treppe hinunter, der Mann war noch dabei, sein Hemd zuzuknöpfen. Gleichzeitig gingen eine blonde Frau und ein Mann eng umschlungen hinauf.

»Sie sind beschäftigt, Vivian. Ich komme lieber ein anderes Mal wieder.« Patrick wandte sich zur Tür.

»Nein, nein, bleiben Sie«, rief Vivian. »Für Sie habe ich immer Zeit. Und ich brauche sowieso eine Pause. Gehen Sie schon mal vor in meinen Salon. Ich besorge uns etwas zu trinken und komme gleich nach«, fügte sie hinzu.

Vivian rief nach Nell und bat sie, das Geschehen für eine halbe Stunde im Auge zu behalten. Nell war keineswegs begeistert, weil sie einen Kunden in Aussicht hatte, aber Vivian insistierte, dass das, was sie zu tun hatte, wichtig sei.

»Was? Wichtiger als Geld zu verdienen?«, fragte Nell verwundert. »Wir hatten noch nie so viel zu tun.«

»Ich weiß, aber Maggies Wohlbefinden steht auf dem Spiel«, flüsterte Vivian.

Nell war überrascht, aber Vivian hatte ihr Vertrauen in sie gesetzt. »Sag nichts«, meinte sie. »Ab mit dir.«

»Wie ist es Ihnen seit Ihrem letzten Besuch ergangen?« Vivian setzte sich neben Patrick auf das Sofa und reichte ihm ein Glas Whisky.

Patrick entging nicht, dass sie bedrückt wirkte. »Passt es gerade nicht, Vivian? Bitte seien Sie ehrlich.«

»Doch, doch. Der Abend war bisher ziemlich anstrengend, und ich brauche gerade eine Pause, daher ist Ihr Timing perfekt.«

»Gut. Es tut gut, mit einer Frau zu reden, wenn man den ganzen Tag mit Bergarbeitern zu tun hatte.«

»Das kann ich mir lebhaft vorstellen«, gab Vivian zurück. »Wie lange arbeiten Sie schon für Spencer Industries?«

»Seit 1889. Gerard Spencer holte mich ins Geschäft, nachdem ich seine Tochter geheiratet hatte. Er ist ein ausgezeichneter Geschäftsmann mit bewundernswerten Grundsätzen. Ich arbeite gerne für ihn.«

»Für wen haben Sie davor gearbeitet?«

»Für meinen Vater. Er ist ebenfalls Geschäftsmann in Melbourne, aber ihm sind nur wenige von Gerard Spencers guten Eigenschaften eigen – wenn überhaupt welche.«

Vivian verstand, dass Patrick taktvoll andeutete, dass sein Vater keinerlei Bedenken hatte, gewisse Regeln zu missachten, um voranzukommen. »Es muss ihn unglücklich gemacht haben, seinen Sohn an die Konkurrenz zu verlieren.«

»Unser Verhältnis damals war nicht besonders gut, es hat ihn also kaum überrascht.«

»Ich verstehe.« Vivian ahnte eine lebhafte Geschichte hinter seinen Worten und vermutete, dass sie mit Maggie zu tun hatte.

»Familienbeziehungen können manchmal schwierig sein«, sagte sie und bot ihm damit die Möglichkeit, weiter auf die Sache einzugehen, wenn er denn wollte. Er schwieg eine Weile.

»Stehen Sie Ihrer Familie nahe, Vivian?«, wollte er schließlich wissen.

»Ich betreibe ein Bordell. Was glauben Sie also?«, sagte Vivian traurig. »Meine Mutter schreibt mir gelegentlich, das ist wenigstens etwas«, fügte sie hinzu.

»Sie sind eine elegante, warmherzige, attraktive Frau, Vivian. Ich sollte vielleicht nicht fragen, aber wie ist es dazu gekommen, dass Sie die *Madame* eines Bordells wurden?«

»Es begann natürlich mit einem Mann und endete mit meinem gebrochenen Herzen, aber das ist eine lange und traurige Leidensgeschichte. Vielleicht ein andermal, Patrick«, sagte Vivian.

»In Ordnung.« Patrick wollte ihre Wunden nicht aufwühlen.

»Haben Sie noch Kontakt zu Ihrer Familie?«, wollte Vivian im Gegenzug wissen.

»Was die Geschäftswelt betrifft, ist Melbourne ziemlich klein. Wir begegnen uns von Zeit zu Zeit bei Veranstaltungen. Ich spreche mit meiner Mutter, aber ich habe wahrlich keine Zeit für meinen Vater.«

»Er muss ganz anders sein als Sie«, vermutete Vivian.

»Er würde alles tun, um zu bekommen, was er will – ganz gleich, wer dabei verletzt wird. Ich könnte nie so sein wie er.«

Seine Worte freuten Vivian und bestärkten sie in der Annahme, dass Patrick Maggie niemals absichtlich im Stich gelassen hätte.

»Würde es Ihnen etwas ausmachen, das Thema zu wechseln? Es weckt Erinnerungen, die ich gern vergessen würde.«

»Ich verstehe. Dann lassen Sie uns über glückliche Zeiten reden.«

Patrick blickte wieder in seinen Drink, offensichtlich immer noch gefangen in der Vergangenheit, an die er doch lieber nicht denken wollte, und das berührte Vivian.

Sie legte eine Hand auf seinen Arm. »Sie haben doch sicher glückliche Erinnerungen, oder, Patrick?«, fragte sie sanft.

Er nickte, wandte sich aber ab und starrte die gegenüberliegende Wand an.

Vivian war klar, dass er den schmerzhaften Erinnerungen nicht entkommen konnte, ganz gleich, wie sehr er sich bemühte. »Wissen Sie, manchmal ist es schön, einfach nur still dazusitzen. Es ist sehr beruhigend. Wir können das gern tun, wenn es Ihnen lieber ist«, sagte sie ruhig.

»Das wäre schön.« Patrick entspannte sich sichtlich.

Irgendwo im Haus ertönte Klaviermusik. Sie lauschten für eine Weile genussvoll der Melodie, doch dann begann Fannie zu singen – leider ziemlich falsch.

Patrick und Vivian sahen sich an und lachten.

»Oder vielleicht auch nicht«, sagte Vivian. »Es ist unglaublich, aber mir ist noch nie aufgefallen, was für eine schlechte Sängerin Fannie ist.«

»Es tut gut, zu lachen«, sagte Patrick lächelnd. »Und es tut gut, glückliche Erinnerungen zu teilen. Die letzten Jahre waren sehr anstrengend, aber ich habe durchaus einige schöne Erinnerungen.«

»Ich bin sicher, dass ein gut aussehender Mann wie Sie viele davon hat«, meinte Vivian kokett.

»Nicht gerade viele, aber ich weiß, wie es ist, jemanden wirklich zu lieben und sich auf eine glückliche Zukunft zu freuen. Leider hat das in meinem Fall nicht lange gedauert.«

»Reden Sie immer noch von Caroline?« Vivian war ziemlich sicher, dass das nicht der Fall war.

»Nein, ich habe Caroline nie wirklich geliebt. Ich hätte sie nicht heiraten sollen. Wir sind irgendwie in eine Beziehung hineingeschlittert, nachdem mir die Frau, die ich liebte, das Herz gebrochen hat.«

»Das tut mir sehr leid! Aber ich kann mir kaum vorstellen, dass eine Frau Ihnen so etwas antut.«

»Wir hatten uns erst drei Wochen vor der Hochzeit kennengelernt, aber ich dachte, ich wüsste, wie es in ihrem Herzen aussieht.

Ich dachte, wir gehörten für immer zusammen. Aber vermutlich kannte ich sie nicht im Geringsten.«

»Darf ich fragen, was passiert ist?«

»Mein Vater war nicht einverstanden mit der Liaison und hat ihr eine große Geldsumme angeboten, damit sie mich verlässt. Sie nahm das Geld und verschwand nach zwei Tagen Ehe.«

Vivian war sicher, dass Maggie das Geld nicht genommen hatte. Sie war auch sicher, dass Patricks Vater sie aus dem Leben seines Sohnes verbannen wollte. »Das kann ich nicht glauben. Es muss mehr dahinterstecken, Patrick. Ihre Frau hätte doch mit Ihnen eine finanziell gesicherte Zukunft gehabt.«

»Mein Vater hielt sie für eine falsche Schlange, die nur auf unser Vermögen aus ist, und hat ihr Geld angeboten, um mir genau das zu beweisen, sagte er. Ich war überzeugt, dass sie keine solchen Absichten hegte, aber leider hat er recht behalten: Sie hat das Geld genommen und mich verlassen. Und meine Beziehung zu meinem Vater war für immer verändert.«

»Wie denken Sie heute über die Frau, die Sie einmal geliebt haben?«

Patrick zuckte die Schultern. »Ich will nicht lügen, Vivian, ich fühle mich immer noch betrogen, und das wird wohl auch so bleiben.«

Es schmerzte Vivian, dass sie Maggie nicht verteidigen konnte. »Vielleicht kennen Sie nicht die ganze Geschichte.«

»Ich weiß alles, was ich wissen muss«, antwortete Patrick. Er schwenkte das Glas in seiner Hand. Vivian konnte seine Verbitterung immer noch spüren, obwohl inzwischen neunzehn Jahre vergangen waren. Nur allzu gern hätte sie ihm Maggies Version der Ereignisse erzählt, aber sie durfte ihr Versprechen nicht brechen.

Plötzlich hörten sie den Klang von zersplitterndem Glas.

Vivian sprang auf. »Bitte entschuldigen Sie mich, Patrick, aber das klingt, als müsste ich mich um einen betrunkenen Bergmann kümmern.«

»Kann ich helfen?« Patrick stand ebenfalls auf.

»Vielen Dank, aber es ist sicher ein Constable in der Nähe.«

Patrick folgte Vivian in die Empfangshalle, wo Nell sich bemühte, einem Betrunkenen den Zutritt zum Haus zu verwehren. Auf der Schwelle lagen Glasscherben. Der Mann schwankte und brüllte Obszönitäten. Ein Polizist überquerte eilig die Straße, packte den betrunkenen Bergarbeiter am Genick und schleifte ihn fort.

Vivian rief nach Ming, welche die Scherben wegfegen sollte. Im allgemeinen Trubel bemerkte sie nicht, dass Patrick sich davonschlich.

27

»Für Maggie hätte alles so anders laufen können, Nell.« Vivian hatte gerade die Haustür hinter dem letzten zufriedenen Kunden verschlossen. Schon bald würde die rote Sonne am östlichen Horizont aufgehen und die karge Landschaft versengen. Nach einer sehr langen und äußerst geschäftigen Nacht waren sie beide sowohl müde als auch sehr besorgt um Maggie.

»Es zerreißt mir wirklich das Herz«, erklärte Vivian wütend. »Was für eine bodenlose Frechheit von Ihrem Schwiegervater, ihrem Mann zu erzählen, sie hätte sich bestechen lassen! Ich bin mir sicher, dass Maggie dieses Geld nie angenommen hat.«

Nell fürchtete, dass Vivian dem Glauben an ein romantisches Ende wie im Märchen erliegen könnte, obwohl das Leben selten so verlief. »Wirst du es ihr sagen?«

»Wenn ich es täte, würde sie vielleicht ihre Meinung ändern und Patrick treffen wollen. Sie haben wirklich eine Menge zu besprechen, es gab so viele Missverständnisse.«

»Vielleicht ist es klüger, nichts zu sagen. Sie können die verlorene Zeit nicht zurückdrehen. Nichts wird die Vergangenheit oder die Tatsache, dass Patrick jetzt mit einer anderen Frau verheiratet ist, ändern können. Maggie braucht nicht noch mehr Herzschmerz.«

Vivian seufzte. Nell hatte recht. Aber Maggie hatte so viel verloren, sie verdiente es, glücklich zu sein. »Gute Nacht, Nell«, sagte sie, und beide Frauen machten sich auf den Weg in ihre jeweiligen Schlafzimmer.

»Guten Morgen, Sonnenschein«, grüßte Patrick Laura, als sie an den Frühstückstisch trat. Er stand auf und rückte ihr einen Stuhl zurecht.

»Sie sind heute Morgen so fröhlich«, stellte Laura fest.

»Wenn ich morgens Ihr Lächeln sehe, bekomme ich gleich gute Laune«, erwiderte er. Er hatte nach seinem Gespräch mit Vivian eine schlaflose Nacht verbracht, war aber entschlossen, die düsteren Gedanken hinter sich zu lassen.

»Ich bin wirklich froh, dass Sie nicht so griesgrämig sind. Davon habe ich bei der Zusammenarbeit mit Doktor Piper mehr als genug, obwohl er nicht mehr ganz so mürrisch ist, seit Doktor Magee ihm einen Großteil der Arbeitslast von den Schultern nimmt. Aber ich bin doch gewiss nicht der einzige Grund für Ihre gute Laune. Machen Sie Fortschritte in Bezug auf die Sicherheit in der Mine?«

»Die Veränderungen schreiten langsam voran, aber es gibt immer noch zu viele Männer, die sich mit Lungenkrankheiten infizieren. Das müssten Sie in der Praxis doch jeden Tag mitbekommen.«

»Stimmt, wir behandeln jeden Tag mehrere Männer mit Lungen- und Atemwegsbeschwerden. Ryan ist darüber sehr besorgt.«

»Ryan?«

»Doktor Magee.«

»Ah, stimmt ja, Doktor Magee!« Patricks Augen funkelten. »Hat er Sie schon gebeten, mit ihm zu Abend zu essen?«

Die Frage überraschte Laura. »Nein, er ist sehr professionell bei der Arbeit.«

»Und nach der Arbeit?«

»Außerhalb der Arbeitszeit sehen wir uns nicht.« Laura hatte gehofft, ihn dann und wann abends in der Stadt zu treffen, aber sie hatte gehört, wie er mit Doktor Piper über seine abendlichen Besuche in den Bergarbeiterlagern sprach.

»Sie mögen ihn, nicht wahr? Und ich meine, nicht nur als Arbeitskollegen.«

Laura errötete. »Er weiß überhaupt nicht, dass es mich gibt«, gab sie zu und ließ damit ihre Deckung fallen.

Patrick bemerkte ihre Niedergeschlagenheit. »Wollen Sie etwa behaupten, dass er die schöne Schwester Brenan noch nicht bemerkt hat? Das glaube ich nicht.«

»Das können Sie ruhig glauben«, beklagte sich Laura mit hochroten Wangen.

»Vielleicht fürchtet er, dass Sie eine Einladung ablehnen könnten, und hat Angst, es zu riskieren«, schlug er vorsichtig vor.

»Warum sollte er das denken? Ich bin immer freundlich und höflich.«

»Freundlich und höflich sind keine Anzeichen dafür, dass Sie mit ihm ausgehen würden. Außerdem sind Sie sehr schön. Vielleicht fürchtet er, Ihrer nicht würdig zu sein.«

»Wenn Sie ihn kennen würden, wüssten Sie, dass das lächerlich ist. Jede Patientin flirtet mit ihm. Einige von ihnen sind dabei sogar ziemlich schamlos. Aber das könnte ich nicht.«

Patrick hörte einen Anflug von Eifersucht heraus. »Nein, aber manchmal sind Männer naiv, was Frauen betrifft. Manchen fällt es schwer zu verstehen, dass eine Frau sie mag, wenn sie es nicht offenkundig zeigt.«

»Wirklich?«

»Ganz bestimmt! Ich will uns Männer nicht generell schlechtmachen, aber manchmal erkennen wir bestimmte Dinge nicht, obwohl sie offensichtlich sind. Ihr Doktor Magee hat vielleicht keine Ahnung, dass Sie mit ihm ausgehen würden, wenn er Sie darum bäte.«

Laura blickte ihn nachdenklich an. Ihrer Meinung nach war es schier nicht zu glauben, dass Ryan nicht bemerkt haben könnte, dass sie ihn mochte. Sie meinte, jedes Mal zu erröten, wenn er mit ihr sprach. So manches Mal hatte sie sich bei ihrer Zusammenarbeit in seiner Gegenwart vollkommen närrisch aufgeführt, weil sie ihn unbedingt beeindrucken wollte. Glücklicherweise hatte sie das mittlerweile unter Kontrolle. Aber vielleicht hatte Patrick recht.

Vielleicht ahnte Doktor Ryan Magee tatsächlich nichts von ihren Gefühlen.

»Was wissen Sie über ihn?«, hakte Patrick nach.

»Sehr wenig. In der Praxis spricht er nie über sich. Er hat Nancy gesagt, dass er nicht verheiratet ist, aber nur weil sie ihn ganz unverblümt danach gefragt hat. Bei der Arbeit ist er absolut sachlich, was für einen Arzt vermutlich gut ist.«

»Natürlich sollte sich ein guter Arzt seinen Patienten widmen, aber er muss auch ein Privatleben haben. Wissen Sie, wo in Kalgoorlie er wohnt?«

»Nein, ich habe keine Ahnung.«

»Sie könnten ihn zum Beispiel fragen, ob er im Gästehaus in der Ely Street wohnt – einfach nur um ein Gespräch zu beginnen. Dann könnten Sie von Ihren eigenen Erfahrungen mit dieser Pension berichten. Es würde ihm zeigen, dass Sie persönliches Interesse an ihm haben. Sie könnten ihm auch verraten, dass das Essen hier im Exchange Hotel sehr gut ist, falls er einmal ein Restaurant sucht. Das böte ihm gleich die Möglichkeit, Sie zu fragen, ob Sie mit ihm essen gehen.«

»Das ist eine gute Idee«, sagte Laura mit deutlich hellerer Miene.

»Vertrauen Sie mir. Eine passende Bemerkung ab und an wäre für ihn ein Zeichen, dass Sie offen dafür sind, sich auch privat mit ihm zu treffen.«

Laura dachte darüber nach, sagte aber nichts.

»Ich will Sie aber keinesfalls in die Irre führen«, fuhr Patrick fort. »Vielleicht sollten Sie lieber den Rat einer Frau mit Erfahrung einholen. Haben Sie schon mit Ihrer Freundin Maggie über Doktor Magee gesprochen?«

»Nein, aber das könnte ich tun«, meinte Laura. »Sie ist sehr weise.«

Patrick riss die Augen auf.

»Nicht dass Sie es nicht wären«, beeilte sich Laura zu sagen. »Ihr Rat war für mich immer von unschätzbarem Wert, aber wenn es darum geht, wie man sich bei etwas so Delikatem verhalten sollte … Fragen kostet nichts …«

»Ich verstehe schon.« Patrick lächelte.

»Apropos Maggie, haben Sie der Bäckerei schon einen Besuch abgestattet?«

»Bisher nicht«, sagte Patrick. »Die Köchin hier packt mir immer ein Sandwich ein, weil sie weiß, dass ich mittags meistens in der Mine bin.«

»Ein Sandwich ist ein schlechter Ersatz für eine von Maggies Pasteten. Wenn wir nicht allzu viel zu tun haben, versuche ich, in der Mittagspause in die Bäckerei zu gehen. Ich schaffe es nicht immer, aber ihre Pasteten sind den Weg unbedingt wert, selbst wenn wie heute der Staub herumwirbelt.«

»Eines Tages werde auch ich dazu kommen«, versprach Patrick.

»Hallo, Laura«, sagte Maggie, als sie die Tür des Cottage öffnete. Sie hatten sich ein paar Tage nicht gesehen, und sie hatte die junge Frau erstaunlicherweise sehr vermisst.

»Ich hoffe, ich störe nicht beim Abendessen.« Laura trat ein. Sie hatte ihren Besuch bewusst so geplant, dass sie sich nicht schon wieder zum Essen einlud.

Maggie war froh, sie zu sehen, denn die Spannung zwischen Ling und Bojing war immer noch allgegenwärtig und hatte sich sogar noch verstärkt. Ling hatte Maggie nicht sagen können, wann genau ihr Vater sie nach China zurückschicken würde, aber Maggie hatte das Gefühl, dass es unmittelbar bevorstand.

»Nein, wir haben schon gegessen. Aber es ist immer genug da, wenn Sie mal zur Essenszeit kommen sollten, also machen Sie sich darüber keine Gedanken. Sie sind jederzeit willkommen.«

»Danke, aber ich will das nicht zur Gewohnheit werden lassen.« Laura beobachtete durch das Fenster, wie Bojing den Gemüsegarten bewässerte. »Haben Sie vor, heute Abend zu backen?«

»Ich wollte ein paar Biskuitkuchen und Snowdrop-Plätzchen machen. Möchten Sie helfen?«

»Ja, wenn es Ihnen nichts ausmacht.«

»Ob es mir etwas ausmacht? Es macht Spaß, mit Ihnen zu backen. Möchten Sie zuvor noch eine Tasse Tee?«

»Nein, danke.«

In der Backstube bemerkte Maggie bald, dass Laura den Kuchenteig rührte, als hinge ihr Leben davon ab. Offenbar beschäftigte sie etwas. Oder *jemand.*

»Wie läuft Ihre Arbeit in der Praxis?«, fragte sie, während sie die Kuchenformen einfettete.

»Sehr gut.« Laura rührte weiter stürmisch den Teig.

»Und der neue Arzt … macht er seine Sache gut?« Maggie nahm ihr sanft die Schüssel und den Löffel ab, ehe sie noch die ganze Luft aus dem Teig schlug.

»Ja.« Laura nickte. »Er ist ein sehr guter Arzt. Die Patienten lieben ihn alle. *Vor allem die Frauen.*«

Der Tonfall in ihrer Stimme zeigte Maggie, dass sie mit ihrer Vermutung offenbar richtiglag. Aber sie musste taktvoll vorgehen.

»Bedrückt Sie etwas?«, erkundigte sie sich. »Sind Sie froh, mit Doktor Magee zusammenzuarbeiten?«

Laura seufzte. Sie hatte noch nie einen Freund gehabt, und sie fühlte sich dämlich dabei, das Thema Romantik, oder in ihrem Fall das Fehlen derselben, anzusprechen. »Ich arbeite gerne mit Doktor Magee zusammen«, antwortete sie zaghaft. »Aber … ich hatte gehofft, dass er in mir mehr sieht als …«

»Eine Arbeitskollegin?«, half Maggie aus.

»Ja! Aber er bemerkt mich einfach nicht«, beschwerte sich Laura. »Wie bringe ich ihn dazu, mich als Frau zu bemerken und mit mir ausgehen zu wollen?«

Maggie unterdrückte ein Lächeln. Laura war so jung und so unschuldig, da war es schon fast amüsant, dass sie als *Frau* wahrgenommen werden wollte. Andererseits war Maggie seit ihrem Einzug bei Vivian und den anderen Frauen nicht mehr mit einem Mann ausgegangen und daher wohl kaum als Expertin zu bezeichnen. Und dennoch zählte Laura offenbar auf ihren Rat. »Er müsste blind sein, Sie nicht zu bemerken, und selbst dann würde Ihre innere Schönheit in Ihrer Persönlichkeit durchkommen.«

»Er hat bisher in keinerlei Weise angedeutet, dass er in mir mehr als die junge Krankenschwester dieser Praxis sieht. Er ist höflich und professionell, aber distanziert. Wahrscheinlich hält er mich für ein dummes junges Mädchen, das nicht ernst zu nehmen ist.«

Maggie hatte Mitleid mit Laura. »Er muss sich bei der Arbeit professionell geben«, sagte sie. »Nehmen Sie das nicht persönlich.«

»Aber wenn ich mit ihm ausgehen möchte, sollte ich ihn das doch irgendwie wissen lassen. Sollte ich vielleicht direkter sein?«

Maggie schüttelte den Kopf. »Eine Dame macht nie den ersten Schritt, Laura. Das wäre unangemessen.«

Laura erinnerte sich an Patricks Worte, aber sie wollte Maggie nicht sagen, dass sie das Thema mit einem Mann besprochen hatte. »Wenn ich ihm keinen Hinweis darauf gebe, dass ich ihn mag, denkt er vielleicht, ich wäre nicht interessiert.«

»Er sollte derjenige sein, der den ersten Schritt macht. Sie müssen nur Geduld haben.«

»Was, wenn er mich nicht mag oder wenn er privat nichts mit mir zu tun haben möchte?«

»Ich würde mein Leben wetten, dass er Sie bemerkt hat. Jeder Mann in Kalgoorlie dürfte Sie inzwischen bemerkt haben.«

Laura konnte nicht leugnen, dass sie bei den Männern auf der Straße Aufmerksamkeit erregte und häufig angesprochen wurde. Aber sie interessierte nur ein Mann. »Wenn das stimmt, dann verbirgt er es gut.«

Maggie überlegte, was Vivian Laura wohl raten würde. »Vermutlich versucht er genau das, aber es gibt immer irgendwelche Hinweise, man muss nur klug genug sein, sie zu erkennen.«

»Hinweise?« Laura sah Maggie interessiert an. »Welche Art von Hinweisen?«

»Beobachten Sie seine Pupillen, wenn er mit Ihnen spricht. Sie erweitern sich, wenn ein Mann sich zu einer Frau hingezogen fühlt.

Das geschieht vollkommen unwillkürlich und ist nicht zu verhindern.«

Laura starrte sie erstaunt an. »Wirklich? Das haben wir in der Schwesternschule nicht gelernt.«

Maggie lachte. »Das kann ich mir denken. Sie sollten auch beobachten, ob sein Blick zu Ihrem Mund wandert, wenn er mit Ihnen spricht. Wenn das geschieht, denkt er darüber nach, wie es wäre, Sie zu küssen. Sollte er sich im Gespräch mit Ihnen seine Lippen lecken, macht ihn Ihre Gegenwart nervös, und das ist dann ein sicheres Zeichen dafür, dass er Sie mag.«

»Ich habe nicht den Eindruck, dass ihn meine Gegenwart nervös macht. Er ist sehr selbstbewusst und kompetent.«

»Das hat damit nichts zu tun, vermutlich versteckt er seine Gefühle einfach gut. Er ist schließlich Arzt. Beobachten Sie ihn.«

»Das werde ich«, sagte Laura heiter. »Ich bin froh, dass ich Sie gefragt habe. Woher wissen Sie das alles?«

»Ganz sicher nicht aus eigener Erfahrung, so viel ist klar«, gab Maggie zu. »Ich habe Freundinnen, deren Berufung es ist, alles über Männer zu wissen. Und jetzt lassen Sie uns diese Kuchen in den Ofen schieben.«

Am folgenden Nachmittag litt Fannie unter Schwindelanfällen, und Vivian bestand darauf, dass sie die Praxis aufsuchte, in der Laura arbeitete. Fannie wurde von Doktor Magee behandelt, der Eisenmangel diagnostizierte und ihr nahelegte, mehr rotes Fleisch und Leber zu essen. Auf dem Rückweg schauten sie bei Maggie vorbei, die gerade dabei war, die Bäckerei zu schließen. Sie erzählten ihr, dass sie Laura in der Klinik getroffen hatten.

»Arme Laura«, sagte Maggie. »Sie wünscht sich sehnlichst, dass der neue Arzt sich auch privat für sie interessiert, aber er scheint sie schlicht zu übersehen.«

»Ich kann es ihr nachfühlen«, sagte Fannie eifrig. »Der Mann ist ein echter Hingucker. Dieses sandblonde Haar und diese durchdringenden schönen Augen … Außerdem liebe ich diesen irischen

Akzent. Er ist unwiderstehlich. Doktor Magee dürfte seine Schuhe jederzeit kostenlos unter meinem Bett abstellen. Das habe ich ihm übrigens auch gesagt.«

»Fannie!«, mahnte Vivian. »Wir verrichten unsere Dienste niemals kostenlos, schon vergessen?«

Fannie war unbeeindruckt von Vivians Schelte. »Wenn ich ihn bitten würde, dafür zu bezahlen, würde ich eingesperrt, weil ich in der Stadt Werbung mache«, konterte sie schelmisch.

Maggie konnte sich gut vorstellen, wie Fannie Doktor Magee bezirzt hatte, und musste unwillkürlich lächeln. Die Scherze der Frauen fehlten ihr.

»Laura hat erzählt, dass alle Patientinnen Doktor Magee lieben und manchmal schamlos mit ihm flirten«, berichtete sie. »Ich habe wirklich Mitleid mit ihr. Sie ist so jung und unerfahren. Die erste Liebe ist einfach etwas ganz Besonderes.«

Als Maggie klar wurde, was sie gerade gesagt hatte, errötete sie. Vivian warf ihr einen bedeutungsvollen Blick zu, schwieg aber.

»Sag ihr, sie soll ihn eifersüchtig machen«, riet Fannie. »Das weckt vielleicht seine Aufmerksamkeit.«

»Es schadet nie, einen Mann wissen zu lassen, dass er nicht das einzige Pferd im Rennen ist«, stimmte Vivian zu.

»Daran habe ich noch gar nicht gedacht«, meinte Maggie. »Ich würde ihr bestimmt nicht vorschlagen, mit den Gefühlen des guten Doc zu spielen, aber in diesem Fall wäre es vielleicht keine schlechte Idee, ihn glauben zu lassen, dass auch andere Beaus interessiert sind.«

»Absolut richtig«, stimmte Fannie zu. »Kleine Jungs wollen immer das Spielzeug, mit dem andere kleine Jungs gerade spielen, und das ändert sich auch nicht, wenn sie groß sind«, fügte sie hinzu. »Nicht dass Laura ein Spielzeug wäre, aber ihr versteht, was ich meine.«

28

»Schwester Brenan, Nancy hat mir die falsche Akte für Mister Finch gegeben. Könnten Sie mir bitte die richtige holen?« Ryan schaute Laura, die ihm im Sprechzimmer assistierte, bittend an.

»Ja, Herr Doktor«, sagte Laura pflichtschuldig. Sie holte die richtige Akte aus dem Raum, in dem die Papiere aufbewahrt wurden, und brachte sie ins Sprechzimmer, reichte sie ihm aber nicht, sondern wartete, bis er ihr in die Augen sah, ehe sie losließ. Er schaute zunächst auf die Akte und blickte dann auf, als sie sie nicht hergab.

»*Danke*, Schwester Brenan«, sagte er mit einem leichten Stirnrunzeln, als er seine Finger um die Akte schloss.

»Gerne, Herr Doktor.« Laura ließ die Papiere nicht los und trat einen Schritt näher, um in seinen Augen zu forschen, ob seine Pupillen geweitet waren.

»Stimmt etwas nicht, Schwester Brenan?« Dass Laura so nah bei ihm stand und seine Gesichtszüge studierte, verwirrte Ryan. »Habe ich einen Fleck auf der Nase, von dem ich nichts weiß?«

»Nein, Herr Doktor.« Laura musterte ihn sehr genau.

»Sind Sie sicher?«, fragte er, als sie ihm weiter in die Augen blickte.

»Ja, Herr Doktor.«

»Kann ich dann die Akte haben?«

»Die Akte? Oh … aber natürlich, Herr Doktor.« Laura löste ihre Finger von der Akte, beobachtete ihn aber weiterhin, in der Hoffnung, dass sein Blick zu ihrem Mund wanderte. Doch er runzelte nur die Stirn und wandte sich dann von ihr ab, um mit seinem Patienten zu sprechen.

»Verdammt«, murmelte Laura enttäuscht.

Den Rest des Tages analysierte sie jede von Ryans Bewegungen. Sie beobachtete seinen Blick und seine Körpersprache im Umgang mit Patientinnen. Er blieb stets professionell, selbst als die Frau, die Maggie in der Bäckerei geholfen hatte, Vivian, mit einer Frau namens Fannie auftauchte, die mehr als deutlich mit ihm flirtete. Sie sah genau hin, wenn er sie bat, ihm beim Reinigen einer Wunde, dem Anlegen von Verbänden oder dem Auftragen von Antiseptika zu assistieren. Doch zu ihrer Enttäuschung konnte sie keinen Hinweis darauf entdecken, dass er sie mochte. Am Ende des Tages war sie so verzweifelt, dass sie auch noch Patricks Vorschlag ausprobierte.

»Wohnen Sie eigentlich im Gästehaus in der Ely Street, Doktor Magee?«, fragte sie, als sie allein im Untersuchungsraum waren.

Ryan notierte etwas in der Akte seines letzten Patienten und blickte überrascht auf. »Nein, tue ich nicht«, sagte er. »Warum fragen Sie?« Seiner Meinung nach hatte sie sich schon den ganzen Tag über seltsam verhalten.

Laura spürte, wie ihr Gesicht warm wurde. »Nun, normalerweise wird dem medizinischen Personal, das zum Arbeiten nach Kalgoorlie kommt, diese Pension empfohlen. Ich bin dort allerdings nur eine Nacht geblieben, weil es so schrecklich war.«

»Oh«, sagte Ryan lediglich und wandte sich wieder seinen Notizen zu.

Laura war enttäuscht, dass er keine weiteren Fragen zu der Pension stellte, was sie höflich gefunden hätte. »Wo wohnen Sie denn?«, fragte sie direkter.

Wieder hob Ryan den Blick, in Gedanken noch bei seinen Notizen. »Ich wohne bei einem befreundeten Arzt, der im Krankenhaus arbeitet. Sein Haus liegt nur wenige Gehminuten von der Praxis entfernt, das ist sehr bequem.« Er blickte wieder auf seine Notizen, bemüht, seinem Gedankengang weiter zu folgen.

»Da können Sie sich sehr glücklich schätzen«, sagte Laura verunsichert. Innerlich hätte sie heulen können, weil er sich weder öffnete noch sich für sie interessierte. Sie gab vor, den Untersuchungsraum aufzuräumen, während sie fieberhaft nach einer neuen Strategie suchte.

Als Ryan aufstand und seinen weißen Kittel ablegte, bereit für den Feierabend, geriet Laura in Panik. »Sollten Sie jemals nach einem Ort suchen, an dem es gutes Essen gibt, kann ich Ihnen das Exchange Hotel empfehlen«, sagte sie.

»Die Frau meines Freundes ist eine sehr gute Köchin, aber vielen Dank«, sagte Ryan leichthin. »Bis morgen.«

»Ja, bis morgen.« Nachdem er weg war, gelang es Laura nur mit äußerster Mühe, nicht in Tränen auszubrechen. Offensichtlicher konnte er nicht zeigen, dass er ihre Gefühle nicht erwiderte. Sie hatte sich zum Narren gemacht!

In den nächsten beiden Tagen konnte Laura Ryan nicht in die Augen sehen, voller Furcht, er könnte ihre Demütigung bemerken. Sie besuchte Maggie und erzählte ihr, was passiert war. Maggie wusste nicht, was sie dazu sagen sollte, denn sie hatte die Möglichkeit, dass Doktor Magee nicht an Laura interessiert sein könnte, gar nicht erst in Betracht gezogen. Laura war eine so reizende junge Frau, sie hätte nie gedacht, dass es einen Mann gab, der sich nicht zu ihr hingezogen fühlte.

»Ich sag's Ihnen, er mag mich nicht. Es gibt keinen einzigen Hinweis, der auf das Gegenteil hindeutet. Das, gepaart mit der Tatsache, dass er nicht einmal ein Gespräch mit mir führen will, zeigt mehr als deutlich, dass er einfach nicht interessiert ist.«

»Nicht unbedingt. Sie dürfen noch nicht aufgeben.«

»Was kann ich denn noch tun? Ich kann ihn doch nicht zwingen, mit mir auszugehen.«

»Nein, aber Sie könnten ihn eifersüchtig machen«, schlug Maggie vor. »Wenn er denkt, dass jemand anderes Sie ausführt, könnte er zur Vernunft kommen.«

Laura blinzelte überrascht. »Wie sollte ich ihn denn eifersüchtig machen? Ich treffe mich doch mit niemand anderem.«

»Das muss er ja nicht wissen.«

Laura stand die Verwirrung ins Gesicht geschrieben.

»Erzählen Sie Nancy, dass Sie mit einem sehr attraktiven jungen Mann zum Essen verabredet sind, und sorgen Sie dafür, dass Doktor Magee es mitbekommt. Sprechen Sie über Ihren neuen Verehrer, als wäre er der beste Fang in ganz Kalgoorlie.«

»Ich kann keinen Verehrer erfinden, Maggie. Ich wüsste gar nicht, was ich sagen soll. Und was, wenn Nancy ihn kennenlernen will?«

»So ein Kennenlernen kann man leicht aufschieben. Verhalten Sie sich bei der Arbeit die ganze Zeit abgelenkt, und seien Sie vergesslich. Lächeln Sie verträumt vor sich hin, als wären Sie wahnsinnig verliebt. Das sollte seine Aufmerksamkeit erregen.«

Laura war sich nicht sicher. »Dann werde ich wahrscheinlich gefeuert, weil ich meinen Job nicht richtig mache. Außerdem klingt es irgendwie hinterhältig, und das ist nicht meine Art.«

»Wollen Sie, dass Doktor Magee Sie bemerkt oder nicht?«

»Ja, aber …«

»Dann gehen Sie doch einfach mit einem echten Verehrer essen. Es gibt viele junge Männer in dieser Stadt, die einen Arm dafür opfern würden, mit Ihnen auszugehen. Sie haben mir erzählt, dass Sie häufig Einladungen zum Essen oder zu einem Picknick bekommen. Warum nehmen Sie nicht eine dieser Einladungen an?«

»Weil es sich nicht schickt, unbegleitet mit einem Mann in der freien Natur zu picknicken.«

»Das verstehe ich, aber es gibt doch sicher einen jungen Mann, mit dem Sie nachmittags Tee trinken oder im Exchange essen können.«

Laura überlegte eine Weile. »Ja, vielleicht könnte ich mit jemandem im Exchange essen. Dann könnte ich nach dem Essen auch einfach schnell in mein Zimmer flüchten.«

»Dann los«, meinte Maggie heiter. »Ich freue mich jetzt schon auf den Bericht. Und was noch wichtiger ist: Doktor Magee muss davon erfahren.«

Auf dem abendlichen Heimweg starrte Laura tief in Gedanken versunken auf den Bürgersteig und stieß buchstäblich mit einem jungen Bergmann zusammen, den sie oft am frühen Abend in der Nähe des Exchange Hotels sah. Allmählich vermutete sie, dass er sich nur dort aufhielt, um einen Blick auf sie zu erhaschen. Er hatte sie sogar schon einmal gebeten, mit ihm auszugehen.

Norman Whitfield war schüchtern, ziemlich nett und ein gut aussehender Junge, aber genau das war er auch für Laura: nur ein Junge. Er war sicher schon einundzwanzig, schließlich arbeitete er seit über zwei Jahren in der Mine, aber seine Gesichtszüge waren so jugendlich, dass Laura zweifelte, dass ihm ein Bart wuchs. Die Unbeholfenheit, die er bei jeder ihrer Begegnungen an den Tag legte, deutete sie als Zeichen dafür, dass er ganz offensichtlich ziemlich verschossen in sie war.

»Oh, Verzeihung, Mister Whitfield. Ich habe nicht auf den Weg geachtet«, entschuldigte sie sich und bemerkte sofort, dass seine Pupillen geweitet waren.

»Alles in Ordnung, Miss Brenan.« Er nahm seinen Hut ab und fummelte daran herum, während er ihr zum Exchange folgte. Sie hatte ihn in der Praxis kennengelernt, die er mit einer tiefen Schnittwunde am Arm aufgesucht hatte, und wusste, dass er in der Golden Nugget Mine arbeitete. Er war von Doktor Piper behandelt worden, und sie hatte gemeinsam mit dem jungen Mann darüber gewitzelt, dass der alte Arzt so mürrisch war.

Laura wollte gerne so schnell wie möglich ins Hotel, weil die Bergleute gegen vier Uhr nachmittags Feierabend machten und sich dann gegen sechs Uhr mit Taschen voller Geld und der Hoffnung auf einen netten Zeitvertreib auf den Straßen versammelten. Aber Norman tat ihr leid. Sein Gesicht war gerötet, und er fuhr sich ständig mit der Zunge über die Lippen. Er war also vermutlich nicht nur nervös, sondern offenbar vor allem auch verliebt in sie. »Wie geht es Ihnen, Mister Whitfield?«, fragte sie freundlich.

»Mir geht es gut, danke, Miss Brenan.« Er wirkte überrascht, offenbar hatte er nicht erwartet, dass sie sich mit ihm unterhalten würde.

Laura stieg die Stufen zur Tür der Lobby empor.

»Ich ... haben Sie irgendwelche Pläne für das Abendessen, Miss Brenan?«, erkundigte sich Norman hoffnungsvoll.

Sofort kamen Laura Maggies Worte in den Sinn, und sie fasste einen Entschluss. »Ähm, nein ... Nichts Besonderes, Mister Whitfield«, hörte sie sich sagen.

»Möchten Sie ... Ich meine, würden Sie heute Abend mit mir essen?«, fragte er eifrig.

Laura atmete tief durch.

»Sie müssen essen, und ich auch«, versuchte Norman sie zu überzeugen.

Laura wusste, wie er sich fühlte. Vermutlich rechnete er mit einer Absage, und er tat ihr ein bisschen leid. »Was schwebt Ihnen denn vor?«

Norman richtete sich sofort zu voller Größe auf, seine Augen strahlten. »Weiter unten an der Straße ist ein Café ...«

»Ein Café?« Laura rümpfte die Nase. Nancy zu berichten, sie hätte mit einem jungen Mann in einem Café zu Abend gegessen, wäre nicht besonders aufregend.

»Oder im Hotel?« Norman spähte durch das Fenster des Exchange Hotels, wo die Kellnerinnen im Speisesaal Tische mit silbernem Besteck deckten. Für eine Verabredung in einer so eleganten Umgebung war er allerdings nicht angemessen gekleidet. »Ich könnte rasch nach Hause gehen und einen Anzug anziehen ...«

»Gute Idee«, lobte Laura sofort. »Wir treffen uns in einer Stunde im Speisesaal des Hotels.« Sie atmete erleichtert aus. Schon jetzt stellte sie sich vor, wie sie Nancy alles über ihr »Date« erzählte.

»Einverstanden«, sagte Norman eifrig. »Wir sehen uns in einer Stunde.« Dann verschwand das breite Grinsen plötzlich aus seinem Gesicht. »Sie werden doch da sein, nicht wahr, Miss Brenan?«

»Ja, natürlich«, versicherte ihm Laura.

Breit grinsend stürmte er davon.

Laura nahm ein Bad und zog sich um. Die Schuldgefühle, die sie Norman gegenüber empfand, weil sie ihn benutzte, schob sie beiseite.

»Guten Morgen, Sonnenschein«, grüßte Patrick Laura am nächsten Morgen. Sie war sicher, dass er sie über Norman ausfragen würde, weil er sie am Vorabend auf dem Weg zur Treppe im Speisesaal gesehen hatte.

»Guten Morgen«, sagte Laura, als er ihr den Stuhl zurechtschob. »Gibt es heute Morgen Pfannkuchen?«

»Wenn Sie möchten.« Patrick setzte sich ihr gegenüber. Aus der Kanne auf dem Tisch goss er ihr eine Tasse Tee ein und blickte sie dann augenzwinkernd an.

»Nein, es war nicht Doktor Magee, mit dem ich gestern zu Abend gegessen habe, falls Sie das fragen wollten«, informierte Laura ihn.

»Nicht?«

»Nein. Das war Norman Whitfield. Sie hätten ihn vielleicht erkannt, wenn er nicht mit dem Rücken zu ihnen gesessen hätte.«

»Ist er Bergmann in der Golden Nugget Mine?«

»Ja. Er arbeitet seit fast zwei Jahren dort.«

»Von dem Wenigen, das ich von ihm sehen konnte, erschien er mir sehr jung.«

»Er sieht aus wie vierzehn, aber er behauptet, zweiundzwanzig zu sein«, sagte Laura. »Er ist eigentlich ganz nett … aber …«

»Er ist nicht dieser gewisse Arzt«, sagte Patrick.

»Ganz genau.«

»Legen Sie es darauf an, Doktor Magees Aufmerksamkeit zu erregen, indem Sie mit dem jungen Mister Whitfield ausgehen?«, fragte Patrick direkt.

Laura war entsetzt, dass er sie so leicht durchschaut hatte. »Ist das so offensichtlich?«

»Nur für mich.«

»Ein solches Verhalten ist schrecklich, nicht wahr? So unehrlich.«

Patrick zuckte die Schultern. Es lag ihm fern, ihr Verhalten zu werten.

»Ich habe Ihren Rat befolgt, aber es hat nicht funktioniert. Also habe ich jetzt Maggies Rat ausprobiert.«

»Hat sie Ihnen geraten, mit jemandem auszugehen, um Doktor Magee eifersüchtig zu machen?«

Laura wollte nicht, dass er schlecht über Maggie dachte. »Sie wollte nur helfen. Ihre Idee war, dass er mich vielleicht bemerkt, wenn er denkt, dass ich mich mit jemand anderem treffe. Sie schlug einen erfundenen Freund vor, aber ich bin nicht sehr überzeugend im Vortäuschen falscher Tatsachen. Da ich schon mehrfach von jungen Männern Einladungen erhalten habe, schlug sie vor, einmal eine davon anzunehmen. Und als ich dann auf dem Heimweg mit Norman Whitfield zusammenstieß, dachte ich, wenn ich mit ihm essen ginge, hätte ich heute in der Praxis etwas zu erzählen.«

»Ich verstehe.«

»Ich klinge wie eine Betrügerin, irgendwie verzweifelt«, sagte Laura zerknirscht. »Ich kann selbst nicht glauben, dass ich mich so verhalte. Dabei ist der arme Mister Whitfield eigentlich zu nett, um verletzt zu werden. Ich fühle mich schuldig, dass ich seine Einladung angenommen und ihm Hoffnungen gemacht habe, obwohl ich bestimmt nicht noch einmal mit ihm ausgehe.«

»Sie haben ein gutes Herz, Laura. Wenn Doktor Magee zu blind ist, um Sie wahrzunehmen, verdient er Sie nicht.«

»Sie haben vermutlich recht. Maggie ist der Meinung, dass der Mann den ersten Schritt machen soll – also Schluss mit Spielchen. Wenn er mich nicht einlädt, muss ich akzeptieren, dass es nicht sein soll, es ist schließlich sein Verlust.«

»So ist es.« Patrick war stolz auf sie.

»Trotzdem werde ich dafür sorgen, dass er erfährt, dass ich gestern Abend mit Mister Whitfield zu Abend gegessen habe«, fügte Laura hinzu. »Ich habe einen zweistündigen Monolog über den

Goldabbau in Western Australia über mich ergehen lassen, es war todlangweilig. Das soll nicht umsonst gewesen sein.«

Patrick lachte.

Bei Lauras Ankunft wartete bereits eine lange Schlange mit Patienten vor der Praxis, und so ergab sich, nachdem sie die Türen geöffnet hatten, keine Gelegenheit, mit Nancy über ihre Verabredung zu sprechen. Nancy musste die Patientendaten aufnehmen und die entsprechenden Akten heraussuchen, ehe Ryan und Doktor Piper mit der Arbeit begannen, und Laura musste die Behandlungsräume vorbereiten.

Kurz nach Arbeitsbeginn betrat auch Norman Whitfield, gestützt von einem Kumpel, die Praxis. Sein Gesicht und seine Arbeitskleidung waren schmutzig, und Blut triefte aus einer Wunde auf seiner Stirn.

»Norman ... Was ist passiert?« Laura geleitete ihn sofort in ein Sprechzimmer, wo er sich auf die Liege legte.

»Es gab einen kleineren Stolleneinsturz in der Mine«, sagte Norman. »Der Vorarbeiter meinte, ich solle mich untersuchen lassen, aber es geht mir gut. Wirklich.«

»Ein Einsturz, das ist ja schrecklich!«, rief Laura und sah sich seine Wunde genauer an.

Ryan betrat mit Normans Akte das Sprechzimmer. »Nun, Mister Whitfield, ich vermute, Sie wurden von einem Holzbalken am Kopf getroffen«, sagte er.

»Das stimmt, Doktor«, sagte Norman.

»Ein Holzbalken!« Laura starrte ihn entsetzt an. »Sie hätten tot sein können, Norman ... Ich meine, Mister Whitfield.«

Ryan blickte sie an und wandte sich dann Norman zu. »Haben Sie Kopfschmerzen, Mister Whitfield?« Er untersuchte die Beule auf seinem Kopf, die rasch dunkler wurde.

»Ja, mein Kopf tut weh«, bestätigte Norman.

Ryan stellte eine Reihe von Fragen, und Laura lauschte aufmerksam auf die Antworten. Schließlich blickte Norman sie an und zwinkerte ihr zu. Er lächelte sogar leicht. Seit sie sich am Vorabend zwei Stunden lang unterhalten hatten, fühlte er sich in ihrer Gegenwart nicht mehr annähernd so schüchtern. Laura hatte bemerkt, dass er bisweilen ganz schön frech sein konnte.

»Reinigen Sie die Wunde bitte, Schwester Brenan?«, fragte Ryan. Dass diese Aufforderung Norman Whitfield glücklich machte, war nicht zu übersehen.

»Ja, Herr Doktor.« Laura wandte sich ab, um das Antiseptikum aus einem Schrank zu holen.

»Dass Sie sich um mich kümmern, Schwester Brenan, war diese Beule durchaus wert«, stellte Norman fest.

Laura errötete, antwortete jedoch nicht. Während sie seine Kopfwunde reinigte, grinste er sie an. »Ich habe unser Essen gestern Abend sehr genossen, Laura«, sagte er leise. »Ich hoffe, wir können es wiederholen.«

Laura war sehr wohl bewusst, dass Ryan ganz in der Nähe Notizen in Normans Akte vermerkte und die Bemerkung wahrscheinlich mitbekommen hatte.

»Es war wirklich nett, nicht wahr?«, sagte sie gerade laut genug, dass er es hören konnte.

»Sie sollten unbedingt einmal das Essen im Exchange Hotel probieren, Herr Doktor«, schlug Norman vor. »Es ist wirklich gut. Aber die Gesellschaft war noch besser.« Wieder lächelte er Laura an.

»Schwester Brenan sagte mir bereits, dass das Essen in diesem Hotel gut ist«, bemerkte Ryan zurückhaltend. »Vielleicht werde ich es eines Abends ausprobieren.« Er schenkte Laura einen skeptischen Blick von der Seite, und sie war unzufrieden, weil sie nicht wusste, was er dachte.

Es klopfte an der Tür, und Nancy trat ein. »Entschuldigen Sie die Störung«, sagte sie. »Aber gerade ist ein Telegramm für Laura angekommen. Es könnte dringend sein.«

Lauras erster Gedanke galt ihrem Vater. Er war der Einzige, der als Absender eines Telegramms infrage kam, also wusste sie, dass es keine gute Nachricht sein konnte. Mit zitternden Händen nahm sie das Schreiben von Nancy entgegen. Sie blickte fragend zu Ryan.

»Nur zu, Schwester Brenan«, sagte er. »Ich mache hier weiter.«

Kurz darauf fand Laura Doktor Piper in der kleinen Küche am Ende des Ganges, wo er seine morgendliche Pause machte. »Ich habe gerade schlechte Nachrichten erhalten, Doktor Piper. Mein Großvater ist sehr krank. Ich würde dieses Wochenende gern nach Hause fahren und ihn besuchen.« Die Praxis war samstags geöffnet, aber sie wollte den Morgenzug nehmen.

In diesem Moment betrat auch Doktor Magee die Küche. Er hatte die Behandlung von Norman Whitfield beendet und war besorgt, dass Laura vielleicht schlechte Neuigkeiten bekommen hatte.

Doktor Piper hatte nur ein paar Worte von dem verstanden, was sie gesagt hatte, weil sie nicht laut genug gesprochen hatte. Er blickte zu Ryan Magee in der Hoffnung, dass dieser für ihn einsprang.

»Stimmt etwas nicht, Schwester Brenan?«, fragte Ryan, der nur ihre letzten Worte mitbekommen hatte. »Haben Sie gesagt, Sie wollen über das Wochenende nach Hause fahren?«

»Ja, das würde ich gerne. Mein Großvater ist krank, und ich möchte den ersten Zug nach Perth nehmen und über das Wochenende bleiben. Das aber würde beinhalten, dass ich morgen nicht zur Arbeit kommen könnte und erst Montagabend wieder hier wäre.« Sie wusste, dass das viel verlangt war, da immer viel zu tun war.

Ryan trat zu Doktor Piper und beugte sich über sein gesundes Ohr. »Schwester Brenans Großvater ist krank. Wir kommen doch morgen und Montag ohne sie aus, nicht wahr?«

»Das müssen wir wohl«, stieß Doktor Piper hervor und fügte dann deutlich freundlicher hinzu: »Fahren Sie zu Ihrer Familie, Schwester Brenan.«

Ryan wandte sich wieder an Laura. »Nehmen Sie sich so viel Zeit, wie Sie brauchen, Schwester Brenan. Und wenn es sich zum

Schlechten wendet – was ich nicht hoffe –, bleiben Sie ruhig länger bei Ihrer Familie.«

Laura wusste dieses freundliche Angebot wirklich zu schätzen. »Danke«, sagte sie erleichtert.

Ryan blickte auf die Uhr an der Wand. »Wenn Sie sich beeilen, können Sie sogar noch den nächsten Zug bekommen. Ich glaube, er fährt in etwa einer Stunde. Das können Sie noch schaffen.«

Laura empfand tiefe Dankbarkeit. »Danke«, sagte sie noch einmal. Sie wandte sich an Doktor Piper. »Sind Sie sicher, dass Sie es ohne mich schaffen?«

Der alte Mann reagierte nicht.

»Das klappt schon«, meinte Ryan und geleitete sie zur Tür. »Fahren Sie. Schon heute.«

29

Nachdem sie den ganzen Morgen keine Sekunde zur Ruhe gekommen war, gönnte sich Maggie vor dem nächsten Kunden eine wohlverdiente Tasse Tee, während der sie auch einen weiteren Brief an ihre Eltern verfasste. Sie hatte ihnen vor Wochen stolz vom Erwerb des Cottage und der Eröffnung ihrer eigenen Bäckerei geschrieben. Über die Antwort ihrer Eltern, die sehr stolz auf sie waren, hatte sie sich sehr gefreut. Jetzt berichtete sie ihnen stolz vom Erfolg ihres Ladens, die räumliche Nähe zu zahlreichen Bordellen hingegen verschwieg sie wohlweislich. Das Brot, das sie vor Sonnenaufgang gebacken hatte, war bereits um halb elf ausverkauft gewesen, so dass sie für die Mittags- und Nachmittagskunden eine zweite Charge in den Ofen geschoben hatte. Ein Großteil davon war bereits um die Mittagszeit verkauft, ebenso die meisten Pasteten. Jetzt, um halb zwei, war der größte Ansturm vorüber, auch wenn nachmittags häufig noch ein paar Kunden kamen.

Sie hatte die Hälfte ihres Tees getrunken, als die Glocke über der Tür klingelte.

»Ich bin gleich da«, rief sie und stand müde auf.

Patrick genoss den Duft von frischem Brot und bewunderte die Kuchen in der Vitrine, wo sie vor den Fliegen sicher waren, als Maggie aus der Backstube durch die Tür trat. Sie sah nur den oberen Teil seines Kopfes, weil er die Kuchen begutachtete.

»Kann ich Ihnen helfen?«

Er richtete sich auf, und sofort begann ihr Herz zu rasen, während sie ihn mit weit aufgerissenen Augen anstarrte.

Patricks Mund blieb offen stehen, als er sie erkannte. Sekundenlang standen sie beide sprachlos da. Maggie hatte gewusst, dass er in Kalgoorlie war, aber Patrick hatte keine Ahnung, dass Lauras Freundin Maggie *seine* Maggie war. Der Schock war so heftig, dass er sich abrupt umdrehte, um den Laden zu verlassen.

»Warte, Patrick«, rief Maggie, als er die Tür erreichte. Jetzt, da er hier war, würde sie ihn nicht einfach gehen lassen.

Patrick verharrte mit der Hand am Türknauf und senkte den Kopf. Sein Verstand schrie: *Geh, bevor sie dich wieder verletzt*, doch sein Herz hörte nicht hin.

Maggie ging um die Theke und auf ihn zu. Er wandte sich ihr zu, und während sie sich einige Augenblicke schweigend anblickten, schmolzen die Jahre dahin.

»Können wir reden?«, fragte Maggie leise. Ihr Herz hämmerte so laut, dass er es sicher hören konnte.

Patrick zögerte. Alle Farbe war aus seinem Gesicht gewichen.

Ein Kunde erschien vor dem Laden. Maggie schloss hastig die Tür ab und drehte das Schild mit der Aufschrift »Geschlossen« nach außen.

»Wir haben uns nichts zu sagen, Maggie«, stellte Patrick kalt fest. Er würde nicht ertragen, wenn sie ihm gestand, dass sie ihn nie geliebt hatte, das wäre zu schmerzhaft. »Ich sollte besser gehen«, fügte er hinzu.

»Ich weiß, dass du glaubst, ich hätte Geld von deinem Vater angenommen, aber das stimmt nicht«, sagte Maggie.

»Warum hat er dann gesagt, dass du das getan hast? Und warum sonst hättest du ohne ein Wort gehen sollen?«

»Du verdienst eine Erklärung«, sagte Maggie ruhig.

»Jetzt ist es zu spät, mir eine zu geben«, erwiderte Patrick.

»Ich verstehe, dass du wütend bist, aber bitte urteile nicht über mich, bevor du nicht die ganze Geschichte gehört hast.«

In Patricks Kehle bildete sich ein Kloß, der es ihm unmöglich machte, zu sprechen.

Maggie deutete sein Schweigen als Gleichgültigkeit. »Bitte, Patrick. Es ist an der Zeit.«

Sekunden verstrichen in angespannter Stille, dann nickte er.

»Komm, hier entlang.« Maggie führte ihn durch die Backstube zur Hintertür hinaus durch den Garten. In ihrem Cottage bat sie ihn, am Küchentisch Platz zu nehmen. Sie holte eine Flasche Sherry hervor und schenkte zwei Gläser ein.

»Ich denke, das können wir gebrauchen«, sagte sie, bevor sie Patrick gegenüber Platz nahm. Ihre Beine zitterten ebenso wie ihre Hände. Ihr Mund war so trocken wie der Sand rings um Kalgoorlie. Sie leerte ihr Sherryglas in einem Zug, und Patrick tat es ihr gleich. Maggie füllte die Gläser noch einmal. Sie betrachtete Patricks Gesicht, und ihr Herz zog sich sogleich mit den vertrauten Gefühlen zusammen. Er war in Würde gealtert. Noch immer hatte er sein volles, dunkles Haar, und sein Blick war weich und warm, wenngleich er Vorsicht ausstrahlte. Sie erinnerte sich an sein Lächeln, das Eis zu schmelzen vermochte, auch wenn er jetzt nicht lächelte. Ihrer Meinung nach sah er jetzt noch besser aus als früher.

Patrick fühlte sich wie betäubt, aber Maggie erschien ihm ebenso schön wie früher. Ihre Gesichtszüge waren nicht mehr ganz so voll, aber es war ihm schier unmöglich, sich nicht in den Tiefen ihrer blauen Augen zu verlieren. Sein Herz war überschwemmt von Gefühlen, aber er tat sein Bestes, sie zurückzudrängen.

»Du weißt, dass dein Vater mich abgelehnt hat, aber du weißt nicht, in welchem Ausmaß«, begann Maggie. »Er hat mir in deiner Abwesenheit sofort erklärt, dass er mich loswerden will, und zwar egal auf welche Art. Ich habe versucht, ihm die Stirn zu bieten, aber er war ausgesprochen kalt und feindselig und insgesamt sehr einschüchternd für ein Mädchen von einundzwanzig Jahren. Er sagte, ich wäre dir ein Klotz am Bein und brächte deine Familie in Verlegenheit und dass ich es nie wert sein würde, deine Frau zu sein.«

»Aber ich hatte dich auserwählt, und du warst alles, was ich wollte und brauchte, Maggie«, konterte Patrick wütend. Er würde seinem Vater die Rolle, die er bei dieser Trennung gespielt hatte, nie verzeihen.

»Ich war bereit, mich ihm zu widersetzen und alles zu tun, um dich glücklich zu machen. Aber dann sagte er mir, dass er dich aus der Firma werfen würde.«

»Es wäre mir egal gewesen, wenn er das getan hätte, Maggie.«

Maggie war erstaunt über diese Bemerkung, die das Opfer schmälerte, das sie gebracht hatte. »Ich sagte ihm, du würdest es alleine schaffen. Daraufhin drohte er damit, dich zu enterben und dafür zu sorgen, dass niemand in Melbourne dich einstellen würde. Er hatte tatsächlich vor, dich zu ruinieren, wenn ich deine Frau geblieben wäre. Das konnte ich nicht zulassen, Patrick. Ich konnte nicht zulassen, dass du dein Leben opferst, um mit mir zusammen zu sein. Es wäre zu viel gewesen.«

Patrick blickte Maggie nachdenklich an.

»Er bot mir eine beträchtliche Menge Geld an, damit ich dich verlasse«, fuhr Maggie fort, »aber ich schwöre bei meinem Leben, dass ich keinen Penny davon angenommen habe. Ich schlug es ihm aus der Hand, dabei flog es über die ganze Terrasse und in den Pool. Ich habe ihm ins Gesicht gesagt, was ich von ihm halte, und bin gegangen. Als ich das Haus verließ, sammelte das Dienstmädchen das Geld ein und fischte es aus dem Pool.«

Patrick seufzte. »Ich glaube dir. Aber warum bist du damit nicht zu mir gekommen?«, fragte er enttäuscht. »Wir waren Mann und Frau. Wir hätten woanders hinziehen und ein neues Leben beginnen können.«

Maggies Augen füllten sich mit Tränen. »Du hattest mir sehr deutlich gemacht, dass du in der Nähe deiner Familie leben wolltest, und ich wollte nicht die Ursache für ein Zerwürfnis zwischen euch sein. Ich wollte nicht, dass du mir diesen Verlust eines Tages übel nimmst. Ich dachte, es wäre zu viel.«

»Ich hätte in Bezug auf mein Leben und unsere Zukunft doch sicher ein Wörtchen mitzureden gehabt, Maggie. Zwischen dir und meinem Vater blieb mir nichts als ein gebrochenes Herz.«

Nun liefen die Tränen über Maggies Wangen. »Ich dachte, ich tue das Richtige für dich, Patrick. Es hat mich selbst fast umgebracht, zu gehen, aber ich konnte den Gedanken nicht ertragen, dass du meinetwegen verletzt würdest. Dein Vater hat mich überzeugt, dass ich dein Leben ruinieren würde.«

Patrick stöhnte auf. »Oh, Maggie, Ehemann und Ehefrau sollten sich doch vertrauen. Wir hätten der Zukunft gemeinsam entgegentreten sollen, ganz gleich, was sie bringen würde.«

»Wir kannten uns erst so kurz, und wir waren so jung. Wenn ich heute als reife Frau zurückblicke, weiß ich, dass ich die falsche Entscheidung getroffen habe. Aber damals sah ich keinen anderen Weg. Ich mache dir keinen Vorwurf, dass du mir nicht verzeihen konntest, aber ich wünschte, du hättest mir die Hilfe gewährt, um die ich dich bat, als ich so verzweifelt war.« Beinahe hätte sie damit herausgeplatzt, dass sie dann noch ihre Tochter hätten.

Patrick starrte sie verständnislos an. »Wovon redest du?«

»Von dem Telegramm, das ich dir geschickt habe … in dem ich dich um Hilfe bat, um nach Hause kommen zu können. Ich wollte dir alles erklären …«

»Welches Telegramm? Ich habe kein Telegramm von dir erhalten.«

Für einen kurzen Moment fragte Maggie sich, ob er log, aber ein Blick in seine Augen verriet ihr, dass er ernsthaft verwirrt war. »Willst du etwa sagen, dass du mein Telegramm nicht bekommen hast?« Ihre Gedanken rasten.

Patrick schüttelte den Kopf. »Wohin hast du es geschickt?«

»In dein Büro im Shanahan-Gebäude.«

»Ich habe, kurz nachdem du mich verlassen hattest, aufgehört, für meinen Vater zu arbeiten.«

»Dann hat also … dein Vater das Telegramm bekommen«, stammelte Maggie ungläubig. Allmählich ergab die Sache einen Sinn.

»Wenn das so war, dann hat er es nicht an mich weitergeleitet.«

Maggie dachte an die Folge. Ihre Augen füllten sich mit Tränen, die über ihre Wangen strömten.

Patrick reichte ihr sein Taschentuch. »Du weißt, dass ich dir geholfen hätte, als du in Schwierigkeiten warst, Maggie.«

Maggie nickte und schnäuzte sich in das Taschentuch. »Ich war überzeugt, dass du mir helfen würdest … und konnte nicht verstehen, warum du dich nicht gemeldet hast.« Sie dachte an Lori und hob den Blick. »Dein Vater hat uns etwas geraubt, das noch kostbarer war als unser Schicksal«, flüsterte sie heiser. Wenn Patrick ihr geholfen hätte, wäre Lori noch am Leben. Maggie dachte an die vergeudeten Jahre, die sie damit verbracht hatte, ihm böse zu sein – und dabei war ganz allein sein Vater für das Geschehene verantwortlich.

Patrick sah ihren Schmerz und hakte nach. »Wie meinst du das?«, fragte er behutsam.

»Ich verließ Melbourne auf einem Dampfer nach Perth«, berichtete sie. »Dort arbeitete ich als Haushaltshilfe für eine reizende verwitwete Dame über achtzig, Grace. Als sie starb, wusste ich nicht, wohin, ich hatte nicht viel gespart.«

»Konntest du nicht woanders Arbeit finden?«, wollte Patrick wissen. »Es gibt doch viele freie Stellen als Haushälterin.«

Maggie suchte nach den richtigen Worten. »Ich hätte leicht eine andere Stelle finden können – aber nicht mit … einem kleinen Kind, Patrick«, sagte sie schließlich. Ihr Herz hämmerte, während sie beobachtete, wie ihre Worte auf Patrick wirkten.

Er keuchte und riss die Augen auf. »Du hattest … ein Kind? Heißt das etwa … wir waren Eltern?«

Maggie nickte. Ihr Herz raste so schnell, dass sie fürchtete, in Ohnmacht zu fallen.

»Wie konntest du mir das verheimlichen, Maggie?«

»Als ich bemerkte, dass ich schwanger war, war das wie ein Schock, Patrick. Ich hatte nicht damit gerechnet, zumal du und ich nur so kurze Zeit zusammen waren. Ich dachte, du würdest unsere Ehe annullieren und eine Frau heiraten, die deine Familie anerkannte. Das hast du doch auch getan, oder? Meine Mutter hat mir einen Zeitungsausschnitt zugeschickt, in dem deine Hochzeit mit einer anderen Frau annonciert war.«

»Wir sind also Eltern«, sagte Patrick. Der Schock ließ nach, und sein Herz war voller Freude.

»Patrick …«

»Ein Sohn oder eine Tochter, Maggie?«

»Eine Tochter«, sagte Maggie. »Ich nannte sie Lori.«

Patricks Augen füllten sich mit Tränen. »Lori! Sie dürfte inzwischen fast erwachsen sein.«

Maggie musste an den Sohn denken, den er verloren hatte. Nun würde sie ihm einen weiteren Schlag versetzen müssen. Plötzlich bereute sie, ihm von ihrer gemeinsamen Tochter erzählt zu haben, auch wenn sie wusste, dass es richtig war.

»Erzähl mir von unserer Tochter.« Patrick war überwältigt von Gefühlen. Er konnte es kaum erwarten, sie kennenzulernen.

»Sie war das schönste kleine Mädchen, das man sich denken konnte.« Maggie kämpfte gegen die Tränen an. Sie musste sich von Patrick abwenden, um in seinen Augen nicht die Liebe zu ihrem kleinen Mädchen leuchten sehen zu müssen. Es würde ihr das Herz brechen, ihm zu erzählen, was passiert war.

»Nach dem Auszug bei Grace wohnten wir in einem billigen Hotel. Ich opferte meine letzten Pennys, um dir ein Telegramm zu schicken, in dem ich um Geld für die Heimreise bat. Als keine Antwort kam, landeten wir auf der Straße. Es war bitterkalt. Wir verbrachten eine Nacht in einem Stall und eine weitere in einem Frauenhaus. Dann wurde ich schwer krank.«

Patricks blickte sie an. Die Nachricht, dass Maggie und ihre Tochter obdachlos geworden waren, erschien ihm unerträglich. Bei dem Gedanken daran, dass sein Vater ihm das Telegramm mit der Bitte um Hilfe nicht weitergeleitet hatte, überkam ihn jäher Zorn.

»Ich brach auf der Straße zusammen und wurde ins Krankenhaus gebracht, tagelang verlor ich immer wieder das Bewusstsein. Die Ärzte rechneten nicht damit, dass ich überlebe. Als ich schließlich wieder zu mir kam, konnte mir niemand sagen, wo Lori war. Natürlich geriet ich in Panik.«

Maggie erkannte die Beunruhigung in Patricks Miene. »Mit viel Mühe konnte ich herausfinden, dass Lori nach meinem Zusammenbruch auf der Straße in ein Waisenhaus kam.«

Patrick wich zurück. »Du wirst mir jetzt hoffentlich nicht sagen, dass unsere Tochter in eine Familie vermittelt wurde, oder?«

Maggie schüttelte den Kopf und sah Erleichterung in Patricks Gesichtszügen.

»Dann hast du sie also wiedergefunden, und es ging ihr gut?«, fragte er hoffnungsvoll.

Maggie schüttelte wieder tränenüberströmt den Kopf.

»Maggie, was ist mit unserer Tochter passiert?«, fragte Patrick verzweifelt.

»Ich kämpfte jeden Tag dafür, gesund zu werden, um sie zu finden. Im Waisenhaus in der Riley Street wurde mir schließlich gesagt ... sie sei ...« Maggie konnte die Worte nicht aussprechen.

»Sie sei was, Maggie? Geht es ihr gut?«

Maggie schüttelte erneut den Kopf.

»Nein, sag mir nicht ...« Patrick sprang auf und trat vom Tisch zurück. Er wollte wissen, was passiert war, aber eigentlich auch lieber nicht.

»Lori ... war an einer Lungenentzündung gestorben. Es tut mir so leid, Patrick.« Maggie legte ihren Kopf auf den Tisch und schluchzte.

Patrick sank auf den Stuhl zurück. Er fühlte sich zu betäubt, um etwas sagen zu können.

Maggie hörte, wie er sein Sherryglas nachfüllte und den Inhalt hinunterstürzte. Sie hob den Kopf und putzte sich die Nase. »Ich wollte nur noch sterben, Patrick. Ich wollte wieder mit Lori zusammen sein.«

Patrick konnte dieses Gefühl nur allzu gut nachvollziehen.

»Ich habe mir Vorwürfe gemacht, weil ich krank geworden war. Der Gedanke, dass sie allein sterben musste, war einfach schrecklich. Er verfolgt mich bis heute.«

Patrick stand auf und ging zum Fenster. Er starrte in den Garten hinaus, ohne ihn wirklich zu sehen. Hätte sein Vater jetzt vor ihm gestanden, hätte er für nichts garantieren können. »Wie alt war

Lori?«, fragte er beklommen eine der vielen Fragen, die ihm durch den Kopf rasten.

»Sie war drei. Sie ist im August geboren.« Maggies Stimme war kaum mehr als ein heiseres Flüstern. Sie wollte ihm alles über ihre Tochter erzählen, jedes Detail, aber er brauchte Zeit. Er musste um das kleine Mädchen trauern, das er nie gekannt hatte.

Eine Weile sprach keiner von ihnen ein Wort. Maggie trank noch einen Sherry, während Patrick weiter aus dem Fenster starrte. Schließlich kehrte er an den Tisch zurück.

»Ich war nie glücklicher als zu der Zeit, in der wir verheiratet waren, Maggie«, gab er zu. »Aber eine kleine Tochter zu bekommen, unsere Lori, hätte uns schier unvorstellbare Freude bereitet. Wir wären die perfekte kleine Familie gewesen.«

Maggie nickte. »Genau das habe ich schon Millionen Mal gedacht. Ich habe viel zu bereuen, aber ich werde nie bereuen, dich geheiratet und Lori bekommen zu haben.«

Patricks Gesichtszüge wurden hart. »Reue ist furchtbar schwer zu ertragen, und wir können die Uhr nicht zurückdrehen, Maggie«, sagte er fast kalt. »Wenigstens weiß ich jetzt, was passiert ist. Nichts zu wissen war schon sehr schwer, aber ich hätte nie gedacht, dass die Wahrheit noch schlimmer sein würde.«

»Es tut mir so leid, Patrick. So viele Dinge tun mir leid …«

Patrick stand auf. »Auf Wiedersehen, Maggie«, sagte er. »Pass gut auf dich auf.« Er ging zur Tür und trat hinaus.

Maggie war zu betäubt, um sich zu bewegen. Trotz bester Absichten hatte sie ihr Leben entsetzlich durcheinandergebracht. Sie war sicher, dass sie ihre Einsamkeit und ihr Leid mehr als verdiente.

Als Maggie kurz darauf in desolatem Zustand vor Vivian stand, ahnte diese, dass sie Patrick getroffen hatte. Ihr Vormittag war auch schrecklich gewesen. Constable McKenzie hatte sich bei ihr im Palace darüber beschwert, dass Fannie ihre sogenannte »Reizwäsche« auf dem Balkon im oberen Stockwerk für die Öffentlichkeit sichtbar aufgehängt hatte. Er hatte damit gedroht, Fannie für den

Versuch zu belangen, damit Kunden anzulocken, aber Vivian hatte argumentiert, dass die teuersten Kleidungsstücke stets von der Wäscheleine hinter dem Haus gestohlen wurden. Am Ende war der Polizist verärgert gegangen, aber Vivian war sicher, dass er ihnen ab sofort das Leben schwermachen würde.

Maggie warf sich ihr an den Hals und brach in Tränen aus.

Vivian umarmte sie und führte sie dann in ihre Privaträume, drückte ihr ein Glas Brandy in die Hand und setzte sich neben sie.

»Du hast Patrick gesehen, nicht wahr?«, fragte sie.

Maggie nickte und schniefte in ein Taschentuch.

»Erzähl mir, was passiert ist. Alles«, forderte Vivian sie auf.

»Ich war hinten in der Backstube, als ich die Türglocke läuten hörte«, sagte Maggie langsam. »Ich ging hinaus, und da stand er. Er war zutiefst schockiert, mich zu sehen! Ich konnte ihn überzeugen, mit mir zu reden, und dann habe ich ihm die ganze Geschichte erzählt – warum ich gegangen bin und wohin es mich verschlagen hat. Auch von Grace und wie Lori und ich obdachlos wurden.«

»Wie nahm er es auf, dass ihr eine Tochter hattet?«

Maggie seufzte. »Das war das Schwierigste überhaupt: ihm zu sagen, dass wir eine wunderschöne kleine Tochter hatten, die an einer Lungenentzündung gestorben ist.«

Vivian nickte. »Das kann ich mir vorstellen. Hat er dir erklärt, warum er dir nach dem Telegramm kein Geld geschickt hat?«

»Er hat das Telegramm offenbar nie bekommen, weil er zu diesem Zeitpunkt nicht mehr für seinen Vater arbeitete. Es scheint, als hätte sein Vater die Depesche an sich genommen und weggeworfen.«

Vivian hatte immer gewusst, dass es eine Erklärung für die fehlende Rückmeldung geben musste. »Und wie ist jetzt der Stand der Dinge?«

Maggie brach erneut in Tränen aus. »Er sagte nur: ›Pass gut auf dich auf‹ und ging.«

»Und er hat nicht gesagt, dass er noch mal bei dir vorbeikommt?«

Maggie schüttelte den Kopf. »Er wirkte vollkommen verschlossen. Es war schrecklich. Ich bin sicher, dass ich ihn nie mehr wiedersehe.«

»Ich frage mich, ob er noch einmal herkommt, um mit mir zu reden«, dachte Vivian laut.

»Ich hoffe, dass er das tut. Er braucht jemanden, der ihm hilft, das alles zu verarbeiten. Und für eine solche Aufgabe bist du genau die Richtige.«

30

Am Bahnhof hatte Laura eine Droschke genommen. Als der Wagen vor dem Haus der Familie am Westminster Drive in Cottesloe anhielt, tobten in ihr die unterschiedlichsten Gefühle. In erster Linie war sie nicht davon ausgegangen, schon so wenige Wochen nach ihrer Abreise wieder zurückzukehren. Irgendwie fühlte es sich zu früh an. Und obwohl sie sich darauf freute, Edmund und ihren Vater wiederzusehen, und auch Bettys Wärme und Humor vermisst hatte, fühlte es sich trotzdem nicht so an, als käme sie nach Hause, denn Lucinda hatte bereits vor Lauras Abreise begonnen, dem Haus ihre Handschrift zu verpassen. Laura wäre sicher nicht zurückgekommen, wenn sie nicht so besorgt um ihren Großvater gewesen wäre.

Wie erwartet begrüßte Betty Laura herzlich und mit überschwänglicher Freude und verkündete, sie hätte sie schrecklich vermisst.

»Das Haus ist nicht mehr dasselbe ohne Sie, Missy Laura«, erklärte sie, von Gefühlen überwältigt. Ihr Gesicht war freundlich, ganz im Gegensatz zu den grellen Mustern und geschmacklosen Möbeln im Vestibül.

»Ich habe dich auch vermisst, Betty.« Laura nahm ihren Hut ab. »Ich hoffe, Lucinda behandelt dich gut?«, fügte sie sanft hinzu.

Das Dienstmädchen zuckte die Schultern und rümpfte die Nase. Offenbar wollte sie sich zu diesem Thema nicht äußern. »Gefällt es Ihnen in Kalgoorlie, Missy Laura?«, fragte sie.

»Die Stadt ist ganz anders als Perth. In der Stadt gibt es kein

Grün, daran kann ich mich nur schwer gewöhnen. Außerdem ist überall Staub.«

Wieder rümpfte Betty die Nase. »Ich mag keinen Staub«, sagte sie.

Im Wohnzimmer fiel Maggie sofort ein riesiges Porträt von Lucinda über dem Kamin auf. »Igitt«, rief sie und blickte sich gleich darauf rasch um, ob Lucinda in Hörweite war. »Was ist das denn?«, flüsterte sie Betty zu.

»Die Missus ist nicht hier«, beruhigte Betty sie. Dann blickte auch sie zu dem Bild. »Sie hat sich von einem Künstler porträtieren lassen, als Geschenk für Ihren Vater. Jetzt habe ich ständig das Gefühl, dass sie mich beobachtet«, fügte sie mit einem Schaudern hinzu.

Laura lachte. »Das kann ich mir vorstellen.« Ihr fiel auf, dass es ihm Haus sehr ruhig war. »Wo sind die anderen?«

»Ihr Vater und Lucinda sind im Krankenhaus. Ihr Bruder besucht einen Freund.«

»Wie geht es meinem Großvater?«

»Sein Zustand ist sehr ernst, Missy Laura.«

Opa Jacob war ihr Großvater väterlicherseits und ein reizender Mann. Er war seit zehn Jahren verwitwet, aber schon viel länger nicht mehr wirklich gesund. Während der drei letzten Jahre hatte eine Pflegerin bei ihm gelebt, weil sich sein Gesundheitszustand immer weiter verschlechterte.

»Es ist sein Herz, nicht wahr?«

»Ja, Missy Laura.« Betty führte sie in die Küche, wo ein Eintopf auf dem Herd köchelte, und reichte ihr ein Glas Limonade.

»Vielleicht sollte ich mich sofort auf den Weg ins Krankenhaus machen«, überlegte Laura.

Betty nickte. »Das ist vermutlich das Beste, Missy Laura.«

Im Perth Colonial Hospital schickte man Laura zur Station 2A. In dem entsprechenden Zimmer standen vier Betten, zwei waren leer, im dritten Bett schnarchte ein älterer Patient mit offenem Mund.

Das vierte Bett, in dem vermutlich ihr Großvater lag, war mit einem Vorhang vor Blicken abgeschirmt. Laura wollte gerade den Vorhang zur Seite schieben, als sie auf der anderen Seite Stimmen hörte. Ihr Vater unterhielt sich mit einem anderen Mann über ihren Großvater. Laura war schnell klar, dass die unbekannte Männerstimme einem Arzt gehören musste. Er erklärte, dass ihr Großvater im Verlauf des Nachmittags für eine Untersuchung in Narkose gelegt worden war. Man hatte festgestellt, dass nichts mehr für ihn getan werden konnte.

Laura wollte das Gespräch nicht unterbrechen und setzte sich auf das leere Bett, um zu warten. Dabei fiel ihr Blick auf ein Paar Füße in Damenschuhen unterhalb des Vorhangs. Sie erkannte sie sofort: Auch Lucinda befand sich innerhalb der Abtrennung.

»Das Herzleiden Ihres Vaters ist zwar recht selten, Mister Brenan, aber ich fürchte, es ist erblich«, sagte der Arzt. »Ich möchte Ihnen daher dringend zu einer gründlichen körperlichen Untersuchung raten, um sich ein Bild von Ihrem Zustand zu machen, falls auch Sie eine defekte Herzklappe haben sollten.«

»Ich habe keinerlei Symptome«, erklärte Frederick. »Ich bin fit wie ein Stier.«

»Wenn es erblich ist, könnte dann auch unser ungeborenes Kind Probleme bekommen?«, fragte Lucinda leise anklagend.

»Durchaus, aber das Baby wird sofort nach der Geburt untersucht, Missus Brenan«, versicherte ihr der Arzt. »Falls wir etwas finden, können wir gleich etwas dagegen tun, zum Beispiel mit einer kleinen Operation …«

»Operation!«, rief Lucinda. »Das hättest du mir vor der Hochzeit sagen müssen«, beschwerte sie sich mit schriller Stimme bei Frederick.

Laura rollte die Augen. Sie war nicht überrascht, dass Lucindas erste Gedanken sich selbst und dem Baby galten und nicht etwa ihrem Mann.

»Ich hatte doch keine Ahnung«, protestierte Frederick.

»Es ist mir sehr ernst damit, Mister Brenan«, unterbrach der

Arzt streng. »Auch Ihre anderen Kinder sollten sofort ihr Herz untersuchen lassen.«

Laura richtete sich interessiert auf.

»Sie sind jung und gesund«, verkündete Frederick.

»Eine defekte Herzklappe kann in jedem Alter zu Problemen führen, auch wenn der Patient gesund aussieht«, warnte der Arzt.

»Ich mache sofort einen Termin für Edmund«, sagte Frederick.

Laura wartete darauf, dass auch ihr Name fallen würde, wurde aber wieder einmal enttäuscht. Edmund war immer noch der Auserwählte.

»Mister Brenan senior hat eine Enkelin erwähnt«, sagte der Arzt. »Haben Sie eine Tochter?«

Laura war gerührt, dass zumindest ihr Großvater an sie dachte.

»Ich habe tatsächlich eine Tochter. Laura befindet sich gerade auf dem Weg von Kalgoorlie, um ihren Großvater zu besuchen.« Frederick schwieg eine Weile. »Aber sie braucht ihr Herz nicht untersuchen zu lassen, denn sie ist mit keinem von uns direkt verwandt.«

»Oh«, ertönte die Stimme des Arztes.

Laura traute ihren Ohren nicht. *Nicht direkt verwandt*? Was sollte das heißen?

»Wurde sie adoptiert?«, erkundigte sich der Arzt.

Adoptiert. Laura hielt den Atem an, während sie auf das vehemente Nein ihres Vaters wartete. Sie war schließlich nicht adoptiert.

»Ja. Meine erste Frau und ich haben Laura im Alter von drei Jahren adoptiert. Wir dachten, wir könnten keine Kinder bekommen, aber kurz nach der Adoption wurde Helen dann mit Edmund schwanger.«

»Ja, das kommt vor«, sagte der Arzt. »Kommen Sie sobald als möglich mit Edmund vorbei.«

»Das werde ich«, versprach Frederick.

Einige Sekunden lang saß Laura wie versteinert da und starrte mit offenem Mund auf den Vorhang, der das Bett ihres Großvaters umgab. Sie konnte nicht wirklich begreifen, was sie gerade gehört hatte. Die Welt, die sie kannte, war zu Bruch gegangen. Die beiden Männer auf der anderen Seite des Vorhangs, die sie für ihren Großvater und ihren Vater gehalten hatte, waren nicht ihr Fleisch und Blut. *Sie war adoptiert!*

Der erste Schock wandelte sich in Wut. Warum hatte man ihr das vorenthalten? Das war doch unfassbar! Unmittelbar darauf wurde sie von einer Welle der Panik überrollt und floh, stolperte blindlings den Flur hinunter. Als sie die Türen des Krankenhauses erreichte, bekam sie kaum noch Luft. Sie schaffte es gerade noch zu einer Parkbank auf der anderen Straßenseite, ehe ihre Beine ihr den Dienst versagten. Sie konnte nicht fassen, was sie gehört hatte.

»Ich bin adoptiert«, murmelte sie immer wieder. Sie begriff es einfach nicht. Nichts ergab mehr einen Sinn. Ihr Leben war eine Lüge gewesen. Sie atmete tief durch, um ihr rasendes Herz zu beruhigen. Eine Frau setzte sich neben sie und begann zu plaudern. Laura hörte nicht zu. Am liebsten hätte sie die Frau angeschrien, endlich den Mund zu halten und nach Hause zu gehen, schließlich war es Abend. Sie wollte allein sein und nachdenken. Nach einer Weile hielt sie eine Droschke an.

Das Nächste, woran Laura sich später erinnerte, war der Weg zur Tür des Hauses am Westchester Drive. Betty bemerkte sie durch das Fenster und begrüßte sie an der Tür, überrascht über Lauras schnelle Rückkehr. Zudem wirkte Missy Laura vollkommen verstört, und Betty befürchtete das Schlimmste.

»Was ist los, Missy Laura? Haben Sie Ihren Großvater getroffen? Ist ihm etwas zugestoßen?«

Laura schüttelte den Kopf. »Mein … Vater und Lucinda sprachen gerade mit dem Arzt«, murmelte sie.

»Was hat der Arzt gesagt?«

»Er sagte, der Zustand meines Großvaters ist sehr ernst. Und das Problem mit der Herzklappe ist wahrscheinlich erblich.«

»Was bedeutet das, Missy Laura?«

»Es bedeutet, dass alle Mitglieder der Familie das Problem auch haben könnten.«

»Befürchten Sie, ebenfalls krank zu sein, Missy Laura?«, fragte Betty.

»Das wäre möglich gewesen, aber so wie es aussieht, habe ich kein Problem, weil ... Betty, ich bin adoptiert.«

Betty konnte Maggies Entsetzen nachvollziehen. Sie selbst hatte es zwar immer gewusst, aber es war für sie kein Thema. Laura gehörte zur Familie. Punktum. »Hat Ihr Vater Ihnen das gesagt?«, wollte sie wissen.

»Nein, er hat es dem Arzt gesagt. Ich habe es zufällig mitbekommen.«

»Oh, das tut mir so leid, Missy Laura!« Kein Wunder, dass Laura vollkommen durcheinander war.

»Wusstest du es, Betty?«

»Ja, natürlich, Missy Laura. Aber ich habe nie darüber nachgedacht. Es ist so lange her.«

»Fünfzehn Jahre«, sagte Laura. »Ich hätte etwas derart Wichtiges nicht auf diese Art erfahren sollen. Warum hat man nicht schon vor langer Zeit mit mir darüber gesprochen? Kein Wunder, dass ich niemandem in der Familie ähnlich sehe. Kein Wunder, dass ich die Einzige mit roten Haaren bin.«

Betty wusste nicht, was sie sagen sollte. »Sie müssen mit Ihrem Vater reden, wenn er nach Hause kommt, Missy Laura. Ich mache Ihnen einen Tee.«

Betty ging in die Küche, und Laura trat durch die Glastür auf die Terrasse und setzte sich neben den Pool. Der Schock ließ allmählich nach. In ihrem Kopf kreisten zahllose Gedanken. Wenn sie adoptiert war, wer waren dann ihre richtigen Eltern? Wo waren sie? Und was noch wichtiger war: Warum hatten sie sie nicht gewollt? Dann kam ihr eine Idee: Sie würde nach ihrer Geburtsurkunde suchen. Darin standen sicher weitere Informationen.

Laura ging ins Arbeitszimmer ihres Vaters, wohl wissend, dass es sein privates Refugium war, in dem er niemanden ohne seine

Zustimmung duldete. Laura fühlte sich wie eine Rebellin, als sie das Licht anschaltete. Sie wusste, dass er wichtige Papiere in einer Kiste in einer verschlossenen Schublade seines Schreibtischs aufbewahrte, und einmal hatte sie zufällig gesehen, wie er den Schlüssel dafür vom obersten Brett des Bücherregals holte. Sie stand gerade auf einem Stuhl und tastete nach dem Schlüssel, als Betty an die Tür kam.

»Was machen Sie da, Missy Laura?«, fragte sie entsetzt. Frederick Brenan gestattete nicht einmal, dass in seinem Arbeitszimmer Staub gewischt wurde.

»Ich suche den Schlüssel für die verschlossene Schublade im Schreibtisch meines Vaters«, sagte Laura. »Er ist nicht hier.«

»Er ist nicht mehr dort, Missy Laura.« Betty hatte große Sorge, dass Laura erwischt würde.

»Wo ist er dann?«

Betty zögerte.

»Sag es mir, Betty, oder ich stelle das ganze Zimmer auf den Kopf.«

»Ihr Vater bewahrt ihn jetzt hier auf.« Betty nahm etwas aus dem Bücherregal, das aussah wie ein Buch. Sie hatte einmal unbemerkt gesehen, wie er den Schlüssel dort hineinräumte.

»In einem Buch?« Laura stieg vom Stuhl.

»Es ist kein richtiges Buch. Es ist innen hohl.«

Laura war überrascht. Andererseits aber schien es, als ob der Mann, den sie für ihren Vater gehalten hatte, Geheimnisse hatte, und vielleicht kannte sie ihn ja überhaupt nicht.

»Ihr Vater hat es anfertigen lassen«, flüsterte Betty. Ihr Arbeitgeber war überzeugt, dass sie nichts davon wusste. Dabei gab es für eine Hausangestellte in einem Haushalt nicht viele Geheimnisse.

Betty öffnete das Buch und zeigte Laura den Inhalt. Es enthielt mehrere Schlüssel, unter denen Laura sofort den erkannte, den sie suchte.

Sie ging zum Schreibtisch, öffnete die Schublade und nahm die Kiste mit den wichtigen Papieren heraus.

Betty blickte besorgt drein. Was, wenn Frederick nach Hause kam und sie erwischte? »Ihr Vater wäre mit Ihrem Tun sicher nicht einverstanden, Missy Laura.«

»Das ist mir egal«, erklärte Laura entschlossen. »Er hat mich mein ganzes Leben lang belogen, und jetzt will ich Antworten. Ich werde tun, was ich tun muss, um sie zu finden.« Sie blickte Betty an. »Lass mich einfach allein, Betty. Dann bekommst du keinen Ärger, wenn mein Vater zurückkommt.«

Betty hatte keine Einwände. Sie verließ das Arbeitszimmer, während Laura die Papiere durchsuchte. Schon bald stieß sie auf Edmunds Geburtsurkunde. Sie fand die Heiratsurkunde ihrer Eltern oder besser der Leute, die sie für ihre Eltern gehalten hatte – Helen und Frederick Brenan. Sie entdeckte auch deren Geburtsurkunden und Edmunds Taufschein. Am Datum erkannte sie, dass er bei seiner Taufe acht Wochen alt gewesen war. Ihr eigener Taufschein stammte aus dem Juli 1891. Damals war sie fast vier Jahre alt gewesen. Wie betäubt musste sie sich setzen. Es konnte nur einen Grund geben, warum sie erst in diesem Alter getauft wurde: Als Baby war sie noch nicht bei den Brenans gewesen. Also stimmte es. Sie war keine Brenan.

Laura stellte die Kiste wieder in die Schublade, legte den Schlüssel zurück in das imitierte Buch und schob es zwischen die anderen Bücher im Regal. Sie löschte das Licht und ging in die Küche zu Betty.

Das Dienstmädchen sah sehr besorgt aus. »Haben Sie gefunden, wonach Sie gesucht haben, Missy Laura?«

»Eigentlich habe ich nach meiner Geburtsurkunde gesucht, sie aber nicht gefunden«, antwortete Laura verzweifelt. »Dafür habe ich meinen Taufschein gesehen. Ich wurde erst getauft, als ich fast vier Jahre alt war.«

»Ich war schon hier, als Ihr Vater Sie herbrachte, Missy Laura. Es war der glücklichste Tag in Missus Helens Leben. Sie hatte sich so sehr nach einem Kind gesehnt.«

»Wo komme ich her, Betty?«

»Ich weiß es nicht. Das müssen Sie Ihren Vater fragen.«

»Das habe ich vor. Ich will wissen, wer meine richtigen Eltern sind und warum ich weggegeben wurde. Wer würde einem Kind so etwas antun?«

Laura zuckte zusammen, als sie in diesem Augenblick hörte, wie die Haustür geöffnet wurde. Ihr Vater und Lucinda gingen durch das Haus und sprachen über ihren Großvater. Kurz darauf betraten sie die Küche.

»Laura!« Frederick freute sich sichtlich, sie zu sehen. Er ging mit ausgestreckten Armen auf sie zu, doch Laura fühlte sich wie betäubt und reagierte nicht. Er umarmte sie und küsste ihre Wange, sie jedoch blieb steif stehen. »Wann bist du nach Hause gekommen, Schatz?«

»Vor einer Weile«, wich Laura aus.

»Hallo, Laura«, grüßte Lucinda, hielt aber Abstand.

»Hallo«, erwiderte Laura, ohne sie anzusehen.

»Wir kommen gerade aus dem Krankenhaus«, sagte Frederick. »Dein Großvater ruht sich nach ein paar Untersuchungen jetzt aus.«

»Ich weiß.«

»Du weißt?«, fragte Frederick überrascht.

»Ja, ich war im Krankenhaus.«

Frederick war sichtlich verwirrt. »Und wir haben dich verpasst?«

»Du hast mit dem Arzt gesprochen, also wollte ich nicht stören«, berichtete Laura.

Frederick musterte seine Tochter. Irgendetwas stimmte nicht.

»Du bist sicher müde. Aber wir können deinen Großvater gleich morgen früh besuchen, nachdem du dich ausgeruht hast«, sagte er zögernd.

Laura fixierte Frederick weiter mit kaltem Blick. Das Wissen, dass er nicht ihr richtiger Vater war, ließ ihn für sie in einem ganz anderen Licht erscheinen.

»Geht es dir gut? Warum hast du im Krankenhaus nicht auf

uns gewartet?«, fragte Frederick vorsichtig. Plötzlich kam ihm ein Verdacht.

»Ich habe dein Gespräch mit Großvaters Arzt mit angehört«, antwortete Laura.

»Ach ja?« Frederick ahnte Fürchterliches.

»Das, was ich dort gehört habe, hat mich schier umgehauen. Offenbar hat bisher niemand daran gedacht, mir mitzuteilen, dass ich keine Brenan bin.«

Frederick wurde leichenblass. Hilfesuchend wandte er sich an Lucinda, doch sie reagierte nicht. »Ich … du hättest es nicht auf diese Weise erfahren sollen.«

»Du hast mich angelogen.«

»Wie kommst du darauf?«

»Ich erinnere mich, dich direkt gefragt zu haben, ob ich adoptiert bin, weil ich niemandem in der Familie ähnlich sehe, und du hast Nein gesagt.«

Auch Frederick erinnerte sich an dieses Gespräch. »Deine Mutter und ich hatten bereits beschlossen, es dir zu erzählen, aber dann kamst du mit einer Geschichte über Isobels Cousine Meredith zu mir. Das Mädchen war adoptiert, und du hast gesagt, es wäre schlimm für dich, adoptiert zu sein. Damals dachte ich, dass du für die Wahrheit noch nicht bereit warst, Laura. Ich wollte warten, bis du alt genug bist, es zu verstehen.«

»Wie alt hätte ich denn sein müssen? Du hast mir vor meiner Abreise gesagt, ich sei alt genug, um zu heiraten und eigene Kinder zu bekommen.«

Frederick errötete verlegen. »Es war ein Fehler«, gab er zu. »Auch wenn das Gespräch schwierig geworden wäre, ist das keine Entschuldigung.«

»Ich bin sicher, dass ich damals mit der Wahrheit fertiggeworden wäre. Herauszufinden, dass du mich belogen hast, ist schlimmer als das Wissen, dass ich nicht deine Tochter bin.«

»Du bist meine Tochter in jeder Hinsicht, auf die es ankommt«, entgegnete Frederick.

»Wer sind meine richtigen Eltern? Ich will es wissen.«

Frederick atmete tief durch. »Ich habe keine Ahnung, wer dein leiblicher Vater ist, und den Namen deiner Mutter kenne ich auch nicht. Ich weiß nur, dass sie … sich nicht richtig um dich kümmern konnte.«

»Wie bin ich zu euch gekommen – zu dir und der Frau, die ich immer für meine Mutter gehalten habe?«

Die Bemerkung verletzte Frederick. »Als deine Mutter viele Jahre nach unserer Hochzeit noch immer nicht schwanger geworden war, begannen wir uns für eine Adoption zu interessieren. Wir besuchten ein Waisenhaus und verliebten uns sofort in dich, Laura. Wir haben dich aus vielen, vielen anderen Kindern ausgewählt. Du warst für uns etwas ganz Besonderes.«

Doch Laura ließ sich nicht von ihrer Absicht abbringen, die Wahrheit herauszufinden. »Das Waisenhaus hat bestimmt Informationen«, sagte sie entschieden. »Ich werde mich dort erkundigen.«

»Das Waisenhaus in der Riley Street ist bereits seit vielen Jahren geschlossen. Ich bezweifele, dass irgendwelche Aufzeichnungen aufbewahrt worden sind.«

»Kann ich denn wenigstens meine Geburtsurkunde sehen?« Laura war sicher, dass er das Dokument an einer anderen Stelle in seinem Arbeitszimmer versteckt hatte. »Es muss doch eine geben.«

»Ich habe keine Geburtsurkunde von dir«, gab Frederick zu. Es war die Wahrheit.

Laura war enttäuscht und wütend. »Woher willst du wissen, dass meine leibliche Mutter sich nicht um mich kümmern konnte?«

»Das weiß ich von Schwester …« Frederick unterbrach sich. »Von der Dame, die das Waisenhaus leitete. Deine Mutter war offenbar sehr krank. Die Ärzte hatten die Hoffnung aufgegeben, und andere Verwandte gab es nicht. Also wurdest du zur Adoption freigegeben.«

»Ist sie gestorben?«

Frederick zuckte die Schultern. »Ich weiß nicht mehr als das, was ich dir gesagt habe. Ich bin sicher, dass es nicht gut ist, in der Vergangenheit herumzustochern, vor allem, wenn es keine Antworten gibt.«

»Du hast leicht reden. Ich weiß nicht mehr, wer ich bin oder woher ich komme. Ich könnte Verwandte haben, von denen ich nichts weiß.«

»Ich verstehe, dass du schockiert bist, aber …«

»Welche Gefühle erwartest du von mir, jetzt, wo ich weiß, dass mein ganzes Leben eine Lüge war?«

»Sag das nicht, Laura.«

»Warum nicht? Es ist doch die Wahrheit. Wie hieß die Frau, die das Waisenhaus leitete?«

»Ich kann mich nicht erinnern«, log Frederick. Er wollte nicht, dass Laura nach Jayne Dunley suchte.

»Ich werde jetzt gleich noch kurz Großvater besuchen und dann mit dem Nachtzug zurück nach Kalgoorlie reisen«, sagte Laura. Sie musste weg, um klar denken zu können.

31

Am Abend nahm Maggie ein ausgiebiges Bad und prüfte vor dem Zubettgehen noch einmal, ob die Vorder- und Hintertüren des Hauses verschlossen waren. In der Hay Street trieben sich jede Nacht viele Männer herum, aber es war Freitag und damit der lebhafteste Abend in Kalgoorlie, weil die Bergleute ihren Lohn bekommen hatten und ausgingen, um sich zu betrinken und Spaß zu haben. Schon dreimal hatten betrunkene Männer an ihre Fenster und Türen geklopft, weil sie das Cottage für ein Bordell hielten. Es war auch nicht ungewöhnlich, dass sie sich auf der Straße prügelten, dabei waren sie bereits zweimal in ihrem kleinen Vorgarten gelandet. Wenn Maggie freitags zu Bett ging, hörte sie vor dem Einschlafen häufig die Pfiffe der Constables, wütende Schreie und lautes Fluchen.

Sie blickte auf die Uhr über dem Herd. Es ging bereits auf Mitternacht zu. Der Tag war sehr lang gewesen. Nach Ladenschluss hatte sie Kuchen für ihre Kunden am Samstagmorgen gebacken. Im Cottage war es jetzt ruhig, nachdem die Zhangs sich bereits vor einiger Zeit nach einem weiteren Streit, bei dem Bojing schrie und Ling weinte, zurückgezogen hatten.

Ling hatte Maggie aufgewühlt und verzweifelt erzählt, dass ihre Abreise nach China und die Heirat dort laut ihrem Vater unmittelbar bevorstand. Huang Fu hatte vorgeschlagen, so vertraute Ling Maggie an, dass sie zusammen weglaufen und heimlich heiraten sollten. Ling war versucht, seinem Vorschlag zu folgen, lediglich die Möglichkeit, dass ihr Vater sie finden und Huang Fu etwas antun könnte, hielt sie zurück.

Maggie machte sich große Sorgen. Sie konnte sich die niedliche, unschuldige Ling nicht verheiratet mit einem Tattergreis, der dreimal so alt war wie sie, vorstellen, mit dem sie mit Sicherheit kein glückliches Leben führen würde. Das war nicht fair, aber es gab nichts, was sie tun konnte. Sie sorgte sich auch um Huang Fu und Ling, die beide noch so jung waren. Wenn sie weglaufen und ohne die Unterstützung ihrer Familien heiraten würden, was würde dann aus ihnen werden? Die Situation war durch und durch schwierig.

Maggie hatte gerade das Licht in der Küche ausgeknipst, als sie ein lautes Klopfen an der Haustür hörte. Sie erschrak. Ihr erster Gedanke war, dass draußen ein betrunkener Bergmann herumlungerte.

»Verschwinde«, rief sie und ging zur Tür. »Sonst rufe ich einen Constable.«

»Maggie, ich bin es. Mach die Tür auf.«

Maggie schnappte nach Luft. »Patrick?«, fragte sie, um sicherzugehen.

»Ja, ich bin es. Bitte mach die Tür auf, Maggie!«

Maggie entriegelte mit zitternden Fingern das Schloss und öffnete die Tür. Ihr Herz raste, als ihr Blick auf Patrick fiel.

»Patrick ... was machst du hier?« Maggie konnte nicht glauben, dass er auf ihrer Türschwelle stand. Sie hatte nicht erwartet, ihn wiederzusehen.

Ohne ein Wort zu sagen, trat er an ihr vorbei, zog sie in seine Arme und küsste sie leidenschaftlich. Mit dem Fuß stieß er die Tür zu und küsste sie, bis sie keine Luft mehr bekam. Die Jahre schmolzen dahin. Es fühlte sich einfach nur richtig an, wieder in Patricks Armen zu liegen. Er war der einzige Mann, den sie je geliebt hatte.

»Ich konnte dich nicht aus meinem Kopf verbannen, Maggie«, flüsterte er in ihr Ohr.

»Ich war mir sicher, dass ich dich nie wiedersehen würde, Patrick.«

»Es tut mir leid, dass ich nach unserem Gespräch so plötzlich verschwunden bin. Ich stand unter Schock und musste das, was du mir gesagt hast, erst einmal verdauen … aber ich konnte nicht auf Dauer wegbleiben«, gab er zu. »Ich schäme mich zutiefst, dass ich meinem Vater geglaubt habe. Aber ich habe nie aufgehört, dich zu lieben. Ich weiß, dass ich kein Recht habe, hier zu sein und dich zu küssen …« Er war stundenlang durch die Straßen gelaufen und hatte darüber nachgedacht, ob es sich gebührte, zu ihr zu gehen, obwohl er mit einer anderen Frau verheiratet war. Sein Kopf sagte Nein, aber sein Herz wollte nicht darauf hören.

Maggie klammerte sich an ihn und hätte ihn am liebsten nie mehr losgelassen. »Oh, Patrick, es fühlt sich so richtig an und doch …«

Patrick stieß mit seinen Füßen an etwas und schaute zu Boden. Und erblickte ein Paar Schuhe. Herrenschuhe! Alle Farbe wich aus seinem Gesicht. »Du bist verheiratet!« Er hob ihre linke Hand und entdeckte einen Ring. Ein stechender Schmerz fuhr ihm durch die Brust.

»Verheiratet? Nein!«

Patrick betrachtete wieder die Schuhe, und Maggie folgte seinem Blick.

»Ich habe Hausgäste – Bojing Zhang und seine Tochter Ling. Ihnen gehört die Wäscherei nebenan.«

Patrick atmete erleichtert auf, obwohl seine eigene Situation keineswegs so einfach war. »Sicher weißt du …«

Maggie legte ihre Fingerspitze auf seine Lippen, um ihn zum Schweigen zu bringen. Sie wollte nicht, dass er sie daran erinnerte, dass er mit einer anderen Frau verheiratet war. Sie wollte es weder hören noch darüber nachdenken. Sie wollte nur diesen Moment erleben und ihre Liebe genießen. Sie verriegelte die Tür, nahm seine Hand, führte ihn in ihr Schlafzimmer, schloss die Tür ab und drehte sich zu ihm um. Langsam schlüpfte sie aus Morgenmantel und Nachthemd.

Patrick betrachtete ihren nackten Körper. Das Zimmer war

dunkel, aber das Mondlicht strömte durch einen Spalt zwischen den Vorhängen und umrahmte ihr Haar und die Umrisse ihres Körpers mit einem silbernen Schein. Nie hatte sie schöner ausgesehen. »Bist du sicher, Maggie?«, flüsterte er heiser und mit wild pochendem Herzen. Jede Faser seines Körpers sehnte sich nach ihr, aber als verheirateter Mann hatte er darauf keinerlei Rechte.

Maggie nickte. »Es wird für mich nie jemand anderen geben als dich, Patrick. In meinem Herzen wirst du immer mein Ehemann sein, und nur meiner.« Sie hielt ihre linke Hand hoch. »Der Ring an meinem Finger ist derjenige, den du mir in Melbourne nach unserer Hochzeit geschenkt hast.«

Patrick trat näher und griff nach ihren Händen. »Du wirst immer die einzige Frau sein, die ich je geliebt habe oder lieben werde, meine schöne Maggie«, sagte er zärtlich. Er zog die Schuhe aus und legte seine Kleidung ab und nahm Maggie wieder in die Arme. Das Gefühl, als sich ihre nackten Körper berührten, war wunderbar, so nah, so vollkommen. Als ihre Lippen zärtlich aufeinandertrafen, war es, als wären sie nie getrennt gewesen.

Nachdem sie sich geliebt hatten, lag Maggie in Patricks Armen und blickte durch den Spalt im Vorhang auf den Mond. Der Wind war aufgefrischt, und Staubteufel huschten durch die Straßen von Kalgoorlie, wirbelnde Wolken aus roten Partikeln. Sie trieben die Bewohner der Stadt ins Innere der Häuser, wo sie hastig die Fenster schlossen. Der Staub war zwar unangenehm, aber er hatte den Vorteil, die Straßen freizuräumen. Draußen wurde es ruhig.

»Ich erinnere mich an eine andere Nacht, in der wir durch ein offenes Fenster auf den Mond schauten«, flüsterte Maggie und rief sich das sanfte Plätschern der Wellen an den Ufern von Phillip Island ins Gedächtnis. »Heute Abend sieht er durch den Staub von Kalgoorlie purpurrot aus. Er ist sehr schön, nicht wahr?«

»Auch in unserer Hochzeitsnacht war der Mond schön«, sagte Patrick. »Ich kann mich noch genau daran erinnern. Es war die bisher glücklichste Nacht meines Lebens. Vor heute Abend.« Er küsste ihren Scheitel. »Ich kann kaum in Worte fassen, wie wundervoll es sich anfühlt, dich wieder in meinen Armen zu halten, Maggie. Dort gehörst du hin … für immer.«

Maggies Augen füllten sich mit Tränen. »Wir haben so viele Jahre versäumt«, sagte sie. »Jahre, die wir nie zurückbekommen können.« Im Mondlicht konnte sie erkennen, dass auch Patricks Augen feucht wurden. Er zog sie näher an sich und hielt sie so fest, als ob er sie nie mehr gehen lassen wollte. Ihr Kopf lag auf seiner Brust, und sie konnte sein Herz schlagen hören. Es war so beruhigend.

»Erzähl mir von unserer Lori«, bat er sanft. »Ich will jedes Detail wissen. Ihren Geburtstag, ihre Haarfarbe und ihr Leibgericht. Einfach alles.«

Maggie sprach gern über Lori. Es gab ihr das Gefühl, ihr nahe zu sein, auch wenn damit gleichzeitig ihr Fehlen noch deutlicher wurde. Und sie freute sich darauf, Patrick endlich von ihrer Tochter erzählen zu können.

»Lori wurde am 13. August 1887 in Grace' Haus geboren. Sie war ein sehr glückliches und zufriedenes Kind. Sie hatte auffallend rotes, gelocktes Haar. Sie war wunderschön.«

»Dann hatte sie deine Locken.« Patricks Fingerspitzen streichelten über die Kringel in ihrem Nacken. »Welche Augenfarbe hatte sie?«, fragte er.

»Ein wunderschönes, tiefes Blau«, sagte Maggie. »Sie war ein hübsches Kind und sehr liebenswürdig. Aber sie konnte auch stur sein, wenn sie sich etwas in den Kopf gesetzt hatte. Dann schob sie die Unterlippe vor.« Maggie lächelte.

»Sie war also temperamentvoll. Das gefällt mir.« Auch Patrick lächelte.

»Sie liebte es, mir beim Backen zu helfen. Meist gab ich ihr eine kleine Schüssel Kuchenteig zum Umrühren, aber sie sah mir auch gern beim Dekorieren eines Kuchens zu, und natürlich liebte sie es, die Schüssel mit dem Zuckerguss auszuschlecken. Ihre Lieblingssüßigkeit war Tuttifrutti. Grace nannte sie Omi und ging jeden Morgen mit mir hinauf, um sie zu wecken. Sie kletterte auf das

Bett, gab der alten Dame einen Kuss und kuschelte mit ihr. Grace sagte, dass sie sich mit Lori im Haus wieder jung fühlte. Es waren sehr glückliche Jahre für uns drei. Und es war schrecklich, als wir uns von Grace verabschieden und sie verlassen mussten.«

»Hat Lori verstanden, dass Grace tot war?« Patrick stellte sich vor, wie schmerzhaft es für die beiden gewesen sein musste.

»Nein, sie war noch zu jung. Grace starb im Schlaf, so wie sie es sich immer gewünscht hatte, und sah sehr friedlich aus. Lori war tagelang verwirrt. Sie ging immer wieder in Grace' Zimmer und rief nach Omi.«

Patrick streichelte Maggies Arm und küsste ihre Stirn. Er fühlte sich schuldig, dass sie so viele Prüfungen allein hatte durchstehen müssen.

»Lori war sehr liebevoll«, sagte Maggie wieder heiterer. »Und sie war klug. Sie begriff sehr schnell. Sie interessierte sich sehr für Grace' schönen Garten und half mir, Blumen für das Haus zu schneiden. Ich lehrte sie einige Blumennamen, und sie konnte viele Pflanzen unterscheiden. Ich sah sie oft an und musste an dich denken, Patrick. Es machte mich traurig, dass du nichts von ihr wusstest, aber gleichzeitig tat auch der Gedanke weh, dass du vielleicht Kinder mit einer anderen Frau hattest.«

Patrick atmete tief durch. »Ich hatte einen Sohn. Sein Name war Tristan. Er starb, als er vier war. Sein Tod kam sehr plötzlich und war ein furchtbarer Schock.«

»Es tut mir so leid, Patrick. Was ist passiert?«

»Er hatte Diphtherie. Die Ärzte taten, was sie konnten, aber …«

Mehr Worte brauchte es nicht. Beide kannten sie den unbeschreiblichen Schmerz und die Trauer darüber, ein Kind zu verlieren.

Sie schwiegen eine Weile in Gedanken versunken. Maggie überlegte, wie sie Patrick sagen sollte, dass sie Vivian kannte. Sie wollte nicht, dass es irgendwelche Geheimnisse zwischen ihnen gab. Sie suchte noch nach einem passenden Anfang, als er ihr das Stichwort lieferte.

»Ich habe so viel in deinem Leben versäumt, Maggie«, sagte er. »Erzähle mir, wie du dich durchgeschlagen hast und wie du hierher nach Kalgoorlie gekommen bist.«

Maggie erzählte ihm von der Zeit nach der Entlassung aus dem Krankenhaus und ihrer Rettung durch die *Madame* eines Bordells, die ihr erst nach einer Weile in ihrer Obhut verraten hatte, dass ihr Haus ein Bordell war.

Patrick riss vor Überraschung die Augen auf und verspürte einen Anflug von Angst vor dem, was als Nächstes kommen würde.

Maggie spürte seine Anspannung und ahnte, was er dachte. »Ich war schockiert und erklärte ihr sofort, dass ich auf keinen Fall eines ihrer Mädchen werden würde, aber zu ihrer Verteidigung muss ich sagen, dass sie das auch nie von mir verlangt hat. Sie erwartete überhaupt nichts als Gegenleistung für ihre Freundlichkeit, aber da ich keine Almosen annehmen wollte, wurde ich Haushälterin dort. Bis ich vor kurzem den Laden und das Cottage kaufte, war ich bei ihr beschäftigt.«

Patrick schwieg einen Augenblick, was Maggie beunruhigte.

»Warum hast du nicht wieder geheiratet?«, fragte er schließlich.

»Ich konnte nie einen anderen Mann so lieben, wie ich dich liebe, und nach dem, was Lori widerfahren ist, fand ich, dass ich es nicht verdiente, wieder glücklich zu sein.«

»Aber du trägst doch keinerlei Schuld an dem, was passiert ist«, wandte Patrick ein. »Falsch hat sich einzig und allein mein Vater verhalten«, fügte er bitter hinzu.

Maggie war seiner Meinung, sagte aber nichts. Sie hatte längst erkannt, dass Bitterkeit und Hass ihrer Seele schadeten.

»Du verdienst alles Glück der Welt, Maggie«, wandte Patrick ein. »Aber der letzte Ort, an dem ich dich erwartet hätte, ist die Küche eines Bordells.« Er lächelte zum Zeichen, dass ihn ihr früherer Arbeitsplatz eher irritierte, als dass er ihn missbilligte.

»Ich selbst hätte auch nie erwartet, dort zu landen«, gab Maggie zu. »Am Anfang verurteilte ich die Mädchen und das, was sie taten, aber mit der Zeit lernte ich sie wirklich gut kennen. Und als ich erfuhr, was sie in ihrer Vergangenheit erlebt hatten, verstand ich, warum sie in einem Bordell arbeiteten. Ich habe nur wenige Nächte auf der Straße verbringen müssen, dabei aber Einblick in eine äußerst beängstigende Welt erhalten. Ich dachte, niemand auf der Welt könnte den Schmerz über den Verlust eines Kindes nachvollziehen, bis ich hörte, was einige der Mädchen durchgemacht hatten. Die meisten wurden von Männern missbraucht und benutzt und von ihren Familien verstoßen.«

»Aber dann sollte man doch denken, dass ... Sex mit Männern für Geld so ungefähr das Letzte wäre, was sie tun würden.« Patrick fand es schwierig, diese Entscheidung nachzuvollziehen.

»Was sie tun, gibt ihnen das Gefühl, selbstbestimmt zu leben, weil es ihre eigene Entscheidung ist. Sie haben die Kontrolle über ihr Leben zurückgewonnen und leben jetzt nach ihren eigenen Bedingungen. Das Geld, das sie verdienen, gehört ihnen, und niemand sagt ihnen, was sie zu tun oder zu lassen haben. Eine alleinstehende Frau verdient in einer Fabrik oder einem Geschäft nicht genug, um eine Wohnung mieten zu können, von Essen ganz zu schweigen. Ihr bleiben nur zwei Möglichkeiten: Entweder sie sucht sich einen Mann, der sie unterstützt, und zwar als ausgehaltene Geliebte, die dem Mann zu Diensten steht, oder als Ehefrau und damit als preiswerte Dienerin oder Haushälterin. Die andere Alternative heißt Prostitution. Das ist traurige Realität. Ich war gern Haushälterin bei diesen Frauen, wurde großzügig entlohnt und konnte das meiste von dem Geld sparen. Ich hatte schon immer davon geträumt, meine eigene Bäckerei zu eröffnen, allerdings in dem Glauben, dass es ein Traum bleiben würde.« Maggie holte tief Luft. »Als die Bordellbetreiberin eines Tages ihr Geschäft von Perth nach Kalgoorlie verlegte, zog ich zwar mit, aber Vivian Sutherland brachte mich dazu, meinen Traum zu verwirklichen. Und hier bin ich nun.«

Patrick bewegte sich leicht, damit er Maggie in die Augen sehen konnte. »Sprichst du von der Frau, die das Bordell namens The Palace leitet?«

»Genau. Sie hat mir das Leben gerettet. Wenn sie mich nicht gefunden und aufgenommen hätte, gäbe es mich wahrscheinlich nicht mehr. Und alle ihre Mädchen sind ihr ebenfalls dankbar dafür, dass sie sie gerettet hat.«

»Ich habe Vivian kennengelernt. Sie ist eine außergewöhnliche Frau.« Patrick fiel sofort die Missverständlichkeit seines Satzes auf. »Ich habe die Dienste der Mädchen nicht in Anspruch genommen, das schwöre ich dir«, fügte er hastig hinzu. »Ich war im Palace, weil ich dachte, es wäre ein Hotel. So habe ich Vivian kennengelernt. Sie ist witzig, charmant, und man kann sich gut mit ihr unterhalten. Ich bewundere ihren Mut, dieses Etablissement alleine zu führen. Um ehrlich zu sein: Ich war ziemlich fasziniert von ihr.«

Maggie haderte mit sich, entschied aber schließlich, Vivians Vertrauen nicht zu missbrauchen und Patrick nicht zu verraten, dass sie wusste, dass die beiden sich kannten. »Vivian ist ein ganz besonderer Mensch. Sie ist mir eine wunderbare Freundin geworden.«

Patrick zog Maggie an sich. »Ich schulde Vivian großen Dank dafür, dass sie sich um dich gekümmert hat«, sagte er.

Eine Weile lagen sie schweigend da und genossen die Nähe des anderen. »Erzähl mir von deinem Leben, Patrick«, bat Maggie schließlich. Es schmerzte sie zwar, dass er mit einer anderen Frau verheiratet war, aber sie musste sich dieser Tatsache stellen. Außerdem war sie schlicht neugierig.

»Ich war am Boden zerstört, als mein Vater mir sagte, du hättest sein Geld angenommen und mich verlassen. Ich hätte wissen müssen, dass du das nie getan hättest. Ich hätte auf unsere Liebe vertrauen sollen. Stattdessen heiratete ich eine Frau, die ich nicht liebte, und versuchte, dich zu vergessen. Ich bin mir sicher, dass Caroline mich auch nie wirklich geliebt hat. Es war eine Vernunftehe für uns beide. Ich habe mich gut mit ihrem Vater verstanden und seine Geschäftsethik bewundert. Er bat mich, in sein Geschäft einzusteigen, und ich war wirklich froh, nicht mehr mit meinem Vater zusammenarbeiten zu müssen. Unsere Beziehung ist heute bestenfalls angespannt. Caroline war schon immer ziemlich verwöhnt und hielt es für selbstverständlich, alles zu bekommen, was sie wollte. Dass sie jahrelang nicht schwanger wurde, nahm sie sehr schwer. Wir entwickelten uns langsam auseinander, weil uns nichts Wesentliches oder Reales verband. Eines Tages verkündete sie, dass sie schwanger war. Für mich kam das aus heiterem Himmel. Wir waren so selten zusammen, dass ich mich fragte, ob sie vielleicht eine Affäre hatte, aber ich habe nie mit ihr darüber gesprochen. Tristan wurde das Licht unseres Lebens und der Kitt, der uns zusammenhielt. Wir haben ihn beide angebetet. Seit seinem Tod ist nur noch die Distanz zwischen uns geblieben. Ich war viele Male kurz davor, sie zu verlassen, aber das erschien mir grausam, da Caroline so offensichtlich an Depressionen leidet. Ihr Vater wusste, dass ich eine Auszeit brauchte, und schlug mir vor, nach Kalgoorlie zu gehen. Er hoffte zudem, Caroline damit aus ihrer Melancholie zu reißen. Aber jetzt, wo ich dich gefunden habe, kann ich nie mehr zurück.«

Maggie richtete sich auf und blickte Patrick an. »Meinst du das ernst?«, fragte sie hoffnungsvoll.

»Ja, das meine ich ernst. Ich werde mich von Caroline scheiden lassen. Du bist die Frau, die ich liebe und die ich immer geliebt habe. Wir dürfen uns nie wieder trennen. Ich hoffe, du empfindest das Gleiche.«

»Oh, ja!« Maggie durchströmte eine Welle des Glücks, und sie ließ Küsse auf sein Gesicht regnen. »Ich liebe dich so sehr.«

Maggie öffnete vorsichtig die Augen und kuschelte sich an Patrick, trotz des Tageslichts, das durch den Spalt im Vorhang sickerte. Normalerweise stand sie vor Sonnenaufgang in der Bäckerei, aber an diesem Tag war ihr der Laden egal. Es fühlte sich einfach richtig an, in Patricks Armen aufzuwachen, und sie wollte das genießen.

Als Maggie und Patrick schließlich aufstanden, waren die Zhangs bereits in der Wäscherei. Sie hatten das Cottage für sich allein. Maggie machte Tee und Toast und kochte Eier. Sie war zutiefst glücklich.

»Wann öffnest du die Bäckerei normalerweise?«, erkundigte sich Patrick beim Frühstück.

»Vor etwa anderthalb Stunden«, antwortete Maggie mit einem einfältigen Lächeln.

»Bedeutet das, dass deine Kunden sich jetzt fragen, wo du bleibst?«, fragte Patrick besorgt.

»Ich schätze schon«, sagte Maggie. Ein hektisches Pochen an der Tür schreckte sie auf.

»Könnte das ein Kunde sein?«, fragte Patrick.

»Ich gehe nachsehen.« Maggie huschte durch den Flur. »Wer ist da?«, rief sie.

»Ich bin es«, antwortete Vivian. »Geht es dir gut?«

»Es ist Vivian«, rief Maggie über ihre Schulter. Sie öffnete die Tür gerade weit genug, um die Freundin zu sehen, versperrte ihr aber den Blick in den Flur.

Vivian sah sofort, dass sie immer noch ihren Morgenmantel trug. »Ist alles in Ordnung? Ich habe mir Sorgen gemacht, als ich sah, dass der Laden geschlossen ist.«

»Mir geht es gut, danke. Ich bin heute Morgen nur ziemlich spät dran. Warum bist du so früh unterwegs? Brauchst du Brot?«

»Schon, aber ich kann später wiederkommen. Ich komme gerade aus dem Bordell ein Stück die Straße hinunter, dem Blue Bells. Mehrere meiner Kunden haben berichtet, dass die *Madame* des Blue Bells das Gerücht verbreitet, meine Mädchen hätten eine Geschlechtskrankheit. Sie ist nur neidisch, ich weiß, weil ihre Stammgäste jetzt ins Palace gehen, aber ich bin trotzdem ziemlich sauer. Ich habe ihr mit rechtlichen Konsequenzen gedroht, wenn sie nicht damit aufhört.« In diesem Moment bemerkte Vivian Maggies gerötete Wangen, und ihr ging auf, dass sie sich irgendwie anders verhielt als sonst. Das konnte nur eines bedeuten. »Hast du Besuch, Maggie?«, fragte sie mit einem Augenzwinkern.

Maggie errötete. »Ich sollte mich endlich anziehen«, sagte sie, ohne auf die Frage einzugehen. »Wir sehen uns später, okay?«

Vivian musste lächeln. »Schon gut.« Wieder zwinkerte sie Maggie zu. »Ich freue mich sehr für dich«, flüsterte sie, bevor sie sich abwandte. Auf dem Weg zurück zum Palace strahlte sie über das ganze Gesicht.

32

Patrick eilte am Speisesaal des Exchange Hotels vorbei zu seinem Zimmer, um sich für ein vormittägliches Treffen mit einem der Vorarbeiter der Mine umzuziehen, als er Laura an ihrem gemeinsamen Tisch sitzen sah. Da es bereits zehn Uhr war und sie am Samstagmorgen gewöhnlich um acht Uhr mit der Arbeit begann, war seine Neugier geweckt. Er zögerte, sie anzusprechen, weil er schon spät dran war, aber er konnte nicht umhin, ihre hängenden Schultern und ihren verzweifelten Gesichtsausdruck zu bemerken.

»Guten Morgen, Laura«, sagte er und setzte sich ihr gegenüber. Er bemerkte sofort die dunklen Ringe unter ihren Augen und den trüben Blick aus ihren schönen blauen Augen, als ob sie nicht gut geschlafen hätte.

»Oh«, sagte sie überrascht und richtete sich auf. »Guten Morgen. Es tut mir leid, dass ich Sie beim Frühstück verpasst habe.« Sie hatte den Nachtzug zurück nach Kalgoorlie genommen und darin mehr schlecht als recht geschlafen.

»Das macht nichts.« Patrick wollte ihr nicht sagen, dass er mit Maggie gefrühstückt hatte. Nach ihrer wunderbaren gemeinsamen Nacht fühlte er sich immer noch euphorisch. »Haben Sie heute Morgen ausgeschlafen?«

»Nicht wirklich.« Laura starrte auf den Teller vor sich. Sie hatte ihren Toast kaum angerührt. »Ich war in Perth«, fügte sie hinzu, ohne aufzublicken.

Patrick war erstaunt. Das musste ein sehr kurzer Aufenthalt gewesen sein, schließlich hatten sie gestern noch zusammen gefrühstückt. »Haben Sie Ihre Familie besucht?«, fragte er sanft.

»Ja, ich habe ein Telegramm erhalten, dass mein Großvater sehr krank ist.«

»Es tut mir leid, das zu hören. Ist jetzt alles in Ordnung?«

»Nein, die Prognose ist nicht sehr gut.« Sie hatte sich vor ihrer Abreise tränenreich von ihrem Großvater verabschiedet.

Patrick, der ihre Sorge nur allzu gut verstehen konnte, nahm an, dass diese der Grund für ihren Schlafmangel war. »Vielleicht hätten Sie in Perth bleiben sollen. Ich bin sicher, Doktor Piper hätte Verständnis dafür.«

»Das ging nicht. Ich musste dort weg«, sagte Laura.

Patrick runzelte die Stirn. Er spürte, dass Laura nur die halbe Geschichte erzählte, wollte sie aber nicht bedrängen.

Laura seufzte. »Ich erfuhr dort eine ziemlich schockierende Nachricht«, fügte sie hinzu. »Ich kann es immer noch nicht glauben.«

»Ich höre gern zu, wenn Sie darüber reden wollen«, erklärte Patrick geduldig.

Laura zögerte. »Ich möchte nicht Ihre Zeit stehlen. Sie haben doch sicher etwas vor.«

»Für Sie habe ich immer Zeit, Laura. Erzählen Sie mir, was passiert ist – aber nur wenn Sie wollen.«

»Ich muss mit jemandem reden, Patrick«, gab Laura zu.

»Lassen Sie sich Zeit.« Patrick füllte ihre Teetasse aus der Kanne auf dem Tisch auf.

Laura atmete tief durch. »Mein Großvater liegt im Krankenhaus«, begann sie schließlich. »Als ich ihn dort besuchen wollte, hörte ich, wie ein Arzt meinem Vater sagte, dass es sich bezüglich der defekten Herzklappe meines Großvaters um eine Erberkrankung handelt.«

»Und jetzt haben Sie Sorge, dass Sie diese Krankheit geerbt haben?«, erkundigte sich Patrick verständnisvoll.

»Das hätte sein können, aber so wie es aussieht, bin ich nicht gefährdet.«

»Das ist sicher eine Erleichterung«, sagte Patrick. »Wird der

Defekt denn nur an männliche Familienmitglieder weitergegeben?« Vermutlich sorgte sie sich um ihren Bruder.

»Nein. Der Grund, warum ich es nicht geerbt haben kann, ist, dass ich als kleines Kind adoptiert wurde. Aber das hat mir bisher nie jemand gesagt. Ich werde meine Familiengeschichte wohl nie erfahren.« Jetzt liefen Tränen über Lauras Wangen.

Eine solche Offenbarung hatte Patrick nicht erwartet.

»Der Mann, den ich für meinen Vater hielt, ist nicht mein Vater, was bedeutet, dass mein Großvater auch nicht mein richtiger Großvater ist.« Laura schluchzte auf. »Ich habe keine Ahnung, wer mein richtiger Vater ist. Ganz zu schweigen von meiner Mutter. Haben Sie eine Ahnung, wie sich das anfühlt?«

»Nein«, sagte Patrick ehrlich. »Aber sind Sie sicher, dass Sie das richtig verstanden haben? Wenn Sie es nur zufällig erfahren haben, wäre es doch möglich, dass ein Missverständnis vorliegt.«

»Doch. Ich habe meinen Vater damit konfrontiert, und er hat bestätigt, dass ich adoptiert bin. Er behauptete, er hätte es mir sagen wollen, sobald ich alt genug sei, es zu verstehen. Aber ich werde im August neunzehn. Man sollte meinen, dass er Zeit genug dafür hatte.«

»Hat Ihr Vater Ihnen erzählt, warum Sie ins Waisenhaus gekommen sind?«

»Er hat vage angedeutet, dass meine Mutter sehr krank war, zu krank, um sich um mich zu kümmern. Leider ist das Waisenhaus seit vielen Jahren geschlossen, deshalb kann ich dort keine weiteren Informationen erfragen. Ich kann einfach nicht glauben, dass ich mein ganzes Leben lang von den Leuten getäuscht worden bin, denen ich am meisten vertraut habe.«

Patrick wusste nicht, was er sagen sollte.

»Was noch viel schlimmer ist: Als ich elf war, hätte mein Vater Gelegenheit gehabt, mir die Wahrheit zu sagen, als ich ihn nämlich geradeheraus fragte, ob ich adoptiert bin. Damals hatte die Cousine einer Freundin gerade erfahren, dass sie adoptiert ist, und das machte mich nachdenklich, weil ich niemandem in der Familie ähnlich sehe und bin. Ich bin in vielerlei Hinsicht ganz anders, was ich durchaus akzeptieren könnte, schließlich sind wir alle Individuen. Trotzdem wäre es doch normal, wenn zumindest ein weiteres Mitglied meiner Familie meine Haarfarbe hätte – eine Cousine, eine Tante oder ein Großelternteil. Ich fand es immer seltsam, dass niemand in der Familie rote Haare hat.«

Patrick betrachtete Lauras schönes, kupferfarbenes Haar und dachte an seine Schwester, die eine ähnliche Haarfarbe hatte, wenn auch weniger auffällig. Dann wanderten seine Gedanken zu Lori mit ihren roten Haaren und den blauen Augen. Ob seine Lori als Erwachsene ebenso schön gewesen wäre wie Laura jetzt? Er war sich dessen fast sicher.

»Ich kann meinem Vater nicht verzeihen, dass er mich angelogen und behauptet hat, ich wäre nicht adoptiert«, unterbrach Laura seinen Gedankengang. »Aber jetzt verstehe ich natürlich, warum er Edmund immer bevorzugt hat.«

»Ist er nicht adoptiert?«

»Nein.« Sie schwieg einen Moment, und Patrick ließ sie gewähren. »Was ist das nur für eine Mutter, die ihr Baby weggibt, Patrick?«, stieß sie schließlich bitter hervor.

»Sie dürfen sie nicht verurteilen, ohne die Umstände zu kennen, Laura. Wenn sie sehr krank und allein war, war das auch für Sie gefährlich, und wahrscheinlich war sie der Meinung, das Richtige für Sie zu tun. Die Entscheidung kann ihr nicht leichtgefallen sein, vielleicht war es sogar die schwierigste Entscheidung ihres Lebens. Möglicherweise war ihr Mann gestorben, und ihre Familie hat sie nicht unterstützt. Wie hätte sie sich und ihr Kind durchbringen sollen? Das Leben kann für eine alleinstehende Frau sehr hart sein.« Patrick dachte an das, was Maggie ihm erzählt hatte. Er konnte nur hoffen, dass Lauras Mutter sich nicht hatte prostituieren müssen. »Der Gedanke ist schrecklich, aber vielleicht hat Ihre Mutter ihre Krankheit nicht überlebt.« Er suchte Lauras Blick. »Ich weiß, dass es Sie sehr mitnimmt, aber geben Sie sich Zeit, den Schock zu überwinden«, sagte er sanft.

»Das dürfte eine Weile dauern«, meinte Laura bitter.

Ihr Schmerz berührte Patrick zutiefst, aber er wusste nicht, wie er ihr helfen könnte. »Gehen Sie am Montag wieder zur Arbeit?« Vielleicht würde sie das auf andere Gedanken bringen.

»Ja. In der Praxis ist sicher viel los. Eigentlich könnte ich heute doch schon wieder hingehen, aber ich verzichte darauf, weil ich unfähig bin, mich zu konzentrieren. Vielleicht gehe ich später zu Maggie und helfe ihr beim Backen. Vielleicht fühle ich mich dann besser.«

Patrick rang mit sich, Laura zu sagen, dass Maggie seine erste Frau und große Liebe war und dass sie wieder vereint waren, entschied sich dann aber dagegen. Der Zeitpunkt war falsch. Laura war viel zu durcheinander, und er war nicht sicher, wie sie die Nachricht aufnehmen würde. Er wollte Maggie später zwar ebenfalls besuchen, würde aber damit warten, bis Laura mit ihr gesprochen hatte. Er hatte ohnehin mit Maggie abgemacht, dass sie eine Lampe im Fenster für ihn anzünden würde, sobald die Zhangs sich zurückzogen.

»Laura!«, rief Maggie, als die junge Frau um sieben Uhr an ihre Tür klopfte. Sie hatte den ganzen Tag an Patrick gedacht und über das ganze Gesicht gestrahlt.

»Darf ich heute Abend mit Ihnen backen, Maggie?«, fragte Laura schüchtern.

»Ich habe morgen geschlossen und daher nicht viel zu tun, aber kommen Sie rein.« Maggie bemerkte, dass Laura sehr ernst war.

»Ich störe Sie doch nicht beim Essen, oder?«, fragte Laura, als sie in den Flur trat.

»Nein, wir haben schon gegessen. Was ist mit Ihnen? Es ist noch viel Hühnchen und Gemüse übrig.«

»Ich hatte vorhin eine Kleinigkeit«, erklärte Laura vage.

»Möchten Sie eine Tasse Tee, oder sollen wir direkt in die Bäckerei gehen? Ich habe ein neues Kuchenrezept, das ich irgendwann ausprobieren wollte. Das könnten wir heute in Angriff nehmen.«

»Nein, danke, keinen Tee.«

In der Bäckerei stellte Maggie eine Rührschüssel, Buttermilch, Mehl, Butter und Eier auf den Tisch. »Ich bin gespannt auf Ihren Bericht – ist es Ihnen gelungen, den Doktor eifersüchtig zu machen? Oder sind Sie noch nicht dazu gekommen?«

»Doch, doch … oder vielmehr nein … ich habe mich mit einem jungen Mann getroffen, aber … ich war in Perth«, antwortete Laura. »Mein Großvater ist im Krankenhaus.«

»Ach, dann ist das der Grund dafür, dass Sie so ernst wirken. Wird er wieder gesund?«

»Wahrscheinlich nicht. Er ist schwer herzkrank.«

»Oh, das tut mir leid. Sie sorgen sich vermutlich sehr um ihn.«

Laura nickte und begann, das Mehl zu sieben, das Maggie abgemessen hatte. Einige Minuten lang arbeitete sie schweigend.

»Maggie, ich habe in Perth ziemlich schockierende Neuigkeiten erfahren«, begann sie schließlich.

»Oh. Kann ich etwas für Sie tun?«

»Nein, vielen Dank.« Laura hob den Blick. »Ich bin offensichtlich adoptiert.«

Maggie starrte sie einen Moment lang ungläubig an. »Und das wussten Sie nicht?«

»Nein, ich hatte keine Ahnung!«

»Ich bin sicher, Ihre Eltern hatten einen Grund, es Ihnen nicht zu sagen. Vielleicht dachten sie, Sie wären noch nicht reif genug, um gefühlsmäßig damit umzugehen. Und irgendwann war es dann irgendwie zu spät. Ich bin jedenfalls sicher, sie meinten es gut. Und Sie wurden geliebt und gut versorgt, nicht wahr?«

»Das schon, aber jetzt weiß ich nicht, wer ich wirklich bin. Ich habe keine Ahnung, wer meine richtigen Eltern sind. Was, wenn ich noch irgendwo Geschwister habe? Sie verstehen doch sicher, dass ich das unbedingt wissen möchte, nicht wahr?«

»Ja, natürlich. Hat Ihr Vater Ihnen irgendwelche Informationen gegeben?«

»Er wusste nicht viel. Meine Mutter war offenbar zu krank,

um sich um mich zu kümmern. Er behauptet, nichts über meinen leiblichen Vater zu wissen, und sagt, das Waisenhaus sei schon vor einiger Zeit geschlossen worden.«

Allein die Erwähnung eines Waisenhauses ließ bei Maggie Erinnerungen aufleben.

»Wie könnte ich an die Akten des Waisenhauses kommen, obwohl es geschlossen wurde, Maggie?«

»Kennen Sie den Namen des Waisenhauses?« Maggies Herz raste, und ihre Handflächen wurden feucht.

»Ja, es war das Waisenhaus in der Riley Street in Perth«, sagte Laura und schlug Eier in die Schüssel mit gesiebtem Mehl.

Maggie wurde plötzlich schwindelig, und sie musste sich am Tisch festhalten, um nicht umzufallen. Vor ihrem inneren Auge erschien das Bild von Lori, die im Waisenhaus im Sterben lag und nach ihr weinte, wie so oft in ihren Alpträumen.

Laura bemerkte Maggies Veränderung sofort. »Alles in Ordnung?«, fragte sie.

Maggie war leichenblass. »Ich … ich muss mich hinlegen«, sagte sie und wandte sich zur Hintertür.

Laura folgte ihr durch den Garten zum Cottage.

Maggie zitterte am ganzen Körper, als sie die Küche erreichten. »Tut mir leid, Laura, aber ich kann nicht backen. Sie müssen gehen«, sagte sie.

»Soll ich Ihnen ein Glas Wasser holen?«, fragte Laura.

»Nein, danke. Ich lege mich gleich hin«, sagte sie und ging in ihr Schlafzimmer.

Patrick verließ gerade das Exchange Hotel, als Laura darauf zusteuerte.

»Laura! Ich dachte, Sie wollten zu Maggie!«

»Ich war bei ihr, aber sie fühlte sich plötzlich nicht wohl und musste sich hinlegen«, berichtete Laura.

Patrick war beunruhigt. »Ist sie … krank? Was ist passiert?«

»Ich bin mir nicht sicher. Bei meiner Ankunft schien sie kerngesund zu sein. Sie war sogar entspannter, als ich sie je zuvor gesehen habe.«

»Und dann?«

»Keine Ahnung. Wir haben uns unterhalten. Ich habe ihr erzählt, dass ich in Perth war und herausgefunden habe, dass ich adoptiert bin, und da sagte sie plötzlich, dass sie sich nicht wohl fühle.«

Patrick war besorgt. »Wie ging es ihr, als Sie sie verließen? Glauben Sie, dass sie einen Arzt braucht?«

»Nein, ich denke nicht. Sie sagte, sie wolle sich hinlegen. Soll ich noch mal zurückgehen und nach ihr sehen?«

»Nein«, erwiderte Patrick hastig. Das wollte er selbst tun. Dann kam ihm der Gedanke, dass Maggie vielleicht nur so getan haben könnte, als wäre sie krank, damit Laura nicht zu lange blieb, aber er verwarf ihn gleich wieder. Das wäre vollkommen untypisch für Maggie, vor allem, nachdem Laura von ihren Problemen berichtet hatte. Maggie war gutherzig. Sie hätte Laura bestimmt zugehört und ihr Ratschläge gegeben, wenn sie dazu in der Lage gewesen wäre. »Maggie geht es sicher wieder besser, wenn sie sich ausgeruht hat«, fügte Patrick hinzu. »Sie arbeitet oft sehr lange.«

»Wahrscheinlich haben Sie recht. Ich werde morgen nach ihr schauen«, sagte Laura und ging die Treppe zum Hotel hinauf.

»Gute Idee. Wir sehen uns morgen früh«, erwiderte Patrick und machte sich auf den Weg zu Maggies Cottage.

Dort klopfte er an Maggies Schlafzimmerfenster. »Maggie, bist du da drin?«, fragte er.

»Patrick! Moment, ich öffne die Tür.«

Maggie führte Patrick eilig in ihr Schlafzimmer, damit die Zhangs ihn nicht zu Gesicht bekamen.

»Ich habe dich nicht so früh erwartet. Die Zhangs schlafen vermutlich noch nicht«, sagte sie leise.

»Geht es dir gut?«, fragte Patrick besorgt. »Ich bin gerade Laura Brenan begegnet, die mir sagte, dass sie bei dir war und du dich nicht wohl gefühlt hättest.«

»Du kennst Laura?«

Patrick fiel auf, dass er Maggie noch nie von seinen Frühstücksbegegnungen erzählt hatte. »Ja, sie wohnt im Hotel, wir frühstücken normalerweise zusammen. Sie hat mir deine Bäckerei immer wieder wärmstens empfohlen, deshalb bin ich ja überhaupt erst hergekommen.«

»Ah.« Maggie setzte sich auf das Bett.

»Was ist los?« Patrick setzte sich neben sie.

»Laura hat mir erzählt, dass sie adoptiert wurde, und als sie erwähnte, dass sie im Waisenhaus in der Riley Street war …« Maggie sackte in sich zusammen. »Dort ist unsere Lori gestorben. Plötzlich kam das alles wieder hoch, und ich fühlte mich krank.«

Patrick nahm sie in die Arme. »Es tut mir leid«, sagte er. »Eines Tages möchte ich mit dir ihr Grab besuchen.«

»Ich wünschte, ich könnte dich mit an ihr Grab nehmen, aber das geht nicht«, entgegnete Maggie.

»Warum nicht?«

»Schwester Dunbar oder Dunley oder so, die das Waisenhaus geleitet hat, konnte mir nicht sagen, wo genau Lori auf dem Friedhof von East Perth begraben liegt, weil sie anonym bestattet wurde. Natürlich war ich auf diesem Friedhof, viele Male bin ich dort herumgelaufen, und es ist einfach schrecklich, nicht zu wissen, in welchem dieser vielen Hundert Gräber Lori liegt.«

Patrick sprang wütend auf. »Das ist nicht rechtmäßig«, erklärte er. »Natürlich weiß irgendjemand, wo sie liegt.«

»Ich habe beim Standesamt und bei den Bestattungsinstituten nachgefragt, aber die Aufzeichnungen wurden nicht aufbewahrt. Es gibt keine Möglichkeit, herauszufinden, wo Lori ist.«

»Oh, Maggie, ich kann mir nicht einmal ansatzweise vorstellen, wie schwer das für dich war.« Patrick zog sie fest an sich.

»Lori würde im August neunzehn werden«, sagte Maggie. »Man sollte erwarten, dass ich mich nicht mehr so aufrege, wenn ich höre, dass Laura aus dem Waisenhaus in der Riley Street adoptiert wurde.«

»Neunzehn«, sagte Patrick nachdenklich. »Laura hat mir gerade gesagt, dass sie im August neunzehn Jahre alt wird.«

»Im August? An welchem Tag?«

»Das weiß ich nicht, aber während ich mit ihr sprach, fragte ich mich unwillkürlich, ob unsere Lori mit ihren roten Haaren und blauen Augen als Erwachsene so wie sie ausgesehen hätte.«

»Genau das habe ich auch gedacht, als ich Laura zum ersten Mal begegnete. Außerdem ist sie eine reizende junge Frau«, nickte Maggie. »Die Farbe ihres Haars ist der von Lori sehr ähnlich, und es hat sogar die lockigen Enden. Vielleicht gibt es einen Grund dafür, dass sie in unser Leben kam, und dafür sollte ich dankbar sein. Ich genieße es wirklich, wenn sie bei mir ist. Ich habe ihr sogar versprochen, ihr beizubringen, wie man Tuttifruttis macht, weil das auch ihre Lieblingssüßigkeit ist.«

»Tatsächlich? Noch ein Zufall.«

33

Mondlicht strömte durch den Spalt zwischen den Vorhängen auf Maggies schönes Gesicht. Sie schlief an Patricks Schulter und füllte sein Herz mit Liebe. Sein Hirn aber kam nicht zur Ruhe und hielt ihn vom Schlafen ab. Seine Gedanken kreisten unablässig um Lori. Die Informationen, die er von Maggie erhalten hatte, mischten sich mit dem, was er von Laura Brenan wusste. Es waren einfach zu viele Zufälle im Spiel, und Patrick glaubte nicht an Zufälle, zumindest nicht in dieser Häufigkeit.

Laura war im August desselben Jahres geboren wie Lori. Und sie war aus dem gleichen Waisenhaus adoptiert worden, das die kleine Lori aufgenommen hatte, nachdem Maggie auf der Straße zusammengebrochen war. Sie hatte die gleiche ungewöhnliche Haarfarbe und die gleichen blauen Augen. Aber man hatte Maggie gesagt, dass Lori gestorben und in einem anonymen Grab auf dem Friedhof von East Perth begraben lag. Wenn das stimmte, warum hatte ihr dann niemand im Waisenhaus sagen können, wo sich das Grab befand? Diese Frage beschäftigte Patrick am meisten. Andererseits hatte man Maggie doch bestimmt nicht angelogen. Aus welchem Grund hätte man das tun sollen? Die Waisenhäuser waren voll mit Kindern, die ein Zuhause brauchten.

Gegen fünf Uhr schlief Maggie immer noch. Patrick wusste, dass die Wäscherei sonntags nicht öffnete, also musste er gehen, ehe die Zhangs aufstanden, wenn er Maggies Ruf nicht ruinieren wollte. Er küsste ihre Stirn und schlüpfte aus dem Haus. Glücklicherweise war um diese frühe Stunde keine Menschenseele in der Hay Street unterwegs, die ihn hätte beobachten können.

Später wartete Patrick mit einem müden Kopf voller chaotischer Gedanken im Speisesaal des Hotels auf Laura. Immer wieder sagte er sich, dass er vielleicht irrte, aber seit er Maggie wiedergefunden hatte, konnte er nicht mehr leugnen, dass Wunder manchmal einfach geschahen.

»Guten Morgen«, grüßte er, als Laura auftauchte. Sie sah müde aus, und er vermutete, dass sie nicht gut geschlafen hatte. »Wie geht es Ihnen heute?«

»Ein bisschen besser, aber ich mache mir Sorgen um Maggie. Glücklicherweise hat die Bäckerei am Sonntag geschlossen, so kann sie sich ausruhen, aber ich werde sie später auf jeden Fall besuchen und nachsehen, wie es ihr geht.«

»Es geht ihr sicher besser«, beruhigte Patrick sie. Er hatte entschieden, ihr noch nicht von ihrer Beziehung zu erzählen, insbesondere im Hinblick auf den Verdacht, der ihn umtrieb. Aber er wusste, dass er vorsichtig vorgehen musste. Wenn er falschlag, würde er Laura und Maggie vielleicht großen Schaden zufügen, und beide hatten genug durchgemacht. »Freuen Sie sich darauf, Doktor Magee morgen früh wiederzusehen?«, fragte er in der Hoffnung, die Aussicht darauf könnte sie aufheitern.

»Ja«, gab sie mit einem schüchternen Lächeln zu. »Ich habe ihn vermisst«, fügte sie hinzu. »Ich habe sogar den mürrischen Doktor Piper und Nancy vermisst.«

Patrick lächelte. »Vielleicht lädt Doktor Magee Sie zu Ihrem Geburtstag zum Essen ein. Der ist im August, nicht wahr?«

»Ja, am 13. Aber bis dahin ist es noch eine ganze Weile hin«, erwiderte Laura. Die Kellnerin trat an den Tisch und fragte nach ihren Frühstückswünschen.

Patrick starrte Laura an, während sie bestellte, unfähig, sich auch nur ansatzweise zu regen. Er hörte die Worte nicht, die gesprochen wurden, und bekam kaum Luft. Als die Kellnerin nach seiner Bestellung fragte, wandte er ihr verwirrt den Blick zu.

»Was möchten Sie heute Morgen zum Frühstück, Sir?«, wiederholte sie.

Als Patrick ihr immer noch nicht antwortete, wandte sie sich mit fragendem Blick Laura zu.

Patrick war wie in Trance, abgeschirmt gegen alle Ereignisse um ihn herum. Er bemerkte nicht, dass andere Gäste den Speisesaal betraten. Er hörte nicht, was die Kellnerin mit ihm sprach. Und er konnte seine Augen nicht von Laura wenden.

»Patrick, was ist los?«, fragte Laura. »Patrick!«

»Pardon?«, fuhr er auf.

»Die Kellnerin wartet auf Ihre Frühstücksbestellung«, erklärte sie.

Patrick sah die Kellnerin an. »Frühstück?«

»Ja, Frühstück. Was möchten Sie, Sir?«

»Nur Tee, bitte.«

»Geht es Ihnen gut?« Laura beugte sich besorgt vor, als die Kellnerin wegging. »Sie sind so weiß wie die Tischdecke und sehen aus, als hätten Sie die ganze Nacht nicht geschlafen. Vielleicht geht irgendetwas um. Erst Maggie … und jetzt Sie.«

Patrick atmete tief durch in dem Versuch, sich zusammenzunehmen. »Mir geht es gut. Ehrlich«, stieß er hervor, während er in seinem Kopf nach einer Entschuldigung für sein Verhalten suchte. »Ich … ich habe nicht gut geschlafen. Es gibt da etwas, das mich beschäftigt.« Das entsprach auf jeden Fall der Wahrheit.

»Haben Sie Sorgen wegen der Mine?«

»Es gibt da … ein paar Bedenken«, antwortete Patrick unbestimmt. Ihm brannte eine weitere Frage unter den Nägeln, aber er wusste nicht, wie er das Thema anschneiden sollte. Er musste das Gespräch auf Lauras Adoption zurücklenken, aber nun begann sie, über ihre Arbeit in der Praxis zu plaudern, und schlug vor, dass er einmal vorbeikommen und sich untersuchen lassen sollte.

»Hören Sie mir überhaupt zu?«, fragte sie schließlich, als er nicht reagierte. »Sie sollten zum Arzt gehen. Und Maggie ebenfalls.«

»Mir geht es gut, ganz sicher«, murmelte er.

Sie schwiegen eine Weile. Laura aß ihr Frühstück, Patrick nippte gedankenversunken an seinem Tee.

»Laura, werden Sie Ihren Arbeitskollegen eigentlich erzählen, was Sie in Perth erfahren haben?«, fragte er schließlich.

Laura dachte nach. »Ich weiß nicht recht. Sie werden sich natürlich nach dem Gesundheitszustand meines Großvaters erkundigen, aber ich will mich nicht über ihn oder meinen Vater ausbreiten.«

»Nun, Sie werden bestimmt nicht aufhören, Ihren Vater oder Ihren Großvater zu lieben, nur weil Sie erfahren haben, dass Sie adoptiert wurden. Wie viele Jahre haben Sie denn zur Familie gehört?«

»Unser Hausmädchen Betty sagt, sie erinnere sich noch an den Tag, als mein Vater mich nach Hause brachte. Ich war damals drei, also ist es über fünfzehn Jahre her«, antwortete Laura.

Patrick verschlug es schier die Sprache. So viele Zufälle konnte es schlicht nicht geben, aber er würde die Puzzleteile sorgfältig zusammenfügen müssen, um herauszufinden, was genau vor fünfzehn Jahren geschehen war. Bis dahin aber durfte er sich nicht verplappern.

»Die ganze Sache kommt mir fast surreal vor«, meinte Laura, als sie schließlich zusammen mit Patrick den Speisesaal verließ. »Letzte Nacht habe ich versucht, meine frühesten Erinnerungen wachzurufen.«

Patrick konnte die in ihm aufwallenden Gefühle nur mit äußerster Anstrengung unterdrücken. Am liebsten hätte er ihr erzählt, was er wusste, aber das durfte er nicht. Noch nicht. »Haben Sie sich an etwas erinnert?« Erwartungsvoll hielt er den Atem an.

»Ich habe verschwommene Erinnerungen an einen schönen Garten, in dem ich gespielt und Blumen gepflückt habe, aber das war es dann auch schon. Wenn ich mich nur an meine leibliche Mutter erinnern könnte!«

»Vielleicht gelingt Ihnen das eines Tages«, antwortete Patrick. Sein Herz raste so sehr, dass ihm fast schwindelig wurde, aber er bemühte sich, seine Gedanken zu ordnen. »Wo haben Sie in Perth gewohnt?«

»In Cottesloe«, sagte sie. »Kennen Sie das?«

»Ich war noch nie dort, aber ein Schulfreund von mir ist dorthin gezogen. Ich habe allerdings den Namen der Straße vergessen, in der er wohnte. Es könnte in der Nähe des Strandes gewesen sein.«

»War es die Marine Parade?«

»Gut möglich. Haben Sie dort gewohnt?«

»Nein, unser Haus ist am Westminster Drive, nicht weit von der Marine Parade und dem Strand entfernt. Es steht an der höchsten Stelle, und von einigen Fenstern aus haben wir Meerblick.«

Patrick nickte. Seine Gedanken rasten.

Maggie saß in der Küche, als Bojing aufgeregt hereinplatzte. »Wo Ling?«, schrie er sie an.

»Ling? Ich habe sie heute Morgen noch nicht gesehen.« Maggie schüttelte den Kopf für den Fall, dass er ihre Worte nicht verstanden hatte.

»Weg«, stieß Bojing verzweifelt hervor. »Ling weg.« Er schimpfte eine lange Tirade auf Mandarin, während er von einem Fuß auf den anderen hüpfte.

»Weg?« Maggie erinnerte sich an ihre Gespräche mit Ling, konnte aber nicht glauben, dass sie tatsächlich fortgegangen war. »Vielleicht hat sie in der Wäscherei zu tun.« Sie deutete auf den Laden der Zhangs.

Bojing musste verstanden haben, was sie sagte, denn er rannte zur Hintertür hinaus, als stünde seine Hose in Flammen. Maggie sprang auf und ging in Lings Zimmer. Das Bett war ordentlich gemacht. Beim Blick in den Schrank erschrak sie: Er war leer. Ling war also wirklich fortgelaufen! Sie hatte zwar davon gesprochen, aber Maggie hatte nicht geglaubt, dass sie es tatsächlich tun würde.

Nachdem Patrick am Vorabend gekommen war, hatte Maggie ihr Zimmer nicht mehr verlassen. Sie wusste also nicht, wann die Zhangs sich zurückgezogen hatten. Als Ling am Abend das Essen zubereitet hatte, hatte sie unglücklich gewirkt, aber das war während der letzten Wochen ihr Normalzustand gewesen. Jetzt, wo

Maggie darüber nachdachte, schien es ihr, als wäre die junge Frau beim Abendessen sehr unruhig gewesen, aber das konnte auch an einem erneuten Streit mit ihrem Vater gelegen haben.

Bojing kehrte in die Küche zurück, als Maggie sich gerade wieder setzte, und nahm ihr gegenüber Platz. Er sah sie wütend an und schlug mit der Faust auf den Tisch. Maggie zuckte erschrocken zusammen.

»Ling Schande für Familie«, rief Bojing.

Die Aussage ärgerte Maggie. »Wie würde es Ihnen gefallen, als junge, unschuldige Jungfrau gezwungen zu werden, einen alten Tattergreis zu heiraten?« Sie nahm kein Blatt vor den Mund, vermutlich verstand Bojing sie ohnehin nicht. »Sie sollten sich schämen, sie in diese Lage gebracht zu haben.« Sie deutete mit dem Finger auf ihn.

Bojing starrte sie an und stand wieder auf. »Schämen«, sagte er, offenbar hatte er das Wort verstanden und war beleidigt. Ohne ein weiteres Wort verließ er das Cottage und knallte die Tür hinter sich zu.

Maggie war wütend. Sie war außerstande, Sympathie für ihn zu empfinden, machte sich aber große Sorgen um Ling und Huang Fu. Die Straßen von Kalgoorlie mit den vielen betrunkenen und streitsüchtigen Bergleuten waren nicht sicher, und der Lebensunterhalt war teuer. Ling hatte ihr nichts über ihre Pläne verraten. Maggie fragte sich, ob das junge Paar den Zug nach Perth genommen hatte oder sich eher die Küste hinauf nach Broome orientierte, wo viele Chinesen in der Perlenindustrie arbeiteten.

Ling hatte Maggie erzählt, dass Huang Fu zusammen mit zehn anderen chinesischen Männern um die zwanzig in einer überfüllten Absteige in Boulder lebte. Das Haus gehörte einem älteren Chinesen, einem ehemaligen Bergmann, der auf den Goldfeldern bescheidenen Erfolg gehabt hatte. Nach dem Ende seiner Glückssträhne hatte er den Bedarf an billigen Unterkünften für junge chinesische Männer mit Arbeitserlaubnis erkannt und das heruntergekommene Haus gekauft und ein Dutzend Zimmer eingerichtet. Maggie war sicher, dass Huang Fu Ling nicht dorthin gebracht hatte, hoffte aber inständig, dass er sich um sie kümmerte. Zumindest war sie mit ihm glücklich und entkam einem jahrelangen Elend mit einem alten Mann.

Maggie erledigte gerade ihre Handwäsche im Waschbecken, als Bojing mit einem anderen Chinesen durch die Hintertür eintrat.

Der Fremde begrüßte sie mit einer höflichen Verbeugung. »Wer ist das?«, erkundigte sich Maggie bei Bojing.

»Hallo, Missus, mein Name ist Li Jun«, sagte der Mann.

»Ich bin Maggie Cassidy.« Sie war überrascht, dass er so gut Englisch sprach. »Darf ich fragen, warum Sie hier sind?«

Bojing sprach schnell mit Li Jun, für Maggie klangen seine Worte wie Anweisungen. Seine ausufernden Gesten und sein Tonfall ließen keinen Zweifel an seinem Zorn, seiner Enttäuschung und seiner Angst. Gern hätte sie mit ihm als Vater Mitgefühl gezeigt, aber er machte es ihr nicht leicht.

Li Jun lauschte aufmerksam und wandte sich dann wieder an Maggie. »Ich werde Bojing Zhang helfen, seine Tochter zu finden.«

Maggie nickte, hatte aber nicht die Absicht, die beiden zu unterstützen. »Wie wollen Sie ihm helfen, Li Jun?«, hakte sie nach.

»Ich kann bei unserer Suche nach seiner Tochter für ihn übersetzen.«

Maggie hatte eigentlich entschieden zu schweigen, konnte ihre Meinung aber nicht für sich behalten. »Bojing wollte Ling zwingen, in China einen alten Mann zu heiraten, obwohl sie das nicht wollte. Wussten Sie das?«

»Natürlich. Arrangierte Ehen sind in China üblich«, sagte Li Jun kühl. »Ihr Vater hatte sie dem Mann vor vielen Jahren versprochen. Er muss sein Wort halten, seine Ehre steht auf dem Spiel.«

»Ich finde, dass Lings Glück wichtiger sein sollte. Sie wollte nicht zurück nach China. Sie hat sich in einen jungen Chinesen verliebt und würde ihn gerne heiraten. Ich nehme an, das wird sie auch tun, und offen gesagt kann ich sie nur dazu beglückwünschen.«

Li Jun schüttelte den Kopf. »Sie wird diesen Mann nicht heiraten«, behauptete er. »Bojing Zhang bezahlt die Vorsteher der chinesischen Gemeinschaft, um Informationen zu erhalten. Er wird Ling ganz sicher finden, sie kann sich nirgendwo verstecken. Bojing Zhang wünscht, dass ich Sie frage, ob Sie irgendwelche hilfreichen Informationen haben. Es ist Ihre Pflicht zu helfen, wenn Sie können.«

»Ich weiß nicht, wo sie ist«, sagte Maggie ehrlich. »Aber offen gesagt würde ich Lings Glück nicht im Wege stehen.«

Li Jun übersetzte für Bojing, der Maggie anstarrte, ehe er seinem Bekannten das Zeichen gab, dass er gehen wolle. Die beiden Männer verließen das Haus.

Maggie sorgte sich ernsthaft um Ling. Was würde mit ihr und Huang Fu geschehen, wenn man sie fand?

Kurz vor dem Mittagessen ging Maggie zum Palace. Li Jun und Bojing waren nicht noch einmal aufgetaucht, und sie schloss daraus, dass sie Ling und Huang Fu noch nicht gefunden hatten.

Vivian freute sich, Maggie zu sehen, und nahm sie sofort mit in ihren privaten Salon.

Maggie fand, dass Vivian sehr müde aussah. »Hattet ihr gestern Abend viel zu tun?«, erkundigte sie sich.

»Wir haben immer viel zu tun, und das ist wirklich gut. Aber Nell und Bunny machen Urlaub in Perth, was bedeutet, dass ich zwei Mädchen weniger zur Verfügung habe. Trotzdem habe ich heute Morgen um zwei Uhr die Türen zugesperrt, um Tais einundzwanzigsten Geburtstag gebührend zu feiern. Sie ist ein wirklich nettes Mädchen, und ich wollte ihr eine Freude machen, weil sie ihre Familie sehr vermisst. Wir hatten viel Spaß und haben getanzt und gesungen, vor allem nachdem Fannie den chinesischen Mädchen Alkohol verabreicht hatte. Ming hat mit Lulu Klavier gespielt, und zwar erstaunlich gut. Ich bin sehr überrascht, dass sie heute Morgen überhaupt aufstehen und arbeiten konnten. Allerdings haben sie alle einen gehörigen Kater. Vor allem Tai. Kurz bevor du kamst, habe ich ihnen gesagt, dass sie sich heute Nachmittag hinlegen dürfen, wenn ihre Arbeit getan ist. Dafür waren sie sehr dankbar. Und ich werde wohl ebenfalls ein Nickerchen machen.« Sie klatschte in die Hände. »Aber genug über uns geredet. Ich möchte alles über dich und Patrick erfahren. Wie läuft es zwischen euch?« Vivian hob die Augenbrauen und lächelte.

Maggie errötete. »Es läuft sehr gut, um nicht zu sagen: fantastisch.«

»Ich freue mich so sehr für euch«, sagte Vivian.

»Ach, ich kann noch immer nicht glauben, dass wir wieder zusammen sind.« Maggie seufzte. »Manchmal fürchte ich, aufzuwachen und herauszufinden, dass alles nur ein Traum war. Er hat mir gesagt, dass er nicht nach Melbourne zurückkehrt und dass er sich von seiner Frau scheiden lässt.«

Vivian klatschte vor Freude erneut in die Hände. »Vielleicht heiratet ihr noch einmal«, sagte sie aufgeregt. »Ich hoffe es wirklich.«

»Ich will nichts überstürzen. Ihn wieder in meinem Leben zu haben reicht für den Moment.«

»Ich freue mich für dich, Maggie. Du verdienst alles Glück der Welt.«

»Danke, Vivian.«

»Aber dir geht doch noch etwas anderes durch den Kopf«, merkte Vivian an. »Was ist es?«

»Ling ist weggelaufen, und ihr Vater sucht sie.«

»Weggelaufen! Warum hat sie das getan?«

Doch bevor Maggie antworten konnte, hielt Vivian ihre Hand hoch. »Warte, lass mich raten. Ihr Vater will sie mit einem alten Kauz in China verheiraten.«

Maggie sah sie erstaunt an. »Woher weißt du das?«

»Weil das in der chinesischen Kultur üblich ist. Ich bin sicher, dass meine drei armen Putzhilfen auch bald nach China zurückkehren und Männer heiraten werden, die sie nie zuvor gesehen haben. Sie wurden hergeschickt, um Geld für ihre Familien zu verdienen und für eine gute Mitgift zu sparen.«

»Ist das dein Ernst?«

Vivian nickte. »So sparsam, wie sie leben, schicken sie ihr Geld bestimmt irgendwohin.«

»Ich glaube, Ling ist mit einem jungen Chinesen weggelaufen, in den sie sich verliebt hat.«

Vivian runzelte die Stirn. »Ich wünsche ihnen Glück, denn das werden sie brauchen«, sagte sie. »Wenn das nämlich nicht klappt, weißt du, wo Ling endet, oder?«

Maggie schluckte schwer. »Du meinst doch nicht etwa ...«

»Oh doch. Sie wird in einem Bordell landen. Sobald sie ihre Jungfräulichkeit verloren hat, kann sie nicht mehr nach China zurückkehren und heiraten. Deshalb macht ihr Vater sich Sorgen. Wenn sie keine Jungfrau mehr ist, wird kein ehrbarer Chinese sie heiraten, und damit bringt sie Schande über ihre Familie. Bei den Japanern ist es genauso. Jetzt, wo sie für mich gearbeitet hat, wird Chiyoko keinen ehrbaren Mann mehr finden, sondern vermutlich mit einem Mann aus der Unterschicht vorliebnehmen müssen. Obwohl: Nachdem ihr die Mädchen gestern Abend ein paar Drinks eingeflößt hatten, berichtete sie, dass es in ihrer Heimatstadt in Japan einen Arzt gibt, der sie wieder zur Jungfrau machen kann.«

»Ernsthaft? Wie soll das möglich sein?«

»Durch einen chirurgischen Eingriff; ich nehme an, dass er das Jungfernhäutchen wiederherstellt.«

Maggie schnappte mit großen Augen nach Luft. »Geht das denn?«

Vivian zuckte die Schultern. »Meine Mädchen waren sehr interessiert, als Chiyoko ihnen von diesem Arzt erzählte. Lulu und Fannie haben angekündigt, ihn aufsuchen zu wollen.« Sie lachte angesichts Maggies Verblüffung, und Maggie ging auf, dass sie das nicht ernst meinte.

»Eigentlich überrascht mich gar nichts mehr«, sagte Vivian. »Je seltsamer etwas klingt, desto wahrscheinlicher ist es.«

»Weißt du, manchmal vermisse ich das zweideutige Geplänkel mit dir und den anderen. Ehrlich«, sagte Maggie mit einem Anflug von Nostalgie. »Es war nie langweilig, für euch zu arbeiten. Und ich habe gewissermaßen eine Art Ausbildung genossen.«

»Wir vermissen dich auch sehr, und zwar nicht nur deine Gesellschaft. Seit du fort bist, haben wir kein anständiges Essen mehr auf den Tisch bekommen«, beschwerte sich Vivian.

»Klappt es denn nicht mit der neuen Köchin?«

»Frag lieber nicht. Chona ist ein Alptraum.« Vivian stöhnte auf.

»Woher kommt sie?« Vivian hatte es ihr zwar irgendwann erzählt, aber sie hatte es vergessen.

»Aus einem Dorf auf den Philippinen, und ich wünschte, sie würde schnellstmöglich dorthin zurückkehren. Vermutlich hat man sie hinausgeworfen, denn sie ist wirklich verrückt. Kein Wunder, dass sie schon drei Ehemänner hatte. Alle haben sie verlassen. Nach einem Monat mit ihr gibt vermutlich jeder ganz schnell Fersengeld.«

»Warum entlässt du sie nicht?«

»Um ehrlich zu sein – ich hätte nie gedacht, dass ich das einmal sagen würde –, aber sie ist das bösartigste Wesen, das ich kenne. Wir haben alle Angst vor ihr. Sie erlaubt nicht, dass wir auch nur einen Fuß in ihre Küche setzen.«

Maggie hatte einmal einen Blick auf sie erhascht und erinnerte sich an eine zierliche Frau mit dunklem, lockigem Haar, die aussah, als wäre sie höchstens zwölf Jahre alt. »Sie ist doch winzig«, meinte Maggie ungläubig.

»Auch wenn sie nicht viel mehr als vier Fuß misst – sie kann kreischen wie zehn Affen. Das Geräusch würde einen Toten zum Leben erwecken. Ich bin überrascht, dass es die Fenster nicht zersplittern lässt, und noch überraschter, dass du sie drüben bei dir nicht hörst. Constable McKenzie war zweimal bei uns, nachdem die Nachbarschaft geargwöhnt hatte, dass im Palace jemand ermordet würde. Beide Male verschwand er kleinlaut nach einem Versuch, Chona zu verwarnen.«

»Du musst etwas unternehmen, um sie loszuwerden, Vivian. So könnt ihr doch nicht leben.«

»Ich weiß. Und du könntest mir einen Gefallen tun. Ich kann, solange sie im Haus ist, keine Vorstellungsgespräche mit Kandidaten für ihren Job führen. Sie würde sich wie eine Irre aufführen und die Kunden verscheuchen. Könnte ich die Anwärter vielleicht bei dir zu Hause interviewen?«

»Aber natürlich. Jederzeit.«

»Danke. Möglicherweise kommt schon heute Nachmittag eine Bewerberin. Ich würde sie dann bei dir treffen, wenn das in Ordnung ist.«

»Ich bin daheim.«

»Erwartest du vielleicht Besuch von einem gut aussehenden Mann?«

Maggie lächelte. »Patrick hat zwar nicht gesagt, dass er kommt, aber ich hoffe sehr, ihn heute zu sehen.«

34

Am Montagmorgen erreichte Laura nach ihrem Weg durch den wirbelnden heißen Staub die Praxis wenige Minuten vor acht. Davor warteten mehr Patienten als sonst, eine bunte Mischung aus Frauen, Kindern, verletzten Bergleuten, Aborigines und Weißen. Es würde ein hektischer Morgen werden, und sie hoffte, dass sie sich auf ihre Arbeit konzentrieren konnte.

»Sieht aus, als hätten wir heute ziemlich viel zu tun, Nancy«, sagte sie, als die Sprechstundenhilfe sie durch die Hintertür in die Klinik ließ. »Hoffentlich kommen keine Notfälle dazwischen.«

»Vorgestern hatten wir auch viel zu tun, und dann kam am späten Nachmittag auch noch ein Notfall rein«, sagte Nancy mit einem Anflug von Groll. »Die Hand eines Bergmanns war schlimm zugerichtet, nachdem sie von einer Winde zerquetscht worden war. Doktor Magee und Doktor Piper konnten seine Finger zum Glück retten. Ich bin wirklich froh, dass du wieder da bist. So gerne ich auch eng mit unserem gut aussehenden Doktor Magee zusammenarbeite – es ist anstrengend, Assistentin und Sprechstundenhilfe zugleich zu sein, und das, was ich am Samstag gesehen habe, ist mir ziemlich auf den Magen geschlagen. Wie geht es denn deinem Großvater?«

»Er ist noch im Krankenhaus«, beschied Laura knapp und eilte davon, um die Untersuchungsräume vorzubereiten. Dabei ging sie an der Küche vorbei, wo Doktor Magee und Doktor Piper vor dem morgendlichen Ansturm eine Tasse Tee tranken.

»Guten Morgen, Schwester Brenan«, rief Ryan.

»Guten Morgen, Doktor Magee, guten Morgen Doktor Piper«,

antwortete sie. »Es sieht aus, als würden wir heute Morgen förmlich überrannt.«

»Dann ist es doch das Mindeste, dass Sie wieder da sind, um zu helfen, richtig?«, antwortete Doktor Piper schroff. Er stand stöhnend auf, rieb sich den schmerzenden Rücken und drängte sich an Laura vorbei.

»Ist er sauer, weil ich zwei Tage weg war?«, erkundigte sich Laura besorgt bei Ryan.

»Nein, nein, er ist doch nie fröhlich. Oder haben Sie das vergessen?«

»Dann war das also seine Art, mich willkommen zu heißen«, scherzte Laura.

»Genau.« Ryan nickte. »Dann werde zumindest ich es angemessen machen: Willkommen zurück, Schwester Brenan. Und dann auch noch früher als erwartet.«

»Danke.« Laura konnte nur hoffen, dass sie nicht errötete. Eilig huschte sie davon, um saubere Tücher für die Untersuchungsräume zu holen.

Nancy öffnete die Tür der Praxis, und sofort stürmte lautstark eine Horde Patienten in den Wartebereich, um sich an der Rezeption anzumelden. Laura bereitete gerade das zweite Sprechzimmer vor, als Ryan an der Tür auftauchte.

»Geht es Ihrem Großvater besser, Schwester Brenan?«, fragte er.

Laura war gerührt, dass er fragte, wollte aber nicht über den Mann sprechen, den sie ihr Leben lang für ihren Großvater gehalten hatte. »Sein Zustand wird sich nicht mehr verbessern«, sagte sie. »Er hat eine defekte Herzklappe.«

»Das tut mir leid«, sagte Ryan. »Aber wenn Sie sich solche Sorgen machen, wären Sie doch sicher lieber nicht hier.«

»Im Gegenteil: Ich bin froh, hier zu sein und auf andere Gedanken zu kommen.« Laura wandte sich wieder ihrer Arbeit zu. Sein Stirnrunzeln bemerkte sie nicht.

Noch am Vormittag betrat eine Frau mit einem Kleinkind am Rockzipfel und einem sehr jungen Baby im Arm das Sprechzimmer. Gesicht, Arme, Hals und Kopf des Babys waren mit roten Flecken übersät.

»Oje«, rief Laura bestürzt beim bedauernswerten Anblick des Babys. »Was ist passiert?«

»Diese kleine freche Motte hier hat irgendwann heute Morgen das Moskitonetz des Babys abgerissen.« Die Mutter deutete auf das Kind, das sich an ihren Mantel klammerte. »Bis ich das entdeckte, hatten die Moskitos ihre Schwester schon halb aufgefressen.«

Laura betrachtete das Baby, und ihr Herz schmolz. Die Kleine weinte nicht, obwohl es ihr sicher nicht gut ging. »Was für ein tapferes kleines Mädchen.«

»Sie ist ein sehr liebes Baby«, erklärte die Mutter stolz, während sie den Säugling auf die Liege legte. »Normalerweise schreit sie nicht viel, aber heute Morgen hat sie so oft geweint, dass ich dachte, ich lasse sie besser einmal untersuchen.«

Doktor Magee betrat das Sprechzimmer und hörte ihre letzte Bemerkung. Er hielt die Unterlagen der Frau in der Hand und warf nun einen Blick hinein. »Das ist immer eine gute Idee, Missus Marshall«, sagte er. »Ihr Baby Ella ist jetzt drei Wochen alt, richtig?«

»Das stimmt, Herr Doktor. Sie ist gestern drei Wochen alt geworden.«

»Manche Babys reagieren allergisch auf Stiche, und das kann zu Komplikationen führen.« Er fuhr vorsichtig mit dem Finger über die Quaddeln am Arm des Babys, die sich hart anfühlten. »Ich bin sicher, dass diese Stiche stark jucken und sie quälen«, fügte er hinzu und schaute nach, ob die Zunge des Babys angeschwollen war. »Hat sie Schwierigkeiten beim Schlucken?«

»Nein, Herr Doktor, sie hat heute gut getrunken.«

»Hat sie pfeifenden Atem?« Er legte ein Ohr nahe an ihre Brust, um zu lauschen.

»Nein, Herr Doktor.«

Ryan hob den leichten Kittel des Babys an. »Ich untersuche jetzt ihren Körper auf Anzeichen eines Ausschlags«, erklärte er. Gründlich begutachtete er den Bauch und den Rücken des Säuglings. »Sie hat keinen Ausschlag, also zeigt sie keine allergische Reaktion auf die Stiche. Sollte sie allerdings eines der aufgezählten Symptome zeigen, bringen Sie sie sofort ins Krankenhaus. In der Zwischenzeit können Sie Essig auf die Stiche tupfen, das lindert den Juckreiz – aber bitte nicht um die Augen herum.«

»Könnten nicht auch rohe Kartoffeln und Zwiebeln helfen, Herr Doktor?«, schlug Laura vor.

»Das hat meine Nachbarin auch vorgeschlagen«, meinte Missus Marshall.

»Das geht sicher auch. Aber Essig ist effektiver«, sagte Ryan.

»Danke, Herr Doktor«, sagte die Mutter, bevor sie auch Laura zunickte.

»Und du«, fuhr Ryan fort, kniete sich vor das kleine Mädchen und lächelte es warmherzig an. »Du reißt nicht noch einmal das Moskitonetz deiner Schwester herunter, okay?«

Die Kleine betrachtete ihn verwirrt aus großen braunen Augen.

»Wenn sie es noch mal tut, gebe ich sie zur Adoption frei«, scherzte die Mutter, nahm das Baby auf den Arm und verließ mit beiden Kindern den Untersuchungsraum.

»Wie kann sie nur so etwas sagen?«, brauste Laura verärgert auf.

Ryan war überrascht von ihrer heftigen Reaktion. »Das hat sie doch nicht ernst gemeint.«

»Dann hätte sie es nicht sagen und noch nicht einmal denken sollen«, schnappte Laura, bevor sie in Tränen ausbrach und aus dem Sprechzimmer stürzte.

Eine Weile später spritzte Laura sich im Badezimmer im hinteren Teil der Praxis kaltes Wasser ins Gesicht, während sie überlegte, wie sie Ryan ihr Verhalten erklären sollte, als von draußen Lärm hereindrang. Eilig lief sie in den Flur. Im Wartezimmer sah sie mehrere Patienten um Ryan herumstehen. Sie redeten alle auf einmal, und ihre Aufmerksamkeit war auf etwas vor dem Arzt gerichtet.

Neugierig drängte Laura sich zwischen den Patienten hindurch. Vor Ryan stand ein kleiner Junge, der fast hysterisch an seinem weißen Arztkittel zerrte. Er war so groß wie ein Fünfjähriger, aber sehr schmächtig. Seine kaffeebraune Haut war mit Staub bedeckt, und Tränen liefen über sein niedliches Gesicht. Er war kaum in der Lage, sich verständlich zu machen, so aufgeregt war er, und zudem voller Angst durch die vielen lauten Erwachsenen rings um ihn.

Sofort erwachte Lauras Beschützerinstinkt. »Gehen Sie ein Stück zurück«, forderte sie energisch. »Der kleine Junge fürchtet sich.«

Schlagartig wurde es ruhiger, und die Patienten wichen zurück.

Ryan blickte Laura überrascht an und wandte sich dann an den kleinen Jungen. »Wie heißt du?«

»Meiner Mama geht es nicht gut.« Der Junge weinte unaufhörlich und blickte Ryan flehend an. »Komm mit«, rief er und versuchte, den Arzt zur Tür zu ziehen.

»Das könnte der Junge von Dorrie Sharp sein«, sagte eine Frau. »Sie ist Aborigine, ihr Mann ist Bergmann.«

»Was ist denn mit deiner Mama?«, fragte Ryan den Jungen. Er wollte wissen, mit welcher Art von Notfall er es zu tun hatte, um die erforderlichen Maßnahmen treffen zu können.

»Mama hat gesagt, ich soll einen Arzt holen«, rief der Junge verängstigt.

Laura trat näher an den Jungen heran. »Wie heißt er?«, fragte sie die Frau, die behauptet hatte, ihn zu kennen.

»Jasper, soviel ich weiß«, sagte die Frau. »Ich bin nicht ganz sicher, Dorrie hat mehrere Kinder, und bald kommt noch eines dazu.«

Laura kniete sich vor den Jungen. Sie erinnerte sich an die vielen Male, die sie Edmund getröstet hatte. »Hallo, Jasper! So heißt du doch, stimmt's?«, sagte sie und brachte ihn dazu, sie anzusehen.

Er nickte.

»Hat sich deine Mama geschnitten, Jasper? Blutet sie?«

Die Unterlippe des Jungen bebte. »Da ist Blut«, sagte er tränenüberströmt.

»Ist deine Mama zu Hause?«, fragte Laura.

Er nickte.

»Liegt sie im Bett?«, fragte Laura.

Der Junge schüttelte den Kopf. »Sie liegt auf dem Küchenboden«, schluchzte er.

Laura zuckte zusammen. »Diese Dame sagte, deine Mama erwartet ein Baby«, sagte sie so ruhig wie möglich. »Kommt das Baby, Jasper?«

Jasper nickte. »Mama hat gesagt, ich soll den Arzt holen«, wiederholte er. »Ich muss tun, was sie sagt«, fügte er hinzu. Wieder begann er zu schluchzen.

Laura nahm den Jungen in die Arme, der sich sofort an sie klammerte. »Alles wird gut«, tröstete sie ihn. »Der Doktor wird deiner Mama helfen.«

»Holen Sie die Notfalltasche, Schwester Brenan«, übernahm Ryan das Kommando.

»Ja, Herr Doktor.« Laura eilte in sein Sprechzimmer.

Währenddessen schickte Ryan Nancy in den Stall, um nachzuschauen, dass ein Pferd und ein Wagen bereitstanden.

Als Laura mit Ryans Notfalltasche zurückkam, hielt er Jaspers Hand.

»Los geht's, kleiner Mann«, sagte er zu dem Jungen und nahm Laura die Tasche aus der Hand. »Ich werde vielleicht Hilfe brauchen, Schwester Brenan. Sind Sie bereit?«

Laura fürchtete, dass er nach ihrem Ausbruch an ihrer Kompetenz und ihren professionellen Fähigkeiten zweifelte, und wollte sich nur allzu gern beweisen. »Ja, Herr Doktor«, sagte sie aufgeregt.

Laura kletterte mit Ryan in einen Wagen und setzte Jasper zwischen sie.

»Wohin, Jasper?«, wollte Ryan wissen, während Staub um sie aufwirbelte.

Der Junge hatte so viel geweint, dass er kaum Luft bekam, und zeigte in eine Richtung. Ryan nahm die Zügel und wendete das Pferd. Laura hielt Jaspers Hand und versicherte ihm, dass seiner Mutter nichts passieren würde. Im Stillen betete sie, dass sie recht behalten würde.

Sie folgten einer ausgefahrenen, unbefestigten Straße am Stadtrand, vorbei an zahlreichen Bergmannsbehausungen. Darunter Zelte, mit Planen überdeckte Unterkünfte und provisorische Rindenhütten. Davor brannten rauchende Feuer, unterhalten von Bergarbeiterfrauen, die sichtlich von ihrem harten Leben gezeichnet waren. Die Wände der standfesteren Behausungen bestanden aus Flechtwerk und getrocknetem Lehm, der über ein Gerüst aus Stämmen, Ästen und Zweigen geschmiert worden war, die Dächer waren mit Rinde gedeckt. Nach über zwei Meilen zeigte Jasper schließlich auf eine Hütte mit weiß getünchten Wänden, die im roten Staub auffiel wie ein Signal. Ryan und Laura konnten nicht umhin, Jasper dafür zu bewundern, diesen langen Weg zurückgelegt zu haben, um Hilfe für seine Mutter zu holen.

Jasper sprang aus dem Wagen, noch bevor dieser angehalten hatte, und rannte ins Haus. Laura und Ryan folgten ihm eilig. Von der offenen Haustür aus hörten sie, wie die Mutter den Jungen fragte, ob er einen Arzt mitgebracht hätte. Sie klang verzweifelt und erschöpft.

Über einen mit groben Dielen belegten Boden gingen sie in die Küche im hinteren Teil des Hauses. Auf dem Boden vor einem gemauerten Kamin lag eine Aborigine-Frau in einer Blutlache. Sie hielt ein nacktes Neugeborenes im Arm. Zwei weitere Kinder, ein Junge um die vier und ein Mädchen um die zwei Jahre alt, standen neben ihr und weinten. Noch ehe Ryan die Frau ansprechen konnte, wurde sie von einer schmerzhaften Kontraktion überwältigt und stöhnte auf. Jasper brach wieder in Tränen aus, und das Weinen der beiden anderen Kinder wurde lauter.

»Ich bin Doktor Magee. Missus Sharp, nicht wahr?«, sagte Ryan. Er öffnete seine Notfalltasche, kniete sich neben die Frau und prüfte, ob das Baby atmete. Dann durchtrennte er die Nabelschnur und klemmte sie ab. In diesem Moment begann das Baby zu schreien.

»Er ist sehr klein, Doc«, keuchte die Frau besorgt.

»Er hat gute Lungen, Missus Sharp«, beruhigte Ryan sie. »Ich mache mir eher Sorgen um Sie.« Er vermutete, dass die Frau so stark blutete, weil sich die Plazenta nicht löste. Sie hatte sehr viel Blut verloren, was ihn beunruhigte. Er wandte sich an Laura. »Bitte suchen Sie etwas, in das Sie das Baby wickeln können, Schwester Brenan.«

Laura nahm vorsichtig das kleine, glitschige Neugeborene entgegen, während Ryan den Bauch der Frau abtastete. »Da ist noch ein Baby«, sagte er.

Die Patientin starrte ihn überrascht an, doch dann kam wieder eine Wehe, und sie schrie vor Schmerz. Sie war schweißgebadet und sichtlich erschöpft.

»Wie lange hat es gedauert, bis das erste Baby kam, Missus Sharp?«

»Das Baby kam schnell, Doc. Hat mich überrascht«, sagte sie. Das erklärte, warum sie auf dem Boden lag.

Maggie fand ein Handtuch, wickelte das Neugeborene, das sich sofort beruhigte, hinein und führte dann die anderen Kinder in das kleine Wohnzimmer.

»Eurer Mama geht es bald wieder gut«, versicherte sie ihnen. »Sie bekommt noch ein Baby. Ist das nicht wunderbar? Zwei neue Babys.« Das Baby in ihren Armen war zwar nicht besonders groß, aber wunderschön. Seine Augen waren offen und sein dunkles Haar feucht und lockig. Laura ließ die Kinder ihren kleinen Bruder anschauen, um sie vom Stöhnen ihrer Mutter abzulenken.

In diesem Moment trat polternd ein Mann durch die Tür. Laura erschrak, doch als die Kinder auf ihn zurannten, schloss sie, dass er ihr Vater sein musste. Er war über und über mit Staub aus der Mine bedeckt.

»Wo ist Dorrie?«, fragte er panisch. »Wer sind Sie?«

»Mein Name ist Laura Brenan. Ich bin Krankenschwester im Gesundheitszentrum und mit Doktor Magee hier. Sie sind sicher Dorries Ehemann.«

»Ich bin Lester Sharp. Warum sind Sie hier?«

»Ihre Frau hat Jasper geschickt, uns zu holen.«

Lester wurde blass. »Gibt es Probleme?«

»Als wir ankamen, hielt sie dieses Baby hier im Arm.« Laura lächelte auf den Kleinen hinunter.

Lesters Gesichtsausdruck wurde weicher, als er das Neugeborene in ihren Armen betrachtete. »Junge oder Mädchen?«

»Ein Junge«, sagte Laura, »und er ist gesund. Der Arzt ist jetzt bei Ihrer Frau«, fügte sie hinzu. »Sie ist erschöpft und wird all ihre Kraft brauchen, um das zweite Baby zur Welt zu bringen.«

»Ein zweites Baby!«, rief Lester schockiert. »Wir wussten nicht, dass es Zwillinge würden!« Sein besorgter Gesichtsausdruck wurde zu einem breiten Lächeln, das jedoch sofort verflog, als er Dorrie schreien hörte.

Lester Sharp eilte in die Küche. Laura folgte ihm bis zur Tür.

»Doktor Magee, das ist Lester Sharp, der Mann von Missus Sharp«, erklärte sie.

»Tach, Doc«, sagte Lester. »Wie geht es meiner Frau?«

»Ich brauche Hilfe, um Dorrie auf ein Bett zu legen. Dort dürfte sie sich wohler fühlen«, meinte Ryan.

Die beiden Männer trugen Dorrie ins Schlafzimmer und legten sie auf das Bett.

»Was ist los, Doc? Warum kommt das zweite Baby nicht?«, erkundigte sich Lester bei Ryan.

»Ihre Frau ist erschöpft, und es dauert länger. Ansonsten ist alles in Ordnung.«

»Wenn Sie sich um die Kinder kümmern, Mister Sharp, kann ich Doktor Magee helfen«, sagte Laura von der Tür aus.

Eine Stunde später brachte Dorrie ein kleines Mädchen zur Welt. Sie war unendlich erschöpft, aber zutiefst dankbar für die Hilfe.

Während Ryan sich um Dorrie kümmerte, versorgte Laura das Baby und legte es anschließend in die Arme seiner Mutter. Dann wischte sie den Küchenboden und wusch schnell Dorries beschmutztes Kleid und die Unterwäsche durch.

Lester geleitete seine Kinder mit dem neugeborenen Sohn im Arm zu ihrer Mutter und ihrer kleinen Schwester, damit sie sich vergewissern konnten, dass alles in Ordnung war. Dann setzte er den Kessel mit Wasser auf.

»Ich denke, Sie haben eine Tasse Tee verdient, Doktor Magee, und Sie auch, Schwester Brenan«, meinte er.

»Es ist Ihre Frau, die sich jetzt einen Tee verdient hat. Aber wir sagen zu einer Tasse bestimmt nicht Nein«, antwortete Ryan. Dorrie wollte aufstehen, aber er bestand darauf, dass sie nach allem, was sie durchgemacht hatte, mindestens einen Tag im Bett blieb.

Der Wind hatte endlich nachgelassen, sodass Laura und Ryan ihren Tee vor dem Haus auf einer Holzbank trinken konnten. Es war eine jener Bänke, an der man abends zum Rauchen und Schwatzen zusammentraf, mit Tabak gestopfte Tonpfeifen oder die bei den Arbeitern der Goldminen sehr beliebten Manilla Cheroots rauchte. Bei solchen abendlichen Treffen spielten die Bergleute auch gern ihre häufig eigenhändig zusammengestellten Instrumente, darunter Tin Whistles, zu Trommeln umfunktionierte Töpfe oder Triangeln aus einem Fleischhaken oder einem Hufeisen sowie einem Löffel.

»Das haben Sie heute sehr gut gemacht, Schwester Brenan«, lobte Ryan Laura nach einem kurzen Schweigen. Er hatte eine neue Seite von ihr kennengelernt und zollte ihr Respekt. In diesem Moment traten Jasper und seine Geschwister ebenfalls aus dem Haus und begannen, mit Steinen und Stöcken auf dem staubigen Boden zu spielen. Sie alle waren zutiefst glücklich, vor allem Jasper.

»Ich möchte eines Tages Hebamme werden«, gestand Laura dem jungen Arzt. »Babys auf die Welt zu helfen ist eine wunderbare Sache. Den Anfang eines neuen Lebens zu begleiten, wenn ein

Baby seinen ersten Atemzug tut … Jetzt, nachdem ich es einmal erlebt habe, kann ich meine Gefühle kaum in Worte fassen.«

»Ich habe Ihren Gesichtsausdruck gesehen, als Missus Sharp ihr kleines Mädchen zur Welt brachte. Das bedarf keiner Worte.«

In diesem Moment fühlte sich Laura Ryan sehr nah, sie hatten etwas Wunderbares geteilt. »Sie haben sicher schon häufig Babys auf die Welt geholfen.«

»Nach meinem Examen habe ich in der Gegend von Broome gearbeitet. Dort leben nicht viele Weiße, aber die indigene Gemeinschaft ist sehr groß. Ich habe längst aufgehört, die Babys zu zählen, aber die Gefühle sind immer die gleichen«, gestand Ryan. »Wenn man die ersten Schreie eines Neugeborenen hört … das ist eine überwältigende Freude.«

Laura spürte, wie ihr die Tränen in die Augen stiegen, und wandte sich ab. »Ja. Genau das ist es.«

»Sie können sehr gut mit Kindern umgehen, und Sie haben Dorrie Sharp wunderbar Mut zugesprochen. Außerdem haben Sie ein gutes Gespür für die Situation. Ich kann mir gut vorstellen, dass Sie eine fantastische Hebamme abgeben werden.«

»Danke«, sagte Laura ergriffen. Sie hätte gern hinzugefügt, dass seine Meinung ihr sehr viel bedeutete, weil er ein so guter Arzt war, hielt sich aber zurück. »Ich habe viele Bücher über die Geburt gelesen, aber nichts geht über das echte Erlebnis.«

»Sie haben sicher Geschwister«, wollte Ryan wissen.

»Wie kommen Sie darauf?«

»Sie haben den kleinen Jasper beruhigt, als hätten Sie so etwas schon viele Male getan.«

Laura war überrascht, dass Ryan sich plötzlich für ihr Privatleben interessierte. Sie nickte. »Ich habe einen Bruder. Er heißt Edmund.« Der Gedanke an Edmund brachte sie zurück zu ihrem Ausbruch in der Klinik am Morgen. »Ich würde Ihnen gerne meinen plötzlichen Gefühlsausbruch heute Morgen erklären. Normalerweise bin ich nicht so hysterisch.«

Ryan betrachtete sie aufmerksam. »Ich würde Sie eigentlich

eher als vernünftig bezeichnen. Darf ich fragen, was Sie heute Morgen so verstört hat?«

Laura suchte einen Moment nach den richtigen Worten. »Nun, das Thema Adoption ist im Moment sehr heikel für mich.« Sie vermied den Blickkontakt, weil sie fürchtete, von ihren Gefühlen überwältigt zu werden.

»Ich wollte Ihnen nicht zu nahe treten, Schwester Brenan«, entschuldigte sich Ryan.

»Ich würde es Ihnen gern erklären, wenn ich darf«, gab Laura zurück.

»Natürlich.«

»Als ich in Perth war, erfuhr ich zufällig, dass ich adoptiert wurde. Ich brauche sicher nicht zu betonen, dass diese Neuigkeit ein ziemlicher Schock für mich war.«

Sie erzählte ihm von dem Gespräch und der Konfrontation mit ihrem Vater. Auch ihre Sorge, nie etwas über ihre wahre Herkunft herauszufinden, verschwieg sie ihm nicht.

»Ich bezweifle, dass die Aufzeichnungen aus dem Waisenhaus vernichtet wurden, das wäre nicht rechtens. Sie werden sicher irgendwo aufbewahrt«, warf Ryan ein.

»Das könnte natürlich sein.« Laura verspürte einen Funken Hoffnung.

»Aber sind Sie ganz sicher, dass Sie etwas darüber herausfinden wollen, Schwester Brenan? Ihre Geschichte könnte sich als unschön herausstellen.«

»Das habe ich noch nicht bedacht, aber ich habe einfach das Bedürfnis, herauszufinden, woher ich komme. Ich möchte wissen, was mit meiner echten Mutter passiert ist und warum sie mich nicht zurückgefordert hat, falls sie sich von ihrer Krankheit erholt hatte. Ich möchte wissen, wer mein leiblicher Vater ist und warum er sich nicht um mich gekümmert hat. Und vielleicht habe ich ja auch leibliche Geschwister.«

»Ich vermute, das ginge mir genauso«, erklärte Ryan.

»Ich kann einfach nicht glauben, dass meine Mutter mich in ein

Waisenhaus gebracht und dann einfach vergessen hat. Allein die Idee erscheint mir absurd.«

»Dafür gab es sicher einen Grund«, versuchte Ryan, sich der Sache logisch zu nähern. »Gerade als Krankenschwester muss Ihnen doch die Möglichkeit in den Sinn gekommen sein, dass Ihre Mutter vielleicht wusste, dass es keine Hoffnung auf Heilung von ihrer Krankheit gab.«

Laura musste sich eingestehen, dass sie auch daran noch nicht gedacht hatte. »Das würde bedeuten, dass ich zwei Mütter verloren habe«, überlegte sie, überwältigt von Traurigkeit.

Ryan legte tröstend eine Hand auf ihre Schulter. »Das Leben ist oft grausam«, sagte er. »Aber es kann auch wunderbar sein, Schwester Brenan. Heute hatten wir den Beweis dafür.«

»Ja, Sie haben recht. Nach dem Erlebnis heute bin ich mir sicherer als je zuvor, dass ich Hebamme werden will. Und ich wollte schon immer in der Provinz arbeiten, und wenn ich meine Ausbildung beendet habe, gehe ich irgendwo in den Busch und mache mich dort nützlich.«

Ryan blickte sie überrascht an. »Sind Sie sicher, dass Sie an einem noch abgelegeneren Ort als Kalgoorlie arbeiten wollen?«

»Ja, jetzt mehr denn je.« Laura war sehr entschlossen. »Würden Sie Broome in Western Australia als Arbeitsplatz empfehlen?«

Ryan dachte einen Moment darüber nach. »Schon, aber das ist ziemlich weit weg von hier.«

»Ich weiß«, sagte Laura. »Und es ist auch weit weg von Perth. Genau das suche ich.«

»Entschuldigen Sie, Schwester Brenan«, sagte in diesem Moment Lester von der Tür aus. »Meine Frau möchte Sie sehen.«

Laura erhob sich und ging in das Schlafzimmer.

Dorrie lag auf dem Bett mit ihren beiden Babys im Arm. Sie sah zwar müde, aber entspannt und glücklich aus.

Laura ging das Herz auf beim Anblick der drei. »Wie fühlen Sie sich, Missus Sharp?«

»Bitte, nennen Sie mich Dorrie«, sagte sie lächelnd. »Es geht mir sehr gut, dank Ihnen und dem Doktor. Lester hat mir gesagt, dass Sie die Küche geputzt haben. Dafür wollte ich Ihnen danken, Schwester Brenan. Mein Haus ist normalerweise sauber, abgesehen von etwas Staub …«

Laura ging auf, dass Dorrie offenbar eine stolze Frau war und sich schämte. »Aber das war doch selbstverständlich.«

»Ich möchte Ihnen etwas schenken, weil Sie uns geholfen haben.«

Der Gedanke gefiel Laura nicht. »Das ist doch nicht nötig«, wehrte sie ab. »Ihre beiden Babys gesund und munter zu sehen, mehr brauche ich nicht.«

»Aber bei uns Aborigines ist es Sitte, für eine gute Tat eine Gegenleistung zu erbringen«, erklärte Dorrie.

»Sie könnten mir das Vergnügen bereiten, diese bezaubernden Babys eines Tages besuchen zu dürfen«, sagte Laura.

Dorrie lächelte. Sie mochte diese junge Frau. »Jederzeit, Missus. Wie heißen Sie?«

»Laura.« Und in diesem Moment fragte sie sich, ob das der Name war, den ihre leibliche Mutter ihr gegeben hatte.

»Wenn es Ihnen nichts ausmacht, möchte ich mein kleines Mädchen gerne Laura nennen«, sagte Dorrie.

Laura war begeistert. »Das würde mir sehr gefallen!«, rief sie. »Und wie soll Ihr kleiner Sohn heißen?«

»Ich weiß es noch nicht. Wie heißt der Doktor?«, fragte Dorrie.

»Ryan.«

»Das ist ein schöner Name.«

Lester erschien mit Ryan in der Tür.

»Ist alles in Ordnung?«, fragte Ryan.

»Ja, Doc, darf ich Ihnen Laura und Ryan vorstellen?«, sagte Dorrie mit einem liebevollen Blick auf die beiden Babys.

Ryan starrte sie überrascht an, dann wandte er sich mit einem breiten Lächeln Laura zu. Die Wärme in seinem Blick raubte ihr fast den Atem. »Ist das nicht wunderbar?«

»Ist das für dich in Ordnung?«, erkundigte sich Dorrie bei Lester.

»Das sind schöne Namen«, stimmte Lester zu.

»Schwester Brenan, wir sollten jetzt in die Praxis zurückkehren«, meinte Ryan. »Ich komme morgen noch einmal vorbei, um nach Ryan und Laura zu sehen. Und natürlich auch nach Ihnen, Missus Sharp. Bleiben Sie auf jeden Fall heute noch im Bett, damit Sie wieder zu Kräften kommen.«

»Mit fünf Kindern besteht da wenig Hoffnung, Doc«, sagte Dorrie ehrlich.

Ryan wusste, dass sie recht hatte. »Aber wenn Ihnen schwindelig wird, legen Sie sich hin«, mahnte er.

Lester folgte Laura und Ryan zur Veranda. Zu ihrem Erstaunen hatte sich seine Stimmung verschlechtert.

»Stimmt etwas nicht, Mister Sharp?«, wollte Ryan wissen.

»Ich habe irgendwie die Zeit aus dem Blick verloren, Doktor. Vermutlich habe ich jetzt meine Arbeit in der Mine verloren«, klagte er. »Ich hatte nur eine halbe Stunde Pause, aber ich musste einfach nach Hause und schauen, wie es Dorrie geht. Sie hatte heute Morgen schon Schmerzen.«

»Der Vorarbeiter der Mine wird das sicher verstehen«, beruhigte Ryan ihn.

»Das bezweifele ich. Er ist ein harter Hund«, wandte Lester ein. »Oh, entschuldigen Sie den Ausdruck, Schwester Brenan, aber ich habe jetzt fünf Kinder zu ernähren«, fügte er verzweifelt hinzu.

Laura konnte es ihm nachfühlen. »In welcher Mine arbeiten Sie?«, erkundigte sie sich.

»The Golden Nugget Mine.«

»Ich frühstücke jeden Morgen mit einem Vertreter des Besitzers, Mister Sharp. Ich werde mit ihm über Ihr Problem sprechen, ich halte ihn für sehr großzügig und verständnisvoll. Ich bin zuversichtlich, dass er mit dem Vorarbeiter der Mine sprechen wird.«

»Dafür wäre ich Ihnen sehr dankbar, Schwester Brenan«, sagte Lester und ging zurück ins Haus.

»Es wäre eine Schande, wenn Lester seine Arbeit verliert«, sagte Ryan, als sie in den Wagen kletterten.

»Ich bin sicher, dass Patrick ihm hilft. Seinem Chef gehört die Hälfte der Mine, er hat also Einfluss. Allerdings habe ich ihn heute Morgen nicht beim Frühstück gesehen, und zuletzt schien er ziemlich verwirrt zu sein. Ich hoffe, es geht ihm gut.«

»Glauben Sie, er ist krank?«

»Ich bin mir nicht sicher, aber er verhielt sich sehr seltsam. Ich habe ihm vorgeschlagen, sich einmal in der Praxis untersuchen zu lassen. Vielleicht war er während unserer Abwesenheit schon dort.«

35

Maggie beobachtete die zahlreichen Kunden, die sich am Montagmorgen vor der Wäscherei tummelten. Sie waren verwirrt und diskutierten, warum sie noch nicht geöffnet war. Besonders betroffen waren diejenigen, die ihre saubere Wäsche abholen wollten. Einige fragten in der Bäckerei nach dem Grund der Schließung. Maggie musste nicht einmal vortäuschen, dass sie nichts wusste, sie hatte Bojing weder an diesem Morgen noch am Vorabend zu Gesicht bekommen und keine Ahnung, wann er wieder auftauchen würde. Auch Patrick war nicht gekommen, was sie enttäuschte und verwirrte. Zweifel und Unsicherheit nagten an ihr.

Kurz vor dem Mittagessen betrat ein junger Chinese die Bäckerei und erkundigte sich nach der Wäscherei. Er wirkte äußerst besorgt. Als er auch nach ihrer Antwort zögerte, den Laden zu verlassen, war Maggies Interesse geweckt.

»Kennen Sie Huang Fu?«, fragte sie leise. Vielleicht war der junge Mann ein Freund, der wusste, ob Huang Fu ebenfalls vermisst wurde.

»Mein Name ist Huang Fu«, antwortete der junge Mann.

»*Sie* sind Huang Fu?« Maggie nahm ihn sofort beiseite, damit die anderen Kunden ihr Gespräch nicht belauschen konnten. »Wissen Sie, wo Ling ist?«, fragte sie drängend.

Er schüttelte den Kopf.

»Wussten Sie nicht, dass sie vermisst wird?«

»Vermisst? Nein!«, sagte Huang Fu erschrocken.

»Ich dachte, sie wäre bei Ihnen«, fuhr Maggie fort. »Aber ich habe Lings Vater nichts davon gesagt.«

»Sie wollte nicht mit mir fortgehen. Sie hatte zu viel Angst vor ihrem Vater. Vielleicht hat er sie nach China zurückgeschickt.« Huang Fu war sichtlich verzweifelt.

»Das wollte er zwar, aber bisher hat er es nicht getan. Er sucht nach ihr ... und vermutlich auch nach Ihnen«, sagte Maggie. »Wenn ich Sie wäre, würde ich mich für eine Weile zurückziehen. Ich weiß nicht, wann die Wäscherei wieder geöffnet wird, aber wenn Sie von Ling hören, lassen Sie es mich bitte wissen«, bat Maggie. »Ich will nur wissen, ob sie in Sicherheit ist. Ich werde ihrem Vater bestimmt nicht verraten, wo sie sich aufhält.«

Huang Fu nickte und verließ die Bäckerei.

Patrick stand mit schwerem Herzen vor einem verfallenen Gebäude in der Riley Street. Ein Passant hatte ihm erzählt, dass das Waisenhaus im Winter 1893 endgültig geschlossen und im folgenden Jahr vorübergehend als Schule genutzt worden war. Seitdem stand das Gebäude leer und verfiel zusehends. Inzwischen galt es einsturzgefährdet, wurde nur dann und wann von Hausbesetzern in Gesellschaft von Ratten und Mäusen genutzt und sollte abgerissen werden.

Das alte Waisenhaus wirkte ein wenig gruselig, nicht zuletzt durch die zugenagelten Fenster und die düsteren, grauen Ziegel. In der unheimlichen Stille meinte Patrick fast, das Weinen von Kindern und Babys zu hören, und bekam ein Gefühl für ihre Verlassenheit und Verzweiflung.

Der Versuch, sich Laura als verängstigte Dreijährige vorzustellen, die an diesem düsteren Ort nach ihrer Mutter weinte, zerriss Patrick fast das Herz. Er fühlte sich fast körperlich krank. Ebenso schrecklich war es, sich vorzustellen, wie die arme Maggie voller Hoffnung herkam, ihr Töchterchen wiederzufinden, und die Nachricht erhielt, dass die Kleine gestorben war. Wie konnte jemand so grausam sein? Er würde die Antwort finden.

Patrick war zutiefst missgestimmt. Er hatte verschiedene Regierungsbehörden kontaktiert, die alle behaupteten, keine Ahnung zu haben, wo die Unterlagen des Waisenhauses aufbewahrt wurden oder ob sie überhaupt noch existierten. Der einzige Anhaltspunkt, den er hatte finden können, war die Information, dass eine gewisse Schwester Jayne Dunley das Waisenhaus einige Jahre lang geleitet hatte. Es war ihm jedoch nicht gelungen, ihren derzeitigen Aufenthaltsort herauszufinden oder ob sie überhaupt noch am Leben war.

Patrick wollte nicht ohne Antworten nach Kalgoorlie zurückkehren, doch inzwischen stand er kurz davor, seine Niederlage einzugestehen. Er konnte Frederick Brenan keinesfalls einfach so mit seinem Verdacht konfrontieren. Im Moment musste er davon ausgehen, dass die Brenans überzeugt waren, Laura legal adoptiert zu haben, und nicht wussten, dass ihre Mutter noch lebte und ihre Unterschrift auf den offiziellen Papieren seinerzeit möglicherweise gefälscht worden war.

Enttäuscht betrat er das Red Lion Hotel in der Riley Street. Es war später Nachmittag, und er brauchte dringend ein Bier. Er leerte das Glas in einem Zug und bestellte ein weiteres.

»Hattest wohl einen schlechten Tag, Kumpel?«, fragte der Wirt. Len Palmer war gesellig und konnte seine Kunden nach mehr als zwanzig Jahren als Wirt gut einschätzen. Es war nicht schwer zu erkennen, dass Patrick einen Tiefschlag hatte einstecken müssen, und Len gefiel es, wenn seine Kunden sich ihm anvertrauten und seinen Ratschlägen folgten. Allerdings musste er auch zugeben, dass er ziemlich neugierig war. Selten verirrte sich ein Gentleman in derart feinem Zwirn in diese alte Kneipe in einem inzwischen industrialisierten Gebiet.

»Ich hatte einen ziemlich niederschmetternden Tag«, gab Patrick zu.

»Oh, warum?«

»Ich habe nach Informationen über das Waisenhaus weiter unten in der Straße gesucht, aber ebenso gut hätte ich in der Simpson-Wüste nach Schneeflocken suchen können.«

»Das alte Haus wird sicher nicht mehr lange da stehen.« Len

wischte den Tresen ab und schenkte ein Bier für einen seiner Stammgäste ein, der an der Theke auf einem Hocker kauerte.

»Höchste Zeit, dass es endlich abgerissen wird«, kommentierte der Stammgast. »Es ist ein Unterschlupf für jegliche Art von vier- und zweibeinigem Ungeziefer.«

»Ich habe von dem bevorstehenden Abriss gehört«, sagte Patrick verbittert. »Und ich habe mich überall nach den Unterlagen früherer Bewohner erkundigt. Leider erfolglos.«

»Unterlagen? Seinerzeit wurde eine Menge Zeug im Haus zurückgelassen, sogar Büromöbel und Akten. Im Laufe der Jahre wurde alles von den Hausbesetzern verbrannt, die sich im Winter damit gewärmt haben. Sind Sie selbst in diesem Waisenhaus aufgewachsen?« Len stellte sich vor, dass sein Kunde vielleicht Geheimnisse aus seiner Vergangenheit aufdecken wollte.

»Nein. Mir selbst blieb das Pech, Insasse dieses gottverlassenen Ortes zu sein, glücklicherweise erspart, aber jemand, der mir sehr nahestand, hat dort gelebt«, antwortete Patrick.

»Meine Putzfrau hat viele Jahre dort gearbeitet«, berichtete Len.

»Wirklich?«

»Ja, vielleicht hat Gertie ein paar Informationen für Sie, aber sicher kann ich es natürlich nicht sagen.«

»Ich würde mich über jeden noch so kleinen Hinweis freuen«, erwiderte Patrick. Ein Fünkchen Hoffnung flackerte in ihm auf, obwohl er nicht wirklich glaubte, dass das Gespräch mit einer Hausangestellten etwas brachte.

»Gertie ist gerade oben. Sie putzt. Zumindest sollte sie das tun. Ich kann sie herunterrufen, aber ich muss Sie warnen: Sie ist gleichermaßen listig wie übellaunig.«

»Das ist noch untertrieben«, murmelte der Stammgast an der Bar.

»Ich kann warten, bis sie fertig ist«, wandte Patrick vorsichtig ein.

»Sie hätte schon vor mehr als einer Stunde fertig sein sollen.

Sie denkt, ich weiß nicht, dass sie da oben raucht, aber ich kann es riechen.«

Len rief nach der Putzfrau, und Patrick hörte sie eine unverständliche Antwort bellen.

Zwei Minuten später stapfte sie mit übler Laune die Treppe hinunter.

»Gertie, dieser feine Herr hier sucht Informationen über das Waisenhaus«, sagte Len. »Ich habe ihm erzählt, dass du dort gearbeitet hast und ihm vielleicht helfen kannst.«

Patrick und die Putzfrau musterten einander. Ihre Gedanken waren so unterschiedlich wie ihr Äußeres.

»Guten Tag, mein Name ist Patrick Shanahan«, stellte Patrick sich vor. Die kleine Frau verströmte so viel Feindseligkeit, dass er den Impuls hatte, zurückzuweichen. Alles an ihr war grau und trist – ihre schmutzige Schürze, ihr Haar, ihr Kleid und sogar ihre tief sitzenden Augen, die unter ungebändigten, grauen Augenbrauen kaum erkennbar waren. Patrick vermutete, dass sich die kleinen Kinder im Waisenhaus allein durch ihre Erscheinung vor ihr gefürchtet hatten, und zwar noch bevor sie ihr wahres Wesen zeigte. Selbst als erwachsener Mann fühlte er sich in ihrer Anwesenheit unwohl.

Gertie musterte Patricks teuren Anzug und seine glänzenden Schuhe und stempelte ihn innerlich sofort als feinen Pinkel ab. Und diese Chance würde sie nicht verstreichen lassen. Wenn er etwas von ihr wollte, würde sie ihn bis aufs Blut schröpfen. »Ich heiße Gertie Thompson, und ich bin zu durstig, um zu reden«, murmelte sie mit einem gierigen Blick in Richtung Zapfanlage.

Patrick bemerkte, dass der Stammgast auf dem Barhocker angesichts ihrer Unverfrorenheit die Augen rollte. »Ich lade Sie ein. Was möchten Sie?«, bot Patrick an.

»Ein Pint Bitter würde meine Zunge sicher lockern«, erklärte Gertie und machte sich auf den Weg zu einer Ecke hinter der Treppe, weil sie sich nur in der Bar aufhalten durfte, wenn die Kneipe geschlossen war.

Patrick brachte ihr ein Glas Bier und zog einen Hocker heran. In ihrer Nähe bemerkte er sofort den Zigarettengeruch. »Haben Sie 1890 im Waisenhaus gearbeitet, Missus Thompson?«, fragte er.

»Ich höre nur auf Gertie, und ja, damals war ich dort«, antwortete sie, nachdem sie geräuschvoll einen großen Schluck Bier geschlürft hatte. »Und zwar schon lange.« Sie dachte an das Jahr 1862 zurück, als sie verlobt gewesen war und die Stelle als Putzfrau angenommen hatte. Ihr Verlobter hatte auf einem Handelsschiff angeheuert, um mehr Geld zu verdienen. Er hatte ihr versprochen, nach sechs Monaten mit genügend Geld zurück zu sein, um ihr Leben richtig zu beginnen, aber Gertie wartete. Und wartete. Nach zwei Jahren begann sie, seine Abwesenheit mit der Lüge zu entschuldigen, er sei bei einem Sturm tragischerweise über Bord gespült worden, anstatt zuzugeben, dass er sie verlassen hatte.

»Eine Schwester Jayne Dunley soll das Haus damals geleitet haben«, tastete Patrick sich vor.

»Das stimmt. Es war ein harter Job«, sagte Gertie, nachdem sie das Glas fast geleert hatte.

»Haben Sie eine Ahnung, ob sie noch lebt oder wo sie wohnt, Gertie?«

»Nein, das weiß ich nicht. Ich habe sie seit Jahren nicht gesehen oder von ihr gehört.«

Patrick hatte das Gefühl, als würde er gegen die nächste Mauer anrennen. »Ich nehme an, Sie erinnern sich nicht an ein wunderschönes rothaariges Mädchen, das 1890 in das Waisenhaus gebracht wurde.«

»Im Haus waren damals siebzig oder achtzig Kinder und Babys. Viele von ihnen waren irischer Herkunft und hatten rotes Haar«, erklärte Gertie. »Sie brauchten viel Zuwendung. Außerdem war der Unterhalt sehr teuer. Das Waisenhaus stand mehrmals fast vor der Schließung, aber irgendwoher bekam Schwester Dunley das Geld zusammen, um es bis 1893 ohne Unterstützung der Regierung zu betreiben. Der Kampf hat sie manchmal fast umgebracht.«

»Woher kam das Geld für den Betrieb?«

»Aus Spenden. Die meisten waren allerdings eher bescheiden.«

»Die meisten! Dann gab es also auch große Spenden?«, fragte Patrick neugierig. Vielleicht war das ein Hinweis auf Korruption, dabei floss normalerweise viel Geld.

»1890 stand das Waisenhaus kurz vor der Schließung, aber dann bekam Schwester Dunley eine sehr großzügige Spende von einem stinkreichen feinen Pinkel, mit der sie noch drei Jahre lang wirtschaften konnte. Es war ein trauriger Tag für uns alle, als das Geld ausging. Schwester Dunley war wirklich verzweifelt.«

In Patrick regte sich ein Verdacht. »Ich nehme an, Sie erinnern sich nicht an den Namen des Wohltäters, Gertie?«

»Ich habe ihn nie gesehen, und Schwester Dunley hat mir seinen Namen nicht verraten. Aber sie war sehr zufrieden mit der Spende«, gab Gertie zurück.

Patrick wusste, dass es weit hergeholt war, aber er musste fragen. »Hat sie jemals einen Mann namens Frederick Brenan erwähnt?«

Gertie betrachtete bedeutsam den Boden ihres leeren Glases. Patrick verstand den Hinweis sofort.

»Möchten Sie noch ein Glas Bier?«

»Ich würde nicht Nein sagen«, nickte Gertie, entschlossen, den feinen Pinkel zu melken.

Patrick besorgte noch ein Bier und stellte es vor sie. »Erinnern Sie sich an den Namen Frederick Brenan, Gertie?«, fragte er mit einer Geduld, die er nicht empfand.

»Kann ich nicht sagen, aber ich war auch nur eine Hausangestellte.« Sie schlürfte einen Schluck Bier.

Patrick war enttäuscht. »Sie erinnern sich vermutlich nicht daran, 1890 sogar einen wohlhabenden Herrn im Waisenhaus gesehen zu haben? Vielleicht jemanden, der Schwester Dunley beeindruckt hat. Möglicherweise in Begleitung einer Frau.«

»Zu uns kamen nicht oft feine Pinkel. Deswegen fällt mir tatsächlich ein Paar ein.«

»War das um die Zeit, als das Heim die großzügige Spende erhielt?«

»Ich bin nicht ganz sicher, aber es könnte schon sein«, sagte Gertie.

Patrick war schlagartig hellwach.

Das Bier tat seine Wirkung und besänftigte Gerties schlechte Laune. »Der feine Pinkel … Ich meine, der Herr … sah ziemlich gut aus, aber seine Frau erschien mir etwas merkwürdig«, erklärte sie und verzog den Mund.

»Merkwürdig? Inwiefern?«

»Sie war eine von diesen extrem nervösen, überempfindlichen Frauen. Sie kennen sicher diesen Typ Frau, mit dem sich nur schwer leben lässt.«

»Waren sie gekommen, um ein Kind zu adoptieren?«

»Ich denke schon. Sie gingen in einen der Schlafsäle, wo die Frau viel Zeit mit einem kleinen Mädchen verbrachte. Die Kleine hatte vielleicht rote Haare, aber das weiß ich nicht mehr genau. Als sie danach mit einer der Mitarbeiterinnen sprachen, gab es eine kleine Meinungsverschiedenheit.«

»Woher wissen Sie das? Haben Sie vielleicht zufällig mit angehört, worum es ging?«

»Ich habe geputzt, nicht gelauscht«, empörte sich Gertie. »Ich weiß, dass sie sich stritten, denn die Frau weinte und war äußerst wütend. Der Mann ließ sie zurück und ging in Schwester Dunleys Büro. Währenddessen verbrachte die Frau wieder Zeit mit dem kleinen Mädchen. Als er zu ihr zurückkehrte und mit ihr redete – vermutlich erzählte er ihr, was Schwester Dunley gesagt hatte –, weinte sie wieder. Er hätte einem fast leidtun können, aber er war schließlich selber schuld, eine derart überkandidelte Frau geheiratet zu haben.«

»Wissen Sie vielleicht, worüber sich die Frau so aufgeregt hat?«

»Sie hatte offensichtlich ihr Herz an das kleine Mädchen verloren, aber die Kleine war nicht zur Adoption freigegeben.«

»Warum sollte ein Kind in einem Waisenhaus nicht zur Adoption freigegeben sein?«, fragte Patrick verwirrt.

»Alles muss legal sein, was bedeutet, dass Papiere unterzeichnet werden müssen.«

»Bedeutet das, ein Kind kann nur adoptiert werden, wenn die leiblichen Eltern das Sorgerecht abtreten?«

»In einigen Fällen ja.«

»Und in anderen Fällen?«

»Manchmal wurden die Kinder ungeeigneten Eltern fortgenommen. Die mussten dann vor Gericht gehen«, erklärte Gertie. »Es ist bedauerlich, dass jede Katze Junge bekommen darf – sogar diejenige, die ihre Nachkommen auffrisst.«

»Dem kann ich nur zustimmen«, sagte Patrick mit unterdrückter Wut. »Wenn die Mutter eines Kindes schwer krank im Krankenhaus liegt und keine Papiere unterschrieben hat, könnte ihr Kind dann trotzdem von jemandem adoptiert werden?«

»Nur wenn sie stirbt und keine weiteren Familienmitglieder gefunden werden. Die Kinder, die nicht geeigneten Eltern fortgenommen werden, können auch nicht adoptiert werden. Jedenfalls nicht, bevor ihr Fall vor Gericht verhandelt wurde und das Gericht die Kinder in staatliche Obhut gibt.«

Patrick grübelte über diese Information nach. Er wusste nicht, was er davon halten sollte, aber er spürte, dass er der Wahrheit näher kam. »Kannten Sie Schwester Dunley gut, Gertie? Ich meine, hat sie Ihnen vertraut?«

»Ich habe für sie gearbeitet, aber ich kannte meinen Platz.«

»Ich habe gemerkt, dass Sie einen scharfen Verstand haben, Gertie. Sie haben sicher viel bemerkt damals«, schmeichelte Patrick. »Wenn Schwester Dunley ein Kind hätte gehen lassen, ehe der Papierkram erledigt war, hätten Sie es sicher mitbekommen.«

Gertie starrte ihn fassungslos an. »Sie wäre ins Kittchen gewandert, wenn sie bei so etwas erwischt worden wäre. Und glauben Sie mir, Schwester Dunley wollte die Kinder ganz sicher nicht im Stich lassen. Sie war sehr engagiert. Es war der glücklichste Tag ihres Lebens, als sie genug Geld erhielt, um endlich neue Betten für die Babys und die älteren Kinder kaufen zu können.«

Patrick fand, dass Gertie eine hohe Meinung von der Frau hatte, die vermutlich seine und Maggies Tochter für eine große Spende verkauft hatte. »Sie haben also nicht gesehen, wie dieser wohlhabende Mann und seine Frau zurückkamen und das Waisenhaus mit einem Kind verließen – nämlich dem kleinen Mädchen, von dem die Frau so angetan war?«

»Nein, ich habe sie nur einmal gesehen, und da sind sie ohne Kind fortgegangen. Damals war ich wütend, weil sie wahrscheinlich ein Haus, so groß wie ein Hotel, hatten und das Leben von zehn Kindern hätten verbessern können.«

Patricks Meinung von den Brenans hatte sich verändert. Er stand auf und gab Gertie zwei Sixpence. »Trinken Sie noch einen, Gertie. Sie waren mir eine größere Hilfe, als Sie ahnen.«

Gerties Augen leuchteten. Sie schnappte sich die Münzen und steckte sie in ihre Schürzentasche. »Gibt es sonst noch etwas, womit ich Ihnen helfen kann?«, fragte sie eifrig.

Patrick überlegte einen Moment. »Da ist noch etwas. Ist 1890 ein kleines Mädchen an einer Lungenentzündung gestorben?« Er hielt gespannt den Atem an, während sie nachdachte.

»Ich erinnere mich an einen kleinen Jungen, ein Baby, das gestorben ist. Der arme kleine Kerl war bereits krank, als er zu uns kam. Das war wirklich traurig.«

Patrick atmete zutiefst erleichtert aus. Dennoch schürte die Antwort seine Wut. Inzwischen war er überzeugt, dass es sich bei dem wohlhabenden Mann mit der seltsamen Frau um Frederick Brenan handelte, aber er hatte keine Beweise. Vielleicht stimmte Gerties Aussage. Vielleicht hatten die Brenans das Waisenhaus tatsächlich nicht mit Lori verlassen, aber sein Instinkt sagte ihm, dass an jenem Tag eine Vereinbarung getroffen worden war und Frederick Brenan Schwester Dunley eine beträchtliche Geldsumme für das gewünschte Kind bezahlt hatte. Und er war sicher, dass es sich bei diesem Kind um Lori handelte. Es war Zeit, das Haus am Westminster Drive in Cottesloe aufzusuchen.

Am Abend schloss Maggie den Laden und ging durch den Garten ins Cottage. Kaum hatte sie das Haus betreten, trat ein außergewöhnlich müder und aufgeregter Bojing mit Li Jun im Schlepptau hinter ihr in die Küche. Bojing schimpfte sofort los, begleitet von wilden Gesten. In der engen Küche fühlte Maggie sich sehr verunsichert. Sie war müde, und ihr Geduldsfaden stand kurz vor dem Zerreißen. Sie wandte sich an den Dolmetscher, um die beiden Männer zu bitten, sofort das Haus zu verlassen, als dieser sagte:

»Bojing glaubt, dass seine Tochter entführt wurde und Sie etwas darüber wissen.«

Maggie schnappte nach Luft. »Entführt? Von wem? Und warum sollte ich etwas darüber wissen?«

»Bojing hat mit der chinesischen Gemeinde gesprochen. Er hat Informationen erhalten, die darauf schließen lassen, dass ein junger Mann, der Wäsche für die ansässigen Hotels und das Krankenhaus abliefert, Ling gegen ihren Willen mitgenommen hat«, behauptete der Dolmetscher. »Bojing erklärt, seine Tochter wäre ihm gegenüber sicher nicht ungehorsam und freiwillig mitgegangen. Also muss der Junge sie entführt haben!«

Maggie hätte beinahe laut aufgelacht. Ausgerechnet Huang Fu! »Das ist doch absolut lächerlich«, sagte sie kopfschüttelnd.

»Bojing sagt, dass Ling mit Ihnen spricht. Sie wissen also vermutlich etwas über diesen jungen Mann und können uns sagen, wo wir ihn finden«, behauptete Li Jun.

»Ich weiß nichts über ihn«, erklärte Maggie, was nicht allzu weit von der Wahrheit entfernt war. Sie wusste lediglich, dass er Ling ganz sicher nicht entführt hatte.

»Bojing wird die Polizei rufen und die Entführung seiner Tochter melden«, betonte Li Jun.

Maggie wurde wütend. Diese Farce war weit genug gegangen. Sie war entschlossen gewesen, sich aus dieser Sache herauszuhalten, doch jetzt fand sie es an der Zeit, einzugreifen. Sie bedeutete dem Dolmetscher und Bojing, sich an den Küchentisch zu setzen.

»Ich werde Ihnen eine Geschichte erzählen, und ich möchte,

dass Sie sie für Bojing übersetzen«, sagte Maggie zu Li Jun, nachdem die beiden Männer widerwillig am Tisch Platz genommen hatten.

Li Jun übersetzte, was sie gesagt hatte. Bojing wirkte unzufrieden und desinteressiert.

»Geht es in dieser Geschichte um meine Tochter?«, erkundigte sich Bojing bei Li Jun, der die Frage übersetzte.

»Nicht direkt«, sagte Maggie. »Es geht um jemanden wie Bojing, der sich gerade dadurch unglücklich macht, dass er seine Tochter nicht ihr eigenes Leben in die Hand nehmen lässt.«

Maggie ignorierte Bojings offensichtliche Abneigung, ihr zuzuhören, und begann mit ihrer Geschichte an der Stelle, als sie und Patrick sich ineinander verliebt und geheiratet hatten. Sie erzählte Li Jun, wie Patricks Vater sie vertrieben und ihrer beider Leben ruiniert hatte, weil er sie für seines Sohnes nicht würdig befand. Sie berichtete, dass das Verhalten des Vaters letztendlich zum Tod ihrer kleinen Tochter geführt hatte. Li Jun übersetzte für Bojing, dessen Gesichtszüge so teilnahmslos blieben, dass Maggie nicht erahnen konnte, ob er gerührt war oder nicht. Sie fuhr mit ihrer Geschichte fort und erzählte Li Jun von den Jahren des Unglücks, der Einsamkeit und der Schuldgefühle wegen des Todes ihrer Tochter. Sie erzählte ihm, dass sie ihre Eltern seit vielen, vielen Jahren nicht gesehen hatte und wie sehr sie Vater und Mutter vermisste. Sie sagte ihm auch, dass sich Patrick seiner Familie entfremdet hatte und seinem Vater nie hatte verzeihen können. Nachdem er das gehört hatte, wirkte Bojing plötzlich aufgebracht. Maggie bat Li Jun, Bojing zu fragen, ob er seine Tochter tatsächlich für immer verlieren wollte. Li Jun übersetzte Maggies Frage, doch ehe Bojing antworten konnte, wurde sie vollkommen unerwartet von ihren Gefühlen überwältigt und begann unkontrolliert zu schluchzen.

Die Chinesen betrachteten sie verwirrt, ahnten jedoch nicht, dass Maggie nicht wegen ihrer tragischen Vergangenheit weinte, das hatte sie oft genug getan. Sie weinte wegen der Zweifel und Ungewissheit, die sie seit Patricks unerklärlicher und plötzlicher

Abwesenheit plagten, und weil sie meinte, dass ihre traurige Geschichte niemals ein glückliches Ende finden würde.

In Bojing tobte ein Gefühlschaos. Es gefiel ihm nicht, dass Maggie litt. Er hatte begonnen, sie zu respektieren, weil sie fleißig arbeitete und ihn und Ling großzügig aufgenommen hatte. Niemand sonst in Kalgoorlie war so freundlich gewesen – nicht einmal Mitglieder der chinesischen Gemeinschaft. Er wandte sich in Mandarin an Li Jun.

Maggie putzte sich verlegen die Nase und versuchte, sich zusammenzunehmen. Falls Patrick sich umentschieden hatte und zu seiner Frau zurückgekehrt war, musste sie sich damit abfinden. Aber ihr Herz würde zum zweiten Mal brechen.

Für einen Moment blieb es still um den Tisch, bis Bojing wieder leise mit Li Jun sprach, während Maggie auf die Übersetzung wartete.

»Bojing sagt, dass seine Frau sehr furchteinflößend ist und von China aus ständig Druck auf ihn ausübt, Ling zum Heiraten nach Hause zu schicken«, informierte Li Jun Maggie.

Das machte Maggie wütend. Wie konnte der Mann vor seiner Frau katzbuckeln und gleichzeitig Ling gegenüber so dominant sein? »Fragen Sie ihn, wer in seinem Haushalt die Hosen anhat«, meinte sie keck.

Sie bedauerte ihre Unhöflichkeit sofort, aber Li Jun hatte schon angefangen, zu übersetzen, ehe sie ihre wenig diplomatische Bemerkung zurückziehen konnte.

Bojing musterte Maggie einen Moment lang aufmerksam. Sie war sicher, dass er seiner Wut freien Lauf lassen würde, und wartete betreten. Doch Bojing wandte sich an Li Jun, der übersetzte: »Bojing sagt, dass seine Frau in ihrer Provinz für ihr launisches Temperament bekannt ist und dass er sich nur als Oberhaupt seiner Familie fühlt, wenn sie Tausende von Meilen entfernt in China ist.«

Seine Offenheit brachte Maggie zum Lachen, was ihr eines der äußerst seltenen und flüchtigen Lächeln von Bojing einbrachte.

Bojing sprach wieder mit Li Jun.

»Bojing Zhang sagt, dass er eine enge Beziehung zu Ling hat und dass sie gut zusammenarbeiten«, übersetzte Li Jun. »Sie ist ein gutes Mädchen, eine fleißige Arbeiterin, sanft und lieb. Ganz anders als ihre Mutter«, betonte er. »Er vermisst sie und macht sich Sorgen um sie. Er bedauert, dass er sie so bedrängt hat, nach China zu gehen und zu heiraten, aber er muss es seiner hitzköpfigen Frau recht machen.«

Maggie bat Li Jun, Bojing solle einmal die Gefühle seiner Frau beiseitelassen und ihr verraten, welche Art von Leben und welche Zukunft er sich für Ling wünsche. Li Jun dolmetschte.

»Bojing sagt, es wäre ihm am liebsten, wenn Ling einen jungen Chinesen heiratete, der dann in ihr Geschäft einsteigen könnte. Er wünscht sich ein Familienunternehmen für zukünftige Generationen. Seine reizbare Frau hat ihm nur Töchter geschenkt, aber weil sie ihm so viel Ärger macht, kann er keine weitere Frau nehmen, die Söhne gebären könnte. Gute, fleißige Schwiegersöhne wären ihm sehr willkommen.«

Maggie war entzückt und ließ Bojing wissen, dass es eine Möglichkeit dazu gab, wenn er Ling nicht nach Hause schickte, um einen alten Mann zu heiraten. Bojing dachte stirnrunzelnd an die endlose Schelte, die er jahrelang von seiner Frau dafür bekommen würde, aber er stimmte zu. Er wollte seine Tochter glücklich sehen. Dann aber verriet er Li Jun, dass er Angst hatte, Ling nie wiederzusehen.

Maggie versicherte ihre Hilfe bei der Suche nach Ling, wenn er ihr versprach, dass seine Tochter in Australien bleiben und einen Mann ihrer Wahl heiraten dürfe. Bojing zuckte die Schultern und antwortete, dazu sei es wohl zu spät. Er war sicher, dass seine Tochter ihm nicht mehr traute und nicht nach Hause käme.

36

»Vivian, ich habe keine Ahnung, wo ich mit meiner Suche nach Ling anfangen soll«, gestand Maggie. »Wohin hätte sie ohne Huang Fu gehen können?«

»Ich weiß, du willst es nicht wahrhaben, aber sie befindet sich wahrscheinlich in einem Bordell«, entgegnete Vivian.

»Ich kann einfach nicht glauben, dass sie so etwas tut. Ling ist eine reizende, unschuldige, schüchterne junge Frau, und sie ist bis über beide Ohren in Huang Fu verliebt.«

»Du hast Chiyoko kennengelernt. Sie ist reizend, aber so schüchtern, dass sie ihren Blick nie höher als bis zu unseren Knien erhebt – außer wenn Fannie ihr ein paar Drinks einflößt. Manche Männer mögen kecke Frauen, die ihre Meinung sagen, wie zum Beispiel Fannie, andere aber interessieren sich mehr für Frauen, die unschuldig wirken. Sie fantasieren vermutlich, dass sie ihnen die Jungfräulichkeit nehmen, auch wenn es Stammkunden sind.« Sie rollte die Augen angesichts des häufig absurden Lebens in einem Bordell.

Maggie folgte ihren Worten mit Bestürzung. Chiyoko wirkte tatsächlich schüchtern und war sehr ruhig und ausgesprochen niedlich. Maggie konnte sich beim besten Willen nicht vorstellen, wieso sie als Prostituierte arbeitete. »Ich muss Ling finden! Ihr Vater hat versprochen, sie nicht zurück nach China zu schicken. Wenn sie wüsste, dass sie hierbleiben und Huang Fu heiraten darf, wäre sie überglücklich. Ich muss es ihr sagen, bevor … es zu spät ist.«

Vivian dachte nach. »Hast du schon mal eines der Mädchen aus den örtlichen Bordellen in die Wäscherei gehen sehen?«

»Ja, natürlich. Die Bordelle in der Hay Street sind Kunden der Wäscherei.«

»Sind unter den Mädchen, die Wäsche bringen, auch Chinesinnen?«

»Ja … mindestens zwei.«

»Erinnerst du dich an ein bestimmtes Mädchen, das sehr häufig, entweder jeden oder jeden zweiten Tag, dort war?«

Maggie überlegte. »Es gibt eines, mit dem Ling ein wenig Kontakt hatte, wenn Bojing nicht hinsah. Ich glaube, sie arbeitet im Blue Bells.«

Vivian schürzte die Lippen. »Bell Stanley stiftet permanent Unruhe«, erklärte sie verärgert. Vivian hatte es gründlich satt, dass Bell immer noch Geschichten über die Hygiene der Mädchen im Palace verbreitete. Glücklicherweise waren die Gerüchte dem Geschäft nicht abträglich gewesen und hatten keinen Schaden angerichtet. Die Themenzimmer waren zu beliebt.

»Glaubst du ernsthaft, dass Ling bei Bell angeheuert hat?«, fragte Maggie entsetzt.

»Ich vermute, dass sie sich vorerst bei Bell versteckt. Aber nach ein paar Tagen wird Bell sie arbeiten lassen, sobald Ling sich erst einmal an die Vorstellung gewöhnt hat, was sie in diesem Beruf zu tun hat. Wenn sie noch Jungfrau ist, bekommt Bell einen guten Preis für ihr erstes Mal mit einem Kunden.« Vivian stellte sich vor, wie Bell Lings Jungfräulichkeit an den Höchstbietenden versteigerte.

Maggie erblasste. »Ich muss sie finden, bevor es zu spät ist.«

»Weil Huang Fu eine jungfräuliche Braut will?«

»Nein, weil sie sich nicht verzeihen könnte, etwas getan zu haben, das sie für den Rest ihres Lebens bereut.«

Vivian hätte beinahe aufgelacht. »Das klingt ziemlich melodramatisch, Maggie«, sagte sie. »Wir reden doch nur über Sex.«

»Ich weiß, worüber wir reden, aber Ling ist eine ehrbare junge Frau. Sie würde sich nie verzeihen, ihre Jungfräulichkeit hergegeben zu haben, wenn sie Huang Fu heiraten kann, glaub mir.«

Vivians Augen funkelten. »Von geben kann hier nicht die Rede sein.«

»Du weißt, was ich meine«, konterte Maggie verärgert.

Vivian lachte, und Maggie erkannte, dass die Freundin sie geneckt hatte.

»Aber im Ernst: Du wirst nicht an Bell herankommen. Und ich schon gar nicht, nachdem ich sie vor kurzem so zurechtgestutzt habe.« Sie hatten sich fürchterlich angekeift und wären sich beinahe gegenseitig an die Gurgel gegangen, aber das wollte Vivian nicht zugeben.

»Ich könnte Patrick fragen, aber eigentlich will ich das nicht. Außerdem habe ich ihn seit gestern Morgen nicht gesehen.« Maggie schluckte schwer an dem Kloß, der sich in ihrem Hals gebildet hatte.

»Das halte ich für keine gute Idee. Er entspricht so gar nicht dem Klientel des Blue Bells, Bell würde vermutlich sofort Verdacht schöpfen. Und mach dir keine Gedanken, er wird schon wieder auftauchen, da bin ich mir sicher.« Vivian schenkte ihr ein beruhigendes Lächeln. »Am besten bringst du eine andere Chinesin dazu, mit dem chinesischen Mädchen zu sprechen, das für Bell arbeitet«, fügte sie hinzu.

»Wer könnte das für mich machen?«

»Ich frage meine Putzfrauen. Vielleicht übernimmt das eine von ihnen.«

»Willst du diese reizenden jungen Frauen ernsthaft bitten, in ein Bordell zu gehen?«

Angesichts der Ironie dieser Frage konnte Vivian nur den Kopf schütteln, und Maggie errötete, als ihr klar wurde, wie dumm ihre Bemerkung gewesen war.

Als die schwere Eichentür von Westminster Drive Nr. 87 geöffnet wurde, wusste Patrick dank Lauras Beschreibung sofort, dass er vor Betty stand.

»Guten Abend«, sagte er. Es war nicht schwer gewesen, in diesem wohlhabenden Teil von Cottesloe unter all den anderen das Haus der Brenans ausfindig zu machen. Es war eines der herrschaftlichsten und stand hoch auf dem Hügel mit bester Aussicht auf das Meer. »Ist Mister Brenan zu Hause?«

Betty musterte Patrick von oben bis unten. Frederick empfing abends nicht gern Besucher, und es war bereits neun Uhr. »Ich fürchte, es ist reichlich spät, Sir …«

»Mein Name ist Patrick Shanahan. Ich komme aus Kalgoorlie und bin ein Freund von Laura«, unterbrach Patrick sie, aus Angst, sie könnte ihm die Tür vor der Nase zuschlagen. »Sie spricht sehr freundlich von Ihnen, Betty«, fügte er mit einem entwaffnenden Lächeln hinzu.

Betty kicherte. »Bitte kommen Sie herein, Mister Shanahan.« Sie trat zur Seite und führte ihn in die geräumige Eingangshalle.

Patrick sah sich in dem schönen Haus um. Mit einem Anflug von Unmut registrierte er die teuren Kunstwerke und antiken Möbel. Er hatte nie Grund gehabt, andere Menschen zu beneiden, aber die Vorstellung, dass seine Tochter in diesem Haus aufgewachsen war und einen anderen Mann als ihren Vater geliebt hatte, erzeugte in ihm ein nachtragendes und verbittertes Gefühl.

»Warten Sie bitte hier, Sir«, sagte Betty und machte sich auf den Weg zu Fredericks Arbeitszimmer.

Sie klopfte und trat ein. »Ein Mister Shanahan möchte Sie sprechen, Sir.« Sie bemerkte den finsteren Ausdruck, der sofort auf seinem Gesicht erschien.

»Der Name ist mir nicht bekannt«, antwortete er scharf. »Was will er?«

»Das weiß ich nicht, aber er kennt Laura, Sir. Er kommt aus Kalgoorlie.«

Frederick zuckte zusammen. »Führen Sie ihn herein«, sagte er hastig und betete, dass mit Laura alles in Ordnung war.

Patrick betrat Fredericks Arbeitszimmer und sah sich einem Mann in etwa dem gleichen Alter und derselben Größe gegenüber, der ihn hinter seinem Schreibtisch kalt anblickte.

»Mister Shanahan, Betty sagte, dass Sie Laura kennen. Geht es ihr gut?« Sie hatte Perth sehr plötzlich verlassen, und er machte sich Sorgen um ihre Gemütsverfassung.

»Es geht ihr gut.« Patrick ließ seinen Blick über die Bücherregale an den Wänden und die kleinen Erinnerungsstücke gleiten, die überall herumstanden. Er spürte, dass dieser Raum Brenans Heiligtum war, das er streng abschottete. Er fühlte sich fast wie ein Eindringling.

»Sind Sie Anwalt?«, wollte Frederick wissen.

»Nein, wie kommen Sie darauf?«

»Nur so«, antwortete Frederick. Ihm war der Gedanke gekommen, dass Laura wegen ihrer Adoption vielleicht rechtliche Schritte unternommen haben könnte.

»Bitte setzen Sie sich«, sagte er, auf der Hut. »In Anbetracht der fortgeschrittenen Uhrzeit sollten wir gleich zur Sache kommen, Mister Shanahan. Warum sind Sie hier?« Plötzlich kam ihm ein ziemlich schockierender Gedanke. »Sie wollen mir hoffentlich nicht mitteilen, dass Sie und meine Tochter … ein Paar sind, oder?«

Patrick blieb seine Ablehnung nicht verborgen. »Finden Sie, dass ich alt genug bin, um ihr Vater zu sein?«

»Nun, ja, ich bin nicht dagegen, dass Männer sich jüngere Frauen nehmen – wenn allerdings der Altersunterschied fast unanständig ist …«

»Ich *bin* ihr Vater«, verkündete Patrick mit fester Stimme, ohne Frederick aus den Augen zu lassen. Brenan blinzelte schockiert, hatte sich aber schnell wieder unter Kontrolle.

»Ihre Mutter heißt Maggie Cassidy«, fügte Patrick hinzu. Kurz huschte ein Schatten über Fredericks Gesicht, doch dann setzte er sofort wieder sein Pokerface auf.

»Das ist unmöglich«, erklärte Frederick kalt.

»Sie haben Laura aus dem Waisenhaus in der Riley Street geholt, nicht wahr?«

Frederick leugnete es nicht. Seine Gedanken rasten. Er starrte Patrick an.

»Das hat Laura mir berichtet«, fügte Patrick hinzu.

»Ich hoffe, Sie haben ihr nicht gesagt, dass Sie ihr Vater sind«, knurrte Frederick wütend.

»*Noch* nicht …«, sagte Patrick.

»Was wollen Sie von mir? Geld?« Frederick vermutete, dass Patrick versuchte, ihn für sein Schweigen zu erpressen. »Ich gebe Ihnen keinen Penny.«

»Ich will Ihr Geld nicht«, entgegnete Patrick wütend. Das Einzige, was er wollte, war, die Jahre zurückzuhaben, die er mit Lori versäumt hatte, aber das ging nicht. »Meine Tochter wurde als Dreijährige ins Waisenhaus gebracht, als Maggie krank auf der Straße zusammenbrach. Ich weiß, dass Maggie das Sorgerecht für unsere Tochter niemals abgegeben hat, was bedeutet, dass irgendetwas Illegales geschehen sein muss.«

Frederick zog es vor, zu schweigen, während er fieberhaft überlegte, was Patrick von ihm wollte. Wollte er ihn ins Gefängnis bringen? Der Gedanke erschreckte ihn.

»Sie sagen ja gar nichts, Mister Brenan.« Patrick musterte ihn mit durchdringendem Blick.

»Sie haben kein Recht, wilde Anschuldigungen zu erheben, Mister Shanahan«, sagte Frederick schließlich. Er wusste, dass es keine Belege für das gab, was vor vielen Jahren geschehen war. Jayne Dunley hatte jeden Beweis, dass Laura je im Waisenhaus gewesen war, vernichtet.

»Oh, das sind keine wilden Anschuldigungen, Mister Brenan.«

»Wie kommen Sie auf die lächerliche Idee, dass meine Laura Ihre Tochter ist?«

»Der Name meiner Tochter war Lori. Sie wurde am 13. August 1887 geboren. Sie hatte kupferfarbenes Haar und blaue Augen. Sie war drei Jahre alt, als sie von Nonnen ins Waisenhaus gebracht wurde, nachdem ihre Mutter mit doppelseitiger Lungenentzündung auf der Straße zusammengebrochen war. Sie werden sicherlich nicht der Meinung sein, dass diese Gemeinsamkeiten nur Zufälle sind.«

»Sie wollen doch nicht etwa behaupten, dass es sich bei zwei Menschen, die denselben Geburtstag oder dieselbe Haarfarbe haben, zwangsläufig um ein und dieselbe Person handelt«, schoss Frederick zurück. Er war zuversichtlich, dass sein Anwalt diese Theorie in der Luft zerreißen würde.

»Oh, ich halte einzelne Zufälle bisweilen für möglich, aber nicht vier, fünf oder sechs gleichzeitig. Heute früh habe ich mit einer Frau gesprochen, die viele Jahre im Waisenhaus gearbeitet hat. Sie haben dem Waisenhaus um die Zeit von Lauras Adoption eine große Spende zukommen lassen.«

Frederick bemühte sich, sich seine zunehmende Unruhe nicht anmerken zu lassen. »Ja, das habe ich. Ich spende oft für wohltätige Zwecke, und das Waisenhaus war auf Spenden angewiesen, um seine Arbeit fortsetzen zu können.«

Patricks Selbstvertrauen wuchs, weil er recht gehabt hatte mit seiner Annahme, dass es sich bei dem großzügigen Wohltäter um Brenan handelte. »Ich glaube, Sie haben Schwester Dunley Geld gegeben, damit Sie Laura mitnehmen konnten. Und zwar illegal, denn sie war nicht zur Adoption freigegeben. Hatten Sie gehofft, dass Maggie im Krankenhaus stirbt und Ihr Vergehen nie aufgedeckt wird?«

Fredericks Gesicht und Hals wurden rot. »Es gab kein Vergehen«, erklärte er kalt. »Lauras Adoption war legal. Und jetzt verlassen Sie bitte mein Haus.«

Patrick hatte sich darauf vorbereitet, die Wahrheit ein wenig auszuschmücken, wenn Frederick nicht zugab, was wirklich geschehen war.

»Schwester Dunley befand sich 1890 in einer verzweifelten Lage, und Sie wollten Ihrer Frau das Kind schenken, das sie sich wünschte. Als sie ein wunderschönes kleines Mädchen mit kupferfarbenen Locken und blauen Augen kennenlernte, verlor sie ihr Herz an die Kleine. Nur war Lori nicht zur Adoption freigegeben, weil ihre Mutter im Krankenhaus lag und ihr Kind keineswegs aufgegeben hatte. Ich weiß, dass die Ärzte nicht damit rechneten, dass sie überlebte, aber Maggies unbeugsamer Wille und die Liebe zu ihrer Tochter brachten sie ins Leben zurück. Ihre große Spende überzeugte die verzweifelte Schwester Dunley, etwas Illegales zu tun – etwas, das sie bis heute bedauert. Sie will nicht ins Gefängnis und Sie sicher auch nicht, Mister Brenan.«

»Ich gehe nicht ins Gefängnis, genauso wenig wie Jayne Dunley, weil wir nichts falsch gemacht haben.«

»Sie wissen, dass Jayne Dunley Maggie erzählt hat, dass Lori gestorben sei. Aber ich war auf dem Standesamt, wo Geburten, Todesfälle und Ehen registriert werden. Es gibt keinerlei Aufzeichnungen über Loris Tod. Es gibt eine Geburtsurkunde, aber keine Sterbeurkunde. Es gibt auch kein Grab für Lori auf dem Friedhof, wo sie laut Schwester Dunley begraben sein soll. Wie wollen Sie das alles erklären?«

Frederick wusste nicht, was er sagen sollte.

»Meine Lori und Ihre Laura sind ein und dieselbe Person, Mister Brenan. Die Adoption war illegal.«

»Für diese Behauptung bräuchten Sie Beweise, Mister Shanahan. Aber die gibt es nicht.«

»Sie wissen sicher, dass Jayne Dunley ein sehr schlechtes Gewissen hat. Sie bedauert zutiefst den Schmerz und das Leid, dass sie Maggie zugefügt hat, indem sie ihr sagte, ihre Tochter sei gestorben. Das liegt ihr seit Jahren auf der Seele«, sagte Patrick, obwohl es ihm nicht einmal gelungen war, sie aufzuspüren, aber das musste Frederick ja nicht wissen. Er war trotzdem sicher, dass er recht hatte mit seiner Aussage, nach allem, was Gertie ihm über Jayne Dunley erzählt hatte. Und seine Worte verfehlten ihre Wirkung nicht.

Frederick geriet in Panik. »Falls sie etwas Illegales getan hat, wusste ich nichts davon«, behauptete er.

»Zeigen Sie mir die Adoptionspapiere«, verlangte Patrick.

Frederick errötete. »Ich habe sie nicht. Schwester Dunley hat sie mir zwar versprochen, aber nie gegeben.«

»Weil es sie nicht gibt. Aber das wussten Sie natürlich, nicht wahr, Mister Brenan?«

Frederick fühlte sich in die Ecke gedrängt. Ihm fehlten stichhaltige Argumente. »Mir wurde gesagt, Maggie Cassidy sei eine Obdachlose, die mit Laura auf der Straße lebte. Das arme Kind befand sich in einer gefährlichen Situation, ohne Essen und Unterkunft. Wir holten sie aus diesem Leben in ein anderes Leben mit einem schönen Zuhause, den besten Schulen, hübschen Kleidern und Freunden aus einflussreichen Familien.«

»Sie haben ihr all das gegeben, aber gleichzeitig haben Sie ihrer Mutter viele Jahre Schmerzen und Leid verursacht, weil sie glaubte, ihr Kind sei gestorben und umsonst um sie trauerte. Das hätte nie geschehen dürfen. Außerdem ist Lori verwirrt und fühlt sich verraten! Sie sucht nach ihren leiblichen Eltern.«

Frederick seufzte. Er dachte an das Baby, das er mit Lucinda haben würde. Der Gedanke, dass er dessen erste Jahre nicht begleiten konnte, wenn er ins Gefängnis kam, schmetterte ihn nieder. »Was werden Sie jetzt tun?«

Patrick stand auf. »Ich werde meiner Tochter die Wahrheit sagen.«

»Dann werde ich sie verlieren«, sagte Frederick betroffen.

Patrick starrte ihn an. »Sie hat Ihnen nie gehört«, antwortete er und verließ den Raum.

37

»Ich bin so froh, dass du mir hilfst, Tai«, sagte Maggie dankbar. »Ohne dich könnte ich das nicht machen.« Sie befanden sich im Cottage, wo Maggie sich verkleidete, um Tai zum Blue Bells zu begleiten. Sie bedeckte ihren Kopf mit einem Tuch, das sie unter ihrem Kinn zusammenband, und setzte einen konischen Bambushut auf, der dem von Tai sehr ähnlich sah. Tai hatte ihr auch eine lockere Tunika mitgebracht.

Die junge Frau hatte sich bereit erklärt, allein zum Blue Bells zu gehen, doch das erlaubte Maggie nicht. Tai war sanftmütig und so zierlich, dass eine steife Brise sie hätte wegblasen können, und Vivian hatte Bell als unangenehmen und widerwärtigen Charakter beschrieben.

Jede der drei chinesischen Putzfrauen war bereit gewesen, Maggie zu helfen, aber Vivian hatte sich für Tai entschieden, weil sie im Zweifelsfall den meisten Mut aufbringen würde, was sich bei Bell Stanley durchaus als notwendig erweisen konnte. Sie hatte ihr erklärt, was sie von ihr wollte, war sich jedoch nicht sicher, ob die junge Putzfrau wirklich alles verstanden hatte, denn ihr Englisch war bestenfalls rudimentär.

»Du musst Tai dazu bringen, mit der chinesischen Prostituierten zu reden«, hatte Vivian gesagt. »Sie soll Ling überzeugen, dass du unbedingt mit ihr sprechen musst. Aber sei auf alles vorbereitet, denn Bell wird sie wie eine Bulldogge beschützen.«

»Du machst mir Angst.« Maggie stellte sich Bell Stanley fürchterlich vor.

»Ich muss dich einfach vor dieser schrecklichen Frau warnen.

Wenn du ihr begegnest, wirst du verstehen, dass meine Bedenken berechtigt sind.«

Am frühen Morgen hatte Maggie ihre Kunden in der Bäckerei bedient und dann den Laden geschlossen. Sie hoffte, rechtzeitig für ihre Mittagskundschaft zurück zu sein, aber das hing davon ab, wie ihre Suche nach Ling verlief.

Die Hay Street war bei Tageslicht wie jede andere Straße, mit normalen Menschen, die ihren alltäglichen Geschäften nachgingen. Das änderte sich, sobald die Sonne am westlichen Horizont unterging und die Prostituierten begannen, sich einsamen, meist betrunkenen Bergleuten anzudienen.

Das Blue Bells lag auf der anderen Straßenseite nur wenige Schritte vom Pink House entfernt. Die räumliche Nähe der beiden Bordelle führte zu einem ständigen Wettbewerb, und nach dem, was die Gerüchte besagten, bekämpften die beiden *Mesdames* Bell Stanley und Eunice Morrell einander wie Revier-Kater, manchmal sogar auf der Straße, wobei die Bergleute auf das Ergebnis wetteten. In Vivians Augen war dieses Verhalten äußerst erniedrigend und auf jeden Fall würdelos, vor allem, weil darüber dauernd in der Zeitung zu lesen war, aber in Bezug auf Bell überraschte sie das nicht wirklich.

»Denk an das, was ich gesagt habe, Tai. Du musst Ling klarmachen, dass ihr Vater sie *nicht* nach China zurückschickt und dass sie den Mann heiraten darf, den sie liebt«, wiederholte Maggie unterwegs. »Wenn ich nicht die Möglichkeit bekomme, mit ihr zu sprechen, musst du sie überzeugen.«

Tai nickte höflich, schwieg aber. Maggie blieb nichts, als darauf zu vertrauen, dass sie verstanden hatte.

Vor dem Blue Bells, einem Haus mit zwei großen, zur Vorderseite gelegenen Fenstern und einem Seiteneingang, wurde Maggie nervös. Tai hingegen wirkte äußerlich ruhig, aber Maggie hatte keine Ahnung, wie es ihr wirklich ging. Die Vorhänge an den Frontfenstern waren zugezogen. Bei Nacht waren sie weit geöffnet, um die provozierend spärlich bekleideten Mädchen zu zeigen, die potenzielle Kunden anlocken sollten. In der Hay Street galten nicht die gleichen Regeln wie in der Hannan Street, wo ein solches Verhalten sofort die Polizei auf den Plan gerufen hätte. Hier jedoch war dies nicht illegal, solange es sich in einem Privathaus abspielte. Glücklicherweise wirkte das Geheimnisvolle besonders anziehend, und dank der Mundpropaganda war das Palace beliebter als jedes andere Bordell in Kalgoorlie.

Maggie hatte Sorge, dass Bell ihr jungfräuliches Kleinod wie ein Schießhund bewachte und sie nicht in Lings Nähe vordringen würden. Vivian hatte Maggie und Tai geraten, zur Hintertür zu gehen, wo sie der chinesischen Prostituierten am ehesten entweder im Nebengebäude oder in der Küche begegnen könnten. Sie schlug vor, dass Tai so tun sollte, als wäre sie eine Verwandte, falls eines der anderen Mädchen fragte, und suchte nach Arbeit.

»Auf in den Kampf«, sagte Maggie. Sie gingen an der Seite des Bordells entlang, vorbei an der Eingangstür für die Kunden, über der nach Einbruch der Dunkelheit eine rote Lampe leuchtete.

An der hinteren Ecke des Gebäudes blieben Maggie und Tai stehen und betrachteten den kleinen, kargen Garten, in dem nur wenige harte Gräser im roten Staub ihr Dasein fristeten. Ein Steinpfad führte zu einer Wäscheleine, die nur selten benutzt wurde, da Bell ihre schmutzigen Laken und Handtücher gewöhnlich zu den Zhangs schickte. Außerdem gab es einen Stall und gleich neben der Hintertür ein Nebengebäude und ein Waschhaus, in dem die Kunden zu baden hatten, ehe sie Zeit mit den Mädchen verbringen durften.

»Ich klopfen«, schlug Tai vor. »Rufen chinesisches Mädchen.«

Maggie nickte, doch in diesem Moment öffnete sich die Tür des Waschhauses. Sie pressten sich gegen die Seitenwand, um nicht gesehen zu werden. Stimmen erklangen, und Maggie und Tai lugten um die Ecke. Zwei junge Frauen schleppten einen Wäschekorb zur Wäscheleine. Da beide kegelförmige Hüte trugen, war Maggie sofort klar, dass es sich um Chinesinnen handelte. Sie lauschte auf die Stimmen und war bald sicher, dass eine der beiden Ling war. Zutiefst erleichtert flüsterte sie Tai ihren Verdacht zu.

Maggie und Tai schlichen zu den Mädchen, doch auf halbem Weg drehte sich die chinesische Prostituierte plötzlich um. Ling hing gerade ein tropfendes Laken auf und hatte sie noch nicht bemerkt. Tai sagte auf Chinesisch etwas zu der Prostituierten, was Lings Aufmerksamkeit erregte. Sie drehte sich um, und sofort fiel ihr Blick auf Maggie. Deren Kleidung verwirrte sie und brachte sie zu der Annahme, dass ihr Vater Maggie geschickt hatte, um sie nach Hause zu bringen. Sie geriet in Panik, ließ das Laken in den Staub fallen und begann zu kreischen.

»Ling, hör auf! Hör auf!«, rief Maggie, aber es gelang ihr nicht, die junge Frau zu beruhigen. Maggie hatte Ling noch nie so erlebt.

Auch die Prostituierte geriet nun in Panik, weil sie wusste, dass sie von Bell eine Tracht Prügel beziehen würde, wenn Ling etwas passierte. Sie packte Ling am Arm und versuchte, sie zur Hintertür des Bordells zu schleppen, aber Tai drängte sich zwischen die beiden und beschwor Ling, ihr und Maggie zu folgen.

In diesem Moment stürmte eine Frau aus der Hintertür, offenbar alarmiert durch den Lärm. Sie zurrte den Gürtel ihres Morgenmantels um ihre stattliche Gestalt, ihr Haar war zerzaust, ihr Gesicht verquollen und zerknittert. Ihre unwirsche Miene verriet Maggie, dass es Bell Stanley war. Sie hatten die Frau offenbar geweckt, die deshalb vermutlich in einer noch schlechteren Stimmung als sonst war. Mit Vivians Warnungen im Kopf schauderte Maggie angesichts der bevorstehenden Konfrontation.

»Was zum Teufel ist hier los?«, knurrte Bell. Doch sie erfasste die Situation sofort und raunzte die chinesische Prostituierte an, Ling ins Haus zu bringen. Dann stellte sie sich den Eindringlingen entgegen, die offenbar ihr neues Mädchen entführen wollten.

»Ling, gehen Sie nicht da rein«, flehte Maggie, wich aber zurück, als Bell auf sie zustapfte. »Sie dürfen Huang Fu heiraten. Ihr Vater will ihn ins Geschäft aufnehmen.«

»Lügnerin!«, schrie Bell, die vermutete, dass Maggie für ein rivalisierendes Bordell arbeitete und alles tun würde, um die naive, jugendliche Jungfrau auszutricksen. Aber kampflos würde sie Ling sicher nicht ziehen lassen!

»Ich sage die Wahrheit, Ling«, rief Maggie, behielt Bell aber aufmerksam im Auge.

Ling wirkte verwirrt. Sie konnte nicht glauben, dass ihr eigensinniger Vater seine Denkweise so radikal geändert hatte. Er, der sich in seinen Vorstellungen nie beirren ließ.

Die chinesische Prostituierte griff wieder nach Lings Arm, doch die schüttelte sie ab. Verzweifelt packte das Mädchen den Stoff von Lings Tunika. Ling wehrte sich, und das Hemd zerriss.

»Verschwinde von meinem Grundstück«, keifte Bell Maggie an, ballte eine Faust und holte aus. Maggie wich in letzter Sekunde aus, spürte aber den Luftzug dicht neben ihrem Gesicht, und ihr Hut flog davon. Hätte der Hieb sie getroffen, hätte er sie ziemlich sicher von den Füßen gerissen.

Ling war hin und her gerissen. Sie mochte Maggie und wollte nicht, dass sie verletzt wurde, aber sie hatte auch Angst, ihr nach Hause zu folgen. Panisch rannte sie kreuz und quer durch den Garten, immer mit der chinesischen Prostituierten auf den Fersen.

Im allgemeinen Getümmel hob Tai das schmutzige Laken vom Boden auf, warf es über Bell und wickelte sie blitzschnell darin ein. Bells Fuß verfing sich, sie stolperte und schlug der Länge nach auf den Boden. Staub wirbelte auf, und Bell japste nach Luft.

»Laufen Sie, Ling«, schrie Maggie.

Die Prostituierte versuchte, ihr den Weg zu versperren, aber Ling stieß sie beiseite und eilte davon.

Begleitet von Bells deftigen Flüchen liefen die Frauen los.

Vor dem Bordell wusste Ling nicht weiter, aber Maggie nahm ihren Arm und zog sie über die Straße. Sie rannten, so schnell sie konnten, zum Cottage.

Kurz vor dem Cottage blieb Ling stehen, vor Furcht erstarrt. »Ich nicht nach China zurückgehen!« Sie weinte und wehrte sich mit Händen und Füßen, das Haus zu betreten.

»Sie gehen nirgendwohin, Ling, das verspreche ich Ihnen«, beruhigte Maggie sie. »Bitte, vertrauen Sie mir.«

Widerwillig folgte Ling Maggie ins Haus, wo Maggie sie an den Tisch setzte und ihr eine Tasse Tee mit einem Schuss Brandy verabreichte.

»Mein Vater seine Meinung nie ändern.« Ling nippte unter Tränen an ihrem Tee. Tai tätschelte ihren Arm.

»Ihr Vater ist in heller Aufregung, weil er fürchtet, Sie nie wiederzusehen, Ling. Ihre Mutter hat offenbar Druck auf ihn ausgeübt, Sie nach Hause zu schicken, aber es ist nicht das, was er wirklich will.«

»Meine Mutter Gesetz in unser Haus in China, Maggie.«

»Vertrauen Sie mir, Ling, Ihr Vater will Sie nicht verlieren«, sagte Maggie.

Ling dachte an die letzten Tage und an das, was sie durchgemacht hatte, und vergrub ihren Kopf in den Händen.

Maggie fürchtete das Schlimmste. Ob Bell Lings Jungfräulichkeit bereits verkauft hatte? Sie wollte sich mit Ling allein unterhalten, also dankte sie Tai für ihre Hilfe und schickte sie zurück zu Vivian.

»Ling, was haben Sie bei Bell gemacht?«, fragte Maggie schließlich. »Sie haben doch hoffentlich nicht …«

»Wang Shu mich verstecken, bis ich finden Möglichkeit, Kalgoorlie zu verlassen«, sagte Ling. »Dann mich schreckliche Frau finden, Bell. Sagen, ich für sie arbeiten müssen. Ich anbieten, Wäsche waschen, aber sie sagen, ich sollen …« Ling konnte es nicht aussprechen.

»Sie wollte, dass Sie für Geld Zeit mit Männern verbringen«, half Maggie aus.

Ling nickte und senkte verschämt den Kopf.

»Aber das haben Sie doch nicht getan, oder?« Maggie musste die Frage stellen.

Ling schüttelte den Kopf. »Sie mir für Samstagabend sagen«, sagte sie weinerlich.

»Oh, ich bin so froh, dass wir es vor Samstag zu Ihnen geschafft haben«, rief Maggie erleichtert.

»Mein Vater mich fortschicken, wenn er wissen, dass ich an diesem schrecklichen Ort, Maggie«, klagte Ling verzweifelt.

»Er wird es nie erfahren, das verspreche ich«, sagte Maggie. »Wir sagen, Sie hätten im Stall übernachtet.«

»Ich meinen Vater nicht anlügen.«

»Er wird wahrscheinlich gar nicht fragten, also müssen Sie vielleicht gar nichts sagen. Aber wenn er fragt, sagen wir, ein chinesisches Mädchen hätte Sie mit nach Hause genommen. Das ist keine Lüge.«

»Wo mein Vater?«

»Ich weiß es nicht. Er war heute Morgen nicht hier. Die Wäscherei ist geschlossen, aber vielleicht ist er trotzdem dort.«

»Ich müssen zu ihm, Maggie.« Ling stand auf.

Maggie freute sich zwar, dass der Brandy sie ein wenig beruhigt hatte, aber Ling hatte immer noch den Blick einer jungen Frau auf dem Weg zum Galgen.

Die Fahrt mit dem Nachtzug zurück nach Kalgoorlie erschien Patrick endlos. Er konnte an nichts anderes denken als an Lori und Maggie und überlegte fieberhaft, wie er ihnen die Wahrheit sagen sollte. Seine Gefühlswelt war vollkommen aus den Fugen geraten. In der einen Minute lachte er laut vor purer Freude, in der nächsten weinte er voller Trauer um die Jahre, die er mit Lori und Maggie versäumt hatte. Seine Hände waren schweißnass und zitterten. Er war vollkommen durcheinander, und auch wenn er wusste, dass er für Maggie und Lori stark sein musste, hatte er im Moment keine Ahnung, wie er das erreichen sollte.

Maggie ging in die Backstube und schob die am Morgen vorbereiteten Pasteten in den Ofen. Anschließend dekorierte sie die Vitrine für ihre Mittagskunden und erledigte weitere, alltägliche Aufgaben. Jeder Handgriff fühlte sich wie eine lästige Pflicht an, seit Patrick wieder aus ihrem Leben verschwunden war. Fast wünschte sie, sie wären einander nicht wieder begegnet. Sie hatte vergessen, wie sich echtes Glück anfühlte, bevor er in ihr Leben zurückgekehrt war. Und jetzt brach er ihr erneut das Herz.

Maggie hatte sich bemüht, den Gedanken zurückzudrängen, dass Patrick zu seiner Frau zurückgekehrt war, aber es gelang ihr nicht. Sie konnte einfach nicht verstehen, warum er ihr nichts davon gesagt hatte, vor allem nachdem er versprochen hatte, dass sie fortan zusammenleben würden. Sie liebte ihn immer noch und würde es immer tun, aber sie fühlte sich verraten.

»Hallo, Maggie«, sagte Patrick, der in diesem Moment leise durch die Hintertür schlüpfte.

Maggie hatte gerade ein Blech mit frisch gebackenen Pasteten aus dem Ofen gezogen und stand mit dem Rücken zu ihm. Überrascht wandte sie sich um.

»Patrick! Wo bist du gewesen?« Sie hörte selbst, wie vorwurfsvoll ihre Stimme klang. Dachte er wirklich, er könnte ohne Rücksicht auf ihre Gefühle einfach kommen und gehen, wie er wollte?

»Ich musste nach Perth«, antwortete Patrick.

»Warum hast du mir das nicht gesagt? Ich dachte ... Ich dachte, du wärst wieder nach Melbourne zurückgekehrt.«

Patrick war überrascht über diese Schlussfolgerung. »Nein! Es tut mir leid, aber wenn ich es dir erkläre, wirst du mich sicher verstehen. Bitte setz dich, Maggie.«

»Ich kann nicht. Gleich kommen die Kunden«, beschied Maggie knapp. »Kann das vielleicht noch ein bisschen warten?«

»Nein, es kann nicht warten.«

Erst in diesem Moment bemerkte Maggie, dass Patrick schlecht aussah. »Bist du krank?«, fragte sie besorgt.

»Nein, es geht nicht um mich. Es geht ... um Lori.«

»Lori?« Maggie zuckte zusammen.

Patrick nickte, nahm ihre Hände und führte sie zu einem Stuhl.

Maggie spürte, dass er zitterte, und ihr Herz begann zu rasen. »Hast du ihr Grab gefunden?«

»Nein, Maggie.« Patrick hielt inne. Nun, da der Moment gekommen war, ihr die Wahrheit zu sagen, fühlte er sich körperlich krank. »Es gibt kein Grab«, sagte er. »Und es gibt auch keine Sterbeurkunde für Lori.«

Maggies Augen füllten sich mit Tränen. »Wie kann das sein? Was haben sie mit unserer Tochter gemacht?« Sie fürchtete das Schlimmste. Der Gedanke, dass man Lori vielleicht einfach wie Müll entsorgt hatte, zerriss ihr das Herz.

»Ich möchte dir erzählen, was ich herausgefunden habe.«

»Nicht wenn es mich für immer verfolgen wird, Patrick. Das könnte ich nicht ertragen.«

»Du wirst sicher geschockt sein, aber ich verspreche dir, dass alles gut wird.«

Maggie empfand die gleiche Angst, die sie schon einmal verspürt hatte – kurz bevor Schwester Dunley ihr mitteilte, dass Lori gestorben war. Sie begann zu zittern.

Patrick atmete tief ein und begann zu sprechen. »Als du mit Lungenentzündung im Krankenhaus lagst, kam ein reiches Paar ins Waisenhaus. Die Frau sah Lori und beschloss, sie zu adoptieren.«

Maggie starrte ihn ungläubig an.

»Ich glaube, dass Schwester Dunley daraufhin dem Krankenhaus, in dem du lagst, einen Besuch abstattete, wo sie die Information erhielt, dass du deine Krankheit vermutlich nicht überleben würdest. Schwester Dunley versprach dem Paar, dass es Lori im Falle deines Todes adoptieren könnten, falls keine weiteren Verwandten gefunden würden.«

Maggies Herz raste.

»Schwester Dunley musste hart darum kämpfen, das Waisenhaus zu erhalten, das wusste der reiche Mann. Er wollte Lori unbedingt haben und bot Schwester Dunley eine großzügige Spende an, wenn sie ihm dafür etwas gäbe.«

»Lori«, flüsterte Maggie ungläubig.

»Richtig.« Patrick nickte. »Schwester Dunley hat dich angelogen, als sie dir sagte, dass Lori gestorben sei. Sie hatte sie bereits diesem Mann und dieser Frau überlassen und nicht erwartet, dass du nach deiner Tochter suchen würdest.«

Maggie sprang auf. »Weißt du, wer diese Leute sind? Wir müssen sie finden. Es sind Kriminelle.« Sie rang nach Luft, so aufgebracht war sie.

»Die Frau ist vor einigen Jahren gestorben, aber den Mann habe ich ausfindig gemacht. Ich weiß, wer er ist, er hat wieder geheiratet.«

»Dann … Lori … sie lebt.« Maggie schluchzte auf.

Patrick nickte wortlos, während Tränen über seine Wangen liefen. Er schlang seine Arme um Maggie und drückte sie fest an sich, und sie weinte an seiner Schulter, ihr gesamter Körper bebte in seinen Armen.

Nach einer schier endlosen Weile atmete Maggie tief durch und sank auf ihren Stuhl. Patrick holte eine Flasche Brandy aus dem Schrank, schenkte zwei Gläser ein und stellte eines vor Maggie.

»Hast du … unsere Lori gesehen?« Maggie nahm einen Schluck.

»Ja, Maggie«, antwortete Patrick.

»Wie ist sie so?«

Patrick schenkte ihr einen intensiven Blick. »Du hast sie auch gesehen, Maggie.«

Maggie starrte ihn an. »Wie meinst du das?«

»Bevor ich nach Perth fuhr, habe ich Laura Brenan zu ihrer Adoption befragt«, berichtete Patrick. »Es gab einfach zu viele Zufälle. Sie wurde am selben Tag im gleichen Jahr wie unsere Lori geboren. Sie hat die gleiche Haar- und Augenfarbe. Sie kam aus dem gleichen Waisenhaus und wurde im Alter von drei Jahren adoptiert. Genauso alt war Lori, als sie ins Waisenhaus kam.«

Maggie fiel fast in Ohnmacht. »Ja, aber … du willst doch nicht etwa behaupten, dass Laura … unsere Lori ist?« Sie wankte. »Das kann doch nicht sein …«

Patrick nahm ihre Hände in seine. »Es ist wahr, Maggie, und es ist wundervoll. Unsere Lori ist hier, und wir kennen sie.«

Maggie schüttelte den Kopf. Sie konnte es nicht begreifen. »Seit fünfzehn Jahren trauere ich um meine kleine Tochter, und sie hat die ganze Zeit gelebt. Und … sie ist tatsächlich hier«, murmelte sie. »Ich kann es nicht fassen, Patrick.«

Patrick wusste nur zu gut, wie schwer die Neuigkeit zu verkraften war. Er selbst hatte schon mehr Zeit gehabt und war immer noch erschüttert. »Ich war bei den Brenans und habe mit Frederick Brenan gesprochen«, sagte Patrick. »Zuerst leugnete er alles, aber dann gab er es schließlich zu. Er versuchte, Schwester Dunley die Schuld in die Schuhe zu schieben, was mich nicht überrascht. Er hatte Angst, dass er ins Gefängnis kommt. Ich habe mich sehr zusammenreißen müssen, um ihm nicht an die Kehle zu gehen für das, was er dich hat durchmachen lassen. Er hat keine Vorstellung von dem Schmerz, den er verursacht hat.«

»Er sollte im Gefängnis schmoren«, stieß Maggie verbittert hervor. »Und Schwester Dunley auch. Wie konnte sie mir das Herz brechen? Wie kann man einer Mutter so etwas antun?«

»Das ist wirklich unverzeihlich. Ich würde das Verbrechen der Polizei melden, aber leider gibt es keine Beweise, weil ich weder die Aufzeichnungen aus dem Waisenhaus noch Schwester Dunley finden konnte. Das Gebäude soll bald abgerissen werden, und die Akten sind wie so vieles andere vermutlich von Hausbesetzern verbrannt worden. Auch verschiedene Behörden konnten mir nicht weiterhelfen. Als mir schließlich eine ehemalige Mitarbeiterin von der großen Spende berichtet hat, habe ich eins und eins zusammengezählt.«

»Patrick, das ist ein Wunder«, flüsterte Maggie heiser. »Laura … die wunderschöne Laura … ist unsere Tochter. Ich kann es einfach nicht fassen.«

»Ich weiß. Wir haben eine Tochter, und ich habe fast jeden Morgen mit ihr zusammen gefrühstückt«, sagte Patrick lächelnd.

»Und ich habe mit ihr zusammen gebacken«, sagte Maggie. »Das ist doch der größte Zufall von allen. Dass ich eines Tages in die Praxis ging, und da war sie. Ihre Haarfarbe und ihre blauen Augen haben mich beeindruckt … Sie erinnerte mich zwar an Lori, aber ich bin nicht eine Sekunde davon ausgegangen, dass sie wirklich mein kleines Mädchen sein könnte. Oh, Patrick, wie sollen wir ihr nur sagen, dass sie unsere Tochter ist? Ich habe Sorge, dass es sie überfordert.«

»Ich auch, aber wir müssen es ihr sagen. Jetzt, wo meine beiden Mädchen wieder in meinem Leben sind, lasse ich keine von euch mehr gehen.«

»Ich hätte nie gedacht, dass ich jemals so glücklich sein könnte.« Tränen liefen über Maggies Wangen.

»Du hast all das verdient, und noch viel mehr dazu, meine liebste Maggie.«

38

Bojing saß im Schatten hinter der Wäscherei auf dem Boden und dachte an Ling und daran, wie leer sein Leben ohne sie sein würde. Er war unglaublich müde, konnte aber nicht schlafen und wusste nicht, wann er zuletzt gegessen hatte. Ohne Ling konnte er die Wäscherei nicht betreiben, er würde sie schließen müssen. Dieses Eingeständnis zwang ihn zu der Einsicht, dass er sie falsch eingeschätzt hatte – nicht nur als Tochter, sondern auch als Teil seines Unternehmens. In den letzten Tagen hatte er Zeit gehabt, seine Ansichten zu überdenken, und während er nun eine hohe Meinung von Ling hatte, war die Bewertung seiner selbst nie schlechter gewesen.

Bojing war so in Gedanken versunken, dass er nicht bemerkte, wie Ling durch das hintere Tor zwischen der Wäscherei und Maggies Cottage auf ihn zukam.

Ling musterte ihren Vater. Er wirkte älter und zerbrechlicher, als sie ihn je gesehen hatte, und sie fühlte sich schuldig wegen dem, was sie ihm angetan hatte. Sie war keine gute Tochter gewesen.

»Vater.« Ling näherte sich ihm mit gesenktem Kopf.

»Ling! Du bist zurückgekommen«, rief Bojing und stand auf.

»Ja, Vater«, antwortete Ling mit leiser Stimme. Sie hatte Angst vor seiner Reaktion, wusste nicht, was sie erwartete. »Ich habe dir unrecht getan und war eine ungehorsame Tochter«, fuhr sie fort.

»Nein, Ling.« Er schüttelte vehement den Kopf. »Du warst immer nur eine gute Tochter.« Er wusste, dass sie seinetwegen wochenlang Ängste gelitten und nicht hatte schlafen können, weil sie sich um die unglückliche Zukunft sorgte, die er für sie geplant hatte. »Ich verdiene keine so gute Tochter.«

Ling war erstaunt über diese Bemerkung, die Hoffnung in ihr weckte. »Darf ich hier bei dir bleiben, Vater?«, wagte sie zu fragen. »Australien ist jetzt meine Heimat. Ich möchte nicht nach China zurückkehren.«

»Deine Mutter will, dass du nach Hause kommst«, sagte Bojing und bemerkte sofort die Verzweiflung in den Augen seiner Tochter. »Ich hingegen möchte, dass du bleibst, Ling«, fügte er fast traurig hinzu.

Ling war sicher, dass er sich dem Willen ihrer Mutter beugen würde, und erkannte verzweifelt, dass ihr Schicksal besiegelt war.

»Deine Mutter ist eine anspruchsvolle Frau, Ling«, fügte Bojing hinzu. »Du bist nicht wie sie.«

Lings Augen füllten sich mit Tränen, die ihr sogleich über die Wangen liefen.

»Aber das letzte Wort darüber, ob du nach China gehst oder hierbleibst, liegt immer noch bei mir«, fuhr Bojing fort.

Schweren Herzens wartete Ling auf seine Entscheidung.

»Ich brauche meine Tochter«, sagte Bojing. »Ich wusste nie, wie sehr, bis du gegangen bist. Du wirst bei mir bleiben.«

Ling hob den Kopf. »Danke, Vater«, sagte sie tränenüberströmt. Eine riesige Last fiel ihr von den Schultern.

»Ich möchte, dass du glücklich bist, Ling. Aber ich habe dich unglücklich gemacht, und das muss sich ändern. Du wirst einen Mann deiner Wahl heiraten«, fügte er hinzu. Er freute sich, als die Augen seiner Tochter zu leuchten begannen. »Aber ich muss ihn gutheißen.«

Ling lief auf ihn zu und umarmte ihn. Im ersten Moment erstarrte Bojing, doch dann umarmte er sie ebenfalls. Seine Augen füllten sich mit Tränen, und er drückte seine Tochter fest an sich. Es war so gut, dass sie wieder zu Hause war.

»Wir werden nicht mehr über diesen Zwischenfall reden«, erklärte er unbeholfen. »Und jetzt müssen wir erst einmal etwas essen.« Sein Magen knurrte.

»Ja, Vater. Ich habe auch Hunger«, stimmte Ling ihm zu. »Aber was ist mit der Wäscherei … und den Kunden?«

»Lass sie warten«, sagte Bojing.

Patrick blieb den ganzen Nachmittag in der Bäckerei und half Maggie, die verständlicherweise nicht ganz bei der Sache war. Überrascht stellte er fest, dass die Arbeit ihm großen Spaß machte. Er bediente Kunden, redete und lachte mit ihnen und erledigte auch die schweren körperlichen Arbeiten für Maggie. Zwischendurch spülte er und fegte den Boden. Es war wunderbar, mit der Frau zusammenzuarbeiten, die er liebte, und es war genau das, was er nach der riesigen Anspannung brauchte.

In der Praxis verhielt sich Ryan gewohnt professionell, aber eine Sache hatte sich verändert. Wann immer er eine schwangere Patientin oder ein Baby behandelte, gab er Laura, im Gegensatz zu vorher, Informationen und erklärte ihr seine Diagnose und Behandlungsmethode. Laura war gerührt, dass er ihre Ambitionen ernst nahm und sie unterstützte. So verlief der Tag angenehmer und lenkte sie von ihren privaten Problemen ab. Selbst Doktor Pipers schlechte Laune konnte ihr nichts anhaben.

Am Abend, als Ryan sich in einem der Untersuchungszimmer noch Notizen machte und Laura aufräumte, bedankte sie sich bei ihm.

»Wie ich gestern schon sagte, Schwester Brenan, glaube ich, dass Sie eines Tages eine wunderbare Hebamme werden.«

Laura freute sich über das Lob. »Danke. Aber die Sache hat einen Haken: Dafür muss ich wahrscheinlich zurück nach Perth, um mich in einem Krankenhaus ausbilden zu lassen«, sagte sie. »Ehrlich gesagt würde ich das lieber nicht tun.«

»Sie dürfen Ihren Traum nicht aufgeben, er ist Ihnen wichtig.«

»Da haben Sie natürlich recht«, gab Laura zurück.

»Natürlich habe ich recht. Ich habe immer recht«, erwiderte er mit einem frechen Grinsen.

Laura freute sich, ihn einmal nicht so ernst zu erleben.

»Sie wissen sicher, dass es hier in Kalgoorlie an guten Hebammen mangelt. Ich kann nur hoffen, dass Sie darüber nachdenken, vielleicht hier zu arbeiten«, fuhr er fort.

»Ich werde darüber nachdenken«, versprach sie und gestattete sich den Gedanken, dass er es in der Hoffnung gesagt hatte, sie wiederzusehen.

Und entgegen ihren Erwartungen kehrte Ryan nicht wieder zu seinen Notizen zurück.

»Ich wünsche mir, dass Sie hierbleiben«, fügte er mit einem warmen Lächeln hinzu, das ihr Herz höher schlagen ließ.

»Wirklich?«, stieß sie hervor.

»Ja.« Er lächelte, ehe er sich wieder über seine Notizen beugte.

»Bis morgen.« Laura verließ die Klinik wie auf Wolken. Sie war so aufgeregt, sie konnte einfach nicht direkt nach Hause. Vorher würde sie noch Maggie besuchen.

Um fünf Uhr schloss Maggie den Laden und setzte sich zusammen mit Patrick auf eine Kanne Tee und ein Stück Kuchen in die Backstube.

»Ganz ehrlich: An diese Art zu leben könnte ich mich gewöhnen«, sagte Patrick lächelnd.

»Du warst mir heute Nachmittag eine wunderbare Hilfe, Patrick, genau das habe ich gebraucht. Aber nach zwei Tagen würdest du dich hier langweilen«, sagte Maggie.

»Meine Zeit mit dir zu verbringen wird mich nie langweilen«, sagte Patrick liebevoll. »Und der Umgang mit den Kunden hat mir wirklich Spaß gemacht, vor allem, weil sie so begeistert von deinen Backwaren sind. Du bist wirklich gut in dem, was du tust, Maggie. Ich bin stolz auf dich.«

»Danke. Ich backe für mein Leben gern, aber an manchen Tagen bin ich wie gerädert.«

»Hast du schon einmal darüber nachgedacht, jemanden einzustellen?«

»Dieses Geschäft braucht eigentlich zwei Leute, um wirtschaftlich zu sein: einen, der in der Backstube arbeitet, und einen, der die Kunden bedient. Es wäre auch praktisch, wenn jemand Waren bestellen und die Buchführung erledigen könnte, denn dann könnte ich mich mehr auf das Backen konzentrieren.«

»Warum suchst du dir nicht einen Partner?«, schlug Patrick vor.

»Einen Partner?«

»Ja, zum Beispiel einen Lebenspartner, der gleichzeitig dein Arbeitspartner wäre.« Patrick versuchte sich an einem Lächeln, aber seine Lippen zitterten.

Maggie blickte ihn verwirrt an. »Was meinst du?«

»Ich meine, dass wir noch einmal heiraten und ich in dein Geschäft einsteigen sollte. Wir könnten es zusammen aufbauen.«

Maggie sah ihn an. »Ist das dein Ernst, Patrick?«

»Es ist mir so ernst, wie es mir war, als ich dich das erste Mal bat, mich zu heiraten.« Er griff nach ihrer Hand. »Willst du noch einmal meine Frau werden, Maggie?«

Genau wie damals spürte Maggie, dass seine Hand zitterte. »Ich würde dich auf der Stelle heiraten, und nichts würde mich glücklicher machen, aber …«

»Ich bin schon verheiratet.« Patrick ließ die Schultern sinken. »Ich werde mich so schnell wie möglich von Caroline scheiden lassen.«

»Und wenn sie nicht einwilligt?«, fragte Maggie, die sich keine Hoffnungen machen wollte.

»Ich bin sicher, dass sie einwilligt, denn sie ist genauso unglücklich wie ich. Lass uns keine Zeit verschwenden, Maggie. Wir haben schon so viel versäumt, und jeder Tag ist kostbar.«

»Ich bin voll und ganz deiner Meinung. Aber was deinen Einstieg ins Geschäft angeht, finde ich die Idee zwar großartig, aber deine Tätigkeit hier mit mir ist sicher nicht so aufregend wie das, was du jetzt tust.«

»Meine Leidenschaft für die Geschäftswelt habe ich längst verloren. Heute Nachmittag ist mir klar geworden, dass ich für eine Veränderung mehr als bereit bin. Es hat mir wirklich Spaß gemacht, und mir kam die Idee, dass ich mein Wissen aus der Geschäftswelt zu deiner Unterstützung einbringen könnte. Und wenn der Laden irgendwann richtig gut läuft, stellen wir einen Manager und einen Bäcker ein, machen romantische Ferien oder eröffnen einen weiteren Laden. Oder wir bleiben einfach nur hier. Es gibt unendlich viele Möglichkeiten, das Wichtigste aber ist, dass wir zusammen leben.«

»Das klingt wunderbar«, rief Maggie begeistert.

Ein Klopfen an der Ladentür unterbrach ihr Gespräch.

»Wer könnnte das sein?« Es war noch zu früh für betrunkene Bergleute, die sich verlaufen hatten.

»Soll ich nachsehen?« Patrick stand auf.

»Nein, vielleicht ist es ein Kunde. Ich kümmere mich darum.« Maggie sog scharf die Luft ein, als sie Laura winkend vor dem Schaufenster sah.

»Oh Gott, sie ist es«, sagte Maggie mit wild klopfendem Herzen. »Was soll ich tun?«

»Lass sie rein«, sagte Patrick. Er war zwar ebenfalls nervös, aber entschlossen, das vor Maggie zu verbergen.

»Ich bin mir nicht sicher, ob ich bereit bin, ihr die Wahrheit zu sagen«, flüsterte Maggie panisch. Sie hatte noch nicht genügend Zeit gehabt, sich daran zu gewöhnen, dass Laura ihre Lori war.

»Wir werden merken, wenn der richtige Zeitpunkt gekommen ist«, sagte Patrick. »Schließ die Tür auf.«

Maggie atmete tief durch, ging zur Tür und versuchte so zu tun, als sei alles beim Alten – dabei war genau das Gegenteil der Fall.

»Hallo, Maggie«, sagte Laura aufgeregt. »Ich hoffe, Sie haben nichts dagegen, dass ich einfach so hereinschneie, aber ich muss mit Ihnen reden.«

»Nein, kommen Sie rein.« Maggie mühte sich redlich, ihre Gefühle zu verbergen. »Was ist los?«

»Ich glaube, Ryan hat mich endlich bemerkt«, schwärmte Laura. »Er hat mir gerade gesagt, dass er hofft, ich würde nach meiner

Ausbildung zur Hebamme in Kalgoorlie bleiben. Er sagte tatsächlich, er würde sich freuen, wenn ich bliebe. Ist das nicht wunderbar?« In diesem Moment bemerkte sie Maggies Nervosität. »Ist alles in Ordnung? Passt es Ihnen gerade nicht?«

»Doch, doch. Sie sind jederzeit willkommen.«

»Wenn Sie einen anstrengenden Tag hatten, komme ich ein anderes Mal wieder.«

»Mir geht es gut, wirklich.« Maggie führte sie in die Backstube.

Bei Patricks Anblick verharrte Laura an der Tür. »Patrick! Ich habe nicht erwartet, Sie hier zu sehen.« Sie blickte zu Maggie und fragte sich, was zwischen den beiden vorging.

»Hallo.« Patrick war ebenfalls nervös.

»Möchten Sie eine Tasse Tee, Laura?« Maggie schob sich eilig an ihr vorbei. Es gelang ihr nur mit Mühe, ihre Tochter nicht in die Arme zu nehmen.

»Ja, gerne.« Laura setzte sich an den Tisch und blickte Patrick fragend an. »Ich habe Sie lange nicht gesehen, Patrick. Wo waren Sie?«

»Ich musste überraschend nach Perth.«

»Oh.«

Maggie stellte eine Tasse vor Laura und schenkte ihr mit zitternden Händen Tee ein. »Möchten Sie ein Stück Kuchen?« Jetzt, da sie wusste, dass sie ihre kleine, mittlerweile erwachsene Tochter vor sich hatte, konnte Maggie den Blick nicht von ihr wenden. Sie sehnte sich danach, sie zu berühren und über ihr Haar zu streichen, wie sie es bei ihr als kleinem Kind getan hatte. Es fiel ihr schwer, sie wie Laura Brenan zu behandeln, die Krankenschwester aus der Praxis um die Ecke.

»Sehr gern, vielen Dank.« Laura wandte sich wieder an Patrick. »Dann sind Sie also meinem Rat gefolgt, Maggies leckere Kuchen zu probieren.« Plötzlich kam ihr der Gedanke, dass sich daraus eine Freundschaft entwickelt hatte oder vielleicht sogar mehr. Die Idee gefiel ihr, weil sie die beiden für zwei ganz besondere Menschen hielt.

»Das bin ich«, sagte Patrick. »Und dabei stellte sich heraus, dass Maggie und ich einander kennen. Seit vielen Jahren.«

Laura blickte überrascht auf. »Ach, wirklich?«

Maggies Herz pochte wie wild, sie konnte nur nicken.

»Ja, wir kennen uns schon sehr lange«, fuhr Patrick fort. »Mir war nur nie klar, dass Sie von der Maggie aus meiner Vergangenheit sprachen.«

»Woher kennen Sie sich, wenn ich fragen darf?« Soweit Laura wusste, kamen sie aus verschiedenen Bundesstaaten.

»Aus Victoria«, stieß Maggie hervor. »Wir wohnten im Urlaub auf Phillip Island im selben Gästehaus.«

»Das klingt gemütlich«, kommentierte Laura mit echter Freude.

»Ja, das Shangri-La war ein äußerst betörender Ort.« Patrick schenkte Maggie einen liebevollen Blick.

»Das kann man wohl sagen«, stimmte Maggie zu.

»Wir haben uns in den drei gemeinsamen Wochen dort ineinander verliebt«, erzählte Patrick weiter. »Und wir heirateten in einer kleinen Kapelle auf der Insel.«

»Sie sind verheiratet?«, rief Laura schockiert. »Sie binden mir doch einen Bären auf, oder?«

»Nein, es stimmt. Patrick und ich haben auf der Insel geheiratet«, bestätigte Maggie.

Laura seufzte. »Die Geschichte ist so romantisch … aber was ist dann passiert?«

Patrick und Maggie erzählten ihr von den Intrigen von Patricks Vater und deren weitreichenden Folgen, von Maggies Flucht nach Perth, Patricks zweiter Ehe mit Caroline, die nach dem Tod seines Sohnes immer unglücklicher wurde.

»Oh, das tut mir leid«, sagte Laura gerührt. Sie wusste von Maggie, dass sie ihre Tochter verloren hatte, wollte das Thema aber nicht ansprechen. Die beiden hatten furchtbare Trauer durchleben müssen. »Es ist einfach unglaublich, dass Sie und Maggie wieder zusammengefunden haben!«, rief sie lächelnd. Sie empfand tiefe Freude für sie.

»Es ist ein Wunder«, sagte Patrick. »Aber Wunder geschehen, Laura.«

»Nicht für alle«, sagte Laura mit einem Schulterzucken.

Maggie betrachtete sie voller Zärtlichkeit. Ihrer Meinung nach nahm ihre Tochter ihre Geschichte bisher sehr gut auf. Das machte ihr Mut und gab ihnen die Gelegenheit, ihr die ganze Wahrheit zu eröffnen. Maggie blickte zu Patrick, der kaum merklich nickte.

»Erinnern Sie sich, dass ich Ihnen erzählt habe, dass ich eine kleine Tochter hatte?«, wandte sie sich an Laura.

»Ja. Sie hieß Lori, nicht wahr?«

»Genau. Ein paar Wochen nach meiner Ankunft in Perth stellte ich fest, dass ich von Patrick schwanger war«, sagte Maggie. »Sie kam im Haus einer reizenden alten Dame zu Welt, für die ich als Gesellschaftsdame und Haushälterin arbeitete.« Es erschien ihr völlig unwirklich, dass das Baby, von dem sie sprach, als erwachsene junge Frau direkt vor ihnen saß. »Grace Golding war wie eine Großmutter für Lori. Sie hat sie von Herzen geliebt, und Lori war ein sehr glückliches Kind. Grace saß gern auf der Veranda und sah Lori beim Spielen im Garten zu, während ich Blumen pflückte. Lori und ich weckten Grace jeden Morgen mit einer Tasse Tee. Dabei kletterte Lori auf ihr Bett, gab ihr einen Kuss und kuschelte mit ihr.« Maggie beobachtete Laura genau, um zu sehen, ob der Bericht irgendwelche Erinnerungen weckte, fand aber keinen Hinweis. »Als Lori drei Jahre alt war, starb Grace plötzlich. Ihre Familie bat mich, das Haus sofort zu verlassen. Ich nahm nur mit, was ich tragen konnte.«

»Wo sind Sie hingegangen?«, wollte Laura wissen.

»Wir zogen in ein billiges Hotel in der Stadt, aber ich fand keine Arbeit als Haushälterin, weil ich niemanden hatte, dem ich Lori anvertrauen konnte. Also ging mir bald das Geld aus, und Lori und ich landeten schließlich auf der Straße.« Maggie verschwieg ihr die weitere Intrige von Patricks Vater, die tat nichts zur Sache. Sie zögerte. Es fiel ihr schwer, über das zu sprechen, was als Nächstes geschehen war.

»Sie müssen nicht weiterreden, Maggie«, sagte Laura, obwohl sie neugierig war.

»Aber ich möchte gern, dass Sie wissen, was passiert ist«, entgegnete Maggie.

Patrick griff über den Tisch nach Maggies Hand und drückte sie, um sie zu unterstützen. »Maggie wurde sehr krank und landete im Krankenhaus«, sagte er.

»Ich bin auf der Straße zusammengebrochen«, fügte Maggie hinzu. »Als ich im Krankenhaus aufwachte, hatte ich keine Ahnung, wo meine kleine Tochter war, und niemand konnte es mir sagen. Ich verlor fast den Verstand vor Sorge darüber, was mit ihr geschehen war. Ich wollte sie suchen, aber ich war unglaublich schwach und verlor immer wieder das Bewusstsein.«

Laura lauschte wie gebannt.

»Die Ärzte gingen davon aus, dass ich nicht überlebe.« Maggie kämpfte gegen ihre Gefühle an. »Alles, was mich am Leben hielt, war der Gedanke an meine kleine Tochter und daran, sie wiederzufinden. Eine der Schwestern fand auf meine flehentliche Bitte heraus, dass Lori bei meinem Zusammenbruch von Nonnen auf der Straße gefunden und ins Waisenhaus in der Riley Street gebracht worden war.«

Laura schaute sie irritiert an. Es erschien ihr seltsam, dass Maggie ausgerechnet diesen Ort erwähnte.

»Sobald ich wieder stehen und gehen konnte, führte mich mein erster Weg ins Waisenhaus, um meine Tochter abzuholen. Ich freute mich so sehr darauf, mein kleines Mädchen wieder in die Arme zu schließen, aber im Waisenhaus sagte man mir, dass das Undenkbare eingetroffen sei … Meine Tochter sei gestorben.«

»Oh, Maggie, das muss niederschmetternd gewesen sein«, sagte Laura.

»Ja, das war unvorstellbar«, erwiderte Maggie. »Ich wollte nur noch sterben. Und was noch viel schlimmer war: Man sagte mir, meine kleine Tochter sei in einem anonymen Grab bestattet worden. Seitdem verfolgt mich durch all die Jahre hindurch das Bild, wie sie nach mir weint und allein sterben musste.«

Laura drückte Maggies Hand, was Maggie zu der Hoffnung verleitete, dass sie verstehen würde, was Maggie ihr zu sagen hatte, und froh war, ihre leiblichen Eltern wiedergefunden zu haben.

Sie atmete tief durch. »Patrick hat jetzt herausgefunden, dass die Frau, die das Riley-Street-Waisenhaus leitete, mich angelogen hat«, berichtete Maggie weiter. »Lori ist nicht gestorben.«

Laura blickte mit großen Augen von Maggie zu Patrick. »Was ist mit ihr passiert?«

»Sie wurde von einem reichen Paar adoptiert«, sagte Maggie langsam, ohne ihre Tochter aus den Augen zu lassen.

»Wie konnten die Leute das Kind denn ohne Ihr Einverständnis mitnehmen?«

»Indem sie dem Waisenhaus eine sehr hohe Summe zahlten und diese als Spende deklarierten«, warf Patrick ein. Er warf Maggie einen langen Blick zu, bevor er weitersprach. »Ich war in Perth, um herauszufinden, wie es für Lori weitergegangen ist.«

»Ist es Ihnen gelungen?«

»Ja, das kann man wohl sagen«, fuhr Patrick vorsichtig fort. Wieder blickte er zu Maggie, deren Blick jetzt voller Angst war. Dann gab er sich einen Ruck und schaute seiner Tochter direkt ins Gesicht. »Lori ist am gleichen Tag und im selben Jahr geboren wie Sie. Sie war drei Jahre alt, als sie ins Waisenhaus kam. Und sie hatte die gleiche Haar- und Augenfarbe.«

Laura erinnerte sich, dass Maggie ihr von der Haarfarbe erzählt hatte, aber das Geburtsdatum …

»Als Sie uns erzählten, dass Sie adoptiert wurden … musste ich einfach nach Perth fahren und die Wahrheit herausfinden«, sagte Patrick.

Laura starrte ihn an. »Was reden Sie denn da?«

Patricks Blick ruhte sanft auf ihr, als er sagte: »*Du* warst das kleine Mädchen, das die Brenans aus dem Waisenhaus mitgenommen haben. *Du* bist Lori.«

Lori blinzelte. Sichtlich schockiert wanderte ihr Blick mehrmals von Maggie zu Patrick.

Maggie wünschte, dass sie etwas sagen würde – irgendetwas, das ihre Gedanken verriet.

Plötzlich sprang Lori auf. »Das ist doch lächerlich! Warum behaupten Sie so etwas?«

Mit dieser Reaktion hatten Patrick und Maggie nicht gerechnet. Sie blickten sich erschrocken an.

»Weil es die Wahrheit ist, Lori«, sagte Maggie, so ruhig sie vermochte, und stand auf. »Dein Vater war in Perth, um die Wahrheit herauszufinden.«

»Mein Vater!« Lori blickte sie ungläubig an.

»Das muss ein schrecklicher Schock für dich sein, Lori«, sagte Maggie. »Wir alle stehen unter Schock. Ich konnte es selbst kaum glauben, ich habe jahrelang um dich getrauert!«

Lori wandte sich an Patrick. »Wenn du Maggie gefolgt wärest, als sie Melbourne verließ, wäre das alles nicht passiert«, fauchte sie wütend. Dann wandte sie sich an Maggie. »Hättest du Patrick geschrieben und ihm von mir erzählt, dann wärst du nicht auf der Straße und ich nicht im Waisenhaus gelandet. Unser aller Leben hätte so anders verlaufen können! Ich wäre vielleicht in einem Haus aufgewachsen, in dem ich wirklich geliebt worden wäre. Ich hätte nicht jahrelang geglaubt, nicht in eine Familie zu passen, zu der ich gar nicht gehörte.« Sie floh schluchzend aus der Backstube. Sekunden später hörten Maggie und Patrick, wie sie die Tür hinter sich zuschlug.

Maggie brach in Tränen aus, und Patrick zog sie in seine Arme.

39

»Maggie, was ist los?«, fragte Vivian, als Maggie ihr später am Abend mit verquollenen Augen und gerötetem Gesicht die Tür öffnete. Tai hatte Vivian erzählt, dass sie Ling gefunden und nach Hause gebracht hatten, deshalb dachte sie angesichts Maggies Zustand sofort daran, dass zwischen Maggie und Patrick etwas vorgefallen sein musste.

Maggie führte Vivian in die Küche.

»Sind wir allein?« Vivian blickte sich in dem ruhigen Cottage um.

Maggie erklärte, dass die Zhangs in der Wäscherei arbeiteten, um am nächsten Tag öffnen zu können, und bereitete eine Kanne Tee zu.

»Hast du was von Patrick gehört?«

»Ja, er ist zurück. Du hast ihn gerade verpasst. Er ist vor ein paar Minuten gegangen.«

»Wo war er?«

»In Perth.«

Vivian hätte zwar zu gerne gewusst, warum er in Perth gewesen war, ohne Maggie etwas von seiner Reise zu sagen, aber noch dringender wollte sie erfahren, warum Maggie so traurig war. »Hat er … dein Herz gebrochen?«

»Nein, nein, wir sind uns näher als je zuvor«, betonte Maggie. »Er hatte sich auf die Suche nach unserer Tochter gemacht.«

Vivian dachte zunächst, sie hätte etwas falsch verstanden. »Moment, sagtest du … *unsere Tochter?*« Vielleicht sprach Maggie von Loris Grab.

»Entschuldigung, ich bin ziemlich durcheinander. Lass mich versuchen, es zu erklären«, sagte Maggie müde.

Vivian nickte. »Das solltest du vielleicht.«

Maggie erzählte ihr ausführlich von den Geschehnissen. Vivian lauschte ehrfürchtig und vollkommen verblüfft.

»Was für eine unglaubliche Geschichte«, sagte sie, als Maggie geendet hatte. »Es war schon erstaunlich, dass du Patrick wiedergefunden hast – aber jetzt auch noch Lori! Das ist ein wahres Wunder! Du solltest auf Wolke sieben schweben und nicht mit einem Gesicht wie drei Tage Regenwetter herumlaufen.«

»Ich weiß, aber als wir Lori sagten, dass sie unsere Tochter ist, gab sie uns beiden die Schuld dafür, in einem Waisenhaus gelandet und von Fremden adoptiert worden zu sein. Sie sagte, Patrick hätte mir nachreisen sollen, als ich Melbourne verließ.«

»Und woher hätte er wissen sollen, dass du ein Dampfschiff nach Perth bestiegen hast?«

»Sie meinte, ich hätte Patrick schreiben sollen, als ich herausfand, dass ich schwanger bin«, sagte Maggie. »Und eigentlich hat sie recht.«

»Maggie, du dachtest, du tust das Richtige für Patrick. Du hast ihn verlassen, damit er sich nicht mit seinem Vater entzweit. Danach konntest du ihm schlecht sagen, dass du ein Baby erwartest.«

»Ich hätte seinem Vater die Stirn bieten sollen. Aber ich kann die Vergangenheit nun einmal nicht ändern.«

»Nein, das kannst du nicht. Außerdem warst du sehr jung und hast Patricks Glück selbstlos über dein eigenes gestellt. Ob das richtig oder falsch war, ist jetzt egal. Patricks Vater ist der Schuldige in dieser Geschichte. Du und Patrick wart die Opfer, deren einziges Verbrechen darin bestand, sich zu lieben.«

»Das klingt alles sehr logisch, wenn du es so darstellst, aber Lori sieht es nicht so.«

»Hatte sie eine schwierige Kindheit? Wurde sie geschlagen oder misshandelt? Hat sie gehungert?«

»Nein, sie wurde von einer reichen Familie aus Cottesloe adoptiert.«

Vivian verdrehte die Augen. »Also hatte sie die beste Ausbildung, die schönste Kleidung und ein großes, schickes Zuhause. Worüber beschwert sie sich?«

»Sie hatte anscheinend immer das Gefühl, nicht in die Familie zu passen, weil sie anders war. Niemand in der Familie hatte rote Haare oder blaue Augen, und sie fand das seltsam.«

Wieder verdrehte Vivian die Augen.

»Sie hat immer gespürt, dass ihr Bruder, der nicht adoptiert war, bevorzugt wurde. Sie glaubt, es war so, weil er das leibliche Kind war.«

»Ach je«, spöttelte Vivian ohne eine Spur von Mitgefühl.

»Vivian!«, begehrte Maggie auf. »Diese Haltung passt so gar nicht zu dir.«

»Nun, dann versuch doch heutzutage mal, eine Familie zu finden, in der die Söhne nicht den Töchtern vorgezogen werden.«

»Trotzdem ist es nicht richtig.«

»Tut mir leid, aber meiner Meinung nach klingt deine Lori wie ein verwöhntes kleines Fräulein.« Vivian wusste, dass sie hart argumentierte, aber sie wollte Maggie helfen.

»Ich finde, sie ist eine reizende junge Frau«, erklärte Maggie.

»Dann gib ihr Zeit, das alles zu verdauen. Du hast mir erzählt, dass sie gerade erst erfahren hat, dass sie adoptiert wurde. Vielleicht war es einfach ein bisschen zu viel auf einmal.«

»Das ist gut möglich, aber was, wenn sie nichts mit Patrick oder mir zu tun haben will?« Maggie kamen wieder die Tränen. »Ich habe gerade erfahren, dass sie noch lebt, Vivian. Ich will sie doch nur lieben und die verlorene Zeit aufholen.«

Vivian wurde von einer Woge des Mitgefühls überwältigt, schließlich wusste niemand besser als sie, wie viel Leid Maggie wegen ihrer kleinen Tochter hatte ertragen müssen. »Hab einfach Geduld, Maggie. Ich bin sicher, dass früher oder später alles gut wird.«

Maggie nickte. »Ich werde es versuchen.«

»Wie läuft es mit Ling und ihrem Vater?«, wechselte Vivian das Thema.

»Ich hatte noch keine Gelegenheit, mit Ling persönlich zu sprechen, aber ihrem Lächeln nach zu urteilen hat sich alles zum Besten gewendet.«

»Das ist wunderbar. Als Tai zurückkam, plapperte sie unaufhörlich. Leider konnte ich das meiste nicht verstehen, aber ich habe mir zusammengereimt, dass Bell versucht hat, dich davon abzuhalten, Ling mitzunehmen.«

»Das stimmt allerdings. Sie hat mit der Faust nach mir geschlagen«, berichtete Maggie.

Vivian riss die Augen auf.

»Ich dachte, sie würde mir den Kopf von den Schultern boxen, aber zum Glück hat sie nur den Hut getroffen. Tai hat ihr mutig ein Laken übergeworfen, über das Bell gestolpert und der Länge nach hingefallen ist.«

Vivian lachte. »Was hätte ich dafür gegeben, das zu sehen!«

»Sie hat geflucht wie ein Fischweib«, fuhr Maggie grinsend fort. »Es war schon ziemlich lustig.«

Vivian grinste. »Ich bin übrigens gekommen, um dir ein paar gute Neuigkeiten zu bringen.«

»Die da wären?«

»Ich habe einen neuen Koch gefunden, und das ganz ohne Bewerbungsgespräche. Ursprünglich war er Kunde bei uns, und irgendwie kamen wir ins Gespräch. Er hat in vielen Hotels in Australien und im Ausland gekocht und sucht Arbeit hier in Kalgoorlie.«

»Das ist wirklich eine gute Nachricht! Jetzt kannst du die verrückte Chona loswerden.«

Vivian blickte sie verlegen an, ein Zug, der so gar nicht zu ihr passte.

»Du hast ihr noch nicht gesagt, dass du ihre Dienste nicht mehr brauchst, oder?«

»Ich weiß, ich bin feige, und das ist auch vollkommen untypisch für mich, aber sie bringt uns alle an den Rand des Wahnsinns. Sie ist so launisch und unberechenbar!«

Maggie dachte nach. »Warum packst du nicht einfach ihren Koffer und stellst ihn vor die Tür? Ich bin sicher, sie würde den Hinweis verstehen.«

»Ich befürchte, sie ist verrückt genug, das Palace niederzubrennen«, gab Vivian zu.

»Dann lass den neuen Koch anfangen, und verkünde Chona, dass sie sich die Küche ab sofort mit ihm teilen muss und sie auch die Mahlzeiten gemeinsam zubereiten.« Eigentlich hatte Maggie nur scherzen wollen, weil die Situation so lächerlich war, aber Vivian schien ihre Idee ernsthaft in Betracht zu ziehen.

»Weißt du was? Das könnte funktionieren«, sagte sie.

»Das klingt, als hätte dein neuer Koch eine sehr starke Persönlichkeit, die mit deinem philippinischen Hitzkopf fertigwerden kann«, meinte Maggie.

»Otto ist sehr nett, aber auf den ersten Blick wirkt er durch sein Äußeres und sein Gesicht ziemlich einschüchternd.«

»Wie das?« Maggies Fantasie war bereits in vollem Gang.

»Er hat eine Baritonstimme, die von ganz tief unten kommt, und seine Augen sind so dunkel, dass sie fast schwarz wirken. Außerdem hat er schwarze Haare und einen schwarzen Bart, sehr breite Schultern, und er ist riesengroß. Bei unseren Gesprächen habe ich erfahren, dass er sehr genaue Vorstellungen davon hat, wie er seine Küche führen wird. Weil Chona aber ebenso denkt – übrigens ihre einzige vernünftige Eigenschaft –, kommt es sicher bald zum Zusammenstoß.« Vivian war richtiggehend begeistert, eine mögliche Lösung für ihr Dilemma gefunden zu haben. »Otto hatte in verschiedenen Hotels in Perth, Sydney und Deutschland viele Mitarbeiter unter sich, während Chona immer allein gearbeitet hat, vor allem in Straßenküchen auf den Philippinen. Ich will keine voreiligen Schlüsse ziehen, aber Otto ist vermutlich die einzige Person, die sich nicht von einer winzig kleinen philippinischen Frau mit extrem schlechter Laune einschüchtern lässt.«

»Vielleicht. Immerhin habt ihr alle und sogar Constable McKenzie Angst vor ihr«, sagte Maggie. »Am besten sagst du Otto, dass er sofort anfangen soll. Mit etwas Glück ist Chona bald Vergangenheit.«

Vivian fiel ein Stein vom Herzen. »Soll ich Otto die Situation erklären?«

»Ich würde ihm sagen, dass Chona noch ein paar Tage bleibt, und beten, dass es nicht so lange dauert.«

»Du warst mir eine wunderbare Hilfe, Maggie. Es tut mir leid, dass ich dich damit belästigt habe, vor allem, wo du gerade so viel auf dem Herzen hast.«

»Wir sind Freundinnen, Vivian. Du störst mich nie. Und erstaunlicherweise scheint es mir leichter, die Probleme anderer Leute zu lösen, als meine eigenen«, stellte Maggie fest.

»Ich wünschte, ich könnte dir helfen.«

»Es wird sich alles regeln«, erklärte Maggie in dem Versuch, positiver zu klingen, als sie sich fühlte.

»Es ist wahrlich eine Schande, Nell«, schloss Vivian, nachdem sie ihr Maggies unglaubliche Geschichte erzählt hatte. »Dieses Mädchen kann keine besseren Eltern haben als Maggie und Patrick«, sagte sie mit einem Anflug von Ärger. »Aber anstatt dankbar zu sein, gibt sie ihnen die Schuld dafür, dass sie in Cottesloe aufwachsen musste – in einem großen Haus mit reichen Eltern. Kannst du das verstehen?«

»Sie hat in den letzten Wochen viel Zeit mit Maggie verbracht, also weiß sie, dass sie eine reizende Frau ist, und du hast gesagt, dass sie auch Patrick kennt, weil sie im gleichen Hotel wohnen.«

»Ehrlich gesagt glaube ich, dass sie unter Schock steht und irgendwann zur Vernunft kommt, aber ich will kein Risiko eingehen. Maggie bedeutet mir einfach zu viel.«

Nell kannte den Blick in Vivians Augen. »Was hast du vor?«

»Ich muss irgendwo mit ihr sprechen, wo sie nicht einfach weglaufen kann, auch wenn ihr nicht gefällt, was ich zu sagen habe«, meinte Vivian nachdenklich.

»Willst du sie entführen?«, scherzte Nell.

Vivians Miene leuchtete auf.

»Das war nicht ernst gemeint«, wiegelte Nell ab. »Dafür kämst du ins Gefängnis.«

»Das weiß ich, aber du hast mich auf eine Idee gebracht. Ich muss sie irgendwie hier rein bekommen«, überlegte Vivian laut. »Dann kann sie nicht gehen, bis ich es zulasse – und das wäre erst dann, wenn sie erkannt hat, dass sie mit Maggie und Patrick als Eltern das glücklichste Mädchen der Welt ist.«

»Dann müssen wir einen Plan entwickeln, wie wir ein junges, unschuldiges Mädchen in ein Bordell bekommen, ohne es zu entführen. Das sollte doch nicht allzu schwer sein«, erwiderte Nell sarkastisch.

»Sie ist Krankenschwester. Ich denke, das könnte uns von Nutzen sein.«

»Dann hast du also einen Plan«, stellte Nell fest. »Lass hören.«

»Da ist sie. Gib Lulu ein Zeichen«, sagte Vivian zu Nell auf dem Teil des Balkons des Palace, der über die Hannan Street ragte. Sie hatten bereits mehr als eine halbe Stunde gewartet, bis Lori endlich das Exchange Hotel auf der anderen Straßenseite verließ. Normalerweise standen sie nach einer arbeitsreichen Nacht erst gegen elf Uhr auf und waren noch ziemlich müde.

Lori hatte den Abend voller Wut und Selbstmitleid in ihrem Zimmer verbracht. Mehrfach hatte jemand an ihre Tür geklopft, aber sie hatte es ignoriert. Sie hatte sogar gehört, wie Patrick vom Flur aus ihren Namen rief, aber sie hatte sich nicht überwinden können, mit ihm zu reden.

»Bist du sicher, dass das hier richtig ist, Vivian?« Nell winkte Lulu zu, die auf einem Balkon stand, der zur Maritana Street hinausging.

Fannie hatte sich freiwillig gemeldet, Vivian bei ihrem Plan zu unterstützen, aber sie konnte unmöglich allein auf die Straße gelassen werden, weil sie ihre Zunge nicht im Zaum halten konnte. Sie würde mit hoher Wahrscheinlichkeit jegliche Kontrolle verlieren, sobald eine *anständige* Passantin eine abfällige Bemerkung über das »Straßenmädchen« machte, was oft geschah. Dann würde Fannie aufbrausen und einen Kommentar von sich lassen, der selbst einen abgebrühten Seemann in Verlegenheit bringen und mit Sicherheit die Aufmerksamkeit eines Polizisten erregen würde. Es war ungefährlicher, sie im Haus zu lassen, aber Vivian hatte auch ihr eine Aufgabe zugeteilt.

Nell und Vivian sahen zu, wie Lori die Straße überquerte und am Palace vorüberging, ehe sie um die Ecke bog. Zur gleichen Zeit trat Lulu aus dem hinteren Tor. Sie trug einen großen Hut als Verkleidung für den Fall, dass Constable McKenzie auf der Straße patrouillierte. Als Lori auf sie zukam, sank sie stöhnend in sich zusammen.

Lori eilte sofort besorgt zu ihr. »Kann ich Ihnen helfen?«

»Mein … Bauch tut so weh«, ächzte Lulu.

Lori dachte sofort an eine Fehlgeburt. »Sind Sie schwanger?«

»Himmel, nein«, stieß Lulu entsetzt hervor, ehe sie ihre Rolle wieder aufnahm.

»Ich bin Krankenschwester und auf dem Weg in die Praxis, in der ich arbeite. Sie ist gleich um die Ecke. Glauben Sie, Sie schaffen es dorthin?«

Lulu schüttelte den Kopf. »Ich muss mich … einfach nur hinsetzen«, stöhnte sie atemlos.

Lori blickte sich um, aber es gab keine Bank in der Nähe.

»Können Sie mir da hineinhelfen?«, fragte Lulu stockend und zeigte auf das Tor hinter dem Palace.

»Natürlich.« Lori war an diesem Tag früh aufgebrochen, weil sie keine Lust gehabt hatte, sich beim Frühstück mit Patrick zu unterhalten, und war daher nicht in Eile.

Lulu stützte sich weiterhin stöhnend auf Lori, die ihr erst durch das Tor und dann den Gartenweg hinaufhalf.

»Ich rate Ihnen, einen Arzt aufzusuchen, sobald Sie dazu in der Lage sind«, sagte Lori.

An der Hintertür zögerte Lori. »Ich muss jetzt los. Von hier aus schaffen Sie es sicher allein«, meinte sie. »Kommen Sie so schnell wie möglich zur Untersuchung zu uns.«

Lulu gab vor, zusammenzubrechen, um sie am Weggehen zu hindern.

Besorgt betrat Lori mit Lulu das Haus und stützte sie den kurzen Gang entlang, vorbei an der Speisekammer, einem Waschraum und der Küche bis zum Barbereich des Palace. Fannie hielt sich unterdessen in der Speisekammer versteckt, was nur möglich war, weil Chona noch oben in der von ihr beschlagnahmten Kammer schlief. Sie war keine Frühaufsteherin, und die Mädchen brauchten bis mittags nichts zu essen, die Regelung war also für alle passend.

Nachdem Lori und Lulu die Speisekammer hinter sich gelassen hatten, schlüpfte Fannie heraus, verschloss die Hintertür und steckte den Schlüssel ein. Vivian hatte bereits die vordere Tür abgeschlossen.

Lori blickte sich verwirrt im Barbereich um. »Ist das ein Hotel?«, erkundigte sie sich bei Lulu. Sie hatte ein wenig die Orientierung verloren, da die Lichter nicht brannten und ein Halbdunkel herrschte, aber der Barbereich ließ darauf schließen, dass es sich nicht um ein Wohngebäude wie beispielsweise eine Pension handelte.

Vivian trat aus ihrem Salon am Ende des Flurs. »Hallo«, rief sie. »Bitte kommen Sie hier entlang.«

Inzwischen ging Lulu aufrecht und schien auf wundersame Weise genesen.

Lori blickte sie ungläubig an. »Was ist hier los?« Sie bekam es mit der Angst, als ihr klar wurde, dass sie in eine Falle getappt war.

»Hier entlang, bitte«, wiederholte Vivian.

»Ich werde in der Praxis erwartet«, antwortete Lori und wandte sich zur Hintertür.

»Es dauert nur wenige Minuten«, sagte Vivian. »Ich weiß, dass Sie so viel Zeit haben, und es ist sehr wichtig.«

Lori ging vorsichtig auf sie zu. Irgendwie kam die Frau ihr bekannt vor. »Warum bin ich hier?«

»Wir können hier drinnen reden.« Vivian führte sie in den Salon.

Ehrfürchtig betrachtete Lori das kunstvolle Dekor mit den ausgefallenen Lampen, den Kunstwerken mit den Darstellungen halbnackter, schöner Frauen und den üppigen Samtkissen. Als sie sich umdrehte, stand Fannie an der Tür. Bei ihrem Anblick erinnerte Lori sich, wo sie die Frauen schon einmal zusammen gesehen hatte. »Sie sind … Ich habe Sie zusammen in der Praxis gesehen«, sagte sie, und in diesem Moment ging ihr auf, dass sie sich in einem Bordell befand. »Wenn Sie medizinische Hilfe brauchen, müssen Sie zum Arzt gehen.«

»Wir brauchen keine medizinische Hilfe«, sagte Vivian. »Sie sollen uns nur zuhören.«

Lori war verwirrt.

»Bitte, setzen Sie sich«, forderte Vivian sie streng auf. Sie saß auf dem Sofa und deutete auf den Platz neben sich. »Schwester Brenan, ich bin Vivian Sutherland.«

Lori zögerte einen Moment, ehe sie sich setzte. Sie empfand mehr Furcht als Neugier, vor allem als sie bemerkte, dass Fannie vor dem Vorhang stehen blieb und jede Fluchtmöglichkeit blockierte. »Was wollen Sie von mir?« verlangte sie zu wissen.

»Maggie Cassidy ist eine sehr liebe Freundin von uns und ein ganz besonderer Mensch«, begann Vivian.

Lori war überrascht. »Eine liebe Freundin? Aber Sie sind …« Sie hielt inne und erinnerte sich an den Tag, an dem Vivian in Maggies Bäckerei Kunden bedient hatte.

»Wir sind *was?*«, fragte Fannie mit einem Blick, der einen Eisberg zum Schmelzen hätte bringen können.

Lori rutschte unbehaglich herum. »Wie kann Maggie eine Freundin von Ihnen sein? Es sei denn, Sie wollen mir erzählen, dass sie eine ehemalige Angestellte ist?«, fragte sie. »Ich wäre nicht überrascht.«

Vivian hätte ihr am liebsten eine Ohrfeige versetzt und war sicher, dass es Fannie ähnlich ging. »Maggie war in der Tat bis vor kurzem bei mir beschäftigt. Bis sie ihre Bäckerei eröffnete.«

Lori schnappte nach Luft und errötete. »Ich sollte jetzt besser gehen.« Sie stand auf, unfähig, weitere Hiobsbotschaften in Bezug auf Maggie zu ertragen.

»Sie gehen nirgendwohin, bis Sie alles gehört haben, was ich zu sagen habe«, sagte Vivian streng.

»Sie dürfen mich hier nicht gegen meinen Willen festhalten«, begehrte Lori auf. Sie blickte zu Fannie, die ihre Arme verschränkt hatte und sie aufmerksam beobachtete. Die Chance, an ihr vorbeizukommen, war gering.

»Sie dürfen bald wieder gehen«, versprach Vivian.

Lori setzte sich wieder hin, weigerte sich jedoch, Vivian anzusehen.

»An einem bitterkalten Nachmittag des Jahres 1890 begegnete ich einer Frau, die mit zwei Koffern neben sich auf einer Bank saß – einem Koffer für einen Erwachsenen und einem für ein Kind. Die Frau war allein. Weil ich eine solche Situation selbst einmal durchgemacht hatte, erkannte ich sofort den Blick eines Menschen, der sich aufgegeben hatte und dem es egal war, ob er lebte oder starb. Ich setzte mich neben die Frau und bemühte mich um ein Gespräch. Die Frau jedoch war so verzweifelt, dass sie nicht auf mich hörte.«

»Ich will das nicht hören«, sagte Lori.

»Seien Sie still und hören Sie zu«, befahl Fannie.

Lori senkte den Kopf.

Vivian zögerte kurz, fuhr aber mit ihrer Geschichte fort. »Sie hustete schrecklich, und mir wurde klar, dass sie sehr krank war. Außerdem war sie furchtbar dünn und zerbrechlich. Ich nahm sie mit nach Hause und brachte sie ins Bett. Dort blieb sie tagelang bei zugezogenen Vorhängen und aß kaum etwas. Ich erfuhr, dass sie gerade erst eine beidseitige Lungenentzündung überstanden hatte. Sie hätte die Krankheit fast nicht überlebt und befand sich in einem Zustand tiefster Depression. Ich öffnete den kleinen Koffer, um etwas über sie zu erfahren, und fand Kleidung und Spielzeug für ein kleines Mädchen darin. Ich vermutete also, dass sie ein Kind verloren hatte. Erst nach und nach begann sie, über ihr Schicksal zu sprechen. Sie gab sich selbst die Schuld am Tod ihrer Tochter, weil sie krank geworden war. Wir waren nicht in der Lage, sie von dieser Meinung abzubringen.«

»Es war wirklich ihre eigene Schuld, dass sie krank wurde. Das alles hätte nicht passieren müssen, wenn sie bessere Entscheidungen getroffen hätte«, sagte Lori verbittert.

»Ah, Worte der Weisheit von einer so jungen Frau«, spottete Vivian und blickte zu Fannie, die den Kopf schüttelte. »Ihr Großvater väterlicherseits ist schuld an allem, was passiert ist. Maggies einziges Verbrechen war es, seinen Sohn von ganzem Herzen zu lieben.« Sie erzählte von den Verbrechen, die Patricks Vater begangen hatte. »Er ließ sie nichts als Hass spüren. Auch seine snobistische Frau tat, was sie konnte, damit Maggie sich in jeder erdenklichen Weise minderwertig fühlte«, fasste sie schließlich zusammen. »Doch sie erzählte Patrick nichts davon, weil sie keinen Keil zwischen ihn und seine Familie treiben wollte. Vergessen Sie nicht, Maggie war erst 21 Jahre alt und hatte nie mit Menschen zu tun gehabt, die Vorurteile gegenüber weniger gut Situierten hatten. Sie besaß nicht die Erfahrung, sich gegen einen mächtigen Geschäftsmann zu behaupten, aber sie hatte das Herz, Patricks Glück über ihr eigenes zu stellen.«

Vivian hielt inne in der Hoffnung, etwas Mitgefühl bei Lori geweckt zu haben, aber die Miene der jungen Frau zeigte nur Verwirrung und Groll. »Maggie bestand darauf, für mich zu arbeiten, um damit für ihren Unterhalt zu bezahlen«, fuhr sie fort.

Lori schürzte die Lippen und warf einen angewiderten Blick in Fannies Richtung.

Vivian las ihre Gedanken. »Sie wurde meine *Haushälterin*«, sagte sie mit fester Stimme. »Und das war sie fünfzehn Jahre lang.«

»Haushälterin?«, wiederholte Lori. »Nicht …«

Vivian schüttelte den Kopf. »Sie hat mich und die Mädchen zunächst verurteilt, aber sie hat unsere Geschichten mit einem offenen, mitfühlenden Herzen angehört. So ist Maggie. Sie ist liebevoll, freundlich und ein ganz, ganz besonderer Mensch. Sie hat sich in Perth intensiv um mich und meine Mädchen gekümmert und das Haus, in dem wir lebten, in ein echtes Zuhause verwandelt. Sie bereicherte unser Leben mit ihrer Freundschaft und ihrem Mitgefühl. Und ich muss Ihnen nicht sagen, was für eine wunderbare Köchin sie ist. Wir vermissen sie schrecklich, aber wir sind wirklich glücklich, dass sie ihren eigenen Traum verfolgt und eine Bäckerei eröffnet hat.«

Lori dachte eine Weile schweigend über Vivians Worte nach.

»Eines Tages kam Patrick auf der Suche nach einer Unterkunft zu uns«, berichtete Vivian weiter. »Es war ein Missverständnis, aber ich habe sofort gemerkt, dass er ein ganz besonderer Mensch ist. Nicht nur, dass er wirklich gut aussieht, er ist auch aufrichtig, freundlich und ernsthaft an anderen Menschen interessiert, was eine wirklich außergewöhnliche Eigenschaft für einen Mann ist. Doch ich spürte sofort, dass sein Leben nicht erfüllt war, dass etwas fehlte. Nun, inzwischen hat er dieses Etwas gefunden, oder besser gesagt, diese Person. Er hat die Frau wiedergefunden, die er sein ganzes Leben lang geliebt hat, und das ist Maggie. Dass sich zwei besondere Herzen wiederfinden, ist ein Wunder. Sie sollten unendlich glücklich sein, denn das hätten sie verdient. Aber es geht nicht. Über ihrem Glück liegt ein dunkler Schatten.«

Lori riss die Augen auf. »Reden Sie von mir?«

»Ja«, sagte Vivian. »Sie würden diese Familie vervollständigen. Maggie verdient zehn Wunder, aber sie würde sich mit zweien zufriedengeben. Sie drei sind Menschen, die von hinterhältigen, gemeinen Menschen auseinandergerissen wurden, und Sie haben sich wiedergefunden. Aber anstatt zu feiern, schmollen Sie.«

»Ich habe das Recht, zu schmollen«, protestierte Lori empört.

»Ganz sicher nicht!«, erwiderte Vivian. »Sie haben zwei wunderbare und großzügige Menschen als Eltern, die nichts anderes wollen, als Sie und einander zu lieben. Können Sie mir sagen, welches Recht Sie haben, das zu verderben?«

Lori ließ den Kopf hängen. »Ich musste ohne sie aufwachsen.«

»Haben Sie etwa in den Slums von Perth gelebt? Wurden Sie geschlagen? Ließ man Sie hungern? Wurde Ihnen irgendetwas verwehrt?«

»Nein«, sagte Lori, »außer meine leiblichen Eltern.«

»Daran sind weder Sie noch die beiden schuld«, sagte Vivian freundlicher. »Maggie hat noch nie in ihrem Leben auch nur eine einzige Person verletzt, und ich werde nicht untätig zusehen, wie sie von jemand anderem verletzt wird. Wenn Sie sich ihr gegenüber nicht entsprechend verhalten, bekommen Sie es mit mir zu tun.«

»Und mit mir«, zischte Fannie. »Und ich verspreche Ihnen, dass Sie das nicht wollen.«

Loris Augen füllten sich mit Tränen, und Vivian fragte sich, ob sie zu weit gegangen war.

»Sie lieben Maggie offenbar wirklich«, stieß Lori schluchzend hervor, dann sank ihr Kopf auf ihre Brust. »Und ich ja eigentlich auch. Ich weiß selbst nicht, warum ich so reagiere. Normalerweise bin ich nicht so. Ich fühle mich betrogen und bin wütend wegen der versäumten Zeit mit Patrick und Maggie.«

Vivian wurde warm ums Herz. »Sie hatten viel zu verarbeiten, und Sie sind jung«, sagte sie. »Aber bitte bedenken Sie, dass es für Maggie und Patrick ebenfalls eine große Umstellung ist.«

Lori nickte. »Ich ärgere mich wirklich über meinen Adoptivvater, weil er mich angelogen hat. Leider habe ich diese Wut an Maggie und Patrick ausgelassen. Ich werde mich nach der Arbeit bei ihnen entschuldigen. Versprochen.«

Vivian hoffte, dass sie es ernst meinte, aber ihr blieb keine andere Wahl, als ihr zu vertrauen.

»Kann ich jetzt zur Arbeit gehen? Ich will nicht zu spät kommen.«

Vivian nickte. »Fannie wird Sie hinausbegleiten«, sagte sie.

Lori stand auf. »Maggie hat Glück, so treue Freunde zu haben«, sagte sie zu Vivian.

»Wir waren diejenigen, die Glück hatten, als Maggie zu uns kam, Lori. Und Sie können ebenfalls ein wunderbares Leben mit ihr führen. Öffnen Sie nur Ihr Herz.«

Lori nickte.

»Eine Sache noch«, sagte Vivian. »Dieses Gespräch hat nie stattgefunden. Haben Sie mich verstanden?«

Lori war sicher, dass Vivian einfach nicht publik machen wollte, dass sie ihr den Kopf zurechtgerückt hatte.

»Es hat nie stattgefunden«, bestätigte sie und folgte Fannie zur Hintertür.

40

Als Lori die Praxis erreichte, war sie zutiefst bewegt, weil ihr Leben innerhalb so kurzer Zeit vollkommen umgekrempelt worden war. Dennoch fühlte sie sich nach ihrem Gespräch mit Vivian Sutherland ruhiger und freute sich darauf, Frieden mit Patrick und Maggie zu schließen. Zum ersten Mal seit langer Zeit gestattete sie sich, rundum glücklich zu sein. Maggie und Patrick waren wunderbare Menschen, und es grenzte wirklich an ein Wunder, dass sie einander gefunden hatten.

Lori betrat die Praxis durch die Hintertür und hörte sofort, dass jemand lautstark an der Eingangstür klopfte, die Nancy noch nicht geöffnet hatte. Erschrocken blickten die beiden sich an.

Auch Ryan hatte den Aufruhr gehört und kam aus der Küche, dicht gefolgt von Doktor Piper. Sie hatten sich eine Kanne Tee geteilt und über die Behandlung von mit Typhus infizierten Diabetikern gesprochen.

»Irgendetwas stimmt da nicht. Nancy, machen Sie die Tür auf«, beschloss Ryan.

Sofort stürmte ein Bergmann in die Praxis. »In der Golden Nugget Mine hat es einen Stolleneinbruch gegeben. Sie müssen schnell kommen, Doc«, schrie er.

»Welche Art von Verletzungen? Verbrennungen? Gebrochene Gliedmaßen?«, wollte Doktor Piper wissen, um das richtige Material einzupacken.

»Keine Ahnung. Vermutlich hauptsächlich gebrochene Knochen und Schnittwunden. Ich weiß nicht, wie viele es erwischt hat. Bisher haben wir ein halbes Dutzend Männer nach oben geholt, aber unten sind noch bis zu zehn weitere Bergleute eingeschlossen. Einige Verletzte wurden bereits ins Krankenhaus gebracht, aber wir brauchen Ärzte auf dem Gelände der Mine.«

Lori war wie erstarrt, seit der Name der Mine gefallen war. Ihre Gedanken wanderten sofort zu Patrick.

Ryan bat sie, seinen und Doktor Pipers Notfallkoffer zu holen, aber sie stand so unter Schock, dass sie nicht reagierte. Nancy kümmerte sich um die Taschen.

»Ich muss mitkommen«, drängte Lori Doktor Piper schließlich.

»Sie bleiben hier und kümmern sich um kleinere Verletzungen«, ordnete Doktor Piper an.

»Ich muss mitkommen, bitte«, flehte Lori. »Mein … Vater … könnte in diesem Stollen eingeschlossen sein.« Der Gedanke, ihn nie wiederzusehen und ihm nie sagen zu können, was sie wirklich für ihn empfand, brachte sie fast um den Verstand.

Ryan blickte sie verwirrt an. »Sie könnten uns eine Hilfe sein«, meinte er. »Wir haben keine Zeit für Diskussionen. Kommen Sie.«

Über hundert Bergleute, die man aus den Stollen oberhalb des Einsturzes hochgeholt hatte, drängten sich vor dem Eingang der Golden Nugget Mine und warteten auf Nachricht von den eingeschlossenen Männern in Abschnitt zehn. Der Vorarbeiter Dan McNickell vermutete, dass noch mindestens ein Dutzend Männer tausend Fuß unter der Erde eingeschlossen waren. Nach einer vermutlich durch Methangas verursachten Explosion hatte sich der Staub inzwischen weitestgehend gelegt, sodass ein vierköpfiges Rettungsteam eingefahren war, um zu sehen, was getan werden konnte.

Die Ärzte und Lori trafen gerade ein, als drei Verletzte herausgebracht wurden. Ryan und Doktor Piper untersuchten sie sofort und behandelten ihre Wunden, während das Rettungsteam berichtete, dass die entsprechende Strecke extrem instabil und von weiteren Einstürzen bedroht war.

Lori suchte unter den Männern am Eingang verzweifelt nach

Patrick und wandte sich schließlich an Dan McNickell. »War Mister Shanahan da unten?«

»Ich war heute Morgen da, als er den Förderkorb bestieg, aber seitdem habe ich ihn nicht gesehen«, antwortete Dan.

»Ich sah ihn heute Morgen einfahren«, berichtete der Arbeiter an der Seilwinde.

Lori hatte Mühe, sich auf den Beinen zu halten. Ryan war in der Nähe und griff nach ihrem Ellbogen, um sie zu stützen. »Kennen Sie Mister Shanahan, Schwester Brenan?«

»Er ist mein Vater, mein leiblicher Vater, und wir haben uns gerade erst gefunden«, erklärte Lori hastig, während ihr Tränen über die Wangen liefen. »Ich darf ihn jetzt nicht verlieren. Es darf einfach nicht sein!«

Ungeachtet von Doktor Pipers missbilligendem Blick legte Ryan seine Arme um die schluchzende Lori. »Sie dürfen jetzt nicht an das Schlimmste denken«, beruhigte er sie.

Erst als Doktor Piper ihm bedeutete, dass er Hilfe bei einem verletzten Bergmann brauchte, ließ Ryan Lori los.

Eine halbe Stunde später kurbelte der Mann an der Seilwinde den Förderkorb erneut nach oben.

»Ruhe«, rief der Vorarbeiter, und sofort breitete sich eine bedrückte Stille unter den Wartenden aus. Lori drängte nach vorn in der Hoffnung, Patrick möge aus dem Förderkorb steigen.

Alle Augen waren auf den Schacht gerichtet. Das einzige Geräusch war das Knarren und Schleifen des Stahlseils, während der Förderkorb langsam an die Oberfläche kam. Lori blickte in die ernsten Gesichter der neben ihr wartenden Bergmänner. Hinter ihr äußerte jemand flüsternd, dass die Männer im Stollen von stürzenden Felsen zerquetscht worden waren. Ihr Herz bebte vor nie gekannter Angst. Die Männer hier oben erwarteten Leichen, keine Überlebenden.

Auch in den Lagern der Arbeiter hatte sich inzwischen herumgesprochen, dass in der Golden Nugget Mine ein Stollen eingestürzt war. Frauen und Kinder strömten herbei und mischten sich unter die wartenden Bergleute. Einige suchten verzweifelt nach ihren Ehemännern und Vätern, während die Glücklicheren ihre unverletzten Lieben jubelnd in die Arme schlossen. Unter den Wartenden erblickte Laura Dorrie Sharp, und sie fragte sich, ob wohl auch Lester im Stollen festsaß. Sie atmete erleichtert auf, als er mit besorgter Miene neben seine Frau trat.

Lori dachte plötzlich an Maggie und fragte sich, ob sie schon von dem Unfall erfahren hatte. Sie wusste, dass es ihr das Herz brechen würde, wenn sie Patrick erneut verlor.

Schließlich erschien der Förderkorb an der Oberfläche. Dan McNickell öffnete ihn, und fünf Männer stiegen aus. Einige taumelten und mussten gestützt werden, doch die wartende Menge seufzte erleichtert auf. Sie waren dick mit Staub bedeckt, nur das Weiße ihrer Augen war zu sehen, aber sie lebten. Lori erforschte das Gesicht jedes einzelnen Mannes und erkannte Norman Whitfield, den Jüngsten unter den Überlebenden. Sie hörte Frauen nach ihren Söhnen und Ehemännern rufen und spürte eine enorme Verzweiflung, weil Patrick nicht dabei gewesen war.

»Ich muss meine Mutter holen«, sagte sie zu Ryan. »Sie will sicher hier sein, und ich brauche sie jetzt.«

Er starrte sie überrascht an. »Ihre Mutter … ist hier?«

»Ja, sie besitzt eine Bäckerei in der Hay Street. Ich erkläre es Ihnen später. Ich will nicht, dass sie von jemand anderem von diesem Unfall erfährt. Darf ich den Wagen nehmen, um sie abzuholen?«

»Natürlich«, antwortete Ryan.

Lori stürmte in die Bäckerei und rannte beinahe einen Kunden um, der mit frisch gebackenem Brot und Kuchen auf dem Weg durch die Tür war. Maggie stand hinter der Theke. Sie erschrak angesichts Loris Gesichtsausdruck.

»Lori! Was ist los?«

»Komm schnell, Maggie! Im Bergwerk ist ein Stollen eingebrochen, und ich fürchte, Patrick ist noch unten.« Sie drehte das Schild an der Tür auf GESCHLOSSEN.

Maggie erstarrte. »Oh, mein Gott«, murmelte sie.

»Wir müssen sofort gehen, Maggie«, drängte Lori.

Maggie fühlte sich wie betäubt, legte aber ihre Schürze ab und folgte Lori hinaus.

»Was ist passiert?«, wollte Maggie wissen, als sie zitternd in den Wagen zu ihrer Tochter stieg.

Lori wendete das Pferd und ließ es galoppieren. Maggie klammerte sich an den Haltegriff, während sie durch die Straßen donnerten, durch die überall Bergleute in Richtung der Mine rannten.

»Es gab eine Explosion unter Tage«, sagte Lori. In der Ferne läutete eine Glocke, als Zeichen dafür, dass eine Bergwerkskatastrophe eingetreten war, doch das wusste Lori nicht. »Mehr weiß ich auch nicht. Patrick ist offenbar heute Morgen eingefahren und bisher noch nicht wieder nach oben gekommen.«

»Oh, lieber Gott, bitte verschone ihn«, betete Maggie laut.

Lori holte tief Luft. »Bitte entschuldige, was ich gestern gesagt habe, Maggie. Ich mache dir oder Patrick keinen Vorwurf wegen der Dinge, die vor Jahren passiert sind. Ich habe überreagiert. Es tut mir so leid.«

Maggie strich gerührt über den Rücken ihrer Tochter, die mit den Zügeln kämpfte. »Da gibt es nichts zu verzeihen. Du hattest recht. Ich hätte Patrick informieren sollen, als ich herausfand, dass ich mit dir schwanger war. Wenn ich die Uhr zurückdrehen und etwas verändern könnte, würde ich das tun. Gott wird nicht so grausam sein und uns Patrick wegnehmen«, sagte sie. »Das wird er nicht tun!«

Inzwischen waren drei weitere Bergarbeiter aus der Mine nach oben gebracht worden. Sie berichteten, dass tiefer im betroffenen Stollen, auf Ebene zehn, nah am Ort der Explosion, vier Männer eingeschlossen seien. Ihrer Meinung nach war es unwahrscheinlich, dass sie überlebt hatten. Frauen, die ihre Ehemänner vermissten, schrien auf, eine fiel in Ohnmacht. Von da an nahm die Rettung einen anderen Verlauf. Man organisierte die Bergung von Leichen.

Erschüttert hielten Maggie und Lori einander schluchzend umfangen.

»Ich kann nicht glauben, dass Patrick tot ist, Lori. Ich kann es einfach nicht«, weinte Maggie. »Ich glaube es erst, wenn ich mit eigenen Augen seine Leiche sehe.«

Lori war sicher, dass sie den Anblick von Patricks Leiche nicht ertragen würde.

Der Vorarbeiter entschied, selbst in die Grube einzufahren, obwohl die Geretteten warnten, dass es viel zu gefährlich sei, im Bereich des eingestürzten Stollens zu graben. Er fragte nach Freiwilligen, die ihn begleiten wollten, da er niemanden zwingen durfte, sein Leben aufs Spiel zu setzen. Die Bergleute senkten die Köpfe und schienen völlig fasziniert von ihren Stiefeln. Diejenigen, deren Frauen bei ihnen standen, wurden von diesen daran gehindert, sich zu melden, andere wiederum wollten einfach nicht ihr Leben riskieren, um tote Männer zu bergen. Der Vorarbeiter machte sich gerade bereit, allein einzufahren, als sich plötzlich ein Mann durch die Menge drängte.

»Ich komme mit«, sagte Lester Sharp.

Dan McNickell hatte ihm wegen seiner verspäteten Rückkehr zur Arbeit nach der Mittagspause gekündigt, dies hier war sein letzter Arbeitstag. Der Vorarbeiter hatte Lesters Entschuldigung nicht akzeptieren können, dass seine Frau unter Schwierigkeiten zu Hause Zwillinge entbunden hatte.

»Du bist nach deiner Kündigung zu nichts verpflichtet, Sharp«, sagte Dan. »Denk an deine Familie.« In diesem Moment ging ihm auf, wie ironisch seine Worte klangen, schließlich hatte Sharp seinen Job nur verloren, weil er an seine Familie gedacht hatte. Dan hatte deswegen ein sehr schlechtes Gewissen gehabt, musste aber für die anderen Bergleute ein Exempel statuieren. Trotzdem wollte er nicht, dass Lester für den Beweis, dass er seiner Firma treu ergeben war, sein Leben aufs Spiel setzte.

»Ich habe ein paar Freunde da unten, und die verdienen es, ihre Familien wiederzusehen«, sagte Lester.

Dan nickte. Dann fanden sich noch zwei weitere Freiwillige, und die Männer bestiegen den Förderkorb.

Lori bedauerte, dass sie ihr Versprechen in Bezug auf Lester noch nicht gehalten hatte, und betete inbrünstig, dass sie die Chance bekam, es wiedergutzumachen.

Zwei qualvolle Stunden vergingen ohne Nachricht. In der Zwischenzeit war ein Bergmann an die Oberfläche zurückgekehrt, um Werkzeug zu holen, aber auf die Frage nach Neuigkeiten schüttelte er nur den Kopf. Maggie und Lori setzten sich im Schatten der Seilwinde auf den Boden und beteten, voller Furcht vor dem Ausgang. Doktor Piper war in die Praxis gefahren, um nachzusehen, ob jemand eine Notfallbehandlung brauchte, aber schnell wieder zurückgekehrt.

Ryan wartete auf dem Bergwerksgelände. Er trat einmal kurz zu Lori, um nachzusehen, wie es ihr ging, und Lori stellte ihm Maggie vor, ohne jedoch im Detail auf ihre Beziehung einzugehen.

Die Minuten zogen sich endlos.

»Ich darf meinen Vater jetzt nicht verlieren«, stammelte Lori unter Tränen. »Wir müssen so viel versäumte Zeit nachholen.«

»Ich empfinde genau das Gleiche.« Maggie legte einen Arm um Loris Schultern. »Patrick ist der einzige Mann, den ich je geliebt habe oder lieben werde. Er muss zu mir zurückkommen. Er muss es einfach. Er möchte mich noch einmal heiraten, und ich wünsche mir das so sehr.«

»Ich muss ständig an all unsere gemeinsamen Frühstücke denken«, sagte Lori. »Er hat sich für mein Leben interessiert und mich in jeder Hinsicht ermutigt. Ich habe mir immer gewünscht, mein Vater wäre so wie er. Wenn ich gewusst hätte …«

Maggie drückte ihre Hand. »Ich kann dir gar nicht aufzählen, wie oft ich dich angesehen und an mein kleines Mädchen gedacht habe. Ich habe versucht, mir vorzustellen, wie mein Töchterchen als Erwachsene gewesen wäre – und jetzt bist du da, schöner, als ich es mir je hätte ausmalen können.«

»Es tut mir wirklich leid, dass ich so unfreundlich zu dir und Dad war. Dabei wusste ich zuerst nicht, warum ich so wütend war, aber inzwischen ist mir klar, dass es an meiner Enttäuschung darüber lag, nicht mit euch aufgewachsen zu sein.«

Als Maggie hörte, dass Lori Patrick Dad nannte, schwoll ihr Herz vor Liebe. »Wir haben unser Leben noch vor uns, und ich verspreche, dass wir für schöne Erinnerungen sorgen werden«, sagte sie. »Und ich glaube einfach ganz fest daran, dass dein Dad diese Erinnerungen mit uns teilen wird.«

»Früher hatte ich manchmal undeutliche Erinnerungen an das Spielen in einem schönen Garten«, erzählte Lori. »Das muss Grace Goldings Garten gewesen sein.«

»Ich habe dir die Namen der Blumenarten beigebracht, und du hast viele davon behalten«, berichtete Maggie.

»Ich wünschte, ich könnte mich an Grace erinnern«, sagte Lori traurig. »Sie scheint unglaublich nett gewesen zu sein.«

»Das war sie, und sie hat dich sehr geliebt. Sie sagte immer, du hättest das Haus wieder zum Leben erweckt.«

»In meinem Alltag bei den Brenans spürte ich ganz oft, dass irgendetwas nicht stimmte«, erzählte Lori. »Es klingt vielleicht seltsam, aber ich hatte immer das Gefühl, dass ich woanders hingehöre. Glaubst du, dass ich tief in meinem Innern geahnt habe, dass etwas falsch war?«

»Gut möglich. Du warst immer sehr intuitiv.«

»Ich habe letzte Nacht in meinem Gedächtnis gekramt und mich vage an den Tag erinnert, an dem ich zum ersten Mal das Haus in Cottesloe betrat. Ich habe mich gefragt, wo du warst, und hatte erwartet, dich dort zu sehen. Ich weiß, dass ich zu weinen begann und ein Eis bekam.«

»Man hat den Brenans gesagt, dass ich sterben würde«, meinte Maggie. »Aber eigentlich müssten sie gewusst haben, dass das nie passiert ist.«

Lori ging auf, dass sie, wenn Maggie gestorben wäre, die Wahrheit nie erfahren hätte. »Wir müssen die Gelegenheit bekommen, eine Familie zu werden … Mum«, sagte sie. Tränen liefen über ihr Gesicht. »Diese Gelegenheit werden wir heute ganz bestimmt nicht verlieren.«

Sie das Wort *Mum* sagen zu hören bedeutete Maggie alles. Überwältigt verbarg sie ihr Gesicht in den Händen und schluchzte auf.

»Alles wird gut, Mum«, sagte Lori und umarmte sie. »Dad wird zu uns zurückkommen. Ganz sicher.« Sie wusste, dass es zu viel verlangt war, um ein weiteres Wunder zu bitten. So viel Glück konnte niemand haben.

Um vier Uhr am Nachmittag kamen Lester Sharp, Dan McNickell und die beiden Freiwilligen mit vier Männern an die Oberfläche. Die Bergleute waren eingeschlossen gewesen und ziemlich schwer verletzt, aber überglücklich über ihre Rettung. Die wartenden Kumpel brachen in Jubel aus.

Dan McNickell verkündete, dass die Mine geschlossen bliebe, bis die von Patrick Shanahan vorgeschlagenen neuen Sicherheitsmaßnahmen eingeführt waren.

Maggie und Lori betrachteten tränenüberströmt die vier Überlebenden. Patrick war nicht unter ihnen.

Lori eilte zu Dan McNickell. »Wo ist Patrick Shanahan?«

»Wir haben ihn da unten nicht gefunden«, antwortete er.

»Wo ist er dann?«, schrie Lori ihn an.

»Er war nicht bei uns«, sagte einer der Überlebenden. »Vielleicht war er weiter unten im Stollen, da, wo die Explosion stattfand.« Er verschwieg ihr, dass man dort keine Leichen finden würde.

»Wir sind nur so weit vorgedrungen, wie wir es wagten«, sagte Dan McNickell.

»Vielleicht ist er nach oben gekommen, ohne dass jemand ihn gesehen hat«, meinte ein Bergmann. »Aber das ist ziemlich unwahrscheinlich.«

»Sie müssen weiter nach ihm suchen«, rief Lori hysterisch. »Sie können ihn nicht da unten lassen.«

»Es tut mir leid, aber wir kommen in diesem Stollen nicht weiter. Man kann nicht tiefer graben, die ganze Mine würde einstürzen. Die Strecke muss versiegelt werden.«

»Soll das heißen, dass das hier Patricks Grab wird?«, fragte Maggie ungläubig.

Dan McNickell nickte schweigend.

Lori lehnte sich an Maggie und schluchzte an ihrer Schulter. Ryan trat zu ihnen.

»Ich bringe Sie zurück in die Stadt. Sie sollten sich hinlegen«, sagte er besorgt.

»Ich gehe nirgendwohin«, sagte Lori wütend. »Ich lasse meinen Vater nicht allein.«

Am frühen Abend krochen Schatten über die Landschaft. Nach und nach kehrten die Bergleute in ihre Häuser zurück. Ryan wusste, dass ihm vor Einbruch der Dunkelheit gerade genug Zeit blieb, die verletzten Bergleute nach Hause zu bringen und zur Mine zurückzukehren, und machte sich eilig auf den Weg.

Maggie und Lori setzten sich wieder neben die Seilwinde. Sie sahen zu, wie Dan und ein anderer Mann die Maschinen abschalteten, das Werkzeug wegräumten und das Büro abschlossen. Sie sahen auch, wie Dan ein Gespräch mit Lester Sharp führte und wie die beiden Männer sich die Hände schüttelten, ehe sie nach Hause gingen. Alles erschien so endgültig.

»Ich kann nicht glauben, dass es so enden muss«, flüsterte Maggie.

»Dad hat vergangene Nacht dreimal an meine Tür geklopft, aber ich habe sie nicht geöffnet«, weinte Lori. »Hätte ich doch nur geahnt ... Jetzt werde ich nie mehr die Gelegenheit haben, ihn wiederzusehen.«

Maggie legte die Arme um ihre Tochter. Sie hielten einander fest umarmt und schluchzten um die Liebe eines wunderbaren Mannes.

41

Dunkelheit senkte sich über sie, und Millionen von Sternen erschienen am Himmel. Plötzlich ertönte das Klappern von Pferdehufen, und kurz darauf kam Ryan mit dem Wagen auf sie zu.

»Ich kann hier nicht fortgehen«, flüsterte Maggie Lori zu. »Ich kann Patrick nicht verlassen.«

Lori fühlte das Gleiche – es war, als ob fortzugehen bedeutete, ihn im Stich zu lassen.

Am Nachmittag hatte ein Constable am Bergwerk mit Dan McNickell gesprochen. Maggie fragte ihn, ob eine Untersuchung eingeleitet würde. Seine Antwort, dass Methangase nur eine der vielen Gefahren im Bergbau seien, war enttäuschend und nervenaufreibend zugleich.

Kurz nach dem Polizisten tauchte ein Reporter des Kalgoorlie Miner Newspaper auf. Er trat zu Maggie und Lori in der Hoffnung auf eine herzzerreißende Geschichte für seine Leser, wurde von Maggie stattdessen aber mit einer Schimpftirade empfangen. Sie fauchte ihn an, ob es nicht schon genug sei, dass Patrick in der Mine begraben läge, zumal er versucht hätte, neue Sicherheitsmaßnahmen für die Bergleute einzuführen. Sie verlangte, dass etwas unternommen würde, und verkündete, dass sie und Lori die Sache nicht auf sich beruhen lassen würden. Der Reporter ging mit einer völlig anderen Geschichte als der, die er erwartet hatte.

Ryan kletterte aus dem Wagen und trat auf sie zu. »Ich bin gekommen, um Sie nach Hause zu bringen, meine Damen«, sagte er sanft.

In den wachsenden Schatten der Dunkelheit wirkten die Umrisse der Mine richtiggehend unheimlich.

»Ich weiß, dass wir gehen müssen, aber das ist so schwer.« Maggie stieß einen tiefen Seufzer aus. »Wir fühlen uns, als würden wir Patrick im Stich lassen.«

»Ich verstehe Sie«, erklärte Ryan. »Aber Sie können nicht die ganze Nacht hierbleiben.«

»Er hat recht, Mum«, meinte Lori. Sie zog Maggie auf die Füße, und die beiden gingen Hand in Hand mit schweren Herzen zum Buggy.

Als sie sich nach einer desperaten Fahrt der Innenstadt näherten, fragte Ryan, wo sie hinwollten.

Maggie konnte das Cottage ohne Patrick nicht ertragen und wies Ryan an, sie zum Exchange Hotel zu bringen.

»Noch nie habe ich einen hochprozentigen Drink nötiger gebraucht«, meinte sie. »Und dir tut das vermutlich auch gut, Lori.«

Lori hatte unterwegs kein Wort gesprochen.

»Sie hatten ebenfalls einen harten Tag«, sagte sie zu Ryan. »Möchten Sie sich uns vielleicht anschließen?«

Ryan nickte. »Gerne. Aber ich muss mich erst waschen und umziehen«, sagte er. »Würde es Ihnen etwas ausmachen, wenn wir kurz bei mir vorbeifahren und ich mir saubere Kleidung hole? Das dauert sicher nicht lange. Ich würde mich dann in einem der Gästebadezimmer des Hotels frisch machen, dann müssen Sie nicht vor meiner Tür warten.«

Maggie war einverstanden. »Das ist eine gute Idee. Ich brauche ebenfalls saubere Kleidung«, sagte sie. »Könnten wir vielleicht anschließend kurz bei der Bäckerei vorbeifahren, damit ich welche holen kann?«

»Natürlich«, sagte Ryan.

»Du kannst das Bad gegenüber von meinem Zimmer nutzen, Mum, und dich in meinem Zimmer umziehen«, sagte Lori. »Wir nehmen einfach den Aufgang für die Bediensteten, dort kommen wir am ehesten unbemerkt hinein.«

Im Hotel schlich sich das Trio über die Hintertreppe in den zweiten Stock. Sie verabredeten sich in der Lounge, sobald sie sich gewaschen und umgezogen hatten.

Während Ryan das Gästebad betrat, versuchte Lori im Beisein von Maggie mit zitternden Fingern, den Schlüssel ins Schloss ihrer Zimmertür zu schieben. Plötzlich bemerkte sie, wie eines der Zimmermädchen an Patricks Tür auf der gegenüberliegenden Seite des Flurs klopfte, in der Hand ein Tablett mit Essen. Loris erster Gedanke war, dass das Zimmer vielleicht bereits an einen anderen Gast vermietet war, und das schien ihr arg früh zu sein. Ärger wallte in ihr auf. »Was machen Sie da?«, herrschte sie die junge Frau an.

»Ich bringe Mister Shanahan das Abendessen«, antwortete das Mädchen.

Hinter Lori sog Maggie scharf die Luft ein, was Loris Entsetzen noch verstärkte. Patrick musste die Essensbestellung entweder für die Dauer des Aufenthalts oder am Vortag aufgegeben haben, das Zimmermädchen wusste offenbar nichts von dem Zwischenfall in der Mine. »Er ist nicht hier«, erklärte sie knapp.

Doch in diesem Moment öffnete sich leise knarrend die Tür zu Patricks Zimmer. Loris Herz begann wie wild zu pochen. Offenbar spielte ihre Wahrnehmung ihr einen Streich, ganz sicher sogar! Wie in Trance ging sie auf das Zimmermädchen zu. Eine winzige Hoffnung keimte in ihr auf, und doch fürchtete sie, dass sie enttäuscht würde. Vorsichtig lugte sie durch den Türspalt und stieß dann einen Schrei aus. Das Zimmermädchen ließ das Tablett fallen, und das Essen fiel zu Boden.

Maggie eilte herbei und schaute ebenfalls in das Zimmer. Auch sie schrie auf und schlug sich die Hand vor den Mund. Auf der anderen Seite stand vollkommen verwirrt Patrick.

»Was ist denn?«, fragte er.

Ryan befand sich in einem der Gästebäder, als er die Schreie hörte. Er stürzte sofort hinaus auf den Flur, wo Lori und Maggie dreinblickten, als hätten sie ein Gespenst gesehen. Vor ihnen auf dem Teppich kroch ein Zimmermädchen herum und sammelte Essensreste ein. »Stimmt etwas nicht?«

»Patrick, wir dachten …«, murmelte Maggie, außerstande, den Satz zu beenden. Sie stieg über das Essen auf dem Boden, fiel ihm um den Hals und umarmte ihn fest, lachend und weinend zugleich.

Lori löste sich aus ihrer Erstarrung, machte einen Schritt auf wackeligen Beinen und legte ebenfalls ihre Arme um ihn.

Ryan verharrte an der Tür und beobachtete die Szene. Er sah den Mann kaum, konnte aber anhand der Freude und Erleichterung der Frauen schließen, dass es sich um Patrick Shanahan handeln musste.

Lori und Maggie waren so bewegt, dass sie nicht sprechen konnten, und überließen es Ryan, sich vorzustellen und ihm in knappen Worten von dem Stolleneinsturz zu berichten.

»Vermutlich werden Sie morgen in der Zeitung einen Nachruf auf sich finden«, stellte er nach seinem Bericht fest.

Patrick war zutiefst betroffen, aber auch erleichtert, dass es keine Toten gegeben hatte.

Schließlich gelang es Maggie und Lori, ihre Gefühle so weit unter Kontrolle zu bringen, dass sie sich von Patrick lösten.

»Wo warst du den ganzen Tag?«, fragte Maggie.

»Ich habe mir solche Sorgen um Lori gemacht, dass ich die ganze letzte Nacht nicht geschlafen habe. In den frühen Morgenstunden ging ich spazieren und bat einen chinesischen Kräuterhändler um ein Mittel, das mir zumindest ein oder zwei Stunden Schlaf ermöglichen würde. Das Mittel muss ziemlich stark gewesen sein, es hat mich den ganzen Tag außer Gefecht gesetzt. Ich spüre die Nachwirkungen immer noch.« Er fühlte sich vollkommen benebelt, und das gefiel ihm überhaupt nicht.

»Das muss Opium gewesen sein«, erklärte Ryan, dem Patricks erweiterte Pupillen aufgefallen waren.

»Ich bin erst vor einer Stunde aufgewacht.«

»Aber der Vorarbeiter der Mine sagte, dass du heute Morgen eingefahren bist«, sagte Lori.

Patrick dachte nach. »Vielleicht stimmt das. Jetzt, wo ich darüber nachdenke, erinnere ich mich undeutlich, dass ich sehr früh am Morgen am Bergwerk war. Aber ich war so schläfrig, dass ich hierher zurückging, um mich hinzulegen.«

»Gott sei Dank bist du nicht dort geblieben.« Maggie war zutiefst dankbar.

»Das ist das Letzte, woran ich mich erinnere, bis ich vorhin aufwachte. Ich fühle mich immer noch vollkommen zerschlagen.« Er bereute zutiefst, dass er niemanden über sein Verlassen des Geländes informiert hatte. »Es tut mir wirklich leid, dass ich euch alle so beunruhigt habe.«

»Oh, ich bin gerade viel zu glücklich, um dir böse zu sein, dass du uns so viel Kummer bereitet hast«, sagte Maggie. »Du lebst! Du bist wirklich am Leben!« Wieder umarmte sie ihn.

»Ich bin auch sehr glücklich, Dad.« Lori lächelte ihn an. »Wir haben noch unser ganzes Leben vor uns.«

Die Tatsache, dass sie ihn Dad nannte, zauberte ein breites Lächeln auf Patricks Gesicht. Er war zutiefst erleichtert, dass sie offenbar nicht mehr wütend auf ihn oder Maggie war.

Das Zimmermädchen hatte das Durcheinander vor der Tür inzwischen entfernt. »Ich hole ein neues Tablett, Sir«, sagte sie.

»Ich denke, wir brauchen jetzt vier Essen«, erklärte Patrick.

»Vielleicht sollten wir beide lieber im Speisesaal essen und Ihren Eltern etwas Privatsphäre lassen«, schlug Ryan Lori vor.

Lori freute sich über die Einladung und darüber, ihren Eltern die Zeit zu geben, die sie verdienten. »Das ist eine gute Idee«, rief sie begeistert. »Geben Sie mir ein paar Minuten, um mich zu waschen und mein Kleid zu wechseln.«

»Sie sind wirklich glücklich, nicht wahr?«, bemerkte Ryan, als sie sich wenig später an einem Ecktisch im Speisesaal niederließen.

»Ich bin unglaublich glücklich«, gab Lori zu. »Patrick lebt und ist gesund, und Maggie ist ebenfalls glücklich. Und sie sind meine Eltern«, sagte sie mit einem strahlenden Lächeln. »Hier in

Kalgoorlie sind drei Wunder geschehen, Doktor Magee. Es ist einfach nicht zu fassen.« Und sie konnte noch immer nicht recht glauben, dass sie mit Ryan an einem Tisch saß, das hatte sie sich schon seit Wochen gewünscht.

»Wir sind nicht auf der Arbeit, Schwester Brenan, also nennen Sie mich bitte Ryan. Darf ich Sie Laura nennen?«

»Okay, dann also *Ryan.*« Sie errötete und wandte sich kurz ab.

»Stimmt etwas nicht?«, erkundigte sich Ryan.

Laura atmete tief durch und wandte sich ihm wieder zu. »Es fühlt sich seltsam an, hier mit Ihnen zu sitzen, wo Sie doch sonst immer so professionell und distanziert wirken«, sagte sie ehrlich. »Sie waren heute sehr freundlich. Ich kann Ihnen gar nicht genug danken.«

»Es gibt einen Grund dafür, dass ich Sie auf Distanz gehalten habe, Laura.«

»Mein richtiger Name ist Lori. Laura war der Name, den mir meine Adoptiveltern gegeben haben.« Ryan war offenbar verwirrt. »Vielleicht sollte ich Ihnen die ganze Geschichte erzählen«, sagte sie. In diesem Moment trat die Kellnerin an ihren Tisch, und sie bestellten zwei Portionen Shepherd's Pie. Dann schickte Lori sich an, ihre Geschichte zu berichten.

»Darf ich zuerst noch etwas sagen, Lori?«, warf Ryan ein.

»Natürlich! Ich rede ununterbrochen, ich bin einfach so … aufgeregt.«

»Das verstehe ich. Aber ich möchte, dass Sie wissen, dass ich nach heute vielleicht nicht mehr in der Praxis arbeiten darf.«

Lori erschrak. »Wie bitte? Wieso das denn?«

»Doktor Piper wirft mich möglicherweise hinaus.«

»Das verstehe ich nicht. Sie sind doch ein wunderbarer Arzt!«

»Nun, an meinem ersten Tag in der Praxis stellte Doktor Piper vollkommen unmissverständlich klar, dass ich Ihnen und Nancy gegenüber immer professionell und distanziert zu sein habe. Er würde weder Romanzen noch Flirts bei der Arbeit dulden, sagte er.«

»Oh.« Lori fühlte sich schuldig, weil ihre Verliebtheit ihn offenbar in Schwierigkeiten gebracht hatte.

»Er ließ keinen Zweifel daran, dass es sich dabei um ein Ausschlusskriterium handelte. Da Doktor Piper mir gegenüber heute Nachmittag ziemlich schroff war, bin ich ziemlich sicher, dass er mich feuern will.«

»Er ist immer schroff, und Sie haben nichts falsch gemacht«, wandte Lori ein. »Ich bin sicher, dass er Ihnen nicht kündigt.«

»Er hat gesehen, wie ich Sie vor dem Bergwerk in die Arme genommen und getröstet habe.«

»Sie waren einfach nett, und das waren außergewöhnliche Umstände«, entgegnete Lori empört.

Ryan spielte mit seiner Serviette. »Um ehrlich zu sein: Ich war nicht nur nett.«

»Wie meinen Sie das?«

Er hob den Blick und sah ihr in die Augen. »Ich fühle mich sehr zu Ihnen hingezogen, habe aber versucht, es möglichst nicht zu zeigen.«

Sein überraschendes Geständnis freute Lori. »Sie haben Ihre Gefühle wirklich sehr gut verborgen«, sagte sie lächelnd. »Ich war die ganze Zeit fest davon überzeugt, dass Sie mich nur als Arbeitskollegin sehen.«

»Aber so ist es nicht. Ich sehe Sie als Frau, zudem als sehr attraktive Frau. Ich wollte Sie schon lange bitten, mit mir auszugehen, aber ich konnte nicht.«

»Und ich habe mich zum Narren gemacht und versucht, Sie mit der Nase daraufzustoßen«, sagte Lori und errötete erneut.

»Sie waren bezaubernd«, erklärte Ryan mit einem warmen Lächeln.

Lori lachte. »Jetzt schmeicheln Sie mir aber. Ich habe mich wie ein Volltrottel verhalten. Ich habe sogar eine Einladung von Norman Whitfield angenommen, in der Hoffnung, Sie eifersüchtig zu machen.«

»Und der arme Kerl hat sich offenbar hoffnungslos in Sie verliebt«, sagte Ryan. »Nicht dass er etwas dafürkönnte. Aber jetzt erzählen Sie mir bitte Ihre Geschichte.«

Lori war nach seinen Worten sehr bewegt, nahm sich aber zusammen und erzählte ihm alles, begonnen beim Kennenlernen von Maggie und Patrick auf Phillip Island bis zu ihrer Vereinigung als Familie hier in Kalgoorlie. Ryan lauschte ihr aufmerksam, fragte immer wieder interessiert nach und äußerte an den entsprechenden Stellen seinen Unmut oder Verständnis.

»Ich bin wirklich froh, dass Ihre Geschichte am Ende gut ausgegangen ist, Lori«, sagte Ryan, als sie geendet hatte.

»Ich auch. Aber ich kann nicht glauben, dass Doktor Piper Sie entlassen will, weil Sie mich heute getröstet haben. Sie sind viel wertvoller für die Praxis als ich.«

»Wenn er es tut, bewerbe ich mich für eine Stelle im Krankenhaus«, sagte Ryan. »Aber wenn er mich nicht bittet, zu gehen, werde ich ihm klipp und klar sagen, dass ich Sie auch in Zukunft privat treffen möchte. Ich werde ihm versprechen, diskret vorzugehen. Wenn er Einspruch erhebt, hat er eben Pech gehabt.«

»Das würden Sie für mich tun?«

Ryan griff nach ihrer Hand. »Ich kann einfach nicht mehr so tun, als interessierten Sie mich nicht, und ich möchte keinesfalls riskieren, dass Sie mir von irgendeinem Norman Whitfield vor der Nase weggeschnappt werden.«

Lori lachte. »Er ist keine Konkurrenz für Sie, das können Sie mir glauben.«

»Wie dem auch sei: Ich betrachte Sie nicht als Selbstverständlichkeit. Sie gehen doch auch weiterhin mit mir aus, oder?«

Lori gab vor, darüber nachzudenken. »Gut möglich«, neckte sie ihn.

42

Gerard Spencer blickte von den Papieren auf seinem Schreibtisch auf und sog überrascht die Luft ein. »Patrick! Was für eine Überraschung!«

Patrick schloss die Bürotür, um ungestört reden zu können. Er hatte diesen Moment gefürchtet. »Ich musste Sie persönlich aufsuchen, Gerard«, sagte er schweren Herzens.

Gerard registrierte Patricks düstere Miene mit Besorgnis. »Ist alles in Ordnung? Es gab doch hoffentlich nicht noch einen schweren Unfall in der Golden Nugget Mine?«

Die Nachricht von dem schweren Stolleneinbruch hatte sich über Zeitungen und den Telegrafen schnell im ganzen Land verbreitet. Die Information, Patrick sei bei der Explosion in der Mine getötet worden, war der schlimmste Moment in Gerards Leben gewesen. Glücklicherweise hatte sie sich schnell als falsch herausgestellt, nachdem Patrick ihm per Telegramm mitgeteilt hatte, dass er gesund sei.

»Es gibt immer noch große Probleme in Bezug auf die Sicherheit, und ich bin trotz aller Bemühungen der Meinung, dass sie nicht schnell gelöst werden können.«

»Das überrascht mich keineswegs. Aber wollten Sie für den Fall dann nicht länger als drei Monate in Kalgoorlie bleiben, auch um Ihnen etwas Zeit ohne Caroline zu gönnen? Waren Sie schon bei ihr?«

»Noch nicht.« Patrick freute sich keineswegs auf das Treffen mit seiner Frau, war jedoch entschlossen, ihre Ehe zu beenden. »Wie geht es ihr?«

»Ich fürchte, es hat sich nichts verändert. Ich dachte, Ihre Abwesenheit würde sie irgendwie wachrütteln, aber dem ist nicht so. Ich will Ihnen nicht vorenthalten, dass sie von Scheidung gesprochen hat, aber ihre Mutter führt diese Gedanken auf die Depression und Ängste zurück. Sie bemüht sich um einen Platz für Caroline in einer Klinik, wo sie professionelle Hilfe bekommen würde, aber Sie wissen ja, dass Caroline diesen Vorschlag bereits mehrfach abgelehnt hat. Das ist ein großer Teil des Problems.«

Patrick atmete tief durch. »Ich bin eigentlich gekommen, um die Scheidung einzureichen«, sagte er in der Hoffnung, dass Gerard ihn nicht für herzlos hielt.

Gerard war nicht überrascht. »Daran gebe ich Ihnen nun wirklich keine Schuld, Patrick.«

»Ich bin erleichtert, das zu hören. Ich wünsche Caroline nur das Beste, das wissen Sie, Sir.«

»Ja, ich weiß. Sie haben wirklich alles getan, was in Ihrer Macht stand. Ich hätte mir keinen besseren Schwiegersohn wünschen können, aber es ist Zeit, dass Sie einmal an Ihr eigenes Glück denken.«

»Danke, Sir. Aber da ist noch etwas: Ich möchte kündigen. Ich habe immer gerne mit Ihnen zusammengearbeitet, Gerard, aber die Tätigkeit in diesem Geschäft macht mir nicht mehr so viel Freude wie früher. Ich möchte etwas ganz anderes machen und beabsichtige, für immer aus Melbourne wegzuziehen.« Patrick wollte ihm nichts von Maggie und Lori erzählen, aus Angst, ihn zu verletzen. »Ich hoffe, ich enttäusche Sie nicht, nichts läge mir ferner.«

»Nicht im Geringsten, Patrick. Ich persönlich habe die Herausforderungen des Geschäftslebens zwar immer genossen, aber in letzter Zeit denke auch ich häufig daran, mich zurückzuziehen. Ich würde gerne öfter Golf spielen.«

Patrick war erleichtert, dass sein Schwiegervater Verständnis für seine Entscheidungen hatte. »Sie waren eine Vaterfigur, zu der ich aufschauen konnte, und mein Mentor, und dafür bin ich Ihnen sehr dankbar, Sir. Es ist kein Geheimnis, dass ich die Geschäftspraktiken meines Vaters nicht gutheiße – Sie aber habe ich immer sehr geschätzt.«

»Danke, Patrick, das bedeutet mir sehr viel. Ich wünsche Ihnen alles Gute bei allem, was Sie vorhaben. Meine Tochter verliert mit Ihnen einen guten Ehemann. Ich will Ihnen nicht verschweigen, dass Bob Sangster mir gerade vergangene Woche ein Angebot gemacht hat: Er möchte meinen Anteil an der Golden Nugget Mine kaufen. Halten Sie es in geschäftlicher Hinsicht für sinnvoll, darauf einzugehen?«

»Ich würde die Zahlen von der Buchhaltung überprüfen lassen, aber aus dem Bauch heraus würde ich Ja sagen. Die beste Zeit des Goldabbaus in Kalgoorlie ist vorbei. Es gibt zwar immer noch ausreichend Gold in der Gegend, um die Stadt für eine Weile am Leben zu erhalten, aber ich bezweifele sehr, dass noch mehr wirklich ergiebige Adern gefunden werden.«

»Dann nehme ich Bobs Angebot an, ehe er seine Meinung ändert«, sagte Gerard.

Zum ersten Mal seit vielen Jahren betrat Patrick sein Elternhaus und gewann sofort einen Eindruck davon, wie überwältigt Maggie gewesen sein musste, als er sie damals mit hierhergenommen hatte. Nie zuvor war ihm aufgefallen, wie prunkvoll, unfreundlich und kalt es war. Es nahm ihn nicht wunder, dass Maggie ihr charmantes kleines Cottage bevorzugte.

Es war sieben Uhr abends. Seine Eltern waren Gewohnheitstiere, und Patrick hörte, als er über den dicken Teppich zum Esszimmer ging, das Klirren von Gläsern und Besteck. Sie bemerkten ihn nicht, also konnte er sie einen Moment heimlich beobachten. Die Entfernung und die Jahre, die ins Land gezogen waren, ermöglichten ihm jetzt einen unvoreingenommenen Blick. Sie waren alt geworden, befand er, ihre Haare waren grau und ihre Münder eingefallen, als hätte sich die Verbitterung dort eingegraben. Immer noch sprachen sie so gut wie gar nicht miteinander, saßen sich in übertrieben förmlicher Kleidung an entgegengesetzten Enden des riesigen Esstisches gegenüber – ein Ritual, das sie offenbar beibehalten hatten, aller Absurdität zum Trotz.

Patrick dachte an die Fröhlichkeit, die am Tisch herrschte, wenn er, Maggie und Lori gemeinsam zu Abend aßen, häufig im Beisein von Ryan Magee. Was Maggies kleiner Küche an Platz fehlte, glich Maggie durch einen Überfluss an Liebe aus, und dafür würde er ihr auf ewig dankbar sein. Die Zhangs hatten ein Cottage in der Nähe gekauft und damit ihr Unterkunftsdilemma zu aller Zufriedenheit gelöst. Huang Fu machte Ling inzwischen offiziell den Hof, und Bojing hatte ihn gebeten, in sein Geschäft einzusteigen, sobald er sein Schwiegersohn war.

»Patrick«, rief seine Mutter, die ihn an der Tür entdeckte. Rosemary war überrascht und erfreut, ihn zu sehen, aber sein plötzliches Erscheinen nach Jahren der Abwesenheit gab ihr Anlass zur Sorge. »Ist alles in Ordnung?«

Patrick bemerkte, dass sein Vater ihn misstrauisch beäugte. Jethro war schlau genug zu wissen, dass Patrick sicher nicht ohne Absicht gekommen war.

»Hallo, Mutter, Vater«, sagte Patrick kühl, trat jedoch nicht näher.

»Komm, setz dich und iss etwas«, drängte Rosemary.

»Das ist kein Freundschaftsbesuch, Mutter.«

»Oh.« Rosemary blickte zu ihrem Mann.

»Ich wollte nur ein paar Dinge abholen …« Patrick besaß noch einige Kindheitserinnerungen, die er Lori gern zeigen wollte.

»Du trinkst doch ein Glas Wein mit, oder?«, bot Jethro an.

»Nein, danke«, lehnte Patrick entschlossen ab. »Ich ziehe nach Western Australia, und zwar für immer. Dies ist wohl das letzte Mal, dass wir uns sehen.«

Zum ersten Mal in seinem Leben, seit Patrick sich zurückerinnern konnte, sah er Gefühle in den Gesichtszügen seiner Mutter – das Aufflackern von einer Art Kummer.

»Warum, Patrick?«, fragte sie. »Warum ziehst du fort, und warum sehen wir dich nie wieder?« Auch wenn er sein Elternhaus seit

Jahren nicht betreten hatte, liefen sie sich gelegentlich bei Gesellschaften über den Weg, schließlich verkehrten sie beruflich in den gleichen sozialen Kreisen. Rosemary freute sich immer auf diese Gelegenheiten.

Patrick war unentschlossen gewesen, ob er ihnen seine Pläne mitteilen sollte, entschied nun aber, die Frage seiner Mutter zu beantworten. »Ich heirate Maggie Cassidy noch einmal, Mutter«, sagte er.

»Maggie Cassidy«, wiederholte Rosemary langsam. Sie hatte diesen Namen seit Ewigkeiten nicht mehr gehört, wofür sie dankbar war.

»Ja. Sie ist die einzige Frau, die ich je geliebt habe«, erklärte Patrick. »Wir werden uns ein gemeinsames Leben in Western Australia aufbauen, zusammen mit unserer Tochter«, fuhr er fort.

»Tochter!« Rosemary sog hörbar die Luft ein.

»Ganz genau! Und weil ihr Maggie schon nach unserer ersten Hochzeit missbilligt habt, dürfte es euch nicht überraschen, dass ihr mich nicht wiedersehen werdet.«

»Ich wusste gar nicht, dass du dich von Caroline Spencer hast scheiden lassen«, bemerkte Jethro stirnrunzelnd.

»Das habe ich auch noch nicht«, antwortete Patrick.

»Und du hast diese Frau … geschwängert?«, erkundigte sich Jethro missbilligend.

Patrick empfand Wut darüber, dass sein Vater ihm so wenig Moralempfinden unterstellte, aber er wusste nur zu gut, dass Jethro wieder einmal nur an den Ruf der Shanahans dachte. »Nein, Vater, ich habe sie geschwängert, nachdem ich sie das erste Mal geheiratet hatte. Unsere Tochter Lori ist erwachsen und absolut reizend.«

Rosemary stand auf. »Du hast eine *erwachsene Tochter*, und ich höre zum ersten Mal von ihr«, sagte sie vorwurfsvoll.

Patrick befand, dass sie kein Recht hatte, beleidigt zu sein. »Ich wusste es bis vor kurzem selbst nicht.«

»Diese Frau hat dir deine Tochter vorenthalten?«, zischte Rosemary.

»Ich hätte schon vor Jahren davon erfahren, wenn Vater das Telegramm weitergegeben hätte, das Maggie mir aus Perth geschickt hat, als Lori noch ganz klein war.«

»Darin wurde kein Kind erwähnt«, platzte Jethro hervor und bereute sofort, damit zugegeben zu haben, dass er das Schreiben abgefangen hatte. Er hätte es auch abstreiten können.

Patrick und Rosemary blickten ihn wortlos an.

»Ich dachte, sie wollte Ärger wegen Patrick und Caroline machen, Rosemary«, verteidigte er sich. »Wir waren uns doch einig, dass Caroline viel besser zu Patrick passt.«

»Das war aber nicht so«, betonte Patrick. »Meine Ehe mit Caroline war lieblos. Aber wir werden zum Glück so bald wie möglich geschieden, und dann können Maggie und ich wieder heiraten und endlich unser Leben teilen, was uns durch eure Einmischung genommen wurde.«

»Du weißt, dass wir dich lieben, Patrick. Wir wollten immer nur das Beste für dich«, jammerte Rosemary.

»Das ist nicht wahr, Mutter, und das weißt du. Ich hatte die geheiratet, die am besten für mich war, aber meine Wahl gefiel euch nicht, und ihr konntet mich damit nicht glücklich werden lassen. Stattdessen hat Vater mich angelogen, als er behauptete, Maggie ausgezahlt zu haben, obwohl sie das Geld, das er ihr anbot, nie genommen hat. Sie hat mich nur verlassen, weil er gedroht hatte, mein Leben zu ruinieren, wenn sie es nicht täte.«

Rosemary sah ihren Mann an. »Ist das wahr, Jethro? Hast du gedroht, Patricks Leben zu ruinieren?«

Jethro hatte ihr nach Maggies Auszug lediglich verraten, dass er sich darum gekümmert hatte, sie loszuwerden. Auf Details war er nicht eingegangen

Rosemary war damals froh gewesen, dass er ihr die Einzelheiten ersparte, hatte aber nie verstanden, warum Patrick nichts mehr von ihnen wissen wollte, nachdem seine Frau ihn verlassen hatte. Sie war davon ausgegangen, dass er jemanden brauchte, dem er die Schuld zuweisen konnte.

»Das spielt jetzt keine Rolle mehr, Mutter«, sagte Patrick, ohne den Blick von seinem Vater zu wenden. »Ich will nur, dass du weißt, dass Maggie dieses Telegramm geschickt hat, als sie dringend Hilfe brauchte. Sie wollte mit unserem Kind nach Hause kommen. Weil du mir das Telegramm nicht weitergegeben hast, Vater, wurde Maggie krank und wäre fast gestorben. Und unsere Tochter landete in einem Waisenhaus.«

Jethro zeigte keine Regung, aber Rosemary schnappte nach Luft.

»Meine Enkelin ... in einem Waisenhaus?« Sie starrte Jethro an. »Stell dir nur vor, das spräche sich herum!«

Bestürzt bemerkte Patrick, dass es seiner Mutter allein um ihr Ansehen ging. Nichts hatte sich geändert. Der letzte verbliebene Hauch von Sympathie für sie verschwand. »Wir werden glücklicherweise weit weg von euch leben, also müsst ihr euch keine Sorgen um euren kostbaren Ruf machen, Mutter«, stieß er hervor. »Ich möchte nur, dass du weißt, dass Lori ein ganz wunderbares Mädchen ist. Wie ihre Mutter ist sie klug und schön, und sie hätte euer Leben sicher sehr bereichert, wenn ihr sie hineingelassen hättet. Vermutlich ist es aber besser so, denn ich würde nicht wollen, dass sie materiellen Besitz über Menschen stellt.«

»Patrick! Wie kannst du so grausam sein?«, fragte seine Mutter.

»Ich? Grausam? Ich habe mich immer für einen Menschen voller Mitgefühl gehalten, Mutter«, antwortete er. »Ich bin nach dem Tod unseres Sohnes jahrelang bei Caroline geblieben, weil ich ihre Gefühle über meine eigenen gestellt habe. Jetzt, seit Maggie und Lori in meinem Leben sind, bin ich so glücklich wie nie zuvor, und ihr Glück wird immer über meinem eigenen stehen. Ihr habt Maggie bei eurem ersten Treffen keine Chance gegeben. Ihr habt mein Glück nicht über euer kostbares Ansehen in der Gesellschaft gestellt. Euer Leben ist hohl, aber ihr merkt es nicht einmal. Dafür habt ihr mein Mitgefühl. Passt auf euch auf. Ich schreibe Rebecca und Anthony und berichte ihnen, dass sie eine bildhübsche Nichte haben. Auf Wiedersehen.«

Ein paar Minuten später hörten Jethro und Rosemary, wie die Haustür ins Schloss fiel und Patrick das Haus und ihr Leben verließ. Sie saßen eine Weile schweigend da, nippten an ihrem Wein und verdauten die Nachricht, dass sie Großeltern einer erwachsenen jungen Frau waren.

»Wir haben unseren Sohn verloren, Jethro«, sagte Rosemary schließlich.

»Wir haben ihn an dem Tag verloren, als er ein Mädchen aus Broadmeadows heiratete«, antwortete Jethro.

»Wahrscheinlich hast du recht.« Rosemary nickte und nahm Messer und Gabel wieder zur Hand, während Jethro die Serviette richtete und seine Mahlzeit fortsetzte.

Am nächsten Tag hatte Patrick eine weitere Sache in Melbourne zu erledigen. Er suchte den Besitzer des Cottage von Charlie und Doreen Cassidy auf und machte ihm ein großzügiges Angebot für das Grundstück, das der Mann annahm. Patrick wollte das Haus von oben bis unten renovieren lassen und die Cassidys während der Arbeiten in einem Hotel unterbringen. Er wollte sich noch nicht als neuer Eigentümer zu erkennen geben und nach der Renovierung auch eigentlich keine Miete für das Cottage verlangen, beschloss dann aber, von ihnen lediglich fünfzig Prozent des vorigen Mietpreises zu verlangen. Dies alles würde ihr Leben erleichtern und zugleich hoffentlich nicht ihr Mistrauen wecken. Er war sicher, dass Lori ihre Großeltern eines Tages kennenlernen wollte, und auch Maggie würde sich sicher freuen, ihre Eltern wiederzusehen. Ihm war wichtig, dass die Cassidys dann stolz auf ihr Zuhause sein konnten. Und vorher würde er Maggie die Wahrheit dahinter verraten, weil er nicht wollte, dass es Geheimnisse zwischen ihnen gab.

»Warum muss ich mir die Augen verbinden?«, fragte Maggie, als Patrick sie einen Gartenweg entlang und dann durch eine Tür führte.

»Weil unsere Tochter sich wünscht, dass der Ort für ihre Geburtstagsparty eine Überraschung ist«, antwortete Patrick. Lori hatte ihn in ihre Pläne eingeweiht und ihm das Versprechen abgenommen, sie vor Maggie geheim zu halten.

»Kannst du mir nicht sagen, wo wir sind?«, fragte Maggie, zutiefst verunsichert.

»Das wirst du noch früh genug herausfinden, Liebste«, gab Patrick zurück. Er führte sie einen Flur entlang in einen mit Teppichen ausgelegten Raum.

»Aber es ist Loris Geburtstag! Sollte die Überraschung nicht eher für sie als für mich sein?«, argumentierte Maggie.

Patrick entfernte lächelnd die Augenbinde, und Maggie blickte sich in dem bunt geschmückten Zimmer um. Vor ihr standen breit grinsend Lori und Ryan, außerdem waren Vivian, Nell und Fannie, Lulu, Pearl, Bunny und Chiyoko, Tai, Mei und Ming im Raum. Staunend stellte sie fest, dass sie sich im Palace befanden.

»Was machen wir denn … *hier?*«, murmelte sie verwirrt.

»Ist das nicht der beste Ort für eine Party, Mum?«, antwortete Lori aufgeregt. »Lulu kann Klavier spielen, es gibt eine Bar und jede Menge Platz.«

»Ja, aber …« Maggie warf Vivian einen vielsagenden Blick zu.

»Hier findet heute eine geschlossene Veranstaltung statt«, versicherte Vivian. »Und du siehst aus, als könntest du einen starken Drink gebrauchen.« Sie hakte Maggie unter, zwinkerte Patrick zu und geleitete sie zur Bar. »Ich hätte dir vielleicht sagen sollen, dass ich vor ein paar Wochen ein ernstes Gespräch mit deiner Tochter geführt habe«, antwortete Vivian und schenkte zwei Drinks ein.

Maggie sah sie ungläubig an. »Wie bitte? Warum?«

»Sagen wir einfach, dass sie ein wenig angeleitet werden musste.«

Maggie blinzelte. »Dann weiß Lori, dass ich für dich gearbeitet habe?«

»Ja, das weiß sie.«

Maggie fühlte sich benommen. »Wie hat sie es aufgenommen?«

»Sie hatte kein Problem damit. Sie mag das Palace.«

»Sie mag es! Aber weiß sie auch, dass es ein Bordell ist?«

»Ja, du brauchst dir keine Sorgen zu machen. Lori ist zwar jung, aber durchaus welterfahren. In ihrem kurzen Leben ist schon so viel passiert, sie besitzt eine große Reife.«

Maggie war wieder einmal beeindruckt von Vivians Menschenkenntnis.

»Als Lori zu mir kam und fragte, ob ich ihre Geburtstagsfeier ausrichten würde, fühlte ich mich sehr geehrt. Du weißt, wie gern ich dich habe und dass ich mich sehr für dich und Patrick und Lori freue. Der glücklichste Tag meines Lebens wird der Tag sein, an dem du Patrick zum zweiten Mal heiratest. Ich hoffe sehr, dabei sein zu dürfen.«

Maggies Augen füllten sich mit Tränen. »Natürlich bist du dabei«, sagte sie. »Du bist ein Familienmitglied, Vivian. Es tut mir wirklich leid, dass ich nicht den Mut aufgebracht habe, Lori von meinem Leben bei dir zu erzählen. Ich hatte es vor, aber sie musste innerhalb kurzer Zeit so viele Ereignisse verarbeiten, dass ich mich davor fürchtete …«

»Du hattest Angst, sie dir zu entfremden. Das kann ich gut verstehen. Aber sie ist stärker, als du denkst, und sie hat ihren eigenen Kopf.«

»Das ist wohl wahr!«, erklärte Maggie stolz. »Das hat sie von mir.«

Vivian lachte.

»Ich bin wirklich erleichtert. Ohne dich und die anderen Frauen könnte ich nämlich nicht heiraten.«

Vivian grinste. »Gib mir Bescheid, wenn du möchtest, dass ich den Empfang ausrichte.«

»Würdest du das tun?«

»Natürlich! Das würde mich sehr freuen.«

»Dann lass uns in die Planung einsteigen«, sagte Maggie aufgeregt.

Eine Stunde später betrat Otto mit einer riesigen Geburtstagstorte, auf der neunzehn Kerzen brannten, den Salon. Es mutete seltsam an, diesen riesigen Mann mit umgebundener Schürze und einem Kuchen in den Händen zu sehen. Voller Stolz stellte er seine Kreation auf einen Tisch, und alle sangen der vor Glück strahlenden Lori ein Geburtstagsständchen.

Chona war noch zwei Tage nach Ottos Ankunft geblieben. Zunächst war sie sehr verärgert gewesen, als er ihr erklärte, dass sie sich die Küche würden teilen müssen. In der Hoffnung, dass er wie alle anderen vor ihr und ihren Tiraden kuschen würde, hatte sie ihn nach allen Regeln der Kunst schikaniert, allerdings ohne den gewünschten Erfolg. Als Otto schließlich der Kragen platzte, gab er ihr so lautstark Kontra, dass die Kronleuchter erzitterten. Chona wusste, dass sie ihren Meister gefunden hatte, und hatte es zunächst mit einer Flut von Tränen versucht. Doch Otto ließ sich nicht manipulieren, und so hatte sie sich schließlich beleidigt aus dem Staub gemacht.

Lori ließ ihren Blick überwältigt über ihre Gäste gleiten und konnte ihr Glück kaum fassen.

»Wünsch dir was, mein Schatz«, sagte Patrick. »Und dann puste die Kerzen aus.«

»Ich habe alles, was ich mir wünschen könnte, Dad«, sagte Lori. »Ich habe sogar mehr, als ich mir je gewünscht habe.« Sie sah Ryan an, und ein geheimnisvolles Lächeln umspielte ihre Lippen, ehe sie unter dem Jubel der anderen die Kerzen ausblies.

Während Patrick Maggie auf die Tanzfläche führte, lockte Ryan Lori den Flur hinunter in Vivians Privatsalon.

»Ich werde dich sehr vermissen, wenn du nach Perth zurückgehst, Lori.« Er umarmte sie. »Nicht zu fassen, dass deine Ausbildung bei uns schon in wenigen Wochen vorbei ist. Die Zeit ist so schnell vergangen.«

»Ich werde dich auch vermissen. Aber meine Ausbildung zur Hebamme dauert nur sechs Monate«, warf Lori ein. »Und wir können uns sicher ab und zu am Wochenende besuchen.«

»Die Praxis wird ohne dich anders sein«, klagte Ryan. »Aber ich könnte mir vorstellen, für die Zeit deiner Abwesenheit eine hübsche Krankenschwester anzuwerben«, scherzte er.

»Wag es!«, warnte Lori, die sich längst an seinen frechen Humor gewöhnt hatte. »Seit Doktor Piper in Rente gegangen ist, ist sowieso alles anders, nicht wahr? Er ist zwar noch nicht lange fort, aber wer hätte gedacht, dass wir seine Griesgrämigkeit tatsächlich vermissen würden. Ich sicher nicht«, sagte sie lächelnd. »Wirst du für die Zeit meiner Abwesenheit einen Assistenzarzt einstellen? Ich möchte nicht, dass du dich überarbeitest.«

»Oh, ich habe dir noch gar nicht erzählt, dass mich ein Arzt aus England kontaktiert hat. Er möchte gern in Australien arbeiten, am liebsten in einer Bergbaustadt, gerne im echten australischen Outback«, sagte Ryan.

»Nun, er wird sich noch wundern«, prophezeite Lori lächelnd.

Ryan lachte. Dann wurde seine Miene ernst, als er an die vielen jungen Ärzte dachte, die in den städtischen Krankenhäusern ihre Facharztausbildung machten. »Lori, du wirst dich doch in Perth nicht mit jemand anderem einlassen, oder?«

»Warum sollte ich? Ich bin zufällig in einen sehr gut aussehenden Arzt in Kalgoorlie verliebt«, erklärte sie.

Doch Ryan schien nach wie vor unruhig. »Was ist los?«, fragte sie.

»Glaubst du, du liebst mich genug, um mich zu heiraten?«

Lori schloss für einen Moment die Augen. »Hältst … hältst du etwa gerade um meine Hand an?«

»Ich denke schon … aber irgendwie stelle ich mich ziemlich ungeschickt an. Ich war mir nicht sicher, ob du es wirklich so ernst mit mir meinst.«

Lori widerstand der Versuchung, ihn zu beruhigen. »Es gibt nur einen Weg, das herauszufinden«, neckte sie ihn stattdessen.

Ryan fiel vor ihr auf die Knie. »Lori Shanahan, willst du mich heiraten?«

Lori strahlte vor Glück. Genau das hatte sie sich beim Auspusten der Kerzen gewünscht, aber nie im Leben hatte sie damit gerechnet, dass ihr Wunsch so schnell in Erfüllung gehen würde. Sie nickte heftig und klatschte aufgeregt in die Hände.

»Ist das ein Ja?«, fragte Ryan hoffnungsvoll.

»Es ist ein ganz großes Ja«, quietschte Lori und zog ihn hoch, um ihn leidenschaftlich zu küssen.

»Ich habe leider keinen Ring für dich …« Ryan ärgerte sich, dass er nicht besser geplant hatte. »Aber wir suchen ganz bald zusammen einen aus.«

Lori gefiel die Idee, und nach ein paar weiteren Küssen zog sie Ryan mit sich zurück in den Salon, wo die Party in vollem Gange war. Sie musste ihre Neuigkeit sofort loswerden.

»Wir heiraten«, rief sie der versammelten Gesellschaft zu. Sofort verfielen alle in Schweigen.

Maggie blickte überrascht von ihr zu Ryan. »Ihr seid … verlobt?«

»Ja«, bestätigte Lori. »Ryan hat mich gebeten, seine Frau zu werden.«

Patrick blickte Ryan streng an, und der junge Arzt bemerkte seinen Fehler.

»Es tut mir leid, Sir, ich hätte Sie um Erlaubnis fragen müssen, aber …«

»Sie sind alt genug, um Ihre eigenen Entscheidungen zu treffen«, erklärte Patrick lächelnd. Er mochte Ryan. Der junge Mann war reif und fleißig, und Patrick wusste, dass Lori ihn liebte.

Ryan schüttelte Patrick sichtlich erleichtert die Hand.

»Trotzdem wird es wohl eine lange Verlobungszeit«, sagte Patrick. Er hatte seine Tochter gerade erst gefunden und wollte sie nicht so schnell wieder verlieren.

»Ja, Sir, es wird noch eine ganze Weile dauern, bis wir heiraten. Lori macht erst einmal ihre Ausbildung hier zu Ende und geht dann nach Perth, und ich bleibe hier und leite die Praxis.«

»Gut.« Patrick und Maggie lächelten.

Vivian blickte zu Nell. »Vielleicht sollten wir über ein zweites

Standbein nachdenken und im Palace ein Catering-Unternehmen eröffnen«, sagte sie neckend. »Offenbar herrscht plötzlich Bedarf an einem Ort für Hochzeiten, Verlobungen und Geburtstagsfeiern.«

»Das ist eine wunderbare Idee, Vivian«, antwortete Nell begeistert. »Das Palace ist ein großartiger Ort zum Feiern.«

»Das ist es«, stimmte Vivian zu. »Lass uns überlegen, wie wir Maggies und Patricks Hochzeitsfeier ausrichten werden.«

ENDE